复旦古代文章学研究书系
王水照 主编

失落的文章学传统：《古文辞通义》

常方舟 著

复旦大学出版社

国家社科基金重大项目"中国古代文章学著述汇编、整理与研究"
（批准号：15ZDB066）阶段性成果

复旦古代文章学研究书系序

王水照

2007年12月,我编纂的文章学大型资料汇编《历代文话》由复旦大学出版社推出,获得了学术界颇为普遍的关注。为了促进文献整理与专题研究的结合,我们从2009年开始主办文章学研讨会,目前业已持续四届,不少学界同人热情参与,就文章学的基本文献、核心观念、重要范畴、理论体系等话题,进行了深入细致的讨论。而今各类科研项目、学术会议甚至博士论文,以文章学为主题的也越来越多。可以说文章学已经成为古代文学研究领域新的学术生长点。

编纂《历代文话》的初衷,除了提供基础文献的便利,更希望大家利用它来开拓文章学研究,甚至重新认识中国文学的特质。汉文字、汉语言、汉文体是最能体现中国文学民族特色的三个因素,以古代汉语书面形态而呈现的文言文,其书写文本即文章。文章作为话语权力的象征,在古人文化活动中地位尊崇,深入而广泛地影响传统社会,极具民族文化特点。不过"五四"时期狂飙突进的新文学运动与白话文运动,对古代文章学的存续与衍化产生了重大影响,文言文被白话文取代,民族文化深厚积淀受到忽视,西方的文学观念成为主流。以文学性标准来审视古代文章,文章是否属于文学作品不免产生问题。与此相应,什么样的文章才能进入现代学术观念下的文学史书写,到现在也未彻底解决。

中国文学带有"杂文学"性质,体现出自己的民族特点。比照西方文学样式的诗歌、散文、小说、戏剧四分法,文章与散文即未能完全相合。在现今的古代文章研究中,一直有偏重文学性的倾向,更有所谓文学性散文的提法,我觉得可能不宜把古代文章的文学性、艺术性理解得太窄。韩愈的古文名作"五原",就具有一种以逻辑推理而呈现出的语言气势,而不一定有所谓的"抒情性""形象性"这类文学因素。列名宋代古文六大家的曾巩,以说理文见长,有着"擅名两宋、沾丐明清、却暗于现今"的奇特历史遭遇,重要原因之一就是现代人按照现代文学散文概念观照的结果。如果认真清理和总结我国古代文章的理论成果和写作经验,探明传统文章已经历史地形成的独特概念系统,那些在现代文学分类中不属于文学性散文的说理文,事实上却是中国古代文学的重要组成部分,由此基础产生的中国文学的观念也应该与西方的文学观念不同。我们需要把古代文章里面所包含的有永恒性价值的东西挖掘出来,既尊重现代的文章观念,又充分考虑传统的文章学特质,提升出或者说建立起具有中国特色的文学观念,祛除西方文学观念对中国文学的遮蔽。

对于文章特质的体认,既不能以西律中,也不必凡古皆是。章太炎提出,"文学者,以有文字著于竹帛,故谓之文;论其法式,谓之文学"。我们的文章学研究,并不是要恢复到一切文字就是文章的古老观念,而是既要注重吸收西方散文的审美性,又注重中国古代文章固有的形式与特点,在现代文学理论的观照下,从文化场景与观念流变的角度对其重新阐释与评价。"中国文学"不是一个凝固不变的概念,它有一个动态发展变化的过程,从文史哲三位一体当中逐渐分离开来。对于文章的把握,也需要关注文章与其他文类从相互融并到渐次剥离、分流的轨迹。谛观传统文章的衍化轨迹,古人的"杂文学"认识当中,未始没有逐渐萌生以审美价值为核心,重形象、重抒情的"纯文学"观念倾向。文章学的深入,需要立足于对这种内在理路的细致梳理之上。

原有的"杂文学"观念(包括政论、传记、学术等类应用文),现在看来仍然具有生命力。我国古代丰富的文章学著作,都有大量既具民族特性又有理论深度的阐述,其中是有一个"中国文章学"体系存在的。我们需要通过细绎具体的作家、作品与文章学理论著作,对前人已有的诸种批评范畴和术语,如"气""势""法"之类加以系统的梳理,并予以准确稳妥的现代阐述;进而从中及早建立文章学的批评术语和批评模式,寻绎出中国文章学的特点、范畴和体系,从而在正确了解传统文章特点的基础上,全面认识中国文学的民族特点,提升我们的研究水平。

我一直期待学界能有一部"中国古代文章学通论",从文章学的概念、范围、形制、体式、范畴、源流、思想及至理论体系诸端,提供符合中国文学实际的全面阐释。此前编纂《历代文话》,现在进行《历代文话新编》《域外文话丛编》的辑录,也是想从文献建设的层面,为实现这一目标提供学术支持。兹事体大功深,尚需学界同人的共同努力。但九层之台起于累土,不妨先从具体文类、文章现象等专题研究开始,为文章学研究筑实根基。这次我们推出"复旦古代文章学研究书系",正是希望立足本土资源,注重传统与新知的对话续接,进而对文章学的面貌、特质与价值,从研究视野与研究方法方面,提供一种学术的探索与尝试。

本书系收入了慈波《文话流变研究》、江枰《苏轼散文研究史稿》、常方舟《失落的文章学传统:〈古文辞通义〉》、倪春军《宋代学记文研究:文本阐释与文体考察》、戴路《南宋后期骈文学研究》和李法然《宋人选宋文与宋代文章学研究》等六种著作。《文话流变研究》是通代的综合研究,从文话形制、文化场域与文章思想角度,来动态把握文章学发展脉络。《苏轼散文研究史稿》从宋代大家的文体研究生发开去,带有跨时段特点。常方舟的著作则属于专书研究,通过专书细研来回应传统文章学在新时代的命运。另三种不约而同地将论题聚焦于宋代,或关注文体,或突出文类,或重视选本,反映出宋代之于文章学成立的特殊意义。

慈波《文话流变研究》以历时流变的轨迹与理论价值的寻绎为并行线索,对以文话为中心的中国古代文章学理论进行整体论述。全书自科举文化、文章派别与文化新变三个维度,勾勒出文话发展演进、繁荣兴盛与融会总结期的时段样貌。研治中注重个案细部考察,更突出长时段视野下的大判断,并尝试构建文话的批评话语系统。

江枰《苏轼散文研究史稿》是一部较完整的苏文研究史,通过考察苏文在历代被评论、刊刻和研读情况,全面展示苏文从北宋中期至清末八百余年的研究历程。著作细致考察苏文的结集情况,梳理各时代读者对苏文的关注热点,复以专题形式从政治、科举与学理等角度,揭示苏文接受情况的消长。论著重视苏文的演变历程,又着力于抉发变化之后的深层原因。

常方舟《失落的文章学传统:〈古文辞通义〉》对清末民初湖北学者王

葆心的著作型文话《古文辞通义》作专门探研。著作将此书定位为近代文化守成主义阵营文章学思想的集大成者,抉发其体大思深、古今会通的文章学思想,从学术互动、结构转型和教育实践等多个角度,剖析近代文章学所处的历史语境和学科全貌,并以专书研究带动广域思考,阐发近代文章学思潮的落幕动因及其历史结局。

倪春军《宋代学记文研究:文本阐释与文体考察》是目前第一部全面研究学记文的论著。著作详细考察宋代兴起的新型记体文章——学记文的文体起源、成立与演变、传播等过程,总结其文体性质和艺术特征,采用文献考证和文本细读相结合的研究方法,深入解读了学记文本的文学思想与文化内涵。

戴路《南宋后期骈文学研究》以制度运作为切入点,关注文体形态和功能,考察词科、荐举、禅林等制度对制、表、启、疏等诸文体的影响,在士人活动空间中探讨骈文写作的实际过程。著作归纳了效果论、知识论、创作论等骈文学的理论层级,在作品与理论的互动关系中呈现南宋后期作为宋—元—明转型开端的显著特征。

李法然《宋人选宋文与宋代文章学研究》以宋人选宋文为出发点,辨析选本的文体分类,认为这是推动宋代"文章学"成立的机制。宋人借此摆脱了中世以来的文章观念与文章传统,建立起当代文章典范,展现了文章审美的变革。宋人选宋文名义上追寻古代文章的写作方式,事实上为近世文章写作开创了新传统。

以上六部著作提供了文章学探研的可能路径,也呈现出一些共同的学术面向。首先,文章考察与理论探研相结合。最核心层面的文章学内涵,当然指向文章理论的专门研究。但文章作品与理论本即互为指涉,具体而微的文本解析、修辞方法、艺术技巧,是通向理性升华的津驿;而文章理论若不回向文本,则易导致对塔说相轮式的空中推演。江枰就是通过对八百年来苏轼文章被研究与接受的专题性纵向梳理,来呈现苏文的文章史意义。倪春军则始终将宋代的学记文视作文学文本来加以解读,追溯文体渊源,梳理发展演变,呈现了学记文体内部的体类特征和体性流变。

其次,在场感的强化。传统文章在古人生活中无域弗届,文章学自不应限于单纯的形式研究,需要关注文章观念之后的时代环境与社会现实,突破只从形式看现象的认知拘限,注重其背后的内蕴与本质。李法然就重视"周程、欧苏之裂"既已发生之后的历史语境,审视宋人选宋文中所体现出的宋人知识结构,展现宋代文章学向民间社会沉降的过程。常方舟则贴近晚清民初文学文化原生语境,为《古文辞通义》提供近代文章学思潮兴起、发展和衰退的微观阐释框架,展现近代文章学议题的连续性。

再次,思想史视野的引入。文章学在实用的写作学层面观照之外,也需要揭橥文章著作编撰者的隐含意图、文化心态和思想关怀,这样的文章学研究才活态而有温度。慈波在关注晚清民初文化场域之际,就提出在新的生存空间中,因应西学以应激、返观本身而自省成为文话发展的新路向。戴路揭示南宋后期思想向文化转型,从而探究出文章学著作编纂者深层的价值关怀。

另外,稀见文章学史料的发掘,也是本书系的一个显著特点。长期以来,多有文章学文献或流落域外,或孤本尘封,未能得到充分利用。近年来古籍数据化有了极大发展,大批珍本古籍影印出版,域外汉籍增速回流,更多的稀见文章学史料开始进入研究者视野,文章学版图新构成为可能。慈波即系统利用了域外珍藏的《论学绳尺》,究明了此书版本源流。他对于陈绎曾文话著述的考释,也堪称全备。戴路也发掘了不少罕见的四六选本、类书及四六话。常方舟则充分利用了《古文辞通义》的前身《汉黄德道师范学堂讲义》与《高等文学讲义》,从而得以考察王葆心文章学理论的动态形成。

本书系当然也不能完全避免探索的学步痕迹。这六位作者都是我的学生,奇文共欣赏,疑义相与析,大家曾在复旦一起度过温馨美好的论学时光。与"日本宋学研究六人集""复旦宋代文学研究书系"一样,"复旦古代文章学研究书系"也是开放性的,欢迎更多的学界朋友以优秀著作加入本书系行列,共同打造学术品牌,推动中国文章学研究走向繁荣新局。

2020 年 6 月 10 日

目 录

绪论 ··· 1
  一、清季民国的古文之学 ··· 1
  二、《古文辞通义》:中国古代文章学管窥 ······················ 10
  三、研究综述与写作构想 ··· 21

第一章　王葆心及其《古文辞通义》 ························· 30
  第一节　鄂东学人王葆心生平考述 ····························· 30
  第二节　《古文辞通义》书系概述 ······························· 43
  第三节　《古文辞通义》解题及体例 ···························· 56

第二章　中体西用视域下的《古文辞通义》 ················ 66
  第一节　中体西用:从教育学到文章学 ························ 67
  第二节　中体的再伸:《奏定学堂章程》 ······················· 71
  第三节　方法与史观:文材研究法 ······························ 75

第三章　《古文辞通义》与中国古代文章学的基本内涵　81
  第一节　古文文章学 ·· 81
  第二节　文家创作论 ·· 92
  第三节　文章修辞论 ·· 110
  第四节　文章体用论 ·· 153
  第五节　文章之外 ··· 198

第四章 《古文辞通义》引书考述 ································· 215
第一节 文章学著述传统与理论资源 ························· 215
第二节 《古文辞通义》域外译述探源 ························ 225
第三节 互文性:文章学著述的引证传统 ····················· 239

第五章 近代文章学的发生环境 ······························· 249
第一节 近代文章学的教学与教本 ··························· 249
第二节 词章之学、文章学与文史之学 ······················ 259
第三节 近代文章学的修辞学转向 ··························· 271

第六章 近代文章学的落幕 ··································· 281
第一节 文章典范的重塑 ··································· 281
第二节 古文之学传习机制的转轨 ··························· 292
第三节 夹缝之间:存古与趋新 ····························· 304

结语 被遮蔽的巨制 ··· 314

参考文献 ··· 320

绪 论

一、清季民国的古文之学

一代之文章与一代之政教文治相依违,文章之学亦代有其兴:"一代之兴,即有一代之治;一代之治,即有一代之学……立一王之法而播之天下者,谓之治;研究其立法之意者,谓之学。"①清末政教衰息和文治危机引发了古文之学的新变,各派学人尝试寻找不同的调试方案弥缝中西新旧的文学思想。借助中叶乾嘉学风的笃实理性和晚清西学东渐的知识创新,古文之学迎来了重整旗鼓的历史契机。古文之学的革故鼎新不仅推动了近代文学形态更新和知识转型,也在当代语言文字科系建制和教育实践中持续发挥着作用。

(一)文风扫地之世

在通行文学史的书写和表述当中,晚清②被视作古文颓势难挽的重要节点。如瞿西华《增辑清文后记》所云:"清初之文,如国基初奠,百废俱举,生气磅礴。中叶之文,如民康物阜,典章制度,灿然大备。及夫晚清之文,如国势陵夷,民生凋敝,日趋颓唐矣。而櫶枪四起,揭竿执木者又应运而兴。不观夫天地剥复之机,严冬尽而一阳复生乎?然则清末文章之丕变,亦势有所然也。"③对文学概念的体认在西学东渐影响下得到了二次发现,本国语言文字的革新方呈锐不可挡之势。"道咸以降,海内鬶沸,不遑文艺之事,敝至于今日,而凛乎将有散亡之惧,重以渐染欧风,挦撦和体,

---

① 胡蕴玉:《中国文学史序》,徐中玉主编:《中国近代文学大系1840—1919》第1集第1卷(文学理论集),上海:上海书店出版社,1994年,第226页。
② 本书对晚清的时间断限与近代史通行的分期一致,即从19世纪40年代起到1919年五四新文化运动为止。
③ 瞿西华:《增辑清文后记》,胡朴安:《清文观止》,长沙:岳麓书社,1991年,第14页。

益用连犿。"①政教思想的除旧布新以摧枯拉朽之势席卷天下,清季的文化保守主义者们不能不感到危机四伏、举步维艰。

在文言文阵营内部,桐城派始终标举唐宋文统,咸同之际出现的湘乡派为之步武,另有骈散合一派、汉魏六朝文派、周秦诸子文派同时并存。桐城派是推崇唐宋古文文统的大宗,阳湖派衍绪于桐城而自立门户,鼓吹诸子之文和骈散合一论。自清代中叶阮元文笔论后,经过阳湖张惠言、李兆洛等广为揄扬,骈文地位有所上升。乘着乾嘉子学考据繁荣之势,道咸之际,魏源、龚自珍挟今文经学掀起经世思潮,而梁启超所创的风靡一时的新体散文与晚清诸子学的复兴密不可分,其行文亦带有纵横论辩的色彩。这些不同宗派的文人群体又有"同室操戈"之举,其最著者莫过于桐城与选学之争。民国初年,姚永朴、姚永概、马其昶、林纾等桐城殿军,与刘师培、黄侃等人同在北京大学执教,被新文学家诋为"桐城谬种"和"选学妖孽"的两派人物相互排挤的结果是,前者在1917年前后陆续离开北大,后者旋即也一同沦为新文学的牺牲品:"在民初的北京大学,'桐城''选学'势同水火,争斗的结果,提倡六朝文的选学派大获全胜。可迅速崛起的'新文化',将清代延续下来的文派之争一笔抹杀,另辟论战的话题。刚刚获胜的刘、黄之学,一转又成了新文化人攻击的目标。"②这无疑加速了文言文影响力的进一步削弱和写作阵营的分崩离析。

尽管胡适将严复、林纾的翻译文章,谭嗣同、梁启超的议论文章,章炳麟的述学文章,章士钊的政论文章等一应看作"古文范围以内的更新运动",但除了严复以外,其他几家的创作早已溢出正统古文的范畴。陈子展则将这一时期的散文变迁称为"由古文以至新文体",并把章炳麟的述学文和梁启超的论政文都视作白话文运动的先驱③,这一观点更符合实际。钱基博《现代中国文学史》明确以古文学和新文学区别传统古文与上述几家的文章形式:"当代之文,理融欧亚,词驳今古,几如五光十色,不可

---

① 汤寿潜:《国朝文汇序一》,沈粹芬等辑:《清文汇》,北京:北京出版社,1995年,第1页。
② 陈平原:《"桐城"与"选学"之争》,《现代中国的文学、教育与都市想像》,北京:北京师范大学出版社,2011年,第51—57页。
③ 陈子展:《中国近代文学之变迁·最近三十年中国文学史》,上海:上海古籍出版社,2013年,第182—196页。

方物;而要其大别,曰古文学,曰今文学,二者而已。谈古文学者,或远溯中古以上,或近溯近古而还。"①一应将康有为、梁启超、严复、章士钊、胡适等所倡之新民体、逻辑文、白话文尽皆划入新文学阵营,虽有矫枉过正之嫌,却也侧面反映了清季民初旧文学所面临的四面楚歌的处境。

随着清末科举制度的改革及废除,古文读写所仰仗的耕读文化基础涣然消逝,古文技巧成为知识传授的一环:"科举制度已经取消,撰写古文的能力,不再是衡量读书人良莠高低的主要指标。古文之由'看家本领'转为'基础知识',其教学方式,也逐渐从技能训练转为知识传授。"②由胡适、陈独秀等领军的文学革命方有满城风雨之势,主张使用白话的"活文学",虽破而犹未能立。陈子展提出文学革命起因有四:文学发展上自然的趋势,外来文学的刺激,国语教育的需要,思想革命的影响③。古文被视为阻碍政治变革和思想更新的文化符号,首在摒弃之列。为实现"活的文学"的建设目标,作为"活的语言工具"的白话文运动轰轰烈烈地展开了:"一幕是士大夫阶级努力想用古文来应付一个新时代的需要,一幕是士大夫之中的明白人想创造一种拼音文字来教育那'芸芸亿兆'的老百姓。"④在普及教育、启迪民智的号召下,获得部分知识阶层的认同和支持,通过对教育工具的釜底抽薪式的替换,白话散文的审美典范得以确立。20世纪30年代白话文学完全确立其合法性地位后,古典文学遂成为有待处置的"文学遗产",而以古典散文为研究对象的古文之学自此也一蹶不振,古典散文进入文学史的标准问题始终悬而未决。

伴随近代新兴媒体和教育机构的兴起,学堂、图书馆、书局、报刊等不仅介入文学知识的生产和传播进程,也成为文章学理论发酵、移位和变换的重要场域。教科书编纂是这一阶段文学理论生产、流通和接受的具象载体,堪堪对应文学批评与文学史等新型知识分科的古文之学,面临沦为

---

① 钱基博:《现代中国文学史》,北京:中国人民大学出版社,2007年,第297页。
② 陈平原:《古典散文的现代阐释》,《作为学科的文学史》,北京:北京大学出版社,2011年,第320页。
③ 陈子展:《中国近代文学之变迁·最近三十年中国文学史》,上海:上海古籍出版社,2013年,第252页。
④ 胡适:《中国新文学大系·建设理论集导言》,《中国现代学术经典胡适卷》,石家庄:河北教育出版社,1996年,第674页。

西学格义比附之学的境地。同时,尽管国别文学的意识有所增强,却难以抵御欧西文学长驱直入之势,"文学既衰,故日本文体因之输入于中国。其始也译书撰报,据文直译以存其真,后生小子厌故喜新,竞相效法。夫东籍之文,冗芜空衍,无文法之可言,乃时势所趋,相习成风,而前贤之文派,无复识其源流,谓非中国文学之厄欤?"①新名词、新文体与新思想珠联璧合,既而催化了国体的更新和政体的变调:"日本文法因以输入,始也译书撰报以存其真,继也厌故喜新,竞摹其体,甚至公牍、文报亦效东籍之冗芜,遂至后生小子莫识先贤之文派……观往时之盛,抚今日之衰,不独文字之感,亦多世运之悲矣。"②而这也为清季古文之学的传承增添了浓厚的文化保守主义色彩。

伴随着政治环境和文教制度的遽变,经历文白之争、国语运动等风潮的洗礼,同时受到以审美为标准的现代纯文学观念启蒙,建立在杂文学体系之上的古文习得和读写范式遭到颠覆,围绕其开展的一系列传统学术训练和教育方式也历经近代学制的全盘改造,呈现出新旧调和、中西会通的特点,近代的古文之学就在这新旧杂糅的过渡时代之中闪现出了法古创新的学理脉络。

(二)"由道而及于法"

近代社会政治环境和文教制度的遽变,带来了学术观念的更新和治学方法的演进,新的学科分类体系深刻影响了传统学脉的形态。受到以审美为标准的纯文学观念启蒙,建基在杂文学体系之上的本土词章之学和文史之学也面临着从传统学术门类向近现代学科建制转型的现实需要。围绕文学诸学科展开的一系列学术训练和教育方式经历了近代学制的全盘改造,造就古文之学改弦更张的历史契机。

清代文坛盟主桐城派对"义理""考据""词章"三大治学领域的划定以

---

① 刘师培:《论近世文学之变迁》,《中国近三百年学术史论》,上海:上海古籍出版社,2000年,第172—173页。
② 胡朴安:《历代文章论略》,王水照编:《历代文话》第九册,上海:复旦大学出版社,2007年,第9099页。

及四库全书的编撰被认为是促成词章之学得以独立的前提:"清代学术实际已形成了对中国传统学术的一次较为全面的知识整合。也正是在这样的前提下,'词章'才作为一种独立的学术研究被凸显出来。"①桐城派对词章独立地位的推崇,也带来了对词章之学的精研。吴孟复《清文举要序》将清文的发展变化划分为三个时段,所论兼及文气、文词与学术:"清初之盛,乾嘉之精,清末之变,有因有革,而皆缘于时变,根于学问,气振于建安,词清于太康,学深于元和、元祐。"②清代的学术精深不仅铸成有别于明的学人之文,也为古文之学向纵深发展增加了权重:"国朝文以康雍乾嘉之际为极盛,其时朴学竞出,文章多元本经术,虽微异其趣,要归于有则,无前明标榜依附之习。"③桐城方苞曾谓:"古文之学每数百年而一兴,唐宋所传诸家是也……由是观之,文章之盛衰,一视乎上之所以教,下之所以学,各有由然,而非以时代为升降也。"④这里的古文之学,几与古文同义,指的是自唐代韩柳以来绵延不绝的以散体单行为特征的古文文脉,也包含着对古文知行合一、经世致用、神形兼备、文与道俱的散体文本质属性的强调:"是以古文之学,北宋后绝响者几五百年。明正、嘉中,归熙甫始克赓之。"⑤文学史上曾出现过多次复古思潮,早在清初面对"复古"文学主张所受到的种种质疑,方苞即将问题的症结归咎于日趋烦琐的写作技法,从而将古文之道与古文之法对立起来:"文章之传,代降而卑,以为古必不可复者,惑也。百物技巧,至后世而益精,竭心焉以求其善耳。然则道德文术之所以衰者,其故可知矣。"⑥但从桐城派的古文创作及圈子传播实践来看,古文读写技法的总结却始终占据重要位置,为词章之学的铺张扬厉奠定了宗派基础。

一方面,综观历代古文的嬗变,往往存在着文愈敝而法愈密的现象。有论者指出:"夫古文之法非他,即在矫古文之弊而已。"⑦清代古文的主流

---

① 贺昌盛:《晚清民初文学学科的学术谱系》,北京:中国社会科学出版社,2012年,第74页。
② 吴孟复:《清文举要序》,钱仲联编:《清文举要》,合肥:安徽教育出版社,1989年,第4页。
③ 汤寿潜:《国朝文汇序一》,沈粹芬等辑:《清文汇》,北京:北京出版社,1995年,第1页。
④ 方苞:《赠淳安方文辀序》,刘季高校点:《方苞集》(上),上海:上海古籍出版社,2008年,第190页。
⑤ 戴钧衡:《重刻方望溪先生全集序》,《望溪先生全集》,《四部备要》本。
⑥ 方苞:《赠淳安方文辀序》,刘季高校点:《方苞集》(上),第190页。
⑦ 蒋湘南:《与田叔子论古文第三书》,《七经楼文钞》,郑州:中州古籍出版社,1991年,第136页。

远绍唐宋古文余绪,虽有桐城派为之中流砥柱,继有湘乡派的中兴,但其末学亦已萎靡不振,堕入纤弱一流。造成这一结局的原因在于过度恪守桐城义法,导致古文创作日益偏狭。为此,有识之士为矫正古文之弊,或主张退而求其次,从文之法度入手纠偏。清中后期古文已初显颓势,如清人包世臣云:"窃谓自唐氏有为古文之学,上者好言道,其次则言法。说者曰:言道者,言之有物者也;言法者,言之有序者也。然道附于事而统于礼。"①其意谓文以载道在当时的古文家理论话语中已多沦为空洞的场面话,而为文法式却日趋于精严曼妙,殊有本末倒置之嫌。桐城派以"言有序"和"言有物"为重心的雅洁说虽然曾经对澄清古文文体起到了一定的积极作用,但也在圈地自囿的过程中逐渐丧失活力,步入了积重难返的极端形式主义的深渊。

另一方面,现代学科即经过科学分类的知识。随着清末分科治学思想的传入,古文之学、词章之学因应西学知识分类体系的冲击作出了巨大的调整。为了在近代革新教育体制中获得自身的合法性地位,词章之学面临从传统学术门类向近现代学科转型的需要,并在格义比附中付出了削足适履的代价。"学术指一套解读文本的技术或艺术。对解读技术的研究本身就可以成为一项事业。"②词章之学原是依附词章创作而行,在向文章学学科演进的过程中逐渐宣告独立,与近代分科治学思潮有着莫大的联系。1907年,紧随刘师培《文章学史叙》一文的刊发,国粹学堂始设"文章学"一科,几乎与之同时,唐恩溥《文章学》一书付梓。清季"研究方法热"催生了文章书著述的集中编撰,以文范汇编和技巧传授为目的的诗文选本逐渐为讲义或教科书所取代,对意义的倚重颠覆了以诵记为抓手的旧有古文习得方式,为近代文章学添上了鲜明的折衷主义色彩。更重要的是,词章之学由此呈现出由本体论向方法论转向的趋势。就近代文章学"破"的一面来说,语言和文体更新是文学阐释学重新定位的直接动因,客观的学术研究态度和对伦理化、道德性因素"去魅"的过程是摆脱词

---

① 包世臣:《与杨季子论文书》,《艺舟双楫·论文》,王水照编:《历代文话》第六册,第5201—5202页。
② 陈嘉映:《无法还原的象》,北京:华夏出版社,2005年,第83页。

章之学前现代气息的必然逻辑。而近代文章学之"立",无法全然脱开在理论框架、概念范畴、表述方式、问题焦点等面向上向传统词章之学内涵的沿袭和借用。语言表述和文学阐释是特定思维方式和认知结构的重要表征。仰仗科学的分析思维和理性的言说方式,现代性的修辞逻辑最初正是借由近代文章学的跨语际实践得以表征。近代修辞学"重例不重法"的习惯对词章之学产生了一定影响,而现代散文也按照抒情、记叙、议论、说明等修辞方式加以划分。语文学分支下的现代实用文章学从语言学角度分析文章写作的篇章结构和修辞技巧,则是建立在白话美文创作经典化的基础之上。

张宗祥认为清代文学异于前代者有三:文字学之修述、文法学之创作、新体文之初兴[①]。在传统"大文学"框架之下,语法、修辞、文学此三者实互为表里,不可分割。但在分科治学及学术演进等多元因素的影响下,词章之学从承传之道降格为修辞方法,完成了文章事实与价值的分离,在实用性得到凸显的同时,丧失了源于前现代的光环,也引发了对文章维系道德政教作用的再思考。

(三) 近代文章学专家与专书

钱基博《现代中国文学史》绪论云:"民国肇造,国体更新;而文学亦言革命,与之俱新。尚有老成人,湛深古学,亦既如荼如火,尽罗吾国三四千年变动不居之文学,以缩演诸民国之二十年间;而欧洲思潮又适以时澎湃东渐;入主出奴,聚讼盈庭,一哄之市,莫衷其是。"[②]在这一时期的众说纷纭、众声喧哗中,古文之学遂在那些"老成人"的笔下奏出广陵绝响。为回应国别文学研究法和学术史总结的时代诉求,此时产出的大量文章学撰述处于新与旧、中与西、变与通的张力结构之中,又因传统古文知识具备浑融综合的特性,涵盖了日后包括文学理论、文学史、文学批评、修辞学、语法学等分野在内的学科领域。

清季民初涌现出的大量文章学著述,既受到传统文章学资源的丰沛

---

① 吴梅、柳存仁、柯敦伯等:《中国大文学史》(下),上海:上海书店出版社,2010年,第856页。
② 钱基博:《现代中国文学史》,北京:中国人民大学出版社,2007年,第8页。

滋养,又面临欧风美雨、东邻维新带来的学理挑战,却成为被遮蔽的文本而乏人问津,湖北罗田学人王葆心(1867—1944)所撰《古文辞通义》即为典型。该书初作《汉黄德道师范学堂讲义》,改订后作《高等文学讲义》,二次修订并更名为《古文辞通义》。全书付梓于1916年,规模宏富,总字数超70万字,是已知现存近代文章学专书中篇幅最巨者。此书出版后马其昶、姚永朴、陈澹然、胡玉缙、陈衍等"咸深印可",林纾称为"百年无此作"。它既是近代国文教科书的重要史料,也是国粹派文章学思想的集大成者。《古文辞通义》问世之后,刘咸炘《文学述林》予以回应,高步瀛《文章源流》、张文治《古书修辞例》、郭绍虞《学文示例》和周振甫《文章例话》等皆有转引和阐发。直到20世纪80年代,王葆心曾任教的武汉大学中文系仍将此书列为重要参考书。又,20世纪30年代初,王伯祥与叶圣陶、夏丏尊等编纂开明国文读本,曾为开明编译所罗致《古文辞通义》,后辗转不知下落,1966年方购得另一套私藏,叹其"未为时人所重,以致淹没耳"。1952年,徐复观在台湾购得《古文辞通义》,1965年,成惕吾据此在台湾中华书局重新影印出版。2007年,王水照编《历代文话》第八册收入《古文辞通义》,聂安福为之叙录,指出情、事、理三种统系在文章发展史观的创新意义。2008年,熊礼汇标点整理该书单行本。但无论是王葆心还是《古文辞通义》,其学术影响力至今仍极为有限,与其治学成就和著述水准远不匹配。而这绝非孤立现象,传统史学领域亦有类似案例:"除夏曾佑的《最新中学历史教科书》(后改名《中国古代史》)外,后人进行具体研究时的学术史回顾,这一时期的著述很难进入视野。也就是说,虽然成为学术史考察的对象,却不构成学术研究的基础,今日的学人固然不大参考其作品,即使新文化运动时期的学人,也很少以这时的新史学为前提。"[①]虽然适于基础教学之用而水平有限是造成其总体评价不高的原因之一,但仍然有大量类似《古文辞通义》这样具有相当价值的近代文章学著述亟待整理和重新发现。

据不完全统计,专著形式或独立成卷的近代文章学著录书目计有上

[①] 桑兵:《晚清民国的学人与学术》,北京:中华书局,2008年,第22页。

百种之多,整理刊行者不过数十种,遑论未经过录或发现者,还不包括浅近文言和白话文形态的著述。由于此阶段学术性著述体例尚处于变动时期,近代文章学专书与学术札记、讲义、教科书和授课笔记等文体皆有交互,当时新兴媒介文类如新闻、报刊、演说等对文章学述学文体也都产生了程度不同的影响。仅以倚重传统词章之学的近代文章学著述为例,其作者群身份亦有诸多共通之处,多为各地各级学堂学校国文教员,他们所从事的学术活动也有共性,比如撰写方志、刻书藏书、结社讲学等[①]。各色油印本《国文讲义》体现了贯彻清末学制和学科纲要的要求,如姚永朴、郭象升皆有同题《文学研究法》之作。顺沿五四文学革命、整理国故运动、文白之争、国语运动、大众语论战等时代议题,皆有近代文章学著述为之呼应或颉颃,并围绕文笔骈散之辨、师范国文教育、古典散文性质讨论、构建本位修辞体系、美文与用文、文学分类法等具体问题表达意见和思考,形成了不容忽视且值得探讨的"意见气候"。重访这些专家和专书是重启近代文章学议题、提炼传统文章美学标准的基础工作。

此外,近代文章学著述对近代欧西学思和东瀛学风几乎都有所容受,也是全球近现代文章学、语文学发展的一个分支。日本江户时代的文章学撰述曾经受到汉文写作及汉文文章学的影响,如《拙堂文话》《渔村文话》《文林良材》等的作者多为汉文修养较高的近世儒者,而日本明治时期文章学理论的作者群多出身日本近代高等教育机构或从教授国文工作,如山岸辑光《汉文正典》、儿岛献吉郎《汉文典》、荻野由之《中等教育作文法》、武岛又次郎《修辞学》等都对中国的近代文章学理论产生过相当重要的影响。例如,来裕恂《汉文典》一书的撰写,对日人大槻文彦《支那文典》、儿岛献吉郎《汉文典》等域外文章学思想进行了继承与创新。王葆心《古文辞通义》征引日人文章学思想及欧西人文社科理论也不在少数。这些都体现了近代文章学著述有别于传统词章之学的面向。

因此,在对近代文章学述学文体、修辞逻辑、概念范畴等的梳理中,再访其中仍具有生命力和解释力的要素,及其确立自身学科认同的方式,以

[①] 桑兵:《晚清民国的学人与学术》,第203—204页。

求在学术范畴的更新、价值理念的形成、研究范式的再造方面打通古今壁垒,势必将增进文章学思想研究的纵深和广延,也有助于明确旧体文学创作和批评在当代文学中的学科定位。

二、《古文辞通义》:中国古代文章学管窥

(一) 学统中辍:三个遮蔽

历代诗文作品是中国古代文学史的大宗,文章(尤其是古文)在这之中占据着重要的一席之地:"四库提要所收诗文集中,散文就占了一半份量。可见散文在中国文学史里比重极大。我们应该从中国文学史的发展中来讲散文。反过来说,也可从散文的发展中,来窥知全部文学史。"[1]以古代文章为研究对象的中国古代文章学在五四时期遭遇了"三个遮蔽",分别在语言、内涵和历史实践的方向上面临着成为独立的现代学科的可能性与合法性的危机,也成为古代文章学研究的理论起点。

"第一个'遮蔽',文言文被白话文所代替。"[2]无论是散体单行的古文,还是骈辞俪藻的四六,古代文章的语言构成都是文言文。然而,伴随着晚清政教文教的转轨和新体文的异军突起,古典文章鉴赏和评价的接受根基受到极大动摇。有关近代文学史上文白之争和国语运动的研究和讨论汗牛充栋,白话文取代文言文成为近现代国语标准的过程、方式、原则基本上已经得到了较为清晰的还原,而这一语言载体的变化对中国古代文章学所造成的影响有待进一步揭示。文章学传统的失落及其改良、更新、再造的过程,还需要在"后五四时代"乃至"后现代"的语境中进行再审视。"'五四'作家取三者之精华,将白话文、新名词与文学美感合为一体,而祛除其简陋与缺少现代性、浅近文言体、不长于论说等短处,才造就出傅斯

---

[1] 钱穆:《中国文学论丛》,《钱宾四先生全集》(45),台北:联经出版事业公司,1998年,第77页。
[2] 王水照:《三个遮蔽:中国古代文章学遭遇"五四"》,收入王水照、朱刚主编:《中国古代文章学的成立与展开——中国古代文章学论集》,上海:复旦大学出版社,2011年,第1—14页。

年所谓'理想的白话文'即'欧化的白话文'。"①典范的白话文经历了漫长的生成演化阶段，导致了现代实用文章学在技巧训练上取法古代文章而在思想锻造上偏向白话这一吊诡现象。由于美感经验成为现代散文典范的核心要素，文学应当具有美术性与传统杂文学创作实际之间的脱节愈演愈烈。

"第二个'遮蔽'，'杂文学'观念被'纯文学'观念所代替，无法真正把握中国文学史的民族特点，满足中国文学史主体性的追求。"②清末西方文学进化论和纯文学观念的引入，带来了文学批评方法的更新和文学史书写观念的演进。近人刘咸炘曾梳理文学定义和范围的演变历程，指出文学经历了从册籍之学到集部专名，由文笔之分到归于质朴的古文，所指广狭不同，持论间有反复，至近世又引入杂文学的概念："最近，人又不取章说，而专用西说，以抒情感人、有艺术者为主，诗歌、剧曲、小说为纯文学，史传、论文为杂文学。"③在他看来，纯文学即是以格调作为文学标准，"正与《七略》以后齐梁以前之见相同"。文中提到的"章说"，是指章太炎泛论一切文字之著于竹帛者皆可称文的广义文学观。而刘咸炘则主张体性、规式和格调三要素兼备者方可谓之文学："今日论文学当明定曰：惟具体性、规式、格调者为文。其仅有体性而无规式、格调者，止为广义之文。惟讲究体性、规式、格调者为文学，其仅讲字之性质与字句之关系者，止为广义之文学。"刘咸炘和章太炎的文学观点只是清末民初芜杂文学观的冰山一角，前者与时俱进，后者复古意味浓烈，但都触及了文学标准松动须重构的问题。朱自清曾在《文学的标准与尺度》《什么是文学》等一系列文章中提出，原先以诗文为正宗的传统文学基本以"儒雅风流"为标准，新兴的语体现代文学"大部分是受了外国的影响，就是依据着种种外国的标准"，但在文学传统里也能找到它的因子，并对舶来的文学标准表达过不满："'纯文学''杂文学'是日本的名词，大约从 De Quincey 的'力的文学'与

---

① 夏晓虹：《中国现代文学语言形成说略》，夏晓虹、王风等：《文学语言与文章体式》，安徽：合肥教育出版社，2006 年，第 16 页。
② 王水照：《三个遮蔽：中国古代文章学遭遇"五四"》，收入王水照、朱刚主编：《中国古代文章学的成立与展开——中国古代文章学论集》，第 1—14 页。
③ 刘咸炘：《文学述林》，王水照编：《历代文话》第十册，第 9707 页。

'知的文学'而来,前者的作用在'感',后者的作用在'教'。这种分法,将'知'的作用看得太简单(知与情往往不能相离),未必切合实际情况。"①古代文章学课题的提出源起于本土文学史书写的困境,尤为突出地表现在体量庞大的古代文章作品应以何种标准、何种方式、何种比重采入文学史中。郭豫衡《中国散文史》以作家有无"沉思翰藻"作为散文能否进入文学史的基准:"从汉语文章的实际出发,这部散文史的文体范围,也就不限于那些抒情写景的所谓'文学散文',而是要将政论、史论、传记、墓志以及各体论说杂文统统包罗在内。因为,在中国古代,许多作家写这类文章,其'沉思''翰藻',是不减于抒情写景的。"②虽提供了可资参考的解决方案,但散文入史的标准无疑还是要回到古代文章学的视域下重新制定。

"第三个'遮蔽',就是按'五四'新观念建构的文学批评史或学术史遮蔽了许多'旧派'的文章学批评专家和专书,这在清末民初尤为严重。"③专著或单独成卷的近代文话约有近百种,倘若算上题为各色文体学、文学史、修辞学、国文讲义(语文教材),其总数更是多达数百种,未曾得到系统的整理和分梳。《古文辞通义》的整理者之一熊礼汇先生曾指出研究类似《古文辞通义》这样的"旧派"文章学专书的意义在于重建古文之学的批评范畴:"须知古文之学是国学,是吾国固有之学术,对吾国固有学术的研究,恐怕首先得从前人研究这一学术的固有方法、观念出发,经过提炼、整合,再使其上升为具有时代特色的批评术语。"④重新"发现"并细读这些文章学专书,有助于厘清古代文章学的概念范畴,重建古代文章学的学术传统,澄清古代文章学的学术史脉络,恢复古代文章学的学科面貌。面对建构民族本位学术话语和文论体系的迫切要求,除对现当代文学批评方法的移植和征用外,还须向时代语境相似的近代文学阐释学寻求更多具有

---

① 朱自清:《评郭绍虞〈中国文学批评史〉上卷》,《朱自清古典文学论文集》(下),上海:上海古籍出版社,2009年,第539—542页。
② 郭预衡:《序言》,《中国散文史》(上),上海:上海古籍出版社,2000年。
③ 王水照:《三个遮蔽:中国古代文章学遭遇"五四"》,收入王水照、朱刚主编:《中国古代文章学的成立与展开——中国古代文章学论集》,第1—14页。
④ 熊礼汇:《从〈古文辞通义·总术篇〉看前人治古文之学的方法和主要见解》,收入陈庆元主编:《中国散文研究——中国古代散文国际学术研讨会论文集》,南京:凤凰出版社,2011年,第690—696页。

生产潜力的理论资源。

"三个遮蔽"是导致中国古代文章学学统中断的直接原因。尽管从更长的历史时段出发,这不过是学术史和知识分类体系同时受迫于外在和内在动因而做出的一次自我调整。在历史分析领域,研究对象已经转向了线性连续的对立面:"每一个层次都有自己独特的断层,每一个层次都蕴含着自己特有的分割;人们越是接近最深的层次,断裂也就随之越来越大。"①从经验的结果来看,包括《古文辞通义》在内的一批近代文章学著作遭遇到的是挫折和冷遇,以至于长时间内都湮没无闻。被遮蔽的《古文辞通义》及其他大量近代文章学著述构成了传统文章学发展中断的文本序列,代表了西学冲击下本土文化基底以文章学为本的创造性回应及其理论建树。"在人类思想长期的连续性中,在某一精神或某一集体心理充分的和同质的体现中,在某一竭力使自己存在下来,并且在一开始即至善至美的科学的顽强应变中,在某种类型、某种形式、某项学科、某项理论活动的持久性中,探测中断的偶然性。这些中断的地位和性质多种多样。"②历代文话有着天然的连续性,近代文话是传统文章学著述的自然延伸,却因遭受种种冲击而以别一种面貌蜕变新生。本书尝试把《古文辞通义》作为传统文章学在近代发生断裂的一个横截面加以审查,并通过多元共生的描述呈现这一断面的丰富层次。

尽管越来越多的人开始将目光转向中国古代文章学的诸多研究领域,时至今日,文章学学科仍然处于面目模糊、概念混乱、内涵错动的状态。文章学与文学批评、文学理论,甚至是与文学史之间的关系和界限掩映在半明半昧之间。自文学批评学科建立之初,其主要的观察对象和着眼点即侧重于诗词,在探讨古代文章学的具体内涵之际,学人往往不得不挪用诗词批评的现成框架和习见指称。在文学作品不断累积的基础上进行记录、筛选、分辨、评价的工作,使文评家与文学史家的身份在近代发生了巨大的重合。"1913年《教育部公布大学规程》'文学门国文

---

① 米歇尔·福柯著,谢强、马月译:《知识考古学》,北京:生活·读书·新知三联书店,2003年,第1页。
② 同上书,第2页。

学类'下,相关科目列有文学研究法、词章学、中国文学史三种,约略等于今之文学理论、文学批评与文学史。"①这样的比附在今日看来尽管几于严丝缝合,抑或有步入"倒放电影"这一陷阱的危险。过渡时代的学科建制仅仅是捉对配对已捉襟见肘,原有的内容和舶来的标签两相龃龉,互有妥协,时有削足适履之举。不仅小说、诗歌、散文、戏剧的文类划分是如此,文艺学的门类划分同样经历了类似的改造工程。文学理论、文学批评与文学史的三分法成为主流的分类方式后,新的归类体系要求对原有知识进行全面的梳理和整合,难以找到对应之物的全新概念反而更容易被填补。解析近代文章学的多重历史语境,无疑有助于适度剥离外来的黏着概念,对与去魅伴生的遮蔽进行"去蔽"的工作,在通行的冲击—回应阐释模式之外,探索建立更符合本土文学土壤的解释框架和研究范式。

(二) 方法重置:回向"潜体系"与"大文学"

中国古代文章学的学科建设不仅需要明确其内涵和外延,更需要研究方法的革新:"作为一门独立的学科,应有它自身的目的、要求、对象和方法,具有区别于其他学科的排他性。"②清季民国是传统文章学经历解构与重建的时期,词章之学作为一种独立的学术研究得到凸显。近代文章学理论的因创,既有出于文化保守主义者"传承出新"的自省,也有文化激进主义者"应激干预"的外求。在宏观、中观和微观层面对文学本体、写作技巧、鉴赏批评、接受理解展开的考察和讨论是文章学本体论的基本内涵,具有综合性的特征。近代文章学的特殊性在于其建立在对分科治学的充分认知上,是在新的知识分类体系占据上风的情况下回向"大文学"、凸显整体性的主动抉择。为复现其借由现代学术视野的洗礼而实现的创造性转化,在深入细致地开展近代文章学撰述的书目普查和调研工作之余,需要抉发其中原发性的、整体性的理论创获。

---

① 成玮:《论唐文治对文章选韵法的讲求及其教学背景》,收入王水照、侯体健主编:《中国古代文章学的衍化与异形——中国古代文章学二集》,上海:复旦大学出版社,2014年,第588页。
② 王水照:《鳞爪文辑》,西安:陕西人民出版社,2008年,第185页。

爬梳中国古代文章学的概念范畴。"范畴的问题不单单关联着思想观念,还是一个文化问题。"①中国古代文章学因学术传统的断裂而晦暗不明,一些原本习见或特定意义的概念由于失去了陈述的连续性显得夹缠不清。"研究中国古代文艺学范畴,并不只是对一些名词术语进行辨析考订,并不只是说明它们的源流演变,而首先应从宏观上把握它们之间的内在联系,进而勾勒出中国古代文艺学的总体风貌,抽绎出其独立的理论体系。"②这些亟待厘清和处置的概念不仅包括文章学的内涵和外延,也同样包括对文章学学科及其与其他学科相互关系的认知。这样做并不是为了"重新发现"相关概念形成清晰完整的图谱,而是为了破除预设的陈述框架,描摹知识概念的众声喧哗:"与其要把这些概念重新置于潜在的演绎结构中,不如描述它们在其中出现和流动的陈述范围的组织。"③因此,本书将采用相对客观的阐释方法,适当采用穷举的方式陈述中国古代文章学相关概念被写入、接受、分类、置换的现象和机制。

还原中国古代文章学的历史语境。古代文章学成立于宋代的标志之一,在于当时"文"的因素得以凸显,在时人的意识和认知中取得独立地位,始与魏晋时期的文笔之别大相径庭。在要旨主题的断续、焦点重心的转移、表述策略的蜕变等维度,近代文章学皆充斥着话语竞逐和权力消长。各类文学研究法、教授法的红极一时,学制纲要的制定和颁发,对文章学由原生态发展为科学化、系统化的知识谱系起了极大的推动作用。依托大量新撰教材、教参、课本的出版,新文化出版人、专业编辑和学校教员身份高度交叉,是造成现代散文权势话语发生迁转的重要动因。不回到文章学各阶段的语境之中,就无法了解文章学起、承、转、合的关键节点。"重提这些言论,并不断标记古今时差,有助于我们省思今天这些言论进入我们视野的过程,其实与这些言论在最初的语境——我们不必作太具体的状况的还原,而只就其大概作设想——有非常不一样的意

---

① 汪涌豪:《中国文学批评范畴及体系》,上海:复旦大学出版社,2007年,第748页。
② 张海明:《经与纬的交结——中国古代文艺学范畴论要》,西安:山西人民教育出版社,2006年,第3页。
③ 米歇尔·福柯著,谢强、马月译:《知识考古学》,第60页。

涵。"①现有研究已经从近代学制史角度对中国固有的和外来的文学知识和制度体系及其制约性影响作了正本清源的梳理,但对文章学从前现代形态过渡到现代学科的完整进程仍着墨较少。

呈现中国古代文章学的自在体系。建构中国古代文章学的体系或被视为一个无法抵达的伪命题。有论者否定中国古代文章学自成体系:"中国传统的词章研究基本属于零散且宽泛的'文体论',即使被转换成了桐城派所谓的'词章学',也仍未形成真正独立的知识统系。"②如果将命题中的古代文章学更换为古代文论,学界的讨论已相当充分:主张本土文论无体系者多以西方文学理论作为参照系,主张本土文论成体系者通过分析归纳、爬梳建构、比较寻找等方式确认体系的实存③,或认为古代文论有无体系,需就言说对象的不同(个体文论或群体文论)和体系的属性差异(内在体系或外在体系)展开分类讨论④。综合来看,中国古代文学理论批评具有"潜体系"的特征这一表述最符合实际。尽管古代文章学在具体著述中的表现形态和结构方式千差万别,其对"大文学"(文学、语言学、哲学)主题的聚焦始终一以贯之,具有相当的辨识度和排他性,这为我们提供了勾勒和描摹古代文章学自在体系的可能性。

《历代文话》的整理和出版成为中国古代文章学研究的重要基石,只是受到仅收录专著和单独成卷的文评资料这一编纂体例制约的影响,对于散见的文评材料,难免有沧海遗珠之憾。同时,文话与系统整理、汇编完善的诗话、词话相比,基础资料集成的仍较薄弱,取舍标准也莫衷一是:"从古代文学批评的表现形态来说,诗话和词话中大量的批点评论大多是片段式的,随笔作染,点到为止,常常用感觉意象来印证理论,如象喻批评等,几乎是重建诗的意境。"⑤文话批评更多指向篇章层面,实证色彩更加浓厚,但也带来界限模糊、搜检不易等问题。古代文章学与研究资源更为

---

① 陈国球:《文学如何成为知识》,北京:生活·读书·新知三联书店,2013年,第6页。
② 贺昌盛:《晚清民初文学学科的学术谱系》,北京:中国社会科学出版社,2012年,第45页。
③ 黄霖主编,黄念然著:《20世纪中国古代文学研究史》(文论卷),上海:东方出版中心,2006年,第264—267页。
④ 彭玉平:《诗文评的体性》,北京:北京大学出版社,2012年,第36页。
⑤ 同上书,第15页。

集中和成熟的诗学、词学学科相比,学科建设和学术发展的空间和潜力也更为广大。

方法重置的目的是为了转换学术视野,将中国古代的文章作品从一刀切的文学标准禁锢中解放出来,回归古代文学研究的民族本位:"诗文评里有一部分与文学批评无干,得清算出去;这是将文学批评还给文学批评,是第一步。还得将中国还给中国,一时代还给一时代。"①但另一方面,现代文学观念的树立业已成为共识,完全回到古代文章原初的混沌状态同样是一种倒退。因此,站在现代学术立场上致力于解释和阐发中国文学理论的努力显得尤为可贵:"许多有关资料,业经现代学者,尤其是郭绍虞和罗根泽,从这些不同来源中搜集在一起,整理出一些秩序来,但是我们需要更有系统、更完整的分析,将隐含在中国批评家著作中的文学理论提取出来。"②阐发媒介演变相似的历史情境,原是为更精准地解读古典文学提供经验支撑。"建立在深厚文章学修养上的正确的文本解读,在我看来,是任何一种文学研究的基石,回归文章学,决非复古倒退,而是文学史研究的最本质的题中之义;舍此,所谓'回到文本''回到文学'便几近空话。"③因此,回归民族文学本位的同时把握文章学史研究的分寸,不仅是基于纯粹学理的理性回归,更是转向当代文化和现实文化的时代诉求。

(三) 视角转换:以近代文章学为参照系

与古代文章学的辗转引证和陈陈相因大相径庭的是,为因应新学冲击和知识更新的近代文章学在研究方法上注重立破结合,追求古今会通,呈现出有别于前的样貌。当时,传统文章学正步入积重难返的极端形式主义阶段,文学革命方呈"山雨欲来"之势。前者对文学创作动向的钝感和相对滞后形成了充满张力的理论空间,而后者对传统文章学的挑战和诠释要求则是近代文章学理论法古更新的客观动因。"三个遮蔽"的问题

---

① 朱自清:《评郭绍虞〈中国文学批评史〉上卷》,《朱自清古典文学论文集》(下),上海:上海古籍出版社,2009年,第545页。
② 刘若愚:《中国文学理论》,南京:江苏教育出版社,2006年,第5页。
③ 赵昌平:《回归文章学——兼谈〈文心雕龙〉的文章学架构》,《文学遗产》,2003年第6期,第41—49页。

向学界提出了切换学术视野、重归文章本位的迫切要求:"所谓的'文学性',并非研究中国文章的最佳视角。五四新文化人当初引进'纯文学'与'杂文学'这一对概念……相对漠视了中国文章的特性及演进的历史。"①尽管文章学的前现代形态伴随语言文字的更新而遭到遮蔽,近代文章学多元而复杂的传统实际上远远未被"解构"殆尽,提取其中仍具有强大生命力和解释力的框架和要素,有助于丰富和完善文学阐释学的现代内涵,从而为解决古代甚至是现当代文学史和文学批评中存在的"重诗轻文""标准未明""阐释失效"等症结提供理论支撑。

早在20世纪40年代,王瑶就曾指出中国文学史研究的一个突出倾向是重诗而轻文:"中国文学史的主流是诗和文,但今日研读过去作品的人都感到对于'文'最无兴趣。"②直至今日,文学批评"重诗轻文"的现象仍然仅得到非常有限的改善,而造成这一现象的原因与古代文章的固有属性直接相关。王水照以宋代散文研究为切入口,指出散文研究的薄弱性在于古代散文作品的实存与现代文学观念之间的矛盾:"如果认真清理和总结我国古典散文的理论成果和写作经验,探明我国散文已经历史地形成的独特概念系统,那些在现代文学分类中不属于文学性散文的说理文,事实上却是中国古代散文的重要组成部分。"③古代散文的研究和鉴赏理应以古代文章学作为重要的参考坐标,充分挖掘传统人文理论资源,深化对民族文学固有属性的认知。

从目录史的角度看,讨论文学作品的专著,由"总集"一变而为"文史",经"文史"而为"诗文评"。同时,亦有不少颇有价值的文章学论述散见于诗文集、书信、笔记、序跋、评点等单篇文字材料之中。相当一部分的专著或单独成卷的文章学著述则是在对前人散见论述的基础上加以搜辑或汇纂而成。经过叠加辑录与辗转传抄,遂积淀为一己之著作者,代有其人。如此这般,其后出者虽未必转精,较之前修则每每愈密。在撰写时间

---

① 陈平原:《古典散文的现代阐释》,《作为学科的文学史》,北京:北京大学出版社,2011年,第334页。
② 王瑶:《谈古文辞的研读》,《国文月刊》,1948年第68期,第4—6页。
③ 王水照:《我和宋代文学研究》,《鳞爪文辑》,西安:陕西人民出版社,2008年,第457页。

上,《古文辞通义》属于相当晚近的文章学著作,作者搜集占有的资料极为丰富,集前人著述之大成,或者可收以一当十之效。从文话著述个案的角度而言,《古文辞通义》无疑是一部体大思精、自成一系的文章学著作:"纯粹资料汇编式文话逐步萎缩,融贯资料、统以己说之文话取而代之。随着西方现代学科观念的渗入,中国传统式的抄书著述已退居十分边缘的位置,纯粹资料汇编式的文话也就很少出现了。取而代之的是博观约取、统以己说的论著型文话,民国王葆心的《古文辞通义》就是典型。"①朱东润在《中国文学批评史大纲》自序中提出因唐宋名家的文学批评多半已广为人知,故其特别注重近代批评家:"应当根据远略近详的原则,对于近代的批评家加以详密的叙述。"②这一原则的确立乃是出于完整勾勒学术史的初衷。本书选择王葆心《古文辞通义》这样一部诞生于清末民初的文话作为考察对象,也出自对其或具备"远略近详"之优势的期待。

《古文辞通义》产生于近代学术结构整体转型的时间节点,是文学史发展的必然。晚清及五四两代人研究文章的学术成果之所以"值得认真钩稽",是因为"中国古典散文的研究范式,是在他们手里建立起来的"。③ 一方面,因"不同时代有不同的文学批评观念和批评规范"④之故,对《古文辞通义》这样一部近代文章学专著应当抱有同情之了解,戒除直接套用预设或先验架构模式的倾向:"自己有立场,却并不妨碍了解或认识古文学,因为一面可以设身处地为古人着想,一面还是可以回到自己立场上批判的。这'设身处地'是欣赏的重要的关键,也就是所谓'感情移入'。"⑤另一方面,又须以客观审慎的态度研判该书在古代文章学学术史中的地位,力求如实反映其价值,也不讳言其缺陷,充分认识到先验的历史结果的必然性。

通过对其他文学样式的粗暴拒斥和渗透话语权力的自我书写,新文

---

① 侯体健:《资料汇编式文话的文献价值与理论意义——以〈文章一贯〉与〈文通〉为中心》,《复旦学报》(社会科学版),2009年第2期,第39—45页。
② 朱东润:《中国文学批评史大纲》,上海:上海古籍出版社,2005年,第4页。
③ 陈平原:《古典散文的现代阐释》,《作为学科的文学史》,第319页。
④ 勒内·韦勒克、奥斯汀·沃伦著,刘象愚等译:《文学理论》,南京:江苏教育出版社,第35页。
⑤ 朱自清:《古文学的欣赏》,《朱自清古典文学论文集》(上),上海:上海古籍出版社,2009年,第25—30页。

学对文学现代性的垄断叙事已然饱受质疑。尽管文学现代性萌发的时间节点是否应当进一步向前位移仍未有定论,旧学根柢深厚的"老成人"们在晚清的岔点上产生了重要的分化却是不争的事实,从而制造出新与旧的分水岭。"晚清""民国""五四"作为现代文学史时间序列上的关键节点,固然有其重大的文化历史意义,而文学创作与批评实际定然并非如楚河汉界般泾渭分明。清末民初的文章学同样经历了这样一个断中有续、新旧并存的复杂阶段,此一时期的文章学著述也呈现出多元化的特征。在白话文运动和纯文学观制胜的作用下,以白话文为基础、以白话文章为研究对象的现代文章学著述层出不穷,并后来居上,成为现代语文学和实用文章学的滥觞。与此同时,近代文章学著述的不少作者也都受到西方学科分类意识和教科书体例的影响,对新的知识内容呈现出不同程度的接纳和容受。

举例来说,民国初年,林纾《春觉斋论文》、姚永朴《文学研究法》二者的撰述初衷都是近代学堂授课讲义,但从语言形式到结构内容都与传统文话的表述策略别无二致,属于不折不扣的古代文章学著述。胡怀琛既著有深植古典散文的《文则》,也著有建基于白话散文的《新文学浅说》《修辞学发微》,还有兼论文言与白话散文并传授二者互译方法的《作文研究》。20世纪20年代到30年代,叶圣陶、夏丏尊等人撰写的多本语体文国文讲义奠定了现代文章学的根基,在体例架构上则与西学教科书如出一辙。《古文辞通义》既处于传统诗文评、文话著作的延伸序列之中,又在架构上遵循教科书体例,同时广泛吸纳外来文学、修辞学、语法学等人文社科理论,意在实现中西会通。因此,其兼具同时代其他文章学著述的典型特征,为古代文章学研究提供了稀见的复合型文本。也正因为文体与语体、语法和修辞等议题始终并存,近代文章学著述创生了种种交叉过渡形态,20世纪30年代以后虽然传统文话形态的文章学著述数量有所减少,但直到20世纪40年代仍然陆续有古代文章学著述的问世。不过,在新文学叙事不断得到加强以及美文典范重新确立的过程中,与所谓"旧文学"存在紧密"共生关系"的大量古代文章学著述也逐渐没入时代的洪流之中。

此外,近代文章学明显受到域外文章学反哺的影响。开展比较诗学研究的意义在于揭示普适性的文学规律:"中国古典文论与西方文论在基本概念、表述方法等许多方面都很不相同,中西文论的比较不仅可以帮助我们认识中国古代文论的特点,用明确的语言描述其中许多概念和术语,而且可以在比较的基础上得出世界文论范围内的普遍规律。"①近代本土和域外文章学的互动也折射出文章学问题的普世意义。

三、研究综述与写作构想

(一)雁过无痕:王葆心《古文辞通义》

《古文辞通义》是近代湖北罗田学人王葆心在民国初年撰写的一部文章学巨著,由聂安福点校,全文收录在王水照主编《历代文话》第八册,卷帙浩繁,体大思深。王葆心(1867—1944)业已刊行的著作计有十余部,如《续汉口丛谈》《再续汉口丛谈》《罗田靖乱记》《湖北文征》《方志学发微》《古文辞通义》等,尚有大量存世未刊著作手稿集中保存在湖北省博物馆②,留待整理出版。关于《古文辞通义》的专书研究和王葆心的专家研究学位论文,已有博士和硕士学位论文各一篇。前者分为外部研究和内部研究,外部研究包括作者王葆心的生平考略、成书过程、版本考略、体例特点以及编撰目的,内部研究以王葆心文学思想研究为主,③后者简要介绍了王葆心个人的求学经历、学术成就和学术思想。④ 除吴伯雄博士学位论文外,关于《古文辞通义》的单篇论文大多出于这一文本的出版整理者之手,如聂安福从文体分类角度阐述其划分抒情、纪事、说理三种统系在文章发展史观中的理论价值⑤;熊礼汇概述该书各章节大意,抽绎纲领辨析

---

① 张隆溪:《应当开展比较诗学研究》,《中国比较文学》,1984年第1期,第17页。
② 湖北省博物馆自2011年起组织专家整理并拟出版《王葆心全集》,至本书写作时尚未付梓。湖北省博物馆据所藏王葆心《晦堂文钞》《晦堂文稿》制作《晦堂文钞、文稿目次》,并开放《晦堂文钞》《晦堂文稿》复印件供浏览影印,本文所引《晦堂文钞》《晦堂文稿》皆来自馆藏稿本复印件。
③ 吴伯雄:《古文辞通义研究》,复旦大学博士学位论文,2010年。
④ 陈昊:《王葆心的学术成就与学术思想研究》,华中师范大学硕士学位论文,2012年。
⑤ 聂安福:《情、事、理三种统系——王葆心文章发展史观研究》,《广州大学学报》(社会科学版),2002年第8卷第12期,第84—89页。

全书论述脉络①,并就《古文辞通义》六大篇章之一的《总术篇》撰写了专篇论文②,梳理了该篇所涉古文之学的方法和见解。由于《古文辞通义》规模庞大,引征繁复,全书述而不论者亦多,如何在揭示该书自在圆融整体关系的基础之上抉发其独特观点和意义始终是破解这一近代文章学集大成者的关键。

从王葆心现存的遗著资料中,其生平事迹可获大致勾稽。叶贤恩所作《王葆心传》内容虽多有舛误,但作为王葆心的首部完整传记仍具备相当的史料整理价值。前揭叶氏所著《王葆心传》附录有《王葆心年谱》,吴伯雄博士学位论文也附有《王葆心年表》。王葆心后人亲族及故旧门生留下了不少有关其生平经历、著作情况、学术研究的详实记载,有助于其生前事迹钩沉。作为一部几易其稿、辗转修订的文话,《古文辞通义》漫长的成书经过和前后版本的差异都反映了作者文章学思想的演化和学术风气的时代变迁,该书最终之所以定名为《古文辞通义》,寄托了作者传承古文文统的自觉意识和写作文章学通史的著作抱负。所幸《汉黄德道师范学堂讲义》《高等文学讲义》等手稿皆有留存,通过对《古文辞通义》书系文献的整理和对读,更能精准捕捉和还原作者的写作心路。

自《古文辞通义》问世之日起,这部大书所得到的关注仅限于清末民初的古文教育学界:"此书问世之初,好评如潮,在清末京师的桐城派学术圈中,'咸深印可',马其昶、姚永朴、林纾、陈衍等都予以首肯,林纾赞为'百年无此作'。王先谦为之题耑,评为'今日确不可少之书'。但是'分科大学文科诸君多展转购求以去',风行一时。'五四'以后,却悄然淡出,印本稀觏,几乎无人问津。"③直至现今,该书也只在门生故旧和藏书家那里产生过些微遥远的回响④。这并非偶然,与《古文辞通义》同时产生的一大

---

① 熊礼汇:《〈古文辞通义〉要义概说》,王葆心编撰、熊礼汇标点:《古文辞通义》,武汉:武汉大学出版社,2008年,第1—41页。
② 熊礼汇:《从〈古文辞通义·总术篇〉看前人治古文之学的方法和主要见解》,收入陈庆元主编:《中国散文研究——中国古代散文国际学术研讨会论文集》,第690—696页。
③ 王水照:《三个遮蔽:中国古代文章学遭遇"五四"》,收入王水照、朱刚主编:《中国古代文章学的成立与展开——中国古代文章学论集》,第1—14页。
④ 参见本书结语部分。

批近代文章学著述皆埋没在历史文献的长河之中。厘清和剖析以王葆心《古文辞通义》为代表的近代文话,不仅有助于深化对本土阐释学传统的客观认知,也能有效揭示传统方法论对古代文学研究的促进作用,以期对时代现实的需要和价值回归的诉求有所回应。

(二) 枯木逢春:中国古代文章学研究

20 世纪 60 年代,《光明日报》"文学遗产"专栏曾开展古典散文大讨论,初步引发审视和处置散文遗产的学理思考。20 世纪 80 年代,古代文章学的学术概念呼之欲出,其研究对象虽仍存在一定局限,建构古代文章学的科学体系这一设想初步闪现[①]。王水照以散文作品进入文学史的标准问题为出发点,指出整理历代文话文献并深入分析的必要性:"古代散文研究中的当务之急在于对前人已有的诸种批评范畴和术语,如'气'、'势'、'法'之类加以系统的梳理,并予以准确稳妥的现代阐述,这些范畴和术语绝不仅仅只是形式上、文字上的技巧问题,而是直接与散文的美学内涵相关。因此,全面地辑录和清理古代的'文话'便势在必行。"[②]继大型文章学资料汇编《历代文话》出版后,中国古代文章学学术研讨会也连续成功举办多届,为古代文章学重回学术视野创造了极佳的文献基础和学术条件。现下重启文章学议题,不仅是出于文学创作和批评有效性的现实关怀,也迎合了确立文学史书写客观标准的现实需要。

从学科定位和分类的角度来说,古代文章学应属古代文学学科下的分支,与诗学、词学、曲学、赋学、小说学等学科相并列。作为现代实用文章学前身的古代文章学研究自 20 世纪 80 年代起取得了相当的进展。现代实用文章学从语文学学科分支的角度,剖析现代文的原理、技法和应用,中国文章学研究会的成立,也深入推动了实用文章学的理论发展。中国文章学研究会副会长曾祥芹将文章学定义为"文章本体及其写读理论

[①] 倪春军:《近百年以来"文章学"之概念变迁与学科建构》,《中国古代文章学学术研讨会论文集》(未刊)。
[②] 王水照:《我和宋代文学研究》,《鳞爪文辑》,第 457 页。

的探索"①,研究侧重点虽在于反映现代文章学的曲折发展,客观上也极大地带动了对古代文章学理论的挖掘和阐发。

一方面,中国古代文体学的研究正如火如荼,成为打开中国古代文章学研究思路的一条重要通路。各体文章的文体学属于广义文章学的一部,在学界中得到的关注相对较多。有论者提出:"文章学必须以文体学为基础。"②而文体学在复归传统学术本位、弥缝新旧知识体系的面向上也面临着相似的境地:"中国文体学兴盛,标志着古代文学学术界的两个回归:一个是对中国本土文学理论传统的回归,一个是对古代文学本体的回归。"③曾枣庄认为,文章学研究必须落实到具体的诗文作品,"具体的诗文都是以不同的诗文体裁而存在的",历代文章学著作大都兼为文体学著作,由此推论文章学须以文体学为基础④。吴承学指出,"尊重古代文学的历史事实,回到文体的历史语境,将文学观念和理论建筑在具体文学史实之上,回到中国'文章学'来发现中国文学自己的历史,尽可能消解自新文化运动以来以西方文学分类法套用中国传统文学所造成的流弊——这是近年来中国文学研究源于自身需要与反思所形成的重要发展趋势,也是中国文体学兴盛的背景。"⑤以文体学作为文章学研究的基础和起点,的确具有提纲挈领、鞭辟入里的优势。近年来,古代文体学研究进展也颇为喜人,为文章学课题的推进奠定了笃实的条件。

另一方面,中国古代文章学势必不能仅仅停留在文学形式的修辞研究层面,而更需要从本体论的高度加以剖析和阐述。前辈学人各抒己见,曾经对中国古代文章学的内涵做出了各自的阐释和归纳。王水照《历代文话序》将中国古代文章学的内涵初步归纳为文道论、文气论、文境论、文体论、文术论、品评论、文运论等⑥。有学者在此基础上进一步细化,将上

---

① 曾祥芹:《文章学的复兴——〈文章本体学〉导论》,《曾祥芹序跋集》,郑州:大象出版社,2013年,第231页。
② 曾枣庄:《文章学须以文体学为基础》,《文化、文学与文体》,上海:上海人民出版社,2011年,第297—312页。
③ 吴承学:《中国古代文体学研究》,北京:人民出版社,2011年,第2页。
④ 曾枣庄:《文章学须以文体学为基础》,《文化、文学与文体》,第297—312页。
⑤ 吴承学:《中国古代文体学研究》,第2页。
⑥ 王水照:《历代文话序》,王水照编:《历代文话》第一册,第5页。

述诸项作为外律"大约为文道论、文气论、品评论、文境论、文运论",将内涵丰富为"意象学、词汇学、修辞学、文法学、章法学、主题学、文体学、风格学"①。祝尚书以宋元时期的文章学著作为中心,将传统文章学的内涵分梳为:"作家修养论,文章认题、立意论,文章结构论,文章行文论,文章修辞论,文章造语下字论,文章用事、引证论,文章风格论,文章活法论等。"②曾枣庄则主张狭义文章学研究应当包括篇章结构、音韵声律、语言辞采、行文技法③。古代文章学的内涵和外延虽仍处于众说纷纭的探索状态,但对这一议题关注度的持续升高必将拓展相关研究的深度。

《古文辞通义》不仅悉数囊括了历代文章学著述的重要议题,并在此基础上构建起自成一家的文章学理论体系。其包孕之广、维度之多,正如该书的整理者之一熊礼汇所言:"综览其说,细加紬绎,至少从中可以钩撷出古文本体论、古文文体论、古文主体论、古文格法论、古文创作论、古文批评论(包含鉴赏论)、古文流派论(包含作家论)和古文史论。"④因此,本书的第三章将围绕《古文辞通义》与中国古代文章学的基本内涵,分别从本体论、创作论、修辞论、体用论和文章之外等面向逐一讨论。

(三) 向死而生:近代文章学的多重突围

清季民国的近代文章学既包蕴着文化意义上的"感时忧国",又呈现出有别于前的治学特色。近代文章学所承载的深刻命题和表征的纷繁景观,固然有因应西学冲击的成分在内,却也未始不无蜕故孳新的深长意味。之所以选择近代文话作为考察的对象,是因为这一时段的文章学著述往往因袭并忠实地保留了传统历代文章学的主题、概念、范畴、知识等一整套组织机制和构成要素,并对这些内容作了去碎片化和求整体化的处理,这是古代文章学所蕴含的稳定的内核。倘若要全面考察中国古代文章学,近代文章学无疑是一个较为理想的突破口和着眼点。"在近代中

---

① 仇小屏:《吕祖谦〈古文关键〉文章论研究》,台北:万卷楼图书股份有限公司,2010年,第128页。
② 祝尚书:《宋元文章学》,北京:中华书局,2013年,第6页。
③ 曾枣庄:《文章学须以文体学为基础》,《文化、文学与文体》,第297—312页。
④ 熊礼汇:《〈古文辞通义〉要义概说》,王葆心编撰、熊礼汇标点:《古文辞通义》,第39页。

国,原有的秩序已经崩解,任何一种思想都有一些机会成为领导性论述,同时也有许许多多的思潮在竞争,必需摆脱'后见之明'式的,或过度目的论式的思维,才能发掘其间的复杂性、丰富性及内在的张力。"[1]通过抽绎、提炼和检验近代文章学理论的阐释有效性,也有助于为当代文学史书写和作品经典化树立相对客观和稳定的评价标准。

王运熙、顾易生《中国文学批评史》(近代卷)在绪论中提出中国文学理论的十大近代化特征:在整体框架上,变"实利所归,一人而已"的封建文学为"万姓所公"的国民文学;破杂文学体系而建纯文学观念;由"独抒性灵"说走向创作"自由"论。其实际表现为白话运动的展开、文体结构的改观、典型化原则的输入、创作方法的新识、悲剧观的确立,从而开创了新的中国文学史学,开始了中外文学的比较研究。[2] 在学科整体迈向现代化的进程中,近代文章学在周遭环境的刺激下其内涵与外延都发生了大幅度的变动和改观。慈波在《应激与自省:晚清民初文话发展的新路向》一文中指出:"伴随科举制度的革废与白话文的兴起,晚清民初文话的传统生存场域发生了巨大的改变,而西潮东渐的汹涌之势更加大了承继传统与寻求新变之间的张力。"[3]时代语境的骤变对文章学而言危机与契机并存:"晚清民国的知识与制度转型,并非由中国的社会文化历史自然发生出来,而是近代中外冲突融合的产物。在某种程度上,可以说是外部世界移植到本土,并且改变中国基本面貌的产物。"[4]新旧调和、中西会通的努力正是通过新的学术范式和话语模式得以呈现。抉发古文创作、鉴赏和批评传统中仍具有解释力的要素和未被"解构"殆尽的美学内涵,对文学史标准的重建乃至语文教育的科系设置和教学方式等均具有"向后看"的现实针对性。

---

[1] 王汎森:《中国近代思想文化史研究的若干思考》,许纪霖、宋宏编:《现代中国思想的核心观念》,上海:上海人民出版社,2011年,第727页。
[2] 王运熙、顾易生主编:《中国文学批评通史》(近代卷),上海:上海古籍出版社,1996年,第1—19页。
[3] 慈波:《应激与自省:晚清民初文话发展的新路向》,《上海交通大学学报》(哲学社会科学版),2009年第4期,第83—89页。
[4] 桑兵、赵立彬主编:《转型中的近代中国:近代中国的知识与制度转型学术研讨会论文选》,北京:社会科学文献出版社,2010年,第5页。

近代文章学的演变是复合的、多维的、立体的动态过程,而在集中涌现的大量近代文章学著述中,《古文辞通义》既提供了凝聚时代剪影的缩微文本切入口,也是映射阐释学转型的典型载体,它既是传统汇编型文话发展到极致的样本,又是作者以己意统摄全书、自成体系的论著型文话。本书将结合王葆心教育经历和师承渊源,分析张之洞幕僚圈、湖湘派师友圈、桐城派古文圈对其国粹派文章学思想的形塑影响,并立足《古文辞通义》的文本细读展开专书研究。第一章,以《古文辞通义》编纂动机、成书经过和著述体例为中心,概述近代文话的基本特点。第二章,围绕王葆心的师承渊源和治学经历,呈现该书西学中源、会通超胜、中体西用的撰述宗旨。第三章,从《古文辞通义》的理论体系入手,探讨古文文章学的内涵和外延。《古文辞通义》同时是一部经晚清学部审定的国文学教科书,既有对传统文章学逻辑方式、概念范畴等的继承和延续,也在学术术语的辨析、学术观念的更新、学术范式的再造等方面作出了独特而富有新意的理论贡献,因而有必要将其纳入到近代学制的视野中进行审视。本书下半部分将从学术互动、结构转型和教育实践等角度描摹和剖析近代文章学的历史环境和学科全貌,以期全方位地展现这一失落的学术传统。在第四章,笔者希望通过对该书独特著述方式的剖析,呈现传统文章学著述的共同特征和诠释方式。第五章,从近代学堂与教科书的体制特点以及近代文章学学科的发展脉络入手,在近代知识结构转型的视域下还原《古文辞通义》产生的时代背景。第六章,着眼于散文典范的标准重建和知识分类的范式再造,阐述传统文章学向现代实用文章学的演进。

(四) 重绘图景:现代学术视野下的古典文学

尽管学界对文章学学科的定义、范围和内涵远未达成一致,但毋庸置疑,中国古代文章学是关于古代文章的学问,文体论和修辞论皆是其题中应有之义。近人刘师培论文首执两端,要归于文体和文法:"所论之旨,厥有二端,一曰文体,二曰文法。《雕龙》一书,溯各体之起源,明立言之有当,体各为篇,聚必以类,诚文学之津筏也。若夫辨论文法,书各不同,或品评全篇,或偶举隽语,或发例以见凡,或标书以志义。至于纂类摘比之书,标识评点之册,本为文之末务,岂学文之阶梯。"①尽管如此,以文章为核心的文体论和修辞论仍然有待系统的抉发和全面的整理:"我们对于诗、词、戏曲、小说等的批评都已基本形成一套较为稳定的术语,而且诗话、词话以及戏曲、小说理论批评资料也已基本得到清理和编辑(如《历代诗话》《历代诗话续编》《词话丛编》等),相对来说,'文'的批评术语和批评模式尚未科学建构,遑论熟练运用。"②以文体论和修辞论为抓手进行古代文章学研究,也能够为文学阐释学提供更具针对性和深刻性的批评话语和模式。

王葆心弟子徐复观从文学创造的动机出发,将中国文学分为三大概念类型,即由感动、兴趣、思维而来的文学,前二者是"内发的文学",后者是"外铄的文学":"因为作者并无主动的创作动机,只是因为外面有种要求、压力,不能不创作,于是只好凭思维之力去建立观点,寻觅主题……这一类型的作品,因为作者的感情、生命,无法注入进去,便常特别在技巧上用心,亦即是在艺术性上用心,想以艺术性的形式,掩蔽空洞无物的内容。"③尽管这三种文学实际上交相为用,中国古代大量实用性文章无疑属于第三种思维驱动的文学。欧明俊在《学术视野中的古代文章学》中指出:"中国古代主流文体观念是'大文学''杂文学'文体或'文化'文体概念,'文章'文体包括所谓'应用'文体和'文学'文体,不存在纯粹的'文学'文体,也没有纯粹的'应用'文体。"④为古代文章的分类体系提出别解。曾枣庄兼顾现代西方文学的定义与中国古代文学的作品实际,主张将古典文学的研究对象分为三类:"从研究中国古典文学的需要出发,中国数以百计的文体,大体可以分为文学性的、非文学性的和两可性的三大类……文学类文体首先是指中西方都认为属于文学作品的诗歌、小说、戏剧……非文学类文体包括诏令、奏议、公牍、祈祷等应用文体……两可性文体指

---

① 刘师培:《论文》,《刘师培全集》第二册,北京:中共中央党校出版社,1997年,第71页。
② 王水照:《我和宋代文学研究》,《鳞爪文辑》,第457页。
③ 徐复观:《中国文学讨论中的迷失》,《中国文学论集续篇》,北京:九州出版社,2014年,第138—146页。
④ 欧明俊:《学术视野中的古代文章学》,王水照、侯体健主编:《中国古代文章学的衍化与异形——中国古代文章学二集》,第35页。

书启、序跋、论说、箴铭、颂赞、传状、碑志等类。"①都是在充分认知本土古典文学具有杂文学体系特点的基础上提示古典文学研究的首要前提,古代文章学研究亦不例外。

虽然说"各时代的环境决定各时代的正确标准,我们也是各还其本来面目的好"②,论者也需要警惕完全倒退至无视西方现代文学及其他学科观念的倾向,仍然要在现代学术视野的基本前提下把握古典文学的特征,既不以今人之见解要求前人,也不当以孤立的态度观照过往,而是在动态平衡的阐释循环中深入对古代文章学的整体认识。王葆心撰述《古文辞通义》,颇有古作者之风,述而少作,与章学诚《文史通义·史德》所云相契合:"盖欲为良史者,当慎辨于天人之际,尽其天而不益以人也。尽其天而不益以人,虽未能至,苟允知之,亦足以称著述者之心术矣。"③或许,这一近代文话著作实践本身已经为我们提供了一种在前现代学术视野下践行古代文章学研究的绝佳范本。

---

① 曾枣庄:《中国古代文学的尊体与破体》,《文化、文学与文体》,第317页。
② 朱自清:《评郭绍虞〈中国文学批评史〉上卷》,《朱自清古典文学论文集》(下),第539—542页。
③ 章学诚著,叶瑛校注:《文史通义校注》,北京:中华书局,1985年,第220页。

第一章
王葆心及其《古文辞通义》

第一节　鄂东学人王葆心生平考述

　　《古文辞通义》的作者王葆心(1867—1944),字季芗,一字晦堂,晚号青坨,湖北罗田县大河岸镇古楼冲人,是中国近代方志学家、经学家和文史专家。湖北一地在明清两代皆文风昌盛,晚清之际依托张之洞湖北教育兴学活动,更是人文辉映。王葆心一生始终心系鄂东,生于斯、长于斯、成于斯,其治学路数也深受鄂东学风影响,在"学术精通,道德纯备"之余,发扬经世致用的实学精神,堪为近代湖北学人的楷模。闻一多堂弟闻惕生曾游于其门,著录王葆心遗著叙目七十余种①。20世纪80年代后,王葆心弟子谈瀛又在该叙目的基础上补正《王葆心先生遗著叙目》②,除更正个别著作篇名、卷数外,增补了笔记、讲义、图志、考论等近二十种著作目录,则王葆心生平著述总计不下数百万字。从近百种著作叙目可以见出,王葆心涉猎广泛,并在经学、史学、方志学、文学、教育学、目录学、考据学等众多领域皆有造诣,实为一代通儒。其对传统文史之学和词章之学浸润既深,在中西会通学术视野的渲染下,基于对近代新兴学科分类观念和知识转型的敏锐认知,融汇毕生学识,尽皆付于《古文辞通义》这部近代文话集大成之作。

---

① 闻惕生:《王季芗先生生平学术及其遗著》,中国人民政治协商会议罗田县委员会文史资料工作委员会:《罗田文史资料》,1988年,第2辑,第56—66页。
② 谈瀛:《王葆心先生遗著叙目》,《荆楚文史》,1991年第1期,第51—62页。

一、鄂东学风,菱湖干才

罗田王氏在南宋孝宗朝自江西迁至鄂东,至王葆心之父王培浚时已家道中落。出生于同治六年(1867)的王葆心在同胞兄弟四人中为季子,自幼接受传统私塾教育。开蒙时,他与族中兄弟共同师从塾师叶启骏:"先生少治经生家言,为文谨守先正法程。"①七八岁时,又与从兄弟同入蒙馆经塾,并显现出少年早慧的迹象,经常受到当时经师张栞的称赏:"师每授生书才三四过,即背诵如流,先生惊,以为此子胡聪强乃耳。偶有讲释授覆之,亦置对不绝口,先生又讶之。"②蒙馆课业一直持续到王葆心弱冠之年。多年后追忆这段蒙学时光,他仍然记忆犹新:"葆心六七龄从叶骥才先生入蒙学,受宋区适子《三字经》及明萧汉冲之《龙文鞭影》,历经从兄香谷伯兄受四子书,其间多作辍。至从先生始受《诗》,惟此一年读书为多也。"③王葆心早年接受的传统私塾学馆教育,为其深厚的文史学养奠定初步根基。

1889年,张之洞创建两湖书院后,又在黄州设立经古书院,并延请湖北罗田周锡恩(1862—1900)为山长:"在己丑南皮制军自两粤移督荆楚下车伊始,首以揆文教为急。既建两湖书院于鄂垣,复为黄州增经古书院,礼延罗田周伯晋编修主讲。"④经古书院山长周锡恩曾任翰林院编修,不仅才华横溢,诗文俱佳,而且热心时务,力倡新学,当时在湖北颇为士林所瞩目。光绪十六年(1890),王葆心"以课试成绩优异,为经古书院院长同里周锡恩所激赏……并同时选入经心(按:此处有误,应作经古)书院"⑤,遂与胞兄王葆周、王葆龢一同在黄州经古书院开始为期两年的学习。

经古书院山长周锡恩曾将书院师生的课业习作,按考订、性理、经济、

---

① 王葆心:《叶骥才先生家传》,《晦堂文钞》。
② 王葆心:《张韵楼先生家传》,《晦堂文钞》。
③ 同上。
④ 李方豫:《黄州课士录叙》,周锡恩编定:《黄州课士录》,清光绪十七年刻本。
⑤ 王延杰:《我的叔父王葆心》,中国人民政治协商会议罗田县委员会文史资料工作委员会:《罗田文史资料》,1987年,第1辑,第2页。

词章等四科划分,亲加评识,编订为《黄州课士录》七卷并付梓刊行。实际上,《黄州课士录》分别习作类目本于书院课程科目的设置,由周锡恩与时任黄州知府的李方瑑共同制定:"爰与李公厘定课士章程,厥分四目,一曰考订之学……一曰性理之学……一曰经济之学……一曰词章之学。"①由其所设科目可见,经古书院的教学宗旨兼修考订与性理之学,同时亦主张经世文章。七卷本《黄州课士录》中,后四卷(第五卷未刊齐)皆为生员的词章之作,或拟古诗赋,或以黄州一地历史人文为题,由书院师弟子同题相竞,此外也不乏吟咏四时风物、远游登高纪行的诗文创作。

作为周锡恩的得意门生,王葆心与其胞兄王葆周、王葆龢皆有大量诗文入选《黄州课士录》,王葆心同时承担了该书大部分的校对工作。周锡恩亲序该书云:"自庚寅夏迄辛卯春,诸生课作千有余篇,兹择其尤雅,刊若干卷。"一年之中,从上千篇书院学生习作中甄录为七卷,前三卷共收录文章十九篇,其中王葆心一人即入选八篇,在诸生中独占鳌头。卷三所录王葆心《变武科议》前,并注有"官课超等第一"等文字,证其课业优异。此外,相较文章之优胜特出,王葆心的诗歌仅有七首入选,而其兄王葆周的诗歌入选则达三十首之多,颇有几分诗文异趣的征兆。

黄州经古书院素来学风开明,尤重经济之学,同样体现在生员的习作内容之中。如山长令众人试作《铁路议》,王葆心挚友童树棠论云:"查铁路之兴,西国收其效已数十载,用以通兵粮、运商货、便行旅,能使险者夷,远者近,迟者速,富强之策,全赖乎此。"行文一一驳斥建设铁路将影响民生、不利御敌等当时士林中颇为普遍的守旧顾虑,气势雄辩,持论有据。诸生还曾以《洋器四咏》进行同题的诗歌创作,王葆心咏《显微镜》诗云"若将此镜烛奸幻,肝胆灼见三生前。蛾眉新黛愁欲绝,跃跃情心都了彻"②,构思奇丽,颇具现代气息;又咏《气球》诗云"玉宇生寒日色薄,俯瞰下方无城郭。脱尽红尘与古游,转疑我在天上头",亦富于想象力。周锡恩评点其诗,有"慷慨跌宕""意境苍削""高韵琅然"等语。诸生所咏对象既为西学器物,书院新学气象亦可见一斑。

---

① 周锡恩:《黄州课士录叙》,周锡恩编定:《黄州课士录》,清光绪十七年刻本。
② 周锡恩编定:《黄州课士录》卷七,清光绪十七年刻本。

至于文章之作,多与鄂东一带风土人情息息相关。相传苏轼在黄州时曾以可食之饼予小儿,求易聚宝山上无用之怪石,寄以供佛印。王葆心作《聚宝山铭并叙》云:"若乃深山穷谷,尺璧寸珠,共瓦砾以托根,与草木而同腐。牧童敲火,耕牛砺角,颓冈断岭,累累一方,鬼啸狐嗥,荒荒数块,亦其常耳。乃自坡公易以饼饵,比之铅松,佛印刻其言,参寥受其供,而此山遂与石以争显。意者,天生尤物,必异人亦提倡,而真始出欤?"①描摹细腻,由风物情境而入,末尾出之以理趣,颇得宋人古文真意,周锡恩谓其"古泽之中寄托遥深"。

除仲兄王葆颐因治生废学外,王葆心三兄弟在困顿清贫中勤勉精进,小有所成。"光绪辛、壬、癸、甲之岁,龢与伯兄葆周、季弟葆心求学会城,三人者分隶经心、两湖、江汉三书院,得互应月试。"②1891年,王葆心与两位胞兄王葆周、王葆龢分别进入两湖书院、经心书院和江汉书院。

王葆心就读的两湖书院是当时晚清大吏张之洞在湖北一地兴学和践行书院教育改良的实验基地:"近五十年鄂中文学之盛,始同治中叶南皮张文襄督学创立经义治事学舍,后易为经心书院。其时高才多攻《骚》《选》之学。继光绪中叶万县赵翼之侍讲来督学,文襄复来督楚,又创两湖书院,分科教士,于是词章考据之外又兼多治义理及攻散文者。"③创建于光绪十六年(1890)的两湖书院人才济济,所任各科教习皆为一时之选:"前后任经学者,为易顺鼎、杨裕芬、钱桂森;任史学者,为杨锐、汪康年、梁鼎芬、姚晋圻;任理学者,为邓绎、周树模、关棠;任文学者,为陈三立、屠寄、周锡恩、周树模、杨承禧。其组织类近时之研究院,人才彬彬,称极盛焉。"④这些任教学人多与张之洞关系密切,政见维新,讲求时务。

在1897年两湖书院改照学堂办法以前,书院分设六门学科,实行五年毕业制。王葆心是改制前两湖书院的首届学生和仅有的两批实际毕业生之一:"计两湖书院的造就,计自成立至光绪二十八年改为高等学堂为

---

① 王葆心:《聚宝山铭并叙》,周锡恩编定:《黄州课士录》,清光绪十七年刻本。
② 王葆龢:《识语》,《古文辞通义》,第8140页。
③ 《古文辞通义》,第7797页。
④ 张继煦:《张文襄公治鄂记二》,陈谷嘉、邓洪波主编:《中国书院史资料》下册,杭州:浙江教育出版社,1998年,第2172—2174页。

止的十二年中,共办三届,第一届自光绪十七年至二十一年(1891—1895),第二届自光绪二十二年至二十五年(1895—1899),第三届于光绪二十八年被拨入高等学堂与文普通中学,所以实际毕业的仅有两届。"①在两湖书院求学期间,王葆心师从湖湘派邓绎修问理学,师生之间相得甚欢:"洎壬辰癸巳间,先生乃召同舍诸子会讲,一时侍讲席最久者,如汉阳傅济川孝廉守谦、黄梅帅畏斋吏部培寅、邵阳姚平吾征君炳奎、潜江甘药樵工部鹏云、罗田王季芗学部葆心暨叔光等凡十余人。"②这一时期,书院的整体风气和业师的治学路数对王葆心产生了极为深刻的影响,王葆心《古文辞通义》直接引及邓绎《藻川堂文集》与《藻川堂谭艺》集中文字不在少数。

邓绎(1831—1900),字保之,湖南武冈人,与其兄邓辅纶"皆好学,然有大志,不屑章句,尤喜访求才俊",与湖湘派领袖王闿运为至交好友。邓绎不与汉宋之争,尤经心唐代之学(指词赋有韵之文):"光绪中,吾师邓云山先生,曾创为唐学一目。"论学一以经术为本:"百家淆乱,博而寡要,欲立厥纪,必衷诸经。经训之美于诸子者,非以道德之独醇欤?若必掇其枝叶、略其根荄,则灵均之章歌、茂陵之赋颂,贤于三百远矣。古之学者三年通一经,存其大体,玩经文而已,故用日少而蓄德多。"③对王葆心文本于经的思想产生了潜移默化的影响。另外,两湖书院史学教习姚晋圻(1857—1916)也对王葆心多有照拂:"葆心家世同闾里,旧籍两湖书院,先生为延誉于文襄,嗣又同兴学本贯。"④尽管姚晋圻充任两湖书院史学教习之际(1896—1898),王葆心即将从书院毕业,但其后他辗转家乡各书院任教办学,多得姚氏举荐。姚氏身故后,王葆心曾辑录其遗著《东安遗书》及《罗田两太史骈文钞》。

两湖书院开设经、史、文、理、算学与经济等六科,讲求有用之学,其建制本于清代道光年间名臣陶澍所创惜阴书院:"陶立法分经史文三科,即文襄广雅书院所本,后来武昌之两湖书院,亦因之,但增一理学门目。"⑤是

---

① 苏云峰:《张之洞与湖北教育改革》,台北:"中央研究院"近代史研究所,1983年,第78页。
② 王葆心:《幕府琐言跋》,《晦堂文钞》。
③ 邓绎:《藻川堂文集》,清光绪年间刻本。
④ 王葆心:《姚东安先生六十岁行状》,《晦堂文钞》。
⑤ 王葆心:《张文襄仿陶文毅法以课士》,《正中》,1935年第1卷第5期,第72—73页。

时,张之洞亲临书院主持每月两次的课试:"余在两湖书院,张文襄公课试亦分朔望课,朔课官课,望课师课,每课一两题,五日交卷也。是沿明人阁试之法矣。文体既熟,旋增作文日数。"王葆心《古文辞通义》提倡采用辑书、编书之法,体悟揣摩作文之方,这一切身经验亦可溯源至此:"壬辰、癸巳间,葆心与家兄葆周文伯在两湖书院课试,每一巨题,两人分任,搜考书籍,缀辑成文,兄葆龢廉叔缮为定稿,凡五日成卷,盈寸矣。"①手足砥砺、勤勉向学之情状亦拳拳可见。

得五望六之年,王葆心追思往昔,独对两湖书院的数年求学生涯念念不忘:"追惟生平师友之遇,其先莫盛于黄州经古书院,其继则惟两湖书院。据都省之地,际承平之年,才俊彬彬,咸得一一遍交而尽识之,允称生平遇合之极轨,虽后之校书学部、修书礼部,其人士何尝非天下之盛?若夫志同道合之乐,终莫克轶吾七年菱湖旧侣而上之,岂取友之自隘方隅也?"②两湖书院的求学生涯对王葆心治学道路的熏陶自是不言而喻,同时也对他倾注毕生心血的国文教育事业产生了莫大的影响,他就任湖北国学馆馆长之际,即仿照两湖书院的建制设置课程,开馆授徒。

二、"以开新之义,纳诸旧教育之中"

离开两湖书院后,自1897年伊始,王葆心陆续辗转湖北各地书院、学堂等近代各类教育机构,数年间转任郢中博通书院院长、罗田义川书院院长、潜江传经书院院长等,贯串一生的教育事业也由此开启。改良和完善传统书院教育是王葆心前期开展教育工作的重心。1900年,王葆心应罗田县长石啸山之请,再主罗田义川书院:"光绪二十六年春,朱公觐侯见招,主潜江书院,而邑侯石公啸山先之以雅义縶主义川书院。"③义川书院所设课程有解经、论史、辨学术、考政治、古文、骈文、古今体诗、时文等八项。次年,他又应友人余信芳之请,任教汉阳晴川书院:"辛丑春,应余汉

---

① 《古文辞通义》,第7466页。
② 王葆心:《立身要旨序》,《晦堂文钞》。
③ 王葆心:《义川讲业录序》,《晦堂文稿》。

阳先生晴川书院教习之招,因定立课士揭语云。"①1902年,王葆心应书坊之邀,针对策论取士、政史命题等清末科举改革的一系列举措,撰写《科举新章绎语》(后更名为《经义策论要法》),并将之实际运用于经馆的教学授徒:"壬寅之岁,不佞授徒武汉,定立经馆授书课程,凡每月作文遇三为之:上旬论,中旬策,下旬义。"②为了解决当时科举改革带来的大批旧学士人失业问题,他主张开办科举学堂,缓解蒙养学堂在教学实践中存在的教育和出路脱节矛盾。

1903年,王葆心取中湖北乡试第三名举人:"光绪壬寅岁试,孔学使祥霖拔选老人兄弟三人同案列优等。一时黄州全郡传为美谈。"③张之洞以"办学七年,成绩卓异"保奏其为地方官员,但王葆心"意殊不在此"④,未接受这一美意。为了实现自主办学的夙愿,在当时书院改学堂轰轰烈烈的时代浪潮中,他开始探索新式学堂教育与传统学术传承之间的契合点。次年,王葆心创办罗田第一丙等私立小学堂,以此为契机精研域外教授法译著达数百种之多,并分外留心新式教科书的写作方法。1905年,他赴任汉黄德道师范学堂教员,讲授历史、文学科目,并分别撰写讲义。1906年,他出任汉阳府学堂教习,在《汉黄德道师范学堂讲义》基础上撰成《高等文学讲义》,是为《古文辞通义》的前身。

1907年,王葆心应召入京,调任礼部司务厅行走,兼图书馆编纂。三年后,迁学部主事,兼礼学馆纂修,主修《大清通礼》,兼充京师大学堂及京师优等师范学堂经学、文学教习。民国成立后,王葆心返回湖北,任湖北省革命实录馆总纂。1913年年末,因该馆为黎元洪下令撤销,遂改任湖南省书报局总纂。1916年,他修订重刊《高等文学讲义》,收入《晦堂文钞》,并更名为《古文辞通义》。1920年,他再度入京赴任京师图书馆总纂。在频繁出入京师地方的若干年中,虽时有宦务缠身,王葆心仍然身兼教

---

① 《古文辞通义》,第7464页。
② 同上书,第7463页。
③ 王延杰:《我的叔父王葆心》,中国人民政治协商会议罗田县委员会文史资料工作委员会:《罗田文史资料》,1987年,第1辑,第2页。
④ 谈瀛:《王季芗先生事略》,收入黄德馨、傅登舟主编:《中国方志学家研究》,武汉:武汉出版社,1989年,第200—208页。

职,并与京师大学堂的湘乡、桐城派学人圈保持密切联系。《近世事笺》一书,即是他在京师礼部供职时留心近代政治,搜集相关人物事迹汇编而成:"鄙人官京时,颇欲推求清政中衰之真相,求之官私著述,又得旨要。爰参及文集与笔记稗说,其于内蕴似较官书所得为多,以下数则皆尔时笔札所列出,而窃自附于《日知录》及《廿二史札记》之末。"①再度印证了其博闻多识、雅尚文史的特质。

1922年,他返回武昌,受两湖书院同学谈锡恩之邀,供职于武昌高等师范学校国文史地部:"自从谈校长(按:谈锡恩)到校以后,延聘湖北知名人士黄季刚、王季芗等主讲文学,终于使国文史地部名副其实了。"②次年,王葆心被聘为湖北国学馆馆长。该馆仿书院建制,着眼于振兴国学:"执教者皆一时耆硕,特推先生为馆长,先生分课程为经史文理四科,日与诸生讲贯讨论,一复宋明书院讲学之遗规。"③为此,他着手制定了《国学馆馆章草案》:"本馆以昌明国学,内存国性,外美国风,促文化之进行为宗旨。"④提出包括编辑湖北省通志、设立图书室、创立国学研究会、编辑教科书讲义等在内的一系列工作计划。在开办国学馆之余,王葆心还设立了校外国文讲习班,有心向学者不论籍贯年龄资格皆可报名参加,所习科目为识字、读经、读文、作文四项。附设国文讲习班的初衷,源于他对国文不振的深重焦虑:"文字与国家共存亡,文字存则国存,文字亡则国亡,环球各国未有不重本国文字者,兼肄西文以应时世需要则可,弁髦中文而数典忘祖则不可。"⑤新儒家代表学者、熊十力弟子徐复观便是当年王葆心在湖北省国学馆招考的优秀生员之一。

1923年3月20日,《文史杂志》月刊在武昌创刊,社长为张仲忻,名誉总纂为姚晋圻,王葆心是杂志的两位主编之一,经常以本名或笔名晦堂在杂志上发表文章。据杂志《发刊词》所云,西方新学既由文艺复兴为之先

---

① 王葆心:《近世事笺自序》,《晦堂文稿》。
② 陈树棠:《对老校长谈锡恩的点滴回忆》,《兴山文史资料》第3辑《谈锡恩先生专辑》,1987年,第26—27页。
③ 徐复观:《王季芗先生事略》,徐复观著、萧欣义编:《徐复观文录选粹》,台北:学生书局,1980年,第335—338页。
④ 王葆心:《国学馆馆章草案》,《晦堂文钞》。
⑤ 王葆心:《国学馆附设校外国文讲习班招生简章》,《晦堂文钞》。

导,杂志冀以国学务开新之义:"今吾杂志之所讲者,国学也,亦古学也,犹兢兢焉蕲以通今者辅之,务相为钩稽融冶,极深研几,求理解之一进。"①这份同人性质的刊物出版八期即宣告夭折,而王葆心《历朝经学变迁史》《藏书绝句三十二首》《近世事笺》等都曾以连载形式在该杂志上刊登。

同一时期,王葆心在《昌明孔教经世报》上发表了若干文章,内容多以弘扬孔教为主。从名称上看,《昌明孔教经世报》主张非常鲜明,该报发刊辞出于康有为弟子陈焕章之手:"《经世报》之宗旨有六,曰昌明孔教,主持清议,保障国家,陶铸社会,讲求学问,协和万国。然其实一而已矣,即昌明孔教是也。"②值得一提的是,当时离开京师大学堂已有五年的桐城殿军姚永朴、姚永概、马其昶等人也都以撰稿人的身份在该报所提供的平台上表现活跃。王葆心在该报发表文字的论调颇近于国粹论者,如他反对教育改良者的小学校废经之议,并建议仿效明代桂安仁建学舍以实地习礼的做法:"吾尝以欧美教育学理印证。安仁所立之方,则兼有德育、智育、体育三者而悉备,是诚吾国近数百年中能以开新之意,纳诸旧教育之中,赫然为华夏教育之大师也。"③又建议将《大学》、《中庸》、《礼记》中的《坊记》《表记》《缁衣》和《大戴礼记》中的《孔子三朝记》《曾子》共七篇立为七种传记之学,"实可抉孔学之微而尊广圣教之道艺于无既也"④。其保教思想类皆如此,不一而足。

1924年,林纾弟子朱心佛辑录林氏论文之言,汇为《文微》一书,由陈宝琛题签,邀王葆心为之作序,黄侃为之题辞,并于次年出版。王葆心序云:"又审乎自来论文家之体别,而仿其雅裁,盖自刘才甫《偶记》、姚姜坞《笔记》、吴仲伦《绪论》、刘融斋《艺概》,大都主乎一家之推验,诏学者使知所宜忌。其言或隐而不发,或简而戒支,兹编师之。要其归,按以诸先正之言,无异重规而叠矩。先生与余凤昔谈艺,颇有一日之契洽。"⑤既是其

---

① 李希如:《发刊词》,《文史杂志》,1913年第1期,第7—11页。
② 陈焕章:《经世报发刊词》,《昌明孔教经世报》,1922年第1卷第1期,第1—6页。
③ 王葆心:《小学读经宜用实地练习法以适合教育原则说》,《昌明孔教经世报》,1922年第1卷第5期,第1—8页。
④ 王葆心:《定立七种传记之学以为孔教导源论》,《晦堂文钞》。
⑤ 王葆心:《文微序》,序文内容与正式出版文字略有出入,于文义无妨,此处引自《晦堂文钞》。

素日耽于文论之癖的征验,也是王葆心与林纾文艺观相近的一种佐证。

1926年,王葆心因不堪国学馆人事纷争、处处掣肘而决心辞去馆长一职。在写给同学陈宧的书信中,他痛陈此番遭遇并追悔莫及:"迩时不揣以为圣学一线之光明系此……不料开馆以来,虽不无讲学之同志,而中间杂以竞私营利之流,所谋遂日归摧败……惟经此一番变革,元气大伤,生徒云散,日入悲境。"①王葆心原本不善治生,面对结党营私等利益纠纷更是一筹莫展,其亦颇有自知之明,故坚决请辞馆长职务。而此时因北伐军即将抵达武汉,国学馆遂宣告停办。1926年起,王葆心始任教于国立武昌大学(武汉大学前身)。1928年至1930年,他在新成立的国立武汉大学文学院担任国文教授。此外,王葆心被误传为北伐军所杀害的事件也发生在此一时期。②

从离开两湖书院到赴任书院、创办学堂、供职京师、地方任教,王葆心一直在探索以近代革新教育体制容受传统学术内容的模式,尤其是系于近代国文科或文学科之下的词章之学。《古文辞通义》及其早期形态《汉黄德道师范学堂讲义》《高等文学讲义》等也都创制于这一阶段,具体的成书过程详后。

三、拓殖洪荒,以身殉志

步入花甲之年后,王葆心逐渐淡出了一线的教育领域,而是将更多的时间和精力投入地方志的撰写和乡邦文献的整理工作之中。1932年,王葆心出任湖北通志馆筹备处主任,筹划《湖北通志》的撰写,并担任通志总纂。随着编纂工作的稳步推进,他将方志写作中创获的方法论,与先前撰成的相关书稿一同汇编成《方志学发微》这一副产物,铸成近代方志学研究的一部皇皇巨著。自1935年1月至1936年5月,他在武昌创办

---

① 王葆心:《致陈二庵书》,《晦堂文钞》。
② 梁启超:《致孩子们》(1927年6月15日):"最近的刺激,则由两湖学者叶德辉、王葆心之被枪毙。"(《梁启超家书》,北京:中国文联出版社,2000年,第486页)王葆心与王国维也有相识来往,此误传消息的原因或亦与当时王国维之死有所牵连。

《安雅》(月刊)并担任杂志主编,《方志学发微》也曾在此刊进行过部分连载。

同时,他与黄州经古及两湖书院同窗、时任湖北通志馆筹备处副主任的甘鹏云合力编纂《湖北文征》的元明清部分。尽管该书最终成于众手,王、甘二人实居功至伟。在王葆心过世后,继任总纂一职的傅岳棻为甘鹏云所作碑传云:"先是,君辑元、明两朝文二百五十卷,襄助采访作小传加夹注者,为罗田王青垞,余与汉阳李星樵亦时相商订焉。"①王葆心承担的主要工作为全书的考订及作者小传的编纂,甘鹏云《湖北文征例言》也特为之标出:"是编踵先例,各为作者小传,略纪里贯科第仕履著述而已……王青垞间有补传,一并附入。"②为此,王葆心不顾年事已高、舟车劳顿,亲赴北京开展调查辑录工作:"生事寒素,然于民国二十三年二十四年间,以望七之年,亲至北平图书馆搜抄资料,一年间得二十四巨册以归,其平生治学之勤,大率类此。"③甘氏《例言》亦云搜采较之编录为尤难,全书征引资料多来源于北平图书馆:"嘉庆、宣统两通志之所著录,既无千百什一之存,而鄂馆图书,插架无多。藏书旧家,零落殆尽。重以青纱遍地,士人太半逃亡,纵有先泽留遗,亦苦无从搜索。此其所以难也……幸北平各图书馆颇富储藏,逐卷搜寻,多所采获。"王葆心为此书耗费心血之巨也可见一斑。

1938年,抗战爆发后,王葆心回到故乡罗田县,主持《罗田县志》的编纂,这项工作也一直持续到抗战结束前夕。1944年4月,王葆心为县志写作亲赴大别山考察,感染风寒去世。王葆心过世后,曾与他交好的董必武赠题挽联"楚国以为宝,今人失所师",建国后,该联刻石表于王葆心墓墓门两侧。1957年,时任湖北省人民政府参事的陈志纯为王葆心撰写墓志铭,对其一生的学术成就作了盖棺定论:"就其著述而论,实以考证为方

---

① 傅岳棻:《潜江甘息园先生墓碑》,卞孝萱、唐文权编著:《民国人物碑传集》,江苏:凤凰出版社,2011年,第360—362页。
② 甘鹏云:《湖北文征例言》,《湖北文征》第1卷,武汉:湖北人民出版社,2000年,第1—12页。
③ 徐复观:《王季芗先生事略》,徐复观著、萧欣义:《徐复观文录选粹》,第335—338页。另徐复观提出甘鹏云以资厚付梓为由,诳得全稿后匿而不出,至谓稿件乃其独力私著,王葆心屡索不应,含恨而终。二人学谊甚笃,甘不掠人美,似不至此。

法,以文史为旨归,而于方志学所论尤精博,其中关于民族之气节,先民学派之源委叙述特详,足补宋明清三代国史之阙。不愧为一代作者。"①切实反映了王葆心兼擅文史、精笃方志的治学实绩。王葆心留下的数百万言等身著述在当时及此后皆有一定影响,其门生后学亦有不少追忆凭吊文字。

王葆心是晚清传统士人的典型代表,同时又是张之洞清末湖北兴学改良实践中成长起来的一位地方学人,两湖书院的五年求学生涯,奠定了他的治学根基和研究取向。晚清以张之洞为中心的学人交游圈,既有地方学者,也有张之洞在外放考官和学政时拔取的门生弟子:"如在粤督任上的陶福祥、郑知同、章寿康、马贞榆、黄绍昌,鄂督任上的关棠、吴兆泰、姚晋圻、杨守敬、周树模、周锡恩、邓绎等。此类人物多被安置于书院、书局。"②更有如王葆心等在湖北办校吸纳培养的人才。张之洞与王葆心在两湖书院时本就有师生之谊,前揭如姚晋圻、周锡恩、邓绎等,又都是后者在治学道路上的师长和前辈,也不可避免地影响了王葆心的学术选择甚至是政治立场。因此,政治上的洋务派与学术上的湖湘派,构成了王葆心政学倾向的基本底色,王葆心也一度成为清末民初文化保守主义思潮的拥护者。

不过,倘若仅仅把王葆心理解为一个抱残守缺的晚清遗老式的人物,是片面而不确的。他拒绝张之洞的保奏,坚持自主办学的初衷;在民国成立后不附权贵,独立高蹈,"辛亥以后,两湖书院同学乘时崛起骤跻显要者不乏人,黎元洪亦知先生博洽名,争相罗致。先生飘然远引"③;主动辞去湖北国学馆馆长一职,远离名利纷争;他也曾痛斥伪满机要秘书,以修志终老故乡。王葆心在战乱频仍、天下熙攘的过渡时代里做出的种种抉择,既能见出他爱惜羽毛的清明境界和高尚气节,又能见出他勇于任事的入世态度和济世追求。他浏览过驻英公使郭嵩焘与李鸿章、

---

① 陈志纯:《罗田县季芗先生墓志铭》,林声主编:《中国百年历史名碑》,沈阳:辽宁教育出版社,1999 年,第 396—397 页。
② 陆胤:《政教存续与文教转型——近代学术史上的张之洞学人圈》,北京:北京大学出版社,2015 年,第 16—17 页。
③ 谈瀛:《王季芗先生事略》,收入黄德馨、傅登舟主编:《中国方志学家研究》,第 200—208 页。

曾国藩、曾国荃等人之间的书信往来后,对其办理洋务处处掣肘感触良多:"绎郭氏所言,知天下事小而身家,大而国政,其误于君子之理障名心与流俗之格套局面,不知凡几也。"①在清朝覆灭之后,他反思个中缘由,关注世事人心的新动向,并尝试用史学家的眼光客观记录、冷静审视,以更为审慎的姿态反躬自省个人的政治诉求和学术理想,体现了经世致用的学人风范。

事实上,由于已经刊行和流通的王葆心遗著大多集中在方志学和史学领域,故其作为方志学家和史学家的身份更为一般人所熟知。《湖北方志通讯》在20世纪80年代还曾推出过王葆心逝世四十周年纪念专辑,用以表彰其在方志学领域作出的重大功绩。而据师承王氏的闻惕生所述,饱受时局动荡与家国战火频仍的王葆心"中年以后,完全致力史学",晚年尤为不遗余力地搜集地方志事迹,热衷地方文献的编纂,实则别有怀抱,深寄家国之思。

譬如,抗战中武汉陷落前夕,"他则历指鄂东的山川形胜,和历代用兵的要略,详细分析日寇到罗田进军的路线和占驻的时间,和他预计地丝毫不爽"。② 王葆心的弟子徐复观体察入微,也曾道破其晚年热心史地的深层缘由:"先生晚年特喜留心地方文献。对南北各地文化之发展,恒人经地纬,以考见其今昔演变之所由来⋯⋯时清政不纲,忧患煎迫,先生宿怀民族思想,顾悃朴不喜言革命,爱著《宋季淮西六砦纪事》一卷、《明季江淮七十二砦纪事》七卷,于宋明季义民抗拒异族之壮烈故事,搜访坠逸,阐发幽微,整比钩稽,勒成正史体制⋯⋯故此二书,不仅可补史乘之所遗,实亦先生壮年一段真精神之所寄。"③为家国存史、为生民继学的信念是他安身立命的本原。

终其一生,王葆心以其勤笃任事的学问气象感召后学,以其亲厚纯朴的人格魅力折服世人:"盖先生一生,以读书著书为性命,此外殆无一足使

---

① 《古文辞通义》,第8034页。
② 王醇:《永恒的怀念》,中国人民政治协商会议罗田县委员会文史资料工作委员会:《罗田文史资料》,1988年,第2辑,第44页。
③ 徐复观:《王季芗先生事略》,徐复观著、萧欣义编:《徐复观文录选粹》,第335—338页。

其措意。故平生不立崖岸,而翛然远引,如清风明月,凡与先生相接者,尘垢鄙吝之气,自消融于光风霁月之中而每不自觉也。"①其为学为人皆彰显纯儒风范,堪为近代学人表率,也为晚清鄂东地区的学术彬彬添上浓墨重彩的一笔:"晚近,鄂东地区出现了一批在国内首屈一指的著名学者,他们大都贬斥博通泛滥,崇尚专家独深。他们不追求学问的广泛性,不歆羡知识的广博性,在一个迹近生荒地的学术领域从事创拓型的学术开垦。"②而王葆心的巨制《古文辞通义》不仅为经历转型和断裂的中国古代文章学提供了一幅盛大而丰沛的谢幕图景,也为近代词章之学的微观蜕变带来了一个独标其学、截断众流的精深样本。

第二节 《古文辞通义》书系概述

《古文辞通义》是已知的现存近代文章学专书中篇幅最巨者,总字数超 70 万字。其规模宏富并非一蹴而就,而是经历了一个漫长而清晰的累积成书的过程:王葆心最初以《汉黄德道师范学堂国文讲义》(1898 年)为基础,订补而成《高等文学讲义》(1906 年),后又进行二次修订,并更定名称为《古文辞通义》(1916 年)。《汉黄德道师范学堂国文讲义》(以下简称《师范讲义》)、《高等文学讲义》(以下简称《高等讲义》)、《古文辞通义》三种著述,在成书时间上有先后,后两部书稿的篇幅皆以近乎前书五倍的规模递增,其内容侧重点既有延续相似处,亦有删削和增补。不过,框架完整、结构谨严、博采众长、中西互通是贯穿王葆心这一系列著作的编撰特色。

王葆心胞兄王葆龢的追忆文字当中曾透露《古文辞通义》书系编撰的源起和经过:"独季自戊戌充郢中博通书院院长后,迭主吾县及黄梅县书院讲席,岁课诸生,积久遂有论文之作。自后为省郡都中各校教员,官

---

① 徐复观:《王季芗先生事略》,徐复观著、萧欣义编:《徐复观文录选粹》,第 335—338 页。
② 张克兰、叶菁:《姚晋圻与晚近鄂学》,《近代中国与文物》,2008 年第 1 期,第 16—21 页。

礼部、学部,充编修、校书役,未尝一日离此书,露钞雪纂,遂成卷帙。"①据此,则该书系的写作始于1898年王葆心充任郧中博通书院院长之际,至1916年《古文辞通义》正式刊行,历时近二十年。此间无论身居何职、身处何地,凡有所得,王葆心旋即誊抄缮补。作为其呕心沥血、倾注一己毕生所得的最终定稿,《古文辞通义》在内容上的后出转精自是理所当然,王葆心亦谓"此订补一书出,而前编都可废"。吴伯雄博士学位论文曾举例说明,从1906年《高等文学讲义》到1916年《古文辞通义》成书阶段,王葆心进行了语言润饰、注出篇名出处、说明性材料增多、同意之文增多、加入反面观点、细目的丰富等大量修订工作②。

不过,除去增补性质的文字内容,将成稿于不同时期的三种著作加以对读,不仅能够发现三者在学理逻辑上的内在承续,而且也能揭示其中不少耐人寻味的差异。前揭论文业已指出,《古文辞通义》系列文话显示,作者在思想上存在着对己著信心有所增强、对西学由接纳到抵制等鲜明变化③。这些差异忠实地记录了王葆心文章学思想从初创草成到不断丰富、臻于至境的发展脉络,清晰地反映了其文话著述在表述重点、结构方式、论证逻辑、语言推敲等方面的推移和调整轨迹。参照和比对前两部书稿不仅能够有效深化对《古文辞通义》的理解和认知,也有助于凸显王葆心治学理念的转变经过和微妙心态。

一、游移:从国学通识到古文专门

《古文辞通义》及其前身《师范讲义》和《高等讲义》等三种著作,其编撰初衷皆是用于学堂授课讲义,但侧重点逐渐从经史通识之学转向了古文专门之学。从整体架构来看,三种著作的篇章安排皆各循理路,自成体系。最早的《师范讲义》共分六篇:通论、说经、论史、辨学、考政治、作文要例;至《高等讲义》,则与《古文辞通义》篇名数量全同,亦分六篇:解蔽、究

---

① 《古文辞通义》,第8141页。
② 吴伯雄:《古文辞通义研究》,复旦大学博士学位论文,2010年,第28—34页。
③ 同上书,第35—43页。

指、识途、总术、关系、义例。尽管部分篇章在三种著作中存在着有线索可循的前后对应转化关系①,从《师范讲义》到《高等讲义》篇目名称的变化业已透露出王葆心的编撰重心逐渐从诸学皆备的国学入门读物转向以古文教学为主的专门著述这一讯息。

其中,《师范讲义》的前身又可以进一步追溯至1897年王葆心任湖北罗田义川书院院长时所编讲义:"右凡六篇,大抵就葆心从前讲业义川考院时所编之讲业,录而增损之。"《师范讲义》与王葆心遗著叙目中《义川讲义录》提要内容相对接近而略有出入:"内容:经解、论史、辨学术、考政治、古文、骈文、古近体诗等八篇。"②显然,《师范讲义》是在他任教汉黄德道师范学堂时期对义川书院讲义加以增删补订而成。当时,王葆心任教的汉黄德道师范学堂也是张之洞湖北教育改革的产物。张之洞主持湖北学务期间,积极推行新式教育,建树颇多,后期除将亲自创立的两湖书院改为两湖总师范学堂外,"又次第开设武昌、汉阳道府及支郡各师范学堂共十四所"③。汉黄德道师范学堂即属支郡短期师范学堂,现存该学堂讲义共十三种④。王葆心兼任师范学堂的文学科与历史科教师,故该校历史讲义的撰写亦出自其手。

《师范讲义》中,"通论篇"和"作文要例篇"直接关涉散文之学,依次探讨散文忌宜、作文入手、学古之法、近世文派、散文境界、文章本原、论文总要等主题,占到全书篇幅的三分之一,初步奠定讲义将散文作为论述焦点的基调。《高等讲义》和《古文辞通义》虽规模宏大,所论主要范围亦限于散文之学,惟益加专精而已。除散文之学外,《师范讲义》也有不少文字畅论经史、理学、政治诸科,议论多有别解。如说经篇详述解经、学经、讲经之法,所附《历代经学变迁图》其后更为日人北村泽吉《儒学概

---

① 前揭吴伯雄博士学位论文分析《高等文学讲义》和《古文辞通义》各篇的对应关系,认为通论篇涵盖《高等讲义》的解蔽、究指、识途、总术四篇,说经、论史、辨学、考政治四篇相当于关系篇,作文要例篇则与义例篇大致相同。是就其大略而言之。
② 谈瀛:《王葆心先生遗著叙目》,《荆楚文史》,1991年第1期,第51—62页。
③ 张之洞:《请奖各学堂毕业生及管理员教员折》,苑书义、孙华峰、李秉新主编:《张之洞全集》第3册,石家庄:河北人民出版社,1998年,第1812页。
④ 十三种讲义的科目分别是:经学、历史、文学、书简、格致、教授、教育、管理、音乐、算术、算数、法律、文典(东文)。

论》所引用①。其论史,主张由人品、学术、事功三者入手。考辨学术,于汉宋之争殊无门户之见:"近日曾文正论学,一宗宋儒,而不废汉学,张广雅笃好汉学,而亦不废宋学。虽得力各不同,要皆可法。"论政篇议论欧美宪政、日本兵制,尤以遍索古今外交历史为要务。在同一时期所撰《汉黄德道师范学堂历史讲义》中,王葆心也多次强调:"治中国历史,今日首宜注重外交。"见出其强烈的现实关怀。《师范讲义》讲求"大文学"的通识性和综合性非常突出,经世致用的治学立场鲜明。

《高等讲义》初稿成于1906年,该书甫成之际,叙例完全袭用《师范讲义》,因而收入《晦堂文钞》的《古文词通义原序》一文,所署落款仍为"光绪三十二年秋八月书于汉南行馆"。相较于早期的《师范讲义》,《古文辞通义》与《高等讲义》在结构、内容、语言、表述上更有一脉相承之势:"此书脱稿于清光绪三十二年,后经学部审定,名为《高等文学讲义》,札行各学校采用为教材,广西学务处率先采用,风行一时,民国三年,定名为《古文辞通义》,分二十卷由长沙官书局报局印行。"②王葆心门人姜复善曾欲为《高等讲义》作笺注,惜终未成。在《高等讲义》成书之际,不仅六大篇章的安排构想已初具雏形,同时该书的诗文评类文话著作的性质也得以明确。1914年,修订完成的《高等讲义》,更名为《古文辞通义》,正式刊行则是在两年之后。

就同质内容的横向增补和拓展来看,《师范讲义》"通论篇"约略等同于《高等讲义》和《古文辞通义》的《解蔽篇》和《究指篇》,但王葆心在该部分作了大量补订:关于散文之忌,条目仅稍有增益,内容举例更为翔实可征;至于散文之宜,《师范讲义》提出散文应当求典实、严义法、求古雅,谨守桐城规矩,取径偏狭;《高等讲义》则拟定了近二十条事项,除立定核心外,提出尚须划分疆域、鉴往知来、更历境界、妙悟心法,更显圆融会通。《师范讲义》"说经篇""论史篇""辨学篇""考政治篇"等篇目经过重新删削整合,一并化入后两部书稿的"总术篇"和"关系篇"。此外,《师范讲义》原

---

① 北村泽吉《儒学概论》,上海:商务印书馆,1928年。据作者识语可知,当时北村与王葆心同在京师优级师范学堂任教。
② 谈瀛:《王葆心先生遗著叙目》,《荆楚文史》,1991年第1期,第60页。

先的经史学政诸篇虽属文之外延,大都就事论事,与文术无关,后两种著作有所保留的经史学政文字尽皆紧扣古文之用的主题展开,论述也更为紧凑。《师范讲义》"作文要例篇"引书例、称谓例、标题例皆悉数保留,后两种著作逐渐增加了编别集例和编总集例等内容。

下面仅以三种著作中的境界说异同为例,说明该系列著述的迢递增益之状。《师范讲义》"通论篇"提出散文境界有六,其一曰苦思力索以求通贯,其二曰迷闷之境,其三曰寓言之境,其四曰由壮阔归于沉静,其五曰由绚烂归于平淡,其六曰临文写作不逮所见。此六者所论对象在在不同,或描写创作过程中文家殚精竭虑的状态(项一、项二),或总结作品至臻化境(项三),或概括文家创作轨迹的演化规律(项四、项五),或表达论文作文知行合一之难(项六)。这些草率无章的分类和表述在《高等讲义》中得到了梳理整合,境界说被划分为三大板块,分别是"文家禀负之才质及其经历之境界""文境之倾向于刻露/含蓄者"和"文家经验中困难之状态",对应创作论、作品论和经验论,诸种境界都泾渭分明。而到了《古文辞通义》之中,类目虽无甚变化,其引证材料的条目数却大大增加,创作论"由壮阔而之高澹者"起初不过辑录五家之说,至此扩展为十三家,其他境界论分说也有相应递补。由此可见,《师范讲义》与后两者的论学面向有所不同,而《古文辞通义》较之《高等讲义》内容更为丰厚。

二、内转:由现实关怀到学科自省

晚清士人群体的个体差异性极大,知识观念当视其所处政教环境而论。"作为一个群类,20世纪最初的知识人是由新政催生的。"[①]王葆心毕业于张之洞督学湖北创办的两湖书院,师友朋好也多隶属以张之洞为核心的学人圈。在其就读期间,虽未及亲历由书院到学堂的改革,却也属张之洞早期推行传统书院教育改革时期的生员:"张之洞对湖北传统书院的变革,分为两个阶段。第一个阶段,约在光绪十六年至廿二年之间,目标

---

① 杨国强:《晚清的士人与世相》,北京:生活·读书·新知三联书店,2008年,第346页。

有三:(1)排斥八股制艺在书院课考之外,(2)恢复宋代书院讲学与研究的功能,(3)培养通经致用,出为名臣,处为名儒的人才。"①这一培养目标的实施阶段也正好是王葆心在菱湖求学的五年。

当时,两湖书院的毕业生自负前途无量,多有一番政治理想和抱负。王葆心同样追慕张之洞、曾国藩等股肱重臣的学行文章,在《师范讲义》中时有表露:"宜先即此一事一制中,考求此类之事实本末,知事实本末,则知证验异同,次宜考求此类议论之然否。则知此事之准行与不准行,如此推求,则主见易定,而且详确(观曾文正为京朝官时之奏疏,张广雅先生流传之疏稿可见)。"《师范讲义》也处处显示出作者强烈的经世之志:"吾学其学而师其人,远则顾亭林,近则曾文正。"由于其平日所亲炙者多为张之洞门生故旧,王葆心对两湖书院名誉山长张之洞非常推崇,将张氏言论奉为圭臬,如论文章本原即本张氏所言:"张广雅先生谓,读经史子乃能工文,但读集不能工文。"《师范讲义》全书构架以体用之辨为纲:"而先举稍进之文学之范围,与其门庭迹象,以推测其内律,谓之总论,文之体也。次略别为说经论史辨学术、考政治,诸埒以达者,体要之所宜,以充分其外象,谓之各论,文之用也。"也能依稀见出对张之洞体用概念的活用。

《师范讲义》中,尤以"论政篇"最能体现王葆心治学以经世致用为本的特点。他提出要广游历、勤访问,建制办事从小处着手,积少成多,从而渐开风气;借鉴军制改革普及教育,约束子弟;讲求外交问题,须以过去之例案为本;提倡法制,主张方志、家牒应收录公私律法。这些观察和提议背后,无不流露出浓厚的现实关怀。19世纪末,国内事变日亟,变法举措已逐渐深入到政治制度层面。对此,王葆心的态度是不拘泥、不盲从:"专主变化,事事学步西人,是昔人所谓道家丧实,反拾唾于释氏者也……盖不修内政求贤才,虽效西人,亦只得其流弊,不知随时而拘守成法,初意失,亦只存空名而已。神而明之,存乎其人,在权衡名实而精践之耳。"②"论政篇"篇末附及论事之文,不过是对政治议论的简单补充,相当于《高等讲义》告语章奏文一段,"论史篇"附及论史之文,"辨学篇"兼及说

---

① 苏云峰:《张之洞与湖北教育改革》,台北:"中央研究院"近代史研究所,1983年,第49页。
② 王葆心:《汉黄德道师范学堂历史讲义》,《汉黄德道师范学堂讲义十六种》,清末抄本。

理之文,皆属此类。而在《古文辞通义》,这些篇章段落已敷衍成完整的告语文、记载文、解释文和议论文四分法及其相应作法。他在同时期的汉黄德道师范学堂历史讲义中提出,研究历史之宗旨宜有四端:阐发古微、按切近局、注意进化改革之事而去其偏、通观对外排外之事而去其固,同样建立在他对时局的深刻体察基础之上。不过,这些洞察大体上仍未超出晚清洋务派的普遍视野。

《师范讲义》立目分说大多都出之率意,虽不乏任情使气之真,却往往失之客观公允。譬如"通论篇"所附"论文师说"八则,仿照廖平《经话甲编》,参以邓绎之说而成,旨在"窥究唐宋以后文家不逮前古之原"。由于受到邓绎复古文学观的影响,王葆心历数唐宋文家科举俗累、枕秘自矜、违道习非、文外无技等数则缺失,所举皆偏于一隅。可见,《师范讲义》仍是基于传统学术分类所作的笼统性质的讲义,虽遵循经世致用的教育原则,然缺乏高屋建瓴的理论意识。

《高等讲义》和《古文辞通义》则另辟蹊径,将词章之学推到论述的前景加以聚焦,理论性匮乏的问题也得到了极大的改善。词章学科自省意识的凸显与学术语境的更迭休戚相关,伴随着近代学制的转轨,传统词章之学也迎来了实现内在超越的历史契机。《高等讲义》前言谓:"吾国之经学、史学、理学、文学,本自具优美尊贵之价值,洎欧学输入,而天下嚣然目此旧有之学曰无用。亦犹彼人士诟哲学美术为无用之说也,而为此学者亦遂自舍其纯粹固有之良知良能,择此学中近似他人而可为抵制、均势之柄者发展之,以求一当于并世,而兹学纯粹之质亡矣。"[1]据此,则王葆心放弃从旧学中挖掘和寻觅实用因素以迎合新学的做法,而是将经、史、文、理诸学视作纯粹学科,剥离其实用价值,凸显诸科的学理属性和美学价值。由于国学的实用价值不彰,外加受到王国维美学思想的影响,他强调文学也同哲学和美术一样,具有非功利性的独立价值,通过舍弃古文载道的工具性,借由其审美价值而求得传统文教事业之保全。《古文辞通义》更将"本自具优美尊贵之价值"一句改作"本自具有纯粹之规",并补充道:"吾

---

[1] 王葆心:《高等文学讲义》,汉口:维新中西印书局,清光绪三十二年铅印本。

之辑述文学本事,皆董理整齐已往之迹,而不敢具应用之手段,添设其所未有,遗失其所自居。"①明确将著述范围限定为文学本事,单独摘出古文之学作为研究对象,因其与传统语境的疏离既已成为既定事实,表明中国古代文章学出现了向纯粹理性学科转换的倾向。

三、推敲:名词选用与概念表述

语言实践是文本实现自我剖析和呈现知识话语的基本场域。无论是隐藏在"文白之争"背后的启蒙理性,抑或是《马氏文通》试图捕捉的科学地图,从词汇的选取筛汰到语法的新旧杂糅,语言实践以近乎形式大于内容的方式,从根本上暴露了作者表述世界的内在逻辑。而这一点在经历现代化困境的过渡时代表现得尤为突出:"随着启蒙运动在世界范围内的展开,与其说人通过一套语法了解世界,譬如说他接受了、或者认同了被这套语言逻辑决定了的对世界的表述,他在进入这套语言逻辑的同时,丧失了反而被这套语言逻辑表述和决定了的社会和人类世界的能力。现代合理化进程首先是语言的合理化。"②从《师范讲义》到《古文辞通义》的文字沿革,不仅止于二十年的时间跨度,更有社会迁转、政教兴替、观念更新、学术嬗变等诸多因素所造就的鸿沟,并一览无余地体现在著述语词的选用和逻辑结构的表述上。

1909年,晚清学部始设名词馆,编纂纲领涵盖算学、博物、理化、舆史、教育、法政共六门学科:"由编纂严复督率,分门编辑。将来奏定颁行之后,所有教科及参考各书,无论官编民辑,其中所用名词,有与所颁对照表歧异者,均应一律遵改,以昭画一。"③作为清末的著名翻译家,严复曾引介西方逻辑学名著《名学浅说》(1902年),书中涉及大量逻辑学名词的翻译,他弃用日语借词而自拟新词的做法,在当时引起过诸多争论:"顾书中术

---

① 《古文辞通义》,第7058页。
② 韩毓海主编:《20世纪的中国:学术与社会》(文学卷),济南:山东人民出版社,2001年,第122页。
③ 《名词馆编纂之纲领》,《教育杂志》,1909年第1卷第11期,第82—83页。

语,必舍近时所习用者,而自造新名,使其果能胜于习用者,则亦已耳。而以记者浅见测之,则颇疑焉。如外延内包,严译为外举内涵,犹之可也。归纳演绎,严译为内籀外籀,则籀字之义深,不如归纳演绎之可寻文索解矣……总之,学术上用语只求适用,必力求高古典雅,则其离乎实际益远。"①严复弃用早已有之的归纳、演绎等提法,代之以原创的内籀、外籀,尚能自圆其说:"内籀法,日译归纳法,然 Induct 一语出于拉丁语之 Inducire 训内,而 ducire 则训导,故从上译下,外籀法仿此。"②而经学部名词馆审定并公布的《辨学名词对照表》虽参用日语译词,基本上仍以严译名学著作为准。"严复的译词主要是逻辑学、社会学等人文科学领域的术语。部定词是严复负责审定的,严复理所当然地把自己创造的译词收入了进去。"③这一做法颇受时人诟病④,却也提供了容受新名词的不同选择。

在早期的《师范讲义》中,王葆心采用了严译名词与日语译词并行的术语策略,如"西人名学中有内籀外籀之学,即所谓归纳演绎二法也。此法甚有助于博闻,尤有助于强记"⑤。而在《高等讲义》中,"归纳"与"演绎"出现的频率大幅提升,作为科学方法论的归纳与演绎成为全书的重要关键词。其中,"关系篇"专门辟出"三种文属义理者皆须有归纳演绎观"一节,畅论归纳法与演绎法的界定与活用:"三派文中有阐发义理者,须先有研究义理之豫备,吾观经史政学中之义理,皆有治要之术,则此中之次第条理,经纬秩然,既用演绎之法推求其首功,复用归纳之法实践其归趣。"⑥而在《古文辞通义》,"归纳""演绎"等提法皆销声匿迹,根据上下文语境,"归纳"一词或直接简化为"归"或"归诸",或改作"消纳""容纳""归宿""归一"等同义词,而"演绎"则一律被替换为"引申"。

---

① 绍介批评:《名学浅说》,《教育杂志》,1909 年第 1 卷第 3 期,第 9—10 页。
② 学部编订名词馆:《心理学中英名词对照表》《中外名词对照表》,民国图书电子版。
③ 沈国威:《近代中日词汇交流研究:汉字新词的创制、容受与共享》,北京:中华书局,2010 年,第 448 页。
④ 陆费逵编纂《辞源》的初衷正源于当时严复译词的晦涩难解:"癸卯、甲辰之际,海上译籍初行,社会口语骤变,报纸鼓吹文明,法学、哲理名辞稠叠盈幅。然行之内地,则积极消极、内籀外籀,皆不知为何语。由是摺绅先生摒绝勿观,率以新学相诟病。"参见陆尔奎:《〈辞源〉说略》,《商务印书馆九十五年 我和商务印书馆 1897—1992》,北京:商务印书馆,1992 年,第 161 页。
⑤ 王葆心:《汉黄德道师范学堂文学讲义》,《汉黄德道师范学堂讲义十六种》,清末抄本。
⑥ 王葆心:《高等文学讲义》,汉口:维新中西印书局,清光绪三十二年铅印本。

同样地，来自日语的借词"积极"与"消极"，是另外一组悄然兴起又渐渐淡出《古文辞通义》系列著述的新名词。它们在《高等讲义》中频频出现："积极观者，所以导文家入于空坦平旷之途，使孑孑者入之而大适，泛泛者望而知所归。既有消极主义极文家之尊，则不可无积极主义形文家之大。"①到了《古文辞通义》中，"积极"一词被替换为"平易""至易"，"消极"一词则被改换为相应的"至难""极难"。

在晚清学部名词馆公布的《中外名词对照表》中，"主观"与"客观"属于心理学名词，在《高等讲义》中仅出现过一次，是作者有意识使用的日语借词："此盖以初下笔为文，主观之力脆薄，必赖客观之力支拄而定，以有所依倚为入手之方。"②《古文辞通义》将此句中的"主观"改为"主持"，"客观"改为"客位"，显然也是作者有意为之。以主客观阐述文史之学的内部分野，一度蔚然成风，如梁启超《新史学》宣称："凡学问必有客观、主观二界。客观者，谓所研究之事物也；主观者，谓能研究此事物之心灵也。和合二观，然后学问出焉。"③刘师培论六朝文学，谈及文学的主观客观说："文章有主观客观之别，今试就各家之文以说明之。夫文学所以表达心之所见，虽为艺术而颇与哲学有关。古人之学说，各有独到之处，故其发为文学，或缘题生意，以题为主，以己为客；或言在文先，以己为主，以题为客。于是唯心唯物遂区以别焉。"④同样套用了传统文论的主客说，也可见出新出译词对当时的文史著作产生的普遍影响。

在《古文辞通义》系列文话中，《高等讲义》受日本政治学、社会学译著的影响尤深。王葆心曾直接引述日本进化论先驱加藤弘之《天则百话》（1902年，广智书局）中有关世界主义与国家主义须平均用之的观点，"主义"一词也成为全书的高频词汇，更与心理学之"积极""消极"等联用而成"积极主义""消极主义"。而在《古文辞通义》中，"中国之主义"改作"固有之义"，"外国之主义"改作"他人之义"，新名词的使用频度有所克制。另

---

① 王葆心：《高等文学讲义》，汉口：维新中西印书局，清光绪三十二年铅印本。
② 同上。
③ 梁启超：《新史学》，北京：商务印书馆，2014年，第95页。
④ 刘师培：《汉魏六朝专家文研究》，王水照编：《历代文话》第十册，第9586页。

自普通学和专门学之说出现，各西学科目门类渐有普通学的提法，《师范讲义》即由斯宾塞普通社会学的"有机"概念引申到其他学科："抑自普通学有序有机之说发明，每一秩然有序之科学中，又必赖他科学种种之机关组织而成体。"①而在《高等讲义》和《古文辞通义》中，王葆心作了进一步发挥，将古文视作"有机体"，将现在之事实视作"有机体"，并指出古人论文之法多喻以"有机体"的现象，这在当时亦是风气所向。

系列著述中语词的前后取舍反映了编者微妙的心态变化。已有的跨语际实践研究成果表明，在翻译的历史条件作用下，新语词、新话语和新概念在本土语言中获得合法性的过程和结果大多迥然有别："当概念从一种语言进入另一种语言时，意义与其说发生了'转型'，不如说在后者的地域性环境中得到了（再）创造。"②作为协修，王国维曾与严复在学部名词馆共事，前者对严复弃用日语借词而夹带个人造语的做法颇为不满："侯官严氏今日以创造学语名者也。严氏造语之工者固多，而其不当者亦复不少。"③在他看来，后者"复古"式的再创造裹挟了更多的冗余信息，不利于思想的传播。王葆心曾反复权衡严复与王国维两人的观点，一方面，他认识到学术语词的创新势在必行，日语新译词颇有合理可采之处：

> 至于讲学治艺之用新增语名，《修词学教科书》及今人《静庵文集》均主此说。此等语名有中国自造者，有日本已先定者二种。《修词学教科书》则主创，谓智识进步，非添造新名词不足以叙述事理，作文者宜随时确定。《静庵文集》则主因，谓因日本已定之名而用之有二便。中国用古语自造者，又多苦意义不能了观。其所纠严氏创造学语之不确，及日本所定亦有未精确者之说，并证以近日解释宪法字义，折中所举案之，亦觉未可施行。可知此事因与创，两有所难也。然用新增学语之论，固已为艺林所许。④

---

① 王葆心：《汉黄德道师范学堂文学讲义》，《汉黄德道师范学堂讲义十六种》，清末抄本。
② 刘禾：《语际书写——现代思想史写作批判纲要》，上海：上海三联书店，1999年，第35页。
③ 王国维：《论新学语之输入》，《王国维集》（第2册），北京：中国社会科学出版社，2008年，第306页。
④ 《古文辞通义》，第7120页。

另一方面,他又推崇严译以旧文纳新知的做法:"贤智之过,务为领异标新,朝识耳目近接之新机,夕已腾诸笔札,或出自报馆,或司之译家。此两种文,实执近日文家之赤帜。吾则谓善学者能鼓铸东西之哲理政见入我华文范围锤炉中;(如侯官严氏所译诸书是。)不善学者醉心浮想,屡他邦文词外表混我纯粹之国文中。"①在《古文辞通义》中,他明确将"摭采新译字句"列入散文之忌,体现了维护国文纯粹性的愿景。这就导致他对新名词抱有依违两可的态度,《师范讲义》《高等讲义》中曾经出现过的绝大多数高频核心新名词,在《古文辞通义》中大多遭到删改,显然也是刻意之举,表现出作者想要回归纯粹的中国古代文章学本位的姿态。

四、中西新旧的文化选择与治学取向

王葆心所受到的学术训练以传统书院教育为主,中体西用的教育宗旨和治学路数尤其烙印深刻。引介西学在清末维新初期尚属开风气之先的通达举措,待到变法之议蜂起、政治变革呼之欲出之际,这一立场转已成为文化保守主义的代表。浸淫于洋务派学政思想的王葆心并未固步自封,而是从纵横博通的文化观出发,试图弥缝中西文学文化观念的差别,通过比事论证实现求同存异、另辟蹊径的论证目标。

撰写《师范讲义》时,西学东源的思想在编者仍然相当根深蒂固。如议论外国宪政,王葆心大量援引古史及历代朝政,力陈舆论左右政权在中外历史上的普遍存在:"中国从前虽无完全之宪政,而此种世轻世重之气象,未尝无之。神农在位,而农家之原论者得势……以过去之中国,对照现今之外邦,而观其通,固亦今日讲求政治者所有事矣。"②综合师范学堂的历史讲义来看,这一论证逻辑也时有闪现:"近日编历史教科书,必系以图,此亦非东西创例,而中国旧有之义例也。"③对于东西人新出"纪一事之史""纪一人之史"的创体,他亦将此体追溯至袁枢的纪事本末体,认为不

---
① 《古文辞通义》,第 7119—7120 页。
② 王葆心:《汉黄德道师范学堂文学讲义》,《汉黄德道师范学堂讲义十六种》,清末抄本。
③ 同上。

过"吾中国史家旧有之义例也"。

此后,这一西学东源的思维模式逐渐被会通中西的学术见解所取代。例如,主张言文合一的观点在《高等讲义》开始凸显,王葆心强调言文合一虽倡自日本,实自古已有之,并溯源至宋代:"至宋人论文,或以说目前话为主,或以平易浅质为主,此走散体极端之说也。故东莱之《古文关键》、西山之《文章正宗》皆严持归一之体,两派分析之大职志如此,一极于按格填词,一极于言文合一。"①其发想尚未摆脱为中体西用提供学理依据的理路窠臼。这一观点也被保留到了《古文辞通义》中:"日本近日多倡言文一致之说,其新刊之书每杂用口语,俾其国人便诵读。近日吾华亦多主张之。其实宋人已开此境,非第语录、讲义、小说为宋人所开,欧苏大家之文都尚平易,即当时讲学论文莫不主持此谊。"②但其论证过程被大幅删削,虽仍坚持宋儒已开言文合一之风的看法,但将其归之于物极而变,宋儒诸说始开文风平易一途,论述的重点不再是分辨中西学的源流优胜,而是凸显融通的客观学理。

自写作《师范讲义》起,王葆心即不遗余力地对域外著作加以借鉴和吸收。《师范讲义》和《高等讲义》对域外知识的吸纳主要局限在西方的政治学、社会学甚至是逻辑学、心理学等人文社科领域,侧重对宏观学科方法论的吸收和引介。早在与《师范讲义》编撰于同一时期的《汉黄德道师范学堂历史讲义》撰写中,王葆心已然借鉴了诸如辻安弥《西洋史》、坪井九马三《史学研究法》等近代日本史学界的前沿学术著作。除持续关注政治和社会两大现实方面外,该历史讲义还综述了包括新史学之体质、总系统和分系统在内的新史学研究宗旨,充分吸纳了以梁启超为首倡和代表的新史学理论成果,体现了西学东渐的直接和间接影响。在《古文辞通义》,编者持论更为横通,引述西人和日人著述条目更加繁多,对中西学的比较和理解也较前两种更胜一筹。

作为《古文辞通义》的前身,《高等讲义》一书的价值意义业已得到关注和阐发:"与前述《修词学教科书》《文字发凡》等仅流行于新学界或新教

---

① 王葆心:《高等文学讲义》,汉口:维新中西印书局,清光绪三十二年铅印本。
② 《古文辞通义》,第7168页。

育界不同,《高等文学讲义》曾在清末京师士大夫之间流传。正是在这些学士大夫的建议下,王葆心改扩讲义原稿为《古文辞通义》,将原讲义融会'新旧文学''字句与东文相类'的痕迹抹去不少。近年来,学界多就《古文辞通义》这一定本讨论王葆心的文章学成就。殊不知惟有处于未完成状态、充斥着新学名词的《高等文学讲义》,才更能折射出清末'文法'与'文学'在新旧范围之内的伸缩空间。"①三种著作中,留有西学或新学痕迹最重的却恰恰是在编撰时间上居中的《高等讲义》,这既显示出作者衡情度势不断调整取径路数的深刻思考,也揭示了王葆心在千回百转之后最终的文化选择。

在撰写《高等讲义》之际,编者已经逐渐意识到守旧与趋新、中学与西化的选择之间存在的某种不可调和性。在这样一个新旧过渡的时代里,写作《古文辞通义》这样一部大书自然意味着一种文化和学术意义上的站位和表态:"有以彼邦新裁,攻我老旧,我固任受,以纯然国学传达便捷称是编,亦所不辞也。要之此属新旧交会时,应讨论之一问题非第文学而已。"②因此,《古文辞通义》虽是一部近代文章学专著,却也必然反映和承载了以王葆心为代表的文士群体的文化选择与治学取向。《古文辞通义》援引大量域外文章学、修辞学著述作为中国古代文章学的基本参照系,并尝试将其他学术领域的相关理论成果进一步深化为文章学学科的普适性原则,为传统词章之学的总结和重建提供了新的思路和视角。

第三节 《古文辞通义》解题及体例

《古文辞通义》写作发轫既早,酝酿也久,是著者王葆心二十多年来任教各地书院、学堂国文科编撰讲义过程中辗转传抄、层累成书的集大成文话著述。在清末民初,有相当多的类似《古文辞通义》的近代文话,都是伴

---

① 陆胤:《清末西洋修辞学的引进与近代文章学的翻新》,《文学遗产》,2015 年第 3 期,第 170—181 页。
② 王葆心:《高等文学讲义》,汉口:维新中西印书局,清光绪三十二年铅印本。

随近代学堂教学体制的革新以讲义或教科书形态产生和传播的:"在晚清民初传统教育转型之际,众多文话以教科书的身份步入学堂讲授活动。文话在思想倾向、著述体式与内容偏尚方面的变化,无一不与教育近代化进程紧密相连。"①因此,从文本形态上看,《古文辞通义》兼具传统文话和近代讲义或教科书的特征,这与王葆心对词章之学的持续关注和他长期从事一线教育事业密不可分。

王葆心曾在《复饶竹生学部书》中发表过对著述一事的见解,近于夫子自道:"足下所向慕自成一子之书,则属诸一时大感触之作,其先必有一段怵然大不忍之中,因而更有一大番研究。"②其于中学堪堪失坠、古文一脉乏嗣有大不忍之心,遂潜心研究保存国学、传承古文之法,并精心结撰为《古文辞通义》的一家之言。入京之际,王葆心与桐城派诸人往来频繁,就古文之学多有切磋,还曾论及文家畴交盛衰与文运之关系:"仲实亟许为快论,举座皆浮一大白。"《古文辞通义》成书之后,京师古文圈子意甚许之。任职湖北国学馆馆长期间(1923—1926),王葆心始终关切古文习得和创作状况,并对文脉衰颓的现象忧心忡忡:"近时高等专门学校毕业学生,文义且多扦格,况中小各校乎?循此以往,吾恐数十年后即公牍笔札之往还,求一理明词达文字,亦不可得。况笔画之缺略,字体之谬误,亥豕鲁鱼甚至传为笑柄。"③念及于此,古文之学和国学教育是他终生心之所系。

在《古文辞通义》例目中,王葆心明确了全书的性质和定位,这是一本以资料汇编为基础的综合类诗文评著作,总体隶属于文学科,兼有论理学、国文典、文学史等要素。《古文辞通义》共分解蔽、究指、识途、总术、关系、义例等六大篇章,分别对应古文之学的不同环节,结构严整,逻辑自洽:"一、综文之忌以抉壅蔽。二、畅文之宜以究指要。三、穷文家之程涂,使洞然吾人应历之境界,而本体以明。言见在也。四、总文之术业,用综合

---

① 慈波:《学堂讲授与文话书写——晚清民初教育转型之际的文话考察》,《学术研究》,2011年第8期,第140—145页。
② 王葆心:《复饶竹生学部书》,《晦堂文钞》。
③ 王葆心:《国学馆附设校外国文讲习班招生简章》,《晦堂文钞》。

之法以见文家历世陈旧之迹。言过去也。五、总文之关系,用解析之法为文家储备运用之方。言方来也。文之属本体者,其应无方;文之属大用者,其归有定。《义例》一篇,亦综述过去以待方来之资也,取以殿焉。"[1]首以界定全书的研究对象和范围,其次陈述创作习得之法,再次胪列文章流别,最后辨析古文之学与其他学科之关系,各篇皆征引宏富,辅之以翔实议论。

一、定位:文话与讲义

从著述定位来看,《古文辞通义》对承接历代诗文评著作序列这一书写传统有着强烈的学术自觉意识。集部诗文评始终是历代文话著述最为集中的目录出处:"诗文评一直是作为集部的一个分支而被保留着,经历了总集—文史—诗评、文评—诗文评这么一个渐进而纯粹的过程。"[2]王葆心体察到历代诗文评著述的共同特点,提出古文评著作的起点可以追溯到元代王构所著《修辞鉴衡》一书:"至为古文作话,则元代王氏构始有成书,而以《修辞》名之。"[3]这一认知与中国古代文章学著述的实际起点相较仍有一定距离,但若将筛选条件限于讨论对象为古文且单独成书的文话,选择王构此书作为古文文话的起点确实体现了他深入把握学术史的精准眼光。同时,根据专论古文这一要求,王葆心又进一步提出理想文话的标准。"叶书不分类,李书分类,惟辑录旧说不加以研究,不出以融贯,两书皆然",他批评的对象分别是叶元垲《睿吾楼文话》和李元度《古文话》,认为文话除辑录诸说外须融贯己意。此外,"刘融斋氏《艺概》最有名,但属成家著述,不采他人,且不专论古文耳",也不甚满意刘熙载《艺概》仅仅囿于一家之言,有闭门造车之失。在对其所举文话的扬弃中,足以见出《古文辞通义》的著述宗旨和取向,即在汇辑诸说的同时摄以己意,兼有杂抄型和著述型文话的优点。

至以"古文辞通义"命名全书,是王葆心与书院同窗赵俨葳商议后的

---

[1] 《古文辞通义例目》,第7051—7052页。
[2] 彭玉平:《诗文评的体性》,第9页。
[3] 《古文辞通义例目》,第7054页。

结果:"安陆同学赵伯威厅丞俨葳在都时与余商,始易所谓《高等文学讲义》者命曰《古文辞通义》。"①其中,"古文辞"的提法或系直承姚鼐《古文辞类纂》而来②,兼指诗文而偏于古文;而"通义"之名明显步趋章学诚《文史通义》,体现了该书追求横通的著述理想。

从治学谱系来看,《古文辞通义》上承中国传统的古典诗文评和文话谱系,下接前近现代西学东渐的分科观念,并努力弥缝两者之间的客观隔阂。王葆心沿用西方质学(即科学)与文学二元分立的观点,辨析《古文辞通义》所属的学科类别,并向当时方兴未艾的"大文学"概念靠拢:"学校所讲,文、质二学尽之,此欧人国学、功令所分也。与质学相比而言之,文学其范围之广大,则以凡属古今文及哲学为主,而历史、舆地、政治为辅。"③例目以近代论理学(逻辑学)、国文典(语言学)和文学史三大学科为界,指出《古文辞通义》实兼而有之:"如欲思诣无误,须明论理学;欲语言无误,须有国文典;欲得文学之沿革,须有文学史。是编本在三者之外,然于三者之要旨,均已阐发。"尽管如此,所论又有越出逻辑学、语言学和文学之外者,可见在传统知识类型迭变且新学标准尚未确立的过程中传统文章学仍然面临着流离失所的局面。为此,王葆心在同样新兴的外来学科"修词学"中找到了寄托,以庶几近之的态度将古已有之的文话类著作归入修词学一脉:"而在近世文学书中,实推广东西人所称修词学之作而拓充用之。其用不第辅三种使有完备之规,且较文典之仅有益于选材、论理之仅供文家构想者为尤重。"④近代日本学界使用"修辞学"或"修词学"对译西方语言学的 rhetoric 一词,再结合被王葆心认作起点的元代文话《修辞鉴衡》一书的书名,可见《古文辞通义》实以迂回而吊诡的方式回到了诗文评类文话著作原初的学术坐标。

作者在例目中宣称:"是编用本国论文旧轨,融合出之,凡彼法所论列

---

① 《识语》,《古文辞通义》,第7034页。
② "单从他的书命名为《古文辞通义》即可看出。这里的'古文辞',大抵即是姚鼐选编的《古文辞类纂》中的'古文辞'。"(吴伯雄:《古文辞通义研究》,复旦大学博士学位论文,2010年,第69页)
③ 《古文辞通义例目》,第7052页。
④ 同上书,第7055页。

之新蹊径、新名词,悉不沿用,专用我旧日之蹊径、名词,以收驾轻就熟之益焉。"这一"中体西用"的著作体式颇为引人注目,或被视为尝试对接中西方文学理论的早期代表:"清代的文学观念,虽在前代的基础上又经过相当曲折、复杂的演变历程,但围绕'古文辞',最终亦建立起一种广包并蓄的实践的文章类型学,并且至晚清,诸如'古文辞通义'之类,成为最初与西学观念相对接的文学概论著作的滥觞。"①全书的一大特色也体现在中西会通的努力之中:"书中论文承桐城派'义法'说而大为拓展,同时借鉴国外尤其是日本之修辞学理论,并能广为荟萃古今诸说,融贯己意,颇多平允中肯之见。"②大体上以国粹派文章学理论为本,同时兼收并蓄同时期大量域外文章学、修辞学乃至人文社科理论。

《古文辞通义》的前身为近代学堂国文课程讲义,这决定了该书的概论式结构方式与相对扁平化的观点叙述模式。1904 年,王葆心在罗田创办第一丙等私立小学堂,并以此为契机,精研各类教授法和研究法,尝试将传统古文知识融入近代教科体制之中:"前清光绪甲辰之岁,余礼闱报罢南旋,方开办乡区丙等小学堂,及治城高等小学与师范传习所。是时锐欲以教育家自效,爰举是学之译籍数十百种,昕夕钻研而实习之,自谓颇有一得之愚。尝欲取吾国旧籍坠闻凡属专门教授法者,用新意发明之,如经学研究法、文学研究法、中国教授史等均已属稿。"③《古文辞通义》的述学体例介于传统文话、现代讲义和教科书之间,与王葆心潜心钻研教学方法论有直接关系。王葆心曾谓清代张秉直《文谈》一书立目分明,可直接用作中等国文教科书,"张氏《文谈》一书分作文之害、作文之本、作文之旨、作文之法、论文之概五目,皆辑名家言论,间下己意,殊有条理,可作中等教科书"④,其着眼于《文谈》层级分明、脉络清晰的特点,认为《文谈》适于讲授之用,与《古文辞通义》的写作策略如出一辙。

---

① 陈广宏:《"古文辞"沿革的文化形态考察——以明嘉靖前唐宋文传统的建构及解构为中心》,《文学遗产》,2012 年第 4 期,第 98—111 页。
② 聂安福:《古文辞通义》二十卷提要,傅璇琮主编:《中国古代诗文名著提要》(诗文评卷),石家庄:河北教育出版社,2009 年,第 610—611 页。
③ 王葆心:《小学各科教授法序》,《晦堂文钞》。
④ 《古文辞通义》,第 7352 页。

二、横通：文章学通史的著述抱负

王葆心专精文史、博览典籍，在史学领域用力尤深："浏阳刘善泽腴深、湘阴周正权铁山，皆称季芗博览乙部，举世无匹。"①其长于史学之名曾遍传于鄂，"湖北人才，近世金石推刘心源；碑版水经，首推杨守敬；史部数王季芗；词章则樊山为宗云"②。他深厚的史学造诣在《古文辞通义》体现为撰著中国古代文章学通史的宏大愿景，而该书在语法学、论理学和文学史学科之间的依违定位也揭示了著作带有强烈的史学色彩。朱自清为林庚《中国文学史》作序谓："文学史的研究得有别的许多学科做根据，主要的是史学，广义的史学。"③考虑到清末学制中词章学与历代文章流别论之间的密切关联，文章学史也可以被视为以文章为主线的文学史。

从命名方式上来看，《古文辞通义》明显有向《文史通义》看齐的倾向，之所以以"通义"为名，是前者对后者的著述主旨有意识地进行模仿的结果。定名"通义"，反映了王葆心博采众家之长、打通文史之学的愿景："通，达也。书首末全曰通"；"义，宜也，裁制事物使合宜也"。④《文史通义·释通》篇中，章学诚曾追溯"通"之一义在著述名称和体例上的沿革："《说文》训通为达，自此之彼之谓也。通者，所以通天下之不通也……古人离合撰著，不言而喻，汉人以通为标目，梁世以通入史裁，则其体例，盖有截然不可混合者矣。"⑤在他看来，古之君子以通为志，自从学术支离、师法并兴后，通之义也为之中绝，此后异议蜂起、学无统序，始有以类相从、返通之论的出现。刘咸炘曾进一步发挥《文史通义·释通》篇的主旨，诠释《文史通义》所以得名之由："此篇专论史法，乃先生之大计。不可通者各归其分，可通者归于大原；不可通者勿强通，可通者勿自蔽；乃先生学

---

① 李肖聃：《星庐笔记》，《李肖聃集》，长沙：岳麓书社，2008年，第513页。
② 同上书，第499页。
③ 朱自清：《什么是中国文学史的主潮——林庚著〈中国文学史〉序（四）》，《朱自清古典文学论文集》（上），第13页。
④ 谭浚：《言文》，王水照编：《历代文话》第三册，第2419页。
⑤ 章学诚：《文史通义·释通》，章学诚著，叶瑛校注：《文史通义校注》，第377页。

说之大本,亦即此书所以名为通义也。"①章学诚《文史通义》虽合乎清代中叶的官方学术理想,却也一时堙没无闻,而清末民初对章氏及其著作的"再发现",不为无因。如章太炎继承章学诚之学"有将六经历史的倾向"②,《文史通义》以类相从、追求横通的特点也迎合了比附西学的时代倾向。

王葆心吸纳章学诚的思想,并将其从史学和方志学领域引介、移植到文章学领域的研究之中,荟萃众说,征引繁复,终成皇皇巨著,以求"震动世人,横扫世界"。他对学问境界的追求尽在"通"之一字,不仅力求打通历代各派各家的文章学思想,使之连为一贯,更追求中外会通,吸纳大量域外文章学理论,进而扩展到社科理论,用来论证本土的文学现象,近于王国维"取外来之观念,与固有之材料互相参证"③的做法。《古文辞通义》卷八论文章入手之法曾引及潘曾沂直通、横通之说,潘氏仅就时文与古文互通而言,而将横通之法引申至文章乃至治学领域,是《文史通义》与《古文辞通义》前后相承的学术思维和著述理念:"其言横通之法,章实斋《文史通义》中曾言之,第章氏以学问言而非以文章言也。此主以言文章,则其重养本也至矣。"④

张舜徽在阐述章学诚的史学思想时,指出在史书编纂过程中对史料进行重新编排组织的必然性:在刘知几为"当时草创"和"后来经始",在章学诚为"比类"和"著述",而将前者加工为后者的取舍经营最能见出史家的学问深浅⑤。王葆心在编撰《古文辞通义》时所采用的方法也不外乎是,先是辑录历代文章学理论作为原始素材,再按照自成一家的著述理念别择去取、加以编排:"是编匪敢自诩别裁,实案以通义体制,不能不广加荟萃,出以清谿。每篇自为小结构,统众篇又成一大结构。"⑥另外,其《复饶

---

① 章学诚:《文史通义·释通》,章学诚著,叶瑛校注:《文史通义校注》,第378页。
② 桑兵、关晓红主编:《先因后创与不破不立:近代中国学术流派研究》,北京:生活·读书·新知三联书店,2007年,第291页。
③ 陈寅恪:《王静安先生遗书序》,《陈寅恪文集之三 金明馆丛稿二编》,上海:上海古籍出版社,1980年,第219页。
④ 《古文辞通义》,第7429页。
⑤ 张舜徽:《清儒学记》,济南:齐鲁书社,1991年,第178页。
⑥ 《古文辞通义例目》,第7055页。

竹生学部书》亦曾提到著述一事的大体经过:"凡为是者,先立规模,熟斟指例,筹画于胸,即用来书切切所咨之旨,故为此事如大匠构室之广,购众材加以规矩绳墨,而后以覃思研精出之。其始亦但具粗枝大叶,后再积以岁月,证以书册,验之人事。临文又复加琢磨,润色之工,此一种作法也。如章实斋之文史通义,一家之言,别启途径,可参入子家一席矣。"①并将章学诚《文史通义》视为子家著述之体的代表,观其所言,尽出肺腑,与《古文辞通义》的构想写作若合符节,不啻为自道甘苦之言。

《古文辞通义》从命名方式、著述理念到写作过程,一本于清代章学诚《文史通义》,作为自成一家者言的子氏著述,体现了作者全景式描摹中国古代文章学理论全貌的庞大愿景,客观上成为中国古代文章学史的通识著作,与章氏"六经皆史"的观念一脉相承,也反映了王葆心本人史学本位的学术涵养。

三、跨文本关系:互著与别裁

如绪论所述,从整体性文话著作趋势来看,资料汇编式文话逐渐为融会贯通的论著型文话所取而代之,《古文辞通义》即为典型②。关于此书的纂辑方式,或可从王葆心治学方法中略窥一二。王葆心曾引阳湖派恽敬教人读书之法云"其尺度,则《文心雕龙》《史通》《文章宗旨》等书,先涉猎数过,可以得典型焉",也主张借鉴发挥张之洞的读书理论,"其教人先涉猎论文书数过,即张文襄读书宜得门径之旨,亦即不佞辑此书之意也"③,多方涉猎,集中网罗古文读写的方法论,是王葆心取材并效仿的文章学治学门径。

纵观文话发展史,资料汇编始终是文话类著作的主要纂辑方式之一,这在王葆心《古文辞通义》一书中体现得尤为明显。书末《义例篇》"引书

---

① 王葆心:《复饶竹生学部书》,《晦堂文钞》。
② 侯体健:《资料汇编式文话的文献价值与理论意义——以〈文章一贯〉与〈文通〉为中心》,《复旦学报》(社会科学版),2009年第2期,第39—45页。
③ 《古文辞通义》,第7254页。

例"的种种规则,就《古文辞通义》全书的引述方式而言,完全是自作解说、自守其例。全书以资料汇编为基础,作者主意贯串首尾,圆转如意,可谓体大思周,谨严审慎。在材料辑录与处理方面,《古文辞通义》则汲取了章学诚在《校雠通义》中提出的两大著录原则:一为互著,一为别裁。

所谓互著,章学诚的本意是为了强调书目应兼收互注,防止散逸失传,叙传人物应当遵循马、班家法,详略互见,避免前后叙述重出琐碎。王葆心将互著原则运用于引文的纵横互参之中,让诸家论述彼此印证,以利贯通。如论文忌"端绪繁杂而无统纪"中引及陈澧有伦有脊说,提示读者详见后文的《总术篇》①,论纪事文法,又以案语形式告知读者参看前文《识途篇》朱筠之说②,皆为作者反复多次披览全书,在行文中时增互著之例的明证。

别裁一法,在章学诚初非经意之举,征引素材源头未明或是节选部分于原书可宣告独立者,当以别裁处之:"盖古人著书,有采取成说,袭用故事者。其所采之书,别有本旨,或历时已久,不知所出;又或所著之篇,于全书之内,自为一类者;并得裁其篇章,补苴部次,别出门类,以辨著述源流;至其全书,篇次具存,无所更易,隶于本类,亦自两不相妨。"③而在《古文辞通义》,王葆心往往主动裁取前人旧说,按以己意,重新编排组合,最大限度地发挥了别裁方法的创造性:"凡此类者,言各有属,自来论文少荟萃融合之书,往往于散殊向背之理滞而鲜通,故学者于此皆首宜辨明也。"④也造就了随文流转、激荡启迪的行文效果。

互著与别裁之法在全书之中广泛而灵活地应用,在王葆心看来实有助于培养读者自主的发散性思维:"吾常举体用、源流、异同、得失八字为初学文者措思之范。作文者于一题入手,先设此八种方位一一观之,则一字中可生出无数议论。"⑤《古文辞通义》对互著与别裁的贯串也再次印证了中国传统文学批评方式具有强烈的互文性特征。"是编以旧说证己意,

---

① 参见本书第四章第一节"明清及晚近文章学理论的总结"。
② 《古文辞通义》,第 7084 页。
③ 章学诚:《校雠通义》,章学诚著,叶瑛校注:《文史通义校注》,第 972 页。
④ 《古文辞通义》,第 7101 页。
⑤ 同上书,第 8022 页。

以己意衷旧说,大都原本前人活用书籍之例",其活用书籍之说,即是跨文本关系活动的表征。

《古文辞通义》大量采用互著与别裁的征引方式,其目的还在于保存历代稀见文献。王葆心意识到国学正面临风雨飘摇的景况,近人文集亦颇有散佚之虞,因而他不惮繁复,尽可能地对经眼的文章学材料加以辑录,"今是编亦多载同意之言论例法",其用意是要"坚定学者之崇信、表章前人之沉坠"①,故"编中于近人文集说部不甚著者,多存其说一二,欲于文学式微时冀少留万一"②。此外,由于基于民族意识的现代国家观念逐渐兴起,王葆心也参阅了当时民族志的通行写法,将正反成说一并辑录:"略如近日讲民族学者所为,观其每则皆是逐渐增加,或此说与彼说相同,则厚聚之以巩此义之势,或与有异,则反证之以广吾异闻。凡离合向背偏全之义,都有所取。"③紧扣异同正反之论,以类相从,体现出其试图保持客观中立理论立场的企图。

---

① 《古文辞通义例目》,第 7057 页。
② 同上。
③ 王葆心:《复饶竹生学部书》,《晦堂文钞》。

第二章
中体西用视域下的《古文辞通义》

"中学为体,西学为用"是晚清洋务派向西方学习借鉴器物、制度乃至价值的主导思想。最初,"中体西用"旨在解决中国在现代化进程中所遭遇的种种现实问题,而其得到的历史评价则是毁誉参半,实效未待充分检验便无疾而终。"中体西用"的雏形最早往往被追溯到冯桂芬《校邠庐抗议·采西学议》中的一句:"如以中国之伦常名教为原本,辅以诸国富强之术,不更善之善者哉?"而早期对该思想更为明确的表述则是1895年沈寿康发表在《万国公报》上的《匡时策》一文:"夫中西学问,本自互有得失,为华人计,宜以中学为体,西学为用。"前有魏源、冯桂芬、王韬等经世改良者的呼吁,使于四方的郭嵩焘、薛福成为之先驱,继之以主持洋务大局的李鸿章和以经济天下相号召的曾国藩,晚清朝野上下一时皆曾预流"中体西用"的思潮。由于举国上下适逢千年未有之变局,借用本土传统哲学范畴的"体用"之辨,融合中西政教学艺,遂铸成一种意料之外而情理之中的应激型文化选择。

晚清洋务派重臣张之洞不仅是"中体西用"思想的支持者和实践者,更在湖北一地积极推广一系列以"中体西用"为核心理念的学制改革。王葆心是张之洞创办的两湖书院的高材生,毕业后也屡受张氏提携。王葆心生平虽辗转多师,但往来故旧皆与张之洞渊源深厚,其文化视野和学术立场带有浓厚的"中体西用"的色彩,这一点也体现在《古文辞通义》之中。张之洞同时也是清末《奏定学堂章程》(癸卯学制)的主要制定者,而曾经学部审定为教学参考书的《古文辞通义》不仅严格遵循了晚清学制对相关学科的框架设计,并初步践行"中体西用"在文章学领域落地的理论路径,提供了这一思想在政教之外得以延展的可能性。

第一节　中体西用：从教育学到文章学

以清流自诩的晚清大吏张之洞开始仅关注器物层面的西学，移督两广后始对西方事务有所瞩目，被目为"中体西用"思想的集大成者。以甲午战争为分界点，张之洞的洋务思想发生了巨大的变化①，从早期的《輶轩语》到后来的《劝学篇》，可以见出其教育思想的转换。《劝学篇》一书尤被奉为"中体西用"思想架构的典型代表作，并与他在湖北主持学务期间的教育改革活动关系密切。

光绪十五年(1889)，张之洞移督湖北，创设两湖书院："公之奖励文学也，相其时宜所至而诱之以渐。其始，鄂人桎梏功令耗心俗尚，公遴其才士创立学舍，主以雅儒，虽习词章，必根经义，遂有近三十年湖北文学之士。洎乎再至，进而聿隆拓金菱湖，词章之外，迪以经史，兼及义理，学者宗之。更诣翔实，遂有近年文行朴茂之风。"②两湖书院分设经、史、文、理四科，为传统书院制式。次年，张之洞创办自强学堂，以方言、格致、算学、商务等西学时务内容为主。光绪二十一年(1895)，张之洞创立储才学堂，分立交涉、农政、工艺、商务等纲目。三年后，他按照学堂办法对两湖书院及任湖北学政时所创经心书院进行整饬："一洗帖括词章之习，惟以造真才济时用为要归。"③两湖书院除保留经、史之学外，改设地舆学、算学；经心书院则设立外政、天文、格致、制造四门。原本只在新式学堂传授的西学内容被大量引入书院的课程之中，张之洞将"中体西用"思想运用于教育改革的目的亦彰明较著："于两书院分习之大指，皆以中国为体，西学为

---

① "大约在甲午以前，张氏的教育思想是双轨并行的，那就是传统的书院，以'通经致用'为原则；新设的学堂则以'西主中辅'为原则。广东的广雅书院与水陆师学堂，湖北的两湖书院与自强学堂等，可以分别代表二地的双轨并行体系。甲午战后，二者逐渐交会，而成普遍的'中体西用'体系。"苏云峰：《张之洞与湖北教育改革》，台北："中央研究院"近代史研究所，1983年，第26页。
② 王葆心：《太子少保体仁阁大学士湖广总督南皮张公德政碑记》，《晦堂文钞》。
③ 苑书义、孙华峰、李秉新主编：《张之洞全集》第2册，第1299页。

用,既免迂陋无用之讥,亦杜离经叛道之弊。"①书院成为其"中体西用"教育思想的重要载体。

在整饬书院教制的同一年,张之洞《劝学篇》刊行于世。《劝学篇》共分内外二十四篇,"《内篇》务本以正人心,《外篇》务通以开风气"。总体而言,《内篇》主旧学而《外篇》主新学。根据"其表在政,其里在学"的基本原则,关乎"学",即教育的内容,是全书的核心所在,与湖北一地的学制改革形成理论呼应。《劝学篇》首要处理的是中学与西学的关系。内篇《循序第七》谓:"今欲强中国,存中学,则不得不讲西学;然不先以中学固其根柢,端其识趣,则强者为乱首,弱者为人奴,其祸更烈于不通西学者矣。"②后文进一步阐发其意,落实到具体教育举措:"今日学者,必先通经以明我中国先圣、先师立教之旨;考史以识我中国历代之治乱、九州之风土;涉猎子集以通我中国之学术文章,然后择西学之可以补吾阙者用之、西政之可以起吾疾者取之,斯有其益而无其害。"适以经、史、子、集为中学砥柱,兼采西学、西政以为补益。

因此,《劝学篇》从理论层面重构了"中体西用"框架下的知识体系,并将其落实到具体的书院学制之中。内篇《守约第八》提倡保存中学必须守约,并分门别类阐述了中学各科最低限度的传习要求,"经学,通大义","史学,考治乱典制","诸子,知取舍","理学,看学案","词章,读有实事者","政治书,读近今者","地理,考今日有用者","小学,但通大旨大例",另外由于"算学"被视作基础学科,虽偏于西学,一并附于此后,要求"各随所习之事学之"。外篇《设学第三》讨论设立学堂之法,与两湖书院改制后的实际课程设置完全一致:"一曰新旧兼学。学《四书》、《五经》、中国史事、政书、地图为旧学;西政、西艺、西史为新学。旧学为体,新学为用,不使偏废。"③充分体现了《劝学篇》"中体西用"原则为湖北学务改良指导思想的事实。

事与愿违的是,西学在书院教学内容比例中的持续上升不可避免地

---

① 苑书义、孙华峰、李秉新主编:《张之洞全集》第2册,第1299页。
② 苑书义、孙华峰、李秉新主编:《张之洞全集》第12册,第9721页。
③ 同上书,第9740页。

带来了中学授课时间的减少。两湖书院教习蒯光典、梁鼎芬冲突爆发的部分原因即在于此："冲突的原因,起于时效与专业化。因要迅速培养人才,课程的种类必须减少,内容必须简化。而去留的标准,皆以实用为归。在这种情形下,西学课程引进愈多,中学课程必须相对较少,或安排在不重要的时间,而产生了西学为主,中学为辅的关系。"①"西用"的不断扩张也开始令张之洞重新思考"中体"所占分量不足的问题。

光绪三十三年(1907),张之洞再上《创立存古学堂折》,再申保存国粹之旨："窃维今日环球万国学堂,皆最重国文一门。国文者,本国之文字、语言、历古相传之书籍也。即间有时势变迁不尽适用者,亦必存而传之,断不肯听而渐灭。至本国最为精美擅长之学术、技能、礼教、风尚,则尤为宝爱护持,名曰国粹,专以保存为主。"②他意图将经心书院改为存古学堂并在全国各地加以推广的发想,源于科举停废后对中学衰微的忧惧。到民国前夕,存古学堂在各省逐渐销声匿迹,已是名存实亡。究其原因,上不暇给,下无财力,民间缺乏生源和动力等都导致学堂难以为继:"其心大可怜,其事实难以图成也。"③这一复归中体的尝试终也付之东流。

此外,张之洞提携举荐人才多以经心、两湖书院门生为主:"臣自前两年回鄂以来,体察学堂情形,所有现派各学堂各监学及中文之经学、史学、算学、图学、中国地理、中国词章等各门教员,皆系臣在楚所设经心、两湖两书院中之都讲高材,分布各处,该生等中学素有根柢,人品向来端纯,深知宗法圣贤,兼以博览典籍,故此次分派各学堂职业,以及赶学速成师范,补习普通、派赴外洋游历、考察学务,均有可用之人。"④他将书院毕业生视为各地学堂的师资储备人才,从培养目标到就业分配都有明确而周密的安排。

王葆心自年轻时即转益于张之洞督学湖北时创办的黄州经古书院、

---

① 苏云峰:《张之洞与湖北教育改革》,台北:"中央研究院"近代史研究所,1983年,第36页。
② 苑书义、孙华峰、李秉新主编:《张之洞全集》第3册,第1762页。
③ 庄俞:《论各省可不设存古学堂》,潘懋元、刘海峰编:《中国近代教育史资料汇编 高等教育》,上海:上海教育出版社,2007年,第261—265页。
④ 张之洞:《创立存古学堂折》,苑书义、孙华峰、李秉新主编:《张之洞全集》第3册,第1762页。

两湖书院,毕业后亦受师友举荐辗转湖北各地学堂任职教员,其同窗之中有类似经历者亦不在少数,与张之洞奏折所言若合符辙。张之洞多次保奏举荐其在鄂所办书院及学堂毕业生,遂形成了以张之洞为中心、以地缘关系为基础、以学术因缘为纽带的师范人才网络:"如周锡恩、邓绎等人,兼为门生故吏及两湖在籍绅士,充当了张之洞学人圈与当地学术传统沟通的媒介。"① 王葆心亦与张之洞有直接交谊。不仅如此,王葆心也明显受到张之洞政教观点和学术意见的影响。他在两湖书院时曾与甘鹏云、赵伯威等同学创办"质学会",是为近代湖北学会之始,但大旨不出"以中学治身心,西学应世用,与张之洞中体西用差不离"②。这是王葆心在两湖书院时期受到"中体西用"学风浸染的证明。

王葆心《古文辞通义》则是将"中体西用"理论具化到文章学领域的尝试。其胞兄王葆龢在《古文辞通义后序》一文中追忆两湖时期王葆心的治学境况:"当是时,季为文好综贯群籍,避陈言矫目论以自喜。张文襄公常许其深隐生劲,教之轩豁确实,从博大平易处致力。"《晦堂文钞》中也保留了若干篇王葆心在两湖书院时期的文章习作,后附有张之洞评语,如《伪君子真小人为害孰甚论》文后缀有张评:"造句生劲而行气节奏平熟,可惜是学古而未造极者。"③ 又张评《书廿二史札记明言路习气先后不同条后》谓"造语生劲,思路亦不肤浅,惟用意未能轩豁、确实,以后用功当从博大平易处致力,则成就远矣"。正与王葆龢所言两相印证。王葆心任教的汉黄德道师范学堂是张之洞湖北教育改革的产物,《汉黄德道师范学堂文学讲义》业已体现出对文章学领域体用概念的精准把握和灵活运用,并收录了若干张之洞本人的文章学理论。"作为当年两湖书院的高材生,王葆心自有机会接触到张之洞本人的文章论,并在讲义中随时加以发挥。"④ 尽管在后来的《高等文学讲义》和《古文辞通义》中,这一倾向有所弱化,但"中体西用"的宗旨仍然是隐现于这些文话背后的主导性理论框架,张之洞

---

① 陆胤:《政教存续与文教转型——近代学术史上的张之洞学人圈》,第109页。
② 中共潜江市委宣传部编:《潜江辛亥名人史话》,武汉:九州传媒出版社,2011年,第182页。
③ 王葆心:《伪君子真小人为害孰甚论》,《晦堂文钞》。
④ 陆胤:《清末西洋修辞学的引进与近代文章学的翻新》,《文学遗产》,2015年第3期,第170—181页。

"中体西用"论在近代文章学领域中也体现出良好的理论适用性和延展性。

不过,张之洞明确不愿以桐城派自居,王葆心则认为其古文法导源于桐城而不囿于桐城,而张氏《书目答问》划分清代古文家派系仍以桐城派为重镇,王葆心对桐城—湖湘一系古文正统的一贯认可和维护,无疑受到张之洞的影响。他与张之洞在学术观点和古文派别方面的亲缘关系,在《古文辞通义》的文派观和对传统文章学资源的梳理取舍上也都有所体现。

第二节 中体的再伸:《奏定学堂章程》

"夫不可变者,伦纪也,非法制也;圣道也,非器械也;心术也,非工艺也。"①张之洞《劝学篇》的核心要旨即通过坚持内在道德、传统纲纪,同时吸纳西方政教技艺,最终抵达中西会通的境界:"中学为内学,西学为外学,中学治身心,西学应世事。"②张之洞督学湖北之际,以《劝学篇》为理论基础,将当地书院作为近代学堂教育体制改革的试验田,并逐渐把改良经验借鉴推广到各地。例如,历任两湖书院史学教习、黄州经古书院院长、湖北教育会会长、存古学堂教务长等职的罗田姚晋圻就是张之洞教育思想的实践者和具体方案的执行者。"作为张之洞所创办的各种新式书院、学堂中执教的经验,成为张之洞建立近代学制的重要参考。清政府在1902年和1904年分别颁布了《钦定学堂章程》和《奏定学堂章程》,这两个由清政府颁发的近代学制,都是由张之洞和其他官员会奏后颁布的,都凝聚着近代湖北学者从事新式教育的实践经验。"③《钦定学堂章程》和《奏定学堂章程》是对课程规划的宏观构想,对当时的一批新教本产生过实际影响。

---

① 苑书义、孙华峰、李秉新主编:《张之洞全集》第12册,第9747页。
② 张之洞:《劝学篇》,苑书义、孙华峰、李秉新主编:《张之洞全集》第12册,第9767页。
③ 张克兰、叶箐:《姚晋圻与晚近鄂学》,《近代中国与文物》,2008年第1期,第16—21页。

1904年,张百熙、张之洞、荣庆等人在《钦定学堂章程》基础上修订拟定的《奏定学堂章程》(癸卯学制)正式颁布。《奏定学堂章程》所附《奏定学务纲要》作为阐述近代学制的纲领性文件,重申了"中体西用"的指导思想。比如,《纲要》规定,"中小学堂宜注重读经以存圣教","极之由小学改业者,亦必须曾诵经书之要言,略闻圣教之要义,方足以定其心性,正其本源"①,提倡通过读经来巩固中学的根本性地位,在当时也引发了广泛的讨论。

在以《奏定学堂章程》为首的一系列各级各类学堂章程中,尤以《奏定大学堂章程》篇幅最多,条目最繁,因京师大学堂在全国范围内兼具实验和典范性质,所设科目亦最完备。《奏定大学堂章程》除详细制订八门科目主课名称和学时外,另附有各科研究法,在性质上类似于现今的教学大纲。章程对教员自行编纂讲义给出了具体而微的意见,例如历代文章流别一科,章程建议可仿照日人文学史著述撰写讲义。学堂章程对文话类著作论述方式、结构、观念等所起的引领性和框架性作用不容小觑②。《奏定大学堂章程》对清末高等文学教育的课程设置、学科分类,以及讲义、教案、教科书等的书写都产生过规约性质的现实影响。国人自撰的首部文学史——林传甲《中国文学史》即是严格遵循《奏定大学堂章程》意匠经营的产物③。当时固然也有少数讲章教本跳脱出《奏定大学堂章程》所限定的框架,而王葆心在写作《高等文学讲义》之际,即将《奏定大学堂章程》中国文学研究法的解题思路纳入考量,并围绕章程规定在《古文辞通义》中作了进一步的细致阐发。《古文辞通义》一书基调的奠定、思路的展开、论题的选择和观点的取舍,可以说都是以《奏定大学堂章程》为纲领——铺展开的。

首先,《古文辞通义》论文章根本严格遵循《奏定大学堂章程》中国文学研究法的标准:"《中国文学研究法》则以立诚、词达二语为文章之本,是

---

① 璩鑫圭、唐良炎编:《中国近代教育史资料汇编 学制演变》,上海:上海教育出版社,1991年,第492页。
② 慈波:《学堂讲授与文话书写——晚清民初教育转型之际的文话考察》,《学术研究》,2011年第8期,第140—145页。
③ 陈平原:《现代中国的文学、教育与都市想像》,北京:北京师范大学出版社,2011年,第49页。

亦以经语区文家之本末而兼判其品性,亦总凡之论也。"①方苞在乾隆朝选编《钦定四书文》,其创作暗合当时官方所倡"清真雅正"之文风,《总术篇》首举方苞有物、有序之说为文家归宿主旨,而"中国文学研究法"主张在"言有物""言有序"外新增"言有章"为作文之法,王葆心亦积极为"言有章"一条寻找出处和依据:"有章之说,梅伯言曾阐之,其言云:'退之谓六朝文杂乱无章,人以为过论。夫上衣下裳,相成而不也,故成章。若衣上加衣,裳下有裳,此所谓无章矣。'"并强调东西文字不应混同,故"言有章"尤为今日所需,素履所向与锋芒所指皆与章程研究法一致。

其次,《古文辞通义》在古文辨体问题的立场与章程研究法大体趋同。《中国文学研究法》明确划定古文与其他文体之间的界限,严守古文雅洁概念:"辞赋文体、制举文体、公牍文体、语录文体、释道藏文体、小说文体,皆与古文不同之处。"②《古文辞通义》"解蔽篇"以佛老文字、语录庸谈、辞赋韵语、科举习气等为戒,正与之遥相呼应,"以上所辨正诸弊即辨明诸体与古文不同者也",且增补翻译文字句、外文标识诸项,是对文章形态迭变与时俱进的修正。

再次,《古文辞通义》内容构成及撰著方式与章程研究法的提案相仿。《奏定大学堂章程》附有各科"学书讲习法",中有一门"历代名家论文要言",正与《古文辞通义》的写作方法相吻合。针对此项课程内容,章程研究法曾为之建议"如《文心雕龙》之类,凡散见子史集部者,由教员搜集编讲义",并鼓励教员"就此名家百余人,每家标举其文之专长及其人有关文章之事实,编成讲义,为学生说之,则文章之流别利病已足了然;其如何致力之处,听之学者可也。"《古文辞通义》全书两大核心部分"识途篇"与"关系篇"皆袭用此法,选取历代古文名家,汇辑各家论文之言而成,充分贯彻研究法顶层设计的教育意图。

最后,在具体学术观点的表述方面,《古文辞通义》也与章程合辙不悖。如"《中国文学研究法》又区宜多读之文为四:一、开国与末造有别。

---

① 《古文辞通义》,第 7703 页。
② 璩鑫圭、唐良炎编:《中国近代教育史资料汇编 学制演变》,上海:上海教育出版社,1991 年,第 355 页。

二、有德与无德有别。三、有实与无实有别。四、有学与无学有别",王葆心围绕这一纲领作了进一步的细致阐发:"盛世之文胜末造,宜多读盛世之文以正体格;忠厚正直者为有德,宜多读有德之文以养德性;经济有效者为有实,宜多读有实之文以增才识;根柢经史、博识多闻者为有学,宜多读有学之文以厚气力。又以险怪、纤佻、虚诞、狂放、驳杂之文于世运人心有妨,以空疏之文能致人才不振,皆读文时所宜严辨者。"①关于文章兴衰与世运升降的关系,他赞成文章随国运之盛衰而递变的观点,因而主张多读盛世之文:"大学《定章》,教人多读盛世之文,用意尤为深厚。"②全书另有多处直接援引章程研究法的内容,并进行了见缝插针式的发挥,如"文章名家必先通晓世事之关系"映射文家有取于文章之外者、"文章出于经传古子四史者能名家、文章出于文集者不能名家之区别"对应文家为文所资之书等,不一一枚举。

事实上,王葆心对《奏定学堂章程》经学、史学等学科的研究方法和课程设计同样予以密切关注,并从方法论层面上对这些学科的研究法加以吸收和内化。比如,他从章程所附经学研究法之中汲取了博通与专精二者平衡的观点:"从前研经者多言通大义,至大学定章之《经学研究法》始言考全经通义,并举《易经通义》以示例……通义之外又有精义,于通义见其大,于精义窥其微,乃诣贯通而能有用,所贵举后世人事纳诸经义中而推究之也。"③又活用史学研究法中的纵横比较方法:"大学定章之《史学研究法》胪举要义最注重于彼此之比较,观前后之变迁及彼此之关系。"④此外,王葆心在汉黄德道师范学堂兼授历史科目,所著历史讲义同样以之为参考,围绕外交、兵制、农业等主题运用对照法考古证今,故于"历代史法之长短、史学家之盛衰"最下工夫。

至此,建立在杂文学观基础上的大文学综合性编纂理念也应运而生:"是编之范围,于《总术篇》中胪文与历史、地理、政治之相关者,又详文与

---

① 《古文辞通义》,第7275—7276页。
② 同上书,第7749页。
③ 同上书,第8018页。
④ 同上书,第8029页。

经、史、子之相关者,又于《关系篇》中略及说经论史之文,皆衷于吾华文家旧轨,并按之图书目录家及大学定章一从宽广之例,亦相应也。"①癸卯学制的《奏定学堂章程》,特别是《奏定大学堂章程》之《中国文学研究法》可以说是《古文辞通义》撰述结构的起点,后者也借由"中学为体"的指导思想实现了对古代文章学理论的传统继承与创新诠释。

第三节 方法与史观:文材研究法

在西学东渐的习染之下,近代学堂教育环境发生剧烈变动。西学的输入不仅包括知识内容的更新,往往还夹带了研究方法和理念的翻新。清末民初,教育学界洋溢着对新式教授法和研究法的渴求,而西学著作的大量译介加速和刺激了这一新的诉求。王葆心的系列文话著作忠实地呈现了作为研究方法的西学在近代文章学领域的介入和调适过程,并在《古文辞通义》中表现得尤为突出。《古文辞通义》的写作目的是向具备一定文史基础的对象传授文章作法,其对古文研究方法论的提炼和总结更是"中体西用"论的直接表现。

《古文辞通义》"关系篇"分论各类文章作法,总之以三种"文材大端之研究法":消纳引申之法、循环对待对照之法、过去方来现在之法。乍看此段分说,似与前后章节无甚逻辑关联,若结合《高等文学讲义》此段行文与《古文辞通义》加以比对,更能见出作者的写作原委和逻辑脉络。《古文辞通义》"关系篇"曾标举三种文材大端研究法,对应研求学术之文、推论政治之文与涉及事实之文的不同类型。据《高等文学讲义》可知,这是直承作者文章学理论核心观点情、事、理三种统系之文而来:"三种文属义理者皆须有归纳演绎观;三派文属情势者,皆须有循环对待对照三种观;三派文属事实者皆须有过去方来现在三种观。"②因此,文材研究法不仅关乎全书理论枢纽,其逻辑结构也具备与"中体西用"相一致的理论同构性。

---

① 《古文辞通义》,第7052页。
② 王葆心:《高等文学讲义》,汉口:维新中西印书局,清光绪三十二年铅印本。

文材研究法之一是消纳引申之法,这是说理之文常用的写作方法。传统诗学批评中原有"消纳"之说:"屠琴坞倬作《菽原堂集序》,记查梅史论诗大旨,主乎'消纳',尝谓:'沧浪香象渡河,羚羊挂角,只是形容消纳二字之妙。世人不知,以为野狐禅。金元以降冗弱之病,正坐不能消纳耳。"①着眼于以小见大、立竿见影的表达效果。钱锺书先生曾以"消纳"二字描述以有限之篇幅容纳无限之韵味的创作技巧。传统文话著作中也曾出现过作为行文技巧的"消纳"概念:"读文时,字字要看他消纳之处。或向上文消纳,或向下文消纳,或于实处消纳,或于虚处消纳,总要有个消纳处,方字字还他着落,否即浮漫无归。"②据上下文可知,这里的消纳处指的是将分说一一还原到各节总摄之句,体会字字有着落,有助于厘清文章的脉络关系。《古文方三种》曾将"消纳"等同于虚括或隐括的叙事手法:"不消纳则臃肿散漫,唐、宋人传志叙事往往用虚括之笔。"③由此可见,传统诗文的"消纳"概念指的是由博返约、删繁就简的创作理念。

最初,将消纳和引申并提始于晚清西学译介的名学概念。严复翻译《穆勒名学》,首次引入内籀和外籀的逻辑概念:"吾人仰观俯察,有不相谋而同之事变,数觏屡更,则因之而立一例;抑由数例之中,从之而立愈大弥公之一例。凡此皆内籀也。若夫由古人既明之理、已立之言,其例固可以冒甚多之事变,乃今以合于当前之事实,从之而征一新理……如此者谓之外籀,谓之递推。"④内籀与外籀分别对应归纳推理法与演绎推理法。由于西方逻辑学的传入和严译著作的风行,作为基本原则和方法论的内籀/归纳、外籀/演绎在清末诸多学术领域内得到移植和应用,近代文章学也不例外。例如,来裕恂《汉文典》将归纳和演绎视为文章所载公理的两种形式:"理有演绎、归纳二法。归纳法者,由各事实而定一公理;演绎法者,由一公理而证之各事实。文章之道,千变万化,不可以一端尽。故法者,仅以示不学之人;而理者,虽通人不能外也。"⑤《高等文学讲义》的归纳演绎

---

① 钱锺书:《谈艺录》,北京:生活·读书·新知三联书店,2008年,第508页。
② 王元启:《惺斋论文》,王水照编:《历代文话》第四册,第4149页。
③ 何家琪:《古文方三种》,王水照编:《历代文话》第六册,第6055页。
④ 严复译:《穆勒名学》,北京:商务印书馆,1981年,第152页。
⑤ 来裕恂:《汉文典·文章典》,王水照编:《历代文话》第九册,第8586页。

方法亦与之如出一辙。这样一来,源于名学概念的演绎和归纳与传统诗文批评中存在的消纳意义产生了部分重叠,可能引发概念上的混淆。因此,如林纾论文曾使用"归纳法"一词:"归纳法为文之要诀,可以提纲收入目。"而其弟子特注于其下:"此归纳与逻辑所云不同。"①则林纾原意归纳当与消纳义同。王葆心试图弥缝传统诗文批评与名学译介概念的差异,这在《古文辞通义》有意将归纳与演绎的提法重新改回到最初的消纳与引申的作法中即见端倪②:"既用引申之法推求其首功,复用消纳之法实践其归趣。专、博二学都需乎此,而文之应用不穷矣。"③消纳对应专精,引申对应广博,在"文之读法"和"文之作法"中,他也详细阐述了消纳读法以及议论文的引申和消纳作法。

尽管文材研究法其一将消纳与引申并举,王葆心显然更重消纳一途,并将消纳(归纳)理解为一种由博返约的分析方法:"消纳与笼统有别,盖从条理分析后,乃有此种眼光。"严译著作也有类似表述,浑然之物经过标准筛选后变得条分缕析,所属类别皆各得其所,由此所获的知识观照也更为明晰:"盖知之晰者始于能析,能析则知其分,知其分则全无所类者,曲有所类……曲而得类,而后有以行其会通,或取大同而遗其小异,常、寓之德既判,而公例立矣。此亦观物而审者所必由之涂术也。"④综观其治学成果,王葆心擅长从纷繁复杂的文学现象背后抽绎出简明扼要的公理性论断,正合乎消纳之法。其以情、事、理三种统系总摄历代文章的新论,也是沿此理路。此节用消纳法追溯文章本原,意在表彰桐城义理、考据、词章之说统摄古今文章之学:"是以汉宋六朝唐人之学都归纳于古文矣。"⑤

文材研究法之二深植于抒情之文,抒情文章观照的主要对象是古今政教情势:"若欲裕广文材以推究政治情势之所趋,则又有执持纲要之术。"⑥研究情势之法又可分为循环、对待、对照三法。对于循环法,作者援

---

① 林纾:《文微》,王水照编:《历代文话》第七册,第6531页。
② 关于《古文辞通义》系列著作的语词修订可参见本书第一章第二节第三条。
③ 《古文辞通义》,第7927页。
④ 严复:《穆勒名学》按语,《穆勒名学》,第174页。
⑤ 《古文辞通义》,第7929页。
⑥ 《古文辞通义》,第7930页。

引班固、张居正、王夫之等有关天下大势更迭论,兼采福泽谕吉社会政治论,主张采取折衷调和之道,沿用传统史学的循环史观。从王葆心整体文章学思想来看,循环法亦体现在情、事、理三种统系交相为用,终汇为历代文派一章。其次,对待范畴原是传统哲学思维中朴素辩证思想的一种体现:"造化赋形,支体必双,神理为用,事不孤立。夫心生文辞,运裁百虑,高下相须,自然成对。"①具体到文论领域,则成为相对泛化的统摄二元对立现象的概念:"如宾主、擒纵、虚实、浅深诸法,皆对待者也。"②严译《穆勒名学》阐释对待概念:"两物遇而伦生焉,对待之名因之而起。"③存在对待关系的事物之间表现为同质的否定或相反。王葆心借曾国藩、加藤弘之所论,抛出"对待"之法,旨在重申既要重守本土固有之义,又须效法外来以求进步的主张。而容易与"对待"混淆的"对照",则是将同一事物在不同时段中的状况予以比对,主要表现为以古为鉴、以史为鉴的方法。"然则观今世之情势,则重对待;观古今之情势,又贵知对照矣。"这清晰地表明,对待是横向比较,对照是纵向比较。对待和对照的研究方法与同时期域外历史学领域的理论发展关系密切。1902年,汪荣宝本于日本史学家坪井九马三《史学研究法》,在《译书汇编》上发表《史学概论》,谈及历史研究法有横纵两种:"以上就时代之顺序而研究之者,谓之纵观法。就外围物之异同而研究之者,谓之横观法。"④分别以时间和空间为线索的纵横观照法正合乎此处的对照、对待之义。坪井九马三是日本近代史学界积极引进西洋史学的先驱人物,王葆心在撰写《汉黄德道师范学堂历史讲义》时曾将坪井九马三《史学研究法》列入参考书之一,对照和对待之法或即导源于此。

　　文材研究法之三针对关涉事实的记载文,提出需要根据过去、现在、方来的事实而运用不同的观察法。该研究法也是王葆心历史观的鲜明体现:"叙事实属过去者,只视同账簿;属现在者,视同有机体;属方来者,更

---

① 朱荃宰:《文通》,王水照编:《历代文话》第三册,第2983页。
② 唐彪:《读书作文谱》,王水照编:《历代文话》第四册,第3481页。
③ 严复译:《穆勒名学》,第63页。
④ 衮父:《史学概论》,《译书汇编》,1902年第9期,第105—115页。

须求以循环、迭进之义。"他强调视过去的事实如同账簿,要求史学家如实、客观地记录一切发生过的事件,明显受到当时康有为、梁启超①等人早期史学观念更新方面的影响,强调历史的客观实存。王葆心《晦堂文钞》还收录了"革命史应为生人立传议"等文章,显是受到西方进化史观厚今薄古的影响:"西人眼力趋重进化,其于过去,亦判以兹;其于方今,亦与昔较;其于历史,也常目为不完全之物,即不妨用不完全之法。其于人也,亦视为依时而演进之人。历史既属不完全之物,即不妨用不完全之法,以传随时演进之生人。"②他认为,当代的历史事件和历史人物仍处于进行时,为生人立传符合历史演进的状态。观察现实的历史,要体会其虚实相生的双重属性,才能够以简驭繁,而通过把国家和民族态势拟人化,可以见微知著,由一人之身反观整个国家、民族的历史:"自西人喀谟德伯《伦知理》倡人群国家皆为有机体之说,于是统一民族可如观一人之身,统一国亦可以一人之身观之。凡平昔之学问专属于一人之身之心而言者,皆可用于一民族一国家。"③也体现了斯宾塞社会有机论的影响。至于判断未来的历史趋势,王葆心的理论依据主要来自汉儒董仲舒《春秋繁露》鉴往知来的观点:"今春秋之为学也,道往而明来者也。然而其辞体天之微,故难知也。弗能察,寂若无,能察之,无物不在。"④又以董氏对策中以忠、敬、文分别对应夏、商、周的三教循环之义为本,要在学者自行融会贯通。用循环、迭进之义来预测和把握历史大局,或与康有为的春秋公羊学有着千丝万缕的联系。康有为曾将董仲舒商、夏、质、文四法递变和三教循环,推导至千秋万代:"汉文而晋质,唐文而宋质,明文而国朝质。然皆升平世质家也,至太平世,乃大文耳。后有万年,可以孔子此道推之。"⑤《古文辞通

---

① 康有为"以史书为账簿"的观点后曾受到章太炎的批评,章氏在《致梁启超书》中提出历史题材除揭示规律、发明原理的进化之意外,尚须有对当下语境的现实关怀:"然所贵乎通史者,固有二方面:一方以发明社会政治进化衰微之原理为主,则于典志见之;一方以鼓舞民气、启导方来为主,则亦必于纪传见之。"其终极目的则是为了引导大众、启迪民智。梁启超也将史料视为没有价值的账簿。
② 王葆心:《革命史应为生人立传议》,《晦堂文钞》。
③ 《古文辞通义》,第7934页。
④ 董仲舒:《春秋繁露·精华》,苏舆撰、钟哲点校:《春秋繁露义证》,北京:中华书局,1992年,第96页。
⑤ 康有为编,楼宇烈整理:《春秋董氏学》,北京:中华书局,1990年,第122页。

义》"文之总以质者"一节曾讨论诗文须文质参半、交相为用的技巧问题,则将文质代变的观点化用到具体而微的文章学层面。

王葆心标举文材大端研究法三种,除显示出他在方法论方面的融通见解之外,也展现了他相对通透的历史观和文运观。梁启超在《清议报》出版一百册之际曾总结办报方针:"务使吾国民知我国在世界上之位置,知东西列强待我国之政策,鉴观既往,熟察现在,以图将来,内其国而外诸邦,一以天演学物竞天择优胜劣败之公例,疾呼而棒喝之,以冀同胞之一悟。"①以梁启超为代表作者的报馆文章在《古文辞通义》虽属被斥之列,梁启超对于过去、现在、未来之事实的看法却与《古文辞通义》文材研究法暗合。王葆心不再满足于纯粹的事实记录,而是主张要透过文字反映时代精神:"然则文中之事实,贵得其神而不贵溺于其器,取其精神以对鉴当时之大势,以储临事之借观,以震荡一己之精神。"②以文字为澡瀹精神之载体,也是其文章学理论出发的原点。

王葆心文章学思想带有强烈的近代译学色彩,也是造就其中体西用理论特点的重要因素。作为晚清西学译介的先驱,严复本人明确反对"中体西用"的提法:"一体"必有"一用","中学有中学之体用,西学有西学之体用,分之则并立,合之则两亡",这也成为日后全盘西化派理论主张的通用逻辑。另一方面,晚清今文经学带来的哲学和史学观念的更新也被引入文章学领域,"晚清公羊朴素变易观的盛行,为20世纪初年西方进化论在中国的广泛传播准备了条件……促进了20世纪初年'新史学'思潮的兴起"③,根柢传统文史的同时追求中西会通,共同促成了近代文学研究法的翻新。作为近代本土文化选择之一的"中体西用"论是一个系统化的命题,《古文辞通义》是受制于这一价值导向的文章学产物,从该角度初步读解全书的文化意蕴,无疑是一种较为稳妥的进入方式。

---

① 梁启超:《清议报一百册祝辞并论报馆之责任及本馆之经历》,《清议报》,1901年第100期,第1—8页。
② 《古文辞通义》,第7934页。
③ 陈其泰:《清代公羊学》,上海:上海人民出版社,2011年,第260页。

第三章
《古文辞通义》与中国古代文章学的基本内涵

第一节 古文文章学

周振甫《中国文章学史》将魏晋六朝和唐代分别视作骈文文章学和古文文章学的成熟期,虽然是从历代文章实际的盛衰之势出发,却也沿用了由文章体制对应文章学形态的分类标准。目前存世最早的文话可以追溯至南宋,诗文观念的分梳、古文概念获得普遍认同以及古文影响渐趋广泛也发生在宋代,都为中国古代文章学成立于宋代这一时限推定提供了有力的论据[①]。其中,以唐宋以来的古文文统典范和大量创作实绩为根基,以羽翼渐丰自成一体的古文批评理论为肌理,独立的古文观念开始深入人心,古文文章学也在此一时期脱颖而出,卒底于成。从内容所占篇幅来看,《古文辞通义》是以古文文章学为主,兼及骈文、时文和诗歌批评的一部文话。本节将从"古文辞"这一名称的溯源和重提出发,结合《古文辞通义》对古文辞禁的相关规定,揭示其以古文文章学为元本,兼及广义文章学多维面向的基本风貌。

一、"古文辞"的复兴

郭绍虞指出,六朝文笔说到唐代转变为诗文之分的关键在于古文运动的发生,"文笔"并提之中的"笔",逐渐为古文家兼取经史子的古文所取代,与原先偏重艺术性的"文"合二为一,但诗文对立的意识却由此生成。

[①] 王水照、慈波:《宋代:中国文章学的成立》,收入王水照、朱刚主编:《中国古代文章学的成立与展开——中国古代文章学论集》,第139—156页。

他指出,诗文分殊的认知在宋代才达到了泾渭分明的程度:"唐人所谓'文',有时还可以包括诗,而宋以后人所谓'文',在一般严格宗先正的古文家,就只取辞赋箴铭颂赞一类的有韵之文,而对于诗和乐府就摒在'文'的范围之外了。"①这一洞察确是鞭辟入里,尽管唐人隐有诗文之分的洞见,但文章真正从有学与无学、有韵与无韵的传统标准中跳脱出来,在人们的认知中获得与诗词赋分庭抗礼的独立地位,仍然有待于宋。

章太炎《文学说例》提出"古文辞"的提法始于宋代:"两宋以降,斯道渐普,然有所述作,犹号曰古文辞,其称谓不能无取于坟籍。"②已有研究指出,"古文辞"一词始见于北宋曾巩《王无咎字序》,特指唐代韩柳创立的古文范式及其接续写作③。王无咎与曾巩为同年进士,与欧阳修、梅尧臣皆有往还,后从王安石游,曾巩据《周易》字之曰补之,"补之明经术,为古文辞,其材卓然可畏也",曾为其文集作序,表彰其践行宋代古文文统和经学学统。而其所谓"古文辞"者当指以复古为革新的唐宋古文思潮中创生的古文作品及其序列,这也解释了明清两代"古文辞"提法逐渐演变为复古文学思想标志的成因。

尽管"古文辞"在宋集中出现的次数屈指可数,其意义边界却毫不含糊,南宋杨万里《送刘景明游长沙序》述其友刘浚豪放不羁之状:"举酒百盏,皆釂,叫呼大笑,坐上索纸笔,为古文辞、诗章百千言,顷而就,飘然不可羁羁。"④明确将"古文辞"与诗歌区为二事,坐实了"古文辞"对文章的狭义所指。宋元之际,文章大家戴表元《送谢仲潜序》自道"性喜攻古文辞"⑤,与其宗唐复古的散文主张相一致。元人别集中,"古文辞"的使用频次略有增加,如"亡友蒋允升,字季高,婺之东阳人也。善读书,工古文辞,知名朋友间"⑥,

---

① 郭绍虞:《试论"古文运动"——兼谈从文笔之分到诗文之分的关键》,《照隅室古典文学论集》(下),上海:上海古籍出版社,1983年,第87—117页。
② 章太炎:《文学说例》,郭绍虞、罗根泽主编:《中国近代文论选》,北京:人民文学出版社,1959年,第403—419页。
③ 陈广宏:《"古文辞"沿革的文化形态考察——以明嘉靖前唐宋文传统的建构及解构为中心》,《文学遗产》,2012年第4期,第98—111页。
④ 杨万里:《送刘景明游长沙序》,《诚斋集》卷七十七,《四部丛刊》本。
⑤ 戴表元:《送谢仲潜序》,《剡源戴先生文集》卷十四,四部丛刊本。
⑥ 戴良:《蒋季高诔辞》,《九灵山房集》卷七,《四部丛刊》本。

"君少擢科目,能古文辞,有大节"①,"嘉慎言之嗜古文辞"②等,多用来表彰时人的文学素养。明初宋濂曾以"古文辞"相倡标举唐宋古文的创作传统:"至唐韩愈氏始斥而返之。韩氏之文,非唐之文也,周秦西汉之文也。韩氏之文固佳,独不能行于当时,逮宋欧阳修氏始效而法之。欧阳氏之文,非宋之文也,周秦西汉之文也。欧阳氏同时而作者,有曾巩氏,有王安石氏,皆以古文辞倡明斯道。"③在明清文人别集的传状、墓志、序跋中,"古文辞"的提法已遍地开花。明代前后七子尤以"古文辞"的复兴为旨归,其内涵也从唐宋古文的文脉延续迁转为单一时间观的复古思潮。已有的研究成果表明,"古文辞"的名称在明代逐渐成为复古文学传统的表征和不断衍生的符号体系④。

然而,古文大家归有光有云:"余好古文辞,然不与世之为古文者合。"⑤他之所谓"古文辞",是渴望扫除前后七子摹古、拟古的形式主义作风,重新振起并向上联结唐宋古文的精神。"乾隆之末桐城姚姬传先生鼐善为古文辞。"⑥清代桐城派承接归有光等唐宋派而来,进一步明确"古文辞"的内涵及其崇高地位:"于古文辞、诗歌、四六诸体,皆习而能之。"⑦经过明代唐宋派和清代桐城派的标举,"古文辞"的内涵被重新赋义,或与骈文对举,如梅曾亮自称"少好为骈体文",经管同劝诫后"遂稍学为古文词"⑧,或与"时文"互为对待:"文章家动称古文词,塚之汲、碑之嶧,犹恨其不驾而上也,无问汉晋。至于制举义,则曰:'时耳,时耳。'"⑨吴敏树为梅曾亮所述桐城古文渊源,正基于"古文辞"的传承系谱:"为古文词之学于今日或曰当有所授受。盖近代数明昆山归太仆、我朝桐城方侍郎,于诸家

---

① 余阙:《送归彦温赴河西廉使序》,《青阳集》卷二,四库全书第1214册,第376页。
② 李继本:《送李慎言赴顺义训导序》,《全元文》第60册,南京:江苏古籍出版社,2000年,第957页。
③ 宋濂:《张侍讲翠屏集序》,《宋文宪公全集》卷四十四,《四部备要》本。
④ 陈广宏:《"古文辞"沿革的文化形态考察——以明嘉靖前唐宋文传统的建构与解构为中心》,《文学遗产》,2012年第4期,第98—111页。
⑤ 归有光:《送同年孟与时之任成都序》,《震川先生集》卷十,《四部丛刊》本。
⑥ 曾国藩:《欧阳生文集序》,《足本曾文正公全集》,长春:吉林人民出版社,1995年,第1590页。
⑦ 《翰林院庶吉士侍君权厝铭》,姚鼐撰,刘季高标校:《惜抱轩诗文集》,上海:上海古籍出版社,1992年,第181页。
⑧ 梅曾亮:《管异之文集书后》,《柏枧山房文集》卷五,台北:华文书局,1969年,第209页。
⑨ 张次仲:《澜堂夕话》,王水照编:《历代文话》第三册,第3112页。

为得文体之正。侍郎之后,有刘教谕、姚郎中,名传侍郎之学。"①以史名家、孤绪旁出的章学诚则谓"古文辞而不由史出,是饮食不本于稼穑也"②,也将"古文辞"视作古文的代名词。严复答客问,则谓"古文辞"虽历经危机而一息尚存:"且客以今之时为亡古文辞者,无亦以向之时为存古文辞者乎?果如是云,则又大谬。夫帖括讲章,向之家唔咿而户揣摩者,其于亡古文辞,乃尤亟耳。然而自宋历明,以至于今,彼古文辞,未尝亡也。以向之未尝亡,则后之必有存,固可决也。"③其所谓"古文辞"者,亦与古文概念等价。

近人刘师培曾对"古文辞"这一提法颇有微词:"凡古籍'言辞'、'文辞'诸字,古字莫不作'词'。特秦、汉以降,误'词'为'辞'耳。"④他援引不少经文原典实例只为力证"辞"字乃"词"字之误:"是词字为古文,而辞字则系传写之误。"其矛头直指桐城姚鼐,抨击姚氏《古文辞类纂》难免失察之讥:"后世习俗相沿,误词为辞,俗儒不察,遂创为古文辞之名,岂知辞字本古代狱讼之称乎?"刘师培的目的在于为骈文张目,遂视专注"古文辞"(古文)的桐城派为敌。就清末《钦定小学堂章程》(壬寅学制)来看,高等小学堂课程门目中设有"读古文词"一科,所读古文词按照年级由低到高分指记事之文、说理之文和词赋诗歌⑤,而在《奏定高等小学堂章程》(癸卯学制)中为"中国文学"科所取代,以读古文和作文法教授为课程内容⑥。

另据《经史百家杂钞序例》可知,曾国藩本之姚选《古文辞类纂》进行增删,除简化和变更序目外,明确表示要将姚氏不录的六经、史传采入古文辞选本之中,且冠以"经史百家杂钞"之名。对此,朱东润先生指出曾国藩对"古文辞"内涵的界定最为宽泛:"曾氏之言古文,既包经史百家言之,而旁通之于骈文,故古文之领地,至是遂最为庞大。"⑦桐城—湘乡对古文辞概念

---

① 吴敏树:《梅伯言先生诔辞》,《柈湖文集》卷十二,《续修四库全书》第1534册,第263页。
② 章学诚著,叶瑛校注:《文史通义校注》,第279页。
③ 严复:《涵芬楼古今文钞序》,王栻主编:《严复集》第2册,北京:中华书局,1986年,第275页。
④ 刘师培:《论文杂记》,王水照编:《历代文话》第十册,第9515页。
⑤ 璩鑫圭、唐良炎编:《中国近代教育史资料汇编 学制演变》,第274页。
⑥ 同上书,第310页。
⑦ 朱东润:《古文四象论述评》,《国立武汉大学(文哲季刊)》,1935年第2期,第298页。

的宽狭理解并不妨害其基本所指的一致性。而《古文辞通义》题中的"古文辞"一语,几与"古文"为同义。全书卷首《解蔽篇》开宗明义,明确所论对象以古文为主:"古文之蔽于一偏者,或受一种之蔽,或兼受众病。"①从内容篇幅的配置来看,古文及其相关问题也是全书的绝对重点。同时,诗文互通、文笔互证的情形在《古文辞通义》全书当中相当常见,因而其所谓"古文辞"实际上也具备广义的文学含义。如"诗歌、词赋属著述,然溯其古义……皆与告语门通",王葆心所制《古文门类各家目次异同比较表》把诗歌类、辞赋类也都归入著述门下,体现了对古典文学作品的宏通见解。

在《古文辞通义》全书的语境当中,"古文"与"散文"的概念基本可互换通用。如开首"解蔽篇"起句云"学散文先知所忌",可知在作者原不区分古文与散文,这也与现代文学观念正式确立以前时人对文章概念的宽泛认知相一致。在历代文章流别的语境之中,"古文"一词有着相对稳定的内涵,指唐代韩、柳倡导古文运动②以单句散行为主的一种文章体式。"文字之训,既专属于文章,则循名责实,惟韵语俪词之作,稍与缘饰之训相符。故汉、魏、六朝之世,悉以有韵偶行者为文,而昭明编辑《文选》,亦以沉思翰藻者为文。文章之界,至此而大明矣。降及唐代,以笔为文……偶为单行,易平易为奇古,复能务去陈言,辞必己出。当时之士,以其异于韵语偶文之所也,遂群然目之为古文。以笔为文,至此始矣。"③因此,韩柳"以笔为文"的古文创作实践及其影响,使得散体成为古文从古代文章(与诗、词、曲、赋、小说并列)的大类中得以独立出来的最重要表征:"唐承六朝之后,文皆骈俪,至韩、柳诸家出,始相率为散体文,号称起衰复古,然元次山(结)、杜子美(甫)已尝为之。"④以"古"为名,是为标示其与当时流行之骈偶文判然二途。从形式上来说,因其往往具有单句散行的特点,古文时有"散文"的别称,还应与作为现代文体之一的"散文"概念相区分:"从

---

① 《古文辞通义》,第7060页。
② 关于古文运动的性质和提法,参见朱刚《唐宋"古文运动"与士大夫文学》:"唐宋'古文运动'就是这种士大夫文学因其作者阶层的性质发生了巨大的历史性变革而随之出现的表达形式(古文)、表达内容('新儒学')与表达目的(指导君主独裁国家)上的改变。"上海:复旦大学出版社,2013年,第27页。
③ 刘师培:《论文杂记》,王水照编:《历代文话》第十册,第9454页。
④ 陈衍:《石遗室论文》,王水照编:《历代文话》第七册,第6723页。

名称上说,与'骈文'相对的应是'散文',与'古文'相对的应叫'时文'。但是,'散文'一名现在另有含义(与诗歌、小说、戏剧并列的'散文',可以包括中国传统的骈文)。"①而《古文辞通义》也常在书中将古文和散文的名称互换使用。

二、解蔽篇:古文辞禁的通与变

古文的内涵较为稳定,指称的对象也较为明确,但相较诗、词、曲、赋、小说等文类,仍然具有一定的弹性边界。在韩柳所倡古文概念流行之初,其形态可谓百无禁忌,只要符合散体单行的形式特征,不论写作水平如何,理论上都可被称之为古文,随着作家序列的延展和创作的扩充,古文成为一种包罗万象的文类名称。不过,唐宋以后的散体文既在文学地位上有了极大的提升,一时间从者如云,掉转身份成为了"时文",如黄宗羲《明文案序》所云:"夫古文者,谓其与时文不类也。唐之时文为骈俪,故古之辨,一望可知;宋之时文,亦散体也,古文遂与时文合矣。"为了廓清古文概念的迷雾,相对晚近的文家,特别是清代文家,都倾向于采纳否定式定义的方法,以古文辞禁的形式反向界定古文的概念和范围。

"解蔽篇"汇集了清代汪琬、方苞、李绂、袁枚、章学诚、吴德旋、曾国藩等有关文戒的说法,"去其同者,撮荟都凡,参以己见,其宜悬为禁格者有十余事"。古文文体禁忌集中地出现在明清之际,与文愈衰而法愈密的普遍规律暗合。这些古文辞禁的动议,多是针对提出者当时面临的创作状况而发,立场不同者其主张亦不尽相同,王葆心也不例外。《古文辞通义》列出了十四项古文之蔽,按其性质可分为四大类别,或关乎文类,或牵涉内容,或系于修辞,或触及语法。

一者是古文体制的纯粹。古文既为一独立文体,在体式上宜与文章大类下的其他文类有着明确的排他性区分标准。这种区分并非着眼于文章体类的辨析,而是通过限制使用其他文体常用或典型的文体样式来实

---

① 朱刚:《唐宋"古文运动"与士大夫文学》,第1页。

现的。"四曰抑扬逾量,炫奇征异如小说也""七曰堕迂腐理障或杂陈庸陋俗谈以为工也""八曰一篇之中,俪词单笔互衍而无体也""九曰散朴之中,忽饰韵语或末缀韵语也""十曰好假设客问,动辄为主客体也""十四曰不能脱科举习气而虚枵无实际也"诸项皆属此类。章学诚《古文十弊》抨击近世文家夸饰诞妄、摹古标榜的习气,吴曾祺《涵芬楼文谈》提出称量应适度,鬼神奇异之事"皆出于小说家言",都是在古文和小说之间划定疆界。骈词韵语和科举时文,是古文运动及其概念生成演化的对立面,自然划在古文辞禁一列。主客问答体是赋文体的常见体貌特征,因此也在禁斥之列。严格划定上述文体与古文体制的界限,实际也暗示了文体之间潜藏着破体互通的可能性。然而,条目所涉修辞手法、语体形式、行文习气等诸项内容,在实际的古文创作中几乎难以做到畛域分明、了不相关,所限仅在于数量的多寡和程度的深浅,要不至于喧宾夺主、掩没散体单行的核心体式即可。

一者是古文内容的正统。"五曰摭拾佛、老唾余,疏、偈杂举也""六曰喜求征实、博考余剩而正义反隐也"诸项即属此类。作为载道之器,古文内容亦须经过严格的审查,内典、道藏、考据等内容往往被排除在古文之外。韩愈"文起八代之衰,道济天下之溺",自古文大倡之日起,文以载道的意识贯穿终始,所载之道大抵不出儒家伦理的政治教化意义。桐城派方苞以雅洁相号召,重提古文内容规范,整肃释道文字,其影响在清代颇为昭著:"凡为学佛者传记,用佛氏语则不雅,子厚、子瞻皆以兹自瑕,至明钱谦益则如涕唾之令人欭矣。"①《古文辞通义》沿用了这一标准。

一者是古文语法的准确。"十一曰称谓不遵当时公式,古今杂举,间以谐隐也""十二曰摭采新译字句,无雅言高义,徒矜饰外观也""十三曰东文省写、标识诸法羼入纯粹之国文也"归入此类。章学诚《古文公式》曾发明"文用古法,而公式必遵时制"②之意,既对行文提出与时俱进的要求,也有对传统章法的恪守,王葆心亦承此意,除此之外诸项所论基本都是关涉

---

① 方苞:《答程夔州书》,刘季高校点:《方苞集》(上),第165页。
② 章学诚:《古文公式》,章学诚著,叶瑛校注:《文史通义校注》,第498页。

近代学术传播和转译问题的新型文禁。当时有不少国粹派文章学家主张封杀一切新名词，其卓著者如林纾："至于近年，自东瀛流播之新名词，一涉文中，不特糅杂，直成妖异，凡治古文，切不可犯。"①相形之下，王葆心对新译词的看法更为客观："甄述东西政学及笔札有涉时故者，自宜用译家名词。若随风而偃，亦若非此不工者，则浅陋甚矣。"②但对于言文相杂和东西语混合而成的文字，则王葆心出于对语法纯粹性的维护仍表示出强烈的否定。

一者是古文修辞的恰当。"一曰剽窃前言，句摹字仿也""二曰一篇之中，端绪繁杂而无统纪也""三曰识谊平近而僻字涩句以骇俗也"隶属此类。王葆心本于韩愈"词必己出，陈言务去"反对蹈袭之风，不仅针对明代前后七子复古文风，也是针对严守家法的桐城后学固步自封而发，其提出的救正之方在于"总术篇"有物有序、有伦有脊之说。识谊平近条批评为文好奇求怪之病，兼论明代文风与近代报馆文弊。这部分辞禁是对古文写作在符合体制、内容、语法的前提之下提出的更高层级的要求，所具有的时代性和针对性也最为鲜明。

上述古文辞禁大多渊源有自。其中，一、二、三、四项皆源出于曾国藩《复陈太守宝箴书》的古文戒律："大抵剽窃前言、句摹字拟，是为戒律之首。称人之善依于庸德，不宜褒扬溢量，动称奇行异征，邻于小说诞妄者之所为。贬人之恶又加慎焉。一篇之内端绪不宜繁多，譬如万山旁薄，必有主峰，龙衮九章，但挈一领；否则，首尾衡决，陈意芜杂。兹足戒也。识度曾不异人，或乃仅为僻字涩句以骇庸众，斫自然之元气，斯又才士之所同蔽、戒律之所必严。"③第五项本于李绂《古文词禁八条》："禁用佛老唾余、内典道藏。"禁体诸项则与方苞主张"古文中不可入语录中语、魏、晋、六朝人藻丽俳语、汉赋中板重字法、诗歌中隽语、南北史佻巧语"以及吴德旋《初月楼古文绪论》提出的古文禁体相一致："古文之体，忌小说，忌语

---

① 林纾：《春觉斋论文》，王水照编：《历代文话》第七册，第6409页。
② 《古文辞通义》，第7119页。
③ 曾国藩：《复陈太守宝箴书》，《曾国藩全集》第30册，长沙：岳麓书社，1987年，第566页。

录,忌诗话,忌时文,忌尺牍;此五者不去,非古文也。"①这些古文辞禁大多参用清代古文家的提法,且标准从严。此外,清末新兴的报章体、译述体以及小说体对古文的浸染也在被斥之列,成为新古文辞禁形成的外部诱因:"今西书虽多新学,顾吾之士以其时文、公牍、说部之词译而传之,有识者方鄙夷而不之顾,民智之瀹何?此无他,文不足焉故也。"②总体来看,《古文辞通义》胪举的诸项文弊、文病是在总结桐城—湘乡古文理论基础上提出的,仍然延续了大部分明清以降固有的古文辞禁,其对古文概念的界定偏于狭隘。

三、散点透视:诗赋、骈文、时文

尽管《古文辞通义》一书的讨论对象和范围主要限定在以古文为核心的古文文章学,王葆心仍给予骈文、时文、诗、赋等其他文章体类相当的讨论篇幅和理论空间,发见不同文章样式背后共通的艺术规律。或许是受到其师邓绎及桐城—湘乡派的影响,王葆心始终站在汉宋调和、偏于宋学的学术立场,其文章学理论的出发点是以古文为主体的文学观,并以此构建起传统文学体类的层级体系;诗赋因与文章呈三足鼎立之势,故三者无优劣尊卑之分,但在文章内部,他明显以古文地位为最尊,骈文次之,时文又次之。

自诗文之分浮出水面后,诗赋与文章判然两途再无异议,诗赋批评理论也自成一家。对此,《古文辞通义》主要是从求同存异的角度抽绎出诗赋理论中与文章学交叉互通的部分并予以阐发。诗赋和文章的创作和批评大多存在能够类比互通的理论空间,诸如古文戒律与诗赋格律差似,诗文造语皆有圆熟与生涩之别,诗赋拟乐府、文选与古文复古摹拟之风相仿等。可以说,诗话、赋话与文话批评生产机制大体相似,成为诗文赋论互通有无的前提条件。

---

① 吴德旋:《初月楼古文绪论》,王水照编:《历代文话》第五册,第5037页。
② 吴汝纶撰,施培毅、徐寿凯校点:《天演论序》,《吴汝纶全集》(一),合肥:黄山书社,2002年,第148页。

王葆心对骈文的看法大抵与桐城派为接近,较之古文虽有一定卑视,但也大致认可骈文的文学价值以及骈散相需、奇偶相生之理:"今人作散文者,必卑视骈体,古人无是也。"①王葆心与其胞兄王葆周早年在诗文方面各有所长,王葆周在经心书院求学之际,院长时为谭献,谭曾对其透露陈均《唐骈文文钞》略有不足之意。王氏兄弟同在两湖书院求学之际,遂留意骈文,并遵照谭献的选文建议,由王葆周撰成、王葆心笔录为《唐骈文文钞选》:"伯兄爱用谭先生旨,如王文简选唐绝句例,掇采陈选,纂为此书。"②不过,该书直到民国初年才为人重新检出。王葆心还曾将同乡前辈周锡恩(是园)、潘颐福(似园)二人骈文作品辑录为《罗田两太史骈体文录》一书,并为此书作序:"若其用意,可得申言。尝谓骈文流别,清代繁兴,齐梁踵奇,唐宋派别。大抵业在义理经济者,多喜散文,精于许郑骚选者,必工骈体。梅伯言、刘孟途诸人多由骈入散,阮伯元、李申耆诸人则合散于骈。由骈入散者,学每宿于宋儒。合散于骈者,学必遥究汉法。"③不仅对骈文发展史作了简单的评析,而且也分析了由骈入散与合散于骈两种不同进路背后的汉宋学取径差异。

清代阮元重提《文选》沉思翰藻的取舍标准,以偶行用韵者为文之正体,而将单行不成韵者归为"言""语""笔",大倡六朝文笔说,实际上是为了尊骈抑古,并成为晚清骈散合一派的重要理论来源:"犹耳目不可只,而胸腹不可双,各任其事。舍是二者,单复固恣意矣。未有一用单者,亦未有一用复者,顾张弛有殊耳。"④尽管《古文辞通义》摘辑并保留了阮元的文笔论,同时又借方东树、包世臣之说对其观点进行驳斥⑤,仅在"总术篇"六朝南北文家流衍之地域一节中就六朝至唐代这一断代史中对阮元文笔分说的客观梳理予以肯定⑥,显现出作者对骈散合一论有限的接受程度。

---

① 《古文辞通义》,第 7147 页。
② 王葆心:《唐骈体文钞选跋》,《晦堂文稿》。
③ 王葆心:《罗田两太史骈体文录序》,《晦堂文稿》。
④ 章太炎:《文学总略》,傅杰编校:《章太炎学术史论集》,北京:社会科学出版社,1997 年,第 45—46 页。
⑤ 《古文辞通义》,第 7289—7294 页。
⑥ 同上书,第 7773—7774 页。

方苞谓时文、四六、诗赋皆有现成格式套路,王葆心则谓四六、诗赋犹优于时文:"然学者固未可以此借口,鄙薄诗、赋、四六。且四六、诗、赋尤与时文异趣,善学者心知其意可也。"①同时,随着科举制的彻底废除,时文虽淡出了历史舞台,却也留下了一整套入手为文的方法:"从前科举盛时,学文无有不从时文入者。其导之者虽由利禄之路,然时文有一定格式,教者学者皆有一定成法可循,故从前学童虽读古文,而为之者仍属时文。今日时文废,论者尚以初学作文无善法为苦,多其方法,仍难猝合。谬者至仍欲开笔以时文为初步。"②虽然王葆心对应试文字颇为反感,却仍然从方法论的角度提炼经验,《古文辞通义》在文章技巧方面吸收了大量时文写作方法,以示初学门径。

此外,随着报馆和翻译文字等的新体"时文"粉墨登场,这些不古不今的文字遂成为国粹派文章学者强烈排抵的对象:"主宰于内者,言文之混杂体日出以相訾,则简字之一种通俗文体将出;输于外者,东西之混杂体日趋于胜势,则译文之一种增新文体又将出,有非前此文家所可域之者。"③出于保存国粹的基本态度,王葆心严守古文体制的传统疆域,对文学革新运动持有保留意见:"人情喜新厌近,神移目夺于此种,则故步沦矣。此近年文学中所以有革新之说也。须知国文为本邦美富道德之所根,数千年蔚盛雅则之观,实高尚不缁,可油然而发皇国民之倾慕。不然,饮酒濡首,丧失本真,昌彼国风,即亡我正教。"④

刘师培对清末文风作了简明扼要的总结,并将文气沦丧的一大原因归咎于译文对本国文字的羼入:"近岁以来,作文者多师龚、魏,则以文不中律,便于放言,然袭其貌而遗其神。其墨守桐城文派者,亦囿于义法,未能神明变化。故文学之衰,至近岁而极。文学既衰,故日本文体因之输入于中国。其始也译书撰报,据文直译以存其真,后生小子厌故喜新,竞相效法。夫东籍之文,冗芜空衍,无文法之可言,乃时势所趋,相习成风,而

---

① 《古文辞通义》,第7134页。
② 同上书,第7396页。
③ 同上书,第7145页。
④ 同上书,第7121页。

前贤之文派,无复识其源流,谓非中国文学之厄欤?"①这些外来的文学观念和样式不仅引发了对国语纯洁性的讨论,也充实和丰富了清末民初的思想理论资源,使之呈现出丰富多元的样态:"我以为晚清的学术,的确属于明末清初中西文化发生近代意义交往以后的过程延续,它的资源,固然时时取自先秦至明清不断变异的传统,但更多的是取自异域,当然是经过欧美在华传教士和明治维新后日本学者稗贩的西方古近学说。"②古文既受到内部变动因素的影响,又经受文学观念变迁的外部冲击,其内涵和外延皆处于不甚稳定的状态:"'古文'则史、子皆入,亦未尝定其疆畛,浑泛相沿而已。及至近世,偏质又弊,阮元等复申文、笔之说,文之范围始有议者。章炳麟正阮之偏,谓凡著于竹帛皆谓之文,有无句读、有句读之别。最近,人又不取章说,而专用西说,以抒情感人、有艺术者为主。"③《古文辞通义》借由对古文文章学的重新梳理和规制,焕发"古文辞"概念的复古传统,而它对诗赋、时文、骈文批评理论的旁及,更多是古文文章学元学科重建带来的副产物。

第二节 文家创作论

一、文家性质之对照

《古文辞通义》"识途篇"拈出了若干历代文话、文论和文评中的常见范畴,包括文势、文气、文局、文法、文境、文笔、文语、文体等,总之以"文家性质之对照"。上述这些概念范畴的一大共性在于,它们的诞生和存在无不根植于古文创作的实践,属经验的而非先验的范畴,伴随着连续的称引和反复的强调,多被冠以"文家"即作者的意志,并逐渐定型为特定指向的

---

① 刘师培:《论近世文学之变迁》,《中国中古文学史讲义 中国近三百年学术史论》,长春:时代文艺出版社,2009年,第172—173页。
② 朱维铮:《求索真文明——晚清学术史论》,上海:上海古籍出版社,1996年,第6页。
③ 刘咸炘:《文学述林》,王水照编:《历代文话》第十册,第9707页。

作品风格论。所谓文家,是对古文作者的统称:"汉兴,贾谊、董仲舒、司马迁、相如、刘向、扬雄之徒始以文名,犹未有文家之号。唐韩氏、柳氏出,世乃畀以斯称。"①用"文家性质"来统摄上述范畴,表明王葆心侧重从主观禀赋的先验性来论述文章性质的客观差异。熊礼汇解释《古文辞通义》的文家性质谓"实可称为文家所作古文之特性,涉及文势、文气、文局、文法、文境、文笔、文语和文体"②,兼蕴创作风格和章法布置。

张海明曾指出,中国古代文艺美学范畴具有模糊性(多义性)、流变性、贯通性等特征,因此"我们在对某一美学范畴进行界定时,应主要依据它的贯穿于发展全过程的总的特性,依据这一范畴成熟期和盛行期人们对它的解释"③。上述文论范畴形成的原因背景不一,深化成熟的程度也有所不同,甚至在相当长的时间内仍然没有形成稳定的所指,王葆心挑选排布这些概念旨在凸显文家属笔为文的框架性标准,呈现文学批评与创作过程中相关范畴的流变性和贯通性。此外,在《古文辞通义》的书写中,这些范畴都在二元对立的理论框架内得以展开,从批评术语的概念提炼衍生到作家作品的风格化特征这一转变过程也由此一目了然。

《文心雕龙·章句》云:"夫人之立言,因字而生句,积句而成章,积章而成篇。篇之彪炳,章无疵也;章之明靡,句无玷也;句之清英,字不妄也;振本而末从,知一而万毕矣。"凸显这些文论范畴的二元对照属性,是为了更好地取法典范、因人制宜。王世贞云:"首尾开阖,繁简奇正,各极其度,篇法也。抑扬顿挫,长短节奏,各极其致,句法也。点缀关键,金石绮采,各极其造,字法也。篇有百尺之锦,句有千钧之弩,字有百炼之金。"④书中所涉诸概念既各自对应又不限于文章的字法、句法、章法、篇法。其中,文气、文法、文体三者另有专节论述,此处仅举文势、文局、文境、文笔、文语为浅说。

---

① 戴钧衡:《重刻方望溪先生全集序》,《望溪先生全集》,《四部备要》本。
② 熊礼汇:《〈古文辞通义〉要义概说》,王葆心编撰、熊礼汇标点:《古文辞通义》,第20页。
③ 张海明:《经与纬的交结——中国古代文艺学范畴论要》,西安:陕西人民教育出版社,2006年,第9—16页。
④ 王世贞:《艺苑卮言》卷一,罗仲鼎校注:《艺苑卮言校注》,济南:齐鲁书社,1992年,第38页。

(1) 文势

吕祖谦《古文关键·看古文要法》谓："第一看大概、主张。第二看文势、规模。"①其所谓文势，有别于《文心雕龙·定势》"即体成势"的体势，而是指作者行文的态势。在历代文学批评话语中，文势一词既能笼统指涉全文形态，也能用来描述具体而微的行文技巧："'势''文势'可以用于指全篇，也可以只是指一句或数句；可以称说起风貌，也可以指说句子之间的关系，甚说指一句中的用字、语词搭配。"②

"韩如海，柳如泉，欧如澜，苏如潮"③是对四大家古文文势的具象化拟态。来裕恂《汉文典》则谓："文势有如峰峦之层出，有如波浪之叠起，有如破竹，有如击蛇，有如珠之走玉盘，有如鸟之翔太空，有如骏马下坡而衔勒不能驭，有如怒涛冲舟而篙缆不能止，盖有笔未到而气已吞之象焉。"④拟象更为生动形象。"所谓势者，则有留必纵、有停必顶也。"⑤而王葆心仅取其中狭义，专论文势之平缓与转折。从字、句、章、篇的结构来说，文势主要集中在句法层面："《郑固道寓室记》'自渊明寓形宇内'一语，宛转发意，文势极可法。"⑥文字尤以圆转为尚："为文最忌率直。自以为奇快，不知其一往而尽，无复余甘也。"⑦却也忌讳转多而碎，如《仕学轨范》转引《丽泽文说》云："善转者如短兵相接，盖谓不两行又转也。讲题若转多，恐碎了文字，须转虽多，只是一意可也。"⑧其谓杂文不妨多转，而时文讲题则不然，是又当据不同文体而定。

文势也能被用来作为考订文本、训诂字词的理据。唐孔颖达《周易正义》曾据上下文势，判断经文正误⑨。朱熹《书韩文考异前》也把文势当作

---

① 吕祖谦《古文关键·看古文要法》，王水照编：《历代文话》第一册，第234页。
② 杨明：《再说"势"和"文势"》，《欣然斋笔记》，上海：东方出版中心，2010年，第356页。
③ 李淦：《文章精义》，王水照编：《历代文话》第二册，第1165页。
④ 来裕恂：《汉文典·文章典》，王水照编：《历代文话》第九册，第8589页。
⑤ 林纾：《文微》，王水照编：《历代文话》第七册，第6533页。
⑥ 黄震：《黄氏日抄·读文集》，王水照编：《历代文话》第一册，第795页。
⑦ 李绂：《秋山论文》，王水照编：《历代文话》第四册，第4001页。
⑧ 张镃：《仕学轨范·作文》，王水照编：《历代文话》第一册，第329页。
⑨ 孔颖达：《周易注疏》卷七："若以文势上下言之，宜云'至动而不可乱也'。"北京：北京大学出版社，1999年，第275页。

推定众本异文的重要依据:"悉考众本之同异,而一以文势义理及他书之可验者决之。"同时,尽管文势也和其他的传统文论术语一样,多半只可意会而难以言传,从虚词入手是把握文势的重要途径之一,如陈骙《文则》云:"文有数句用一类字,所以壮文势,广文义也。"①参见本文"古文之助语"一节。

(2) 文局

文局者,文章排列布局之谓也,王葆心将文局分为参差与整饬二途。其整饬处又有意对与辞对之分:"文字须有数行整齐处,须有数行不整齐处。意对处,文却不必对;文不对处,意却著对。"②为追求错落有致的艺术效果,庄元臣举苏轼《策略五》一段示以"散对相错"之法:"凡文中用了几句不齐整话,须以齐整语接之。"③止于句法层面。"恽子居常病南宋以后有碎文无整文,此整文之难也。"④乃是就整体章法而言。

在古文写作中,文局布置尤其需要审慎对待,因古文自名目初创之日起即以奇句散行为特点,若过于整饬则极易入于骈偶,而若一味追求参差错落,又有诘屈聱牙之弊。中唐名臣陆贽制诰奏议,行文严密齐整,即归功于骈偶句式:"陆宣公文字不用事,而句语铿锵,法度严整,议论切当,事情明白,得君臣告戒之礼。"⑤严守古文散行者如桐城刘大櫆则云:"文贵参差。天之生物,无一无偶,而无一齐者。故虽排比之文,亦以随势曲注为佳。"⑥其后骈散合一派和六朝骈俪派反又借以声张骈偶文的正统性。王葆心赞成曾国藩《经史百家杂钞》选入《汉书》的做法以及奇偶相毗为用的观点:"此文正识力高于专尚宋派及合骈散为一诸人之处。"⑦主张把握骈散制衡的分寸,参互用之:"又考参差整饬,推广论之即奇偶之说,又即骈

---

① 陈骙:《文则》,王水照编:《历代文话》第一册,第 169 页。
② 李淦:《文章精义》,王水照编:《历代文话》第二册,第 1175 页。
③ 庄元臣:《论学须知》,王水照编:《历代文话》第三册,第 1221 页。
④ 《古文辞通义》,第 7594 页。
⑤ 李淦:《文章精义》,王水照编:《历代文话》第二册,第 1170 页。
⑥ 刘大櫆:《论文偶记》,王水照编:《历代文话》第四册,第 4114 页。
⑦ 《古文辞通义》,第 7597 页。

散之说也。"①这与王葆心不拘宗派、折衷调和的总体思路一致。

(3) 文境

文境是古代散文理论的重要批评范畴之一,它既包括经作者筛查选定而得以呈现的文中之景,也是作者主观投射的精神境界的总体展现,最终指向作者人格修养与个体生命的个性畛域。境之一字多与其他范畴要素相结合,遂衍生出景境、情境、意境、心境等相关概念。同时,虽与诗境相仿,文境却是相对后起的概念,时常出现人言言殊的情况,尤其在古文评点中大多由批评家随心赋义,其内涵和所指往往变动不居。

"古今文家,多贵无意而病有意。"王葆心提出文境分为有意之文境与无意之文境,并以此判定"文采奇丽处之分别高下",亦即方宗诚所谓"化工之文"与"画工之文"的分野:"化工之文,义理充足于胸中,触处洞然,随感而见。未尝有意,为文自然,不蔓不支……画工之文,义理未能充积于中,惟于古人之文,摹其意,会其神,纵能自成一家,终非从义理源头上流出。"②虽然无意之文境多半也是文家千锤百炼苦心经营的产物,也凸显了散文批评中重天然自洽、轻人工斧凿的审美倾向。

明末吕留良曾谓:"文境明快直达,郭青螺所谓'清空一气如话'者,此本色品骨,最高之文,非摹拟修饰之所及也。"③以简明清快作为散文文境的本色论。姚鼐《与王铁夫书》论文章境界当以平淡为最,体现了桐城派在文境方面推崇的古文典范:"夫古人文章之体非一类,其瑰玮奇丽之振发,亦不可谓其尽出于无意也;然要是才力气势驱使之所必至,非勉力而为之也。后人勉学,觉其累积纸上,有如赘疣。故文章之境,莫佳于平淡,措语遣意,有若自然生成者,此熙甫所以为文家之正传。"④桐城派虽追慕唐宋古文,其所效先贤为明人归有光以及北宋欧、曾一脉,对平淡文境青睐有加。

---

① 《古文辞通义》,第7595页。
② 方宗诚:《读文杂记》,王水照编:《历代文话》第六册,第5716页。
③ 吕留良:《吕晚邨先生论文汇钞》,王水照编:《历代文话》第四册,第3352页。
④ 姚鼐:《与王铁夫书》,刘季高标校:《惜抱轩诗文集》,第289页。

文境所指在清代古文批评语境中虽有所固化，但仍保持着相对灵活的弹性畛域。"望溪方先生出，其承八家正统，就文境核之，亦与熙甫异境同归。"①方宗诚总论《孟子·梁惠王上》前五章："首章大意已括矣，下数章，梁王之言只是几个大翻澜，孟子之言只是几个大发挥，文境何等雄阔！"②其频用文境一词，后多冠以直促、平直、开阔、纡徐、空灵、整饬等形容，谓文境宜层出不穷、奇纵变化、开拓宽展，又谓"齐宣王见孟子于雪宫"一章与《庄子·养生主》文境相似，则其所谓文境，要更趋近于行文之势。顾云《盋山谈艺录》谓梅曾亮"以婉约为宗，雅耐寻味""其文境亦最熟"③，用熟字形容梅文暗含绵远无尽之意蕴。曾国藩曾在姚鼐阴阳刚柔说的基础上提出八种古文境之美且各为之赞："尝慕古文境之美，约有八言。阳刚之美曰雄、直、怪、丽；阴柔之美曰茹、远、洁、适。"④大体属于刘大櫆所谓"文章品藻"的范畴。姚永朴则将文境理解为"文章之状态"，囊括文章的语言、结构、思想、风格、技巧，几至于无所不包⑤。林纾以意中之境为文之母："文章唯能立意，方能造境。境者，意中之境也。"⑥点出有意之境与无意之境皆非天成，同自文家意中流泻而出。王国维《人间词话》则提出词境探本之论，引入主客观的体验和观照，遂使诗境、词境、文境同以古典文学批评之一端而重受瞩目："有造境，有写境，此理想与写实二派之所由分。然二者颇难区别。因大诗人所造之境，必合乎自然，所写之境，必邻于理想故也。"⑦进一步拓展了传统文境论的范围。

王葆心重提文境，一方面是为了指出刻意造境、反落下乘之弊，提示初学者平衡好慕古与摹古的关系。如《文诀》所云"凡文字所以不能妙入古人地位者，正为处身在文章习气中。凡有意作此事，身便为此事所包裹，不能作事外规模……夫不屑屑于是而偶然为之，则其意思自无拘束括

---

① 戴钧衡：《重刻方望溪先生全集序》，《望溪先生全集》，《四部备要》本。
② 方宗诚：《论文章本原》，王水照编：《历代文话》第六册，第5666页。
③ 顾云：《盋山谈艺录》，王水照编：《历代文话》第六册，第5859页。
④ 曾国藩：《求阙斋日记类钞·文艺》，《足本曾文正公全集》，长春：吉林人民出版社，1995年，第4936页。
⑤ 参见常方舟：《姚永朴文论思想的师法与新变》，《中国文学研究》，2013年第2期，第44—47页。
⑥ 林纾：《春觉斋论文》，王水照编：《历代文话》第七册，第6365页。
⑦ 王国维：《人间词话手稿》，《王国维全集》第一卷，杭州：浙江教育出版社，2010年，第496页。

阁之病,而一段光明磊落之气,必与古人不同者,其天全也"①,师心不师古。另一方面,他也受到当时风行的主客观统一等近代美学理论的启发,意识到传统文境范畴的模糊性,有意为之澄清。

(4) 文笔

"笔本对口谈而言"②,"笔"本有借指书面文章的义项。"文之体势在气,而意态在笔。笔妙约有二:一曰操纵,一曰垂缩。"③"文笔"是文家笔路的省称,多用来描述和形容文章的态势。"笔力""笔路"最初是在古代书画品评中广泛使用的专门术语。传统书画理论中与笔连用的术语尚有"笔才""笔意""笔法""笔姿""笔势""笔调""笔趣"等。在文论中,则又有"补笔""衬笔""撇笔""伏笔""省笔"诸法,皆是由"笔"与其他诗文理论范畴连用而构成复合从属范畴:"文章之佳,皆由笔妙……凡笔机、笔势、笔阵、笔力、笔意、笔致、笔情、笔华,种种笔妙,层出不穷,用之不尽。"④六朝文章有文笔或诗笔之分,无韵者谓之笔,继"沈诗任笔"后,又有"孟诗韩笔"分别指代孟郊的五言诗与韩愈的古文。

"笔路"一词最早见于南朝梁姚最《续画品》评价《古画品录》作者谢赫画功云:"至于气运精灵,未穷生动之致,笔路纤弱,不副壮雅之怀。然中兴以后,象人莫及。"意指笔锋的转向运行。在历代传统画论中,笔路往往泛指绘画方法。唐代杨惠之的塑像与吴道子的绘画皆远师南朝梁张僧繇,并为一时绝艺,遂有"道子画,惠之塑,夺得僧繇神笔路"的说法。南朝梁释慧皎《答王曼颖书》自称其所撰《高僧传》"笔路仓茫,辞语陋拙",用笔路借指文章写作的构思。北宋韩拙《山水纯全集》"论用笔墨格法气韵病"条云:"愚又论一病,谓之礭病。笔路谨细而痴拘,全无变通,笔墨虽行,类同死物,状如雕切之迹者,礭也。"就画论而言,笔路当活泛尚变通。明代徐溥建言庶吉士考试可适当放宽备选人才的标准,主张以笔路是否通畅

---

① 庄元臣:《文诀》,王水照编:《历代文话》第三册,第2281页。
② 刘熙载:《艺概·文概》,王水照编:《历代文话》第六册,第5579页。
③ 顾云:《盋山谈艺录》,王水照编:《历代文话》第六册,第5849页。
④ 来裕恂:《汉文典·文章典》,王水照编:《历代文话》第九册,第8590页。

为取舍标准:"若果笔路颇通,其学可进,亦在备选之数。"则笔路又可与论学思路相通。

"笔力"是传统书论常用术语,如《齐书》王僧虔传中,王僧虔评点萧思话书法作"羊欣之影,风流趣好,殆当不减,笔力恨弱"。又《新唐书》颜真卿传云:"善正草书,笔力遒婉,世宝传之。"在历代书话中皆指笔写之力。韩愈诗《病中赠张十八》:"龙文百斛鼎,笔力可独扛。"移用到文学批评,泛指诗文作品蕴含的功力,在诗文品评中屡见不鲜,如"兴来笔力千钧重",苏轼谓"凡人作文须是笔头上挽得数百钧起"。①《文章精义》云:"西汉制度,散见诸传中,此是孟坚笔力。"②《宋史》李清臣传:"治平二年,试秘阁,考官韩维曰:'荀卿氏笔力也。'"欧阳修《谢景平挽词》:"东山子弟家风在,西汉文章笔力豪。"周敦颐《通书》则曰:"程子(一作朱子)读张子《西铭》,以为无子厚笔力发不出"③。欧阳修亦曾赞叹《新唐书·藩镇传叙》:"若皆如此传,其笔力亦不可及也。"④楼昉以贾谊《政事书》"文气笔力则当为西汉第一"⑤。谢枋得谓王安石《读〈孟尝君〉传》一文"笔力简而健"。曾巩之文"体如怒龙劈树,如洪水溃堤,声势惊人,皆直之力。直者,精神所聚,才华笔力所系也"⑥,则将笔力理解为文家禀赋之才情。而近人吴曾祺将运笔之法特特标出:"吾教人作文之法,以善纵笔力为主。"其所谓"善纵笔者,必先讲明篇法。篇法之妙,如置阵然"⑦,把笔力落实到篇章法度的层面。

笔力、笔路两者并举见于《朱子语类》:"尝见傅安道说为文字之法,有所谓'笔力',有所谓'笔路'。笔力到二十岁许,便定了。后来长进,也只就上面添得些子。笔路则常拈弄,转开拓;不拈弄,便荒废。"⑧其说转引自南北宋之交的李郁。明黄淳耀曾进一步申发朱熹之意,"笔路随时增益,

---

① 潘昂霄:《金石例》,王水照编:《历代文话》第二册,第1458页。
② 李淦:《文章精义》,王水照编:《历代文话》第二册,第1174页。
③ 周敦颐著,陈克明点校:《周敦颐集》卷二,北京:中华书局,1990年,第36页。
④ 王正德:《余师录》,王水照编:《历代文话》第一册,第398页。
⑤ 楼昉:《崇古文诀评文》,王水照编:《历代文话》第一册,第464页。
⑥ 张谦宜:《茧斋论文》,王水照编:《历代文话》第四册,第3929页。
⑦ 吴曾祺:《涵芬楼文谈》,王水照编:《历代文话》第七册,第6589页。
⑧ 朱熹:《朱子语类·论文》,王水照编:《历代文话》第一册,第227—228页。

笔力自二十余已定",并以杜诗和苏文为例阐释笔力与笔路之别:"子美夔州之诗顿挫沉郁,东坡海外之文精深华妙,此笔路也;诵云垂海立之篇,观带余马后之句,已知其晚年所造如此矣,此笔力也。"①王葆心指出,笔力与笔路的主要区别在于先天与后天:"笔力关天赋,笔路关人事;笔力关乎才,笔路关乎学。"②进而得出结论:"知笔路可以人力增益,不似笔力生于固有者而有所域。"

明清评点文字往往将笔路单独拈出,指为具体的文章写作路数。明孙绪考辨《批点孟子》一书并非苏洵所作,但认为"其中论文势笔路至精且密,要非具眼不能"③。金圣叹评武松杀人一节云:"此文妙处,不在写武松心粗手辣,逢人便斫,须要细细看他笔致闲处,笔尖细处,笔法严处,笔力大处,笔路别处。"左宗棠书信云:"即如看人家好文章,亦要子细去寻他思路,摩他笔路,仿他腔调。"④林纾谓曾巩《秃秃记》"好为奇倔之笔,几于不可句读,用笔近宋子京,殊不类子固平时笔路"。笔路大多带有文家个人风格的印记,因而有时也成为考辨作品的依据:"或谓古人作文各有笔路,到底不变。如《论语》中无'此'字,《大学》中无'斯'字。"⑤王葆心引清人何忠万对"笔路"含义的解释最为显豁详尽:"何谓笔路?大凡文章有三五百字,其中必有翻笔、衬笔、提倡之笔、反掉之笔,其前路大半虚而紧,其中路大半宽而实。此一定之理,凡古文、古诗、奏疏、词曲、时文,皆同此作法……前后互观,则运笔之变化亦出。其中忽离、忽合,或反、或正,又有宕笔、跌笔、补笔、纵笔,文随心转,笔由文生,临时变幻,不能悉数,又不止于翻笔、衬笔与提倡、反掉之笔也。"坐实了笔路的狭义笔法含义。

(5) 文语

王葆心论文章字句提炼之法,专取文语之天生与人为这一向度,一本于曾国藩:"文之造句约有二端:一曰雄奇。一曰惬适。雄奇者,瑰玮俊

---

① 黄淳耀:《暍社题辞》,《陶庵全集》卷二,《丛书集成续编》本。
② 《古文辞通义》,第6703页。
③ 孙绪:《沙溪集》卷十三,《文渊阁四库全书》本。
④ 左宗棠:《致霖儿》,许啸天句读:《左宗棠家书》,北京:知识产权出版社,2012年,第49页。
⑤ 孙万春:《缙山书院文话》,王水照编:《历代文话》第六册,第6024页。

迈,以扬、马为最,诙诡恣肆以庄生为最;兼擅瑰玮、诙诡之胜者则莫盛于韩子。惬适者,汉之匡、刘,宋之欧、曾均能细意熨帖,朴属微至。雄奇者得之天事,非人力所可强企;惬适者,《诗》《书》酝酿,岁月磨炼,皆可日起而有功。"①雄奇之语多系于文家的才气纵横,取决于先天禀赋;而惬适之语多是由文家苦心孤诣惨淡经营所得,为后天努力造就。

《书文式》引杨起元语:"文字当推雄浑博大为第一。势力厚故雄,不雕琢故浑,取材富故博,结局弘故大。"②浑然自在、不事雕琢,故根柢学问方能从文中汩汩流出。皇甫湜因学韩文之奇奇怪怪而受诟病,也是因为过于雕琢反失天然:"其言语次叙,却是着力铺排,往往反伤工巧,终无自然气象。"③《文章精义》云:"《选》诗惟陶渊明,唐文惟韩退之,自理趣中流出,故浑然天成,无斧凿痕。余子正是字炼句煅,镂刻工巧而已。"④和诗语一样,雄浑天成与工巧雕琢在文论家眼中高下自别,前者远非后者可及:"庄周、李白,神于文者也,非工于文者所及也。文非至工则不可为神,然神非工之所可至也。"⑤另一方面,为激发有志于此的后学之士,论者仍然鼓励通过后天的刻苦钻研磨砺文章语句的提炼剪裁:"刻苦锻炼之文与天趣流行之作,本非二致,学者其细参之。"⑥绚烂之极乃造平淡,琢磨过后方成自然,两者又有辩证相成者,如吴德旋《初月楼古文绪论》云:"作文岂可废雕琢?但须是清雕琢耳。功夫成就之后,信笔写出,无一字一句吃力,却无一字一句率易,清气澄澈中,自然古雅有风神,乃是一家数也。"⑦又譬如"古人文章,似不经意,而未落笔之先,必经营惨淡。如永叔《与尹师鲁书》直似道家常,若不先有一番琢炼,何以能如此古雅"⑧,无不呈现了"看似寻常最奇崛,成如容易却艰辛"的创作历程和心境。王葆心也始终为初学计,抱定勤能补拙的教育宗旨,赞成由苦炼而臻于化境:"下手之方法则

---

① 《古文辞通义》,第7605—7606页。
② 左培:《书文式·文式》,王水照编:《历代文话》第三册,第3149页。
③ 郑玉:《与洪君实书》,《全元文》卷一四二八,第303页。
④ 李淦:《文章精义》,王水照编:《历代文话》第二册,第1185页。
⑤ 田同之:《西圃文说》,王水照编:《历代文话》第四册,第4098页。
⑥ 张谦宜:《茧斋论文》,王水照编:《历代文话》第四册,第3879页。
⑦ 吴德旋:《初月楼古文绪论》,王水照编:《历代文话》第五册,第5038页。
⑧ 同上书,第5046页。

致力惬适以仰窥雄奇,犹之乎笔力与笔路之分天人两境。"①

一旦延展到字句的语言单位,文语和诗语显然已无太多区别,从自然与雕琢的分别来看也是如此,故此节亦可通于诗论:"诗家论诗有贵天然而病人为者。"②在诗歌创作来说,造语的天然含蓄可遇而不可求,而极易失之雕琢,这也是诗文异趣的表现之一。

二、文之总以人者

文学作品是作者世界观的普遍投射,往往也是作者思想素养和精神境界的反映。《文心雕龙·体性》称:"气以实志,志以定言,吐纳英华,莫非情性。"文人著书立言之际,"修辞立其诚"的诉求贯穿终始,言为心声的信念也深入人心:"言,心声也;书,心画也。声画形,君子小人见矣。"③文学作品的创作主体是作家,作家尤其是人的道德因素在传统文章学领域中占据着至关重要的地位,《古文辞通义》"总术篇"即探讨了文章与作者之间的种种复杂关系。"文品以人品为本"④,将文章道德视为一体,是古代作家作品论的一大鲜明特色。从以文观人的角度来说,一方面产生了文如其人或文不肖人两类情形,属于"文之总以人者";另一方面,对上述逻辑进行逆推,由人观文的命题也可成立,"文之总以地位者"即属此类,从该命题出发的论述多得出肯定结论:观其人可知其文。此外,王葆心也对以人喻文的文学批评传统进行了爬梳。而通过审查创作者本人的道德伦理来追索和彰显文章作品的意义,在清末的学术环境和历史语境中获得了新的阐发。

(1) 就文以观德

"文辞之于声、于言,盖其精者。据以察其人之枉直厚薄,无不可知。

---

① 《古文辞通义》,第 7605 页。
② 同上。
③ 扬雄:《法言·问神》,汪荣宝撰、陈仲夫点校:《法言义疏》,北京:中华书局,1987 年,第 160 页。
④ 张谦宜:《茧斋论文》,王水照编:《历代文话》第四册,第 3872 页。

郑朋、张博倾危,故其文夸诞;公孙弘、匡衡邪谄,故其文庸懦……盖人心正则气直,气直则言随,其情之所触而不自讳,故发为文章。"①从文学的发生机制来说,语言往往是所思所感的直接流露。《论语》云:"子曰:'始吾于人也,听其言而信其行;今吾于人也,听其言而观其行。'"由文章返观作者的为人,历代持论文如其人者占据着绝对上风。所谓文如其人,有两个含义:"一个是'体'与'性',即风格与创作个性的关系;一个是人品与文品的关系。"②尽管历代对文如其人这一命题的诠释多偏指人品道德一途,作家的个性禀赋、道德素养和地位身份等因素也经常会被纳入衡文考量:"文章与人品同。自古大圣大贤,非有英雄气量者不能到也。"③其中,作家的个性禀赋与文章风格的关系是文章体性论的重要组成部分,《古文辞通义》也对此进行了简要阐述。与此同时,尽管作家的道德品质绝非衡量文学作品唯一的和绝对的标准,却始终是文评家执以衡文的要素之一,而创作主体的道德素养在清末民初的本土文化和文学语境之中尤其得到凸显,成为重要的研判基准。

王通《中说》由文人之行而及于其文:"子谓文士之行可见:'谢灵运,小人哉! 其文傲,君子则谨。沈休文,小人哉! 其文冶,君子则典。鲍昭、江淹,古之狷者也,其文急以怨。吴筠、孔珪,古之狂者也,其文怪以怒。谢庄、王融,古之纤人也,其文碎。徐陵、庾信,古之夸人也,其文诞。'"④方苞论唐宋六家文,谓由其文而及于其行:"韩、欧、苏、曾之文,气象各肖其为人;子厚则大节有亏,而余行可述;介甫则学术虽误,而内行无颇。其他杂家小能,以文自襮者,必其行能少异于众人者也。"⑤都是将人品与文品进行直接挂钩的表述。文因人而传,文章的独立价值有时甚至也会因此而受到削弱,如《文体明辨序说》引李时勉语谓:"夫文章之见重于世,以其人也;苟非其人,虽美而传,反以为病矣。"⑥

---

① 朱仕琇:《朱梅崖文谱》,王水照编:《历代文话》第五册,第5137页。
② 吴承学:《中国古代文体学研究》,北京:人民出版社,2011年,第177页。
③ 陈绎曾:《文章欧冶附古文矜式》,王水照编:《历代文话》第二册,第1291页。
④ 王通撰,张沛校注:《中说校注》,北京:中华书局,2013年,第79—80页。
⑤ 方苞:《答申谦居书》,刘季高校点:《方苞集》(上),第164页。
⑥ 徐师曾:《文体明辨序说》,王水照编:《历代文话》第二册,第2051页。

刘熙载《艺概》谓："曾文穷尽事理,其气味尔雅深厚,令人想见'硕人之宽'。"①王葆心转引冯时可《雨航杂录》云："永叔侃然而文温,穆子固介然而文典则,苏长公达而文遒畅,次公恬而文澄蓄,介甫矫厉而文简劲。文如其人哉。"②又引王文禄语："司马子长《史记》虽纂述成之,雄逸跌宕,类其为人,是以文由性生也。"③并援引王安石形容孙侔、曾巩为二贤人语,谓"子固之文即肖子固之为人矣"。吕留良称："作文可想见其人之胸怀体段。韩子谓仁义之人,其言蔼如,有一分仁义,见一分英华。"④这些表述都赞成文章风格与文家性情一一对应。又比如,"读董相文,如对庄士,读晁令问,如对法史。傥所谓文如其人耶?"⑤则是由作品性质进而推导作者的社会身份。

与此同时,对文如其人持有怀疑态度者向来也不乏其人,广为流传的莫过于元好问诗"心画心声总失真,文章宁复见为人"。历代文学创作中确也存在诸多文不肖人的现象。顾炎武引谢灵运临终诗、王维陷贼诗,直斥"古来以文辞欺人者,莫若谢灵运,次则王维"⑥,这之中固然有他个人时值易代的隐曲心事和愤懑寄托;不过,"世有知言者出焉,则其人之真伪,即以其言辩之,而卒莫能逃也",正表明其内心深处仍然认同文辞能够揭示内心这一命题。王葆心也援引姜南《风月堂杂识》所论作为文行不相肖的佐证："古今文人往往无行,如汉之扬雄、刘歆,唐之柳宗元、吕温辈,宋人如王质、沈瀛之趋张说,清议多鄙之。"⑦林纾惋惜严嵩、钱谦益等权臣、贰臣屡有佳作,视之为文辞欺人的典型个案："钱牧斋辈不足论,而严嵩为文,颇亦嗜谈道德,且间有一二奇构,真可恨也。"⑧《古文辞通义》也胪列了因不矜细行或大节有亏而备受争议的诸多知名文家。

以文观人在大多数情况下虽具有一定的普适性,实际上往往难以避免盖棺定论的先入为主式的意见。从这个意义上来说,以文验人的尝试

---

① 刘熙载:《艺概·文概》,王水照编:《历代文话》第六册,第5564页。
② 冯时可:《雨航杂录》卷上,《文渊阁四库全书》本。
③ 王文禄:《文脉》,王水照编:《历代文话》第二册,第1695页。
④ 吕留良:《吕晚邨先生论文汇钞》,王水照编:《历代文话》第四册,第3329页。
⑤ 顾云:《盋山谈艺录》,王水照编:《历代文话》第六册,第5853页。
⑥ 顾炎武:《日知录论文》,王水照编:《历代文话》第四册,第3233页。
⑦ 《古文辞通义》,第7824页。
⑧ 林纾:《文微》,王水照编:《历代文话》第七册,第6554页。

进一步体现了对文如其人这一命题的绝对肯定:"小说载卢携貌陋,常以文章谒韦宙,韦氏子弟多肆轻侮。宙语之曰:'卢虽人物不扬,然观其文章有首尾,异日必贵。'后竟如其言。本朝夏英公亦尝以文章谒盛文肃,文肃曰:'子文章有馆阁气,异日必显。'后亦如其言。"①诸如此类表述不在少数,其灵验者每为世人所津津乐道。"每见有少年意得之人,而忽有愁苦之音,见于词旨之末,则识者忧其不祥,而其语往往而验。"②只是这些文学事件往往又不局限于道德判断了。

(2) 由人以观文

从创作主体与文学批评的关系来看,孟子的知人论世说广为人知:"颂其诗,读其书,不知其人,可乎?"由人观文所带有的主观决定论色彩较之由文观人更为强烈和突出。与后者不同的是,作者的身份地位等社会经济因素是由人以观文最常见的观察角度之一。《古文辞通义》围绕文家地位和文章风格的关系这一议题作了一番细致而审慎的梳理。

王葆心指出,以人之地位来分别文家高低可追溯至欧阳修《浮槎山水记》一文:"夫穷天下之物,无不得其欲者,富贵者之乐也。至于荫长松,藉丰草,听山溜之潺湲,饮石泉之滴沥,此山林者之乐也。"所谓"富贵者"与"山林者"初非针对作者而发,其分野却一直被沿用下来。山林、馆阁之名正是由富贵、山林的分化进一步演变而来。而真正以文家之地位区分文章始于李廌之论:"山林体中又有山林、市井之分;馆阁体中又有朝廷卿士、庙堂公辅之分。"③(李廌原说见于《荆川稗编·文章杂论》)苏轼也曾谓:"廌虽在山林,其文有锦衣玉食气。"(《宋史》李廌传)

欧阳修笔下富贵与山林的分野初不过是贫富差异,朝廷馆阁和山林草野的分说则表征着传统士人徘徊于仕宦与隐居的身份对立。稍早于程颐的吴处厚《青箱杂记》就此作了充分展开:"然余尝究之,文章虽皆出于心术,而实有两等:有山林草野之文,有朝廷台阁之文。山林草野之文,则

---

① 王构:《修辞鉴衡评文》,王水照编:《历代文话》第二册,第1205页。
② 吴曾祺:《涵芬楼文谈》,王水照编:《历代文话》第七册,第6605页。
③ 《古文辞通义》,第7814页。

其气枯槁憔悴,乃道不得行、著书立言者之所尚也。朝廷台阁之文,其气温润丰缛,乃得位于时、演纶视草者之所尚也。故本朝杨大年、宋宣献、宋莒公、胡武平,所撰制诏,皆婉美淳厚,过于前世燕、许、常、杨远甚。而其为人,亦各类其文章。"①位列庙堂之高,身处江湖之远,由此导致行文风格的千差万别自不待言。除制式、功能、语言等一目了然的文章构件以外,其文当如其人所处之地位,也受制于文章得体的要求。

明初以杨士奇为代表的台阁体甚嚣尘上,遂启山林体与台阁体之分:"杨尚法,源出欧阳氏,以简淡和易为主,而令充拓之功,至今贵之曰'台阁体'。"②王葆心指出,馆阁之文与山林之文虽互有胜负,但馆阁文学因得借士大夫之势而终胜一筹:"文家两体之中究以馆阁体假官位之势相沿不绝。"③而黄宗羲、汪琬之所谓台阁与山林,李绂之官样与烟霞气,俱是沿此一脉相承。山林之文与台阁之文原也不易混淆,究其原因在于文学是现实生活的曲折映射:"大凡台阁之人,必不工作山林语;老健之人,必不工作疾病语;太平之人,必不工作离乱语;家食之人,必不工作羁旅语。非不能作,盖摹拟而来,终乏一种亲切有味之旨。"④田野难惹富贵气,朝堂自然也无山间逸气,两者难以兼善:"譬诸盛富极贵之家儿,起居动静,衣着食饮,各有习惯,其意中决无所谓瓮牖绳枢、啜菽饮水之思想。贫儿想慕富贵家餮用,容亦有之,而决不能道其所以然,即使虚拟景象,到底不离寒乞。"⑤忠实于创作环境,也是文如其人的一种体现。梅曾亮曾借由文家地位之迥别,创立有别于馆阁、山林等传统名目的文章类型:"文有世禄之文,有豪杰之文。模山记水,叙述情事,言应尔雅,如世家贵人,珍器玩好,皆中度程、应故实,此世禄之文也。开张王霸,指陈要最,前无袭于古而言当乎时,论不必稽于人而事覈其实,如鱼盐版筑之夫,经历险阻,致身遭时,虽居庙堂之上,匹夫匹妇之颦笑可得而窥也,此豪杰之文也。"⑥体现了

---

① 吴处厚:《青箱杂记》卷五,北京:中华书局,1985年,第46页。
② 王世贞:《艺苑卮言》卷五,罗仲鼎校注:《艺苑卮言校注》,济南:齐鲁书社,1992年,第234页。
③ 《古文辞通义》,第7814页。
④ 吴曾祺:《涵芬楼文谈》,王水照编:《历代文话》第七册,第6607页。
⑤ 林纾:《春觉斋论文》,王水照编:《历代文话》第七册,第6365页。
⑥ 梅曾亮:《送陈作甫叙》,《柏枧山房文集》卷三,台北:华文书局,1969年,第107—108页。

以文家地位来区分文风这一视角的丰富性。

（3）以人喻文

吴承学曾指出，魏晋时代人物品鉴与文学风格批评之间存在着密切的互动关系："一方面是人物品鉴的艺术化使人物形象更具感染力；另一方面文学批评则在方法、形式方面吸取了人物品鉴的精髓，从而显得玄远和简要。"①魏晋六朝以人物品评的方式开展文学批评的滥觞赋予了传统诗文评形具神生、意胜于辞的基本特点。

从字面意义上来说，以人喻文是将文章作品的风格拟人化。如王世贞《文评》历数明代文家文章，全以譬喻出之，如"刘伯温如丛台少年入说社，便辟流利，小见口才""徐昌谷如风流少年，顾景自爱""廖鸣吾如屠沽小肆，强作富人，纷纭殊增厌贱""郭价夫如乡老叙事，粗见亹亹"云云。又比如林纾论《汉书》："班孟坚之文，有如故家子弟而又多财，衣冠整齐，步调大方。"②以人物比拟文章之中，显现出评论家的月旦臧否。在明清科举文章学理论中，甚至还出现了用人来比喻各类应试程文的表述："学文如学人，庞眉皓发之老人不可学，程式是也；潺筋缓肉之稚子不可学，经生义是也；放浪诡诞之人不可学，宦稿是也。所可学者，自幼自老，自庄自妍，自夷自异，如伯阳初生，发眉苍然；如仲尼嬉戏，俎豆森然；如长源早慧，精神果然；又如子房美好，作女子观；如道蕴风流，有丈夫气；如纯阳托迹人间，而骨法隐隐自在，人品之第一流非乎？而会元文是矣！"③都是有关以文喻人这一命题的具象表述。此外，由其人所好之文亦可推知其为人："尚礼法者好《左氏》，尚天机者好《庄子》，尚性情者好《离骚》，尚智计者好《国策》，尚意气者好《史记》。"④则是基于文章好尚与读者接受之间存在的相似性联系。

钱锺书先生曾经指出，中国固有的文学批评的一个特点是"把文章通盘的人化或生命化"，他所谓的人化或生命化文评，不仅包括文如其人的

---

① 吴承学：《中国古代文体学研究》，北京：人民出版社，2011年，第150页。
② 林纾：《文微》，王水照编：《历代文话》第七册，第6548页。
③ 左培：《书文式·文式》卷上，王水照编：《历代文话》第三册，第3158页。
④ 刘熙载：《艺概·文概》，王水照编：《历代文话》第六册，第5548页。

字面含义,而且更侧重于将文章拟作人的血脉筋骨、肌理魂魄这样一种独特的譬喻方式①。王葆心也注意到文论之中除"远譬诸人"外,更有"近取诸身"的现象,并借助当时政治学、历史学领域内一度风行的有机体②概念实现了古今中外两种理论的过渡和嫁接:"然诸人取喻尚属有机体之浅近而简约者,至举有机体之繁赜而深至者以喻古文,则始自宋人,亦犹东西人以有机体言历史与政治学也。"③此外,又举出李扆借人之品汇、性质、体质以言文者:"李氏举文之体质、品汇、性情,均纳于有机体之中也,则文之情态,亦遂如一人之情态矣。此亦属文家较深之取喻也。"充分认识到以人喻文命题的整体性和协调性。

(4) 做文与做人

以文观人这一命题因正反皆不乏实例而始终备受争议,有论者以人心不古、世道无常为之折衷:"古之文也简而质,明心也,诚也;今之文也繁而虚,昧心也,伪也。明心也,学至而言,言必据已;昧心也,好胜而言,言必欺人,匪心得也。"④魏禧提出,古之文章可以观人,今之文章则不足以知人,为以文观人的命题增添了历史性的维度。王葆心则认为"卑如时文犹可以观人,则今之文章亦未尝不可观人也"⑤,折衷了文论家对该命题的看法,并在清末民初文化语境下重新阐释了对文品与人品关系的见解。章学诚在"史家三才"外还有"文德"的提法,本之孔子所谓"有德者必有言",重提古代文论中的文德传统,主张作者临文要存敬恕之心,敬即"气摄而不纵,纵必不能中节也",恕即"能为古人设身而处地也"⑥。对此,傅守谦谓其"示学文者以入德之方也"⑦,傅为王葆心之友,文德说即其文学四法论之一,

---

① 钱锺书:《中国固有的文学批评的一个特点》,《文学杂志》,1937 年第 4 期,第 1—47 页。
② 斯宾塞(Herbert Spencer,1820—1903)提出的"社会有机体论"在当时的中国近代社会影响极大。其主要观点是:国家或社会是一个有机体,社会或国家的每个部分都像是有机体的一部分,司一定职责,而整个有机体的健全,则有赖于每一个部分的健全,说到最后,即是有赖于每一个细胞的健全。
③ 《古文辞通义》,第 7501 页。
④ 王文禄:《文脉》卷三,王水照编:《历代文话》第三册,第 1710 页。
⑤ 《古文辞通义》,第 7823 页。
⑥ 章学诚著,叶瑛校注:《文史通义校注》,第 278 页。
⑦ 傅守谦:《汉阳傅氏文学四法例论》,余祖坤编:《历代文话续编》(中),南京:凤凰出版社,2013 年,第 1112—1113 页。

亦被采入《古文辞通义》之中,反映了王葆心对文章道德论的一般看法。

"人品与文品毕竟分属道德和美学两个不同系统"①,从学理上说各自具有相对独立的价值准则。尽管如此,"文之总以人者"不仅体现了传统文学价值观的重要特点,并在近代文学教育的语境下被赋予了新的人文内涵:"在教育活动中,文学教育应该从属于伦理教育;文学教育不是文学的教育,而是以文学为手段的教育。"②譬如唐文治论文章根源,即从人品说起:"国文关系国粹,而人品学问皆括其中。故凡文之博大昌明者,必其人之光明磊落者也;文之精深坚卓者,必其人之忠厚笃实者也。至尖新险巧,则人必刻薄;圆熟浮滑,则人必鄙陋;傲很怪僻,则人必悖谬。诸生学作文,先从立品始。"③在当时颇具代表性,相当一批国粹派文章学者都主张文章与道德之间的同构关系。

"做文先做人"的观念在当时深入人心,须被纳入清末教育体制的整体转型之中加以审视。根据《奏定学务纲要》及《奏定学堂章程》,中小学堂课程设置皆以修身、伦理课程为第一要务。传统耕读文化原将读书与做人融为一事,修身、伦理课程的独立成科将个人伦理道德的因素剥离出来,国文课程则只剩下读作写等程式化内容。如果说就文观德、以人观文的传统文章学命题,关涉的是文章是否能够反映其人之真善美的问题,由国粹派古文家所主导的近代国文教育则有着通过读作写的古文训练追求其人之正的期许。姚永朴《文学研究法》提出文章有六大功效,其五即曰文章可以观人:"人之性情、才气、志操、学业,固各有所宜。惟然,故观其文可以知其人也。"④对文以观人命题的复述反映出其对文章伦理的坚持。胡怀琛《文则》谓:"文品亦如其人而已矣……在作者,若何人为若何文;在读者,读其文如见其人。故欲讲文品,须讲人品。"⑤也对以文观人论抱有积极肯定的态度。

此后,王葆心的学生徐复观还从性情之真与性情之正的角度探讨过

---

① 吴承学:《中国古代文体学研究》,北京:人民出版社,2011年,第191页。
② 郭英德主编:《中国古代文学与教育之关系研究》,北京:北京大学出版社,2012年,第1—8页。
③ 唐文治:《国文大义》上卷,王水照编:《历代文话》第九册,第8195页。
④ 姚永朴撰,许振轩校点:《文学研究法》,合肥:黄山书社,1989年,第44页。
⑤ 胡怀琛:《文则》,王水照编:《历代文话》第十册,第9613页。

作家个性与文品的关系:"一个伟大的诗人,因其得性情之正,所以常是'取众之意以为己辞',因而诗人有个性的作品,同时即是富于社会性的作品。这实际是由道德心的培养,以打通个性与社会性中间的障壁的。这是儒家在文学方面的基本要求。"①据此,则符合儒家理想的文学作品即是性情之正与性情之真交叠的产出。此前桐城派文人梅曾亮也有相近的表述:"见其人而知其心,人之真者也;见其文而知其人,文之真者也。"②强调具有典范性质的文章须是人之真与文之真的统一。

尽管文以见道的论调有逐渐淡出视野的倾向,清末国粹派文章学者仍然坚守古文所承载的传统价值观。在他们看来,古文精神内核的传承和文脉的存续在相当程度上有赖于作者自身的修身伦理道德水准。道光、咸丰年间,郑献甫曾借文行不符、文事不符的文坛现象针砭政治上的时弊丛生,王葆心又转借其论来讥刺清末文坛衰败光景:"深恫世衰道微之世,上下相扇以利,相矜以诈,特以文字为其互相吸引之缘……彼文与人不肖者,行方而文绮,尚于本末先后无乖,且益形其温润。至事诡而以文铺张之,润饰之,宜乎道德之士目文人为贱业也。乌乎!今日之文其奈今日之人何!其奈今日之行为与其事何!"③考虑到文运与国运的联系,在王葆心重谈文之总以人者命题的背后,实际上也蕴含着他感时忧国的现实精神和传承文脉的迫切愿景。

第三节 文章修辞论

一、识途篇:文之读讲作

《古文辞通义》"识途篇"分论文之读法、文之讲法和文之作法,作为一

---

① 徐复观:《传统文学思想中诗的个性与社会性问题》,《徐复观全集 中国文学论集》,北京:九州出版社,2014年,第83页。
② 梅曾亮:《太乙舟文集叙》,《柏枧山房文集》卷五,台北:华文书局,1969年,第229页。
③ 《古文辞通义》,第7825页。

部国文学参考用书,古文之法的传授是全书要旨所系。在清末文学研究法和教授法大行其道的环境当中,通过具体而微的技巧面授和循序渐进的教学步骤完成古文知识的习得,是古文教育融入近代学制新式学堂的必由之路。《后山诗话》曾引欧阳修语:"为文有三多,看多,做多,商量多也。"(一说为多看读,多持论,多著述。)曾国藩尝谓:"学者于看、读、写、作四者缺一不可。"读、讲、作三段论上承传统书院的普遍教学方式,下接新式学堂教科学制,遂成为当时国文学教科书通行的编纂框架和普适要素。

(1) 文之读法

文之读法主要介绍古文阅读的方法,约略涉及音声诵读之法。王葆心提出要首先明确看书与读书的区别,"大抵看书与读书,须画然分为两事……看书宜多宜速。不速则不能看毕,是无恒也。读书宜精宜熟,能熟而不能完,是亦无恒也"①,故须明确区分看文和读文,前者属浏览泛读,后者是逐句精读。曾国藩阐述读书之法,用知新与温故来辨析看文与读文的概念,判然为两事:"譬之兵家战争:看书,则攻城略地,开拓土宇者也;读书,则深沟垒,得地能守者也。看书如子夏之'日知所亡'相近,读书与'无忘所能'相近;二者不可偏废。"②此外文家又有阅文之说,要求又更高一筹:"然谓阅文也,非谓读文也。吾辈用功,凡读熟之文,要字字不肯放过,方能有益。"③

《古文辞通义》选取十家读法汇为此章,着眼于精读熟读方法,在南宋文家取孙奕、吕祖谦、谢枋得三家,在元代文家取程端礼一家,在清代文家取储在文、方苞、陈兆伦、杨仲兴、潘相、曾国藩六家。扼要总结十家读法后,王葆心对这些名家方法论作了直观可感的总结和匹配,如以储在文之消纳读法对方苞之引申读法,以孙奕之直进读法对曾国藩之并行读法,以陈兆伦之专一读法对吕祖谦之七家合读法等。

消纳原是从近代论理学的归纳概念而来。所谓消纳读法,是指将有

---

① 曾国藩:《复葛罩山书》,《曾国藩全集》书札卷08。
② 曾国藩:《家训》卷上,《足本曾文正公全集》,第5513页。
③ 孙万春:《缙山书院文话》,王水照编:《历代文话》第六册,第5881页。

一定共性的古文名篇聚于一处加以合观,王葆心尝试追溯文章的共性和源流,作为揣摩古文写作的方法:"此为由散见之诸文,求其所自出之一远系,俾读诸文者,可一探其归宿。"其源流典范,或为《史记》,或为八家,要在读者自行抉择。而引申读法,则是选定一家以为宗旨,反观其余诸篇的流变衍化,与消纳读法相逆:"皆为由马、班之大宗,而推见其流传分歧之法乳,注重全读马、班之文,可沿波而得诸家之流别,读文之引申法也。"所谓直进读法,是指由前后相承或摹拟的两家入手,"取两家之文渊源相接者比较,而观其祖述之迹"。并行读法又分为同一文家不同文章之并读与不同文家同类文章之并读:"取诸家集中,而取其可相与比偶者,称量而配合观之。"陈兆伦于八家文选中独主韩文,是为专一读法;吕祖谦《古文关键》标举韩愈、柳宗元、欧阳修、曾巩、苏洵、苏轼、张耒七家之文,以为合读之法;谢枋得《文章轨范》主张从大概主张、文势规模、纲目关键和警策句四个层面细读韩、柳、欧、苏四家文;程端礼《读书分年日程》示以韩文为间架,以欧阳修、曾巩、王安石三家为展开;潘相《编文序目》将古文分为十类,杨仲兴区唐宋八家文为元、亨、利、贞四集,见知其得力处、性近处,更用深造法与辅助法精研古文。其中,潘相的分类标准颇为混乱,似仅备一格,用与杨仲兴读法凑对而已。综合上述十家读文之法,王葆心的用意在于指示后学读文须考镜源流、举一反三、融会贯通:"将以求得古人所已至者,更于已至之中,求其所未至也。其始也,求有以入乎古人;其继也,又须求有以出乎古人也。"在浩如烟海的历代别集中不致迷失,通过纲举目张、触类旁通的方法,以收"散中求合、隘中求通"之效。至于各家选定的文集篇目,大都未出唐宋古文范围,较之其提及的文范范围更为狭窄,可见实际的指导意义尚居于次要地位,而昭示知识典范与分类方法乃是意义所系。

(2) 文之讲法

文之讲法共节取三十家学古文法三十一种,所选对象几乎都是明清文家:元代取潘昂霄,明代取李梦阳,明末清初取黄宗羲、魏禧、徐邻唐、朱彝尊,清代取储欣、李光地、沈德潜、张九键、沈彤、朱仕琇、顾汝敬、林明伦、彭绍升、王昶、张士元、范泰恒、程大中、张秉直、吴士模、吴德旋、刘鸿翱、管同、潘德舆、邹湘倜、曾国藩、龙启瑞、何邦彦、邓绎。其中,潘德舆三段法分为两条。此外,"总术篇"文家资于各书一章,"附有明桑氏之四段法、王渔洋之三段法、梅伯言之二段法、汤海秋之五段法,均可补此章未备,须参观之",也以明清文家为主。

所谓讲法,是教人取法古人门径,通过拣择历代古文典范,研读揣摩,深思熟虑,习悟心得,要为初学入门津梁。就同为阅读体验的心理活动而言,讲法与读法似有重叠交叉处。不过,读法更侧重读书的方法论,多不拘于内容,而讲法须落实到具体文家乃至篇目之中。讲法的核心是对历代古文典范的选择,阅读的先后缓急不仅要有决断力的取舍,也需要博综众家的识力,同时也体现出出选者的治学路径和文风取向。王葆心弟子李霖在此篇后记中详细解释了此节的原初构想和写作意图。在地理文学环境论的视域下,王葆心分别以李梦阳、曾国藩为南北文论的代表:"李献吉、曾涤笙为两宗,顾一为北派前矛,一为南派后劲……先生初草于两宗附列各家,均依次编立名目,卒以隶属李、曾,定稿示殊观之归一。即此一端,足见此编经营之久也。"①这解释了他虽对明代机械复古主张抱有鲜明批评态度却挑选李梦阳作为文之讲法开端的部分原因。

李梦阳明确主张文章创作上的断代学古,这与文之讲法一节对典范选择范围相对集中的要求相一致:"断代学古,盛于明人复古一派。"当时与明代前后七子遥相呼应、推波助澜者,有祝允明、孙𬬮等附于后。其后阮元以其文笔论标举六朝骈文,成为日后梁章钜、李兆洛等骈散合一论的理论资源。清道咸间魏源、龚自珍等借力阮氏余绪,倡导诸子之学和子家之文以复古振起新学:"龚氏之渊源实阮、李诸家破八家藩篱与骈散范围诸说所开……故取其流别所至而附诸阮、李诸说后,以穷是派变迁之所极也。"②之后,自称服膺魏、龚之文的蒋湘南,力诋学八家文者,强调要由文入笔,推崇乾嘉时期戴震、钱大昕等汉学家文字,以矫桐城之失,持论依据不出明代复古派、清代骈文派诸家。但是,为引出这一结论,蒋氏不惜通

---

① 《古文辞通义》,第 7332 页。
② 同上书,第 7298 页。

过褒扬王世贞而诋斥方、刘、姚之文为高头讲章的做法,受到王葆心的批驳。

与之相较,曾国藩的相承学古法不仅与桐城古文渊源深厚,持论也颇为公允,因而与王葆心的文章学思想更为相契:"文正之相承学古本在由近世桐城姚氏而上溯韩、马、庄。"①曾国藩之相承学古法乃是层层回溯,追踪本源,主张由后及前、自下而上以求进于堂奥。此节先就姚鼐以后的桐城派而言,阳湖派张惠言主张由刘大櫆文法而入,"自曾、苏归于韩";姚鼐四弟子之一梅曾亮在京师古文圈子久负盛名,"生平在由骈俪以至汉、唐作者,本桐城义法,稍参归太仆",翕然从之者颇众;吴敏树独立于桐城之外,能自树立,为文之旨却与梅、曾暗合;姚鼐另一弟子刘开"主于始用力于八家,进之以《史》《汉》,而学八家,又须由震川、望溪而入",以唐宋派、桐城派、八家文为入手之方,更宏之以经史百家之学。随后,自桐城派之流风余韵不断向前溯源,及至回向明末清初东南遗民群体:"可见桐城明代清初诸先正其风习便趋于雅洁清厚之中,而源流本末皆有以启方、姚之绪,方、姚特因时集成而发明之耳。其与湖湘诸老所以立事功之盛,均非一朝一夕之故也。"②王葆心生平交游皆以湖湘学人圈为主,故将桐城派文章与湖湘派事功相提并论,体现出作者对桐城—湘乡古文文脉的认同,以及兼文章、学问与事业而论的拳拳之心。

详述李、曾两家文章讲法之后,王葆心先举十五家,"分阶段以攻文",仍本于溯本探源之法,多以八家文为初阶,复以秦汉文为高阶;后列十四家,"各由一己所主之诣力以求竞胜",止于随波逐流,将研习对象简化至一派一家或诸家;末尾所附四家讲法,则是为救正学八家、学桐城之弊。在整合各家讲法和梳理纲领脉络的过程中,作者始终贯彻"通"之一义,主要表现为文艺理论的诗文相通、文学体制的骈散互通和学术界划的经史子集勾通。诗文相通者如从魏禧遍历诸家之法引申到诗话之中的"到家"说,由张士元一家到诸家之法拓展到学诗之法;骈散互通者如从王昶兼取众长法推演到诗歌、骈文等韵文的博采之法;经史子集勾通者如程大中三

---

① 《古文辞通义》,第 7311 页。
② 同上书,第 7321 页。

段法主张将取法阅读范围扩充至经史子诸部,"始于诸子以尽其变,继以释典及唐人怪涩之文以极其奇,终之以经而穷其变化",也反映了诗文悉本于经的尊经传统的影响。

(3) 文之作法

在文之作法的环节,王葆心选取了历代十四位文家总计十六种作法。宋代取宋祁、叶梦得、朱熹、吕祖谦,元代取潘昂霄、程端礼,明清取王祎、陈继儒、张尔岐、朱彝尊、李光地、朱筠、曾国藩、童树棠,其中,吕祖谦一人独占三条作法。又童树棠者,是王葆心在经古、两湖书院时期的同窗挚友,在古文写作方面颇有心得,《古文辞通义》也有多处采纳其成说。王葆心遴选诸文家作法的标准和用意原是针对不同资质因材施教:"吾谓朱子、叶氏、曾氏之说,用于中资为宜;吕氏、王氏、朱氏之说,施诸中人以上为宜;童氏之说,惟才、学、识兼懋之人用之,方无流弊也。"余下几家,"其立法不同,其用意专在预备作文中用工夫,使人深知读与作有相关切之理",又将文之作法与读法相联结。其中也不乏像豫拟题目、豫选文格、编题作文等为着词科、八股等应试文体而准备的作文方法,显示出编者不拘一格、务求穷尽的企图。

可施于中资者,即适用于大多数初学者,而摹拟名家前作(朱熹)、预选文格作文(叶梦得)、由普通文类入手(曾国藩),虽不可避免带有刻意经营的痕迹,却往往是初学古文阶段的通行门径。施于中人以上者,多为另辟蹊径、别出心裁之论,如精心准备遍历诸体(吕祖谦)、作文文境随时变迁(王祎)、直写己见不拘一格(朱彝尊),资质尚佳祈望有所精进者,更能循此而随心所欲、不为俗牵。王葆心同窗童树棠的独造作法更多是在描述一种作文的终极理想状态,故被置于最末。此章论文之作法,既有从较为宏观的、笼统的方法论层面切入的表述,也有事无巨细、条分缕析的读书日程全盘引述,编者也颇为周到地将相反相对的说法聚拢在一处,供读者自行选择。

在介绍曾国藩由记事文入手的单进作法后,书中还一并附录了光绪壬寅年(1902)王葆心本人在武汉开馆授课所订课程条例,将由考订入手的单进作法视为作文方法的重要一途,而所作文字限于经义、策、论三者,可与其同时期所作《经义策论要法》两相参照。在长达数十年的教学生涯中,王葆心游刃有余地结合个人的书院、学堂大量实践经验,取长补短、探索改进,总结出读书、作文的一整套治学路数,并在《古文辞通义》中以现身说法的方式予以呈现。

其任教晴川书院时所作《晴川书院肄业揭语》云:"往者阮文达定学海堂规制,隐规张清恪学规,易为句读、评校、钞录、著述四种,盖必有句读,始有钞录,始有评校、著述,其分则四,其用一贯。"①其中,张氏学规是指经由康熙四十六年(1707)出任福建巡抚的张伯行扩建从而声名远播的福建四大书院之一鳌峰书院学规,据《鳌峰书院志》所载书院院规,除以《朱子白鹿洞教条》《胡文敬续白鹿洞学规》《丽泽堂学约》为准之外,张伯行《张仪封教人读书日程》分设经书发明、读史论断、作古今文、各种杂著四类,并由此划定读书日程格式②。此四类课程又与经、史、集、子的传统学术部类遥相呼应。阮元学海堂学规遵照总督卢坤提出的四项工夫,令生员照此日程逐日用功读书:"卢前部堂颁发日程,有句读、评校、抄录、著述四项工夫,应令肄业诸生每日读书,用红笔挨次点句,毋得漏略凌乱,以杜浮躁。至于评校、抄录、著述三项,视乎其人学问浅深。"③生员自选的读书书目则限定在《十三经注疏》《史记》《汉书》《后汉书》《三国志》《文选》《杜诗》《昌黎先生集》《朱子大全集》等典籍之中。因此,王葆心在晴川书院时期也确立了以纂录、考订、著述三项为经、以句读为纬的课业研习与考核方法。

尽管文事有时非关人事、系乎天命,甚至有入于禅悟、顿悟之境者,但王葆心在《古文辞通义》中贯彻终始的理念是躬行践履、天道酬勤,"是悟境无不生于艰苦之后也"。④ 其辛勤通辑宋元明清及晚近历代诸家读、讲、

---

① 王葆心:《晴川书院肄业揭语》,《晦堂文钞》。
② 赵所生、薛正兴主编:《鳌峰书院志》卷三,《中国历代书院志》第10册,南京:江苏教育出版社,1995年,第299—302页。
③ 林伯桐:《学海堂志》,陈谷嘉、邓洪波主编:《中国书院史资料》中册,杭州:浙江教育出版社,1998年,第1632页。
④ 《古文辞通义》,第7206页。

作之法,在众说纷纭之中披沙拣金直至河涸海干,为的便是度人金针、授之以渔。

二、文气论

刘熙载《艺概·文概》将以气论辞之始追溯至《论语·泰伯》:"出辞气,斯远鄙倍矣。"《论语》所谓辞气,指的是说话者的言辞和口气能够反映个人的素养。孟子所云"我知言,我善养吾浩然之气",也将知言和养气两事并举。"气"从自然现象被转用来描述客观的社会现象,进而被提炼为哲学范畴,"在关涉宇宙间客观存在的质料、元素问题的同时,向着形而上的玄虚之域拓展开去,并衍生出种种偏向于精神一路的命题"①,玄虚之气散入文学理论之域,文气论应运而生。

一方面,曹丕《典论·论文》根据作家禀赋性情不同而总结文学作品的各色风格,奠定了文气论的阐释根基:"文以气为主,气之清浊有体,不可力强而致。"此说既为《文心雕龙·风骨》所采纳,又衍化出与之关系密切的神思、志气等范畴。另一方面,《文心雕龙·养气》承接东汉王充《论衡》养气说的理论脉络,主张通过合理的节制与宣泄蓄养精气,保持文思敏捷:"是以吐纳文艺,务在节宣,清和其心,调畅其气,烦而即舍,勿使壅滞,意得则舒怀以命笔,理伏则投笔以卷怀,逍遥以针劳,谈笑以药倦。常弄闲于才锋,贾余于文勇,使刃发如新,腠理无滞,虽非胎息之迈术,斯亦卫气之一方也。"《文心雕龙札记》指出,两种气论存在差异:"养气谓爱精自保,与《风骨》篇所云诸'气'字不同。"②"养气篇"着眼于行文过程中的苦心伤神对精气之妨害,"典论"与"风骨"篇更侧重不同的气质属性在个体作家和具体作品中的呈现。早期文气论已然充分地展现出了文气概念的可塑性、内涵的包容性和理论的可延展性,并逐渐发展为古代文章学的一个重要范畴。

继刘勰《文心雕龙·风骨》后,文气论在骈文创作传统中逐渐失落而

---

① 汪涌豪:《中国文学批评范畴及体系》,第526页。
② 刘勰著,詹锳义证:《文心雕龙义证》下,上海:上海古籍出版社,1989年,第1560页。

尤为历代古文家所重视的原因,王葆心弟子徐复观曾给出颇具说服力的解释:"古文家为矫骈文的藻饰太过,势必以声调的变化,代替色泽的华美。于是气的艺术性,对古文家而言,较骈文家更为重要。加以气之行于散文中者,较之行于骈文中者,实容易而显著。"①朱自清也表示,文气在唐宋古文文统的确立过程中曾起到至关紧要的作用,他指出韩愈"力求以散行的句子换去排偶的句子,句逗总弄得参参差差的。但他有他标准,那就是'气'"。②韩文有云:"气,水也;言,浮物也。水大而物之浮者大小毕浮,气之与言犹是也。气盛,则言之短长与声之高下皆宜。"这段文字也一举奠定了文气论在古文文章学中的枢纽性地位。依托古代哲学气论的发展,文气论的内涵亦有所延展。如苏辙《上枢密韩太尉书》:"以为文者,气之所形。然文不可以学而能,气可以养而致。"李淦《文章精义》引《吕氏童蒙训》谓:"韩退之《答李翱》、老泉《上欧阳公书》最见为文养气之妙。"③有论者曾结合宋代理学的气论与全真道的影响,全面阐述元代陈绎曾以养气为中心的作家修养论④。张镃《仕学轨范》亦引徐积语谓:"人当先养其气,气全则精神全。其为文则刚而敏,治事则有果断,所谓先立其大者也。故凡人之文必如其气。"⑤都主张通过作者个人素养的完善和提升文章之气韵,初步指向和打通文如其人的命题。

明代唐宋派旨在赓续唐宋名家古文传统,并将连同养气在内的文气说也一同加以容受:"为文必在养气,气充于中而文溢于外,盖有不期然而然者。如诸葛孔明《前出师表》、胡澹庵《上高宗封事》,皆沛然腑肺中流出,不期文而自文,谓非正气之所发乎?"⑥气之激浊扬清,衍生出种种不同的文风:"余谓文气当如《乐记》二语曰:'刚气不怒,柔气不慑。'"⑦《游艺约言》提出"文有怛气,有胜气"⑧。姚鼐的阴阳刚柔说亦始自天地之气:"鼐

---

① 徐复观:《中国文学中的气的问题——〈文心雕龙·风骨〉篇疏补》,《徐复观全集 中国文学论集》,第310页。
② 朱自清:《经典常谈》,《朱自清古典文学论文集》(下),第714页。
③ 李淦:《文章精义》,王水照编:《历代文话》第二册,第1214页。
④ 祝尚书:《宋元文章学》,第79—93页。
⑤ 张镃:《仕学轨范·作文》,王水照编:《历代文话》第一册,第308页。
⑥ 归有光:《归震川先生论文章体则》,王水照编:《历代文话》第二册,第1717页。
⑦ 刘熙载:《艺概·文概》,王水照编:《历代文话》第六册,第5571页。
⑧ 刘熙载:《游艺约言》,王水照编:《历代文话》第六册,第5598页。

闻天地之道,阴阳刚柔而已。文者,天地之精英,而阴阳刚柔之发也。惟圣人之言,统二气之会而弗偏。"①姚鼐阴阳气论复为近人吴曾祺所承继:"阳气之文,其才力充盛,足以凌盖一世。其失也,如武夫得志,遇事作色,其患在粗;阴气之文,其气度舂容,足以包罗万有。其失也,如病夫对客,辍息待续,其患在弱。"②阳气、阴气之文分别以韩、欧文为正格。曾国藩"则由言阴阳者而言四象"③,演为"古文四象"说。王葆心也主张以文气来区别不同的文章风格:"吾观宋人论文以和气、英气分文品,则欧、苏对举;以厚重、轻婉分文气,则韩与欧对举,欧又与曾对举。"④《古文辞通义》按照体用之别将"以气总文"划为精粗两类,与姚鼐将"神、理、气、味"作为文之精者,以"格、律、声、色"作为文之粗者的划分方式如出一辙。其精者,由本体切入,阐述"养气"对文章的重要性,远绍曹丕气论而来;其粗者,从"气"的作用出发,申述不同性质的"气"对行文所产生的异质效果,与姚鼐阴阳刚柔说为近。

此外,《古文辞通义》还探讨了历代文论中与气并提的志、情、敬、诚、理等文论范畴之间的联系。在气与志的问题上,王葆心尤其受到其师邓绎气以养志说的影响。《文心雕龙》谓:"气以实志,志以定言。"已然触及气与志的关系。所谓志,是作者主观的情志、思想和观念,如刘熙载《艺概》谓:"志者,文之总持。文不同而志则一,犹鼓琴者声虽改而操不变也。"⑤邓绎《云山读书记·圣尼篇》则云:"气之养志,犹水之养鱼,水盛则鱼乐,气充则志强,其志定而天人应之可以立言、可以立事……虽然,养气必知言,诚意必致知。意之所至,气亦至焉。意、气,一物也。"⑥在其基础上,王葆心进而提出,"气也者,必有志以率之……志率气又必本乎诚",强调行文以诚为本的观点。他将上述种种概念尽皆归于养气本原论,符合宋儒静以修身、正心诚意的主体性取向。

---

① 姚鼐:《论文集要》卷一,王水照编:《历代文话》第六册,第 5777 页。
② 吴曾祺:《涵芬楼文谈》,王水照编:《历代文话》第七册,第 6580 页。
③ 朱东润:《古文四象论述评》,《国立武汉大学》(文哲季刊),1935(2),第 291—315 页。
④ 《古文辞通义》,第 7592 页。
⑤ 刘熙载:《艺概·文概》,王水照编:《历代文话》第六册,第 5570 页。
⑥ 邓绎:《云山读书记》,《晚清四部丛刊》第五编,子部 64,台中:文听阁图书有限公司,2012 年。

此外,既有依仗哲学气论范畴"形而上"的文气论,也有"形而下"、更接地气的文气论。吟诵古文之际,气息之高下短长、音节的错落有致,无疑是另一种更具象、更有律可循的文气论:"音律者,声也。通于声之抑扬徐疾,则敛于气矣。"①因声求气同样可以追溯到孔子的"辞气"说:"欲求声调,则自出辞气,远鄙倍始。"②在古文文章学的理论体系之中,对古文声调音节的探讨更多偏于细节技巧而非本体宏论:"作文至谈声调固是下乘,然虽大家亦必自成音节。"③姚鼐将声音划入文之粗者,而刘大櫆对音节更多加留意:"神气者,文之最精处也;音节者,文之稍粗处也;字句者,文之最粗处也……盖音节者,神气之迹也;字句者,音节之矩也。"④"因声求气"说已初具雏形。梅曾亮谓:"其能成章者,一气者也。欲得其气,必求之于古人。周秦汉及唐宋人文,其佳者皆成诵乃可。夫观书者,用目之一官而已,诵之而入于耳,益一官矣,且出于口,成于声,而畅于气。"⑤与梅曾亮为讲友的曾国藩也重提桐城派有所涉猎而未引起足够重视的音节问题,《古文辞通义》为之一一摘出。湘乡派受曾氏影响亦对此伸张扬厉,如吴汝纶谓:"张廉卿初见曾文正公,公朗诵此篇,声之抑扬诎折,足以发文之指趣。廉卿言下顿悟,自此研讨王文,笔端日益精进。"⑥

王葆心少时受业于族叔王皆裕,即学习讽诵之法:"其敛气纵声处,听之殊令人穆然意静也。"⑦并主张熟读前代名文,自能领会文章音节之妙:"声调之事,基于读文。"他援引黄州经古书院业师周锡恩的熟读理论,认为读文之法在清代受到特别重视的契机在于明代举业备考之习,同时这也是造成明代唐宋派、清代桐城派"以古文为时文"这一印象的重要原因之一:"余尝考近日文家群阐读文之奥秘,其传首归熙甫之读《史记》,尔后桐城诸老下及曾文正均举以为心法。考其悟到此境之奥,窃以为实原于

---

① 唐文治:《国文经纬贯通大义序》,王水照编:《历代文话》第九册,第 8240 页。
② 陈澹然:《晦堂文钥》,王水照编:《历代文话》第七册,第 6793 页。
③ 朱景昭:《论文蒭说》,王水照编:《历代文话》第六册,第 5746 页。
④ 刘大櫆:《论文偶记》,王水照编:《历代文话》第四册,第 4109 页。
⑤ 梅曾亮:《与孙芝房书》,《柏枧山房文集》卷二,台北:华文书局,1969 年,第 91 页。
⑥ 吴汝纶:《平王介甫泰州海陵县主簿许君墓志铭》,《古文辞类纂》卷四十八,北京:中国书店,1986 年,第 902 页。
⑦ 《古文辞通义》,第 7248 页。

力攻八股。"①他强调,"盖文章入手要在音节……欲求音节入古,必先讽咏名篇",②又引梅曾亮《台山论文书后》论善读文者为养气一节,谓其"以文家养气一大公案泄之于读文中,举千古作文秘奥,归之读法中",视诵读为养气之方。其弟子徐复观在此问题上也有申说,指出文章中的气必须通过贯注于文字的声得到完整的呈现,"王季芗师《古文辞通义》卷一一引舒白香《论诗》谓'感人之深在乎声,不在于义'。这是很深刻的体认"③。

王葆心注意到,从历代文章发展趋势来看,文章声调论的重心渐从骈文移至散文理论:"古人论文,只以声调论骈文,不以声调论散文……若于散文中论声调,则自姚、曾大畅其说,而两种文之旨一合矣。"④与之形成对照的则有如刘师培所言:"文之音节本由文气而生,与调平仄讲对仗无关。有作汉魏之文而音节甚佳,亦有作以下之四六文而不能成诵者,要皆以文气疏朗与否为判。"⑤但关于文气与音节的看法,两人实有殊途同归之处。

三、文之章法

《古文辞通义》通篇谈论古文之法,不仅包括读法、讲法和作法这些古文习得的三段式方法论,实际上作者也尝试通过揭示文学发展的普遍规律来描述和逼近更为隐秘而难以言喻的古文法度。本节以《古文辞通义》对桐城方苞抑柳论的梳理为切入口,考察桐城派对相对抽象的古文法度的基本理解和实际分寸,以及王葆心对文之章法的具体掌握。

(1)方苞抑柳论

桐城派取法唐宋古文而创始者方苞却唯独对柳宗元文章评价较低这

---
① 《古文辞通义》,第7418页。
② 同上书,第7247页。
③ 徐复观:《中国文学中的气的问题——〈文心雕龙·风骨〉篇疏补》,《徐复观全集 中国文学论集》,第300—303页。
④ 《古文辞通义》,第7250页。
⑤ 刘师培:《汉魏六朝专家文研究》,王水照编:《历代文话》第十册,第9574页。

一现象早已为不少研究者所留意。《方苞抑柳谈》指出,方苞宗法昌黎、拘于义法是造成这一现象的主要原因①;也有研究从李绂与方苞对柳文的评价分歧入手,强调这是由于双方所主张"文"与"道"、"理"与"辞"分合关系的不同所致②。《古文辞通义》也对此段文学公案作了完整梳理:"吾观方氏之去取八家文,其所疵议者,如柳氏则多以戌削之意驳议之,于欧氏则多以删省之法行之。当时刘海峰《八家文钞》宗依之,而袁简斋《诗话》持论非之,要以李穆堂攻之尤力,其《别稿》中有二书与方氏论所评柳文、欧文,各附以论方氏评语四十八九条,皆足以发方氏之固。此亦文家公案之宜解释者也。"③

方苞评论柳文的基本材料,大致有以下几个来源:《方望溪文集》中直接评论柳文的文字,《古文约选》中的《柳文约选》(以下简称《方选》),《方望溪遗集》中的《评点柳文》(以下简称《方评》),《新见方苞评点柳文辑略》④(以下简称《集略》)以及李绂《穆堂别稿》中《与方灵皋论所评柳文书》⑤所附方苞来信评语(以下简称《李书》)。李绂致方苞《与方灵皋论所评柳文书》,附有方苞四十九条评语。观其所附评语,李绂所见文评当与《方评》来源一致,但如《岳州圣安寺无姓和尚碑》《陆文通先生墓表》《送文畅上人登五台遂游河朔序》《岭南节度飨军堂记》《与杨京兆凭书》《与顾十郎书》《与杨海之疏解车义第二书》等若干条评语,未被收入《方评》整理本中。

在上述评论材料中,《方评》《集略》《李书》持论见解相仿,而《方选》篇目虽少,对柳文个别篇目的评价与前三者存在不少偏差,如《方评》论《封建论》"议论英发,而筋骨或懈",《方选》谓之"此篇及《守道论》劲峭盘屈,通体不懈。必永叔以后所造渐深,而尽革旧体者",至有前后完全相反处;

---

① 刘梓钰:《方苞抑柳谈》,《天津师范大学学报》(社会科学版),1980年第6期,第74—76页。
② 张维:《唯其理之是,唯其辞之是——从李绂、方苞评点柳文的异同再论"义法说"》,《广西民族大学学报》(哲学社会科学版),2007年第29卷第1期,第166—170页。
③ 《古文辞通义》,第7260页。
④ 孙麒:《新见方苞评点柳文辑略》,《古籍研究》编辑委员会编:《古籍研究》(第57—58卷),合肥:安徽大学出版社,2013年,第347—353页。该文按照他书所无之点评、他书所无之旁批、见于他书但表述相异处对方苞评点批注明刻本《柳文》加以辑录,总共有一百九十余处,三分之一为新见材料。
⑤ 李绂:《与方灵皋论所评柳文书》,《穆堂别稿》卷三十六,《清代诗文集汇编》第233册。

《方评》论"馆驿使壁记"为"正大雅饬,柳文之无疵者",《方选》则谓之"意义了不异人,以字句仿三《礼》、《内外传》,遂觉古光照人。李习之论文'造言与创意并重',有以哉",侧重点也有转移。《方选》作于雍正十一年(1733),尚无明确材料能够表明《方评》与《方选》之间的关系,《方选》所选柳文篇目也远远少于《方评》《集略》《李书》所评、所附,后三者或皆为编纂《方选》所作之储备。

《李书》主旨有二,一是认为方苞诋柳太过,为柳文回护:"大概于浑发论议、援据旧闻者,即指为俗套。旁论曲证者,即诋为丑态。然此数者,原本经传,自秦汉迨唐作者皆庸之,似未足为柳州病,亦未可执以为文禁也。至于语句稍古拙者,即目以稚……即有未善,何至于稚?"①二是提出李绂个人对柳文的平心之论,柳文虽有理亏之处,亦有文体擅胜之所:"或者以矜气临之,以易心出之,执己说以绳古人,虽其词句有本者,亦不及详审,遂不觉其诋之至于斯耶?鄙意尝谓柳文之不足者,在理不在词气。盖柳州于大道未明,故表启诸篇,苟随世俗,非圣贤奏对之旨,至诸僧塔铭及赠僧之作,于理尤谬,故词亦弊弱,而书序论记散体大篇,则辞气雄深雅健,诚如昌黎所云。"此外,李绂尚有《与方灵皋论所评欧文书》《与方灵皋论所评韩文书》,前者认为方苞所用欧文选本欠佳,后者所附韩文异议大大少于柳文,可见李绂与方苞之间分歧最大的仍然要属对柳文的评价。不过,李绂也有赞成方苞对柳文痛下针砭处。如论《乘槎说》,方苞于"圣人至道之本"旁批"不可通",李绂则云:"此解诚难通驳之,甚是,盖柳于理固多不足也。"论《东海若》:"此等文之丑恶转无所用指摘。"李绂亦谓:"所评确甚,一字不可易。"《东海若》以粪水为喻,与雅洁相去甚远,无怪乎其以丑恶诋之。

方苞《古文约选序例》于韩愈、欧阳修、王安石古文多有阐发,而提及柳宗元,仅以"子厚文笔古隽,而义法多疵"寥寥一句带过,其倾向已不言而喻。《书柳文后》一文,也集中表达了对柳文的诸多不满:"子厚自述为文,皆取原於六经,甚哉其自知之不能审也!彼言涉于道,多肤末支离而

---

① 李绂:《与方灵皋论所评柳文书》,《穆堂别稿》卷三十六,《清代诗文集汇编》第233册。

无所归宿,且承用诸经字义,尚有未当者;盖其根源,杂出周、秦、汉、魏、六朝诸文家,而于诸经,特用为采色声音之助尔。故凡所作效古而自汩其体者,引喻凡猥者,辞繁而芜,句佻且稚者,记、序、书、说、杂文皆有之,不独碑志仍六朝、初唐余习也。其雄厉、凄清、酿郁之文,世多好者,然辞虽工,尚有町畦,非其至也。"①方苞对柳氏山水游记向来评价较高,以为足与韩文并肩而立,并推测是其晚作,故合乎"取道之原"。柳宗元论辨诸篇亦颇受其青睐,外此者则多为负面评价,《方选》旁批中多次出现"稚""佻""晦""丑"等字,以及"稚晦""稚拙""俗套""恶套""恶道"等语。其中,由于《方选》毕竟是用作文章楷模以垂范后世的选本,所选柳文篇目尚且多为方苞所认同,因此方苞抑柳论主要集中在以《方评》为主的批评文本之内。如其所见,方苞对柳文的抵触根源或在于雅俗之辨。

细绎之,一是方苞认为柳文未脱六朝骈文习气。如《方选》论《与李翰林建书》:"相其风格,不过与嵇叔夜《绝山巨源书》相近耳。"②方苞以为,柳氏在古文中广泛使用四六对句,日后遂启衅为明代八股文章的格律,实属古文骈化的始作俑者,罪不可赦。又如《方评》论《柳宗直西汉文类序》"森然"至"价可也"一句:"自明以来陋习,皆此等为之先驱。"③亦此意也。二是方苞认为柳文用典有过分招摇之嫌,且不避俗嫌,失之于滥。其论《送幸南容归使联句诗序》:"援古证今,近世村师幕宾皆用此为活。"论《送苑论登第后归觐诗序》"遐登王粲之楼"句"以古迹点缀,亦恶道"。论《送严公贶下第归兴元觐省诗序》"有魏绛之金石焉"句"又用此伎俩"。④ 三是认为柳文不符或有损散文体制,柳文喜好以韵入散,方苞则以破体为卑。如其论《东明张先生墓志》"或曰先生"句:"前后韵语,而间以问答,散文铭辞无是体。"论《兴州江运记》:"文近颂铭,不以入散体破坏格制。"此外,方苞多次指摘柳文刻意排比,往往落入程式窠臼。《方选》论《永州新堂记》:"篇末比拟语,在子厚偶一为之尚不觉,更效之则成俗套

---

① 方苞:《书柳文后》,刘季高校点:《方苞集》(上),第112页。
② 方苞:《古文约选评文》,王水照编:《历代文话》第四册,第3970页。
③ 方苞:《评点柳文》,《方望溪遗集》,合肥:黄山书社,1990年,第146页。
④ 同上书,第150页。

矣。"①《方评》论《箕子碑》:"数语卓立,惜前幅体制不雅。"论《故叔父侍御府君墓版》"孝如方舆公"等三段排比曰"俗套"。方苞之所以不遗余力地排诋柳文的俗滥体制和韵文习气,自然是为了凸显其崇尚雅洁文辞和谨遵散朴义法的古文取向,故"其所不取,皆其所短者也"②。但方苞抑柳之论对桐城文风影响深远,极严义法之别也早已埋下日后讲求文法渐入于细的弊端。

(2) 桐城派与古文之"法"

方苞于柳文之苛评,在桐城派后学内部亦殊为可怪,或为之纾解,或为之矫枉。如姚鼐评《与李翰林建书》:"子厚永州与诸故人书,茅顺甫比之司马子长、韩退之,诚为不逮远甚。而方侍郎遽云:相其风格,不过如《与山巨源绝交书》,则评亦失公矣。"③指出方苞对柳文持论严苛。吴德旋《书柳子厚文集》亦云:"灵皋方氏论退之永叔诸家之文当矣。而深致贬于子厚为失中。子厚遭贬谪后,文格较前进数倍,其所与诸故人书,恻怆呜咽,虽不足与司马子长争雄,固是杨子幼之亚。而灵皋以稽叔夜方之,非知言之选也。辩列子以下诸篇,虽使子长为之,殆无以过。班彪固父子所不能及,记柳永诸山水及他杂文,时出入屈原、庄周、崔蔡,固不足多,郦道元之徒又宁足道耶?子厚文士之杰,其所论著,虽不概于儒者道,然亦往往有合者,而词特研妙,足以使人爱玩乐之忘疲……讵得谓子厚非韩敌也而遽少之哉?"④也为柳文打抱不平。马其昶为《集略》题跋谓:"吴挚父先生尝笑谓:吾辈读柳文,几仰若天人,方侍郎乃殊不快意,时摘其瑕类,何识量之相悬邪,即谓此平也。"⑤则吴汝纶等虽亦以方苞评论柳文为过苛,但仍尊其为意见领袖,将个中原因归结为见识高下有别。林纾在马其昶

---

① 方苞:《古文约选评文》,王水照编:《历代文话》第四册,第3972页。
② 《古文辞通义》,第7737页。
③ 姚鼐:《古文辞类纂》卷二十九,第599页。
④ 吴德旋:《书柳子厚文集》,《初月楼文钞》卷一,《清代诗文集汇编》第486册,第8页。
⑤ 马其昶语,转引自孙麒:《新见方苞评点柳文辑略》,《古籍研究》第57—58卷,合肥:安徽大学出版社,2013年,第347—353页。

处也曾亲见"望溪手定柳州读本,往往有红勒者,因叹人生嗜好之殊"①,并称赞柳宗元为人杰,亦对方苞诋柳颇为不解。陈衍谓"桐城人号称能文者,皆扬韩抑柳,望溪訾之最甚,惜抱则微词"②,也指出了桐城派诸家唯方苞抵柳甚严的现象。

至于桐城派以外,对方苞苛评柳文一事,间有持平息讼者,亦不乏直指方氏为狭陋,以时文为古文,故不揣本末以蠡测海,有自取其辱之嫌。如章士钊《柳文指要》"方望溪之视柳集"一节引钱大昕谓方苞不读书及跋方氏文,并逐条驳斥方评③,章氏一书原本即为柳文张目而作,故其诋斥方氏不自量力、菲薄前贤也在情理之中。其中,王葆心认为吴德旋不存门户之见,所论颇为公允,并追究方苞抑柳论的深层次原因仍是文人相轻之故,不以为然:"此盖针对望溪《书柳文后》之作,而明其说之不然。是亦可为桐城后学不肯阿好之证也。吾又考方氏之疵议八家文,盖即本其删定管、荀二子之法而广之。其去取《荀子》,则自引韩子欲削荀氏之不合者,附于圣人之籍,而证其为宗韩之旨。其去荀之悖蔓复俚佻之例,即用之于疵议柳文之中,乃大开今人辑补、校订古书之例法,其评本今犹在也。夫必欲申其疵议之志,则明太祖曾命儒臣删订《孟子》至八十余处之多,何况《荀子》乎?而且宋世不足意《孟子》者,尤不止一二家也,此亦文家相轻之习故也。"④

不过,对于陈寿祺以经术衡文并斥方苞不究义法(《与陈石士及友人书》)的观点,王葆心则坚决否定,并连同李绂、钱大昕与方苞之间的聚讼纷争一起,为方苞辩诬:"望溪文义法最严,但惜其太究义法耳,云不究亦未足服其心。巨来乃陆、王之学,晓征与陈氏乃汉学,其相讥者特学术宗旨不合,故并薄其文。至望溪删改子史乃沿宋派经家之失,亦未可过于归罪。此则不可不辨者也。"⑤陈寿祺的批评隐隐指向汉宋之争背后文章与学术的两歧,故而有失偏颇。王葆心指出,正因为方苞对古文"义法"分外

---

① 林纾:《韩柳文研究法》,王水照编:《历代文话》第七册,第6476页。
② 陈衍:《石遗室论文》,王水照编:《历代文话》第七册,第6735页。
③ 章士钊:《柳文指要》(下),上海:文汇出版社,2000年,第1189页。
④ 《古文辞通义》,第7262页。
⑤ 同上书,第7378页。

看重,方才有抑柳之举:"方氏之文以戌削简净为家法,故一切以之绳责古人。其所自得者在此,而其短亦在此。持以绳古,本非通识,然自是遂衍成桐城一派矣。读方、刘、姚选本者须审知之。"①方苞抑柳论固然引发诸多争议并饱受质疑,却也揭示了桐城派及其后学对笃守义法的不同见解。

(3) 谨遵法度与出神入化

文话著作的核心任务之一是描述和归纳为文之法,使学古文者能够借此掌握一套可复制的套路范式,通过反复操练后不断进阶,并期待最终完成对原始机械方法论的超越。既要明确古文写作的技巧,又要求超脱其束缚,这一近似蝉蜕式的学习过程,处处充满了有法与无法的矛盾:"文须神明于法,而不为法拘。"②古文法度如同神而明之的戒条,若一一奉若圭臬,则有束手束脚之弊,虽曰文成而法立,于初学者总有难惬意处。如陈用光序叶元垲《睿吾楼文话》云:"是故欲免杜撰之病者,必切究为文之法。然有斤斤于法而于法仍不合者,非法之难合,殆知文法之难其人也。"③在历代复古文学运动中,以行文法度作茧自缚者屡见不鲜。明代唐顺之谓:"汉以前之文,未尝无法,而未尝有法,法寓于无法之中,故其为法也,密而不可窥。唐与近代之文,不能无法,而能毫厘不失乎法,以有法为法,故其为法也严而不可犯。"④并进一步指出"所谓法者,神明之变化也"。⑤ 前人文章往往暗合法度,随心所欲而不逾矩,故知有法而后能穷尽纵横恣肆之变化,一如姚鼐《刘海峰先生寿序》所云:"为文章者,有所法而后能有所变,而后大。"也即林纾阐释汪琬所云"能入而能出"者:"入者,师法也;出者,变化也。"⑥起先或专于一家,最终目的是融会贯通而自成一家。

也有论者从文无定法而有章法的角度来解释文有章法与文无定法之间的矛盾现象:"古人文有一定之法,有无定之法。有定者,所以为严整

---

① 《古文辞通义》,第7263页。
② 顾云:《盋山谈艺录》,王水照编:《历代文话》第六册,第5861页。
③ 陈用光:《睿吾楼文话序》,王水照编:《历代文话》第六册,第5357页。
④ 唐顺之:《董中峰侍郎文集序》,《荆川先生文集》(六)卷十,《四部丛刊》本。
⑤ 唐顺之:《文编序》,《荆川先生文集》(六)卷十,《四部丛刊》本。
⑥ 林纾:《春觉斋论文》,王水照编:《历代文话》第七册,第6410页。

也;无定者,所以为纵横变化也,二者相济而不相妨。"①有法与无法时有相宜互济之理,文从字顺者不妨变化,怪怪奇奇者则需要法度约束。孙奕《履斋示儿编》引魏掞之由韩文中得四字文法,曰"奇而法,正而葩":"文贵乎奇,过于奇则艳,故济之以法。文贵乎正,过于正则朴,故济之以葩。奇而有法度,正而有葩华,两两相济,不至偏胜。"②如前所述,清初方苞持守古文戒律尤严,将多项内容悬为古文禁格,也为此备受诟病。论者多主张不拘于法,只对初学者网开一面,如章学诚《文史通义·古文十弊》其九云"古人文成法立,未尝有定格也",对塾师传授时文法度虽持批评态度,"然为初学示法,亦自不得不然,无庸责也"。③

　　曾国藩在《复陈右铭太守书》中列出多项古文禁约,持论以法为本,以气为末:"明兹数者,持守勿失,然后下笔,造次皆有法度,乃可专精以理吾之气,探求韩公所谓与相如、子云同工者。熟读而强探,长吟而反复,使其气若翔翥于虚无之表,其辞跌宕俊迈而不可以方物。盖论其本,则循戒律之说,词愈简而道愈进;论其末,则抗吾气以与古人之气相翕。"邓绎曾指摘其"先法而后气"的论述,实为舍本逐末之举,王葆心为之阐释:"谓专恃戒律而不深求天命道气之本,探原于六艺以厚积文章之胎元,斯乃卑卑不足道耳。盖大畜文章之本原为一事,讲求戒律以为文又属一事。"此外,王葆心也曾援引其师邓绎《藻川堂文集》批评以湘乡派曾国藩为首的古文持戒之论:"其论文之旨,先法而后气,既显异于昌黎,而所谓法者,又不过能持戒律数端而止,皆古人之浅浅者也。"反对将讲求文法置于文气之前的观点。不过,他再三强调,邓氏本意不过是取法乎上,并反驳李扬华(与邓绎同时人)的观点,力陈桐城派绝非斤斤于词句之间,为桐城文章辩白分说:"盖桐城于格律声色之外,尚有神理气味之妙,桐城之为桐城,非竟域此而止也。"④这透露出他虽对桐城有追慕认同之意,但对其严守义法也持保留意见。

---

① 姚鼐:《与张阮林》,《惜抱先生尺牍》卷三。
② 孙奕:《履斋示儿编》,王水照编:《历代文话》第一册,第441页。
③ 章学诚著,叶瑛校注:《文史通义校注》,第508—509页。
④ 《古文辞通义》,第7138页。

王葆心曾述及黄州经古书院周锡恩与张之洞问答一事:"余尝闻周是园先生言称其在岭南,见张文襄相国,问相国平生为文何法。曰:'我文无法,但平实耳。'余尝绎思其言,文襄曾自言受古文法于舅氏朱伯韩。伯韩为梅柏岘讲友。是文襄初亦导源桐城,即其所立平实之宗,犹是望溪有序有物之旨。其卒乃自明无所法,则其意殆在假途于桐城而不宿于桐城乎?观其平昔论古文,而归其要旨则曰实,实即有物之谓也。于两义复有取舍,何居?推其用意,殆有见于世之宗桐城者多知有序矣,而其病无不失之无物。"①除推演张之洞文学渊源外,也表达了对桐城派末学过分看重形式法度(言有序)而忽视实质内容(言有物)的担忧,则古文法度于桐城派可谓成也萧何败也萧何。

四、时文格法论

北宋王安石变法改革科举以经义取士,经义文被视作明清八股文的雏形:"北宋'新党'推行的'经义'文经过一系列曲折变化,后来却与源自'元祐学术'的道学思想结合起来,演化成了明清科举的'八股文'。"②诗赋帖经本与古文无涉,而内容充实、文从字顺的经义文成为时文与古文之间界限模糊的发轫和先导。经过南宋永嘉学派作者的改造和创新,经义文的格式化和套路化不断加深,这一形式主义的追求倾向在当时就受到诸多抨击:"韩、柳、欧、王、曾、苏,以文章擅天下,莫非科举之士也。今不利场屋而名古之文者,往往多未尝识珉者也,又安知玉哉!"③经义取士制度下催生的时文与古文也存在着复杂的共生关系:"科举势盛之时,乃遂觉其与古文动辄有关,其端盖远肇宋人。"④刘将孙《题曾同父文后》则谓时文所需技巧储备更在古文之上:"文字无二法。自韩退之创为古文之名,而后之谈文者,必以经、赋、论、策为时文,碑、铭、叙、题、赞、箴、颂为古文,不

---

① 王葆心:《余任直史论序》,《晦堂文钞》。
② 朱刚:《唐宋"古文运动"与士大夫文学》,第394页。
③ 陆游:《答邢司户书》,涂小马校注:《陆游全集校注·渭南文集校注》,杭州:浙江教育出版社,2011年,第337页。
④ 《古文辞通义》,第7126页。

知辞达而已,时文之精,即古文之理也。予尝持一论云:能时文未有不能古文,能古文而不能时文者有矣。"①时文与古文的纠葛在明清之际达到顶峰。《古文辞通义》存在着古文优于骈文、骈文优于时文的文章内部层级观,"解蔽篇"第十四曰"不能脱科举习气而虚枵无实际也",显现出对时文掺入古文的摒弃,不过王葆心仍倾向于从写作技法论层面吸纳和运用时文训练的积极成果。

(1) 古文与时文

科举至明清八股文章取士,其所显现出的弊端已臻于极:"《五经》诸子,则割取其碎语而诵之,谓之蠡测;历代诸史,则抄节其碎事而缀之,谓之策套。其割取抄节之人,已不通经涉史,而章句血脉皆失其真。"②虽亦有持论将古文与时文视为完全对立者,如魏禧:"或问:何以为古文?曰:欲知君子远于小人而已矣!欲知古文远于时文而已矣!"③但更多人却看到了时文与古文之间互通互鉴的可能性:"文章之体变矣。然体虽变,而法则同,古文者,散八股也,八股者,整古文也。"④吕留良亦云:"八股与诗、古文只体格异耳,道理、文法非有异也。"⑤清代制义名家梁章钜谓八股源于古文,是古文的支脉:"愈《与崔立之书》深病场屋之作,修知贡举以黜刘几等,以挽回风气,则八家之所论著其不为程试计可知也。茅坤所录,大抵以八比法说之;储欣虽以便于举业讥坤,而核其所论亦相去不能分寸。夫能为八比者,其源必出于古文,自明以来,历历可数。坤与欣即古文以讲八比,未始于非探本之论。然论八比而沿溯古文为八比之正脉,论古文而专为八比设,则非古文之正脉。"⑥尽管这些表述背后都有着不同的现实诉求,时文与古文相辅相成是大多数明清文家的共识。

实际上,为应付科举考试而采取的学习和训练方法对古文的写作不

---

① 刘将孙:《题曾同父文后》,《全元文》第 20 册,第 373 页。
② 杨慎:《升庵集·论文》,王水照编:《历代文话》第二册,第 1665 页。
③ 魏禧:《日录论文》,王水照编:《历代文话》第四册,第 3612 页。
④ 赵吉士:《万青阁文训》,王水照编:《历代文话》第四册,第 3316 页。
⑤ 吕留良:《吕晚邨先生论文汇钞》,王水照编:《历代文话》第四册,第 3327 页。
⑥ 梁章钜:《退庵论文》,王水照编:《历代文话》第五册,第 5160 页。

为无益。祝尚书将明代"以古文为时文"的提法追溯至南宋的时文"以古文为法",并认为这促成了文章学赖以成长和发展的基础①。明代唐宋派在古文与时文互相为用的过程中起到了重要的催化作用,"以古文为时文"的倡议始于明代唐顺之、王慎中、茅坤、归有光等人:"以古文为时文自唐荆川始,而归震川又恢之以闳肆。"将古文技巧化用至时文写作,一定程度上提升了时文的地位,如明末八股名家项煜所云:"夫痴重木钝而名之为古文,古文不服也;庸熟浅俚而名之为时文,时文不服也。真能为古文,如汉贾马、唐宋四大家,生气奕奕,何尝不时?而真能为时文,如震川、复所、义仍诸先辈,高文大笔,岂复逊古哉?"②因而风靡一时。

《古文辞通义》首先对"以时文为古文"和"以古文为时文"的概念有所轩轾:"方其盛时,陋者援时文以为古文,高者且能援古文为时文。"明代归有光是"以古文为时文的集大成者,最终完成对明代八股文的革新","突破八股的束缚,化时文为古文"③。其次,明确提出"古文为时文"主张的则是桐城方苞。方苞奉敕选编《钦定四书文》,辑录明清优秀时文及当时的评语,作为程式文章的标准:"明人制艺,体凡屡变。自洪、永至化、治,百余年中,皆恪遵传注,体会语气,谨守绳墨,尺寸不逾。至正、嘉作者,始能以古文为时文,融液经史,使题之义蕴,隐显曲畅,为明文之极盛。"④而钱大昕《与友人书》则借他人之言批评方苞是"以时文为古文":"王若霖言:灵皋以古文为时文,却以时文为古文。方终身病之。"⑤遂启衅端。为方苞辩护者层出不穷:"论者谓灵皋古文每有时文气,其时文则纯以古文之法行之,故集中篇篇可读。"⑥为此,姚鼐有意拉开古文与时文的距离:"东汉、六朝之志铭,唐人作赠序,乃时文也,昌黎为之则古文矣。明时经艺、寿序,时文也,熙甫为之则古文矣。"⑦因方苞"于古文、时文界限,犹有未

---

① 祝尚书:《宋元文章学》,第61—78页。
② 左培:《书文式·文式》卷上,王水照编:《历代文话》第三册,第3163页。
③ 孔庆茂:《八股文史》,南京:凤凰出版社,2009年,第113—119页。
④ 方苞:《钦定四书文·凡例》,王同舟、李澜校注:《钦定四书文校注》,武汉:武汉大学出版社,2009年,第1页。
⑤ 钱大昕:《与友人书》,《潜研堂文集》卷三十三,光绪十年长沙龙氏家塾刻本。
⑥ 梁章钜:《退庵论文》,王水照编:《历代文话》第五册,第5175页。
⑦ 姚鼐:《与管异之书》,《惜抱先生尺牍》卷四。

清处",而反复论及古文习得与时文制艺之关系:"大抵从时文家逆追经艺、古文之理甚难;若本解古文,直取以为经义之体,则为功甚易,不过数月内可成也。"

从对高超行文技巧和极致形式之工的追求来看,时文有胜于古文者:"然其凝思至细,行文至密,所有近辉远映,上压下垫,反敲侧击,仰承俯引之法,反较古文为备。故工于八比者,以其法推求古书,常有能通其微意,不致彼此触碍者,则八比实足以为古文之导引。"①修习古文也有利于时文写作水准的提升。唐彪《读书作文谱》即驳斥"读古文,则文章必过高,知者稀少,反不利于功名"的说法:"吾未见有不读古文而制艺佳者,亦未有制艺佳而反不获科第者,则古文不当任过也。"②文章音节说从骈文到古文的转向,从中也隐含了以时文为之过渡的环节:"不能时文者,其古文亦不入格,此其何故也? 时文之士,从吟诵入手;不为时文之士,从观览入手也。从吟诵入手者,文有音节;从观览入手者,则昧之,然而相率诋有音节者为不脱时文气。"体现了时文对章法形式的严苛要求。

然而"以古文为时文"的号召虽有助于提升时文的格调,但客观上也确实存在混淆时文与古文界限的危险,减损古文的价值。承接明代唐顺之、归有光、茅坤而来的桐城文章将这一理路发扬光大:"其派自刘海峰、吴生甫倡于乾隆中叶,窦东皋应之,陈伯思、姚惜抱赓之。其体取之震川,其气取之《史》《汉》、八家,其义取之六经及宋五子,尊其称曰《四书》文、曰《论》《孟》《学》《庸》义而不名时文,是其证也。"③也引发诸多争议和弊端。清末科举制度废除前夕,曾仿照熙宁变法废除明经科而以经义策论试士,王葆心曾撰《经义策论要法》以为应对之方。该书推究经义体制源流,多取法南宋文家,以其兼备文章法度之故:"经义之式,必通经,必有文采。今宋人流传经义具在,皆有文法可寻。"④实际上仍然延续了以古文为时文的论调。

---

① 包世臣:《艺舟双楫·论文》,王水照编:《历代文话》第六册,第 5245 页。
② 唐彪:《读书作文谱》,王水照编:《历代文话》第四册,第 3409 页。
③ 《古文辞通义》,第 7130 页。
④ 王葆心:《经义策论要法》,余祖坤编:《历代文话续编》(中),第 1133 页。

(2) 文格

诗有诗格,赋有赋格,文有文格。清初庄元臣释"格"之一字:"格者如屋之间架,间架定,然后可以作室;格定,然后可以成文。格有翕张,有步骤,有奇正,有伸缩,有呼吸,有起伏。"①曾国藩训"格"字为"凡木之两枝相交而午错者",既有相拒之义,又有相交之义:"至于枝柯相交,长短合度,疏密停匀,俨然若有规矩……曰'体格',曰'风格';曰'格律',曰'格式';皆从此而申之……家语'口不吐训鸽之言',注'格,法也'。"②格法两字也经常连用。张伯伟指出,以"诗格"命名的著作最早在唐代出现,"其后由诗扩展到其他文类,而有'文格''赋格''四六格'等书,乃至'画格''字格'之类,其性质是一样的"③。所谓"格"指的是既定的法式和标准。祝尚书梳理了宋元文章评点本、宋元文章学专著中出现的"格""法""体""体式"等文格类著述,提出文格"是诗歌研究方法向文章学研究领域的延伸",并得出"现存宋元人的文格著作主要为科举用书"的结论。龚鹏程将评点、文话、体则文格三者相提并论,认为"体则文格的出现是受诗格诗例之启发,并由宋朝制义论格制之影响而成"④。都揭示出文格与时文的密切关系。

《古文辞通义》认为诗格始于相传杜甫律诗三十四格,"自宋以后,遂展转而入于文家",根据诗格辑佚的成果来看,其前半部分的判断显然不确,但后半部分仍然成立。在"文家格法之析分"一节中,他开门见山地点明了文格产生与科举考试的密切关系:"尝考以定格论文者,宋人最盛,至明而极,由科举兴盛所生发也。"⑤虽然文格多被用作科举活套,但王葆心认为仍有存在的必要,尚可以有资于中材以下者作文之学:"故诗有诗格,赋有赋格,文家之格杂见辑选诸家,而吕东莱《古文关键》、谢叠山《文章轨范》、唐荆川《文编》、归震川《文章指南》排比格式,言之尤备。"⑥谢枋得《文

---

① 庄元臣:《行文须知》,王水照编:《历代文话》第三册,第2231页。
② 曾国藩:《笔记》,《足本曾文正公全集》,第1760页。
③ 张伯伟:《诗格论》(代前言),《全唐五代诗格汇考》,南京:江苏古籍出版社,2002年,第1页。
④ 龚鹏程:《中国文学史》(下),北京:世界图书出版公司,2012年,第207页。
⑤ 《古文辞通义》,第7512页。
⑥ 同上书,第7569页。

章轨范》原为举业而作,文格与科举程式文章之间的密切联系,虽招致不少负面评价,亦有为之抒解者:"文格者何?如人之体格是。古之称格者,曰品格、曰风格、曰骨格,而无气格,何也?气主动,而格主静,义固殊也……格则如人独立,不动不言,自有泰山乔岳之概。"①

《古文辞通义》"文谱演例"一节辑自历代多部文论、文话,和文人别集,包括刘勰《文心雕龙》、罗大经《鹤林玉露》、陈骙《文则》、朱荃宰《文通》、袁守定《占毕丛谈》、包世臣《艺舟双楫》、曾镛《复斋文集》等,用举例说明的方法,分析以十三经为主的经典之文所涉篇法、章法、句法、字法和文法,兼及文章风格与引用义例,通论文之起局、结局、首尾照应之法。王葆心选取谢枋得、唐顺之、归有光文话著作中的文格式例,辑录其格法名称,以备一解,"诸家之格,须取本书,详其解释乃得"。谢枋得《文章轨范》所列四十三格皆本于吕祖谦《古文关键·论作文法》,既包括对古文章法布置的较高标准,也涵盖了不少具体而微的文章风格,揭示出文格范畴早期由诗格演变而来的痕迹。明代唐顺之的六十九格取自其《文编》一书。四库馆臣谓此书:"盖汇收太广、义例太多,踳驳往往不免。然顺之深于古文,能心知其得失。凡所别择,具有精意。"②唐顺之自序云:"然则不能无文,而文不能无法,是编者,文之工匠而法之至也……所谓法者,神明之变化也。"此书的目的在于垂范文法。如唐顺之评欧阳修《相州昼锦堂记》,释反题格云:"前一段依题说起,后乃归之于正,此反题格也。"③归有光的六十六格辑自《归震川先生论文章体则》。清代邵齐熊曾跋此书释题中"体则"二字:"体者,体也;则者,法也。体有定而则无定……可传者,体则;其所不传者,亦即此体则也。神而明之,存乎其人而已。"体则文格批评也是传统文章批评方法之一:"体则文格之批评,是归纳文章作法,分为体格数类,除说明各类文格特色及意涵外,并详举文章为例。"④文格、文则之类,都是通过归纳法坐收速成之效,也难免失之于呆板浅陋。

---

① 陈澹然:《晦堂文钥》,王水照编:《历代文话》第七册,第6792页。
② 《钦定四库全书总目提要》卷一百八十九,北京:中华书局,1997年,第2643页。
③ 茅坤:《唐宋八大家文钞评文》,王水照编:《历代文话》第二册,第1871页。
④ 龚鹏程:《中国文学史》(下),北京:世界图书出版公司,2012年,第207页。

除吕祖谦《古文关键》外,南宋楼昉《崇古文诀》也将文章体格作为批评角度之一加以运用。《崇古文诀》评扬雄《解嘲》,谓"此又是一样文字体格,其实阴寓讥时之意,而阳咏叹之。《进学解》、《送穷文》皆出于此"①。"体格"一词,实兼"体"与"格"两层意思而言。据其评韩愈《争臣论》"此篇是箴规攻击体,是反难文字之格",评柳宗元《与韩愈论史官书》属"掊击辩难之体",则"体"指向的是文章的功能性,而"格"更接近贯彻书写策略的固定文字套路。其评《张中丞传后序》"此论难折服格",评《与孟简尚书书》为"文字抑扬格",评《送石洪处士序》补充"后山作《参寥序》用此格",可见文格随文而赋,在在不同。

文格本质上是前人总结出来的相对固定的修辞方法和技巧,内容驳杂,并不拘泥于某一方面:"有关乎文之品致者,有关乎性质者,有关乎法律者,有属乎一时之方便者,又有属乎篇章句法者。"②《苍山谈艺录》谓"柳州文格近方""彭躬庵有萧瑟嵯峨之致,至其文格,与南雷、叔子互有出入,均微有未浑",此处所谓文格,又有取于文章风格之意。高琦《文章一贯》"立意篇"中论"为文有八格",则是针对文题所涉不同对象,定下作文立意的基调所在。王铚《四六话》云:"文章有彼此相资之事,有彼此相须之对,有彼此相须而曾不及当时事,此所以助发意思也。唐人方有此格,谓之'互换格'。"③对句前后构成互文作用以补足语意,是四六文中常用的体式,则文格范畴又可由时文、古文而行于骈文之体。与其对时文的看法相仿,王葆心标举文格也多是出于引导初学入手的考量,待熟悉套路后便可摆脱窠臼,灵便活用。

(3) 元化格

文格的推广和科举考试之间存在着密切的关系,而从文格的概念进一步精炼推演而来的还有元化格,意为优秀模范程文的基本套路。元化格又写作元灯,比如《儒林外史》里的卫体善对周进说过这样一番话:

---

① 楼昉:《崇古文诀》,王水照编:《历代文话》第一册,第465页。
② 《古文辞通义》,第7571页。
③ 王铚:《四六话》,王水照编:《历代文话》第一册,第10页。

"洪、永有洪、永的法则,成、弘有成、弘的法则,都是一脉流传,有个元灯。比如主考中出一榜人来,也有合法的,也有侥幸的,必定要经我们选家批了出来,这篇就是传文了。"①同时,中举的文章也被称为"元作",《儒林外史》中也有相关描写:"万中书道:'老先生的元作,敝省的人个个都揣摩烂了。'"有时也写作"元做":"庚午榜后顺天闱墨出,彼此叹元做甚佳,均选而读之。"②取得头名即为"抢元"。时文文话还专为此类文章设立品藻类目,如"元魁文品"③。元化格的提法最初渊源于金代状元胡砺的事迹,据《金史》列传第六十三所载:"胡砺字元化……十年,举进士第一,授右拾遗,权翰林修撰。久之,改定州观察判官。定之学校为河朔冠,士子聚居者常以百数,砺督教不倦,经指授者悉为场屋上游,称其程文为'元化格'。"④"元化格"的名称本身起初也是由胡砺的字"元化"与文格之"格"组成,从指称胡砺本人的时文写作风格逐渐演变为能够中元的应试文章体格。

温州士大夫群体在南宋时文写作中崇尚以古文为法,取得了突出成绩,"当在宋时亦有与古文相通之体格,故君举、伯恭、正则、同甫所演行于世者,号古文决科体",以陈傅良为中心的永嘉文体风靡一时。当时精通此一文体的时文高手皆别具只眼,甚或仅凭只字片语的信息,便可分辨和预判举子有无中举可能。比如,陈亮在试后曾向陈傅良转呈其应试破题作法,陈傅良旋即便推断出其考试结果,灵验非常:"陈龙川自大理狱出,赴省试。试出,过陈止斋,举第一场书义破,止斋笑云:'又休了。'举第二场《勉强行道大有功论》破云:'天下岂有道外之功哉?'止斋笑云:'出门便见"哉"。然此一句却有理。'又举第三场策起云:'天下大势之所趋,天地鬼神不能易;而易之者,人也。'止斋云:'此番得了!'既而果中榜。"⑤南宋经义、诗赋分科取士,陈傅良有弟子名蔡幼学者,"止斋知其必魁取,乃自

---

① 吴敬梓:《儒林外史》,李汉秋辑校:《儒林外史汇校汇评》,上海:上海古籍出版社,2010 年,第 232 页。
② 孙万春:《缙山书院文话》,王水照编:《历代文话》第六册,第 5884 页。
③ 左培:《书文式·文式》卷下,王水照编:《历代文话》第三册,第 3180 页。
④ 脱脱等撰:《金史》列传第六十三,《金史》第 8 册,北京:中华书局,第 2721 页。
⑤ 吴子良:《荆溪林下偶谈》,王水照编:《历代文话》第一册,第 566 页。

下赋卷,已而师生经赋俱为第一"①。不过,在永嘉诸生频频中举的背后,或也有时文优胜以外的因素:"君举访东莱,东莱语以一《春秋》题,且言破意。就试,果出此题,君举径用此破,且以语蕃叟。蕃叟,其从弟也。遂皆中榜。此盖以誉望取士,犹有唐人之意,似私而实公也。"②吕祖谦的透题,与"以誉望取士"的科举传统暗合,客观上也为陈傅良等独擅时文的名声起到了推波助澜的作用。

另据《柳南续笔》卷二"元灯"词条云:"前辈中式,有所谓元灯者,一脉相传,明眼辄能预定。闻唐荆川家居,薛方山上公车来别,荆川曰:'意君当作会元,但南京有许仲贻者,曾以窗艺来相证,君往须防其出一头地。'及榜发,许果得元,方山第二。后方山提学浙江试慈溪,得向程卷曰:'今科元也。'及试余姚,得诸大圭卷,谓向程曰:'子非元矣,有大圭在。'已,果如其言。当时文字之有定评如此。"③明代的"元灯"与金代的"元化格"虽在名称、意义上皆有所承续,而"元灯"之"元",意有取于三元及第之元,中元的考卷被称为元卷,中元的考生或被统称为元家,成为科举逸闻的一大来源。

题作明代张溥撰、张廷济续补《三元秘授》一书,多以道教术语精研制艺之道。书前伪托张溥所作《百忍堂文秘家传嘱序》交待著述源起、编纂经过和书名由来:"名之曰元灯,亦名之曰三元秘授,盖取联中三元之明灯永远足以照人也。"④该书卷二有"元灯"一篇,讲的是如何善加利用书中所选的中元文章,并达到仿效取元的目的:"法元第一要紧丹头,在我自己,先审度己力……再取元卷之近我者,先句画字读,味其口气。"在编者看来,中元文家的气象始终如一,兹有规律可循:"各科之风尚有不同,元家之衣钵无不同也。"这也是有经验者预判元卷得以成立的原因所在。为此考生在平日演练时一切都必须取法乎"元":"盖肄举子业者,定当以元为己任,平日不可乱读房稿、社稿,以定趋向。"自然是唯考试论的影响。

---

① 俞文豹:《吹剑录外集》,《知不足斋丛书》本。
② 吴子良:《荆溪林下偶谈》,王水照编:《历代文话》第一册,第585页。
③ 王应奎:《元灯》,《柳南续笔》卷二,北京:中华书局,1983年,第156页。
④ 题作张溥撰,张廷济续补:《三元秘授》卷一,清光绪十五年刻本。

《古文辞通义》谓:"其崇诀又有金人所谓'元化格'、明人所谓'元灯'者之目。'元灯'者,一脉相传,明眼一见辄能预定,如唐荆川之许薛方山、许仲贻,方山之决向程、诸大圭,其言皆验。见《柳南随笔》。"①揭示并串联起元化格、元灯、古文诀科体这一系列相互勾连的文章格式,对时文文章学的理论发展脉络有所提示。此外,作者还列举了顺治己丑年状元刘子状、榜眼熊伯龙试前名次已有定论后亦果然如彼之事,为文格(元化格)在时文应试中屡屡应验这一文学现象背书:"古人文章原有定价,造诣既成,海内公论,位置与入场丝毫不爽,故无人不服也。"②凸显了文格所具有的戏谑属性。

五、古文之助语

对文言虚词的客观体认最初源于传统经学阐释学——训诂学。西汉毛亨、孔安国用"辞"训释《诗经》中不具有实在意义的词,也写作"词"或"语词",凸显了"非义训词"区别于"义训词"的特征③,渐启实词与虚词的概念之分。《说文解字》释词:"词者,意内而言外也。"段注云:"此谓摹绘物状及发声助语之文字也。"东汉郑玄释《礼记》"何居",创为"语助"一词:"居,读为姬姓之姬,齐鲁之间语助也。"④亦作"语之助"。在训诂学和汉语史上,词、语助、助字、助词、助语辞、虚字等诸多名称虽人言言殊,所指大致与汉语虚词⑤的范畴相当。

文言虚词作为古典诗文的重要组成部分,在中国古代诗学和文章学理论占有一席之地。历代文话中的虚词批评既判然有别于传统训诂学和现代语法学的虚词研究视角,较之于诗话和词话仅囿于字法层面的虚词批评又更为宏深。王葆心专门辟出"古文之助语"一节,为古文文章学的

---

① 《古文辞通义》,第7128页。
② 孙万春:《缙山书院文话》,王水照编:《历代文话》第六册,第5976页。
③ 孙良明:《中国古代语法学探究》,北京:商务印书馆,2005年,第49—53页。
④ 郑玄注,孔颖达疏:《礼记正义》,北京:北京大学出版社,1999年,第167页。
⑤ 现代汉语的词类划分标准尚未完全统一,不同学派对虚词的界定亦有差异。古代汉语虚词分类标准也自成体系,如《古汉语语法学资料汇编》(郑奠、麦梅翘编,北京:中华书局,1964年)区分语助和虚字,又将虚字划分为起语辞、接语辞、转语辞、衬语辞、束语辞、叹语辞、歇语辞等。

虚词批评理论研究提供了切入点和主要线索。他援引《文心雕龙·章句》作为文家论助语之始："至于夫惟盖故者,发端之首唱;之而于以者,乃扎句之旧体;乎哉矣也,亦送末之常科。据事似闲,在用实切。"此段文字初步揭示了语助在文章之中以无用为用、为实义之助的基本特点,充分肯定了文言虚词在行文中的修辞作用。从文学创作的角度认识文言虚词的作用,表征了古代文章学理论的突破性发展。《古文辞通义》继承了历代文话的传统议题,将助语纳入古代文章学的视域之内,缀于《识途篇》文家格法析分之末。尽管很难说这一从语法转向修辞的举动是出自纯然理性的、学科分类自觉的清晰意识,但从文章学的角度阐发助语系统的丰富意义,本是古代文章学整体性思路的内蕴之一。

《文心雕龙·章句》是作文者论语助之始:"至于夫、惟、盖、故者,发端之首唱;之、而、于、以者,乃扎句之旧体;乎、哉、矣、也,亦送末之常科。据事似闲,在用实切。"刘知幾《史通》云:"夫人枢机之发,霣霣不穷,必有余音足句,为其始末。是以伊、惟、夫、盖,发语之端也;焉、哉、矣、兮,断句之助也。去之则言语不足,加之则章句获全。"[①]认为虚词具有补足词句完整性的作用。柳宗元《复杜温夫书》提出,文章助字用法有规律可循,于写作至关重要:"但见生用助字,不当律令,唯以此奉答。所谓乎、欤、耶、哉、夫者,疑辞也;矣、耳、焉、也者,决辞也。今生则一之。"[②]明确标举助字使用关乎文章技法,并按照语气将助字划分为疑辞和决辞两类。与唐代出现的零散虚词批评材料相比,宋代文话的虚词批评不仅数量剧增,并且由于语言学的进展在批评理论方面亦更为深入。可以说,在早期训诂学和文章论的基础上,唐宋古文为虚词在文章中的技巧性运用提供了丰富的范式和鲜活的用例,对虚词的关注和体认在中国古代文章学的成立期得到凸显。

(1) 唐宋文章学的虚词批评

唐代古文运动的领袖人物韩柳对虚词在古文创作中的运用有相当的

---

① 刘知幾著,浦起龙通释:《史通通释》,上海:上海古籍出版社,2009年,第146页。
② 柳宗元:《柳宗元集》第三册,北京:中华书局,1979年,第890页。

自觉意识。韩愈《祭十二郎文》连用三"邪"字、三"乎"字、四"也"字、七"矣"字,《画记》连用数十"者"字,《贺册尊号表》连用八次"之谓",此外,其《南山诗》连用五十多个"或""或如"和"又如",诗文皆体现出炫技式虚词使用的自觉。韩文叠用虚词的现象曾为后世如南宋陈骙《文则》等多种文话反复指陈和强调。由于虚词技巧被视为古文修辞的题中应有之义,韩诗的虚词迭用也成为造就韩愈以文为诗这一定评的重要原因。中古时期的诗歌创作出现了大量以虚词入诗的实践,罗大经《鹤林玉露》"诗用助语"条云:"诗用助语,字贵妥帖。如杜少陵云:'古人称逝矣,吾道卜终焉。'又云:'去矣英雄事,荒哉割据心。'山谷云:'且然聊尔耳,得也自知之。'韩子苍云:'曲槛以南青嶂合,高堂其上白云深。'皆浑然帖妥。"① 钱锺书曾指出诗用助语的现象,在唐代五言诗尤为特出,"五言则唐以前,斯体不多",而从其胪列的唐前诗赋杂体歌行来看,诗中语助多半仅仅集中在"而""之""哉"等数字。他举王安石诗为例,指出以虚词入诗是韩愈和王安石打通诗文界限的重要方法之一:"荆公五七古善用语助,有以文为诗、浑灏古茂之致,此祕尤得昌黎之传。"② 不过,历代诗话虽不乏虚词入诗的零星批评材料,但往往拘于字法,且远不及文话之盛,与诗歌篇幅受限难以施展有关:"诗用实字易,用虚字难。盛唐人善用虚,其开合呼唤、悠扬委曲,皆在于此。"③ 虚词入诗、诗用助语,实际上是将散文习用的一种句法或字法引入到篇幅有限的诗歌之中,从而塑造了特殊的文学景观,也打开了以文为诗、破体为新的一条通路。前揭柳宗元《复杜温夫书》亦影响深远,开启后人论文专讲助字之风气,如洪迈谓助字之开合变化难以言喻,"使人之意飞动,此难以为温夫辈言也"④,元人胡长孺为卢以纬《语助》作序,也首引柳书为证⑤。至于柳文,虽不似韩文反复叠用虚词,其虚词之用亦意匠经营,确有心得,楼昉即谓柳宗元《答韦中立论师道书》《答严厚舆

---

① 罗大经:《鹤林玉露》卷二乙编,北京:中华书局,1983年,第145页。
② 钱锺书:《谈艺录》,第69—70页。
③ 李东阳:《麓堂诗话》,北京:中华书局,1985年,第7页。
④ 洪迈:《容斋随笔》,北京:中华书局,2007年,第47页。
⑤ 胡长孺:《语助序》,卢以纬著,王克仲集注:《助语辞集注》,北京:中华书局,1988年,第183页。

论师道书》二书之助辞虚字"过接斡旋、千转万化"①。

以韩柳为代表的唐代古文家对虚词的运用规律总体仍处于欲道还休的状态，而建立在对唐代古文运动及其创作容受的基础上，宋代尤其是南宋文学批评家明确将虚字批评建构为古代文章学理论的重要一环，通过对文中虚词的增删改订而获得"牵一机而动全身"的行文效果，不少都传为文坛佳话。"《昼锦堂记》成，已送韩公矣。继而又取去，云欲重定。其重定本初无大改易，唯于首二句各增一而字耳。《岘山亭记》一置兹山之上，一沉汉水之渊，初云一置兹山，一沉汉水，因章子厚言而增改焉。"②欧阳修为韩琦作《相州昼锦堂记》，初作"仕宦至将相，富贵归故乡"，后改作"仕宦而至将相，富贵而归故乡"，添两"而"字，较之原文增添了"文义尤畅"的表达效果。此事经过最早载于范公偁《过庭录》③中，其后经久传诵不衰，清人《宋稗类钞》《退庵论文》皆辗转辑录。章惇分别以"壮士斟酒之体"和"美人斟酒之体"形容《岘山亭记》一文修改前后，足见虚词对古文音乐性和形式美的造就，起着举足轻重的作用④。虚词的使用习惯也直接影响了作者的散文风格。欧文常有纡徐委曲之态，及其所获"六一风神"的定评，与其善用虚词有着不言而喻的关联："永叔情致纡徐，故虚字多。"⑤又如王铚《默记》卷下记载："熙宁初，欧公作史照《岘山亭记》，以示章子厚。子厚读至'元凯铭功于二石，一置兹山，一投汉水'，曰'一置兹山，一投汉水'亦可，然终是突兀。惇欲改曰'一置兹山之上，一投汉水之渊'为中节。文忠公喜而用之。"增补"之上""之渊"后，音节有所延展，文气亦复逡巡绕梁，较之原文既平添几分婉约风韵，也与欧阳修的一贯文风更为契合。

中古时期文本于经的思想深入人心，四书五经等儒家经典成为文学创作和批评鉴识的典范性文本，文言虚词在文章的篇章、句式、语汇层面

---

① 楼昉:《过庭录》，王水照编:《历代文话》第一册，第454页。
② 严元照:《与汪汉郊书二》，《悔庵学文》卷一，《清代诗文集汇编》第508册，第470页。
③ 范公偁:《过庭录》，北京:中华书局，2002年，第325页。
④ 李强:《宋元散文批评视野下的〈醉翁亭记〉》，收入王水照、朱刚主编:《中国古代文章学的成立与展开——中国古代文章学论集》，第273页。
⑤ 蒋湘南:《与田叔子论古文第二书》，《七经楼文钞》，郑州:中州古籍出版社，1991年，第135页。

发挥的修辞性效用日益凸显。南宋大量文章学专书及撰述深入阐发文言虚词在篇章句法层面的修辞功能,其论述对象亦由唐宋古文扩展至更为宽泛的散文系统,虚词使用典范化的时间节点不断前移,遂有以唐宋古文为津梁而上溯先秦两汉散文之势。陈骙《文则》云:"文有助辞,犹礼之有傧,乐之有相也。礼无傧则不行,乐无相则不谐,文无助则不顺。"[1]大量引据《礼记》《论语》《孟子》《左传》经典中频用助辞句,从文章修辞的角度细致阐发虚词的意义和作用,如其标举《礼记·檀弓》"美哉奂焉"、《论语》"富哉言乎"等四字句,谓"助辞半之,不如是,文不健也"。《文则》论及语助修辞的部分后来悉数为明代朱荃宰《文通》所纂辑,而它所采用的"列条目、排例证的方式实为汉语'词例式'虚词研究的滥觞"[2]。以陈骙《文则》、陈绎曾《文说》、朱荃宰《文通》等为代表的一系列传统文话虚词批评,既凸显了虚词的修辞作用,又证以大量经典文字,对虚词使用规律进行类推,在一定程度上回归到虚词由经典训释词例累积而创生意义的原始训诂学语境,将修辞作用与训诂类比融为一体。

南宋楼昉《崇古文诀》评李斯《上秦皇逐客书》云:"此先秦古书也。中间两三节,一反一覆,一起一伏,略加转换数个字,而精神愈出,意思愈明,无限曲折变态,谁谓文章之妙不在虚字助词乎?"[3]秦汉文章固然奠定了文言语法的基本轨范,成为古文写作的取法章式,但毋庸置疑,唐宋时期是虚词技巧闪现成为文章学理论焦点的关键阶段。不仅文言虚词在唐宋诗文中得到有意识的广泛运用,也正是从中古时期开始,着眼于虚词技巧的文章学批评渐入佳境,虚词批评理论的迭进也有助于从侧面印证中国古代文章学成立和发展的时间断限。此一时期,通过对虚词的调整而改变行文表达效果的例子不再囿于古文,亦延伸至时文领域。吴曾《能改斋漫录》记载范镇与宋祁同赋《长啸却边骑》,范镇"破题云'制动以静,善胜不争'",宋祁虽自认不敌,仍然提出改进意见:"公赋甚善,更当添以二'者'

---

[1] 陈骙:《文则》,王水照编:《历代文话》第一册,第142页。
[2] 孙良明:《中国古代语法学探究》,北京:商务印书馆,2002年,第295页。
[3] 楼昉:《崇古文诀》,王水照编:《历代文话》第一册,第461页。

字,蜀公从其说,故谓之制动者以静,善胜者不争。"①添二"者"字后,通过调整句中停顿,使得节奏铿锵而更有力度。则虚词不仅在唐宋文章学的批评语境中独擅胜场,亦适用于时文创作与批评领域,这也为其之后招致的指摘和引发的反思埋下了伏笔。

擅用虚词成为唐宋古文创作的特点和文章学理论的重点,部分需要归功于对古代汉语语法规律认知的深化。宋代多种笔记明确提出了"实字""虚字"等术语②,丰富和完善了以训诂学为本的传统语义学框架,并为以虚词为切入点的文章学批评的展开奠定了基础条件。现存最早的古汉语虚词研究专著为元代卢以纬《语助》一书,书序云"是编也,匪语助之与明,乃文法之与授",点明助词是关涉文法(即作文方法)的一大枢纽,并用字词训释、句中位置、表达效果、经典举例等分析路数辨析常见助词的使用规律,虽有语焉不详处,如释"初""始""先是"三者,"意则同,但随文势用之"③,也反映出文言虚词理论认知的深入对着眼于修辞效用的文章学理论产生的积极影响。

伴随唐宋古文的大量创作实践,作为修辞技巧的虚词运用也引发了不少负面反弹。如南宋费衮《梁溪漫志》将虚词泛滥视作流行一时的文病:"文中字用语助太多,或令文气卑弱。典谟训诰之文,其末句初无'耶''欤''者''也'之辞,而浑浑灏灏噩噩,列于六经。然后之文人,往往因难以见巧。"④金人王若虚《文辨》四卷纵论唐宋古文名家诸作,对各家虚词用法亦有严格分说。其论欧阳修文云"《五代史论》曲折太过,往往支离蹉跌,或至涣散而不收。助词虚字,亦多不惬。如《吴越世家论》尤甚也"⑤,认为欧文过度信用虚词,反有损于六一风神。即便于其推赏备至的苏轼文亦有说焉:"东坡用'矣'字有不安者。"复引《超然台记》《大悲阁记》《韩文公庙碑》句,谓"此三'矣'字皆不安,明者自见,盖难言也"。此虽为一家之见,文气脉络和语感节奏也往往难以言喻,却反映了对唐宋古文以虚词

---

① 吴曾:《能改斋漫录》卷十四,《丛书集成初编》本。
② 龚千炎:《中国语法学史稿》,北京:语文出版社,1987年,第7页。
③ 卢以纬著,王克仲集注:《助语辞集注》,第77页。
④ 费衮:《梁溪漫志》卷六,《学海类编》本。
⑤ 王若虚:《文辨》卷三,王水照编:《历代文话》第二册,第1144页。

为修辞技巧的范式反拨。

祝允明响应明代复古文学思潮,否定唐宋古文,即力陈滥用虚词、以至枯瘦一项:"正言曲证,前引后申,所引不过举业之书,所申不过举业之义,实义无几,助词累倍。'乎''而'亹亹,'之''也'纷纷,皆滥觞于韩氏,而极乎宋家四氏之习也。"①将虚词泛滥的矛头对准唐宋古文。同时,由于虚词的使用技巧被引入时文写作,极易引发消极后果。明清举子为另辟蹊径,或从题中虚字入手破题,剑走偏锋,如刘熙载《艺概·经义概》云:"题有题眼,文有文眼。题眼或在题中实字、或在虚字、或在无字处;文眼即文之注意实字、虚字、无字处是也。"②《缙山书院文话》亦谓:"文之奇妙在虚字,不在实字。"③和虚词入诗制造以文为诗这一观感路径颇为相似的是,时文对虚词技巧的推崇和运用,是在以古文为时文的实践中逐渐生发的,从侧面再次确证了虚词与古文创作之间的密切关系。清人严元照《与汪汉郊书二》曾举"逸马杀犬于道"为例④,指出为避免时文习气而刻意削减助字数量的做法,反于古文创作有所滞碍。《与汪汉郊书二》还提出了关于助字使用具体而微的修改意见:"仆更就足下文而饾饤论之。足下之文曰,学之歧,其在昭定以降乎? 仆请为足下增一字,曰,学之歧也,其在昭定以降乎,何如?"在两小句之间增一"也"字,延长了停顿时间,较之原句语气确实更为舒缓。王葆心亦不惮辞费,特将全文录入:"直是文家不传之秘奥,慎勿以其迂而置之,斯作文之本得矣。"⑤由此可见,虚词在明清时文中的浮泛运用导致的消极影响,甚至倒逼古文作者有意减少虚词以示区隔。

(2) 清代虚词阐释的修辞派与文气论

尽管虚词的文章学批评理论在唐宋时期发展迅速,虚词阐释研究仍然受制于训诂学的整体发展水平。随着古汉语语法体系渐趋成熟,清代

---

① 祝允明:《祝子罪知录》卷八,《续修四库全书》本。
② 刘熙载:《艺概·经义概》,同治十二年《古桐书屋六种》初刻本。
③ 孙万春:《缙山书院文话》,王水照编:《历代文话》第六册,第6013页。
④ 严元照:《悔庵学文》卷一,《清代诗文集汇编》第508册。
⑤ 《古文辞通义》,第7582页。

虚词研究蔚为大观,虚词研究专著不断涌现,如张文炳《虚字注释》、丁守存《四书虚字讲义》、吕坚《虚字浅说》、谢鼎卿《虚字阐义》等,而其中影响最大的当属刘淇《助字辨略》和王引之《经传释词》两书,通过将虚词从具体作品的语境中抽绎出来,归纳一般语法规律,代表了清代汉学在考据和训诂方面取得的成就和高度。古汉语研究者曾将文言虚词的研究著作划分为训诂派和修辞派:"卢以纬的《语助》和清代袁仁林的《虚字说》属于修辞派;刘淇的《助字辨略》和王引之的《经传释词》属于训诂派。"①这一分类标准主要是基于虚词词例的生成类比方式,修辞派着眼于虚词的修辞功能,而训诂派渊源于传统语文学的治学方法。

元代卢以纬《语助》作为最早的虚词研究专著,实兼有修辞派和训诂派的立场。一方面,以刘淇《助字辨略》、王引之《经传释词》为代表的清代虚词研究训诂派,客观上侧重揭示虚词在上下文的搭配规律,昭示文言语法典范,不太关注行文的修辞效果,所论虚词皆建立在训释词例的基础上,成为训诂派的嫡传。另一方面,以作文修辞为最终目的尤其是遵循辞气探究虚词使用和搭配的研究路数,与训诂派相对者为修辞派,因考据未精,其在汉语史上的影响远不及训诂派之盛。清代虚词研究修辞派尤侧重于阐发虚词传递的辞气,与训诂派的理论分歧也趋于明显:训诂派"重视虚词词义的考证",修辞派"注重考查虚词的运用及语气神情"②。而王葆心对古文助语的看法沿袭的是修辞派的路数。他在书中标举了清代两家虚词研究:"吾观近人发明虚字义例之书,有两家用意简要,可导初学。"一者为袁仁林《虚字说》,一者为谢鼎卿《虚字阐义》。王葆心之所以选择袁、谢两人的著作,除了指点初学门径之外,主要还是出于文章学理论修辞本位的考量:"至于袁氏之释虚字从口气求之;谢氏之求虚字以滚、截、扇、兼、变五式括之,其讲求似是从研练时文,又有滚作、截作、扇作诸法,可知两家立说之本原胥在于此。"③也可见出袁、谢两家虚词研究的独辟蹊径处。谢鼎卿《虚字阐义》流传未广,刊行于清康熙四十九年(1710)袁仁

---

① 何九盈:《中国古代语言学史》,广州:广东教育出版社,2000年,第280页。
② 王莹:《古代修辞派与训诂派虚词词典释词方法研究》,《辞书研究》,2011年第6期,第144页。
③ 《古文辞通义》,第7590页。

林《虚字说》则是清代虚词阐释修辞派的代表。

《虚字说》序云:"圣贤垂训,学士摛辞,事理多端,语言百出。凡其句中所用虚字,皆以托精神,而传语气者。通其实虚,容不审乎?"①开宗明义,阐发从语气角度切入分析虚词的基本立场。袁仁林结合虚词不具有实际语义的判断,提出"气即义"的观点:"虚字诚无义矣,独不有气之可言乎?吾谓气即其义耳。"他之所谓"气",渊源于韩愈"气盛则言之短长与声之高下者皆宜"的文气论②。《虚字说》全书共阐释一百多个文言虚词,大都遵循经由文气以求得文义的阐释方法。其通行撰述体例为,从文气的角度对一组相近的虚词进行以类相从的汇辑,再一一辨析虚词传达的语气,务求析出其间锱铢毫末的异同:"句尾如'嗟乎''嗟夫''善乎''善夫'之类,所争似属毫芒。然试取相较,'乎'之气空洞无着,悠长圆满,能写我意之无穷;'夫'之气回翔虚指,轻清平缓,能写我意之盘旋。"③紧扣文气加以申发。又比如分说"乎""与""耶"等三字差别时,亦由气之一字入手:"论其分界不同处,'乎'字气足,'与'字气嫩,'耶'字气更柔婉。"④若此之类,都是遵循气的不同属性和意义来分辨虚词用法。较之原先相对抽象的文气论,这些辨析具体而微,虽然不乏主观臆断的成分,但都是从辞气出发,落实在行文的语气和口气上。据此,袁氏进而提出依托虚字的古文声情说:"虚字者,所以传其声,声传而情见焉。"⑤直接挑明虚词技巧和古文音节之间的关系,奠定了清代虚词阐释修辞派的重要理论根基。王葆心《古文辞通义》重点引述袁仁林《虚字总说》,正是有取于该书用虚字区别词气的理论亮点。

虚词阐释训诂派与修辞派的分化与清代学术史上的汉宋之争也有着相当密切的关联。清代汉学和宋学在治学思想方面的分歧影响深远,波及亦广。从经典的诠释方式来看,汉学擅义诂而宋学究义理,明训诂与审辞气遂成为研判文献、解经诠经的两种区别性治学路径。就文统和学统

---

① 袁仁林著,解惠全注:《虚字说》,北京:中华书局,1989年,第11页。
② 孙良明:《中国古代语法学探究》,北京:商务印书馆,2002年,第405页。
③ 袁仁林著,解惠全注:《虚字说》,第2页。
④ 同上书,第32—33页。
⑤ 同上书,第128页。

的关系而言,清代桐城派诸家上承唐宋韩、柳、欧、苏构建的古文道统,在治学取向上与宋学支持者过从甚密①。乾嘉考据学者和桐城派古文之士始终有着潜在的对立关系:"夫经说尚朴质,而文辞贵优衍。"②从清代古文文章学思想的发展来看,从修辞或者辞气的角度阐发虚词与古文创作关系的理论,在桐城诸家已有先行构拟的尝试。

姚鼐虽将声音之道列为文之粗者,前于此如刘大櫆则谓:"神气者,文之最精处也;音节者,文之稍粗处也;字句者,文之最粗处也……盖音节者,神气之迹也;字句者,音节之矩也。"③并下论断"神气不可见,于音节见之",之后被总结为广为流传的"因声求气"说。其将文气与音节要素相勾连,又曰"文必虚字备而后神态出,何可节损,然枝蔓软弱,古人厚重之气,自是后人文渐薄处",遂在虚字与行文神气之间建立起直接联系,与袁仁林《虚字说》颇有合辙之处。姚门四弟子之一梅曾亮亦谓:"其能成章者,一气者也。欲得其气,必求之于古人。周秦汉及唐宋人文,其佳者皆成诵乃可。夫观书者,用目之一官而已,诵之而入于耳,益一官矣,且出于口,成于声,而畅于气。"④对古文声气说又有进一步阐发,诵读由是成为体认文气论的不二法门。虚词作为调整古文音节的手段,则是勾连抽象文气和具象辞气的枢纽。其时持反论者亦有之。盛百二《柚堂续笔谈》云:"济州黄洸洲维祺云:文章虚字,夫盖、然、而之类,如弩之牙,帆之脚,户之枢,盖所借以转动者。其字原有限,贪用则易複,故可不用处则且不用。"⑤谓虚字虽能使文章流转,亦不可贪多滥用。又云:"古人文字以神气为转折,不甚用虚字,如《诚意传》是也。宋儒文字则好用虚字,如《补格物致知传》是也。看此两章可知古今文字之别。"也从侧面反映出清代宋学及古文之士与汉学之间的对立关系。包世臣《石笥山房集序》云:"其小文短章则字棘句钩,急切不能了其指归。其要领在乎节助字。盖多借助字,意与词

---

① 漆永祥:《乾嘉考据学家与桐城派关系考论》,《文学遗产》,2014年第1期,第94—115页。
② 章太炎:《检论·清儒》,《章太炎全集》(三),上海:上海人民出版社,1984年,第475页。
③ 刘大櫆:《论文偶记》,王水照编:《历代文话》第四册,第4109页。
④ 梅曾亮:《与孙芝房书》,《柏枧山房文集》卷二,第91页。
⑤ 盛百二:《柚堂续笔谈》卷三,《丛书集成续编》本。

适,以熟易滑,节之则词生意窈。"①可以见出,通过节用助词追求行文拗折的表达效果,在古文修辞学原是另辟蹊径、剑走偏锋的做法。

按照训诂和修辞划分虚词阐释的研究范式,在当时亦非畛域严明。主张汉宋调和的阮元为王引之《经传释词》作序云"高邮王氏乔梓,贯通经训,兼及词气"②,称赞其在通达训诂之余,同时能够考虑到文章辞气的问题,因此对经义的理解更为全面,是平衡训诂与修辞因素的表述。李调元谓:"训诂之文,非词章之学也。而深于训诂者,词章亦不外是焉。"③也是主张训诂与词章并重的持平之论。刘师培《论文杂记》曰:"近世巨儒,如高邮王氏,确山刘氏,于小学之中,发明词气学,因字类而兼及文法,则中国古代亦明助词、联词、副词之用矣。"④他指出刘淇《助字辨略》和王引之《经传释词》都是兼字类与词气而论,故可通之于西方语法学。细绎两书,确也不乏经由辞气"参臆解"的词例,章太炎亦曾指出《经传释词》多有仅凭文气妄下臆断处。不过,由于这些虚词阐释著述往往仅充当工具书的角色,其用法全在读者自择自取而已,如近人叶德辉为《助字辨略》撰序,谓其"本为考据家之作,而实足为词章家笔削之资"⑤,即把该书重心由训诂学和文字学拨向偏于修辞的文章学(词章学),视其用者而定的取向也正与"诗无达诂"的诗学命题相通,在训诂不足以确证的情况下借助文章学的阐释循环返求大意,与经由完整辞气锁定句中虚词意义的逻辑一致。

(3) 近代文章学的虚词论:修辞语法因素的融合

伴随西方语言学的传入和比较语言学的产生,虚词在文学创作和批评中的规律和作用,在不同语言文字的参照系中得到了更为"科学"的分梳,传统语文学内容的革新主要体现在初步判分虚词的语法规律和修辞作用,即划定语法和修辞的界限。晚清民初的国粹派文章学思想大多与

---

① 钱仲联主编:《清诗纪事》(八),南京:江苏古籍出版社,1989年,第4824页。
② 阮元:《经传释词序》,《经传释词》,长沙:岳麓书社,1985年。
③ 李调元《十三经注疏锦字序》,《童山文集》卷四,《清代诗文集汇编》第384册。
④ 刘师培:《论文杂记》,王水照编:《历代文话》第十册,第9482页。
⑤ 叶德辉:《助字辨略》序。

桐城派、湘乡派关系匪浅，其对虚词作用的阐发基本没有脱离清代虚词阐释修辞派观点的范围。如林纾《春觉斋论文》"用字四法"末两则专就"决辞"之"矣""也"用法而发，分别以《汉书》与《史记》为例，详细分析"矣""也"在上下文中所起的作用，至有微言大义的妙处。他指出，《刘敬叔孙通传》"于是高帝曰：'吾乃今日知皇帝之贵也'"一句中的"也"字，是"以英雄作伧父语气"①，如此贴近人物口气，方有活灵活现之效，由此得出结论："留心古文者，断不能将虚字略过。"王葆心援引邵博《邵氏闻见后录》"文用助字，柳子厚论当否，不论重复"②的观点，进而提出"助字以传达其神气，灵变其文心"，也是承续修辞派的见解，认为古文神气之妙尽系于虚词一途，其所采取的也是修辞派的立场。

在语法学东渐的刺激下，中国近代第一部用现代语言学理论系统研究古代汉语语法的专著《马氏文通》应运而生。《马氏文通》序云："凡字无义理可解，而惟用以助辞气之不足者，曰虚字。"在作者看来，助字是汉语特有的属性："助字者，华文所独，所以济夫动字不变之穷。"该书亦单独辟出助字卷，将助字界定为"凡用以结煞实字与句读者"。而从马建忠对助字的读解来看，书中的大部分观点与清初修辞派袁仁林《虚字说》一脉相承③，按照助字传达的语气划分词类。《马氏文通》对助字与语气关系的强调，且在论述中并不严格区分语气、辞气、口气三者等特点，日后也成为其被指摘为臆断且"不科学"的重要理由之一④。尽管清代考据派在文字学方面成就斐然，马建忠从文章写作的角度深诋汉学者行文误用虚字实字，未明字法根本："读王怀祖、段茂堂诸书，虚实诸字，先后错用，自无定例，读者无所适从。今以诸有解者为实字，无解者为虚字，是为字法之大宗。"⑤这部曾招致"忆了千千万、恨了千千万"的专著，以拉丁语系框架条理文言文材料，抉发出许多新议题，在虚词问题上，其以修辞为文法的倾

---

① 林纾：《春觉斋论文》，王水照编：《历代文话》第七册，第6435页。
② 邵博：《邵氏闻见后录》卷十四，转引自《柳宗元资料汇编》(上册)，北京：中华书局，1964年，第65页。
③ 麦梅翘：《〈马氏文通〉和旧有讲虚字的书》，《中国语文》，1957年第4期，第20—21页。
④ 陈望道：《试论助辞》，《陈望道语言学论文集》，北京：商务印书馆，2009年，第215—220页。
⑤ 马建忠：《马氏文通校注》，北京：中华书局，1988年，第2页。

向在此后数十年间持续引发争议。

尽管《马氏文通》以助字为汉语所独有的结论不久就被比较语言学的实证研究结论所推翻,但虚词与古典散文的关系曾引起当时语言学界广泛的关注。并且,伴随近代语言学的迅速发展,根据中国语文的特殊性质建立本国修辞语法体系的呼声也随之高涨,如1938年陈望道主持的文法革新讨论核心议题即在于此。尽管有学者主张修辞语法之学的研究对象应同时兼容古典与现代文学①,但在语文学的实际应用中,对文言文和白话文对象分而论之的做法显然更具有现实的可操作性,也更合乎学理。围绕文言虚词与修辞面向展开的传统文章学思想经历了科学化、系统化的知识去魅,褪去了感性经验和光环,转向更能确证实存联系的理论选择。具体到虚词阐释,修辞派对虚词意义近乎直觉的演绎和诠释,逐渐转向须由个别例证导引出一般规律的归纳逻辑。基于现代语言学理论产生的文言修辞学对清代修辞派和近代国粹派文章学思想皆有相当程度的吸收和化用,而对以虚词为媒介的"文气论"的重新诠释即是这一理论思路具象化的呈现。

与传统古代文章学思想有所不同的是,近代文章学并非一味固守"大文学"综合性立场,而经历了一个先分后合的过程,是在知识分科的认知基础上返求和合。近人杨树达曾云:"余尝谓训诂之学,明义诂为首要矣,而尤贵乎审辞气。"②其《词诠》之作,仿照《经传释词》著述体例,秉承"训诂治其实,文法求其虚"的原则③,注意将传统语文学训诂方法和现代语言学文法加以区别。而在处理文言文对象时,其所著《汉文文言修辞学》"增益"条,曾引及欧阳修《昼锦堂记》增补虚词例,谓添两"而"字后,"'仕宦''富贵'语意加重,全文意思加多"④。两相比较可知,《词诠》是虚词训释的训诂学工具书,兼示文法规范,而《汉文文言修辞学》虽亦区分词类,其著

---

① 如张世禄主张用一套语法修辞学解释古汉语和当代汉语,郭绍虞认为汉语语法的特点需要把古语和今语沟通起来看,申小龙:《人文精神,还是科学主义?》,上海:学林出版社,1989年,第208—210、233页。
② 杨树达:《淮南子证闻后序》,《积微居小学述林》卷七,北京:中华书局,1983年,第297页。
③ 杨树达:《词诠》,北京:中华书局,1954年,第5页。
④ 杨树达:《汉文文言修辞学》,北京:中华书局,1980年,第32页。

述纲领则以追求修辞效果为要津,二者同是畅论虚词,前者以训诂义解为纲,后者以文辞之美为目,明确体现了将语法与修辞分立的意图:"语言之构造,无中外大都一致,故其词品不能尽与他族殊异,治文法者乃不能不因。若夫修辞之事,乃欲冀文辞之美,与治文法惟求达者殊科。"在他看来,中外文法虽可以类推,但各语种的修辞皆具自身民族特色,未可盲目求同。

正是在这样的逻辑先导之下,虚词在古文修辞学中发挥的功能性作用得到了进一步的梳理和凸显,并体现在对"文气论"内涵和外延的更新之中。作为传统文章学的重要范畴,文气论的源头可以追溯到《论语》"出辞气,斯远鄙倍矣"中的具象辞气,在文论思想的漫长发展过程中逐渐被提炼并演化为抽象玄虚的宇宙因素[①]。类似文气论这般由形而下的指涉对象转为形而上的精神要素是古代文论范畴演变的常见路径,前述桐城派诸家如刘大櫆、姚鼐等亦以精粗之义划分文气论的上下乘,亦与此间暗含的等级观念一致。

然而,文气之缥缈玄远使得文气论除讽诵方法外几于无迹可寻。基于对科学系统的文章教授法和研究法的时代热望,文气论遂又回向形而下的畛域,而虚词正是在近代文章学和现代修辞学之间起到联结作用的关键所系。近人何家昇《古文法纲要》炼气第八谓:"若专弄虚字,而无真气以振拔其间,则恐又如病夫之对客,辍息待续,其有不令人厌倦者几希。"[②]点明虚词和文气之间的关联。现代语言学的发展进而催化了虚词和文气论的学理性联系。郭绍虞指出,"文气论"主要是针对非韵文而言,因文气能够替代声律发挥作用,而骈文本有严格的声律要求,因而毋需文气为之周转:"古文家之好论文气,也不外利用语势之浩瀚流利,以自然的音调见长而已。"[③]而虚词则是实现古文文气贯通的具体落脚点,"助词的作用不仅可以帮助复音语词的增减,同时更可帮助复音语词的变化",尤

---

① 汪涌豪:《中国文学批评范畴及体系》,第526页。
② 何家昇:《古文法纲要》,1923年澳门经香学舍刊本。
③ 郭绍虞:《照隅室古典文学论集》(上),第121页。

其是"分用重言,使音节舒长"①。他指出,虚词在音律节奏方面的修辞作用越出了遵循语法规律的层面:"中国语言随语急语缓的分别而有助声之辞,只在音节上有足句的作用,不在语法上有意义的作用。易言之,只表现语句之神态,而不表现语句之意义。"因此,虚词成为古文文气的重要载体和表征。如此一来,神而明之的"文气论"也有了颇为实在的归宿。他以明代唐宋派的古文创作为例,反复申说虚词在古文修辞方面所起的枢纽作用:"唐宋派之学秦汉文则不然,先从唐宋文入手,善于运用助词,所以觉得丰神摇曳能表达语言的神态。又善于运用连词,所以对于起伏照应开阖顺逆种种变化也能在文章中表现出来。"②从语法上把握虚词的用法固然有其必要性,但虚词承载的修辞功能才是关键,是读解古典文章的枢机所在。就文言虚词而言,其修辞和语法要素实为密不可分,既要考虑语词搭配的横向组合关系,也要把握修辞联想的纵向聚合关系。

"文气论"是古文文章学的枢纽性范畴。朱自清曾指出,韩愈"力求以散行的句子换去排偶的句子,句逗总弄得参参差差的。但他有他标准,那就是'气'"。③ 范宁也指出,古文运动是文章"笔化"的经过,而以风骨和性情为内涵的文气范畴的产生和笔体的兴起几乎在同一时期,因此古文和文气始终相辅相成④。尽皆主张文气范畴为古文所特有,乃古文精神之所系。刘师培曾谓:"文之音节本由文气而生,与调平仄讲对仗无关。有作汉魏之文而音节甚佳,亦有作以下之四六文而不能成诵者,要皆以文气疏朗与否为判。"⑤他反对把"文气论"仅视为古文的专属范畴,出于一力为骈文张目的初衷,这一驳论恰从反面印证了时人对"文气论"和古文密不可分的共识。虚词与文气论之间的联系此后被多番复述,如徐复观认为:"古文家为矫骈文的藻饰太过,势必以声调的变化,代替色泽的华美。于是气的艺术性,对古文家而言,较骈文家更为重要。加以气之行于散文中

---

① 郭绍虞:《照隅室语言文字论集》,上海:上海古籍出版社,1985年,第95页。
② 同上书,第231页。
③ 朱自清:《经典常谈》,《朱自清古典文学论文集》(下),第714页。
④ 范宁:《文笔和文气》,《范宁古典文学研究文集》,重庆:重庆出版社,2006年,第29—33页。
⑤ 刘师培:《汉魏六朝专家文研究》,王水照编:《历代文话》第十册,第9574页。

者,较之行于骈文中者,实容易而显著。"①因此,从虚词的角度解读和把握"文气论",不啻是打开古文批评和鉴赏门户的一把钥匙。只有通过修辞和文法因素的融合,才能完整揭示虚词在古文创作和批评当中的特殊作用。

可以说,《古文辞通义》对古文助语批评理论的通盘梳理以及对修辞功能的凸显,体现出文章学理论修辞和语法要素融合的倾向。近代文章学通过对"文气论"的科学化追索还原虚词在古文中的修辞作用,尝试弥缝中西新旧文学思想的罅隙,揭示了古典散文的固有特性。这不仅是郭绍虞之所以提出中国古代"有文字学而无语言学,有修辞学、训诂学而无语法学"这一论断,并坚持主张将修辞因素融入汉语语法分析之中的原因,也是抉发古代文章学的现实意义所在。

第四节 文章体用论

一、明体以达用:情、事、理三种统系

"文辞以体制为先。"②文章体制始终是中国古代文章学的核心问题之一,也是历代文章学理论的原点。然而,文章辨体的难点在于传统文体分类标准不一,文体实存的复杂性和形式交叉的可能性异常丰富,"从现代的眼光看,文体分类须在同一标准、同一概念层次下方可有效进行,否则就会引起混乱。但是在中国古代,文体分类标准不一定是普遍存在的现象"③。为了实现"散钱成贯"的文体分类理想,直面古代文章学的症结轴心,王葆心采信友人李伟之言,合取真德秀《文章正宗》、储欣《唐宋八大家类选》、姚鼐《古文辞类纂》和曾国藩《经史百家杂钞》四家之说,绘制出一

---

① 徐复观:《中国文学中的气的问题——〈文心雕龙·风骨〉篇疏补》,《徐复观全集 中国文学论集》,第310页。
② 吴讷:《文章辨体序说·凡例》,王水照编:《历代文话》第二册,第1587页。
③ 吴承学:《中国古代文体学研究》,第436页。

张《古文门类各家目次异同比较表》(以下简称《古文门类表》),以期实现"以至简之门类,隐括文家之体制"的既定目标。除胪列、比对上述四家选本分类做法外,列表栏还另设本体、附属两类,"本体以诠古、近文体之正制,附著已归隶通俗文字焉"。《古文门类表》集中体现了王葆心的文体学思想,即在真、储、姚、曾等诸家已有文体分类的基础上,以排他性定义统合一切文事,希求巨细无遗囊括古今文章。

(1) 文章之体

古文体制的明晰化和条理化是古代文章学的基本内容之一。总集或选集的编纂体例往往是反映编者文体观的直接载体,真、储、姚、曾四家不但皆以文体序目作为编排文章的分类标准,并且在文体分类发展史上分别具有特出的重要意义。此外,"文体的'体',包括文体之体(各种文本的体裁)、体格之体(各种文本的风格)、体类之体(各种文本体裁、题材或内容的类别)三个方面"[1]。诸家文章选本以及《古文门类表》都是就文章的体裁和体类而言,与体格无关。

真德秀《文章正宗》遵循"明义理、切世用"原则,序目采用辞命、议论、叙事、诗歌四分法。虽然其分类标准仍有参差不齐处,但序目中"议论""叙事"的出现属于首次以功能指向作为文体分类的标准,"归纳了原先各种体裁功能上的共通处,以简驭繁,打破了《文选》以来总集文体分类的传统模式"[2]。储欣《唐宋八大家类选》的创新之处则在于采用门—类二级文体分类法,在奏疏、论著、书状、序记、传志、词章六大类目下细分三十种文体,同时满足了分体与归类的梳理要求[3]。姚鼐《古文辞类纂》不立门目,直设十三类文体目录。曾国藩《经史百家杂钞》综合储、姚分类基础,以著述、告语、记载三门总摄十一类文体。

王葆心《古文门类表》沿袭储、曾二氏所采门—类二级文体分类法,以

---

[1] 曾枣庄:《中国古代文体学》,上海:上海人民出版社,2012年,第7页。
[2] 吴承学:《中国古代文体学研究》,第338页。书中将宋代综合性文章总集的编纂方式归纳为以体叙次、以人叙次、以类叙次、以技叙次,真德秀《文章正宗》属于以类叙次。
[3] 常恒畅:《储欣及其〈唐宋八大家类选〉》,《学术研究》,2013年第4期,第150—154页。

三门摄十五类,告语门下有诏令类、奏议类、书牍类、赠言类、祭告类,记载门下有载言类、载笔类、传志类、典志类、杂记类,著述门下有论著类、诗歌类、辞赋类、传注类、序跋类。门—类二级分类法中的类目,基本都是沿用传统文章体制名称,应有尽有并渐入于细,而门目设置则不宜繁琐,方能收提纲挈领、由博返约之效,从而兼顾了文体功用与文体名称,因此也成为风行一时的做法:"欲学文章,必先辨门类。门者,其纲也;类者,其目也。"①姚永朴《文学研究法》同样以著述、告语、记载三门为文体论之基础。钱基博编写白话文教材《语体文范》时同样也采用了曾氏三门的分类方法,皆由于其"包括无遗"之故。

《古文门类表》中门目和类目的设计都于前揭四家有所承继,唯独记载门之载言类为王葆心所独创,这一"所以记言者"的文体名称渊源于《礼记·曲礼》,后经刘知幾《史通·载言》"言、事有别"的主张而发扬光大:"案迁、固列君臣于纪、传,统遗逸于表、志,虽篇名甚广,而言无独录。愚谓凡为史者,宜于表、志之外,更立一书。"②同时,王葆心还将记事的叙记文体更名为载笔类,"史载笔,士载言"的意味愈加凸显。另外,他把诗歌类和词赋类列入著述门内,除与真德秀《文章正宗》保持一致外,或也参考了梅曾亮《古文词略》类目设置的初衷:"惟梅氏以诗歌入古文辞中,意在得文学之大全。"③故《古文辞通义》书名及全书所谓的"古文辞",也兼指诗文而言,以文论为主兼及诗论。

《古文门类表》的整体框架受曾国藩《经史百家杂钞》影响最大,以告语门为例,诏令类为"上告下者"、奏议类为"下告上者"、书牍类为"同辈在远相告者"、赠言类为"同辈临别相告者"、祭告类为"人告于鬼神者",皆本于曾氏选本序例。本体一栏详细阐释划分类目之缘由,见出编者务求覆盖周全的意图。不过,由于文体分类问题的复杂性,界定标准仍有顾此失彼处,如著述门下,论著类被界定为"著作之无韵者",显然是希求与诗歌类"著作之有韵者"及辞赋类"著作之有韵而长言之者"相对待,而同隶著

---

① 姚永朴撰,许振轩校点:《文学研究法》,合肥:黄山书社,1989年,第29页。
② 刘知幾:《史通·载言》,张振佩笺注:《史通笺注》,贵阳:贵州人民出版社,1985年,第36页。
③ 姚永朴撰,许振轩校点:《文学研究法》,第30页。

述门的传注类和序跋类实属无韵之著作,是为着界定的对称而减损了标准的客观性。

在辨明文体(体裁、体类)的基础上,各体文章所能实现的表述效用顺理成章地成为了文章学论述的下一个逻辑节点,王葆心独创的情、事、理三种统系说至此完全浮出水面:"通观右表,绎厥指归,可知告语门者,述情之汇;记载门者,记事之汇;著述门者,说理之汇也。三门之中对于情、事、理三者有时亦各有自相参互之用,而其注重之地与区别之方要可略以情、事、理三者尽归而隶属之。"①辨析文章体制的初衷是为了凸显文章功能,以理性态度爬梳古文的体用关系也是近代文章学的重要特质之一。

(2) 文章之用

以曾国藩《经史百家杂钞》序目为本,沿用告语、记载、著述三门的分类方法,分别对应述情、叙事、说理三种写作用途,并归纳出"情、事、理"三种统系,是王葆心考察历代文派、统合文家时代、区别文家家数、总括文家辑述等文章学理论体系的起点。从渊源上看,王世贞曾以理、事、词三者隐括历朝文学,魏禧提出文章之用不外乎明理、适事,恽敬以言事、言理、言情区分文词,还有不少文论将文章体制溯源至经、史、子而推演其本质,这些都是王葆心三种统系说所依附的传统理论资源。

首先,他以章学诚学术流别论为依据,考察辞章之学的兴起与演化:"子史衰而文集之体盛,著作衰而辞章之学兴。文集者,辞章不专家,而萃聚文墨,以为蛇龙之菹也。后贤承而不废者,江河导而其势不容复遏也。经学不专家,而文集有经义;史学不专家,而文集有传记;立言不专家(原注:即诸子书也),而文集有论辨。后世之文集,舍经义与传记论辨之三体,其余莫非辞章之属也。而辞章实备于战国,承其流而代变其体制焉。"②他袭用了章氏的观点,认为文集自辞章之中脱出,而经义、传记、论辨诸体又分别自经、史、子等专家之学中脱出。在此基础上,王葆心梳理

---

① 《古文辞通义》,第 7715—7716 页。
② 章学诚著,叶瑛校注:《文史通义校注》,第 61 页。

了经、子、史、词章从专家之学到文章形态,再到门类和用途(三种统系)分合演变的全过程:"绎章氏之意,盖可知三门之分自经史子。经义分自经类,在著述门,为说理;记载分自史类,在记载门,为记事;论辨分自子,其类亦统在著述之说理。告语一门亦言经,左史之遗,推合其类应并出自经史。三者之外统归词章,词章则抒情一类之汇。而情、事、理三者之流别明矣。"①其中的对应关系略如下图所示。

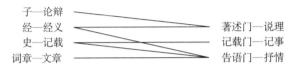

他还结合当时世界文学史与世界历史的新学著作,提出文章体制的分化按照情、事、理三者顺次展衍,在时间上亦有先后:"先有情而后有告语,先有事而后有记载,先有理而后有著述。"②这一见解虽离实际远甚,带有强烈的主观色彩,却也体现了传统文史观点注重横通的特点,即如章学诚《文史通义·传记》亦谓:"古人文无定体,经史亦无分科。《春秋》三家之传,各记所闻,依经起义,虽谓之记可也。经《礼》二戴之记,各传其说,附经而行,虽谓之传可也。"③

不过,在当时与之共鸣者不乏其人,与其说情、事、理三种统系是王葆心的个人发明,不若将之视为过渡时代的集体性理论创新。前有黎庶昌《续古文辞类纂》论"书牍言言情、言理、言事之别"④;同时期有如姚永朴《文学研究法》所论:"经于理、情、事三者,无不备焉,盖子、史之源也。如子之说理者本于《易》,述情者本于《诗》;史之叙事者,本于《尚书》、《春秋》、三《礼》。此其大凡也。集于理、情、事三者,亦无不备焉,则子、史之委也。"⑤高步瀛《文章源流》谓:"文章之类别,可括为三:一说理,二叙事,三言情……然三者,非有一定之界域,此不过就其毗重者言之。"⑥此外,刘

---

① 《古文辞通义》,第7717页。
② 同上书,第7719页。
③ 章学诚:《文史通义·传记》,章学诚著,叶瑛校注:《文史通义校注》,第248页。
④ 黎庶昌:《与吴质书》后评语,《续古文辞类纂》卷一六,《四部备要》本。
⑤ 姚永朴撰,许振轩校点:《文学研究法》,第21页。
⑥ 高步瀛:《文章源流》,余祖坤编:《历代文话续编》(下),南京:凤凰出版社,2013年,第1280页。

咸炘《文学述林》也将文之内实归为事、理、情三者，并将之与史、子、集部作大体对应，复衍而为体性，惟经部文字未涉："事则叙述（描述在内），理则论辨（解释并入），情则抒写，方法异而性殊，是为定体。表之以名：叙事者谓之传或记等，史部所容也；论理者谓之论或辨等，子部所容也；抒情者谓之诗或赋等，古之集部所容也。"①可以看到，不少国粹派文章学人也都不约而同地将情、事、理等要素与传统四部分类法和文章类别进行对接。

分开来看，"情、事、理"三者本身都能在传统诗学的理论要素中找寻到发展的脉络，而在清末民初的文章学著作中集中出现以"情、事、理"三种统系统摄文章的现象，同时也隐约指向了当时自西洋、东洋直接、间接传入国内的"知、情、意"三分法。"知、情、意"的三分式认知结构最初源于古希腊哲学，在语言学转向的发展趋势中成为西方文体分类的内在逻辑，又为日本近代文学、哲学、语言学界所吸收，进而传入中国，并在哲学、教育学、文学领域内被不断引用和书写②。在文章学领域，"知、情、意"普遍被阐释为知识、情感、意志，分别对应不同的文章类型。比如，黄人《中国文学史》（1904年）的文体观就是由心理学"知、情、意"映射到文学领域并加以变通的典型例子："人之心理上有知、情、意三方面，而发现于外部者，行为与言语也。广义之文学，由于言语，知、情、意皆可从此发现，而由上节观之，则文学可分二种类：（一）知的文学，（二）情的文学。而美之文学属于后者，以感情为最精之本质。"③诸如此类，在当时教育界流行一时，几为众口一词："夫文章之体制，有知的文章、情的文章、美的文章。"④特别是在1920年以后，"知、情、意"三分法在文学领域的专著中得到进一步普及，并与文章具体的表达方式相勾连："许多学者根据知、情、意把文学分成不同的类型，表现出现代杂文学观的鲜明倾向。这可以从梁启勋、谢无

---

① 刘咸炘：《文学述林》，王水照编：《历代文话》第十册，第9709页。
② 参见霍四通：《中国现代修辞学的建立——以陈望道〈修辞学发凡〉考释为中心》，上海：上海人民出版社，2012年，第226—230页。
③ 黄人：《中国文学史》，《黄人集》，上海：上海文化出版社，2001年，第356页。
④ 蒋维乔：《论小学校以上教授国文》，《教育杂志》，1909年第1卷第3期，第37—40页。

量、陈启文、胡怀琛、卢冀野、童行白等文者的论述中清晰地看到。"①王葆心对情、事、理三种统系的阐发,正介于传统文章学向现代知识型转化之间。

"情、事、理"与"知、情、意"或"知、情、美"提法的出发点虽然有所不同,前者是传统文艺学学语,后者源于西方心理认知范畴,但都被时人视作文体分类的内在逻辑,其分歧显示了学者取径理路的差异,这也是采前者之说多隶属文化保守阵营,取后者之说多为绍介西学人士的原因。

(3) 三种统系衍射历代文学发展观

有学人指出,"从文体辨析中归结出情、事、理三种统系,进而据以纵观历代文章发展之迹,提出抒情、记事、说理三派平排、测注之说,是王葆心对文章发展史的一种阐释"。②据王葆心所言,由情、事、理三派出发纵观历代文派,有完全与不完全之分:西汉与唐代之文为完全,其余皆为不完全。所谓完全者,即情、事、理之文并行兼具,不完全者,即于三种统系中有所偏至。经之离析降解为文,距西汉为最近,故西汉文章由经、史、子分化而来的踪迹最为明显,自东汉至六朝为"偏统":"是东京至六朝但传抒情一派,而常少叙事、说理二派之说也。"③唐文振起六朝风气,回复到三统并进的状态,而情之一派渐已式微。"宋人则承偏统,而不能自完其三派矣。"宋文有言理、言事两派,独缺抒情一派。西汉、唐、宋尚属"平排时代",六朝测注于情,宋代以降测注于理。其中,平排时代之汉、唐、宋又各有三次文风转向,这是王葆心对于历代文学大势的总体判断。

情、事、理三者要素平衡则文风持正,若三统侧注即导致文风有失偏颇,因此王葆心主张古文家当于不完全之时代补缺查漏,矫正文风,而矫枉过正往往又成为此一时期文坛风气迭变的直接动因。如明代唐顺之、王慎中、归有光等标举唐宋文章,清代桐城派继之以行,其末派流弊自明

---

① 付建舟:《中国现代纯文学观的发生》,《文学评论》,2009 年第 4 期,第 143—148 页。
② 聂安福:《情、事、理三种统系——王葆心文章发展史观研究》,收入王水照、朱刚主编:《中国古代文章学的成立与展开——中国古代文章学论集》,第 451—460 页。
③ 《古文辞通义》,第 7728 页。

季已露端倪。因此,姚鼐弟子刘开主张以汉魏六朝述情之文弥补唐宋文之失,阮元、李兆洛为之深入阐发;阳湖派恽敬号召以诸子论理之文挽救唐宋文之弊,遂开龚自珍、魏源一脉的雄奇文风,是王葆心运用三种统系平排、测注之说对历代文坛发展演变进行解释的典型。

情、事、理三种统系说也被用来区别作者家数的源流正变:"《易》为说理之祖,《诗》为述情之祖,《书》《春秋》为叙事之祖……庄周为说理之宗,屈原为述情之宗,左氏、马迁为叙事之宗。"①然此观点亦未打破前人窠臼。受其师邓绎《藻川堂谭艺》学术观点的影响,王葆心提出三种统系有并见于一人之时,即唐代韩愈:"然则昌黎兼承三统以自雄于三统迭衰之后,而其自反乃于马、扬述情一派犹谦让未遑,宜此一派垂绝于有唐以后也。"②所谓中绝,是指以抒情为主的辞赋虽此后创作不辍,但其成就与唐前所攀高峰已不可同日而语,虽为一家之见,也见出三种统系说在王葆心文章学体系的核心位置。

他根据近世时代嬗变与文章创作趋向,绘制了各时段主要标举之文的简表:康、雍朝桐城文家推崇唐宋文,乾、嘉朝汉学古文家推许汉魏六朝文,道、咸间今文经学古文家又推出周秦诸子之文,至光、宣年间,则中西文字研究始占上风。文章众派别间的势力消长并非一蹴而至,而是处于一个动态平衡的过程:"生灭消长,既未尝率天下之人而侧注一途,亦未尝并时崛起三途以各据雄藩,自拓疆宇。惟中西文术出,而以前三者渐有不能支柱之势,然为之者仍不以之劫夺所好也。"③这一鞭辟入里的洞察捕捉到了文章与学术互动的深层关系,凸显了清代古文嬗变的学理动因。

"以告语之文述情,记载之文叙事,著述之文说理,文之本质乃附体制以达诸群用。明乎此,足以综贯文家之体用矣。"④标举三种统系说后,沿此理路而下,王葆心在"总术篇"中分别借由时世、地域、地位、人、气、情、质等多元面向对历代文家进行了通盘审视,又从离合、反成、资救等角度

---

① 《古文辞通义》,第7734页。
② 同上书,第7735—7736页。
③ 同上书,第7740页。
④ 同上书,第7719页。

全面阐释了经、史、子与历代文章的互动关系,为审察通代文家和文章作品提供了饶有意味的视角。

二、告语文、记载文、解释文、议论文

中国古代传统文体分类大致上经历了门类趋简、细目愈繁的发展过程。到了近代,伴随着西方文学和修辞学理论的广泛传入,新的文体分类思想也得到引介,而日本近代语法、修辞、文字著作在这之中扮演了重要的中介角色:"晚清以降,受西方文类概念以及文学创作新趋向的影响,各类文体经历了大规模的重组与区划,为现代的文体分类学奠定了基础。而对于国人来说,近代出现的文类论述实际大多以其时日本的同类著作为依据,这也使得晚清'新派的文体论'不仅新旧杂糅,而且类别大致相近。"①国内最早的修辞学专著——龙伯纯《文字发凡》(1905年)根据思想之性质(哲学、论理、心理、修辞)区别四类文体,更是完全借鉴日人修辞学著作的产物:"人之思想不同,由思想发而为文者,遂亦不同焉。于是有记事文、叙事文、解释文、议论文四者之别。"②《文字发凡》的研究对象包括古代传统诗话、文话和其他古典诗文批评形式,指示了一条将传统文体论与西方修辞学对接的理论路径。

《古文辞通义》"关系篇"按照告语门、记载门、著述门的门类名称梳理了各体文章的体制源流和通行作法,并分别论述了四类文章(告语文、记载文、解释文和议论文)的普通作法及其特例。从门类和文类的差异中可以看出,由于著述门统摄文类繁多,其总名稍嫌笼统,同时又受到日人著作《汉文典》以及桐城派主张的影响,原本隶属于著述门下的解释文和议论文便各自宣告独立,与告语文、记载文分庭抗礼。这四类文体名称如今看来不过只是寻常,在作者当时构想可称得上是殚精竭虑、煞费苦心。

---

① 夏晓虹:《梁启超的文类概念辨析》,《燕园学文录》,上海:复旦大学出版社,2011年,第237—255页。
② 龙伯纯:《文字发凡》,《晚清四部丛刊》第七编,经部27,台中:文听阁图书有限公司,2012年,第224页。

近代日本修辞语法学界曾一度涌现出多部题为《汉文典》的同名著作，文典意指文章写作的典则，逐渐与语法一词同义。来裕恂《汉文典》（1904年）即本于日人同名著作，作者自序中提及多种日人所著汉文典，并表达强烈不满："然猪狩氏之《汉文典》、大槻文彦之《支那文典》、冈三庆之《汉文典》、儿岛献吉郎之《汉文典》，类皆以日文之品词，强一汉文，是未明中国文字之性质，故于字之品性、文之法则，只刺取汉土古书，断以臆说，拉杂成书，非徒浅近，抑多讹舛。"①这些以文典命名的著作大多基于西方修辞学的立场，对汉文学语言和汉文进行规范和归类。尽管来氏对之颇有微词，他留日归国后所撰《汉文典》也不免受到上述若干种专著的影响。其中，儿岛献吉郎《汉文典续》对文章体裁的分类对来裕恂《汉文典》产生影响，提出叙记体、议论体两种即可涵盖一切文章，又单独辟出篇章讨论诏令、奏议、碑志等文类，虽名目有异，总体上没有出离叙记、议论两类文体②。来氏《汉文典·文章典》辨别文章体制，有叙记篇、议论篇、辞令篇，其下又分小类，叙记篇和议论篇的篇头小序中都出现了"叙记之文"和"议论之文"的提法，与儿岛《汉文典续》文章辨体观念一致，而剩下的辞令篇相当于告语门，包括诏令、奏议等文类，来氏也予以保留，这一兼顾并融合日本近代修辞学和古代文章学的文体命名和归类做法，是《汉文典》著述宗旨的具象化表现，在书中多处留有印记："基于对中外文章理论的贯通和比较，并以此作为《文章典》撰写的指导思想，域外尤其是泰西文章理论的影响，在全书中有意无意地体现出来，成为不同于传统文章理论著述的亮点。"③可以说是为打通传统文章学和近代修辞学首开风气之先。

几乎与之同时的《古文辞通义》系列著作同样以日本近代文典和修辞著作为参照物："曾文正谓能通训诂则后人承讹袭误之习可改，能通文格文气则后人硬腔滑调之习可改。并举文典、修词两者言之也。然则此事岂第彼人有之哉。"④早在撰写《高等文学讲义》之际，王葆心即曾遍览《中

---

① 来裕恂：《汉文典序》，《汉文典》，上海：商务印书馆，1932年。
② 儿岛献吉郎：《汉文典续》，东京：富山房，1903年，第55—63页。
③ 朱迎平：《〈汉文典〉的文章学体系及其特点》，收入王水照、朱刚主编：《中国古代文章学的成立与展开——中国古代文章学论集》，第483—495页。
④ 《古文辞通义例目》，第7056页。

等作文教科书》《修辞学教科书》《汉文正典》等译著,并初步确立了征引本土旧例以填充日人新论的辨体思想:"然其所陈指例规则,苟细案之,俱可归纳是编中,惟其书自嫌征引太少,是编尤能弥其缺略。其异趣者,彼用东人搜讨原论之新裁,此用本国论文家之旧轨,倘融合出之,以彼法论列,较合俗尚。"①如此既见出修辞学框架结构的长处,又能运用于本国文字的条理实践。

既要借鉴东洋修辞学的文体理论框架,同时也要考虑古代散文的创作实际,且务必要将所有的文章类型一网打尽,绝非易事。为此,王葆心仔细比对武岛又次郎的修辞学著作与真德秀、曾国藩等文章选本目录,作出审慎取舍。近代东洋修辞学倾向于以行文的修辞手段或表达方式作为该类文章的文体名称,而传统文类划分往往采纳体制与功能并存的文体命名标准,故屡屡有龃龉不合处,这也是王葆心选择真德秀《文章正宗》作为《古文门类表》起点的原因之一。举例来看,武岛《修辞学》分设记事文、叙事文、解释文、议论文,王葆心指出这一分类未能穷尽史传和小说文体,尚存在缺陷,"命叙事文为说话文,则于真氏应为词令,于曾氏应为告语,则史传、小说不能隶入此门矣"②,即便将告语文悉数归入叙事文中,传统的史部记体文和文学地位新获提升的小说仍将无所依傍。可资参照的是,当时提倡新文学者如刘半农也充分认识到这一困境,区别仅在于他认为告语文不属于文学范畴,不在考虑范围之内:"然使尽以记事文归入史的范围,则在文学上占至重要之位置之小说,即不能视为文学,是不可也。反之,使尽以非记事文归入文的范围,则信札文告之属,初只求辞达意适而止,一有此项规定,反须加上一种文学工夫,亦属无谓。"③

而武岛氏后出的《作文修词法》设为记载文(美术、科学)、理论(议论、诱说)、书简三门,美术记载文下又有记体文和叙事文之分,"其意渐诣完

---

① 王葆心:《高等文学讲义》,汉口:维新中西印书局,清光绪三十二年铅印本。另外有关日本近代文章学著作的文体分类方法,参见本文第四章第二节的内容。
② 《古文辞通义例目》,第7057页。
③ 刘半农:《我之文学改良观》,朱德发、赵佃强编:《国语的文学与文学的国语——五四时期白话文学文献史料辑》,北京:人民出版社,2013年,第23页。

整矣"。王葆心最终选定的四体分类法即以武岛的修辞学著作为本,在采纳解释文、议论文提法之余,把记事文与叙事文合并为记载文(史传小说皆属此类),并将告语文部分予以保留,并未完全照搬东洋修辞学的标准。同时,尽管《古文辞通义》借用了外来修辞学和语法学的新式文体分类名称,分论各体文章作法仍以古代经典及传统文论填充其间,再次印证了其中西会通的学术立场。

(1) 告语文

告语文的名称直承告语门而来,与既有的西方修辞学和文体学体系格格不入。据《古文门类表》,告语文包括诏令、奏议、书牍、赠言、祭告等文体,而"关系篇"此节所论作法多限于奏议文,略及其余,侧重源于子家文派的论辩一脉,同时又明确将其区别于议论文和抒情文。告语文是传统的文体分类名称,虽也隐含文体的功能指向,与记载文、议论文等兼以主要修辞方式指称文章大类仍有所不同,王葆心在"告语文之普通作法"一节中曾援引刘熙载语,称"辞命亦只议论、叙事二者而已",因此告语文这一文类的完整保留并表征了《古文辞通义》文体论祖述因袭传统的面向。

王葆心节取焦竑、魏禧、章学诚、包世臣、刘熙载、曾国藩等六位明清文家之说,提出奏议文按文章风格可分为两类,一直一婉,一阴一阳,一刚一柔,适成并济之势,"一确切深峻为一派",源于名家或法家,多以学胜,行文有阴柔之美,代表作家有韩非、李斯、贾谊、张居正、胡林翼;"一博大昌明为一派",源于纵横家,多以才胜,行文有阳刚之美,代表作家则有陆贽、苏轼、陈亮、曾国藩。由于此类公文实用性较强,与时政关系极为密切,历代皆有名作优入文学之域,其平庸者亦或具有相当的史料价值。他从文章体貌的角度对此类文章进行分类剖析,忠实于传统文章学的批评语境,并将告语文的体貌标准与文家的个人修养相关联:"盖浅显关于才,典雅存乎学,斟酌又生乎识略,性情又须率以真诚,合四者用之于告语文,乃可从容而入于毋泛毋隐之域矣。"[①]实以名臣通儒为标榜,暗含对此类文

[①]《古文辞通义》,第7938页。

体经世致用价值目标的期许。

不过,因着政治环境和制度语境的迁变,告语文逐渐丧失了文学的审美属性,后世文章中惟有演说文庶几近之。如龚自知《文章学初编》从读者接受的心理机制角度析出适应知识、感情、意志的文章,其中,告语文即属第三种适应意志的文章。告语文的创作机制被认为与演说文相同:"文章有用以指导人生,使人因之而发生积极或消极行为者,其为适应,乃诉诸读者之意志。盖其文不唯使人有思想,有情绪,且使人有动机,如告语文演说文之类是。"①这自然是一种宽泛意义上的类比,也反映了告语文在传统审美语境分崩离析之后的尴尬处境。

(2) 记载文

记载文的概念由记载门推演而来,其表达方式以记叙为主,名称与表达方式基本一致。史部文字向来是记载文的大宗,王葆心长于乙部,故此节长篇大论,较其余文类尤为精心结撰。传状、志铭等记载文多有固定的写作程式和套路,其作法关键往往系于简繁(虚实、详略)的取舍编排。他所推崇的记载文法度,一本于桐城派义法。为此,他精心择取徐枋、方苞、恽敬、曾国藩四家分说,构筑记载文经典作法的理论脉络。其中,徐枋的观点尽见于《与杨明远书》一文,以人喻文,谓段落、意气、词藻分别对应人体之骨骼、筋脉、血肉,在叙事裁制上要求达到"能短者长之,能小者大之"。王葆心称赏徐氏"此论甚周通,后来桐城方灵皋义法之说,似出此",又点破徐氏与吴派惠氏汉学传承的渊源关系,为桐城叙事法度张目作了铺垫。

方苞主张言有物、言有序的"义法说"最初源起于记载文字,尤以《春秋》和《史记》为写作典范:"《春秋》之制义法自太史公发之,而后之深于文者亦具焉。"②其应用范围逐渐扩展至所有的古文:"夫秦、周以前,学者未尝言文,而文之义法无一之不备焉。唐、宋以后,步趋绳尺,犹不能无过

---

① 龚自知:《文章学初编》,刘锡庆主编:《中国写作理论辑评　现代部分》,呼和浩特:内蒙古教育出版社,1992年,第345页。
② 方苞:《又书货殖传后》,刘季高校点:《方苞集》(上),第58页。

差。东乡艾氏乃谓文之法,至宋而始备。所谓'强不知以为知'者邪?"①并过渡为古文品鉴的普适标准:"余尝以古文义法绳班史、柳文,尚多瑕疵;世士骇诧,虽安溪李文贞不能无疑,惟公笃信焉。"②结合其行文雅洁的要求,由是确立了叙事尚简的桐城家法:"古之晰于文律者,所载之事,必与其人之规模相称……故尝见义于《留侯世家》曰:'留侯所从容与上言天下事甚众,非天下所以存亡,故不著。'此明示后世缀文之士以虚实详略之权度也。"③尚简之义,非止于删繁就简的字面意思,而是包括了对文章从思想内容到体貌形式的整体性诉求。

阳湖派恽敬谓碑铭传状等记载文当用虚实相生之法,未出桐城之囿。湘乡派曾国藩论记载文同样步武桐城,只是落实到更加具体的细节技巧上。桐城一味尚简的文风也曾引发不少非议,王葆心旁征主繁之说,要归之于辞达而已,为桐城末流痛下针砭,同时提供救正之法。在完整勾勒以桐城尚简为核心的记载文作法理论之余,他也补充了有关语言奇偶和传体叙事等琐碎的行文技艺。

将史书文字悉数归入记载文类,是王葆心杂文学观的又一鲜明体现,修史也是他个人毕生志向所在,为此,他从官修、私撰、说部笔记、文集纪事等四个层面极论清史写作之弊,附及清初修撰《明史》之难:"更上而溯之,按以万季野、方望溪之言,而知修《明史》时尤有三难而生三弊。"④此节间示以碑志传状金石等文字格式、体例,可补"义例篇"未详之义。

(3) 解释文

所谓解释文,即是考据文章。《古文辞通义》既在解蔽篇其六"喜求征实、博考余剩而正义反隐"中畅论考订之文与散文有别,又在"文之总于经者"提出经学有资于作文的观点,多番辨析考据文与古文的区别,此处

---

① 方苞:《书韩退之平淮西碑后》,刘季高校点:《方苞集》(上),第111页。
② 方苞:《光禄卿吕公墓志铭》,刘季高校点:《方苞集》(上),第283页。
③ 方苞:《与孙以宁书》,刘季高校点:《方苞集》(上),第136页。
④ 《古文辞通义》,第7989页。

又拈出解释文作为散文之一体,似有前后矛盾的嫌疑。究其原因在于,王葆心借鉴日人儿岛献吉郎《汉文典》,同时受到姚鼐论文标举义理、考据、词章三者并行不悖的影响,得出考据文与古文内在精神一致的结论:"今以作考据文法入此编,亦在惜翁作文范围中。盖古文家必经之阶级也。"①

龙伯纯《文字发凡》是目前已知最早使用"解释文"一词的本土修辞专著,对解释文的性质作了有限说明,并于解释文外,特立说明文一项:"其说本于日本武岛又次郎之《修词学》和山岸辑光之《汉文正典》,书中甲组第一类为记事文,第二类为叙事文,第三类为解释文(原注:说明事理之所以然,与以科学之智识也),第四类为议论文。乙组实用文体中列有'说明文'一项。"②陈望道《作文法讲义》(1922年)始将解释文与说明文的概念合二为一:"解释文或称说明文,也称解说文。这一种文章底旨趣是在阐明普遍的关系,剖析疑似的界限,使人理解物体、事端以及别的意象。"③此后的实用文章学著作虽时有反复,最终确立将说明文作为以解说方法为主要表达方式的文体名称。

王葆心对解释文的定义仍处于该文体得到界定的草创阶段:"此解释文即近世合形体、音韵、训诂三种以成文之体。专言三种尚不成文,必合此三种附诸经典用之,而此解释文体始成。"④鉴于历代经学流派纷繁多歧,枝蔓无边,他先以实证与虚造、墨守与异义两类四种相反相成的说经方法总摄解释文写作的大体思路,又增添陈寿祺疑信并存、曾国藩虚实两尽之法,所采言论兼顾今古、汉宋等经学派别与路数。从具体的写作要求上来说,他认为解释文当以简明清豁为上,须从无字句处领会其意蕴,戒除偏执、添设、臆决等文病。

"说理之作,在文中为最难……至于考据之文,固宜征引博洽,然必援据得要,断制谨严,方能爽人心目。若但事钞胥,漫无裁剪,不得谓之文

---

① 《古文辞通义》,第8001页。
② 张寿康:《文章丛谈》,北京:知识出版社,1982年,第183页。
③ 陈望道:《陈望道学术著作五种》,上海:复旦大学出版社,2005年,第38页。
④ 《古文辞通义》,第8001页。

矣。"①考据之文被归入情、事、理三种统系的说理一脉,惟其所言之理,并不从属于世间的人情事理,也有别于经义阐释的义理之学,而一以文献考订为旨归。尽管考据文与古文之间存在着明显的沟壑,王葆心着眼于其表达的本质而行以解释文之名,不仅解决了考据文归属的棘手问题,也从侧面映衬出了古代文章概念所具有的弹性边界。

(4) 议论文

议论文属著述门下论著类,其所论对象原不受限制,而王葆心将议论文限定在论史、考史的范围中,甚至直接以"论史文""考史文"代替议论文之名,既和他本人史学本位的治学立场有关,也和中国古代议论文的实际创作情形相关。政论文章原是议论文字的大宗,但由于政论文字中的奏议、公牍、书启等已被划入告语门中,而且历代文家以史论政的倾向颇为突出,导致政论与史论结合分外密切,因此王葆心以史论文代替议论文的做法也在情理之中了。

议论文须有说服力,关键在于论证手段,其论证方法大致不出归纳、演绎两者,先总后分、先粗后精、先大后小为演绎,反之则为归纳。此外,王葆心还提出了比事法,即用"比类旁征"的方式将数十年间前后发生的历史事件联缀排比,由此见出前后联系和源流本末。归纳、演绎和比事,共同构成议论文论证的三种基本程式:"泛论近课虚,亦近外籀。切论近征实,亦近内籀。比论近比事。盖议论文之法,终不外此数者而已。"②这样的看法在王葆心同时期乃至稍后其时的文章学著述中屡见不鲜。比如,陈望道《作文法讲义》(1922 年)提出论辨文的证明方法不外乎三种:"证明有种种的法式。依推论底方法,可分为演绎法、归纳法与比拟法三种。"③又如夏丏尊、刘薰宇《文章作法》(1926 年)谈及议论文作法,所举出的三种论证方式基本相同:"演绎法,归纳法和类推法,是论证底基本方

---

① 高步瀛:《文章源流》,余祖坤编:《历代文话续编》(下),第 1280—1281 页。
② 《古文辞通义》,第 8041 页。
③ 陈望道:《陈望道学术著作五种》,第 50 页。

法。"①之所以会出现这种现象,是因为近代文章学思想都受到论理学(逻辑学)方法论影响,对逻辑论证方法的推演皆从严复《穆勒名学》《名学浅说》等译著而来。由此可见,王葆心以论理学的最新理论成果嫁接文章学理论的尝试体现在多个方面,以及他不遗余力弥缝西学与传统文章学之间的努力。

他探讨议论文作法的另一重点是论史、考史的文章作者临文时所应抱有的态度,兼及论史得失。其原则态度亦见于对历代文论的取舍之中,魏禧论史主张不轻议古人古事,必待设身置地、易地而处方可;王崇简"苛以论其心,恕以论其时与势",强调论心不论迹,宽严相济;黄鹏扬论史须知人论世,"论史、论人必于其事、论事必于其时"。皆近于章学诚持"文德"主敬恕之心的观点。不然,则百弊丛生、流于诡诞:"论史之病,宋人如胡致堂之流近于苛虐;明人如丘琼山、李卓吾之流近于诡僻。"②体现了王葆心与时俯仰的通达史观。

除胪列各家正法外,王葆心也不讳言论史别调,且能予以针对性的纠偏矫枉。如他认为李贽论史持法为"攻君子之短,不没小人之长",虽失之于过犹不及,在权变之际仍有可取之处,又如彭士望"课虚法"主张"于无文字处得古人要害",其弊端是易流于诞妄,须用魏禧征实客观之法加以救正。彭士望曾直斥以明季李贽为首的奇邪狂狷士风是导致明代学术衰败的根由:"窥朝廷李贽、何心隐、邓溪渠辈为之倡奇行者,嫉势嫉伪之所从出也。"王葆心则是从文章本位的角度立论,阐发论史与世运之间的微妙联系:"自李氏发此自由言论以来,厥后踵之者有颜、李之学,有彭、罗、汪之学,皆与李近。至今世欧、和种种学说输入,其精神亦多与李同撰者,盖世局之迁变使然也。"③指出思想史与文章学之缠绕往往折射出时局异变的征兆,在近代文章学的突变中益感时忧,寄托遥深。

《古文辞通义》兼采东西的文类划分折射出近代文章学在过渡时代产生的复杂性特征。与此同时,在清末官方钦定的词章、文学诸阶段课程纲

---

① 夏丏尊、刘薰宇:《文章作法》,上海:开明书店,1926年,第66页。
② 《古文辞通义》,第8025页。
③ 同上书,第8032页。

领中,对文体名称的指涉也变动不居,"从前张文达奏定《学章》,分记事文、说理文二种,而以记事文为入手之程限。张文襄续定《学章》其《大学章程》称"云云,前者当指张百熙《钦定中学堂章程》《钦定小学堂章程》(壬寅学制)对中小学堂功课教法的规定,中学堂词章一科由一年级至四年级分别作记事文、说理文、章奏传记、词赋诗歌①,高等小学堂读古文词一科亦按年级顺序,所学由说理之文到记事之文②,后者则是张之洞《奏定大学堂章程》(癸卯学制)中国文学研究法之研究文学要义下的一项,对记体文、图表文、目录文以及其他艺术文体等日常实用性作文教学作了特殊的强调和说明,此外癸卯学制中再未出现过记事文、说理文这样的提法。民国成立后,对文类划分标准的讨论仍在延续。1922年,梁启超《作文教学法》提出:"文章可大别为三种。一、记载之文。二、论辩之文。三、情感之文。"③该演讲稿存在两个版本,在东南大学暑期学校的演讲中,梁启超对文章的分类"更加狭隘与简化","专从思想路径区分"记述之文与论辩之文,"将情感之文完全排除"④,或同样受到日本近代文典著作理论的影响。值得一提的是,梁启超将情感这一因素在文学中的地位加以大幅超拔,提示了古典文学向抒情传统和文学美术教育的复归进程。

三、"文本于经"与"子家之文"

经、史、子、集四部不仅是中国传统的图书目录分类方法,也是古代知识类型的重要表征。四部的编排顺序也与内容的重要程度和位置高低一一对应,经部要籍为儒家经典,地位最为超然,史、子、集部等而下之。方以智论治学次第云:"昔人谓胸中先有六经、《语》、《孟》,然后读前史。史既治,则读诸子,是古人治心积学之方,往往有叙有要。"⑤是对四部分类法暗含学术层级的一种表述。与此同时,在传统杂文学观的视域下,经史子

---

① 璩鑫圭、唐良炎编:《中国近代教育史资料汇编 学制演变》,第264—265页。
② 同上书,第274—275页。
③ 梁启超:《作文教学法》,《梁启超全集》第七册,北京:北京出版社,1999年,第4072页。
④ 夏晓虹:《梁启超的文类概念辨析》,《燕园学文录》,第237—255页。
⑤ 方以智:《文章薪火》,王水照编:《历代文话》第四册,第3216页。

集诸种文献皆可被视作文学文本:"吾国文章范围颇广,举凡政治、哲理、历史、舆地,苟藉文字以见者,悉包括于文章之中,所谓经史诸子皆文是也。"①只不过,除集部文字尚可自然过渡为文学文本外,其他三者皆有分说。比如,将儒家经典看作文章因带有对经部典籍和尊经传统的"轻渎",时不时受到非议:"若六经之文,非可以文论者。"②阮元溯源文章传统,仍执《文选》标准,主张辞章理应区别于经、子、史:"昭明所选,名之曰文。盖必文而后选也,非文则不选也。经也,子也,史也,皆不可专名之为文也……然则今人所作之古文,当名之为何? 曰:凡说经讲学皆经派也,传志记事皆史派也,立意为宗皆子派也,惟沉思翰藻乃可名之为文也。"③并强调"是乃子、史正流,终与文章有别,此千年坠绪无人敢言者也"④,为抬高骈文地位强为作解,也从侧面反映了历代普遍将经、史、子视为文章之一体的基本共识。然而也有论者认为集部之学别是一家,与经史有别,如杭世骏《袁才子文集序》云:"文莫古于经,而经之注疏家非古文也,不闻郑《笺》、孔《疏》与崔、蔡并称。文莫古于史,而史之考据家非古文也,不闻如淳、师古与韩、柳并称。"⑤王葆心在为考据文独树一帜的同时也反对在古文中大量引入考据文字,比较接近和认同古文别是一家的观点。

需要强调的是,尊经意识始终在历代文章学思想中有所体现,如论者根据文之来源区分高下:"六经之文,诸子不能及者,圣人也;诸子之文,史不能及者,贤人也。"⑥叶元垲转引姜南《叩舷凭轼录》解释文章代降而卑的现象也沿用经、子、集之文层级递降的逻辑:"盖周之文,六经、孔孟也;七国之文,诸子之文也;汉之文,文士之文也。道失而意,意失而辞,可以见诸子不如六经、孔孟,文士不如诸子也。"⑦或如刘熙载《艺概》以文之范围不出六经,"九流皆托始于六经",而将儒学、史学、玄学、文学尽皆纳入经

---

① 胡朴安:《历代文章论略序》,王水照编:《历代文话》第九册,第9090页。
② 田同之:《西圃文说》,王水照编:《历代文话》第四册,第4081页。
③ 阮元:《书梁昭明太子文选序后》,《揅经室集》,北京:中华书局,1993年,第608—609页。
④ 阮元:《与友人论古文书》,《揅经室集》,第609页。
⑤ 叶元垲:《睿吾楼文话》,王水照编:《历代文话》第六册,第5457页。
⑥ 陈绎曾:《文章欧冶附古文矜式》,王水照编:《历代文话》第二册,第1290页。
⑦ 叶元垲:《睿吾楼文话》,王水照编:《历代文话》第六册,第5384页。

部渊源。

更通行的观点是从经、史、子之中汲取丰富学养,作为文章创作论和修辞论的储备和积累。《王氏谈录·经史》云:"经书养人根本,史书开人才思,此事不可一日废,而须自少年积之。"吴曾祺《涵芬楼文谈》仿《文心雕龙》体例,而首以宗经、治史、读子三者,宗经为积理,治史乃有识,子书则多精语巧意,要在学者自行斟酌。被视为文章根柢的经、史、子时有主辅之别:"《五经》《四书》,五谷也;史籍艺林,脯醢盐蔬茶酒也。贯穿餍饫,可以养生,可以长世。若诸子、佛老,则海外奇品,适口滋毒者也。"①于甲乙丙部各有擅场者,其文风也随之变化消长:"长于《易》者其言精深而奥洁,长于《诗》者其言温雅而飘荡,长于《书》者其言重硕而通达,长于《礼》者其言严慎而暇愉,长于《春秋》者其言浑朴而简峻,长于史者其言恢奇而溥博,长于子者其言纵厉而峭实。"②经、史、子、集本各自成家,自桐城派以词章与义理、考据颉颃而行,回归文章本身的诉求有所提升,如林纾谓:"经生之文朴,往往流入于枯淡;史家之文,则又骧突恣肆,无复规检。二者均不足以明道。"③

《古文辞通义》"总术篇"专论文家所资之书,分梳了经书、史书、子书与历代文章的关系,昭示了经学、史学、子学与文学的互动。王葆心长于史传文章,对史书和方志编纂皆饶有心得,由于他另有专书探讨史书方志的编撰体例,此节仅概述其文史合谊的观点,主要侧重于对经学、子学与文学关系的阐述。在文之总于史的部分,他主要从叙事文可补史之不足、文家与史家合谊同归等文学文本与历史文本转换的层面考察了文史之间的互动,揭示了杂文学体系内部跨类连动的文本传统。

钱锺书先生曾将"六经皆史"这一表述的渊源追溯至道家典籍,南宋理学诸家亦有分说,尤以明代王守仁《传习录》为典型代表:"《春秋》亦经,五经亦史。"④在王守仁之前,潘府《南山素言》也明确提出过五经皆史的观

---

① 张谦宜:《絸斋论文》,王水照编:《历代文话》第四册,第3937页。
② 曾国藩语,引自薛福成:《论文集要》,王水照编:《历代文话》第六册,第5806页。
③ 林纾:《国朝文序》,《畏庐文集》,《民国丛书》第4编,第3页。
④ 钱锺书:《谈艺录》,第656—659页。

点:"五经皆史也:《易》之史奥,《书》之史实,《诗》之史婉,《礼》之史详,《春秋》之史严,其义则一而已。"①王世贞也表达过"六经皆史"的观点:"天地间无非史而已。三皇之世,若泯若没,五帝之世,若存若亡。噫!史其可以已耶。六经,史之言理者也。"②这一议题在清代学人章学诚的表述中尤为凸显。相对地,从文章本位的角度出发,也大量存在用文学标准衡量史书文本的情况:"《史记》、两《汉》、《三国》、《五代史》皆事与文并美者;其余诸史,备稽考而已,文章不足观也。"③

文学与史学存在着充满张力的离合关系,文史不分家的传统为彼此间的自由转化创造了条件,被誉为"史家之绝唱,无韵之离骚"的《史记》和杜甫的"诗史",就是文史交互的典型文本。王世贞《艺苑卮言》通论文史,将文章各体悉数归入史部:编年、本纪、志、表、书、世家、列传,"史之正文也";叙、记、碑、碣、铭、述,"史之变文也";训、诰、命、册、诏、令、教、制、上书、封事、疏、表、启、笺、弹事、奏记、檄、露布、移、驳、谕、尺牍,"史之用也";论、辨、说、解、难、议,"史之实也";赞、颂、箴、哀、诔、悲,"史之华也"。史学观念的过度泛化难免也会带来文史界限的混淆,如朱荃宰《文通》云:"'文胜质则史',故知史之为务,必藉于文。以文叙事,可得言焉。而今之作者,或虚加练饰,轻事雕彩;或体兼赋颂,词类俳优。文非文,史非史。"④此外,也有文苑与史传相辅而行的说法,如王葆心转引章学诚语:"史与《文选》各有言与事,故仅可分华与实,不可分言与事。盖东京以还,文胜篇富,史臣不能概见于纪传,则汇次为文苑之篇。文人行业无多,但著官阶贯系,略如《文选》人名之法……则知一代文章之盛,史文不可得而尽也。萧统《文选》以还,为之者众,今之尤表表者,姚氏之《唐文粹》、吕氏之《宋文鉴》、苏氏之《元文类》,并欲包括全代,与史相辅。此则转有似乎言事分书,其实诸选乃是春华,正史其秋实尔。"⑤文史互通也是《古文辞通义》的基本著述宗旨之一。

---

① 叶元垲:《睿吾楼文话》,王水照编:《历代文话》第六册,第5481页。
② 朱荃宰:《文通》,王水照编:《历代文话》第三册,第2699页。
③ 吴德旋:《初月楼古文绪论》,王水照编:《历代文话》第五册,第5043页。
④ 朱荃宰:《文通》,王水照编:《历代文话》第三册,第2960页。
⑤ 《古文辞通义》,第7873页。

由于传统杂文学体系的基本特点使然，文学作品也可以充作信史的材料："明代唐顺之、李攀龙、王世贞，未尝为史，其集中传人之作，摹拟《史记》，惟妙惟肖；本朝侯朝宗、姜西溟亦然。就史裁论之，不免优孟衣冠，具形如蜕；而其文矫若游龙，未尝无独步千古之概。"①事实上，不少作者在创作传记或者记载文字时都会有意识地肩负起历史亲历者和见证人的角色，从而凸显文章的史料价值。《古文辞通义》曾引《林下偶谈》强调叶适文集编年的原因在于希求以文存史："水心文本用编年法，自淳熙后，道学兴废，立君、用兵始末，国势污降，君子小人离合消长，历历可见。后之为史者，当取资焉。"《林下偶谈》此段材料的原题即作"水心文可资为史"。王葆心也以新出文献的文史互证为之补充："近世嘉兴钱氏《碑传集》、平江李氏《先正事略》、湘阴李氏《耆献汇征》，皆取资于文集者。"这也与他本人史传方志的书写和文征事略的搜集活动遥相呼应。

（一）"文之资于经者"

经学对文学的影响源远流长。从文章的体制渊源来看，文源于经的说法历代皆层出不穷，如《文章精义》云："《易》《诗》《书》《仪礼》《春秋》《论语》《大学》《中庸》《孟子》，皆圣贤明道经世之书。虽非为作文设，而千万世文章从是出焉。"②从性质上来说，类似的表述应作一分为二的看待：一方面，这是出于儒家传统的尊经要求，如《文心雕龙·宗经》所言，经文之中预先包含了文章所能呈现的所有范式："然刘彦和、颜之推均主文出于经、经可统文之说。后儒乘而衍其绪，于是而经与文合之一面胜，经与文分之一面微。"③另一方面，从实际的创作修辞层面而言，文章的内容、作法、形态同样可以从经文之中汲取素材和原料，通过引经据典的方式完善技巧，如王景文曰："文章根本皆在六经，非惟义理也，而机杼、物采、规模制度无不具备者。"④兼体用而言，经之于文皆意义非凡，表里相依。

---

① 马䌹章：《效学楼述文内篇》，余祖坤编：《历代文话续编》（下），第1858页。
② 李淦：《文章精义》，王水照编：《历代文话》第二册，第1161页。
③ 《古文辞通义》，第7861页。
④ 王应麟：《玉海·辞学指南》，王水照编：《历代文话》第一册，第921页。

从文章学的角度说明经学对文章的影响研究近年来也陆续出现：吴承学以注疏形式之一的章句之学为例，认为"章句之学对于文本结构与层次的发现与分析为文章学的发展奠定了形式基础"，剖析了经学阐释学与文章学之间的互动①；何诗海从"文势"出发，阐明"经学是唐代文章变革的思想武器，特别是古文运动中关于文章性质、功用、语体特征、审美旨趣以及作家修养的探讨，无不打上了经学烙印"②。汉唐经学一脉相承，对当时的文章学都产生了一定的影响。清代经学成就彰明昭著，受朴学学风影响下的文章学也呈现出有别于前的独特风貌。

清初学者有感于明季空疏之弊，重拾汉代经学传统，以朴实学风振起经世致用思潮。皮锡瑞《经学历史》以清代为经学复盛时代，以其创获的成就直承两汉，至于乾嘉之际，学人更是"尽弃宋诠、独标汉帜"，辑佚书、精校勘、通小学被视为"国朝经师有功于后学者"之三事③。作为语言文字根柢之学的小学，下分文字、音韵、训诂之学。

由于乾嘉考据实绩斐然，主张宋学者亦不讳言小学对治经的重要性："汉学家强调由小学训诂解经的这一经学取向，在十八世纪汉学鼎盛时期得到了学术界的积极回应。"④以《尔雅》《说文》等为代表的系列辞书成为时人治经必备的工具用书："训诂之学，发端于《尔雅》，旁通于《方言》。六经奥义，五方殊语，既略备于此矣，嗣则叔重《说文》，稚让《广雅》，探赜索隐，厥谊可传。"⑤如当时隶属理学阵营的罗有高也曾肆力于训诂之学："若根器近局而喜文字，须与选定王介甫、曾子固、归震川、王遵岩四氏文，令见澹泊廉削之趣，必令于九经中专治一经，治经必要先通训诂，治注疏必先从《说文》《尔雅》起根。"⑥在重视小学的乾嘉学风的观照下，古文词章的写作和评鉴也随之出现了一些新的现象和焦点。王葆心《古文辞通义》敏锐洞察到文章宗经的普遍存在，而且从具体的写作层面讨论了经学与古

---

① 吴承学：《中国古代文体学研究》，第266—296页。
② 何诗海：《唐代经学与文章之学》，《浙江学刊》，2009年第1期，第90—96页。
③ 皮锡瑞著，周予同注：《经学历史》，北京：中华书局，2008年，第330页。
④ 陈居渊：《汉学更新运动研究——清代学术新论》，南京：凤凰出版社，2013年，第130页。
⑤ 王引之：《经籍纂诂序》，《湖海文传》卷二十三，《续修四库全书》本。
⑥ 罗有高：《与彭允初三》，《尊闻居士集》卷四，《清代诗文集汇编》第379册。

文创作的关系,由此揭示了清代学术与文章之间的既对峙又统一的互动关系。

(1) 考据入文之弊

清初李绂撰有《古文辞禁》八条,其一即为"禁用训诂讲章",他抨击村野塾师强为解经,且将浅陋之说引入古文,但同时也为经传注疏之文进入古文留有一线余地,"如古文中必欲援引经传,则汉注唐疏差为近古耳"①,针对的是明末空疏不文的文坛风气。黄宗羲《论文管见》谓:"文必本之六经,始有根本。唯刘向、曾巩多引经语。至于韩、欧,融圣人之意而出之,不必用经,自然经术之文也。近见巨子,动将经文填塞,以希经术,去之远矣。"②批评的则是明清之交文坛充斥着的以注疏为文、以经语作文的制义习气。

乾嘉之际,实学振兴,经学昌明,一扫明季学风之弊。不过,考据精神之盛却为古文词章的创作带来了新的滞碍。考据与词章之间存在对抗性的张力,有源于其各自为阵的两方面的原因。刘师培《论近世文学之变迁》将此中关系说得极为分明:"一曰鄙词章为小道,视为雕虫小技,薄而不为;一曰以考证有妨于词章,为学日益则为文日损。"前者代表了大多数汉学家的立场,后者则体现了文章本位的文家视角。

从汉学阵营的主张来看,清学领袖戴震坚持"事于文章者,等而末者也"的观点,将文章之学置诸义理、考核之后,加剧了桐城派与汉学家考据活动之间的紧张关系。姚鼐标举义理、词章、考证以示三者并行不悖:"鼐尝谓天下学问之事,有义理、文章、考证三者之分,异趋而同为不可废。"③这一主张表面上似为持平之论,其中也暗含为词章之学张目助势、与考据之学分庭抗礼的意味。王葆心亦认同此论:"戴氏与姚氏之学异趣……两人之语意略同而用心各异。"④段玉裁接续戴震晚年以义理

---

① 李绂:《古文辞禁》,《穆堂别稿》卷四十五,《清代诗文集汇编》第233册。
② 黄宗羲:《论文管见》,陈乃乾编:《黄梨洲文集》,北京:中华书局,1959年,第481页。
③ 姚鼐:《复秦小岘书》,刘季高标校:《惜抱轩诗文集》,上海:上海古籍出版社,1992年,第104页。
④ 《古文辞通义》,第7929页。

为考核与文章之源的思想,并加以申发:"后之儒者,画分义理、考核、文章为三,区别不相通,其所为,细已甚矣。"①至与姚鼐的观点完全背道而驰。

从文家的角度出发,考证之学对词章著述的负面影响主要表现为重学轻文。乾嘉时期,汉学作者因文风多征实而无性灵而备受诟病:"及乾、嘉之际,通儒辈出,多不复措意于文,由是文章日趋于朴拙,不复发于性情,然文章之征实,莫盛于此时。"②当时无论汉宋学者,直以学问为文的倾向都非常突出:"由是以语录为文,以注疏为文,及其编辑文集也,则义理考订之作均列入集部之中,目之为文。"已有研究者指出,除戴震等汉学家自矜其文外,章学诚《文学叙例》以经史之文代替秦汉唐宋词章之文,同样昭示着有清一代从"文人之文"向"学者之文"的转变③。

乾嘉汉学者的个人别集或群体的文章总集多半有晦涩不文的缺陷。譬如,朱珔曾汇辑名家说经之文为《诂经文钞》一书,笃好桐城文章的李元度评曰:"说经之文,至国朝而极盛,朱兰坡侍讲尝辑《诂经文钞》六十二卷,可谓富矣,然多笺疏体,非文集体也。"④赞成朴学的李慈铭也对考据入文持有批评态度:"阅《授堂文钞》,其文多裨考证,笔近涩滞简质,或如注疏家,或如金石文。"⑤这些选集的文章中夹杂大量注疏,甚至直以考据为文,背离了文章的审美本位,明显是受到乾嘉学风濡染的产物。对此,王葆心也颇有微词:"近世校勘家所著之文集皆不免,如顾广圻、钱泰吉之流皆是,竟不可以文章论。"⑥

不过,就文章的鉴赏与接受而言,过分拘泥于字词训诂,同样会对词章的理解带来妨害。姚鼐弟子方东树撰写《汉学商兑》,一一驳斥尊汉抑宋诸论,对训诂有甚于义理之说,拈出语气有助文义理解,与之争锋相对:"考汉学诸公,大抵不识文义,故于义理多失。盖古人义理,往往即于语气

---

① 段玉裁:《戴东原集序》,《戴震文集》,北京:中华书局,1980 年,第 1 页。
② 刘师培:《论近世文学之变迁》,《中国近三百年学术史论》,第 172 页。
③ 陈平原:《中国散文小说史》,上海:上海人民出版社,2004 年,第 188 页。
④ 李元度:《天岳山馆文钞目录二》,《天岳山馆文钞》卷二,《清代诗文集汇编》第 683 册。
⑤ 李慈铭:《越缦堂读书记》,上海:上海书店,2000 年,第 1069 页。
⑥ 《古文辞通义》,第 7090—7091 页。

见之,此文章妙旨最精之说,陋儒不解也。"①文后并举诗经中的文字为例:汉学者臧琳《经义杂记》据唐开成石经,认为《小雅·车攻》"萧萧马鸣,悠悠旆旌"中的"萧萧"应当写作"肃肃",方东树则根据毛传"言不欢哗也"的解释,提出上下两句合而观之自有肃静之意,恰能与后文"之子于征,有闻无声"两相印证。方氏根据上下文的语境推断出经文原义,能够对汉学家囿于考据而失之僵化的做法起到一定的纠偏作用。

传统的训诂方法固然有助于解释经文字句的含义,但有时须根据上下文语境加以灵活变通,个别字词的解释反而要留待全句意义明了之后才能确定是非,所谓"诗无达诂"也正有取于此。钱锺书亦将《诗经》此句作为以声衬寂、以动衬静的典型:"寂静之幽深者,每以得声音衬托而愈觉其深。"②并以解释学中的阐释循环理论对此类解读方法加以比附:"乾嘉'朴学'教人,必知字之诂,而后识句之意,识句之意,而后通全篇之义,进而窥全书之指。虽然,是特一边耳,亦祇初桄耳。复须解全篇之义乃至全书之指('志'),庶得以定某句之意('词'),解全句之意,庶得以定某字之诂('文')。"③由整体阐释回归返求具体的细枝末节,突破汉儒训诂之法的藩篱,也是宋儒在经文阐释与理解方面的长处。阮元为王引之《经传释词》作序,称赞其于通达训诂之余,同时能够考虑到文章辞气的问题,因而对经义的理解更为全面:"高邮王氏乔梓,贯通经训,兼及词气。"④正是着眼于该书训诂与文气兼顾的训释特点。

王葆心意识到经学对古文存在的负面影响,并指出乾嘉时期汉学家与古文家的紧张对立,但他提出能者合之、不能者分之的观点,奠定了"文可资于经者"的基调:"所谓经学、玄学、理学,其原本与文学有质文之别,故偏于彼自不能工于此。且一则为质,一则为灵;一则为道,一则为器;一则为天事,一则为人事也。在杰出者能合之,下此者必分之也。"⑤也正因为此,他在"解蔽篇"中把征实博考、理学讲章一脉视为文病,却又将经学

---

① 方东树:《汉学商兑》卷中之下,《汉学师承记》(外2种),上海:中西书局,2012年,第130页。
② 钱锺书:《管锥编》(一),北京:生活·读书·新知三联书店,2001年,第234页。
③ 同上书,第281页。
④ 阮元:《经传释词序》,《经传释词》,长沙:岳麓书社,1985年。
⑤ 《古文辞通义》,第6897页。

解释文划入古文范围以为调和。

(2) 训诂有资于作文

训诂之学常与义理之学对举,成为清代汉宋之争的一大焦点。汉学巨擘戴震即以训诂作为区分汉儒经学与宋儒经学的重要标志:"今人读书,尚未识字,辄薄训诂之学。夫文字之未能通,妄谓通其语言;语言之未能通,妄谓通其心志,此惑之甚者也。论者又曰:'有汉儒之经学,有宋儒之经学,一主于训诂,一主于义理。'夫使义理可以舍经而求,将人人凿空得之,奚取乎经学?惟空凭胸臆之无当于义理,然后求之古经;求之古经而遗文垂绝,今古悬隔,然后求之诂训。训诂明则古经明,而我心同然之义理,乃因之以明。"[1]训诂之学不仅仅是治经的基础,同时也是关涉"文之资于经者"的一大枢纽。《古文辞通义》明确了训诂可资作文的观点:"夫诂经、笺释之体,本未可合之作散文。然经学中恰有资于作文一事,曰训诂。"[2]从训诂的体类和性质来说,有正文体、传注体和专著体之分[3]。最为习见的训诂形式当属传注体;据阮元《经籍纂诂·凡例》,一者谓"经传本文,即有诂训",一者云"有以诂训代正文者",皆属正文体;而《尔雅》《说文》一类的文字音韵专书则为专著体。

对训诂可资作文这一命题,立场不同的清代学人有着不同的论证逻辑。从经学本位立场出发的汉学家,对古文词章殊不经意。清初沈起元曾引明末高士王育之言谓:"自词章训诂之学兴而大学废,自制义之学兴而小学废。"[4]高度程式化的时文往往断章取义,不求甚解,致使经文亦支离破碎,此自不待言。而古文家以经义为古文,将经视作"文料",这在尊经卫道者看来,同样是离经叛道之举。不过,明确提出训诂可为词章之资者也不乏其人。如经学造诣颇高的李调元曾编纂《十三经注疏锦字》一书以为作文之备,提出训诂与词章有别,却正可为词章作料,李自序该书云:

---
[1] 钱大昕:《戴先生震传》,《戴震文集》,北京:中华书局,1980年,第264页。
[2] 《古文辞通义》,第7093页。
[3] 杨端志:《训诂学》,济南:山东文艺出版社,1985年,第21—27页。
[4] 沈起元:《字体辨伪序》,《湖海文传》卷二十二,《续修四库全书》本。

"训诂之文,非词章之学也。而深于训诂者,词章亦不外是焉。汉唐儒者,一生精力悉耗之注疏中,至有一字一言之微,累千百言解之而不能尽者。学者病其繁重,兼谓治经之外,无所复施,几于高阁庋之,不知其诠释名物、研芳撷艳,洵屈、扬、班、马无以过哉,岂专讲经而已乎?余故摘其标新领异之语,别为四卷,名曰注疏锦字。或者谓训诂之文,不宜与词章作料,是犹未得忠恕而语一贯,宜乎其茫然也。"①阮元《西湖诂经精舍记》亦谓:"诗人之志,登高能赋,汉之相如、子云,文雄百代者,亦由凡将、方言贯通经诂。然则舍经而文,其文无质;舍诂求经,其经不实。为文者尚不可以昧经诂,况圣贤之道乎?"阮氏所言,由训诂以求经,由经以作文的论证策略呈现出迂回曲折之势,与其汉宋调和论如出一辙。

而在不太服膺汉学的文家看来,训诂可资作文的看法往往以一种更为顺理成章、不言而喻的方式得到表述。彭绍升尝谓罗有高之文"出入乎儒释,泛滥乎庄荀,兼综乎训诂辞章"②,罗氏为文得之于小学者不少,其评骘前贤,亦以桐城方苞为小学不精,故其所作古文多失之于俚俗:"方先生,其服古之辞也笃。其论文术义法详矣。其失也局,小学三家,未之有明焉。其文力求雅驯而未免俚。"③曾受业于刘熙载的清代词学家沈祥龙谓:"用古字而有所本,其文必雅。此当于群经外博观周、秦诸子、《史》、《汉》诸书,而其要在通贯《说文》。"④王葆心识其语云:"此文家留心训诂之方法也。"同样明确地将训诂方法作为古文的写作材料来看待。

"训诂有资于作文"这一提法在字法上的应用主要表现为吐故纳新。训诂为文家创作提供了极其丰富的语词选择,通过同义、偏义、古今、雅俗等的转换,能够造成陌生化的行文效果,从而避免同一词语反复重出造成的呆板印象。湘乡派曾国藩进一步明确了训诂可资作文的道理,他曾经从经、史之文中辑出单字、骈字、双字、古今雅俗异同字等特殊词汇,录为《诂训杂记》,"即作文预备之书"⑤。其教人作文,亦由训诂而入,并详细地

---

① 李调元:《十三经注疏锦字序》,《童山文集》卷四,《清代诗文集汇编》第384册。
② 彭绍升:《尊闻居士集序》,《湖海文传》卷三十,《续修四库全书》本。
③ 罗有高:《答杨迈公书二》,《尊闻居士集》卷三,《清代诗文集汇编》第379册。
④ 沈祥龙:《论文随笔》,《乐志簃笔记》卷三,《清代诗文集汇编》第731册。
⑤ 《古文辞通义》,第7094页。

分门别类,如《复李鸿裔》云:"承询虚实、譬喻、异诂等门……昔在京师,读王怀祖、段懋堂诸书,亦尝研究古文家用字之法。虚实者,实字而虚用,虚字而实用也……至用字有譬喻之法,后世须数句而喻意始明,古人只一字而喻意已明……至于异诂云者,则无论何书,处处有之。大抵人所共知则为常语,人所罕闻则为异诂……古人用字不主故常,初无定例,要之各有精意运乎其间……阁下现读《通鉴》,司马公本精于小学,胡身之亦博极群书,即就《通鉴》异诂之字偶亦抄记,或他人视为常语而己心以为异,则且抄之;或明日视为常语而今日以为异,亦姑抄之。久之,多识雅训,不特譬喻、虚实二门可通,即其他各门亦可触类而贯澈矣。"①曾氏晓谕其子作文,亦以训诂为着眼点:"余尝怪国朝大儒如戴东原、钱辛楣、段懋堂、王怀祖诸老,其小学训诂实能超越近古,直逼汉唐,而文章不能追寻古人深处,达于本而阁于末,知其一而昧其二,颇所不解。私窃有志,欲以戴、钱、段、王之训诂,发为班、张、左、郭之文章……尔既得此津筏,以后便当专心壹志,以精确之训诂,作古茂之文章。"②他将乾嘉朴学在训诂方面的成果视作古文写作之"津筏",恰与戴震等人以训诂为治经之"舟楫"("宋儒讥训诂之学,轻语言文字,是犹渡江而弃舟楫,欲登高而无阶梯也")形成鲜明而有意味的对照。姚永朴《文学研究法》曾转引张之洞语,亦以小学为词章之本源:"曩时巴县潘季约(清荫)为永朴述南皮张文襄公(之洞)督学四川日,每谆谆以此训后进,以为小学乃经史词章之本。"③综上,这些表述都有别于近代骈散合一派从奇偶相参的角度对传统语言文字学的倚重立场,体现了桐城—湘乡一系古文家对训诂利于作文的见解。

(3) 笺疏体与韩柳文

作为唐代古文运动的领袖,韩愈、柳宗元以单句散行为主的文章体式实践"文以明道"的诉求,"古文"之名始立。韩愈《上宰相书》自道为文之旨:"其所著,皆约六经之旨而成文。"柳宗元《答韦中立论师道书》云:"本

---

① 曾国藩:《复李鸿裔》,《曾国藩全集》第28册,长沙:岳麓书社,1986年,第842—846页。
② 曾国藩:《谕纪泽》,《曾国藩全集》第21册,第127页。
③ 姚永朴撰,许振轩校点:《文学研究法》,第5页。

之《书》以求其质,本之《诗》以求其恒,本之《礼》以求其宜,本之《春秋》以求其断,本之《易》以求其动。"据此,则韩、柳之学源于六经,韩、柳古文本于六经,亦非过论。

在清代朴学崇尚考据的学风陶染之下,汉学家大多持考证之疏密以为衡文标准,视学问之深浅关乎道之有无,钻研文章写作则被诋为舍本逐末。如戴震《与方希原书》谓马、班、韩、柳之文皆不合于道:"事于文章者,等而末者也。然自子长、孟坚、退之、子厚诸君子为之。曰,是道也,非艺也;以云道,道固有存焉者矣。如君子之文,亦恶睹其非艺欤!"①主张宋学者亦不甘示弱,为之辩驳纾解,如方东树《复罗月川太守书》云:"韩退之、柳子厚论文必原本《六经》。"清代桐城派诸人上承唐宋之际韩、柳、欧、苏确立的古文道统,同时也与宋学支持者过从甚密②。汉宋之争暗潮汹涌,引发了重新审视韩、柳之文的契机,波及了时人对韩、柳之文的再评价,并集中反映在经义、考据、笺疏入文的问题上。

刘熙载曾谓以经义为古文自韩愈即有之:"《宋文鉴》载张才叔《自靖人自献于先王》一篇,隐然以经义为古文之一体,似乎自乱其例。然宋以前已有韩昌黎省试《颜子不贰过论》,可知当经义未著为令之时,此等原可命为古文。"③《颜子不贰过论》是唐贞元九年博学宏词科试题,因题干本身出自《论语》,引经义入文亦在情理之中。此外,以小学为作文之佐助亦被追溯至韩文:"若散文,自韩氏开宗之时,尔时即阐作文宜资小学之旨。"如韩愈《进学解》有"记事者必提其要,纂言者必钩其玄"等语,章学诚据此论断韩文所提到的钩玄提要应为临文之备,言辞之中颇有不屑之意:"而韩氏所自为玄要之言,不但今不可见,抑且当日绝无流传,亦必寻章摘句,取备临文摭拾者耳。"④王葆心对此也有所阐发:"若散文,自韩氏开宗之时,尔时即阐作文宜资小学之旨。"⑤

---

① 戴震:《与方希原书》,《戴震文集》卷九,北京:中华书局,1980年,第143页。
② 关于桐城派与汉学家的关系,参考漆永祥《乾嘉考据学家与桐城派关系考论》,《文学遗产》,2014年第1期,第94—115页。
③ 刘熙载著,袁津琥校注:《艺概注稿》,北京:中华书局,2009年,第868页。
④ 章学诚:《文史通义·博约上》,章学诚著,叶瑛校注:《文史通义校注》,第158页。
⑤ 《古文辞通义》,第7093页。

此外,《古文辞通义》全文录入罗汝怀《与曾侍郎论文书》一书,为其有"力申文事不得尽废笺疏之说",并举韩文两篇为证,力陈笺疏有资作文之义:"夫文之得以气言者,莫过于唐之韩、宋之苏,而韩之《状复仇》,两引《周官》,一引《公羊》,而疏解之辞句,不下数十,其《上宰相书》则尤繁。"①韩愈《复仇状》并引《周官》和《公羊传》,讨论对梁悦为父报仇杀人案的处置,只及经文而已。至其《上宰相书》,则频频引用《诗经》《孟子》《尚书》三书经文及其注疏,对《诗经》引用尤繁,先引诗序,复引诗句,再引诗传,显见得是有意为之,自成体式。储欣论《上宰相文》云:"六艺未坠,文字中兴,即此而决。"②对此文屡屡引经据典评价颇高。

不过,韩愈笔下的经义入文在以求实、严谨相号召的乾嘉学风中受到了巨大的质疑。邵晋涵之子邵秉华认为不通训诂则不能言文:"曾谓不通经训,不究六书而可以言文乎哉? 六朝以降,言古文者,首推昌黎韩氏,然苦《仪礼》难读,以《尔雅》为注虫鱼之书,束《春秋三传》于高阁,已开宋人游谈无根之渐。"③他对韩文的不满,在很大程度上是源于韩愈对《尔雅》等字书不够重视。提倡通经致用的章学诚也对韩文浅学时有微词,仅以辞章家目之,甚或讥其不甚识字:"《文选》扬、马诸赋,非通《尔雅》善小学不能为之。后代辞章之家,多疏阔于经训;韩昌黎文起八代之衰,乃云'凡为文辞,宜略识字',略识云者,不求甚解,仅取供文辞用也。"④尽管章氏学术在当时独树一帜,超拔于汉宋之争以外,更可见出时人对这一问题的普遍关注。

桐城姚鼐弟子陈用光对汉宋分歧的看法较为温和,曾引姚鼐语重申义理、考据、词章不可偏废的提法,并多次指出适当地引考证入词章适可为古文之佐助:"世人以古文学者多空疏,职是故也。且能以考证入文,其文乃益古。吾师尝语用光云:太史公《周本纪赞》所谓:'周公葬我毕,毕,在镐东南杜中。'此史公之考证也,其气体何其高古! 何尝如今人繁称博

---

① 罗汝怀:《与曾侍郎论文书》,《绿漪草堂文集》卷二十,《清代诗文集汇编》第 617 册。
② 吴文治:《韩愈资料汇编》(三),北京:中华书局,1983 年,第 915 页。
③ 邵秉华:《平津馆文稿书后》,《平津馆文稿》序,《清代诗文集汇编》第 436 册。
④ 章学诚:《报谢文学》,《文史通义新编新注》,杭州:浙江古籍出版社,2005 年,第 638 页。

引,刺刺不休,令人望而生厌乎……然则以考证佐义理,义理乃益可据;以考证入词章,词章乃益茂美。"①

在承认韩柳欧苏考据不精的基础上,陈用光把个中原因归咎于古今有别,强调韩柳论辩诸篇确有考证之实:"且使韩柳诸君子生于今日,亦必不薄考证,此古今之异也。观韩柳诸君子集中所论辨者,无考证之名,而何一非考证乎?"②陈用光与鲁九皋曾就注经文字之难有所推究,王葆心详绎本末,谓其与方苞所谓"遍于奥赜之中,曲得其次序,而后其词可约"的考证宗旨相一致:"山木之约其旨而融洽之,石士之主张'轻可去实',皆与望溪之说不谋而合也。此桐城文家所谓考证之旨,亦即其所主以为说经之旨者也。"③赞成考据文字当以简驭繁,举重若轻。

柳文在当时的语境下同样聚讼纷纭。柳集中不乏考论文章,尤以《辩文子》《辩鬼谷子》《辩晏子春秋》《辩亢仓子》《辩鹖冠子》等论辩文字为著名。《祀朝日说》原属论说文,却纯以考辩出之,全引如下:

> 柳子为御史,主祀事,将朝日,其僚问曰:"古之名曰朝日而已,今而曰祀朝日何也?"余曰:"古之记者,则朝拜之云也。今而加祀焉者,则朝旦之云也。今之所云非也。"问者曰:"以夕而偶诸朝,或者今之是乎?"余曰:"夕之名,则朝拜之偶也。古者旦见曰朝,暮见曰夕,故《诗》曰:'邦君诸侯,莫肯朝夕。'《左氏传》曰:'百官承事,朝而不夕。'《礼记》曰:'日入而夕。'又曰:'朝不废朝,暮不废夕。'晋侯将杀竖襄,叔向夕。楚子之留乾谿,右尹子革夕。齐之乱,子我夕。赵文子礱其椽,张老夕。智襄子为室美,士茁夕。皆暮见也。《汉仪》:夕则两郎向瑣闱拜,谓之夕郎。亦出是名也。故曰大采朝日,少采夕月。又曰春朝朝日,秋夕夕月。若是其类足矣。又加祀焉,盖不学者为之也。"僚曰:"欲子之书其说,吾将施于世,可乎?"余从之。④

该文以"说"为名,在形式上为问答体。全文虽篇幅短小,却大量引用

---

① 陈用光:《复宾之书》,《太乙舟文集》卷五,《清代诗文集汇编》第489册。
② 陈用光:《与伯芝书》,《太乙舟文集》卷五,《清代诗文集汇编》第489册。
③ 《古文辞通义》,第6714页。
④ 柳宗元:《祀朝日说》,《柳宗元集》第2册,北京:中华书局,1979年,第453—454页。

《诗经》《左传》《礼记》原文,采用连类铺陈的方式训释"夕"字,力证"夕之名,则朝拜之偶也"这一论断,从而证明了古之"朝日"是而今之"祀朝日"非的结论,是一篇具有考辨性质的议论文章。

曾国藩《求阙斋读书录》卷八指出,此文实开考证之风,并举南宋洪迈、王应麟,以及顾炎武、钱大昕、王念孙等清代朴学名家为继,将之归入汉学考据这一传承路数:"柳子厚《对夕月》,开洪容斋、王伯厚,及近世顾亭林、钱辛楣、王怀祖之先路。故知古人读书非卤莽者。"稍后于时的平步青精于考证,《霞外攟屑》"以考证入文"条征引曾国藩与陈用光语,认为柳集的考辨文章既有笃实论据,亦不失为古文中的名篇佳制,称得上是真古文、真考据:"庸读柳文惠公《朝日说》……柳州《辨列子》诸篇,其博引繁称,语有断制,真古文,真考据,岂他家素有哉?"①极是激赏此篇。

近人章士钊《柳文指要》亦引罗汝怀《与曾侍郎论文书》,称笺疏入文之得失当视具体情形而定,未可一概而论,并赞成平步青表彰柳文的观点:"尝谓以笺疏入文,大有巧拙锐钝之不同,凡拙而钝者之用此也,迹每如泥中之斗兽,或飞蝗之蔽天,读者辄患其文之长,往往再三伸纸,视后幅尚余几许?若夫巧而锐者则不然。一二证之提示,非爽如画龙之点睛,即急若垓下之会战,读者盎然觉其文之有味,而唯恐纸尽,此子厚之祀朝日说所以为真考据,真文章,从未闻有人亦笺疏习气訾之。"②更值得注意的是,章士钊由此道出了韩、柳文的若干篇目在当时之所以被频繁提及并被推至风尖浪口的关键原因,还在于乾道之际学风与桐城文风之间的潜在冲突:"世论正以荒于考证责桐城,桐城故反其说,挟韩、柳之文以自重,子厚《祀朝日》一篇,尤为辨论眉目,此可以窥见嘉、道间之文风,以及桐城之自反不缩。"这一对立及其影响直到晚清乃至民初仍有嗣响。

从经亦可资于文的角度出发,王葆心为理语和经语入文找到了依据:"以文家品格论,固厌理语。然就本原言之,则古人咸认定文与道俱之说。"③又以训诂足为作文之准备、笺疏入文自有渊源为本,论证了经学阐

---

① 平步青:《以考证入文》,《柳宗元资料汇编》(下册),北京:中华书局,1964年,第542页。
② 章士钊:《柳文指要》(下),上海:文汇出版社,2000年,第1438页。
③ 《古文辞通义》,第7101页。

释学对古文写作的助益。在清代朴学昌明的时代背景下,源于经本位意识的对传统小学内容的倚重,极大地影响了古文写作的面貌:在受乾嘉学风习染的汉学家,其"学者之文"因多引考据注疏为文而饱受诟病。与此同时,在古文修辞的技巧层面,将训诂作为写作资源的积极意义却也得到了充分的发掘。由考据未精所引发的对韩柳古文范式的质疑,遂为重新审视笺疏考据入文这一问题提供了新的契机,也为文史之学在文章学领域的相通互鉴打开了新的空间。

(二) 文之总以子者

春秋之际,百家争鸣,以著书立说为目的的诸子之文横空出世。《汉书·艺文志·诸子略》谓王道式微而百家兴起,分论十家渊源始末,除小说家外,其余九家各有所长:"虽有蔽短,合其要归,亦六经之支与流裔……若能修六艺之术,而观此九家之言,舍短取长,则可以通万方之略矣。"诸子之术一开始即被视作六经的支流与附庸,是"礼失求诸野"式的补苴罅漏,也是"博弈犹贤乎已"般的一家之言。《四库全书总目提要》子部总叙云:"自六经以外,立说者皆子书也。其初亦相淆,自《七略》区而列之,名品乃定。其初亦相轧,自董仲舒别而白之,醇驳乃分。"①就宽泛而论,四库馆臣延续了《汉书·艺文志》的六经—诸子层级观,并从学术纯正与驳杂的角度对子部著作进行了梳理。从学术史的发展来看,西汉董仲舒独慕儒术,将诸子之一的儒家超拔于其余诸家之上,儒家独尊的地位也由此确立。随之而来的后果之一,则是百家不彰、九流式微:"九流之衰,足下谓由董卓之乱、永嘉之难使然,亦实语也。然书籍焚毁,始于是时;而学术衰微,则实汉武罢黜百家之故。"②诸子学虽代有传人却仍往往被边缘化。直到清代乾嘉时期由于经学考据学的繁荣,伴随对多种先秦子书的考校释读,诸子学再度复兴,并在晚清经世学风中达到鼎盛。此外,虽然诸子学长期陷入沉寂,从子书中汲取古文写作技巧或以之为素材的文论却屡见不鲜。《古文辞通义》探讨了文章与子家的分合情形,并结合近代

---

① 《钦定四库全书总目提要》卷九十一,第1191页。
② 章太炎:《与柳翼谋论学书》,傅杰编校:《章太炎学术史论集》,第80页。

诸子之文一派的兴起提出了救正文风、针砭时弊之方。

(1) 从诸子之学到诸子之文

王葆心首引《文选》序"老、庄之作,管、孟之流,立意为宗,不以能文为本",谓"书中例不收诸子篇次,是歧文与子而二之也。然在西京,文与子实未甚区别"。① 在《昭明文选》问世之际,诸子之文尚未被作为独立的文章来看待,但《文选》序中特意对文与子加以区分,实际上还是间接承认了诸子之作"能文"的特点,并从侧面反映:"诸子之作皆为学术而作,皆非为文而作文也。"②

不过,至《文心雕龙·诸子》已将诸子之文作为文章的一个门类标示出来,篇首界定子书的性质为"诸子者,入道见志之书",并一一概述诸子之文的体貌特征:"研夫孟、荀所述,理懿而辞雅;管、晏属篇,事核而言练;列御寇之书,气伟而采奇;邹子之说,心奢而辞壮;墨翟、随巢,意显而语质;尸佼、尉缭,术通而文钝;鹖冠绵绵,亟发深言;鬼谷眇眇,每环奥义;情辨以泽,文子擅其能;辞约而精,尹文得其要;慎到析密理之巧,韩非著博喻之富;吕氏鉴远而体周,淮南泛采而文丽:斯则得百氏之华采,而辞气之大略也。"刘勰注意到周秦诸子百家文风迥异而各有千秋,并将其纳入辨析辞气的范围之中,是对诸子散文风格进行全面总结的早期表述之一。

若将诸子之文分开来看,《孟子》气势磅礴、博喻雄辩的特点,早为人瞩目,如赵岐《孟子题辞》概述孟子生平及《孟子》一书的学术传承,并评价其文章风格为:"孟子长于譬喻,辞不迫切,而意已独至。"③又如郭象《庄子序》洋洋洒洒,谈论庄子哲学体系,对庄子的文辞一言以蔽之曰:"其言宏绰,其旨玄妙。"④此外,《荀子》的《成相》篇和《赋》篇被视作赋体的雏形。章学诚《文史通义·诗教下》亦持此论,认为赋源出于诸子,采汉赋入史成

---

① 《古文辞通义》,第 7873 页。
② 陈柱:《中国散文史》,上海:商务印书馆,1998 年,第 5 页。
③ 赵岐:《孟子题辞》,焦循著:《孟子正义》,石家庄:河北人民出版社,1988 年,第 11 页。
④ 郭象:《庄子序》,郭庆藩撰:《庄子集释》,北京:中华书局,2004 年,第 3 页。

为后世史书文苑传的滥觞,更能起到以文传人的作用:"是则赋家者流,纵横之派别,而兼诸子之余风,此其所以异于后世辞章之士也。"①从赋文起源来看,屈原、荀子、贾谊等的赋文遂成为勾连文章与子家的结合点。

不过,先秦诸子之文多以传统思想史的学术资源这一先入为主的呈现方式进入学人的视野,有关诸子文章的学理讨论大多为思想史的议题。儒家以外的诸子之学作为儒家思想的对立面,与释、道二家互通并举,往往以间有可取的姿态出现:"余观老子,亦孔氏之异流也,不得以相抗,又况杨、墨、申、商,刑名纵横之说,其迭相訾毁、抵捂而不合者,可胜言耶?然皆有以佐世。"②同时,唐代出现了对子书真伪的考辨,而真正从文学层面全面审视诸子之文,且形成较为普遍的共识,同样可以追溯到唐代。唐宋之际,诸子之文被视为作文来源和行文范本的倾向逐渐突出。韩愈《读荀子》或仍着眼于儒家道统嫡传:"孟氏,醇乎醇者也;荀与扬,大醇而小疵。"《读墨子》谓"孔子必用墨子,墨子必用孔子",《读鹖冠子》谓"使其人遇其时,援其道而施于国家,功德岂少哉",也有阐发儒家以外诸子学的意味。而柳宗元集中有多篇诸子考据文章:"虽不概于孔子道,然其虚泊寥阔……其文辞类庄子,而尤质厚少伪作,好文者可废耶?"已透露出对诸子文辞的青睐,外此尚有"参之孟荀以畅其支,参之庄老以肆其端"等语,子家著述或与儒家思想存在依违离合之处,却不失为好文章,体现出了文胜于质的取向。刘禹锡自称"刘子",复有《因论》七篇的子部著述,亦是其向慕诸子之文的明证:"韩、柳于子家未有成书,梦得独成《因论》七篇。"③

赵宋涌现大量复合型人才,旁通诸子百家之书者比比皆是,较前代为尤胜。王安石《答曾子固书》云:"故某自百家诸子之书,至于《难经》、《素问》、《本草》、诸小说,无所不读。"苏洵散文多得力于纵横家。宣和间,张嵲激赏《管子》之文:"余读管子,然后知庄生、晁错、董生之语时出于管子也。不独此耳,凡《汉书》语之雅驯者,率多本管子。管子,天下之奇文也,

---

① 章学诚著,叶瑛校注:《文史通义校注》,第80页。
② 柳宗元:《送元十八山人南游序》,《柳宗元集》第2册,北京:中华书局,1979年,第662页。
③ 刘咸炘:《推十书》乙辑第1册,上海:上海科学技术文献出版社,2009年,第315页。

所以著见于天下后世者,岂徒其功烈哉!"①从学于吕祖谦的巩丰《后耳目志》谓:"老子之文简古,列子之文和缓,庄子之文豪放。"张镃《仕学轨范·作文》尝引吕本中言曰:"文章须要说尽事情,如韩非诸书大略可见。至于一唱三叹,有遗音者,则非有所养不能也……《列子》气平文缓,亦非《庄子》步骤所能到也。"②于诸子之文中复有所轩轾。

元代李淦《文章精义》谓"《韩非子》文字绝妙",除归纳诸子文风外,还一一摘出唐宋名家与诸子之文气息相近及习染之处,如"《老子》《孙武子》,一句一理,如串八宝珍瑰,间错而不断,文字极难学,惟苏老泉数篇近之""韩退之文学《孟子》""子瞻文学《庄子》(入虚处似,《凌虚台记》《清风阁记》之类是也)、《战国策》、《史记》、《楞严经》"③。以"学"诸子道破了唐宋古文家的不传之秘,一度隐没无闻的诸子之文被推至台前。陈绎曾《文章欧冶》在家数篇中分论诸家才气,品评诸子文章优劣,如"管子善议论,辩政事极其覈实,论心术极其精微,序事简严""荀子善议论,辩博富丽,失之太方,转折少力""庄子善议论,见识高妙,机轴圆活,情性滑稽……文法极老""列子善议论,性情清真,见识峻绝"等,而其结束语却落在诸子学理上:"必有先秦诸子之精理,兼以西汉诸家之气骨,韩柳二家今文之体制,至矣尽矣,无以复加矣。"④又昭示了从诸子之文重新回归诸子之学的一线可能。

明代也涌现出了大量诸子丛书,多从思想发明、文评鉴赏、大意诠叙、文献考订等角度对诸子百家之文进行阐释和解读,或砥砺学风,或引为文范,或经世致用,或析疑释惑,虽良莠不齐,要之皆对诸子之文的深入研究有所裨益。朱荃宰《文通》亦主子由经降之义,诸子学理虽纯驳不一而文字则殊有可取:"大谛荀懿而雅,管、晏覈而练,邹衍夸而壮,墨遂显而质,尸佼、尉缭,术通而文钝。鹖冠绵深,鬼谷奥眇,尹文得其要,文子擅其能,韩非喻博,不韦体周,慎到理密,淮南词丽,皆所谓入道见志之书。"⑤诸子

---

① 张嵲:《读管子》,黎翔凤校注:《管子校注》,北京:中华书局,2004 年,第 1544 页。
② 张镃:《仕学轨范·作文》,王水照编:《历代文话》第一册,第 322 页。
③ 李淦:《文章精义》,王水照编:《历代文话》第二册,第 2164 页。
④ 陈绎曾:《文章欧冶》,王水照编:《历代文话》第二册,第 1301 页。
⑤ 朱荃宰:《文通》,王水照编:《历代文话》第三册,第 2701—2702 页。

学的乏人问津与诸子文章的备受追捧形成不小的落差,但到清代乾嘉时期,诸子学的复兴与嘉道时期的诸子文派却相得益彰。

(2) 乾嘉诸子学的复兴与嘉道子家文派

梁启超《清代学术概论》指出,清代乾嘉学者遍考群经典籍,意外引发了诸子学的再盛:"其功尤钜者,则所校多属先秦诸子,因此引起研究诸子学之兴味。盖自汉武罢黜百家以后,直至清之中叶,诸子学可谓全废。若荀若墨,以得罪孟子之故,几莫敢齿及。及考证学兴,引据惟古是尚,学者始思及六经以外,尚有如许可珍之籍。"[①]此前诸子学自儒家独尊以来虽间获阐发,却往往因与儒术不合而被排斥于主流学理之外。明清易代催生经世学风,诸子学在清代复兴的萌芽已伏于此时:"明清之际,学者们开始在宋明理学没落的情形下,把视线转回古代的诸子百家之说,在批判理学的同时,从先秦诸子的思想中寻找并吸收合理的因素。"[②]至乾嘉时期,诸子学的兴盛肇始于汉学考据领域。

孙星衍校订《孙子》原是为了满足经世致用的现实需要:"言应武举者所诵习坊刻讲章,鄙俚浅陋……恐试官发题舛误、文义乖违。"[③]为了突破前人注疏体例所限,服膺戴震《孟子字义疏证》的焦循、焦廷琥父子合力完成《孟子正义》:"仅宗守传注一家之说,未能兼综博采。领是而非无以正,举一而众蒙以明"[④]。毕沅、王念孙、张惠言等先后校注《墨子》,至孙诒让《墨子间诂》而集大成。俞樾治经之余,曾编纂《诸子平议》,序目云:"圣人之道具在于经,而周秦两汉诸子之书,亦各有所得,虽以申韩之刻薄,庄列之怪诞,要各本其心之所独得到者而著之书……且其书往往可以考证经义,不必称引其文,而古言古义居然可见。"[⑤]是要用诸子的奥衍文词考订和纠正经义讹误。王先谦著有《庄子集解》《韩非子集解》《荀子集解》等

---

① 梁启超:《清代学术概论》,上海:上海古籍出版社,2005 年,第 51 页。
② 张立文主编,陈其泰、李廷勇著:《中国学术通史·清代卷》,北京:人民出版社,2004 年,第 555 页。
③ 孙星衍:《重刻宋本孙吴司马法序》,《孙吴司马法》,《平津馆丛书》本。
④ 黄承吉:《孟子正义序》,《梦陔堂文集》卷五,《清代诗文集汇编》第 502 册。
⑤ 俞樾:《诸子平议序目》,《春在堂全书》第 2 册,南京:凤凰出版社,2010 年,第 1 页。

书,其论《韩非子》"其情迫,其言核,不与战国文学诸子等"。诸作皆以揭示微旨、发明精义为主。

刘师培《周末学术史序》也认为,诸子考证学在乾嘉一代蔚为大观,遗憾的是只及文字而未究义理:"近世巨儒稍稍治诸子书,大抵甄明诂故,掇拾丛残,乃诸子之考证学,而非诸子之义理学也。"① 在考据学风的影响下,诸子研究在文本校订方面的确取得了突出的成就,诸子义理也得到了一定程度的表彰和揭示,如戴震《孟子字义疏证》多有哲学阐发,甚或触动了新的思想变革。对此,梁启超曾指出诸子之学复兴的思想史意义:"夫校其文必寻其义,寻其义则新理解出矣……思想蜕变之枢机,有挨于彼而辟于此者,此类是已。"② 乾嘉汉学勤治子书,恰为诸子学的昏镜重磨并成为新一轮经世思潮的契机创造了条件。胡适也指出,清初诸子学研究经历了从经学附庸历经考据深入而上升为专门学的过程:"故孙星衍、王念孙、王引之、顾广圻、俞樾诸人,对于经书与子书,简直没有上下轻重和正道异端的分别了。到了最近世,如孙诒让、章炳麟诸君,竟都用全副精力,发明诸子学。"③ 子书地位的提升是诸子文派涌现的重要前提。

明代坊间大量诸子文选也在清初得到了集中的整肃删汰。《诸子汇涵》伪托古文大家归有光所编,《四库总目》斥之尤烈:"是编以自周至明子书每人采录数条,多有本非子书而摘录他书数语称以子书者。且改易名目,诡怪不经……有光亦何至于是也?"④ 明李云翔继之而编《诸子拔萃》,《四库总目》谓之"取坊本《诸子汇函》割裂其文,分为二十六类。其杜撰诸子名目,则一仍其旧。古今荒诞鄙陋之书,至《诸子汇函》而极。此书又为之重儓,天下之大,亦何事靡有也!"⑤ 他如明胡效臣编《百子咀华》:"是书取诸子之文而割裂之,或摘其一段,或拾其数语,或撮其数字,以供时文猎

---

① 刘师培:《周末学术史序》,《国粹学报》,1905 年第 4—7 期,第 45—285 页。
② 梁启超:《清代学术概论》,第 51 页。
③ 胡适:《中国哲学史大纲》,《中国现代学术经典 胡适卷》,石家庄:河北教育出版社,1996 年,第 10 页。
④ 《钦定四库全书总目提要》卷一百三十一,第 1738 页。
⑤ 同上书,卷一百三十二,第 1747 页。

祭之用。"①不过，清初对明代诸子文选、文汇科举用书的清理也从侧面反映了诸子之文在时文文章学中的地位和作用。

与诸子学复兴相伴随的是对诸子之文研读的深入，后者逐渐由不合儒术迁转至为文之助。王葆心引徐经《慎道集》谓："朱梅崖教人治古文兼读《孙吴子》，盖喜其辞简质。"②清初杨绳武论文谨遵廷谕，以清真雅正为尚，却主张在诸子文章中披沙拣金、取精用弘："诸子之文，是非颇谬于圣人矣。然其鼓铸性灵，雕镂物象，或湟洋奇恣，或奥衍峭刻，亦足以极文章之变。所当别白其纯疵而后用之，勿徒袭其险句怪字以为工。"③暗示了从义理是非到文学性灵的重点转移。李慈铭曾比对顾广圻与彭兆荪之文，谓前者更胜一筹当归功于学力深厚："千里先生深于汉魏六朝之学，熟于周秦诸子之言，故其为文或散或整，皆不假绳削而自合。甘亭毕力于文，骈体自为专家，然工丽虽胜，而痕迹亦显，此文人学人之别焉。"④因顾氏深谙诸子学，在行文中化入诸子气韵，故其文亦足与当时的骈文家分庭抗礼。

同时，诸子之文虽然风格体貌各异，但在"子家之文"的总体指涉之下，作为文章写作的典范资源逐渐被固化为特定的文章修辞风格。譬如，章廷华《论文琐言》云："子语精当处可抗六经。经如日月，子如星斗，均不可磨灭者。子家之文碎，如路然，干一而支则百出也。"⑤着眼于子家文碎的特点。又如刘咸炘《推十书》从经史子集的分类出发，对文章亦作相应归类："文有经家、史家、子家、词赋家之异，而时代派别不与焉。凡以学为文者，大都于此四者有专长。"不仅将唐之元结、杜牧、罗隐，宋之苏轼父子划入子家，也将不同流派的清代作者归入其中："嘉道以来，东南文家如潘四农、鲁通甫及恽子居、包慎伯，皆子家也。"⑥刘氏所谓子家之文，具有富于论辩的共性，而这与诸子百家产生的社会环境和学术渊源有着密不可

---

① 《钦定四库全书总目提要》卷一百三十二，第1740页。
② 《古文辞通义》，第7874页。
③ 杨绳武：《论文四则》，王水照编：《历代文话》第四册，第4055页。
④ 李慈铭：《越缦堂读书记》，上海：上海书店，2000年，第1101页。
⑤ 章廷华：《论文琐言》，王水照编：《历代文话》第九册，第8399页。
⑥ 刘咸炘：《推十书》丁辑第2册，上海：上海科学技术文献出版社，2009年，第398页。

分的关系:"周秦诸子各思其术易天下,故文善言事势,宜于论辩。"姚鼐《古文辞类纂》论辨类序目也将论辨体的源头追溯到先秦诸子的述学方式:"论辨类者,盖原于古之诸子,各以所学著书诏后世。"①因此,著述立言的思辨性话语是诸子之学和诸子之文最突出的特点。

王葆心指出,清代嘉庆、道光年间出现了在行文格调和内在精神上都手摹心追先秦诸子的一派人物,是为子家文派:"大抵本朝文家至嘉、道后本有力趋学诸子为文之风尚,如恽敬、龚自珍、包世臣等皆是。"②嘉道时期对诸子之文的倡导,首推阳湖派恽敬。恽敬赞成《汉书·艺文志·诸子略》将诸子视为六经流裔的提法,给予诸子学较高的学术地位:"是故六艺要其中,百家明其际会。六艺举其大,百家尽其条流。"在他看来,百家式微之后,各家文集始兴,历代古文名家皆由诸子入手,故其所得文风亦种种有别:"敬观之前世,贾生自名家纵横家入,故其言浩汗而断制。晁错自法家兵家入,故其言峭实。董仲舒、刘子政,自儒家道家阴阳家入,故其言和而多端。韩退之自儒家法家名家入,故其言峻而能达。曾子固、苏子由,自儒家杂家入,故其言温而定。柳子厚、欧阳永叔,自儒家杂家词赋家入,故其言详雅有度。杜牧之、苏明允,自兵家纵横家入,故其言纵厉。苏子瞻自纵横家道家小说家入,故其言逍遥而震动。"③恽敬为文与其主张颇为一致,富有子家习气:"恽子居文多纵横气,又多径直说下处。"④李慈铭《越缦堂读书记》跋恽敬《大云山房文稿》:"略谓其文从子家入,由史家出,故简洁峭深,其学本于法家,故其言峻刻寡情。"⑤刘咸炘亦持此论:"子家之文纵横,恽子居以诸子救八家,亦其著也。"⑥恽敬属子家者文已是学界共识。或有从化解学术与文学之间的矛盾方面解读恽敬持论如此的成因:"恽敬为探索才、学、文之间的最佳相济之途,倡导'文集之衰当起之以百家'。"⑦而王葆心之所以视恽敬为子家之文的首倡者,与其近世文学观

---

① 姚鼐:《古文辞类纂序目》,《古文辞类纂》,北京:中国书店,1986年。
② 《古文辞通义》,第7294页。
③ 恽敬:《大云山房文稿二集序》,《大云山房文稿》,上海:世界书局,1937年,第13—14页。
④ 吴德旋:《初月楼古文绪论》,王水照编:《历代文话》第五册,第5051页。
⑤ 李慈铭:《越缦堂读书记》,第1082页。
⑥ 刘咸炘:《推十书》丁辑第2册,第398页。
⑦ 曹虹:《阳湖文派研究》,北京:中华书局,1996年,第177页。

和三种统系说有着密切的关系。

《古文辞通义》将近世文学划分为唐宋文派、汉魏六朝文派及周秦诸子文派。其中,周秦诸子文派实以阳湖派恽敬为主,章学诚、包世臣为辅:"周秦诸子文派所握定之宗旨则'文集之衰起以百家',恽子居氏之言也。而章实斋'文体备于战国'之论、包安吴自云'学法家、兵家、农家'之说与为辅翼者也。"① 恽敬之后,诸子文派又衍出龚自珍、魏源一支:"子居之说,龚定庵、魏默深有之,其得力在雄奇,其弊在纵荡而无藩篱。"② 在情、事、理三种统系说中,诸子之文又是说理文的大宗:"谢氏《蒙泉子》曰:'子家,言理之文也,其词驳,而释道益佹矣。'"③ 王葆心认为,与桐城同源的阳湖恽敬之所以试图以论辩见长的子家之文来纠偏时弊,是因为要用说理文章弥补专攻唐宋、纤弱不振的桐城文风。

(3) 以诸子救时弊

阳湖派张惠言《书墨子经后》《读荀子》等立论一本于儒,"藉使墨子之书尽亡,至于今,何以见孟子之辨严而审,简而有要如是哉"④,而其着意于诸子或受恽敬之影响。同样隶属阳湖派的李兆洛则将诸子之文作为文章当遵行骈散合一的有力佐证:"今日之所谓骈体者,以为不美之名也,而不知秦汉子书无不骈体也……岂第屈司马诸葛以为骈而已,将推而至老子、管子、韩非子等皆骈之也。"⑤ 此语不为无据,意于为骈文助长声势:"散体文用韵,周秦间诸子时有之。"⑥ 阳湖派与桐城派的分歧亦见于此。

与恽敬、李兆洛有所往还的包世臣为之辅翼,欲要还集于子,并提出"以诸子救时文"的主张:"周秦人下笔辄成一子,以其洞澈物情,无心语皆出独造也。至汉刘子政,乃有意琢字句、炼篇幅,子变为集,斯为始

---

① 《古文辞通义》,第 7742 页。
② 同上书,第 7739 页。
③ 同上书,第 7726 页。
④ 张惠言:《书墨子经后》,张惠言著,黄立新校点:《茗柯文编》,上海:上海古籍出版社,1984 年,第 23 页。
⑤ 李兆洛:《答庄卿珊》,《养一斋文集》卷八,《清代诗文集汇编》第 493 册。
⑥ 方苞:《古文约选评文》,王水照编:《历代文话》第四册,第 3964 页。

事。"①在他看来,两宋时文亦可谓之古文,超绝于清代时文之上:"其(按:清代时文)律较宋时文为更严而体尤褊促,士人终身以之为正经;其文题之不出经书,可以己意为说者,虽两宋之时文,且皆目为古文。"②然自明代唐顺之、茅坤等唐宋派始,时文与古文界限变得愈加模糊:"及荆川、震川、鹿门、遵岩诸君子出,守时文之法而行以欧、王、苏、曾之意,世人共推之曰'以古文为时文',是数公者于时文为最杰,然是数公自为之古文,则钩勒、提缀、呼应、唱叹,自以为极清快之意者,要仍不远乎时文,读者憾焉。"③由于古文、时文含混造成文章格调低下,包氏借此提出要用周秦诸子之文涤荡唐宋派古文的时文气息:"八家与时文时代相接,气体较近,非沉酣周秦子书,必不能尽去以时文为古文之病耳。"④包氏盛推子家之文在当时亦属特出:"知阁下近治《荀子》。世臣当壮年时即喜读此书,往来四方,必置此书于行箧……荀子之文,平实而奇宕,为后世文章之鼻祖。《韩非》得其奇宕,《吕览》得其平实。"⑤他平日嗜好诸子之文,于其自编文集序中亦有可征,"然亦以廿余年蓬转江淮间,行笈难携书籍,旧业韩、欧、苏、王之章句,悉遗忘不能举,唯以周秦诸子自随,尤好《孙卿》《吕览》"⑥云云。包世臣还曾为着"禁暴除乱""劝本厚生""饬邪禁非"的目的⑦,从兵家、农家、法家思想中寻找解决方案,其推崇诸子学术与文章背后都有着强烈的现实观照。

不过,虽同为诸子之文造势,包世臣对恽敬用诸子救文集的说法略有微词:"恽子居立以诸子救文集之衰之说。包慎伯驳此说,谓'八家何病待救?'"⑧其说当指包世臣《复李迈堂书》中所言:"夫所贵于子书者,谓其晰

---

① 姚椿之:《书安吴四种后》,包世臣撰,李星点校:《包世臣全集》,合肥:黄山书社,1997年,第553页。
② 包世臣:《翟默卿奎光古文序》,《小倦游阁集》卷四,李星、刘长桂点校:《包世臣全集》,合肥:黄山书社,1991年。
③ 包世臣:《艺舟双楫·论文》,王水照编:《历代文话》第六册,第5245页。
④ 同上书,第5280页。
⑤ 包世臣:《与沈小宛书》,《小倦游阁集》卷三,李星、刘长桂点校:《包世臣全集》,合肥:黄山书社,1991年。
⑥ 包世臣:《艺舟双楫·论文》,王水照编:《历代文话》第六册,第5210页。
⑦ 包世臣:《再与杨季子论文书》,《艺舟双楫·论文》,王水照编:《历代文话》第六册,第5204页。
⑧ 《古文辞通义》,第7874页。

理必至精,论事必至当,言情必至显,为后人所不能及耳。非谓其制体修辞异于后人,遂以为新奇可喜也。是故子居以子书救八家之说,未为得也。"①因包氏不满恽敬对唐宋八大家古文的批评,故有此论。王葆心对此段公案作了辨析,他认为恽敬针对的不过是专学唐宋八家者:"不知恽只言救文集之衰之说,非救八家之病,救学八家者耳。包说未是。"并强调恽敬首倡诸子之说的初衷在于批判时弊:"子居之旨主于以析理成专家之业而振起末流蹈虚之弊。"②他也赞成这一剂方药。外此,则包世臣对恽敬文章评价甚高:"古文一道,绝于人世,且五六百年,近人惟恽子居卓然有以自立,经其点染,皆可信令传后。"③

从一家之言的著述方针来看,先秦诸子无疑具有学术独立的精神价值,如刘熙载所言:"周秦间诸子之文,遂纯驳不同,皆有个自家在内。后世为文者,于彼于此,左顾右盼,以求当众人之意,宜亦诸子所深耻与!"④这就导致子部与集部存在混淆难辨的情况。以其各自名家之故,而与包世臣同为诸子文派辅翼的章学诚亦有分说:"汉、魏、六朝著述,略有专门之意。至唐宋诗文之集,则浩如烟海矣。今即世俗所谓唐宋大家之集论之,如韩愈之儒家,柳宗元之名家,苏洵之兵家,苏轼之纵横家,王安石之法家,皆以生平所得,见于文字,旨无旁出,即古人之所以自成一子者也。其体既谓之集,自不得强列以诸子部次矣。"⑤至谓别集与诸子无别,当然是关于子集合谊的更为极端的看法。

习于子家之文者往往被视作才华横溢,于才、学、识三者中独以才称:"恽子居文才甚横肆,字句力求核密,以矫桐城之失。"⑥由于成一家之言的需要,子家之文词胜于理的倾向非常突出:"诸子之文,其词义偏宕者,不可胜数,而数千年流传不废。今试以《庄》《列》之文与程、朱之语,杂然前

---

① 包世臣:《复李迈堂书》,《艺舟双楫·论文》,王水照编:《历代文话》第六册,第5280页。
② 《古文辞通义》,第7739页。
③ 包世臣:《与许滇生书》,《小倦游阁集》卷三,李星、刘长桂点校:《包世臣全集》,合肥:黄山书社,1991年。
④ 刘熙载著,袁津琥校注:《艺概注稿》,北京:中华书局,2009年,第52页。
⑤ 章学诚:《校雠通义·宗刘第二》,章学诚著,叶瑛校注:《文史通义校注》,第957页。
⑥ 章廷华:《论文琐言》,王水照编:《历代文话》第九册,第8409页。

陈,则喜读《庄》《列》者十之八九,而喜读程朱者十无二三。"①不仅阳湖诸家如是,魏源、龚自珍、蒋湘南等也是如此:"定庵文笔横霸,然学足副其才,其独至者往往警绝似子。"②桐城派则重学而不重才,故此与诸子文派异趣。

晚清诸子之文的复兴中潜藏着思想变革的契机:"嘉道之间,宗风最盛,若恽敬,若包世臣,若龚自珍,若魏源,皆其尤卓卓者也。百年以往,正丁极炽而昌之会,人心浮伪,吏治丛脞,内忧外患,萌蘖潜滋,诸老目击民生之敝,隐忧世运之穷,而诸子之学又以变法易俗为其要旨,故诸家文集,经世之言最居多数,崇指宏议,往往灼见百年后之情势。"③思想上的"离经叛道"在阳湖派多表现为释道杂糅,"近世合儒、释以讲学诸家,阳湖文家学诸子为文诸家",皆有"摭拾佛老唾余"之弊④。王葆心以龚自珍、汤鹏、魏源、王柏心为周秦诸子文派的大宗,以今日研究西学一派为诸子派的别子,是对诸子文派在思想史方面具有的破坏力充分体察的基础上得出的结论。

恽敬、张惠言等与常州学派奠基者庄述祖过从甚密,而同为子家之文张目的魏源、龚自珍学术思想皆渊源于常州学派的今文经学,学风与文风的互动关系也可见一斑。至晚清刘师培等进一步发扬诸子义理,遂造就诸子学的又一高峰:"研究各家不独应推本于经,亦应穷源于子,盖一时代有一时代流行之学说,而流行之学说影响于文学者至钜。"⑤王葆心对诸子文派持有审慎的保留意见,不仅出于文脉上的分歧,更有学理思想方面的戒惕。

张之洞《劝学篇·宗经》排抵诸子之学,正是出于对诸子文派宕开西学一脉的忧虑:"乾、嘉诸儒,嗜古好难,力为阐扬,其风日肆,演其余波,实有不宜……光绪以来,学人尤喜治周、秦诸子,其流弊恐有非好学诸君子所及料者,故为此说以规之。"⑥王先谦《续古文辞类纂序》也屡以诸子文派

---

① 吴曾祺:《涵芬楼文谈》,王水照编:《历代文话》第七册,第6604页。
② 李慈铭:《越缦堂读书记》,上海:上海书店,2000年,第1144页。
③ 蛤笑:《神州文学盛衰略论》,《东方杂志》,1907年第4卷第11期,第200—203页。
④ 《古文辞通义》,第7084页。
⑤ 刘师培:《汉魏六朝专家文研究》,王水照编:《历代文话》第十册,第9583页。
⑥ 张之洞:《劝学篇》,苑书义、孙华峰、李秉新主编:《张之洞全集》第12册,第1812、9721页。

的凌厉粗浮为戒:"道光末造,士多高语周秦汉魏,薄清淡简朴之文为不足为。梅郎中、曾文正之伦相与修道立教,惜抱遗绪赖以不坠。"①在嘉道时期以及之后相当长一段时间内,诸子文派独领风骚,而桐城—湘乡一派为之颔颃。

承自桐城—湘乡文统的王葆心尽管赞成以诸子之文纠偏桐城末学之流弊,但在"文之总以子者"仍援引沈祥龙的话作为结束语:"九家之言,体诸六艺,后世文章日兴,大旨不越乎九家。如文之峻刻者,法家、名家也;文之纵厉者,兵家、纵横家也;文之温粹者,儒家也。人之立言,固由乎性所各近,然必以儒家为指归。韩以名家、法家而归于儒,欧以杂家、词赋家而归于儒,苏以道家、兵家、纵横家而归于儒。盖儒为六艺所统汇,舍儒言文,能不离经叛道乎?"②如此看来,诸子之文终究还是受到学统不彰的牵连,适足以为文事之承乏而已。

第五节　文　章　之　外

一、文学地理论

在晚清西学东渐的背景下,随着西方地理学著作的翻译和引进,有别于传统舆地学的文化地理学、文学地理学等人文地理学研究随之兴起。梁启超《中国地理大势论》:"自唐以前,于诗于文于赋,皆南北各为家数:长城饮马,河梁携手,北人之气概也;江南草长,洞庭始波,南人之情怀也。"③尽管外来的地理环境决定论并不具有严谨的科学性,20世纪初相当一部分学人相当热衷于以此来观照地理与文明、文化乃至文章之间的关系。刘师培多次强调南北风土地理差异造就诗文精神气质的不同:"南

---

① 王先谦:《续古文辞类纂序》,姚鼐、王先谦编:《正续古文辞类纂》,杭州:浙江古籍出版社,1998年,第276页。
② 《古文辞通义》,第7875页。
③ 梁启超:《中国地理大势论》,夏晓虹编校:《中国现代学术经典　梁启超卷》,石家庄:河北教育出版社,1996年,第707页。

方之人,以长于思辩,而短于实行,故知实践之不可能,而即于其理想中求其安慰之地,故有遁世无闷,嚣然自得以没齿者矣。若北方之人,则往往以坚忍之志,强毅之气,恃其改作之理想,以与当日之社会争。"①并从南北语言的声音差别申说南北之文迥别的观点:"大抵北方之地,土厚水深,民生其间,多尚实际;南方之地,水势浩洋,民生其际,多尚虚无。民尚实际,故所著之文,不外记事、析理二端;民尚虚无,故所作之文或为言志、抒情之体。"②《奏定大学堂章程》中国文学科所附文学研究法也提议将"文学与地理之关系"纳入课程内容之中。受此影响,《古文辞通义》就文学与地域之关系展开论述,从中华大地因长江、黄河天然之势而裂为南北出发,因此诸事常言南北之分,释、道分南北宗,书家、画家分南北宗,相墓、宅家分南北宗,词曲、技击亦分南北宗,文事也不例外。王葆心澄清分论南北派文家的初衷,原非标新立异之举,更不是为了指瑕造隙,而是出于示初学以门径的初衷。

钱锺书先生曾指出,中国旧画以南宗为正统,而以神韵派为代表的诗歌在中国旧诗的体系中远非正宗:"把'南''北'两个地域和两种思想方法或学风联系,早已见于六朝,唐代禅宗区别南、北,恰恰符合或沿承了六朝古说。"③文学上的南北宗在诗词风格方面的分歧尤为明显:"文学艺术批评上的南北宗,和地域上的南北分界关系不大,主要是从风格差异上去区分的。南人可属北宗,北人不妨列入南宗。"④文章之南北派的概念似为后出,所论对象时代较之诗词也更为靠后⑤。王葆心《古文辞通义》基本是从古文作者出身判分南北派,并坐实了地理上的南北论,不过仅止于论历代文章大势。

《中庸》子路问南北孰强的对答,已开南北文化差异之先河。《世说新语》记载:"褚季野语孙安国云:'北人学问,渊综广博。'孙答曰:'南人学问,清通简要。'支道林闻之曰:'圣贤固所忘言。自中人以还,北人看书,

---

① 王国维:《屈子文学之精神》,《王国维集》第1册,北京:中国社会科学出版社,2008年,第28页。
② 刘师培:《南北文学不同论》,宁武南氏校印《刘申叔先生遗书》十五。
③ 钱锺书:《中国诗与中国画》,《七缀集》,北京:生活·读书·新知三联书店,2002年,第10页。
④ 吴承学:《中国古代文体学研究》,第226页。
⑤ 同上书,第220页。

如显处视月;南人学问,如牖中窥日。"①明确提出南北学术派分的特点。据此,王葆心论文家南北之分始于周季,肇自孔子:"昔我大圣孔子,肇分南方之强、北方之强,此已略露风气不同之倪。"北派以齐地为中心,"腽重含河、海之质,其人负才而敦厚,故北派善说理与记事",南派以楚地为中心,"轻英炳江汉之灵,其人深思而美洁,故南派善言情",并从文学地理学的角度分别阐发南北文家气质、禀赋、才能、个性异势的成因。

此节自周朝开始从头细数历代文家的地域分布情况。周季别为春秋、战国时代:孔子、子夏居齐鲁之地说经、记事,遂开春秋北派,春秋南派则有鬻子、老子叙事一脉;战国北派长于叙事,聚于以荀子为主的稷下学宫,战国南派又有屈原、宋玉一脉偏于抒情。王葆心特别指出,春秋战国时期的南北派分奠定了情、事、理三种统系的大致分布格局。两汉继之,北派沿叙事、说理之宗绵延相迭,南派循言情之祖赓续不断,超越地域之别的文家此时也开始出现:"其时惟陆贾以南人略分北派叙事之席,枚乘父子以北人略分南派抒情之席。"②以地理南北对应叙事与抒情传统的分梳。魏晋南北朝时期因政治因素而导致南北政权的长时间对峙,南北文家路数的分歧也更为显著。其引据《北史·文苑传》作为南北文风殊异的基调:"江左宫商发越,贵于清绮;河朔词义贞刚,重乎气质。"同时,玄学清谈风气似北派之言理者,北周文风也习染了南派轻靡之弊。王葆心主张,从文学审美的角度来看,六朝南派略胜于北派。到唐代,文家再盛于北方,初唐四杰、文章四友、燕许文字,皆为北派之雄。元结、独孤及、梁肃、萧颖士、李华、苏源明等为韩、柳古文之兴开辟通路,北派文统由此确立。"欧阳詹、皇甫湜又传北宗而南,皮日休、陆龟蒙亦南方后起也",则唐代南派皆由北派传入,而中唐以后北派已显疲弱之势,终唐之世,诗文皆呈现出"始盛于北,终盛于南"的局面。宋初南北文家皆有直承晚唐、五代文弊者,经石介、欧阳修等人矫正后,北方之文一反前代,由柳开、穆修等身体力行而衍为二支:"尹洙继两派而兴,南启欧公……是宋文开于北方而大

---

① 刘义庆著,刘孝标注,余嘉锡笺疏:《世说新语笺疏》,北京:中华书局,2007年,第255页。
② 《古文辞通义》,第7769页。

于南方也。"以欧阳修为核心的文人集团人才辈出,如曾巩、王安石、苏轼、苏辙等多为南人,经过苏门的薪火相传,至南宋渐成欣欣向荣之势,"故南派迄宋末不亡"。南宋永嘉、永康皆宗欧、苏一脉,除四六一派为别调外,理学诸人亦服膺欧、曾之文,尤以叶适、刘辰翁为著。元初上承宋、金之文,北派始于马祖常、杨奂,南派成于虞集、范梈,元代文家以浙东士群最为鼎盛。

其对明代文学大势的判断本于《明史·文苑传》小序,以南北文派倾轧缠斗为主线。明初古文三大家或称宋濂、王祎、方孝孺,或以刘基取代王祎。成化、弘治年间,李东阳以南人闻名北地,后分为南北两派,"大抵明人之争,始终不出两派"。北派为前后七子,南派则有唐宋派。为救正后七子之弊,又有公安派与竟陵派相继而出,为南派之别派。这一看法与清前期文人张谦宜相似:"古文有南北派。南派以八家为宗,自宋濂传方孝孺后,有王慎中、茅坤、唐顺之、归有光;北派以秦汉为主,李攀龙、王世贞倡之,李梦阳和之。"① 因明代南北文章派分迹象较为显著,明人也多以地域特点论文,如何良俊谓:"南人喜读书,西北诸公则但凭其迅往之气,便足雄盖一时。惟崔后渠一生勠书,最号该博,然为文宗元次山,不免有晦涩之病。"② 又尝论康海、李梦阳"天才既高,加发以西北雄俊之气",康、李籍属甘陕,即所谓西北诸公。

王葆心论"文之总以地域者",尤详于清代文家。道德判断往往被纳入朝代鼎革之际的衡文标准,以人衡文的倾向较为突出:"故近世文学,要当以侯、魏、汪、姜诸人为开先之老宿。"尤其推重魏禧、侯方域、汪琬、姜宸英四家。乾嘉之际,考据独盛,而姚鼐"上承方、刘,以继明代之南派;下启群彦,遂开百数十年之正宗",印证其以桐城—湘乡一脉为正统的见解。以道光朝为转折点,桐城派盛极而衰,咸同之际,曾国藩起而振之,桐城古文又一度中兴,光宣两朝,骈散合一派卷土重来,今文经学和研究西学两派共同冲击桐城文统,这是他对清代历朝文学大势的总体判断。出于对明清之际唐宋派—桐城派—湘乡派一系的推崇和继承,王葆心径称桐城

---

① 张谦宜:《茧斋论文》,王水照编:《历代文话》第四册,第3882页。
② 何良俊:《四友斋丛说》,王水照编:《历代文话》第二册,第1753—1754页。

为南方之文,以其上接宋代欧、曾,明代王、归南派文家一脉。其论桐城派流衍轨迹,由江北流于江西,又流入广西、湖南,以及各地文坛圈子的关键人物种种,尽本于曾国藩《欧阳生文集序》,不再赘述。

在纵论南北文章与地域后,王葆心遂得出结论:"吾观北人之文主理,南人之文主情,此其大都也。然南人主情之文,迄唐初而止;北人主理之文,至唐后而大炽于南方。"文章大势仍归之于南北文风交织离合,彼此渗透影响,渐趋于共融。终令他耿耿于怀的则是域外文学的来势汹汹:"以前之相竞是为始竞争终决裂,以后之相竞则为始竞争终和平。虽然,域内之竞争和平矣,而域外旁行画革之文词又相乘而日出。"①正如刘师培虽提出南北文学不同论,但也仅限于大而化之的趋势,一旦落到具体时段(如六朝文学),文学地理环境论的命题往往难以成立:"一代杰出之文人,非特不为地理所限,且亦不为时代所限。"②王葆心也是在"文之公理,不以方域、乡曲限也"这一基本认知的前提下,研讨地域文化与文学传统、文章风格的大体对应关系。文学地理谈的风气影响深远,直至20世纪30年代,徐昂《文谈》仍以长江、黄河流域为限,尚论"文之区域":"秦以前文盛于北,迄乎两汉,南北有焜耀之观,而北尤胜,唐代仍盛于北。自宋迄今,则南盛而北衰。"③不过已经逐渐泛化为宏观的历史地理文化论。

二、文派论

以地域论文,往往还牵涉诗文流派的问题。由文人群体的地域分布而得名的流派要属江西诗派为最早,成为后代诗文立派的滥觞。清代影响最著、驰名最远、流布最广的文派桐城派以地域姻亲和区域人才为纽带,以安徽桐城为中心向外辐射,流衍至各地。曾国藩《欧阳生文集序》借周永年语"天下文章,其在桐城乎"道出桐城派开宗本末,"由是学者多归向桐城,号桐城派,犹前世所称江西诗派者也"。这一宗派论的比附却招

---

① 《古文辞通义》,第7810页。
② 刘师培:《汉魏六朝专家文研究》,王水照编:《历代文话》第十册,第9597页。
③ 徐昂:《文谈》,王水照编:《历代文话》第九册,第8914页。

致了自别于桐城的吴敏树的商榷意见,吴氏提出若采"姚氏为宗,桐城为派",则"姚氏特吕居仁之比尔,刘氏更无所置之"①,鉴于其素来不喜姚氏,却仍用江西诗派诸人来做生硬比附,并非是为姚鼐鸣不平,而是为了推翻桐城宗派论的根基。对此,曾国藩曾复书予以反击②,为姚鼐抱屈。近人李详除将周永年语更正为程晋芳语外,则主张将梅曾亮奉为桐城派承上启下的关键人物:"然鱼门之言,乾、嘉时尚无敢奉此为说,以当时诸老,存者犹夥,略一举口,则诘难蜂起,故匿而不见。至道光中叶以后,姬传弟子,仅梅伯言郎中一人,同时好为古文者,群尊郎中为师,姚氏之薪火,于是烈焉。"③梅曾亮和曾国藩往来密切,唱酬频繁,同为桐城派中兴的中坚人物。在认同梅、曾于有功焉的基础上,针对曾国藩私淑姚鼐的通行见解,《古文辞通义》给出了对曾国藩文章路数更为体察入微的看法:"文正之相承学古本在由近世桐城姚氏而上溯韩、马、庄,其师姚尤心契其选文尊马、杨之旨,此其师姚而与诸家师姚别异者独在此。"④点出曾氏常欲自返于汉魏六朝之学,以期忠实还原唐代韩柳古文的承前语境,成为曾国藩与姚鼐的分歧所在。

张之洞《书目答问》将清朝古文家划分为三类:不立宗派、桐城派、阳湖派⑤。这一说法曾引发不少争议,文学史上桐城、阳湖两派之分合也是一段著名公案。《古文辞通义》胪举了反对桐城与阳湖分立的两家观点,指出其立论根据有所不同。张寿荣主张"文惟其是",阳湖派虽不如桐城派所衍之广、所传之多,"自其文之是与正而有足以取法乎我者言之,则桐城可也,阳湖可也,不必桐城、阳湖亦可也"⑥;王先谦则是从阳湖诸人的陈述出发,强调其并无另立门户之意:"此阳湖为古文者,自述其渊源,无与桐城角立门户之见也。"《古文辞通义》出于折衷之意,也完整辑录了反对张之洞如此划分文派的意见。如林纾与张寿荣意见相近,曾纵论公安、竟

---

① 吴敏树:《与筱岑论文派书》,《柈湖文集》卷六,《续修四库全书》本。
② 曾国藩:《复吴南屏》,《曾国藩全集》书札卷九。
③ 李详:《论桐城派》,《国粹学报》,1908年第4卷第12期,第63—65页。
④ 《古文辞通义》,第7311页。
⑤ 张之洞撰、范希曾补正:《书目答问补正》,扬州:广陵书社,2007年,第226页。
⑥ 《古文辞通义》,第7805页。

陵等派，以桐城为能自树立，而文当唯求其是而已："不知者多咎惜抱妄辟桐城一派。以愚所见，万非惜抱之意。古文无所谓派，犹之方言不能定何者为正音，亦唯求其近与是而已。"①

从张之洞的古文师承脉络来看，其与桐城派渊源不浅："吾观《抱冰堂弟子记》，称'张文襄受古文法于舅氏朱伯韩'，伯韩为伯言讲友，是文襄固桐城渊源中人也。然其告周先生锡恩，以谓'我文无法，但平实耳'。是文襄不肯自居桐城派中矣。"王葆心认为张之洞与曾国藩一样，属于"导源桐城，而不宿于桐城者也"。王葆心本人亦有类似表现，推尊桐城—湘乡而不囿于桐城。

综上，王葆心对文家宗派的看法持客观中立态度，他认为分派的初衷主要起到指示门径的作用："盖分派以示人者，无非欲人由门户从入之中，即此一派而更知有他派，更由彼派与此以观其通而会其源……今余于《总术》一篇前多言统而后多言派，皆所以详文家分合之观察也。"②在自制的清代文派流别图中，他将桐城—湘乡诸人视为唐宋文派大宗，而把阳湖文家当做唐宋文派别子③，又以吴德旋为出入桐城、阳湖两派者。此外，王葆心还试图通过辨析历代文学流派起伏潮流，捕捉和归纳文学发展的内在规律。"解蔽篇"将前代文家划为正派和孽派："学术、人品皆有一真、一似，文亦有之，而且互相为因果焉。"此正孽派分非谓宗派之分，而是代表了文学史上出现过的相似而实不相同的理论倾向或创作趋势。如初唐四杰以伪体出，韩柳以真体入；宋初西昆体以伪体出，欧、尹以真体入；明前后七子以伪体出，归有光以真体入；清初三大家以伪体出，桐城以真体入。其中，后出返真又分为两种情形："一为反乎先出之文家，而得其真；一为筌蹄先出之文家，而发生其真。"并以主八家古文者为正派，视其余为逆流或孽派，揭示出文学思潮改良与演进交替循环发生的普遍规律。王葆心的这一观点曾受到刘咸炘《文学述林·文变论》的明确回应："王葆心作《古文辞通义》，论古今文派分为逆流、顺流。谓主秦汉者为逆流，主唐宋

---

① 林纾：《桐城派古文说》，贾文昭著：《桐城派文论选》，北京：中华书局，2008 年，第 426—427 页。
② 《古文辞通义》，第 7807 页。
③ 同上书，第 7741 页。

者为顺流。此说似是而实未通。主八家者上法先秦西汉,何尝不逆?主八代者下取东京六朝,何尝不顺?"①刘氏着眼于过分囿于流派而有所偏执的后果,对宗派持反对意见:"凡成一派,必有所偏重,然后能严明,从者欲其肖也,则不觉相袭,又不知变化,久乃成习气而可厌。惩其敝者又起而矫之,力斥前者之非,并其初创者而诋之,几若一无可取。然苟平心细审,则后者所重,前者固未尝无之,但较其所重为轻耳。"②其实,《古文辞通义》对古文宗派的看法并不刻板,王葆心也有类似的考量和顾虑,尤其是桐城末流往往失之简净薄弱,他也常思有以救正之方。

三、评点与选本

章学诚《文史通义·古文十弊》其十云:"时文可以评选,古文经世之业,不可以评选也。前人业评选之,则亦就问论文可耳。"③尽管评选之事因多与时文相勾连而有负面影响,但经过长期的发展和衍生,古文的评点与选本俨然独立为别具一格的批评文体,"有评有点之文章选集"也是文话著作的基础类别之一,南宋吕祖谦《古文关键》与其门人楼昉《崇古文诀》曾开此类著述风气之先④。王葆心也指出,继《崇古文诀》后陆续有探讨文家诀法的著作问世。这些所谓的诀法皆声称为文家不传之秘,虽多以诀为名,却往往不得其门而入。在他则相信这些法门并非毫无来由,古文技法的传授有赖于文诀,而习得文诀的可靠途径大致有二:一者为省察文家前后删改之迹,一者为精读名家评选文本。考虑到作品传本原就不易获得,遑论未刊手稿的删改本,因此掌握文诀的重点仍在于精研评点与选本之学。

总集和选本都天然具有文学批评的性质:"从目录学的角度说,总集之学是集部文章评论的母体,总集本身具有'解释评论'这种文学批评属

---

① 刘咸炘:《文学述林》,王水照编:《历代文话》第十册,第9723页。
② 同上书,第9729页。
③ 章学诚著,叶瑛校注:《文史通义校注》,第509页。
④ 王水照:《历代文话序》,王水照编:《历代文话》第一册,第3页。

性,不徒是搜集传世文章的辑录手段。"①选本始终是重要的文学批评形式之一。选本的构成基本上有以下三个部分:"选本的序跋部分、选本的入选作品部分、选本的批注和评点部分。"②而选本中的批注和评点时有缺项。选本发生作用的机制建立在对典范文本的选择和宣示基础之上:"在文学史中,简直就没有完全属于中性'事实'的材料。材料的取舍,更显示对价值的判断。"③桐城派向来有编纂古文选本的传统:"方望溪有《古文约选》,刘海峰亦有《古文约选》、又有《八家文钞百篇》,姚有《类纂》,梅有《古文词略》,曾有《杂钞》。以姚选为最适中,张廉卿、吴挚甫有评本。曾文正公文集,其门人皆传钞之。"④尤以姚鼐《古文辞类纂》评价最高、流传最广、影响最为深远:"桐城统绪相承一派盛于姚姬传,姚氏义法垂于所选《古文词类纂》。故凡守姚选者,即承其学者也。"

《古文辞通义》多次提到当以姚选《古文辞类纂》为古文初学之津梁:"常读之本,莫如姚氏《古文辞类纂》。"⑤该书有两个通行版本:"'康刻'据乾隆中叶姚氏主讲扬州梅花书院钉本。而'吴刻'则据姚氏晚年主讲钟山书院所授本,与'康刻'本互有异同。"⑥康刻与吴刻都是姚鼐主讲书院时的教学用书,在桐城文派的传播和衍生过程中都曾起到重要的示范作用。不过,康刻有圈点而吴刻遵照晚年姚氏之意削去圈点,故朱琦、吴汝纶等皆以吴刻为姚氏晚年定本,主张吴刻胜于康刻;而吴德旋则谓《古文辞类纂》其启发后人全在圈点",并详细指示该书圈点规则和识读门径。《古文辞通义》在例言部分即表明观点,主于姚氏晚年未必有尽废圈点之意,力陈康本自有优势之处:"是书刻本,近人于康、吴两本各有所主。梅伯言、管异之、刘殊庭主吴本;李申耆、王葵园主康本。桐城萧敬孚都不主之,谓两本各有伪脱。吴刻虽为惜抱晚年本,又别有一晚年本,为苏厚子得之惜抱少子耿甫家藏者,亦有圈点,曾刻于滁州,但世不多见。鄙意学文者但

---

① 邓国光:《文章体统 中国文体学的正变与流变》,上海:上海古籍出版社,2013年,第4页。
② 邹云湖:《中国选本批评》,上海:上海三联书店,2002年,第310页。
③ 勒内·韦勒克、奥斯汀·沃伦著,刘象愚等译:《文学理论》,南京:江苏教育出版社,第33页。
④ 《古文辞通义》,第7201页。
⑤ 同上书,第7242页。
⑥ 钱基博:《国学要籍解题及其读法》,上海:上海古籍出版社,2012年,第163—164页。

据康本专一究之可矣。"①另外，从取便于初学的角度来看，评点本更具有天然教本的优势。王葆心也曾用陈继儒《寓文粹编》一书教授家中幼女："余曾得陈选旧刻，用友人李君伟之说，以授亡女礼媛于初学为文时读之。"②

此外，选本也曾一时充当近代学堂国文课程的教本和参考用书。唐文治在无锡国学专修学校撰写《高等文学讲义》，即仿照黎庶昌《续古文辞通义》而作，并经学部审定，王葆心恰曾预其事，道其原委："今人太仓唐氏，曾取其意编为《高等文学讲谊》，其条目至为明备，余在学部曾审定其书。"选本存在的缺陷也不言而喻。古文选本载录文字多限于篇幅导致精华反掩，或因选家品味而有参差不齐，造成断章取义、截头去尾，其负面成因之一则是"所重不过取移用于时文而已"③。陈子展把选本的流行视作桐城派式微和古文覆灭的重要原因之一："这类选本既出，后来学古文的人有了捷径可走，谁还肯多费气力多读古书，留心时代呢？这也是桐城派衰微的一个大原因。"④王夫之云："有皎然《诗式》而后无诗，有八大家文抄而后无文，立此法者自谓善诱童蒙，不知引童蒙入荆棘，正在于此。"⑤古文选本的取精用弘，在一定程度上促成了集部之学的式微。由选本以进于专集的古文习得方式也为近代学堂的教育体制所搅扰。

选本往往兼及评点之学，评点包括各类批注和圈点形式。"就其性质而言，文学评点既是文学批评的一种方式，又是文学作品的一种特殊文本，而且两者紧密结合，故其效用甚为巨大。"⑥吕祖谦《古文关键》被视为"评点文体形成的标志性著作"⑦。至明清两代，评点文学已蔚为大观，小

---

① 《古文辞通义例目》，第7053页。
② 《古文辞通义》，第7118页。
③ 唐彪：《读书作文谱》，王水照编：《历代文话》第四册，第3553页。
④ 陈子展：《中国近代文学之变迁·最近三十年中国文学史》，上海：上海古籍出版社，2013年，第68页。
⑤ 王夫之：《夕堂永日绪论外编》，《姜斋诗话》卷二，《姜斋诗话笺注》，上海：上海古籍出版社，2012年，第205页。
⑥ 章培恒、王靖宇：《序》，章培恒、王靖宇主编：《中国文学评点研究论集》，上海：上海古籍出版社，2002年。
⑦ 吴承学：《现存评点第一书——论〈古文关键〉的编选、评点及其影响》，收入章培恒、王靖宇主编：《中国文学评点研究论集》，第220页。

说、戏曲等其他文类的评点成就尤其突出,古文圈点之学也出现了新的变化:"圈点之学,始于谢叠山,盛于归震川、钟伯敬、孙月峰,而大昌于方望溪、曾文正。圈点者,精神之所寄。学者阅之,如亲聆教者之告语也。惟昔人圈点所注意者,多在说理、炼气、叙事三端。方、曾两家,乃渐重章法句法。"①

明清古文评点以明代唐宋派和清代桐城派为风气最盛。归有光有五色评点本《史记》(《史记例意》),按照文章要紧处的不同性质,分别示以黄圈点、硃圈点、黄圈、黑掷、青掷、硃掷、黄掷等符号。而像唐顺之评点《汉书》、方苞评点《柳文》,王葆心皆曾经眼而未及过录,《古文辞通义》也遍举桐城诸家评选本的著录和流通情形:"武昌张氏刻有归、方《评点史记》,极佳,可以姚姬传《评点汉书》配之。此外方望溪有《古文约选》,刘海峰亦有《古文约选》,又有《八家文钞百篇》,姚有《类纂》,梅有《古文词略》,曾有《杂钞》。以姚选为最适中,张廉卿、吴挚甫有评本。"②有关前述的姚选刻本优劣之争,黎庶昌也曾标举古文评点的积极意义,指出姚鼐未尝忽视圈点之学:"然观先生答徐季雅书,不又有'圈点启发人意愈解说'之言乎?"③而姚鼐《与陈硕士书》确也表达过评点实为学文者开悟之津筏的观点:"文家之事,大似禅悟;观人评论圈点,皆是借径,一旦豁然有得,呵佛骂祖,无不可者。"④徐雁平根据姚永概《慎宜轩日记》过录、批点并不流通的诗文版本(未刊稿本、私家藏书),提出桐城派文人内部存在着"批点本书籍交游网络"的概念,"这一网络的私密性质是家学传承私密性的一种表现,它也影响到以家学为基础的地域性文学、学术流派的性质"。⑤ 湘乡派曾国藩谓评点与章句、校雠同为"文人所有事":"梁世刘勰、钟嵘之徒,品藻诗文,褒贬前哲。其后或以丹黄识别高下,于是有评点之学。"⑥也对评点之学予以肯定。

---

① 唐文治:《国文经纬贯通大义》,王水照编:《历代文话》第九册,第 8244 页。
② 《古文辞通义》,第 7201 页。
③ 黎庶昌:《续古文辞类纂序》,《四部备要》第 92 册,第 7 页。
④ 姚鼐:《与陈硕士书》,《惜抱先生尺牍》卷五。
⑤ 徐雁平:《批点本的内部流通与桐城派的发展》,《文学遗产》,2012 年第 1 期,第 100—112 页。
⑥ 曾国藩:《经史百家简编序》,《足本曾文正公全集》,第 2756 页。

然而,评点不仅须出于名家之手方有借鉴意义,还须别具只眼,以区别于平庸见解。譬如,徐树铮曾集录近世桐城、湘乡派作家的解说,辑为《古文辞类纂标注》一书,马其昶应邀为之序,序中暗含微言大义,他提出"姚选平注至简",而后人所注多为人人意中所有,"陈言为文家所忌,即何容取常人意中之语,以平议古人至精深奥颐之文乎?此姚氏之所慎也"①,实际上是对徐氏辑录近人评注持有保留意见。

评点之学自诞生以来备受诟病,为此对评点的对象亦作出限定,戏曲、小说、时文评点的接受度最高,而古文评点引发的分歧较大:"时文可以评点,而古文不可以评点也。古人之文,变幻无方,如化工肖物,未尝有定格也。故读文者可以会意,而不可以言传;论文者可以举隅而使之三反,不可刻舟而使之求剑也……自东莱、迂斋、叠山氏出,始选古人之文,逐篇而论其布置收放之法,又于其要害之处,标抹而出之,以为学者读文之助,然亦未尝有圈点也。"②王葆心持论更为通透。苏轼有教人读《檀弓》之说,《古文辞通义》曾据此考辨经书评点的滥觞:"至苏洵批《孟子》、谢枋得批《檀弓》二书,实皆伪书也。考评点经书实始于南宋朱子后学之治四书者,程氏《读书日程》尚沿之。"③可见其从文章学本位出发,不拘泥于评点的对象。

更典型的批评意见有如刘师培《文说序》所云:"若夫辨论文法,书各不同,或品评全篇,或偶举双语,或发例以见凡,或标书以志义;至于纂类摘比之书,标识评点之册,本为文之末务,岂学文之阶梯?自苏评檀弓,归评史记,五色标记,各为段落,乃舍意而论文,且蹈虚以避实,以示义法,以矜秘传,因一己之私心,作万世之法程,由是五祖传灯,灵素受箓,师承所在,罔敢或遗,可谓文章之桎梏矣。"④与文章作法的僵化套路挂钩,反有碍于性灵的抒写,这也是由于评点之学的兴起原与举业颇有渊源之故。王葆心对评点所抱有的开明态度则与他个人的求学经历和治学取向有关:

---

① 马其昶:《古文辞类纂标注序》,《抱润轩文集》卷四,《清代诗文集汇编》第781册,第250页。
② 唐恩溥:《文章学》,王水照编:《历代文话》第九册,第8746页。
③ 《古文辞通义》,第7381—7382页。
④ 刘师培:《文说序》,宁武南氏校印:《刘申叔先生遗书》廿,1935年。

"张文襄于纪文达评点各书及各家朱墨本评点之书均举以示初学,可知此法实为入门不可少之书,未可执一也。"①甚至有合刻桐城—湘乡五家评点古文以示初学津梁的发想:"余尝欲仿近人刊五色本杜诗例,合刊方、刘、姚、梅、曾五家之评点古文,至便学者也。"②

不过,围绕明清小说和戏曲文本产生的大量评点却在《古文辞通义》摈斥之列,尤以明末清初李贽、金圣叹等人的小说评点为首当其冲:"盖李氏之学,为王门中龙溪之末流,而混同于禅,其学行本偏,观其行止出处,并其小节及性行,亦无不偏,故遂衍成金圣叹一派。"小说和戏曲评点为王葆心所不喜的根源仍在于学统偏注、文统不正。除作为评点对象的文体偏见外,诗文评点的角度、语言和形式也必须经过严格的审查,比如林云铭《韩文起》评点对象虽是韩文,却仍因评点习气受到诟病:"其批评习气与所为之《庄子因》《楚辞灯》无异,大较沿自李卓吾、金圣叹一流,通脱粿猥,未可据为读韩文典要者矣。"③《韩文起》评注韩文一百多篇,篇末附有总评,评注涵盖立意布局、字词音义、制度典实,失之浅显俚俗,不时露出语录讲章口吻,如卷三《答崔立之书》"仆之玉固未尝献而足固未尝刖,足下无为为我戚戚"句下注云"犹言我的大本领,尚未拏出来,不待为我过虑",虽显粗鄙,但就内容而言并无失实之处,而从王葆心借此打压李贽、金圣叹等人的小说评点来看,恐怕传统文类雅俗尊卑的观念在他仍然根深蒂固。

四、文运论

《文心雕龙·时序》云:"歌谣文理,与世推移,风动于上,而波震于下者也……故知文变染乎世情,兴废系乎时序,原始以要终,虽百世可知也。"对文学与时代之关系作出了思辨性的把握。所有的文学作品无不是时代的产物,其创作、发展、演化乃至接受皆与当时政教文化的向背、文教

---

① 《古文辞通义》,第 7383 页。
② 同上书,第 7248 页。
③ 同上书,第 7256 页。

制度的兴废、文学观念的好尚息息相关,同时也以直接或间接的方式还原和折射了其时文政治化和世运风俗:"文章本乎作者,而哀乐系乎时。本乎作者,六经之志也。系乎时者,乐文、武而哀幽、厉也。有德之文信,无德之文诈。皋陶之歌,史克之颂,信也。子朝之告,宰嚭之词,诈也。"①从历史的大趋势来看,文术与学术代有兴衰升降,各自升沉起伏之势或重合或背离,时有相反相成之状,就其悖反者而言之:"粤自先秦以降,经术渐明。对照于文学观之,大抵学术盛则文术衰,东汉、两宋是也。文术盛则学术衰,西汉、魏、晋至隋、唐是也。二者相为往复,一文一质,华朴代兴,是文术与学术适成一反比例。"②清代乾嘉学术之盛与其时文术之衰也往往被归入此类逻辑。"今之学术与文术两者都扫地之世也。"③尽管以唐宋古文为经典范本的古文创作在晚清之际已是强弩之末,渐成独木难支,而以古文写作和评鉴为核心观照的古文之学,抵达了一个时代的转捩点,赋予了文运论以更深层的含义。

文章既系于时运,也关乎国运。王守谦《古今文评》起首便道:"文章关乎气运。"④自朱熹首以政教治乱分论文章议论,治世、衰世、乱世的文章三世之说流播甚远:"有治世之文,有衰世之文,有乱世之文。六经,治世之文也。如《国语》委靡繁絮,真衰世之文耳。是时语言议论如此,宜乎周之不能振起也。至于乱世之文,则战国是也。"⑤尝试从文章风格来逆推时代风气,对治乱之世的文学评价相对较高。文章三世说其后获得种种承袭和复述,如李淦谓:"《六经》是治世之文,《左传》《国语》是衰世之文,《战国策》是乱世之文。"⑥清初三大家之一汪琬亦云:"昌明博大,盛世之文也。烦促破碎,衰世之文也。颠倒悖谬,乱世之文也。"⑦由文以观一代之气数、一国之治乱、一族之兴衰的文运论逻辑逐渐深入人心,如明代王慎中评曾巩《馆阁送钱纯老知婺州诗序》:"治朝盛世,文儒遭逢出入得意之气象,蔼

---

① 杨慎:《升庵集·论文》,王水照编:《历代文话》第二册,第 1655 页。
② 《古文辞通义》,第 7743—7744 页。
③ 同上书,第 7744 页。
④ 王守谦:《古今文评》,王水照编:《历代文话》第三册,第 3120 页。
⑤ 朱熹:《朱子语类·论文》,王水照编:《历代文话》第一册,第 201 页。
⑥ 李淦:《文章精义》,王水照编:《历代文话》第二册,第 1170—1171 页。
⑦ 汪琬:《文戒示门人》,《尧峰文钞》卷一,《四部丛刊初编》本。

然篇中。观者不但可以想见其人,而又可以知其时也。"①此外,朱熹基于唐代文章与国运之关系提出了文治与国治相起伏的论断:"大率文章盛,则国家却衰。如唐贞观、开元都无文章,及韩昌黎、柳河东以文显,而唐之治已不如前矣。"②将文章盛衰与国运强弱视作一种反比例的发展趋势,其实与上文提到的三世说存在矛盾之处。后世的文运论大致沿此二种路径立论引申,遂对文章与世运之关系派生出两种截然相反的意见。其一是治世盛世则文盛,衰世乱世则文衰,反推也是如此。如冯时可《雨航杂录》云:"汉文雄而士亦雄,宋文弱而兵亦弱,唐文在盛衰之间,其国势亦在强弱之际。"又如清人蒋湘南所云:"夫文章者,国运精华之所萃也。文章盛则人才盛,人才盛则儒术盛,儒术盛则治道盛。自古偏霸之世之文章,断不能盛于一统之世之文章,日星河岳之气,钟之厚而毓之奇也。"③另一种则主张世衰文盛,且两者之间存在直接的因果关系:"或曰:文盛世必衰。曰:非也。世衰而后文盛也。盖人才不效用于上而遗弃于下,则精神不敷于实行,而光彩徒耀于空言,惜夫!"④其内在逻辑和"文穷而后工""文章憎命达"等命题或有相通之处。

  王葆心在文运与国运的问题上与历代主流文论观点一致,赞成文章与世变迁:"国运盛则其文必盛……国运衰则其文必衰,举证以示例,惟宋明季年之文最弱……世既乱,则其文必乱。举证以示例,惟六朝、五季为最下。"⑤并以文为心声诠解其中缘由:"盖时运之变迁征诸人心,人心之隆污形诸言论,言论之和平噍厉,迎机互引。和平引和平,噍厉引噍厉。"⑥不过,他也引入了欧西文学进化论,"又有世运不降而文反降",来解释科学愈进而美术愈废之现象。《奏定大学堂章程》所附"中国文学研究法"区别宜多读之文为四,其中就有"开国与末造有别"一条:"盛世之文胜末造,宜多读盛世之文以正体格。"《古文辞通义》也主张以多读盛世之文来拯救衰

---

① 茅坤:《唐宋八大家文钞评文》,王水照编:《历代文话》第二册,第1940页。
② 同上书,第207页。
③ 蒋湘南:《与田叔子论古文第三书》,《七经楼文钞》,郑州:中州古籍出版社,1991年,第136页。
④ 王文禄:《文脉》,王水照编:《历代文话》第二册,第1695页。
⑤ 《古文辞通义》,第7751—7752页。
⑥ 同上书,第7752页。

世之弊,着眼于文章移易人心风俗的教化功能。

文章随时而变、与时高下,双方各执一词,也都能找到支持己方论点的证据,遂衍生出折衷一派,通过划分不同的历史时段论列两者关系。清初魏禧答门人问文章与世运之关系谓:"古今文章,代有不同,而其大变有二:自唐、虞至于两汉,此与世运递降者也;自魏、晋以迄于今,此不与世运递降者也。"①背后已暗藏古今文章对比优劣的思想。复古与革新的角逐始终是古往今来文学思潮的核心主题之一,或打着复古旗号倡导革新,或将革新之举溯源至三代,其本质仍然是古今新旧的交锋。如何看待前代文章与本朝文章之高下优劣的典范选择是文学史观的直接体现。

为文章典范设置遥远的起点,摆出手摹心追的复古姿态,曾经成为历代文章嬗变的不竭动力:"文自古而今,皆后世作者求胜前人之所致也。周而秦,西京而东,当起相去未远,皆日求新以掩古,岂以古不可几,退处不高不古之地哉? 刻意争新,适得不古,相去渐远,乃复望以为古而慕之。"②复古论者往往以三代或先秦两汉或唐宋之文为极则。明代复古思潮最盛,前后七子多主文必秦汉,影响深远:"予尝谓汉以上其文盛,三教之文皆盛;唐宋以下其文衰,三教之文皆衰。"③复古文学思潮的一大后果是容易导致对历代文章发展每况愈下的认知,于是乎产生了文章一代不如一代的看法:"文章之体,与时升降。故古之文简,今之文烦。古之文含蕴,今之文发泄。古之文质厚,今之文浮薄。此非趋尚之殊,风气渐靡然也。是故秦不如周,汉不如秦,唐不如汉,宋不如唐。至元与明,又不如宋矣。"④随着清末西方文史理论的传入,由社会进化论的角度读解文学史发展的观点得到广泛的借鉴和征引。与传统厚古薄今文学观颉颃而起者,其最著即为王国维在《宋元戏曲史》中提出的"一代有一代之文学",胡适《历史的文学观念论》也持同样观点。《古文辞通义》兼取遗传与进化之义,以唐宋文章为楷模,"宋以后之文,理想不出于程朱范围,文词不出欧

---

① 魏禧:《日录·杂说》,《魏叔子文集》,北京:中华书局,2003 年,第 1121 页。
② 陈正龙:《举业素语》,王水照编:《历代文话》第三册,第 2593 页。
③ 何良俊:《四友斋丛说》,王水照编:《历代文话》第二册,第 1751 页。
④ 庄元臣:《论学须知》,王水照编:《历代文话》第三册,第 2211 页。

韩范围,是赵宋以后道学迭昌而文词日退化之证",却也指明伴随文明进化时人对文章本体的认识已达到新的高度:"文明愈开,则周秦西京一种之文愈绝,以野蛮迷信之习渐蜕,无以身心性命视文者。"①但由于身处"文风扫地之世",王葆心对古文的前景感到忧心如焚,就文运而言,"所谓不好士、不悦学、散古雅而趋俚浅,孰有过于兹时者",就世运来看,"贪武之夫,暴虐之政,内忧外患,日促危亡者相寻"②,衰世衰文之兆已无力回天。

---

① 《古文辞通义》,第 7760 页。
② 同上书,第 7761 页。

第四章
《古文辞通义》引书考述

第一节　文章学著述传统与理论资源

《古文辞通义》作为一部具有集大成性质的近代文话,孕育自本土传统文章学理论的土壤,又在知识结构转换和新旧学术更替过程中建构和展现了独特的治学空间和述学面貌,并分别在宏观、中观和微观层面对文学本体、写作技巧、鉴赏批评、接受理解等问题展开了细致入微的考察,虽不乏创见,其核心议题大多渊源有自。本节从历代文章学理论资源、明清文章学理论取舍以及清代汉宋骈散之争等方面梳理和剖析《古文辞通义》处置本土文章学理论资源的立场,以期把握作者思想资源的方向性和理论建构的倾向性。

一、历代文章学理论资源的整合

从传统目录学来看,讨论文学作品的文献所属由"总集"变为"文史",又经由"文史"而变为"诗文评"。朱自清曾指出,传统文学批评素材多源于学术分类目录下的文史和诗评类,后又合并为诗文评类。此外,文人别集、笔记、正史、方志等也是古典文学理论和批评素材的重要来源:"目录学上虽划分了独立的一类,而在一般学人心目中,这个还只是小道,算不得学问的。这一类书里也不尽是文学批评的材料;有些是文学史史料,有些是文学方法论。反过来说,别类书里倒蕴藏着不少的文学批评的材料,如诗文集、笔记、史书等。"[1]可被划入历代文话范畴的原始素材内容丰富,

---

[1] 朱自清:《评郭绍虞〈中国文学批评史〉上卷》,《朱自清古典文学论文集》(下),第539—542页。

来源广泛,曾有学者尝试用穷举法进行胪列①,几至不可枚举。

与诗话相比,文话这一文学批评形态的界定和采集相对宽泛。清人曾将文话与诗话加以比较,并认为文话辑录要难于诗话:"诗话采之四方,易于成书。文话虽即夙所闻于师友者,因感触而发之,而究出于一人之见解,无朋友之互相投赠,无旁人之代为搜辑。且诗中多有可摘之句,遇佳句,摘出一联即成一段。文章可摘之句甚少,作法不过数条。故诗话可以盈篇累牍,文话意尽则止,不能强增也。况诗话意在久传,不妨经意为之;文话只传一时,风气一过,即成废纸矣。"②中有缘由若干:文话多散见于各类典籍,成书成卷不易;文话多一时感兴之作,不足为他人道也;文章作法概括困难,重整体而少细节;文话乃风云际会,难以久传。这些对文话特点的洞察确实鞭辟入里。关于文话与诗话之比较,林纾《春觉斋论文》亦谓:"论文之言,犹诗话也。顾诗话采撷诸家名句,可以杂入交际谈谑;若古文,非庄论莫可。且深于古文者,亦未尝多作议论。"③也指出文话虽与诗话相类,但前者之所以难工,乃是由于存在天然缺陷:论文之语往往须严谨故少趣味,且论文者也未必就是文章写作的个中高手。

上述种种因素导致文话或论文著述不如诗话、词话流播广泛,历代虽皆有零星散见的论文材料,文话这一批评体裁在形制、内容和命名方面亦不如诗话和词话齐整划一。《历代文话》将收录标准定为断自宋代的"文评资料(专著和单独成卷者)"④,除考虑编纂的实操性外,"从论'文'方面而言,自先秦至魏晋,评论、研究文章之风日盛,但零锦片玉,散见于学术论述和各自文集之中",也是因为诗文观念的彻底暌离和文章概念的整体独立仍然有待于宋,前于此则文话一体未自树立。唐人虽隐有诗文之分的洞见,但在当时的普遍认知中文章与诗赋尚未完全分离,诸多文论也多是从个人主观的创作经验出发:"唐以前论文之言,如曹子桓《典论》、陆士衡《文赋》、挚虞《文章流别》、刘彦和《文心雕龙》,非不精美,然取

---

① 张海明:《关于古代文论研究学科性质的思考》,《文学遗产》,1997年第5期,第14—15页。
② 孙万春:《缙山书院文话》,王水照编:《历代文话》第六册,第5873页。
③ 林纾:《春觉斋论文》,王水照编:《历代文话》第七册,第6329页。
④ 王水照:《历代文话序》,王水照编:《历代文话》第一册,第3页。

韩昌黎、柳子厚、李习之诸人论文之言观之,则彼犹俗谛。此未易为浅人道也。"①曾枣庄引王若虚"散文至宋人才是真文字",从宋文的内容、文体、文派、风格、影响等多个方面论证宋文是宋代文学成就的最高代表②。虽然历代文章的优劣未可一概而论,但宋文之特出与彼时文章学的成立关系匪浅。

从历时层面来看,《古文辞通义》一书辑录、征引、化用与整合的文章学理论多以宋元文章学为起点,以明清文章学为主线,着重梳理近世文章学的理论脉络,恰与中国古代文章学成立于宋、曼衍于明、盖棺于清的历史发展脉络相一致。从文之读法、文之讲法和文之作法三大板块以及四类文体作法所选取的诸家论述来看,南宋和元代文家论文大多要言不烦,明清文家隽语箴言则连篇累牍,反映出时代越晚近文论越繁复的趋势,因而编者对近代文论尤需去芜取菁。又由于王葆心学承湖湘,远绍唐宋文统,故采信清人及近人文论者殊多:"然则荟萃古法以言文,本谈艺定旨矣。是书盖窃取之。惟潘谙称元明人于文法渐湣,故此书自古法外多有取于近人之言。"③

作为一部建立在资料汇编基础上的集传统文章学理论之大成的论著型文话,《古文辞通义》辑录转引了历代大量文论素材,这些传统文章学理论在书中多以散见材料的方式得到呈现。除在"文家格法""文谱演例"部分,王葆心大幅录入朱荃宰《文通》卷二十三和包世臣《艺舟双楫·文谱》外,若追溯其所使用的散见材料的文献来源,不仅包括了来自文话、诗话、词话等传统诗文评内容,更是网罗了正史、别集、序跋、笔记、方志、尺牍、书信、札记、随笔、评点、目录等相关文字,甚或同时代的通俗读物也在其引述之列。譬如"解蔽篇"曾引用"近出之某书弁言"④一段倡言本国文字最为完备,反对译者混用外来文词和符号,"某书"实为清末小说家吴趼人《中国侦探案》(1906年初版)。在如此浩大的文献征引工作中,自然也难

---

① 姚莹:《与陆次山论文书》,《东溟文后集》卷八,《中复堂全集》,台北:文海出版社,1974年,第796页。
② 曾枣庄:《散文至宋人才是真文字》,《文学遗产》,2009年第3期,第60—68页。
③ 《古文辞通义》,第7902页。
④ 同上书,第7121—7122页。

免失检之处,如其引刘文淇序黄承吉《文说》一段,谓"此亦论文家之关系者,其书今未见"①,而该书实以道光刻本《梦陔堂文说》版行于世。

《古文辞通义》征引的各类文字都谨遵"义例篇"凡例注明出处,或也可视为作者重视考据、调和汉宋的一大旁证。"方东树颇能欣赏清儒的某些作风。在《汉学商兑》的'序例'中,他称赞余萧客的《古经解钩沉》详注所引材料之出处。引书注出处虽起源更早,但是到清学才形成一个特色,'引书考'一文的出现即是一证。方东树在《商兑》一书中便刻意模仿这种体裁。他很明显地是想吸收汉学的长处,并摆脱宋学玄想无根之病。"②《古文辞通义》因为"全书中多及此种",特别重视引书例,则又牵涉到文话资料汇编式的著述体例及其互文性活动。

二、明清及晚近文章学理论的总结

《古文辞通义》对明清及近代文论着墨尤多,这一方面是由于作者对此段内容颇为熟稔,讨论起来也较为得心应手,另一方面是因为他始终以唐宋韩、欧之文为正体,并执此标准衡量近世文学之优劣:"明代先有七子之伪秦汉,乃有震川之真。近世先有侯、魏、汪之或为才子,或为策士,或为经生,乃有方、姚之真。"③毋庸置疑,其古文之学的基本取向和立场承自明代唐宋派、清代桐城派一脉,此亦不限于《古文辞通义》一书,而是贯串其系列著述终始:"无论如何,《高等文学讲义》在贴合张之洞一派文学观的同时,也表达了对'桐城—湘乡'一系古文家学说的认同。"④《古文辞通义》所体现的文章学思想也大致延续了桐城—湘乡文统与学统的评价立场和倾向。

清初朱仕琇谓文章迭代递降,"然其间辄有振起之者",并以王慎中、归有光为明代振起古文文脉之作者,王葆心则视桐城为明代唐宋派文脉

---

① 《古文辞通义》,第7143页。
② 王汎森:《中国近代思想与学术的系谱》,石家庄:河北教育出版社,2001年,第11页。
③ 《古文辞通义》,第7158页。
④ 陆胤:《清末西洋修辞学的引进与近代文章学的翻新》,《文学遗产》,2015年第3期,第170—181页。

之赓续:"文以久而论定,朱氏所谓今之为遵岩、震川者,当时虽未敢断其所属,由今论之,不得不归诸方、姚二氏也。"①在由近代名家入手学文一段,曾提及王先谦《续古文辞类纂》,此书意在时间序列上承续姚选《古文辞类纂》,共选取乾隆至咸丰年间文家三十九人,而王葆心则提议将曾氏弟子张裕钊、吴汝纶两人也一并取入,表明了他对湘乡派的推重:"惟梅、曾而后,张廉卿、吴挚甫亦可预于三十九人之数,王氏以生存人故未列入,在今日要可参及者也。"②其师周锡恩《观二生斋随笔》载有与张裕钊论文问答一则,王葆心将之纳入文之讲法一节中,并特为标示此番对答的发生背景:"此说为光绪壬午、癸未间(按:1882—1883年),先生在湖北通志馆与张问答之语,时张为总纂,先生为分纂也。"③鄂地学人与湘乡派学统之间的密切联系,可见一斑。

就《古文辞通义》来看,王葆心是在认同桐城—湘乡古文一脉的基础上发展其文章学思想的。全书最为核心的"总术篇"尝试"以最初之经典归宿文家之主旨",并拣选方苞、陈澧、曾国藩、郝懿行、李元度等五家论文本原作为典型。首举方苞有物、有序说:"孔子于《艮》五爻辞,释之曰:'言有序。'《家人》之《象》,系之曰'言有物'。凡文之愈久而传,未有越此者也。"④其次则陈澧有伦、有脊说对应层次与主意,郝懿行有故、成理说主张持论有本、言之成理,其实质皆与方苞所论如出一辙。王葆心有意识地对五家说法进行了有机统一:"有物有脊有故,深言之,即合义,即资于故实;浅言之,即有主意也。有序有伦成理,深言之,即有法,即成条理;浅言之,即有层次也。必知言,则主意不乖而雅词远鄙;必养气,则层次能适而醇气远倍。定此主意以作文,则内律外象,关乎质干与枝叶者均有安宅而终身可循持。故望溪之旨彭尺木踵之,恽子居再赓之,李次青重申之。"⑤有物、有脊、有故,皆是针对古文内容所提出的条件,有序、有伦、成理,则体现了对古文形式的要求,王葆心文章学思想的出发点与桐城派并

---

① 《古文辞通义》,第7759页。
② 同上书,第7399页。
③ 同上书,第7435—7436页。
④ 方苞:《书〈归震川文集〉后》,刘季高校点:《方苞集》(上),第117页。
⑤ 《古文辞通义》,第7702页。

无二致。

一方面,王葆心对明代前后七子机械复古的文学主张持鲜明的批评态度;另一方面,他又对摹拟唐宋古文将会走向另一种形式主义的极端始终保持高度自省的意识:"然自明以来,此弊逾广。其时摹拟秦汉窠臼者自李梦阳始,摹拟唐宋窠臼者自茅坤始。"①《古文辞通义》曾引述朱琦《湖海文传序》对清代之文发展趋势的阶段性评价:"其于康熙一朝所言虽略,实则可比盛汉、盛宋,而乾隆一朝亦与元大德、明宣德以后同归,良以乾隆文体多归考订,终次于康熙之盛。虽云略趋平衍,固较乾隆后散碎之风为胜也。"②清代古文每况愈下的态势促使他迫切反思救正文脉的方法,并对桐城末派之流弊颇有微词。《古文辞通义》卷三引清初王应奎《柳南随笔》评汪琬、董以宁文章语,并钱陆灿语谓"本朝古文之盛,盛于文友、苕文诸子,而古文之衰,诸子亦不得辞其责",王葆心案语云:"钱氏此说最为学宋派古文之弊习。吾尝心贱此种,不谓湘灵之先得我心也。学桐城文者其末派亦往往如此。此所以必辨其短长者也。"③赞成用六朝骈文(刘开语)、《史记》(吴敏树语)、诸子之书(恽敬语)纠偏专学八家之弊。

"近世合儒释以讲学诸家,阳湖文家学诸子为文诸家,皆有此弊。"④尽管王葆心认识到道咸年间诸子文派的崛起或成为触发新学、思想自由的契机,却不过将之视为饰情矫行的举动:"乃近世如龚定庵、蒋子潇之流,必专主以百家杂学之说论文,欲夺自来宗经家之席,其说至陋。"⑤与此同时,他对诸子派的先导阳湖派诸家评价也不高:"然吾以为世之文人好自标举者,莫恽氏若矣。"⑥《古文辞通义》引谭献语"国朝可读之文,前则孤立无名之士,后则治经朴学之儒,文章冠古,必先截断众流",作为骈散合一派与桐城派格格不入、针锋相对的直接证据:"此亦不分骈散一派与桐城不相入之证也。谭氏之倡此说,特求新于八家、桐城之外以投诸好新少年

---

① 《古文辞通义》,第7061页。
② 同上书,第7751页。
③ 同上书,第7177页。
④ 同上书,第7085页。
⑤ 同上书,第7432页。
⑥ 同上书,第7384页。

之胸臆,未尝不动一时,岂知一转瞬即成为方今日下之江河也哉!"①见出其对骈散合一派有所抵触。

王葆心在写作《古文辞通义》过程中广泛征求学友意见,曾自识其书云:"当初稿既成,时番禺梁节庵先生鼎芬谓《识途篇》应列在前,拟依其说,因惮于移掇,仍旧未更。先生又欲资刊之,葆心因而决定问世之意。"②梁鼎芬为张之洞幕僚,自光绪二十二年(1896)起任职两湖书院监督长达四年,与同任监督的蒯光典在次年因治学分歧、人事纠葛等引发纷争,这场发生在书院内部的论争焦点即为中西学术的意识形态之争③,梁氏也被视为笃守中学的文化民族主义者。王葆心生平师友交谊多集中于张之洞及其幕僚圈子,因此其文章学思想受到桐城—湘乡文派和学派的影响,带有鲜明的文化保守主义和国粹派色彩。

不过,他虽一力维护古文正统,反对文学革新之论,指斥新名词、报章体、译述体,但同时也积极吸收文学、史学、哲学领域新的学术理念和研究方法,不因人废言,而是求同存异。在史学方面,他充分吸收了康有为、梁启超、章太炎等倡导的新史学观念,"综述新史学研究之宗旨"(《汉黄德道师范学堂历史讲义》)。又如,梁启超提出史传文的理想书写是要"择出一时代的代表人物,或一种学问一种艺术的代表人物",来反映整个时代环境④,这一点在《古文辞通义》文材大端研究法中也有所体现。而在汉宋之争的问题上,王葆心也参考了来自不同文学阵营的意见,博采众长,力求持论公平,并不以文章学术之异同而阖门自守,对梁启超的态度即是一例:"案《四库提要》一书,张文襄以为读群书之门径,独姚惜抱同时修书,极不满其诋毁宋儒,魏默深《古微堂集·书名臣言行录后》亦力诋其持论之偏。今人新会梁氏亦加追论。"⑤

---

① 《古文辞通义》,第 7438 页。
② 同上书,第 7034 页。
③ 参见陆胤:《政教存续与文教转型——近代学术史上的张之洞学人圈》,北京:北京大学出版社,2015 年,第 107—125 页;苏云峰:《张之洞与湖北教育改革》,台北:"中央研究院"近代史研究所,1983 年,第 67—79 页。
④ 梁启超:《人的专史总说》,《中国历史研究法》,上海:上海古籍出版社,1998 年,第 183 页。
⑤ 《古文辞通义》,第 7428 页。

三、汉宋调和与骈散之争

《古文辞通义》文章学观点的整体构架、历代文家文论的取舍编排、文话素材的再组织形式等,都与王葆心本人的师承渊源和学术背景密切相关,尤其深受他在两湖书院求学时期的业师邓绎(1831—1900)的影响。在王葆心的文章学思想中,不难发现邓绎治学观点的影响,集中体现在汉宋调和的立场和扬散抑骈的取向。

邓绎与其兄邓辅纶未及弱冠,即与湘潭王闿运订交,还曾资助王闿运求学,成为学界的一段佳话:"绎闻人诵其诗,有月落梦无痕之句,喜曰:'此妙才也。'即往访订交。闿运故贫,绎资之使学于名师,又逢人誉荐之。由是闿运学益进,声名大昌。"①日后,二邓又与王闿运等人在长沙结成兰林诗社,入社诸人多为湖湘诗派的领袖。王闿运感激二邓的知遇之恩,亦以文运所系相推许:"然湘绮生平实俯首二邓先生,甚至辄以二邓先生开中兴后之文运,与曾胡诸公建中兴之勋武并称,诚天下公言,非阿好也。"②邓绎所著《藻川堂文集》《藻川堂谭艺》中的观点多为《古文辞通义》所借鉴和申发,其遗著《云山读书记》为王葆心任职湖南省书报局时主持刊行。邓绎在诗学上亦具颇深造诣,作为湖湘诗派的领袖人物之一,其诗歌创作以拟古、摹古为主。不过,与王闿运等在诗文创作方面皆追慕六朝风气有所不同的是,他虽有复古文学观的基本倾向,但仍以古文为传统文章的正体,并无扬骈抑散之意。因此,他认为历代古文递降而卑,历经西汉、唐宋、明清各阶段江河日下,于明清文家中独推清初三大家,尤喜魏禧文章有奇气,称赏其人为天纵奇才,为清代其余诸家所不及,在桐城诸家则最为推崇刘大櫆:"方、姚一派,云山先生则推海峰甚至,故姬传特假之以豪。"③与世所常言者略有出入,见出其论文的独特趣味。

在汉宋学术之争的问题上,邓绎认为汉宋双方各有利弊得失,"汉儒

---

① 朱克敬:《儒林琐记》,周骏富辑:《清代传记丛刊》学林类十,第18页。
② 王葆心:《王湘绮致邓弥之保之先生尺简题后》,《晦堂文钞》。
③ 《古文辞通义》,第7697页。

之失在于文致六经而附会之说繁,毗于柔者也;宋儒之失在于武断六经而凿空之论起,毗于刚者也"①,明确主张调和汉宋:"然欲探原六艺,反本而繁茂其枝条,则必折中诸儒之说而各取其所长,二者固不可偏废也。"②顺带一提的是,与邓氏兄弟交好的王闿运也素有调和今古文经学之意:"比来综览湘绮遗书,私心推测,此老文章学术,不汉不宋,其用心几于两家外,独标帜谛……盖唐学因吾师标举,呈露端倪,同时即有挚交之友以实之。"③只不过,此二者执两用中的论调背后却并非全然毫无偏颇。其中,邓绎于汉宋持平中偏向宋学,"为精义之学者,每获一义如获一珠;为训诂之学者,每获一义如获一鱼。万鱼不如一珠,珠贵而鱼贱易得也"④,而王闿运则宗尚今文经学。关于汉宋之争与调和汉宋派的真正倾向,罗志田曾结合王国维"国初之学大,乾嘉之学精,道咸以降之学新"的论断,指出伴随道咸年间今文经学复兴的同时,"出现一股日益增强的'调和汉宋'趋势",而"一般'调和汉宋'者实多偏宋",不过其时宋学的内涵已经从与乾嘉汉学相对的明学和陆、王心学被替换为程、朱理学⑤。此外,吕思勉对桐城派的学术立场也有过类似判断:"桐城派的宗旨,虽想调和三家,而其在汉、宋二间的立场,实稍偏于宋学,而其所成就,尤以文学一方面为大。"⑥

因此,乾嘉时期桐城派与汉学家之间在学术取向上隐含着对立冲突。而邓绎对桐城派的文学本位立场抱有同理心,他本着"学术可以兼文章,文章不能兼学术"的观点,强调清代汉学对文学产生了诸多负面影响:"国朝文学之道大患乃在于小,导源在经学即理学之一言。而其学于经者无非舍其大而识其小也,废义理之大学而穷故训之小学,所治愈精,其技愈粗,所治愈密,其用愈疏,经学陋而文章亦衰矣。"⑦将汉学与词章对立起

---

① 邓绎:《藻川堂谭艺》,王水照编:《历代文话》第七册,第6117页。
② 同上书,第6156页。
③ 王葆心:《题邓云山先生遗札后》,《安雅》,1936年第1卷第12期,第60—61页。
④ 邓绎:《藻川堂谭艺》,王水照编:《历代文话》第七册,第6192页。
⑤ 罗志田:《章太炎、刘师培与清代学术史研究》,《近代读书人的思想世界与治学取向》,北京:北京大学出版社,2009年,第223—247页。
⑥ 吕思勉:《中国史》,上海:上海古籍出版社,2006年,第236页。
⑦ 邓绎:《藻川堂谭艺》,王水照编:《历代文话》第七册,第6196页。

来,由此提出文质代兴的看法:"先秦以下经术渐明,然章句之学盛则词章衰,东汉、两宋是也。词章之学盛则章句衰,西汉、魏、晋、隋、唐是也。二者相为往复,一文质之代兴而已。"①对于阮元集中诸篇多次强调用韵比偶者方可谓之"文",邓绎不遗余力加以驳斥:"阮氏论文贵华而贱质,是不知有《尚书》;贵简而贱繁,是不知有《内传》;贵偶而贱奇,贵有韵而贱无韵,是知有《诗》《易》而已,不知有四子书也;贵短句而贱长句,是知有六经而已,不知有《战国策》、《史记》、庄、韩诸子之书也。"②与一般的汉宋调和派又有所不同。

与之相呼应的是,《古文辞通义》明确揭示了以桐城派为代表的清代古文家与清代朴学考据学者之间由于隐含的学术取向不同而间接导致骈散之争:"盖本朝散文多出于义理家,其旨在专读唐以后书。自乾嘉以后之经学又多能为骈文之人,则专在断代读书,与李氏同旨。两派相反之由来如此。"③针对蒋湘南标榜汉学、力诋桐城、声张骈文之说,王葆心也予以辩驳。同时,他也意识到了主张汉学和推尊骈文之间的联系,并将其渊源上溯至明代复古派:"余之以近日骈散合一诸家之论齿诸明代北派之列,岂无据哉?其差异者不过近世此派较明人北派多转汉学考据一重关,其根柢较厚而气味较古耳。"④文中所指近世骈散合一论,当是章炳麟、黄侃、刘师培等晚近文选派。

此外,在文气论("志为气之本")、文学环境地理论、科举俗累、以情总文、由人知文等具体议题上,《古文辞通义》也有参考和采纳邓绎观点之处。尽管邓氏所言或浅尝辄止,或未达一间,却对这些问题的归纳总结和研究的深入发散起到了积极的作用。邓绎有《文说》云:"由今之学,为今之文,其去古人也益远矣。求古文于今之人,则必视其才学与识之类于古昔作者与否其类也。然后从而甄之。其兼三者而有之上也。既兼之,则又视其小大深浅广狭以知其言之至不至。其言之至者,有古心为古文,非

---

① 邓绎:《藻川堂谭艺》,王水照编:《历代文话》第七册,第6156页。
② 同上书,第6110页。
③ 《古文辞通义》,第7357—7358页。
④ 同上书,第7305页。

貌古之文而为文者也……夫作人者,作文之本,自三代盛时此道已著,故立言居不朽之一,与天地三,若大人之三天地而立也,其旨宏矣。"①邓绎在本体论层面对古文至高无上的推崇,及其对作家伦理道德修养的理学渴求,也都对王葆心的文章学思想产生了潜移默化的深远影响。

第二节 《古文辞通义》域外译述探源

除大量征引中国古代文章学理论资源外,《古文辞通义》还汲取了不少域外文章学著述的理论成果,尤其是日本江户明治时期的文章学思想,同时也包括一些英美人文社科理论。近代日本文章学和修辞学领域的新变,通过翻译出版物的形式对本土相关学科和著述产生了重要影响。清末民初西方政治学、社会学和文学思想的传入,也为学术话语的更新转换制造了新的契机。梳理《古文辞通义》对域外译述的征引,辨析其思想来源和原生语境,兼及被引介进入国内后的理论演化,有助于揭示中国近代文章学古今交融、中西会通的学理特点。

一、近代日本文章学的发生

日本自古即处于汉文化圈的辐射范围,在长期容受和创制汉文学的同时,也产生了基于自身文化土壤的特色汉文学批评,虽有摹写的元素,亦别具一格。由于文学形态的差异化,日本文章学思想所统摄的文体类型与中国文章学同中有异,其对应汉诗文、和歌、和文、物语、俳句等诸多文类而产生的文章学理论,各自都形成了漫长而自在的理论谱系。在江户时期,古文成为近世和文的轨范,以唐宋古文为典范的汉文文章学思想也得到了极大的传播和推广②。"中国文章学是日本汉学研究的一个重要

---

① 邓绎:《藻川堂文集》,清光绪年间刻本。
② 副岛一郎:《日本江户时代中国文章论的接受及其展开》,《中华文史论丛》,2009年第4期,第215—243页。

分支，尤自江户时代(1603—1867)以来，成果颇多。江户时代的有关论著大都采取'文话'的形式。"①因此，尽管汉文写作在日本文学史始终占有重要的一席之地，古文文章学发展至江户时代始蔚为大观："江户初期日本所流行的文章论，大部分是自南宋至元明的著述，吕祖谦《古文关键》、楼昉《崇古文诀》这类正统的著述不用说，就连在中国不被重视、渐次湮没的著作也受到欢迎。"②由于文章典范的转移，这一时期产生的大量日人文话多以南宋文话为基准。

明治维新以降，西学的传入同样改变了日本传统文章学的面貌。一方面，江户时期幕藩儒士以汉文读写为主的汉文文章学研究，虽一直延续到明治以后，却不可避免地迎来被边缘化的命运；另一方面，日本近代国语制度的确立和对西洋文化制度的向慕思潮，使西方文章学理论的核心——修辞学，作为一门独立学科被引入到近代日本教科之中。自此，与西方民主政治渊源颇深的修辞学(rhetoric)，以西洋流文章学理论的姿态，与日本国学流的文章学理论形成双峰并峙之势，共同汇入到日本近代文章学思想的洪流之中。

早在16世纪，西方的修辞学概念曾一度传入日本，到明治时期，在民主政治和普及教育的社会思潮席卷下，修辞学的议题再度复兴。不过，当时日人对修辞学内涵的理解和界定存在较大分歧："修辞学本来包括话术、作文、批评(文章研究)等三个部分。而根据五十岚力的说法，'如果要说古今修辞明显的差异性，大约有三点。第一，以前的修辞学范围很广，而如今则较为狭隘。以前的修辞学，不用说，包括了辩论文章，论理、心理、教育、道德、政治、法律等也包括在其中'(《新文章讲话》第六编第一章二十八)。因此，明治时期传入日本的修辞学，也从修辞学的概说介绍开始，作为演说法、表达法、作文法和批评法，不同的人对之有不同的理解，得出不同的总结。因此，它也有各种各样不同的译名，每一路数的展开也

---

① 王水照、吴鸿春编选：《日本学者中国文章学论著选》前言，上海：上海古籍出版社，1994年，第1页。
② 副岛一郎：《中国文章论与日本江户时代的精神、国学、文艺》，收入王水照、朱刚主编：《中国古代文章学的成立与展开——中国古代文章学论集》，第347页。

不尽相同。"①伴随修辞学概念得到澄清的客观需要,着眼于文辞修饰的美辞学与文章学之间的关系也获得了进一步的梳理。在当时,东西会通的思想同样在国学流文章学和西洋流修辞学之间进行了往复的逡巡折衷。例如,岛村泷太郎的《新美辞学》②一书,专门辟出"东洋美辞学"一节,阐述由中国发端的所谓"东洋修辞学"的历史,从"六义"开始,岛村依次将战国纵横家、《文心雕龙》、《文则》、《沧浪诗话》、《文筌》、《文体明辨》、《读书作文谱》等尽皆纳入东洋修辞学的发展脉络中,以之为西洋修辞学的对应物,并认为前者虽不够科学,适足以作为西洋修辞学的补充。因此,近代日本相当一批文章学著述虽以"修辞"为名,其所涉内容却能够和中国传统文章学著述在主题上接轨,性质上亦趋同,这也是王葆心《古文辞通义》得以参照、吸收、比对和品评域外文章学思想资源的基本前提。

此外,《古文辞通义》虽是近代文话的集大成著述,但其思想体系包孕甚广,并未限于文章学理论的绍介,是近代学制下学科自觉、结构转换、方法更新、范式再造的学术产物。这也先验地决定着《古文辞通义》在引述域外思想资源时所涉领域更为宽泛,未囿于文章学著述。如在《汉黄德道师范学堂国文讲义》中,王葆心化用了日本近代经济学家、法学家葛冈信虎关于普及法制的论述,以及政治家、教育家加藤弘之的《天则百话》。而在《高等文学讲义》中,他多次引用福泽谕吉《语录》和大隈重信就如何处理国粹与革新之对立的相关见解。不过,在最后修订成书的《古文辞通义》中,王葆心大大删减了以上偏重于思想史、社会史意义的域外引文,增加了对域外文章学著作的挖掘力度,仅保留了部分涉及读书方法、学习方法的日人言论,比较有代表性的有像泽柳政太郎《读书法》、饭泉规矩三《学术自修法》以及西村茂树《自识录》等。

二、《古文辞通义》征引日本近代文章学著述提要

《汉黄德道师范学堂国文讲义》提及或征引日人著述共计十三处,其

---

① 速水博司:《近代日本修辞学史》,东京:有朋堂,1988年,第11页。
② 岛村泷太郎:《新美辞学》,收入岛村泷太郎:《抱月全集》,东京:天佑社,1919年,第134页。

中三处引用西村茂树《自识录》,引用饭泉规矩三《读书自修法》、泽柳政太郎《读书法》和加藤弘之《天则百话》各两处,引用冈葛信虎、山岸辑光《汉文正典》、日本图书馆目录体例和日人所编《中外文范》各一处。《高等文学讲义》中,除《汉黄德道师范学堂国文讲义》中已经涉及的内容外,征引日人著述三十多处,其中有关文章学著述的内容绝大部分也保留到了《古文辞通义》中。需要说明的是,王葆心引述近代日人著述的文献来源多为当时汉译撮抄著述[①]。《古文辞通义》征引日本近代修辞学和文章学著述作者及提要如下。

武岛又次郎《修辞学》 武岛又次郎(1872—1967),毕业于东京帝国大学(东京大学前身)国文科,历任东京音乐学校、日本女子大学、大正大学教师,发表过不少文章和诗歌,颇有诗名。《修辞学》初版问世于明治三十一年(1898),是日本较早以明确出处的方式对西洋修辞学内容进行统摄归纳的学术著作。《修辞学》分为"体制"和"构想"两编。所谓"体制",指的是文章择字成句、由句入篇的方法,全编多围绕文章的构成展开;而"构想"编涉及一小部分的文章架构问题,并将文章分类为记事文、叙事文、解释文和议论文,并逐一进行文体论阐释。

武岛又次郎《作文修辞法》 《作文修辞法》则是基于武岛另一部著作《文章纲要》章节稍作改换而成,仅在次序编排和个别名目上与《文章纲要》略有差异。出版于明治三十七年(1904)的《文章纲要》,分为文章成文、言语、文、段落、记体文、叙事文、说明文、议论文、书简文、明了、生气、流利等十二章节,基本可视作《修辞学》一书的节本。

佐佐政一《修辞法》 佐佐政一(1872—1917),毕业于东京帝国大学文科大学,为著名的国文学者和俳句研究者,曾在旧制第二高等学校和山口高等校任教国文学。根据编者自识,该书是明治二十九年(1896)作者在山口高等学校授课时所作讲义稿本修正而成,供中学程度作文教师以及广大文字工作者参考,出版时间为明治三十四年(1901)[②]。编者直言,

---

[①] "讲义中时时出现的修辞学新说,主要来自汤振常《修词学教科书》所译介的武岛又次郎著作。"
　　陆胤:《清末西洋修辞学的引进与近代文章学的翻新》,《文学遗产》,2015年第3期,第178页。
[②] 佐佐政一:《修辞法》,东京:大日本图书株式会社,1901年。

该书大体上是哈佛大学教授 Adams Sherman Hill 所著 *The Principles of Rhetoric*(《修辞学原理》)一书的翻译,分为"文法的纯正""修辞的洗炼"和"文体各论"三编。"文法的纯正"讨论的并不是现代语言学意义上的语法问题,而更多倾向于辨析日本近代国语词汇的纯粹性。次编"修辞的洗炼",主张在言语的选择、言语的多少和语句的配置上都要达到明晰、遒劲、流畅的标准。末编"文体各论",也参照所本《修辞学原理》一书,将文章划分为记述文、说话文、说明文和议论文进行分体说明。

山岸辑光《汉文正典》 山岸辑光,生平不详。由该书其著作前言可以得知,山岸少从山田安五郎(1805—1877,幕末阳明学者和儒学者)游,后师从另一幕末时期的儒者高见猪之助,另有其他著作如《汉文谭》《周易讲义》等,多为山岸氏讲述、他人整理,可知其长期授徒任教。据明治三十六年(1903)著者自识,《汉文正典》原是为了利于汉文读写而作,也希望能对学习本国和文有所助益。全书所用的文法术语袭自《文体明辨》《文林良材》等早期日本汉文文话。作者认为,汉文骨髓皆在经书、子部、《左传》、《国语》《史记》《汉书》以及唐宋名家之文。书中引为例文者也多出自上述典籍,同时收录了不少日人所写汉文。该书分为两卷二十编,卷一总目为"文法",共十八编,涵盖了文章八体、四法、结构、立意、篇章字句法以及各种修辞方式,卷二无总目,仅"助辞"和"语辞"两编,泛论虚词。

宫川铁次郎《通俗文章学》 宫川铁次郎(1868—1919),毕业于东京专门学校(早稻田大学的前身),曾任东京区会议员及区长。《通俗文章学》出版于明治三十三年(1900),该书分成七编,分别是绪论、文辞编、文饰编、文体编、文势编、文作编和文例编。文辞编探讨的是词汇的选择问题;文饰编侧重文章写作的修辞手法;文体编从修辞之多少、文章之来源和句调之和缓等三个角度提出了文体分类的标准;文势编则提炼了一系列诸如简洁、明了、整一、愉快、新奇等范畴,对应写作风格;文作编将文章划分为记事文、说明文和物语文三类,并在文例编中给出了分体制作的典范。

儿岛献吉郎《汉文典》 儿岛献吉郎(1866—1931),毕业于东京帝国大学文科大学古典科,曾任教于东京高等师范学校、京城帝国大学等,出任二松学舍校长,著有《支那大文学史》《支那文学史纲》等。《汉文典》出版于明治三十五年(1902)。据该书例言,作者先曾读过《英文典》以及大槻文彦的《广日本文典》,遂起念写作一部"汉文典",后又读到《马氏文通》以及猪狩幸之助《汉文典》,"于心甚有慊慊焉"①,遂执笔撰写此书。他指摘当时的汉文教育将习得之难归咎于汉字音义,认为学习汉文当从六书等入手,讲解文字起源,因此全书分为文字典和文辞典两编,厘清作为文字的汉字和作为词的汉字概念,分属文字学和语言学的研究范畴。儿岛还著有《续汉文典》一书,由文章典和修辞典构成,更接近于一般意义上的文章学著述。

《古文辞通义》所涉日本文话尚有《拙堂文话》《渔村文话》《文林良材》三种,《历代文话》第十册《知见日本文话目录提要》皆有提要,不再赘述。另,所引藤森弘庵论文六种一段,未详出处,藤森弘庵(1799—1862)亦为江户时期的一代大儒②。

此外,《古文辞通义》还征引了若干王葆心听闻而未及寓目的日籍,"如佐佐政一之《修词法》、岛村泷太郎之《新美词学》,以及文法书类中石川氏之《正续文法详论》、荻野氏之《中等作文法》等,均未获见",但在"解蔽篇二"论古文诸忌第十二条中,他引用了佐佐政一《修词法》中的论述,或是未及统一前后文字疏忽所致,也可见出王葆心随见随补、旁搜远绍的治学习惯。在三种著述中,他所提及而未及亲见的日籍,虽对其文章学理论并无显著影响,要之亦反映了明治时期日本文章学的风气环境,且其中不乏可资启迪者,故一并提要如下。

岛村泷太郎《新美辞学》 岛村泷太郎(1871—1918),毕业于东京专门学校文学科,曾为坪内逍遥主持《早稻田文学》的记者,后任东京专门学校文学科讲师,讲授美辞学、中国文学史、西洋美术史等课程。早年作为东京专门学校海外留学生被派往英国,回国后任早稻田大学文学科讲师。

---

① 儿岛献吉郎:《汉文典》,东京:冨山房,1902年。
② 藤森弘庵,名大雅,字淳风、恭助,号弘庵,又号天山。善诗书,性强记,于书无所不观,常以气节文章自许。土浦侯延以宾师,委以学政,兴文教,革吏弊。弘化初,返江户设帐教学,门下日盛,诸藩大夫往来咨询者甚众。隐于田野后,四方之士闻风向慕,争赴其门。参见关仪一郎、关义直共编:《近世汉学者传记著作大事典》,1966年。

作为创作家、美学家、美辞学者、评论家和新剧指导者，岛村在多个领域均有建树。《新美辞学》初版于明治三十五年（1902 年），坪内逍遥为之作序。该书由绪论、修辞论和美论三编构成，美论部分未完成。在绪论中，作者阐述了美辞学名称的源起和对美辞学的定义；修辞论由词藻论和文体论组成；美论处理美学问题，从已有的提纲看，也是作者志在必得的部分，最终却遗憾地止于草稿。

荻野由之《中等教育作文法》 荻野由之（1860—1924），历史学家和国文学者，毕业于东京帝国大学，任东大文科大学教授，在法制史领域著述颇丰。《中等教育作文法》出版于 1892 年，由总论上下、普通文、书牍文、和文、汉文等六篇组成。根据例言可知，作者认为普通文由和、汉文混融而成，也各自独立，和文、汉文各具特色，其长处庶几可补普通文之短，堪为发扬国文粹美之手段。总论篇阐述文章沿革，指点初学期和进步期作文方法。余下各篇从绪论、文体、文例等角度铺陈各体文章要点，例言中还提到，此书汉文篇曾得到岛村泷太郎的助力。

此外，石川英《正续文法详论》提要亦收入《知见日本文话目录提要》，该书重点在于虚字、助字用法，多是罗列虚词缀以例证的格式，不再赘述。

出于种种历史、政治或文化因素的考量，王葆心在《古文辞通义》书系修订中对日籍的吸收借鉴前后略有变化，立场和态度也隐有改变，但正如上所述，他在博览引介日本近代修辞学和文章学著述方面可谓不遗余力，所涉种类之广泛、研讨主题之详密、挖掘论据之深入，在中国近代文章学学史上独树一帜。同时，之所以不惮烦琐将《古文辞通义》所涉著述一一列出，也是由于后者颇具典型意义，或可借此构拟微观的日本近代文章学发生环境。《古文辞通义》征引近代日本修辞学和文章学著述的客观结果也揭示出中日近代文章学思想交汇的若干特点。

其一，从成书时间上来看，《渔村文话》《拙堂文话》《文林良材》以及《正续文法详论》等四种，都是江户时期的文章学著述，而其余已见未见诸种，都是成书于明治时期的修辞学和文章学著述。《古文辞通义》及其前身形态的学堂讲义同样产生于 19 世纪中后期，这一方面固然反映了当时国人引进和吸收域外前沿成果以期迎头追赶的迫切心态，另一方面也揭示了在西学东渐的大潮影响下,中日两国的文章学领域正面临着同样严峻的冲击和挑战,所面临的问题具有极大的相似性,譬如维护本国语言文字的纯粹性、调和本土与西洋文章学理论等。

其二,从讨论对象和写作语言来看,上述江户时期四种文话著作以及《正续汉文典》《汉文正典》讨论的对象都是汉文文章学,而《修辞法》《修辞学》《新美辞学》《通俗文章学》等皆以日本本国现代语言为本展开论述,《中等教育作文法》则并举和汉文。另外,除江户时期的文话《渔村文话》《拙堂文话》以汉文写作外,其他皆以日文写就,基本穷尽了日本文章学著述在内容、语言、形态方面可能具有的交互状态。日本江户明治时期文章学和修辞学的融合发展及互相影响不仅展现了西学东渐过程中存在的普遍性问题,而且也对中国近代文章学和修辞学内容的更新产生直接的作用。

其三,就作者身份而言,江户时期日本汉文话的作者多为汉文修养较高的儒学家,而明治时期日本文章学和修辞学著述的作者大多出身近代日本高等教育机构,且普遍从事现代国文的教学工作。与此同时,国内近代文章学著述也多为学堂私纂教科书或讲义,作者群也普遍活跃在国文教育的一线,揭示出近代汉字文化圈文学阐释学历史语境的某种共通性。

三、域外译述对《古文辞通义》的影响

从学理背景的趋同和讨论范围的近似,近代日本修辞学和文章学著述都为中国近代文章学理论提供了极具借鉴价值的重要参考系。王葆心在撰写《古文辞通义》书系之际对域外各色学术理论的吸收借鉴经历了从主动引介到融合消纳的过程,并最终走向建基于民族文学本位立场的中西会通。域外译述对《古文辞通义》所产生的实际影响,鲜明地体现在《古文辞通义》吸收和化用大量编译日本修辞学、文学史教科书和文典类著作内容架构,创生兼容并包古今文章的文体分类思想。除此之外,对本国语言文字的规范性要求以及创作批评方法论也是王葆心取材域外译述内容的重点面向。

1. 以简驭繁的文体统摄

《古文辞通义》的文体分类观深受日本近代修辞学和文章学思想的影响。有学者业已指出,通过综合真德秀《文章正宗》、储欣《八大家类选》、姚鼐《古文辞类纂》、曾国藩《经史百家杂钞》四家文体分类方法,王葆心归纳出述情、纪事、说理三种统系以展示古代文章发展轨迹,并总结规律:"文章之体制既不外告语、记载、著述三门,文章之本质亦不外述情、叙事、说理三种。"①文体标准的划分的确是王葆心意匠经营的创见,但在文章体制方面他充分整合了日本近代修辞学和文章学著述的观点。

王葆心制订的《古文门类各家目次异同比较表》原本采纳了曾国藩《经史百家杂钞》文体分类框架,但在《高等文学讲义》和《古文辞通义》中有所变更。在《高等文学讲义》中,著述文分为解释文和议论文。在《古文辞通义》中,他删除了关系篇中原本用以统摄解释文和议论文的"著述文"一项,直接用解释文、议论文接续告语文、记载文。从曾氏的三门分类法,到采纳告语、记载、解释、议论四门别类,以及最终提出对接情、事、理三种统系的洞见,是其对日本近代文章学理论进行借鉴和整合之后的成果。

从文章分体标准来看,记事、解释、议论等名称即渊源于日人修辞学著述:"其于古今文,武岛又次郎之《修词学》则分为四种,记事、叙事、解释、议论。山岸辑光之《汉文正典》本真西山亦分为四种,叙事、论说、词令、诗赋。与章实斋辑方志中之文征区分奏议、征述、论着、诗赋四门亦相近……武岛氏记事、叙事之分析,本末案以大端综括之法,衡以文体全部所赅,遂多缺略。记事即记载也,武岛氏以历史、小说等隶之是矣,但惜其以叙事之小分占最要告语之大分耳……武岛氏近又有《作文修词法》,则区文章为记载、理论、书简三门,较前说差为完备。其三门子目记载文又区为美术记载文、(一、记体文。二、叙事文。)科学记载文,又曰说明文。亦与《修词学》立目同理。论文又区为议论文、诱说文,则《修词学》所未备

---

① 聂安福:《情、事、理三种统系——王葆心文章发展史观研究》,收入王水照、朱刚主编:《中国古代文章学的成立与展开——中国古代文章学论集》,第451—460页。

者也。门区为三,种析为六,其意渐诣完整矣。"①王葆心颇为青睐东洋学人划分文体的新标准,并敏锐洞察到武岛在文体分类上不同阶段的理论发展,在此基础上进行了整合。

以解释文为例。"日本人所编之《汉文典》备列小学家之形、声、义三种为文字典,以汉注、唐疏、本朝之考订隶入训诂学。此解释文即近世合形体、音、训诂三种以成文之体。专言三种尚不成文,必合此三种附诸经典用之,而此解释文体始成。今人有谓中国少此种文体者,故备胪之以释此疑也。"②他指出,《汉文典》中合形、音、义三者的成文之体即是解释文,为本土传统的小学考据之文单独辟出解释文的独立名义,与其他文类形成四分之势。他也并不讳言这种体察和发现乃是受到了他山之石的启发:"又我国汉之笺注、唐之义疏、宋之章句最号繁博,四部中俱夥。其体重在朴实真确,即所谓解释文也。乃云我国此种极少,盖由于但徇东籍,未能反而精察本国完备之文学故也。"因武岛氏《修辞学》设有"解释文"类目,《古文辞通义》亦征引"武岛氏言解释文,期于真实,有左验则真实矣"作为解释文界定的标准。

实际上,尽管武岛《修辞学》的记事、叙事、解释、议论四分法,为《作文修辞法》中的记体文、叙事文和记载文三分法所取代,差别并不很大,只不过原先将"记事文"划分为"科学的记事文"和"美术的记事文"是完全照录美国学者《修辞学原理》一书,而把"记体文"细分为"实用的记体文"和"快乐的记体文",则是出于武岛的原创。由此可见,日本明治时期的文章学著述早期几乎都受到了西学理论的影响,在经过最初的翻译吸收阶段后,又逐渐形成日本化的特点,原创学语也不断增多。这一过程之中虽然有外来理论本土化的努力,但草创时期的粗陋轻率也难以避免。因此,王葆心在比较、吸收和借鉴了大量明治时期文章学著述后,仍然对后者的整体学理水平持有保留意见:"大抵东人此学,其较高者之铨论都用内法以阐明文家之体与思,而综定征实、课虚两义。彼其为书虽与彼都浅人所为有

---

① 《古文辞通义》,第7056—7057页。
② 同上书,第8001页。

别,究其实,大都为中下说法,以吾观之,殊觉浅薄不餍意。"① 新式文体分类标准因有以简驭繁之效而获得标榜,但仍失之浅薄,这也是王葆心对待近代日本修辞学和文章学思想的基本立场,与他的文化优胜和保守主义倾向有一定的关系。

2. 明确国语规范的要求

《古文辞通义》解蔽篇二阐述散文所忌,共胪列十四项文病,既包括剽窃前言、撷拾佛老等传统文话老生常谈的问题,也指摘了不少涉及语言文字规范的新的弊病,如"十二曰撷采新译字句,无雅言高义,徒矜饰外观也""十三曰以东文省写、标识诸法羼入纯粹之国文也"等,这些禁忌明显是针对当时域外学风对散文的浸染以及翻译文学而发。翻译和报馆文字的出现及其风靡所带来的语言文字方面的新变对清代桐城派以"雅洁"为核心诉求的古文标准构成了巨大威胁,从而倒逼国粹派文论家重新界定古文禁忌。

在"解蔽篇"第十二项中,王葆心引佐佐政一所言,力证本国文法严谨,宜自遵守:"日本人佐佐政一之《修词法》云:'我国文章文法糅杂,今当新旧思想变迁时代,故稍急激未能改革,世人犹得暂宽假之。及过渡时代一终,则文法混乱时代亦从而终,尚欲用不合格之文词,其败坏可立而待也。'"因西学东渐概念迭出,日本文法文词之羌杂亦与中国相类。下文再发议论:"如我国今日青年之所为,其必为东西人所匿笑可知矣。"② 国语规范问题具有强烈的现实针对性。他认识到过渡时代输入新知的紧迫性,却不认同为此一时的效率而牺牲国文的规范语法。对新名词的使用,王氏持折衷态度,较之日本新译语,更偏向严式译语,同时坚决反对掺入未经规范的词语,尤其是当时新闻界和翻译界人士随心所欲的发明语汇:"十三曰以东文省写、标识诸法羼入纯粹之国文也。贤智之过,务为领异标新,朝识耳目近接之新机,夕已腾诸笔札,或出自报馆,或司之译家。此

---

① 《古文辞通义》,第7056页。
② 同上书,第7119页。

两种文,实执近日文家之赤帜。吾则谓善学者能鼓铸东西之哲理政见入我华文范围锤炉中;如侯官严氏所译诸书是。不善学者醉心浮响,羼他邦文词外表混我纯粹之国文中。"①在对译语的取舍之中,能见出其在语言文字方面的保守倾向。《古文辞通义》全书也有多处直陈对报章和翻译文字引入不当新名词的讥评,如援引武岛又次郎《修词学》讨论外来语对国语纯粹性的损害:"如外来语,既破国语之纯粹,亦害理解。有时势所逼迫,非他语可以佣代,则用之可也。若务为虚饰,适示其言语匮乏而已。"②体现出他对文章词汇稳定性的追求。

以上所论,要之皆是语言文字的纯洁性问题,而这一问题也正是日本明治时期文章学著述的焦点之一。佐佐政一《修辞法》以"文法之纯正"为首编,所占篇幅不多,但在该书起首,便将语言的纯正视为作文的根本:"修辞法的基础在于文法,要说原因,则避免文法上之不纯为作文的第一要义。"③在此编中,作者依次辨析了正当使用国语的必要性、文法纯粹的文章应遵循的原则、国语定义、雅驯的语言、现代语言和国民语言的异同,兼及对使用外国语的看法,虽总之以"文法之纯正"的名义,实际上同时指向了词汇、语法、语音三者的纯粹性。对于外来语羼入的现象,佐佐政一态度鲜明地表示要优先使用国语:"在日语中有同义语存在的情况下使用外国语简直愚不可及……弃置了上等的国货而喜好下等的泊来品,既是卑劣的趣味,也是错误的行为。"④他对语言的音调也提出了一系列要求,如不可因调重而害意、不应为获得流畅明晰的效果而谐调等。需要说明的是,《修辞法》一书相当忠实于英文著作原本,除将原著中的例子改为日本本土的语言文学实例外,基本保持了《修辞学原理》的原貌。

吉川幸次郎在20世纪80年代曾选编《汉语文典丛书》,他在序文中写道:"我们所称之为汉文的中国语的文章,最突出的特点即是文气之美。文气,指的是意思的节奏,以及与之相应的声音的节奏之美。对文气之美

---

① 《古文辞通义》,第7121页。
② 同上书,第7120—7121页。
③ 佐佐政一:《修辞法》,东京:大日本图书株式会社,1901年。
④ 同上书,第10页。

的构成有重要影响的是助字……实字表现客观的事态,而助字表现笔者的主观。"①为了能够流利地书写和品评汉文,辨析文法和正确使用汉语词汇成为了日本文章学著述注目的中心,并突出地表现在以汉文为讨论对象的文章学著述中,这些著述尤其斤斤于汉语语言文字的种种规范。这类著述多以"文典"为名,致力于维护语言文字的纯洁性,也正暗合了其对规则典范的执着。饶有趣味的是,王葆心赞同东洋修辞学和文章学著述中对本国语言纯粹性的保护,纳其珠而还其椟,在《古文辞通义》中完全摒弃了东洋文章学著述中或将引起水土不服的新名词:"是编用本国论文旧轨,融合出之,凡彼法所论列之新蹊径、新名词(如转义、词样等名目),悉不沿用,专用我旧日志蹊径、名词,以收驾轻就熟之益焉。"②这也能够解释在《高等文学讲义》中频频出现的新学语在《古文辞通义》遭到全盘清理的现象。

3. 微观的文章批评方法论

从整体架构看,《古文辞通义》是一部具有全局视野、追求高屋建瓴的著述型文话,逻辑自洽,体系严整。同时,书中各篇围绕不同议题自成小结构,展示出对文章学理论细节的精准把握,而日本江户明治时期的文话和修辞学著述在具体而微的文章批评方法论方面丰富了《古文辞通义》的学理价值。

《古文辞通义》尤重消纳研究法,致力于将海量论文话语克化为抽象的方法论。如其先后征引了《汉文正典》和《文林良材》引用事实之十有四法、十种喻法,武岛氏分立证为直接证据和间接立证之二法,分议论为推断、例证、记号三法,《汉文正典》的议论七法、叙述十一法、文章五材、结构四法,藤森宏庵论文之流弊六种、海保渔村分文之病格为三十六种等,这些内容不仅造就了《古文辞通义》整合会通的基本面貌,也有力地支撑起全书触类旁通的述学文体。

以山岸辑光《汉文正典》为例,该书一一列举篇章字句之法,每法必以

---

① 吉川幸次郎、小岛宪之、户川芳郎编:《汉语文典丛书》,东京:汲古书院,1979年。
② 《古文辞通义》,第7057页。

经史子集的汉文原典为证,这一方面表明作者汉文修养之高,能够做到将修辞法对应实例信手拈来,反映了日本汉文文章学著述所能达到的水准,成为中日文章学理论互通有无的代表和典型。另一方面,对王葆心而言,编纂《古文辞通义》书系原是为了满足在学堂等教育机构教授国文学的需要,而江户明治时期的东洋文章学著作有相当一部分也是为了汉文习得与写作的目的而作,两者都具备指点初学门径的特点,侧重对方法论的关注,这也为《古文辞通义》对域外文章学理论教授法的借鉴奠定了基础。

就文章学作为独立学科得以抽离出来的过程而言,本土文章学学科的独立经过了近代学制分科和知识型分化的洗礼,日本近代文章学著述中对文章学提法的凸显和强调,无疑也促进了本土文章学独立学科意识的形成。譬如宫川铁次郎《通俗文章学》一书以"文章学"为名,绪论部分即对"文章学"作出界定:"文章学者何也？说明作文法则之学也。"①后文又进一步陈述了编者对文章学内涵的认知,如以文辞将己之思想通之于他人、尽可能获得他人之理解、学习使他人受到感动之法则等,指出文章学是探究文章的修饰、势力、体裁、趣味、结构、文辞等问题的学问。尽管其对文章学概念的界定远不能称得上完善,当时的学界也尚未取得一般共识,但诸如这样一家之言的累积叠加,切实推动了文章学名称和内涵的讨论,使得文章学学科在近代学术视野中脱颖而出,成为讨论的焦点。

此外,王葆心对传记文学倍感兴趣,并擅长从欧西文人轶事中提炼出与创作和批评相关的观点。比如,他从清末民初《达尔文传》中摘出达尔文凝思苦想文词的故事②,印证作文当先难后易的结论,又取其求学课堂讲授之法③,论证学贵诵读的观点;自《格兰斯顿传》中搜集格兰斯顿在伊顿学院学习作文长于思考而短于文辞的事迹④。他偏好使用比类论证,印证中西文学共通之情理,如"此事在西人亦辄有之,如希利作诗喜原野外,或屋脊上。格利读他诗人之诗兴涌之时,始执笔披雪罗于卧床作之。撒

---

① 宫川铁次郎:《通俗文章学》,东京:博文馆,1900 年,第 1 页。
② 《古文辞通义》,第 7134 页。
③ 同上书,第 7240 页。
④ 同上书,第 7461 页。

地于暗室作之。李白斗酒百篇,西诗人加尔剌亦言"①云云,引证文家陷入迷溺之境的状态。书中所引欧西理论并不限于文学范围,王葆心还广泛引述赫胥黎、牛顿(或奈端)、西涅卡、斯宾塞、笛卡尔、孔德(喀谟德)、伯伦知理、佛郎都等横跨社会学、物理学、哲学、生理学、政治学等领域的杂识。这些杂学知识多来自清末民初的西学译著,也有像美国诗人普来乌德诫友人慎用法语等②,转引自同时期章炳麟《文学说例》的例子。

《古文辞通义》前身《高等文学讲义》曾引日人大野太卫《汉文正典序》,为当时命悬一线的古文壮势:"谓文章之行于我邦者有三,曰和文,曰汉文,曰横文,而汉文为最优,又谓中国之衰兆于亡古文。彼都人士对于我而聿昭微尚,岂我而可淡忘乎?"③对王葆心这样视古文教育为己任的国粹派文章学者而言,在古文存亡悬于一线的紧要关头,来自邻邦的崇古文论无疑是一种非常宝贵的舆论声援,而后者浑然天成、若合符辙的融合形态也成就了域外译述对近代中国文章学理论的一次反哺。

第三节 互文性:文章学著述的引证传统

无论诗话、词话还是文话,传统文学话体批评形态对作为素材的原始文本具有很强的依赖性,明晰指涉对象是话体文学批评得以开展的基本前提。杂抄型和汇纂型文话本就是文章学著述的典型,随着清末用事考据之学向科学引证方法过渡,文章学著述的引证方式也出现了新的变化。《古文辞通义》单独辟出"义例篇",包含引书例、称谓例、标题例、编别集例、编总集例等五个部分,并基本遵循义例篇的体例旁征博引大量来源各异的历代文章学资源,体现出考据学风与西方实证精神相结合的征兆。根据以热奈特为主的互文理论,文本间存在着五种跨文本关系。这些征引和援例符合文学理论互文性的概念,虽其进入和推衍的程度不同,本质

---

① 《古文辞通义》,第 7181 页。
② 同上书,第 7122 页。
③ 山岸辑光:《汉文正典》,东京:爱善社,1903 年。

上都属于互文活动。本节拟就此问题展开论述,从互文性理论的角度解读文章学批评的引证传统,考察"引文"在拼接、翻转、编排等新的语境下产生的开拓性变化和作用,从而评估类似《古文辞通义》这样带有资料汇编性质的著述型文话价值及其潜在的生长适用能力。

一、比较诗学视野中的互文性理论

"互文"在古代汉语中的本意是修辞方法的一种。钱锺书《管锥编》曾提及古代文学作品中的互文用例:"《恨赋》:'或有孤臣危涕,孽子坠心。'按《文选》李善注:'然心当云危,涕当云坠;江氏爱奇,故互文以见义。'又《别赋》:'心折骨惊',善注:'亦互文也。'《泣赋》亦云:'虑尺折而寸断。'语资如'枕流漱石''吃衣着饭'等,实此类耳。"①作为修辞方法的互文,通过改变词语的固定搭配形成错置,从而起到了陌生化的表达效果,令人读来有语意新奇、精辟警策之感。较之更进一步的修辞方法尚有互文以相足之说:"损,'象曰:君子以惩忿窒欲';《正义》:'惩者息其既往,窒者闭其将来;忿、欲皆有往来,惩、窒互文而相足也。'按孔颖达盖得法于郑玄者。《礼记·坊记》'君子约言,小人先言',郑注:'约与先互言尔;君子约则小人多矣,小人先则君子后矣。'"②即在前后对举的基础之上,不仅置换主谓结构的搭配,而且同时选用两个不同的谓语形成交叉覆盖,一方面避免了语义的重出烦琐,另一方面也能取得言简义丰的表意效果。以一种相对简省的表达形式实现意义上的完足甚至丰富,是互文格的修辞目的。从通过文本交互达到改善表意效用这一点来说,用修辞学中旧有的互文一词来对译 20 世纪 60 年代西方后现代主义批评术语的互文性(intertextuality)概念,确有其合理性。

基于后现代主义文本理论的互文性概念是由法国思想家和文学批评家朱莉娅·克里斯蒂娃(Julia Kristeva)首先提出的,指涉的是不同文本间相互映射、相互关联的性质。"对言说主体的研究"和"对文本历史的开

---

① 钱锺书:《管锥编》(四),第 2196 页。
② 钱锺书:《管锥编》(一),第 48 页。

拓"是互文性理论对于结构主义的创新①。互文性理论的出现和发展,为不同文本间的交互和联系提供了更为丰富的阐释空间。"互文性是大大增强语言和主体地位的一个扬弃的复杂过程,一个为了创造新文本而摧毁旧文本的'否定的'过程。"②在此基础上,法国文学批评家热奈特③尝试在结构主义的框架下细化该理论。他认为,在文学作品中存在着五种跨文本关系:互文性(intertextuality)、副文性(paratextuality)、元文性(metatextuality)、超文性(hypertextuality)、统文性(architextuality)。其中,第一种互文性④是最基本的跨文本关系,也最容易被识别到:"我把它称做'跨文本性',并把严格意义上的'文本间性'包括在内,这里的'文本间性'是指一文本在另一文本中的忠实(不同程度的忠实、全部或部分忠实)存在。它包括引语(带引号,注明或不注明出处)、抄袭(秘而不宣的借鉴,忠实于源文本)、影射。"⑤可以说,最常见的引用或用典就属于此类最基础的互文性。在实际操作中,这五种跨文本关系普遍并非孤立存在,往往有着丰富的联系,多以叠加形式出现。通过评论、批注以及更为隐晦的某种变形等种种或隐或显的方式,都能使得特定文本与其他文本之间产生千丝万缕的联系。从极端泛化的角度来看,任何一个文本都可被视为对先前业已存在的别一文本的召唤结构。不过,热奈特的研究对象主要聚焦小说这一文本形式,他对上述互文性概念的诠释大半也建立在小说文本的基础之上。

在中西比较诗学的视域下,互文性被视为一种基本的、可扩大化理解的研究原则和对象:"比较诗学的研究客体就是呈现在研究主体之比较视域中两个层面理论的互文性。"⑥这里提到的作为研究对象的互文性,是从

---

① 朱莉娅·克里斯蒂娃著,祝克懿、黄蓓编译:《主体·互文·精神分析——克里斯蒂娃复旦大学演讲集》,北京:生活·读书·新知三联书店,2016年,第11页。
② 王瑾:《互文性》,桂林:广西师范大学出版社,2005年,第42页。
③ 热奈特缩小了跨文本关系的范围,主张有迹可循的跨文本理论,在实际操作中更易落实,也更趋近于传统诗学,这是选择热奈特互文性理论作为本章阐释线索的原因。
④ 广义的互文性:某一文本中出现的多种话语,所有文本皆由此构成。狭义的互文性:一个文本中的内容确实出现在另一文本中。此处为狭义的互文性,热奈特将其命名为跨文本性,以示区别。
⑤ 王瑾:《互文性》,桂林:广西师范大学出版社,2005年,第115页。
⑥ 杨乃乔主编:《比较文学概论》,北京:北京大学出版社,2014年,第412页。

本体论层面出发的宏观对话理论。落实到比较诗学的具体理论问题,文本间性的概念逐渐被移用来阐释和分析本土文学批评的话语形式。中国古代文学批评理论在漫长的层积过程中形成了体系自在的一整套话语组织形式和阐释性文本结构:"中国古代最具民族特色的文学批评,体现在选本、摘句、诗格、论诗诗、诗话和评点这诸种形式之中。"①从文本交互的意义上而言,这些传统文学批评话语都具有热奈特所谓的"统文性",即在广泛的文学类型层面发生的互文性现象:"我所谓统文性,指的是一整套普遍或超验的范畴装置——话语的种类、阐释的模式、文学的种类,每一个单一的文本即是从中产生。"②有学者业已指出,互文性意识实际贯穿了整个中国古代阐释学的传统:"中国最正统的阐释著作所采用的方法,几乎使用的都是以其他文本来解释或印证'本文'的方法……我们或许可以将中国古代笺注类著作中的这种意识称为'互文性阐释学'。"③经典文本中充斥着大量用典、隐括、譬喻等写作手法,待阐释的文本天然具有互文性,具备召唤互文实践的前提。同时,尽管并非必然,倘若要尽可能准确地解释这些元文本,往往要求解释者做出基于互文性的理解,即便这些互文性阐释可能蕴藏着过度诠释的风险。

　　文学批评的生产机制建基于阐释学和接受美学理论,互文性诠释作为中国古代阐释学的重要特点,也逐步为比较诗学论者广泛认知,并在古代文学批评领域引起反响。引介互文理论对了解和剖析古代文学文本的内在结构、传统文学批评的思维方式和本土特色的治学方法也有所助益。古代文论中蕴藏丰富的理论资源,在漫长的传承和延展过程中互证相成,互文性概念为深入解读古代文论提供了一个不乏"现代"却又贴合实际的切入口,成为重新诠释传统文论的抓手。

　　不少研究者业已指出,钱锺书的古典文学批评实践具有强烈的互文

---

① 陶东风:《文学理论基本问题》,北京:北京大学出版社,2012年,第147页。
② Gérard Genette: *Palimpsests: Literature in the Second Degree*, University of Nebraska Press, 1997, p.1.
③ 周裕锴:《中国古代阐释学研究》,上海:上海人民出版社,2003年,第399页。

色彩①,他在《管锥编》《谈艺录》等的辗转引证方式以及旁征博引的述学文体,不仅体现了传统文学阐释学具备的互文性特点,也呈现出中西会通的思维方式。这是因为他在诗文批评中选择使用的是传统笺注模式、札记知识管理和互文引证方法。周振甫非常推崇钱锺书的文学批评及方法论,曾援引季进对钱锺书与阐释学及比较文学的理论进一步加以发挥,以钱释李商隐《锦瑟》诗为例证实"阐释之循环"的存在,认为钱之"打通"说远远胜过比较文学的方法论②。在此,季进和周振甫侧重强调的都是语文阐释学之中"视域融合"的概念,即文本批评有赖于"前理解"和解释者所处的情境,因而解释者往往近取诸身,远取诸物。这一理解的"前结构"在钱锺书的文学批评中尤其突出地表现为对同类文本的大量征引和反复比较,单一的待解释文本从而召唤出了多级复现的同质文本,类似这样的文本间性在钱著以及传统诗话、词话、文话中可谓比比皆是。

二、传统文章批评机制与互文性

从互文性理论的角度分别考察作家和批评家的生产机制,两者之间的联系和区别更为凸显:"作家从一个封闭的文学系统或者结构中抽取某些因素,在作品中重新排列,并隐匿作品和整个系统的关系。批评家则将作品还原到系统中去,重新发现和指明作品和系统那隐晦的联系。"③就文本间的指涉与联系来说,文学批评家所从事的是一种彻头彻尾的互文性写作。但是,过度强调文本先验系统的存在,即任何一个文本都是互文本,都具有互文性,显然也会带来理论泛化的危险倾向,导致有限意义的全盘虚无。而在本土传统文学批评(包括文章批评)文本的范围之内,由

---

① 刘斐《从互文性理论重新解读〈宋诗选注〉》(《十堰职业技术学院学报》,2008年第5期,第61—63页)从主题、表现手法、结构、意象、意境等若干方面分析了钱著与前后文本之间存在的互文关系;焦亚东《互文性视野下的类书与中国古典诗歌——兼及钱锺书古典诗歌批评话语》(《文艺研究》,2007年第1期,第66—72页)认为中国古代的类书与钱锺书的古典诗歌批评皆具有强烈的互文性色彩。
② 周振甫:《钱锺书的文学研究和方法论》,陈平原主编:《中国文学研究现代化进程二编》,北京:北京大学出版社,2002年,第287—318页。
③ Graham Allen: *Intertextuality*, London and New York, 2000, p.96.

于实证影响明显占据主流,审查互文性发挥作用的机制不仅能够规避上述风险,而且有助于深化对批评文本和批评主体的理解,就实操层面而言也相对稳妥,这是将互文性理论引入传统文章学批评畛域的前提。

中国古代文学批评有无体系尚未有定论,但以诗文评为中心发展、集聚而形成的相关范畴和阐释体系,是更容易被证成的实存。本节之所以选择以热奈特的结构主义互文性理论作为基础和起点,原因之一就在于他认可文学系统的先验性存在:"对于像热奈特这样的理论家来说,文学作品并非原创的、独一的、统一的整体,而是一个封闭系统内的特定表达(选择和组合)。文学作品可能不会显现出它和封闭系统的关系,而批评的功能就在于通过重排作品找到它和封闭文学系统的关系。"① 中国古代文章批评体系也是一个具有相对封闭性质的整体自在系统,不仅囊括作品、作者、程式、传播、影响等必要部件,而且也对这些基本构成要素的共享有着极强的依赖性,文章学理论话语即导源于此,转圜于此。

如果说诗话、词话等文学批评的著述形式因为指涉的文字内容往往篇幅短小,容易开展寻章摘句的印象式批评,那么相对而言,文话著述不仅辑录不易,而且其组织形式也更为单一,无一不落实到具体的字句篇章层面。就传统文话的有限样式来看,"资料汇编式文话的文献价值时代愈后愈弱,而理论意义时代愈后愈强……纯粹资料汇编式文话逐步萎缩,融贯资料、统以己说之文话取而代之"。② 这就表明,随着前文本的经典化过程不断加深,作者和批评家共通共享的文化资源层层累积,相关内容指涉的方向性和确定性更为突出,导致文本的互文性程度也越来越高,著述的重点也逐渐从前文本的辗转征引转向新理论的建树。前文本对后文本的激发往往直接促成了新文本的生成,比如王晫《更定文章九命》就是对王世贞《文章九命》文人偃蹇这一命题的全盘翻案文章,历代文话的正续之作亦代有其人。

一种文本在另一种文本中的内部实存是互文实践之中最容易被识别

---

① Graham Allen: *Intertextuality*, p.96.
② 侯体健:《资料汇编式文话的文献价值与理论意义——以〈文章一贯〉与〈文通〉为中心》,《复旦学报》(社会科学版),2009年第2期,第39—45页。

的一类活动表征,传统文话著述中的大量征引、杂钞、汇编皆属此类。《古文辞通义》还曾提到清人撰述有竟用前人之文者,首举马骕《绎史》完全袭用《汉书》古今人表,次以周亮工《尺牍新钞》为例:该书"全录《文心雕龙·书记篇》以为《序》"①,选例末项云"彦和抽文心之秘,雕龙扶简牍之精,后世言辞翰者,莫得逾其范焉。故是集即用原文,以当弁首,无烦属序,徒系支言。前贤明体之书,若为今人预制;近代发函之作,先获哲彦宣源"②。两位作者都声称被全文录入的内容(前文本)皆与己作严丝缝合,因而直接将其拿来进行新旧文本的拼接。因其有别于传统的征引手段,这种做法在当时被目为不经之创体,却也出于古今一道、圣贤同心未曾受到太多非议。

然而,也有一些互文性的指涉表现为隐而不显,并非通过直接称引或提及原作的方式来实现,或许还需要读者抽丝剥茧、按图索骥的参与才能揭其隐幽,导致只有在相当熟悉前文本体系的基础之上,才能明确辨清和指认文本间的相互指涉和勾连。而这一过程也是互文性实践所附加的创造属性得以充分发挥作用的环节:"互文性的特性在于引入一种新的阅读方式,破坏了文本的线性。每一个互文的相关性就提供了一个选择项,或者继续阅读,把它和其他的一样当做片段,或者转向源文本,从而实现一种智力的回想,此时,这种互文的相关性如同一个聚合的元素在一个被遗忘的结构中获得替代。"③凝缩为能指符号的种种文本意象,几如蜻蜓点水般的浮光掠影,都是对读者积极接受和循环阐释的邀约和考验。

此外,古代文章学批评的资源来源多样,除文话外,传记、别集、序跋、笔记、方志、尺牍、书信、札记、评点、小说甚至目录中都蕴藏着宏富的文论材料。这一特点也为不同性质的文本在阐释功能间的灵活跳转提供了可能性:"陆云《与兄平原书》。按无意为文,家常白直,费解处不下二王诸《帖》。什九论文事,着眼不大,着语无多,词气殊肖后世之评点或批改,所谓'作场或工房中批评'也。方回《瀛奎律髓》卷一〇姚合《游春》批语谓

---

① 《古文辞通义》,第 8044 页。
② 周亮工辑,米田点校:《尺牍新钞》,长沙:岳麓书社,1986 年,第 469 页。
③ Graham Allen: *Intertextuality*, p.113.

'诗家有大判断,有小结裹';评点、批改侧重成章之词句,而忽略造艺之本原,常以'小结裹'为务。"① 即昭示了尺牍文本和文评文本相互转化的多维空间。

三、《古文辞通义》的互文性实践

近代治学方式的变化引发了述学文体的更新,对此诸多学者已有所阐述②。近代文章学著述的述学文体形态异常丰富,但其突出共性要在于穷形尽相、广泛征引。"述学文体:既治一科,则原始要终,纵说横说,务尽其条理,而备其左证,二也。其学之发达,如一有机体,善能增高继长,前人之发明者,启其端绪,虽或有未尽,而能使后人因其启者而竟其业,三也。善用比较法,胪举多数之异说,而下正确之折衷,四也。"③《古文辞通义》是博采众论、摄以己意的著述型文话,全书最常见和最典型的互文性实践表现为最基本的跨文本性,其"义例篇"也将"引书例"视为著述体例的主要组织形式,并逐条申说:"此所举最适宜于考据文,于古文尚少用者,以全书中多及此种,故详列之。"在援引他书时,王葆心按照保留原文或删改文字、遵循先后顺序与否、句读方式、原书作者姓名引用,以及不同来源的元文本(经史子集、注疏、辑佚、译书)引用方法等条目分别阐述引用原则。引书例的一大基本前提是遵守著作规范,不掠人之美:"凡引书必详所出,以明义有依据。如因行文不能阑其书名于文中,必用小注称此说本某人某书,或参合众说则云合参某某人某某书之说,不可竟攘为己有,以征笃实。"④ 这一原则在全书得到了较为规范的执行和相对严格的遵守。不过,为了避免对整体行文线索的破坏,不少征引内容已与作者所论严丝合缝,未可强作分解,对辨析和读解王葆心本人的文章学思想带来了滞碍。

---

① 钱锺书:《管锥编》(四),第1915页。
② 参见陈平原《现代中国的述学文体——以"引经据典"为中心》,《文学评论》,2001年第4期,第23—32页;陈平原《精心结构与"明白清楚"——胡适述学文体研究》,《"中央研究院"近代史研究所集刊》,第38期,2002年12月,第153—184页;陈平原《"元气淋漓"与"绝大文字"——梁启超及"史界革命"的另一面》,《古今论衡》,第9期,2003年6月,第3—22页。
③ 梁启超:《论中国学术思想变迁之大势》,上海:上海古籍出版社,2006年,第92页。
④ 《古文辞通义》,第8050页。

且举跨文本性在书中较为集中和典型的若干表现为例。如前所述，"识途篇"文谱演例一章悉数辑自历代多部文论、文话和文人别集，包括刘勰《文心雕龙》、罗大经《鹤林玉露》、陈骙《文则》、朱荃宰《文通》、袁守定《占毕丛谈》、包世臣《艺舟双楫》、曾镛《复斋文集》等，其中又以朱氏《文通》为主要线索，而《文通》一书复有数条辑自陈骙《文则》："《文通》所引多见陈骙《文则》等书而不标所本，最为明人陋习。今既依朱氏书甄采，更检所出以补朱之失焉。"①这些辑录和转引按照后来者的编纂意志作了重新的调整和编排，遂变作新文本架构框架的一部分。在这里，《文则》和《文通》相对于《古文辞通义》即成为被指涉和关联的前文本。"识途篇"文境一节全文辑录了明代李腾芳《文字法》三十五则，为之解析层次步骤，指出该书虽有时文陋习，"更证以归氏各家互发之说"②，并在每则文法后又添上不少案语，或为之援引，或为之取证，以收旁通之效。

此外，"解蔽篇"二谓文章忌端绪繁杂而无统纪，主张运用有伦有脊之说救正之，声明"详见'总术篇'"③，与后文相呼应。识途篇由文体之疏密进而推论骈散源流分合得失之旨，亦指明当"与'究指篇'一'分合'则参看"④。另外像真德秀提出记体文须把握叙事之法，故有"善删"之说，"可与'关系篇'尚简之说参看，并与'解蔽篇'第二则参看"⑤。这些前后行文有所关联的大量线索既留有作者反复修订、补充完善的编纂痕迹，也指向了自身的文本间性。

文本之间的跨文本关系不是机械的复制，不仅如此，它同样不应停留在巧妙的拼贴、隐晦的嫁接或者引发遥远的回响这一层面。法国学者安东尼·孔帕尼翁在他的引文理论指出和强调，互文性活动是一种动态的过程："'引文'既是一个名词，也是一个动名词，'引文'不仅指某一段被引用的文字，而且是指'引用行为'本身，即'引文的工作'，它是再造一段表述(被引用的文本)，该表述从原文中被抽出来，然后引入受文中，并通过

---

① 《古文辞通义》，第 7513 页。
② 同上书，第 7638 页。
③ 同上书，第 7070 页。
④ 同上书，第 7607 页。
⑤ 同上书，第 7473 页。

'引用行为'的作用而在新的语境中产生特别的影响。"①从这个意义上来说,《古文辞通义》的文本引征充分展现出了积极互文性活动的理论综合能力和创生能力。

"文之讲法"开篇介绍的是明代李梦阳的断代学古法,而从整体倾向和细节表述来看,王葆心实与明代复古派的文学主张判若水火,将复古派文章斥之为伪体,但这并不妨碍他将李梦阳的断代文学观吸纳改造为针砭专学宋派散文弊病的方法,并引出了尊言八代之文与近世骈散合一派之间的学术传承关系。"总术篇"以最初之经典归宿文家主旨,王葆心综述方苞、陈澧、曾国藩、郝懿行、李元度五家论点后,最终总之以内容与形式的统一,打通诸说,涵泳总摄,实现了以简驭繁的理论建树。事实上,在《古文辞通义》的每一个小论题中,作者始终致力于将归纳、演绎、引申、对照之法发挥到极致,充分贯彻了文材大端研究法的方法论,披沙拣金、沿波讨源,以求实现博览约取、食古能化的著述抱负。

文章学是探讨文章理论、写作技巧和方法规律的一门整体性学科,传统文章学的内容大多是基于文章展开的修辞阐述和批评话语,尤其需要仰仗对经典文本的诠释谱系。作为文学阐释学的基本形态之一,历代文章学的述学体例带有强烈的互文色彩。"任何一种艺术门类,发展到一定程度时,就会出现'文类内转',即把这门类中,或这个文化中,已确定的文本(读者已比较熟悉的文本),作为素材,也作为释义的控制力量……前文性,实际上是整个文化传统,尤其是人文传统,在文学文本中的呈现方式。"②《古文辞通义》是一部充分运用和发挥古代文章批评文本系统互文性特点的文话著述,凸显了传统文章学著述在处理原始素材方面的共同特征和诠释方式,通过"征引行为"的积极作用而在新的文本语境中产生特别的影响,体现出了传统文章学著述所具备的宏赡的理论创新潜力。

---

① 王瑾:《互文性》,桂林:广西师范大学出版社,2005年,第125页。
② 赵毅衡:《礼教下延之后:中国文化批判诸问题》,上海:上海文艺出版社,2001年,第95页。

第五章
近代文章学的发生环境

第一节 近代文章学的教学与教本

从知识社会史的角度来看,教科书无疑是昭示知识权力更迭的典型载体。"中国近代教科书的发展受到各种因素的影响,不同时代的社会思潮、教育宗旨、学制系统、课程设置等均对教科书产生巨大的影响。"[1]政权更迭、学制变迁、宗旨变动、机构立废等诸多因素都导致了中国近代教科书的名称多变、种类纷繁、版本驳杂和内容多元。京师大学堂编书处是近代首个官方组织的教科书编纂机构,其后,总理学务处下设的编书局、编译图书局先后承担教科书编纂与审定的职责。[2]当时,包括中国文学学科在内的课程建制尚处于草创时期,不仅经历了从中国文学科向国文、国语科的转变,课本用书的编纂、课堂流程的安排和授课重点的取舍,也同样走过了充斥着实验摸索和反思完善的曲折道路。

一、选本、讲义与私纂教科书

1904 年颁布的《奏定学堂章程》(癸卯学制)在各级各类学校的课程方案中皆设有"中国文学"或"中国文理"科,并就课程内容给出具体的教学建议。如《初级师范学堂章程》提出生员应该"读平易雅驯古文,作日用

---

[1] 吴小鸥:《中国近代教科书的启蒙价值》,福州:福建教育出版社,2011 年,第 41 页。
[2] 关晓红:《晚清学部研究》,广州:广东教育出版社,2000 年,第 377 页。

书,读记事文、论说文,兼习官话"①,并举出《古文渊鉴》作为参考读本,强调应以中国文理优通为主业;高等小学校"中国文学科"强调,"读古文每日字数不宜多,止可百余字,篇幅长者分数日读之,即教以作文之法(详见初级师范学堂章程),兼使学作日用浅近文字"。② 同时,癸卯学制还规定"采用各学堂讲义及私家所纂教科书"办法:"官编教科书未经出版以前,各省中小学堂亟需应用,应准各学堂各科学教员,按照教授详细节目,自编讲义。每一学级终,即将所编讲义汇订成册,由各省咨送学务大臣审定,择其宗旨纯正、说理明显、繁简合法、善于措词、合于讲授之用者,即准作为暂时通行之本。其私家编纂学堂课本,呈由学务大臣鉴定,确合教科程度者,学堂暂时亦可采用,准著书人自行刊印售卖,予以版权。"③不过,《奏定学堂章程》对各地各级学堂使用的教科书并无明确规定。

法定中国文学教科书的缺席为历代文章选本的流播和暂时性替代创造了条件。《学部第一次审定中学堂初级师范学堂暂用书目凡例》中写道:"中国文学,应遵奏定章程,择读《御选古文渊鉴》,此外如蔡选《古文雅正》、唐选《古文翼》、姚选《古文辞类纂》、黎选王选《续类纂》、梅选《古文词略》、曾选《经史百家杂钞》、贺选《经世文编》,皆可选读,不复列入书目。"④官方教育机构力挺这些"正统"的古文选本,提供了让选本成为学堂正统课本和讲义的可能。另一方面,以《文字发凡》为代表的文典著述也成为教科书的替代品。《东方杂志》曾刊布《直隶全省中学堂现行详章》,第二十一条涉及中学堂教科用书及各科教授要略,其中关于中国文学一科有如下规定:"三、中国文学。首讲文义。文者,积字而成,用字必有来历,下字必求的解。《文字发凡》一书最适于讲解文义文法,可用为课本,次讲读文章,除酌定《古文翼》《经史百家杂钞》《经世文编》外,仍宜由教员

---

① 《奏定初级师范学堂章程》,璩鑫圭、唐良炎编:《中国近代教育史资料汇编 学制演变》,上海:上海教育出版社,1991 年,第 309 页。
② 朱有瓛主编:《中国近代学制史料》,上海:华东师范大学出版社,1983 年,第 310 页。
③ 璩鑫圭、唐良炎编:《中国近代教育史资料汇编 学制演变》,第 502 页。
④ 《学部第一次审定中学堂初级师范学堂暂用书目凡例》,《教育杂志》,1910 年第 2 卷第 9 期,第 25—30 页。

选择古今文集,公牍书函及一切有用文字,逐渐讲解,务期熟读,行文时方有把握。"①

文章选本在历代文派传承和指点初学门径方面曾发挥过巨大作用,选本文章学也始终自成一系。直至清末民初,桐城—湘乡一系仍然不遗余力地挖掘选本的价值,发挥选本资源的"余热"。比如,吴汝纶曾校勘姚选《古文辞类纂》,并辨析康吴两刻本的版本优劣。对常年执掌莲池书院的吴氏而言,以简驭繁的选本乃是他启示后学的重要法宝:"承询后生读中国书,窃谓初学以论语、孟子、左传、战国策为主,辅以纲鉴正史约陈文恭公手辑本。中才进业,则以古文辞类纂、经史百家杂抄、通鉴辑览为主。上材则六经卒业,史记、汉书、庄子又必读之书也。若西学则无师不度。"②也有将古文选本转化为讲义或教科书,如姚永朴《文学研究法》以极大的篇幅引述了姚鼐、曾国藩二家选本所论并间下案语,以至于该书被诟病拾人牙慧。

然而,随着晚清学制更迭和新式学堂涌现,以文范汇编和技巧传授为目的的选本在性质和样式方面渐不适用于学堂教育。《教育杂志》曾推介《中学国文示范》一书,打压的对象就是那些旧日的文章选本:"学文不可不从选本入手,盖专家之集,有醇有疵,且文章亦各肖其人之性情,各有一偏,未可悬一家之作以为准的也……迩来学校盛兴,旧时选本,皆嫌浩博,不适教科之用。于是中学国文之选本,坊间刊刻日多,大率教员随时选录,以教学生,积久成帙者,抉择多未能精审……此书凡分十章……其分类法虽与古不合,然亦主乎文体,意在示学者以作文之途径。"③适合新式教科之用的讲义和教科书编纂势在必行。

1905年,晚清学部成立以后,设审定科,负责"审查教科图书,凡编译局之已经编辑者,详加审核",译书局一面加快翻译进程,编译外国教科书,学部也表示欢迎教员自行编订教科书,只要通过学部审定即可流通售卖。《学部第一次审定教科书凡例》还考虑到学堂草创时期教科书需要反

---

① 《直隶全省中学堂现行详章》,《东方杂志》,1908年第5卷第3期,第63—80页。
② 吴汝纶撰,施培毅、徐寿凯点校:《吴汝纶全集》(三),第208页。
③ 《中学国文示范》推介,《教育杂志》,1909年第1卷第6期,第17—18页。

复补充、修改、完善等情况,为教员自行编写讲义教材大开方便之门。这一现象曾招致不少非议,如陆费逵《论今日学堂之通弊》一文大力抨击随写随改的讲义著书制度:"中小学滥用讲义,劳而寡效,为害甚大……盖编讲义,大率成于仓卒,不及著书者之审慎,而腾写印刷,又不及书肆印刷之工,无论何处讲义,鲜有不内容讹误、刷印模糊、误己以误人者,五也。"①讲义以半成品的形态进入学堂,多次更改修订成为正式教科书,是近代学制规范的必然产物。《古文辞通义》的前身《高等文学讲义》即呈交学部审定,"作为中学堂以上参考书,刊之《学部官报》及《审定书目》"。讲义也逐渐取代选本成为课堂教学用书的普遍形式。《资政院奏准著作权律折》第四章第二条明确规定了两种新的知识产品形式著作权归属问题:"讲义及演说,虽经他人笔述,其著作权仍归讲演者有之,但经讲演人之允许者,不在此限。"②著作版权保护亦随之覆盖讲义和演说等新型知识产品。

民国以降,教育部虽相继颁行了不少普通教育课程标准,但在千头万绪尚待厘清的情况下,未及制订内容详尽的课程计划,清末教科书又一律遭到废止,加剧了民国初年国文教育的杂乱无章。当时教育部公布的《中学校课程标准》仅规定国文课包括讲读、作文、习字、文法等四部分。民国十年(1922),全国教育会联合会提出学制草案,但多是对修读年限和升学制度等的规定,关于具体的教学内容仍莫衷一是。该机构在1923年颁布的《新学制课程标准纲要》之《初级中学国语课程纲要》提出该阶段授课内容是要精读传记、小说、诗歌、杂文等,附表所录近人散文、小说或翻译文学作品皆在略读之列,考虑到附表乃是胡适作草,其对语体文和近人著作的倚重也在情理之中。不过,纲要提出要"由语体文渐进于文体文",三大教学目的之一也包括"使学生能看平易的古书"。

朱自清曾指出近代国文课本几经变迁的历程及其背后的动因:"近代兴办学校以后,大学中学国文课程的标准共有三变:一是以专籍为课本,二是用选本,三还是用选本,但加上课外参考书。一是清光绪中《钦定学堂章程》中所规定,二是自然的转变。转变的原因,据我想,是因为学校中

---

① 陆费逵:《论今日学堂之通弊》,《教育杂志》,1910年第2卷第1期,第8—15页。
② 《资政院奏准著作权律折》,《教育杂志》,1911年第3卷第1期,第2—8页。

科目太多了,不能在文字上费很多的精力,三是胡适之先生的提倡。"①将课程参考书从别集简省到选本,是为了方便初学入门,宁取专精而勿失于驳杂,而从选本升级为讲义,知识容量得到扩充,文章流别的历史脉络更为清晰,却也舍弃了原汁原味的熏陶浸染。传统古文教育框架虽得以留存,旧日文章选本的退散,使得原本寄托于选本轨范的苦心孤诣丧失殆尽,教员负责制则让进退灵活、信息量庞大的讲义晋升为新式学堂授课的主角,继而演进为法定教科书,由此牢固确立了自身的合法性。

二、研究法、教授法与文章作法

《古文辞通义》作为古代文章学通史,编撰目的之一也是向学生传授古文作法。该书曾经学部审定,"作为中学堂以上参考书,刊之学部官报及《审定书目》",并以"识途篇"统摄读、讲、作三法,"为文入手,其法有三:曰读,曰讲,曰作",沿用了当时流行的文学教授法的基本路数。《后山诗话》引欧阳修语:"为文有三多,看多,做多,商量多也。"(一说为多看读,多持论,多著述。)曾国藩云:"吾意学者于看、读、写、作四者缺一不可。"②又有文章学传统可依。读、讲、作三者并行,是近代国文研究法和教授法的普遍策略。钱基博在任职无锡县立第一小学文史教员期间,曾撰文分享其在国文教授程序方面的经验,认为文章之讲、读、作应齐头并进,不可偏废:"然予断断注意者,尤在讲读作三者之联络。"③从具体操作上来说,大致遵循审题—示范—改正的顺序:"故予每讲一题文字,必先授学生作一过。验其功力之浅深何在,各以若何之眼光观察之,务令学生人人于此题通前澈后思过一番。题中应有意义,既已毫无所遁于心目间。然后示以范作,于讲授时一一抉摘学生文中之庇累。"

研究法、教授法最初与教科书相辅而行,《国文教科书教授法》(1904年,商务印书馆)即是为了配合《最新国文教科书》(1904年,商务印

---

① 朱自清:《论中国文学选本与专籍》,《朱自清古典文学论文集》(上),第35页。
② 曾国藩:《覆邓寅阶》,《曾国藩全集》书札卷八。
③ 钱基博:《国文教授私议》,《教育杂志》,1914年第6卷第4期,第64—76页。

书馆)使用①,前者也是教师使用的教学参考书。蒋维乔《教授法讲义》(1913年,商务印书馆)总结和阐述各科授课理论,提出教授方法大致可分为教授阶段、教授案和教式三种。科学的教授法、研究法甚或被视为一种需要大量练习的技术:"夫教授者,传导学向之技术也。既为技术,则必心知其意,而又加以习练始可。能文之士,苟能虚心研究教授法,则一转移间,即良教员矣。奈何悍然自恃而不屑加意乎?此一弊也……夫教授国文,读法讲法作法写法,缺一不可,且学生成篇而后,再求进步。"②

在对方法论的诉求日益高涨之际,传统理论资源仍是国粹派文章学者的首选。姚永朴《文学研究法》③是在其任教京师法政学堂所作讲义《国文学》的基础上修订而成,他还撰写了《史学研究法》用作在北大讲授同名课程的讲义。从这两部以研究法命名的北大文科讲义来看,虽不乏感时应景的素材,其写作思路和组织架构仍是按照传统学术的理路和范式展开,《文学研究法》步武刘勰《文心雕龙》而作,《史学研究法》篇目设置也与之相仿。王葆心《古文辞通义》也是仿照章学诚《文史通义》而作。近代国粹派文章学理论之所以争相摹仿《文心雕龙》《文史通义》等的原因在于,这些著作具有体系严密、框架突出的共通之处。

对"法"的重视和强调与当时的整体学术环境密不可分:"中国传统本不甚注重抽象出来的'方法',谦逊一点的说'文无定法',自信更足者便说'文成法立'。从练武学写字到作文作诗作画,大致都是从临摹入手,在学得像样的基础上再思有所突破,即桐城文派所谓'有所法而后能,有所变而后大'也。但20世纪初清季学制改革时,已经半被'西化'的发凡起例者都特别注重'方法',那时的课程设置似乎每一学科都有'研究法'一门课,史学当然也不例外。后来胡适一生以言'方法'而著称于世,梁启超晚年还专门写了《中国历史研究法》一书,皆未尝不受从清季开始的'方法

---

① 洪宗礼、柳士镇、倪文锦主编:《母语教材研究3 中国百年语文教材评介》,南京:江苏教育出版社,2007年,第62—63页。
② 蒋维乔:《论小学校以上教授国文》,《教育杂志》,1909年第1卷第3期,第37—40页。
③ 参见常方舟:《姚永朴文论思想的师法与新变》,《中国文学研究》,2013年第2期,第44—47页。

热'这一语境的影响。"①在方法论驱动的影响下，创生了大量以研究法、文法和作法为题的近代文章学著作。

以"作法""研究法""教授法""教授谈"为名的专著和单篇文章大行其道，也与《奏定大学堂章程》相关规定有直接的关系。颁布于 1903 年的《奏定大学堂章程》在各分科大学下胪列各个科目，在分科目录后又开列相关课程研究法说明。值得玩味的是，这些具体而微的研究法解析基本都集中在经学、文学以及地理学等科目，如《周易》学研究法、理学研究法、史学研究法、地理学研究法、文学研究法等。不难发现，这些学科都是研究方法不假外求的本土学术，已经具有相对稳固的学术根基和知识传统，冠之以"研究法"的名头，多是新瓶装陈酒。

文学审美与鉴赏的难以言传和个体差异成为国文教学机制科学化和规范化的又一阻力。为了激发学生的自主感受和体验，有些国文教育家甚至主张教学方法唯有自学一途："进言之，教授国文，须能应付环境，而加以适当之制裁。近今文字之效用，在发抒意见，以贡献于社会国家。既不是传布偏见，又不是抄袭成说，则教法自当以学生自习为主。"②因教学步骤或流程的可传承性和易复制性，国文教授法从传统小学中汲取方法论："自科举停废，流俗教授之法既不可用，教学遂失所据依，不知中国自有从古相传之法。如西汉诸儒，或读经，或读史，或读子，或读辞赋文章，皆足以发名成业。其所以能然者，实赖小学之功为之先导。"③实际就是蒙学教育用书的变体。刘师培也将文字学视为文学科教育之本："中国文学教科书计编十册，先明小学之大纲，次分析字类，次讨论句法、章法、篇法，次总论古今文体，次选文。"④就方法论而言，国文教授法传统略备，但教学内容的不切实际和乏善可陈成为新的难题。中国近代教育家黄炎培在 1915 年左右曾周游多地展开调研，通过考察山东、京津地区的教育状况，提供了民国初年课堂教学的一手报告，其中，作文教学在形式和内容方面

---

① 罗志田：《二十世纪的中国思想与学术掠影》，广州：广东教育出版社，2001 年，第 200 页。
② 王苏民：《国文教授法之商榷》，《南洋旬刊》，1926 年第 1 卷第 10 期，第 13—14 页。
③ 《汉文教授法》，《直隶教育杂志》，1907 年第 7 期，第 85—92 页。
④ 刘师培：《中国文学教科书第一册序例》，宁武南氏校印：《刘申叔先生遗书》六十七，1935 年。

皆有不少欠缺:"教师之教作文,亦有普通之弊病。论内容则乏新智识与新思想,论形式则不注意于日常应用之文体,而字句间尤往往有不妥洽不完全不正确处。此在初等小学尤甚。盖社会每以教师国文程度之优劣,与其他学问经验之深浅,定期担任学级之高下而不悟。"①他还指出:"施教育之难易,恰与受教育者智识程度之高下为反比例也。"教授法、研究法的大行其道与教学内容之间存在隔阂和脱节的情况,与国文教师群体的知识结构和教学素养也有着密切的关系。

从读书札记到讲义和教科书,再到讲课笔记,国文科教本的形态变化与时俱进,在不同教育阶段亦有不同的侧重点。现代实用文章学的兴起,使得文章作法一类的出版物成为主流:"新文学运动以来……作法读法的书多起来了,大家也看重起来了。自然真好的还是少,因为这些新书——尤其是论作法的——往往泛而不切;假如那些旧的是饾饤琐屑,束缚性灵,这些新的又未免太无边际,大而化之了。"②待到方法热的风潮完全烟消云散之后,一大批冠以方法之名的著作也随之淡出了人们的视野,给后人留下的大多是僵化刻板的负面印象:"记得有一个时候,坊间盛行'文章作法'或'作文词汇'之类的书籍,自然那是书贾们想多赚学生几个钱。"③对方法论矫枉过正的渴求,也招致不少反弹。

三、思想典范与技巧训练

《大学堂编书处章程》曾将文章课本分为两派:"一以理胜,一以词胜。"指出国文教科书的编纂存在着词与理分立的倾向,分别侧重文章的形式与内容:"凡奏议论说之属,关系于政治学术者,皆理胜者也。凡词赋记述诸家,争较于文章派别者,皆词胜者也。兹所选择,一以理胜于词为主,剖析类从以资诵习,冀得扩充学识,洞明源流。"④若能兼有词理之长,

---

① 黄炎培:《考察本国教育笔记(再续)》,《教育杂志》,1915年第7卷第5期,第1—5页。
② 朱自清:《序二》,夏丏尊、叶圣陶合著:《文心》,北京:生活·读书·新知三联书店,2005年,第3—6页。
③ 豸章:《文章作法之类》,《礼拜六》,1937年第675期,第17页。
④ 舒新城:《大学堂编书处章程》,《中国近代史教育史资料》上册,北京:人民教育出版社,1981年,第354页。

自是万幸之事,但从清末官方的教育立场来看,显然更倾向于理胜于词,试图将政教思想的正统性凌驾于文学派别的歧出之上。然而,政教传统的分崩离析渐成不可逆转之势,理与词的决裂也在所难免。林传甲《中国文学史》曾提出"古以治化为文,今以词章为文"的观点,正是认识到文章与治化两者之间的分裂日益加剧。

回过头来看,清代影响最大的两部文章选本——姚鼐《古文辞类纂》和曾国藩《经史百家杂钞》不仅是各体古文成熟技巧的集中展示,更是对儒家正统思想文化的遵循发扬。沿此理路,近代国粹派的文章学著述在关注行文技巧之余始终将文章的思想性摆在首要位置。吴曾祺《涵芬楼文谈》以宗经为第一,姚永朴《文学研究法》以明道经世为文之根本,王葆心《古文辞通义》对告语文、记载文、解释文和议论文的说明也建基在经世致用的宏大愿景之上,唐文治《国文大义》论文之根源谓"国文关系国粹,而人品学问皆括其中"[①],陈曾则《京师优级师范国文讲义》"学堂国文一科,固为首要,匪可以空华无用为辞,不加之意。夫先圣有言,文以载道,言之不文,行之不远,好学深思之君子,以传道行远为己任,固无论矣"[②]。可见,上述这些国粹派选本、讲义和文章学著述的共通之处在于承传儒家道统,兼及古文文统。

此外,受五四运动和文学革命等的影响,语言文学表述内容的更新要求得到大力阐发。"五四文学语言的表意精确包括两方面的含义:其一,建立语言与思想的直接关联。"[③]新文学阵营的先锋胡适、陈独秀等大肆倡导"言之有物""建设平易的抒情的国民文学",从根本上否定了文以载道的概念,也为日后国文教育的重点转移埋下伏笔:"语文教育从儒家义理到言语表达,其着力的中心转向了语言运用。从此,如何学习和运用语言逐渐成为语文教育及其研究的中心。"[④]尽管癸卯学制随着政权更迭而终

---

① 唐文治:《国文大义》上卷,王水照编:《历代文话》第九册,第8195页。
② 陈曾则:《京师优级师范国文讲义》总序,上海:商务印书馆,1913年。
③ 魏继洲:《丰富的偏激——论五四新文学运动中的钱玄同》,北京:中国社会科学出版社,2013年,第155页。
④ 刘正伟、田良臣、俞晓娴:《20世纪30—40年代的语文教育》,洪宗礼、柳士镇、倪文锦主编:《母语教材研究1 中国百年语文课程教材的演进》,南京:江苏教育出版社,2007年,第44—85页。

结,民国的壬子学制大部分仍然延续了清末学制的内核。有论者曾总结民国成立后到20世纪20年代为止语文课程观的若干类型,大致可以分为贯彻新教育方针的语文课程观(蔡元培)、以人生问题讨论为中心的语文课程观(沈仲九、刘大白、夏丏尊)、语文训练兼以启发智德的语文课程观(陈启天)①。

新国文课程标准的陆续出台和白话文运动的持续深入,对中小学阶段的国文教育产生了相当的影响,语体文与文言文在语言和内容上的断层,导致文学的技巧训练和思想训练难得两全之美:"自文学革命以来,文言白话俨成对垒,有的中学全重文言,有的中学全重白话,跟更有的随教员兴趣,甲教员来则讲文言,乙教员来则教白话,于是学生对于语言文字之训练本已难蕲一致。再加以语言文字之训练,与文学之训练在大学国文教学中又是同样的重要,而以此二者性质之不同,方法之互异,又不免有顾此失彼之虑。"②朱自清也曾谈及中学语文教学的实际难处在于思想与技巧难以统一:"读的方面,往往只注重思想的获得而忽略语汇的扩展,字句的修饰,篇章的组织,声调的变化等。"③

而到高中或者大学的高等国文教育阶段,在以文体为主、兼顾形式与内容的教学实践之中,思想和技巧之间的分裂更具有典型意义。郭绍虞在燕京大学国文系任教期间曾为大学一年级学生编撰了若干国文教材,包括《近代文编》(1939年,燕京大学国文系)和《学文示例》(1947年,开明书店)。他指出,当时的大学国文教育课程业已遍历桐城唐宋古文、国故学术文章、纯文艺(唐传奇、明清说部、六朝小品、宋人尺牍)等不同流派在教学内容和方式上的沿革,却均以失败而告终。究其原因,其一在于古代文章的实用价值大多已荡然无存:"由用言,原有无用之用,有超功利的用,而旧日文献中有关社会科学或自然科学的材料,更谈不到实际的应用。"④缺乏文章内容上的更新。其二在于文章选材标准过高,中学到大学

---

① 黄小燕:《民国时期语文课程标准演变之管窥》,《中学语文教学参考》,1998年第C2期,第2—7页。
② 郭绍虞:《大一国文教材之编纂经过与其旨趣》,《语文通论》,上海:开明书店,1941年,第145页。
③ 朱自清:《序二》,夏丏尊、叶圣陶合著:《文心》,第3—6页。
④ 郭绍虞:《大一国文教材之编纂经过与其旨趣》,《语文通论》,第144页。

的教育之间缺乏必要的衔接基础,对技巧训练亦有妨碍。为了纠偏高等国文教育存在的双重问题,他在编撰《近代文编》和《学文示例》时明确区别两者定位,强调两书当相配而行:"分编二书,一是《近代文编》,以思想训练为主而以技巧训练为辅,一即本书——《学文示例》,以技巧训练为主而以思想训练为辅。"①在实际教学中力求将思想和技巧训练合二为一。《近代文编》兼收文白作品,其编例云"本编内容既以现代生活为归,故于技巧训练之外,兼重思想训练",显现出颇为看重思想的"现代性":"自以不背现代生活为原则,爰以戊戌变政为中心,辑录同光以来有关灌输思想讨论学术或研究生活之作,俾于讲习之余,兼收指导人生之效。"②而《学文示例》的方法论总结基本源于文言文章学,其中申驳例引用了王葆心《古文辞通义》卷十八"墨守与异义"一节文字。朱自清认为《学文示例》旁证博取,其缺陷在于现有的白话文材料不多,"结果却成了以训练文言为主"③,也有论者借此对大中学国文教育提出中肯建议:"讲一篇文章,是在求文章之内容与其表现之技术。典故固不能不讲,史料亦不可多引。"④《学文示例》和《近代文编》的编纂和持续再版引发的反响和争议,也从侧面反映了技巧训练与思想灌输在语文教育中存在着的潜在对立。在现代文学的思想贯注逐渐成型之后,本应与之相随的技巧训练却长期处于经验缺席的状态,于是就出现了向新文学要思想、向旧文学寻技巧的吊诡现象。

第二节　词章之学、文章学与文史之学

时移事易,文章学一词的涵义人言言殊。根据现代辞书中的通行定义来看,文章学是"研究文章本体规律和文章读写规律的一门现代写作分

---

① 郭绍虞:《大一国文教材之编纂经过与其旨趣》,《语文通论》,第145页。
② 郭绍虞:《编例》,《近代文编》,辽宁:沈阳人民出版社,2012年,第1页。
③ 朱自清:《书评:语文通论、学文示例》,《清华学报》,1947年第14卷第1期,第167—173页。
④ 张长弓:《读"学文示例"》,《教育函授》,1948年第1卷第1期,第18—19页。

支学科"①,等同于现代实用文章学的基本范畴。而建基于古代文章本位、在近代升级为学科的"文章学",其名称得以固定、内涵得以确立的过程并非一蹴而就,近代文章学与现代实用文章学之间的关系也颇为错综复杂。在学术观念东渐和知识结构转型的宏观背景下,学术观念演进和学科分类意识首先体现在话语实践之中,继而以近乎新瓶装旧酒的方式完成了对传统内容的接管和整合。以诗古文辞为观照对象的词章之学是文学学科的原点,在字面上与文学史肖似的文史之学则成为文学批评学科的前身,文学内涵的更新异动使得近代文章学演变为现代实用写作学的分支。追溯文学相关诸学科和概念在近代教育史的发展历程,勾勒其离合万变的轨迹,有助于澄清若干既有交叠又有分殊的学语概念,也对当下持续推进中的反思学科建制得失、弥缝中西知识体系和复归传统学术本位的努力不无裨益。

一、"词章之学"与"词章学"

"辞章",一作"词章"②,最早出现在《后汉书》蔡邕传:"少博学,师事太傅胡广,好辞章、数术、天文。"意为诗文写作。《文心雕龙·情采》有"五情发而为辞章"句,"辞章"一词,同样兼指诗文创作而言。"辞章"或"词章"在明清语境中交替出现,使用日益频繁,且"词章"较之"辞章"更为常用,其含义一仍旧贯。

清人章学诚《文史通义·说林》谓:"义理存乎识,辞章存乎才,征实存乎学,刘子玄所以有三长难兼之论也。"③将为文的性质取向与作者的个人禀赋相勾连,显见得辞章多是逞才之作。将此意表达得更为彰明昭著的当属桐城姚鼐:"鼐尝谓天下学问之事,有义理、文章、考证三者之分,异趋而同为不可废。"④此处的文章当取广义,故私淑姚鼐的曾国藩转述其说

---

① 庄涛、胡敦骅、梁冠群主编:《写作大辞典》,上海:汉语大词典出版社,1992年,第997页。
② 近人刘师培指出:"凡古籍'言辞''文辞'诸字,古文莫不作'词'。特秦、汉以降,误'词'为'辞'耳。"
③ 章学诚著,叶瑛校注:《文史通义校注》,第351页。
④ 刘季高标校:《惜抱轩诗文集》,第104页。

时,重又回归到"词章"的提法:"姚姬传氏言学问之途有三:曰义理,曰词章,曰考据。"①这一系列论说实际上都隐隐指向北宋程颐之论:"古之学者一,今之学者三,异端不与焉。一曰文章之学,二曰训诂之学,三曰儒者之学。"②程颐"文章之学"的当时语境和具体所指已不可考,却在后世遥有嗣响。将词章之学与考据之学对举,也呼应着清代学术汉宋并峙背后隐伏的张力脉络:"词章之学,见之易尽,搜之无穷。今聪明才学之士往往薄视诗文,遁而穷经注史,不知彼所能者皆词章之皮面耳。"③曾国藩《圣哲画像记》标举义理之学、词章之学、经济之学、考据之学,并对词章之学作了更加窄化的限定,直指以唐宋为典范的诗文传统:"韩、柳、欧、曾、李、杜、苏、黄在圣门则言语之科也;所谓词章者也。许、郑、杜、马、顾、秦、姚、王在圣门则文学之科也。顾、秦于杜、马为近,姚、王于许、郑为近,皆考据也。"④这一表述尤与明清以降的复古文学思潮相契合。

"清代学术实际已形成了对中国传统学术的一次较为全面的知识整合。也正是在这样的前提下,'词章'才作为一种独立的学术研究被凸显出来。"⑤渊源有自的"词章之学"或"文章之学"辗转相沿,是为其步入现代学科化进程的前样态。尽管有参与学制改良者如梁启超持反对意见,强调"词章不能谓之学也"(《万木草堂小学学记》),这一提法仍然被作为晚清学制改良的成果得以袭用和呈现,在立目名称上却发生了微妙的变异。清廷制定和颁布的《钦定学堂章程》和《奏定学堂章程》等系列学制,一应在文学科下设立词章学之目。及至宣统二年(1910年),清廷学部拟在各省创立存古学堂,以"词章门"与经学门、史学门并列,预备对接文科大学教育的文学门。从"词章之学"到"词章学"或"词章门",虽相差无几,却是现代汉语构词法与近代文学观念学科化、在地化合力作用的综合结果。

从汉语构词习惯来看,马西尼指出:"在19世纪,后缀式构词显示出了它们创造新词的优势……'学'(study)和'机'(machine)是用得最多的

---

① 曾国藩:《圣哲画像记》,《足本曾文正公全集》,第1594页。
② 陈荣捷:《近思录详注集评》,上海:华东师范大学出版社,2007年,第72—73页。
③ 梁章钜:《退庵论文》,王水照:《历代文话》第五册,第5172页。
④ 曾国藩:《圣哲画像记》,《足本曾文正公全集》,第1594页。
⑤ 贺昌盛:《晚清民初文学学科的学术谱系》,北京:中国社会科学出版社,2012年,第74页。

后缀式构词成分。虽然它们早就有了,但是被广泛地使用,却是在19世纪。"①就当时缀以"学"的词汇而言,实际上存在双音节词和三音节词两种情况:"在汉语中由后缀'学'所构成的词,几乎总是双音节词;而三音节词大部分是从日本传入中国的,这些词对于其他三音节新词(两个音节加一个后缀)的传播曾起过很大作用。这些三音节新词,为现代汉语创造无数新词,大开方便之门。"②以"学"为结尾的三音节词基本属于外来借词或译词;因此,在清末不少西学学科名称,"学"都是作为后缀加在双音节借词或译词之后,构成三音节的新词。受到传统汉语语用习惯的影响,双音节词与"学"之间有时还会加入助词"之"作为联结。在这一过程中,词尾的"学"也就逐渐变成单音节词,而不再是后缀式构词成分。"词章学"不似"光学"、"法学"这般浑然一体,"词章"本身亦非借词,但仍然受到流行构词法作用的反向影响,体现为"词章"与"学"之间表示领属关系的"之"的省略。

同时,自外来"文学"观念的逐渐传入,往昔文人骚客的诗古文辞易被直观视作本土文学内容的对等之物,遂为词章学和文学的互通创造了历史契机。有学人指出,狭义化的"词章之学"即在这一过程中奠定了现代文学专业学科的基础:"'文学'的内涵虽还是褊狭的'词章之学',但其学术位格已有相当现代化的规划。"③前揭存古学堂"词章门"课程要求"先纵览历朝总集之详博而大雅者,使知历代文章之流别。次点阅讲读古人有名总集,兼练习作诗文"④,给定的总集是历代的各类诗文别集或选本;"高等科讲读研究词章诸名家专集,或散体古文,或骈体文,或古诗古赋,视学者性之所近习之",则偏向于作家作品精读。词章学一科的教学大纲虽试图延续诗古文辞的审美范式,实已发生侧重点的偏移,暗含文学史和文学批评呈现全貌与筛汰选炼的取向。

在知识转型和观念重塑的过渡时代,借由语词得以表达的概念多半

---

① 马西尼著、黄河清译:《现代汉语词汇的形成》,上海:汉语大词典出版社,1997年,第110页。
② 同上。
③ 陈国球:《文学如何成为知识》,北京:生活·读书·新知三联书店,2013年,第77页。
④ 《学部修订存古学堂章程》,《教育杂志》,1911年第3卷第5期,第53—66页。

存在借用、混用的现象,但"词章之学"与"词章学"的分野却是泾渭分明。"词章之学"一般偏指以诗古文辞为主的词章作品。比如,由国人自撰的首部中国文学史——林传甲《中国文学史》,第四篇题为"古以治化为文,今以词章为文,关于世运之升降"①,林氏指出自汉以后"治化词章遂判而为二",其以司马相如、枚皋、扬雄之流为词章之士,所为"皆词章之学也"。又譬如,吴曾祺《涵芬楼文谈》谓"为词章之学者,溯其渊源所自,莫古于骚"。②而"词章学"的指涉往往更为明确,初步显露出向现代文学学科概念进行过渡的意味。1913年,民国政府颁布《教育部公布大学规程》,于文学门下设"词章学",既与清末学制一脉相承,也是对词章学实为狭义化文学内容的再认定。

时至今日,传统词章能否被称之为"学",仍备受质疑:"从学术演进的角度上看,传统中国的'词章'研究本身并不是依据'历史(纵向)'与'知识(横向)'等这类的维度构建起来的,因而从根本上缺乏一种作为独立学科而存在的学术品质与学理基础。"③这恰恰从侧面印证了现代学科意义上的"词章学"与传统提法的"词章之学"在内涵上的巨大差异。类似的看法实际上仍然延续了20世纪初叶新文学试图与旧词章决裂的逻辑:"文学与词章,全在一者有连贯之系统,精密之组织,而一者则否也。"④而此又牵涉新旧文学之争,逸出本文所论范围。

二、文史之学与文章流别

讨论诗文作品的专著,从目录史的角度来看,大致经历了由"总集"一变而为"文史",又由"文史"而为"诗文评"的过程,及至近代受到西方文学和日本汉文学批评的影响,与文学观念一同演进,遂奠定了中国文学批评史学科诞生的起点⑤。从后向前追溯文学批评学科的发端,自是不难发现

---

① 林传甲:《中国文学史》,长春:吉林人民出版社,2013年,第32页。
② 吴曾祺:《涵芬楼文谈》,王水照编:《历代文话》第七册,第6572页。
③ 贺昌盛:《晚清民初文学学科的学术谱系》,北京:中国社会科学出版社,2012年,第44—45页。
④ 未题撰者:《词章和文学》,《持志大学月刊》,1929年第5期,第78—83页。
⑤ 彭玉平:《诗文评的体性》,第94页。

文史之学与传统文学、诗学批评之间存在的渊源关系。然而,对近代文史之学到文学批评的跨越式发展进行微观的考察,其过程却远不似这般"举重若轻"。

自明人开始,文史这一类目逐渐为意义更为显豁的诗文评所替代。而它之所以在近代被重提,或是因其与文学史仅有一字之差的缘故。在钱基博辨析文史与文学史二者的陈述中,约略可以窥得二者在当时颇有难以分辨之状:"中国无文学史之目,文史之名,始著于唐吴兢《西斋书目》,宋欧阳修《唐书·艺文志》因之;凡《文心雕龙》《诗品》之属,皆入焉。后世史家乃以诗话文评别于总集后出一文史类。《中兴书目》曰:'文史者,所以讥评文人之得失。'盖重文学作品之讥评;而不重文学作业之记载者也。有史之名而亡其实矣。"①其时,不仅语词的相近带来概念上的些许混淆,国人对文学史的先验性理解,与文史之学也有着仿佛差似的一面。

《奏定大学堂章程》附有各科"学书讲习法",中有一门"历代名家论文要言":"如文心雕龙之类,凡散见子史集部者,由教员搜集编讲义。"并提议教员"就此名家百余人,每家标举其文之专长及其人有关文章之事实,编成讲义,为学生说之,则文章之流别利病已足了然;其如何致力之处,听之学者可也"。显示出贯串文史之学与文章流别的倾向。《奏定大学堂章程》历代文章流别一科,明言教员可仿照日人文学史著述撰写,更为文章流别与文学史的合流开启了方便法门。由此,国人撰写的最早的一批文学史著作皆为近代学堂文学课程的讲义,并非偶然的巧合:"从'诗文评''文苑传'转为'文学史'的写作与教学,此乃晚清以降中国人的自觉选择。"②这一合流在获得简省的同时,无疑也会带来遮蔽。

实际上,考镜文章流别、裁定诸家利病的文史之学,在被引入近代学堂的教学机制之后,首先就使得"文史"与"文学史"之间的界限变得模糊起来:"《奏定大学堂章程》与《钦定京师大学堂章程》的巨大差别,不只在

---

① 钱基博:《现代中国文学史》,北京:中国人民大学出版社,2007年,第6页。
② 陈平原:《重建"文学史"(代序)》,《作为学科的文学史》,北京:北京大学出版社,2011年,第10页。

于突出文学课程的设置,更在于以西式的'文学史'取代传统的'文章流别'。"①与之形成鲜明对照的是,刘师培曾极力主张编纂文章志、文章流别作为文学史课本的替代,搜集材料包括"古代论诗评文各书":"刘氏《文心雕龙》集论文之大成,钟氏《诗品》集论诗之大成,此二书所论,凡涉及历代文章得失及个人诗文得失者,均宜分类摘录。自是以外,刘氏《史通》所论,虽以史书为主,其涉及文章者,亦宜略采。又唐人评论古代文学,虽精密不逮六朝,然可采之词,亦自不乏,似宜检阅全唐文一过,凡各文之中,有涉及评论前人文学者,另编抄录,以备择采。"②放弃渐成气候的文学史书写,试图回归文章流别的努力,显示出他对古代文章问题的通盘思考和处置方式,只是这一线索复又为文学史、文学批评学科的交叉式发展所中断。

此后,文史之学的原意淡出,成为文学史之省称:"文集之兴,盖以学无专师,杂无可投,故以集统之。文史之兴,盖由文章既繁,渐成专业,故有史以名之。"③尽管文学史在与文章流别的角力中逐渐确立了自身的绝对优势,但文章入史的标准却成为一道悬而未决的难题。如前揭林传甲《中国文学史》"于文章(古文、骈文)取资广博,兼收四部乃至医、算各家,在芜杂中却强烈体现其'杂文学'观念"④,虽仿照日人文学史而作,却又基于本土杂文学的固有特点,尚未完全抹杀历代文章流别的痕迹。而仅仅着眼于文学的审美作用、忽视杂文学特点的文学史撰述,面对数量庞大、艺术精湛的古代文章却往往只能一筹莫展。

另一方面,渊源于传统诗文评的学问,同时受到近代日本和西方学术观念的影响,文学批评学科的成立变得水到渠成。1927 年,中国最早的文学批评史——陈钟凡《中国文学批评史》,在著述观念和体例上受到日

---

① 陈平原:《新教育与新文学——从京师大学堂到北京大学》,《中国大学十讲》,上海:复旦大学出版社,2002 年,第 112 页。
② 刘师培:《搜集文章志材料方法》,《中国中古文学史讲义》,上海:上海古籍出版社,2006 年,第 102 页。
③ 张雪蕾:《中国文学史表解》,北京:商务印书馆,1938 年,第 99 页。
④ 王水照:《国人自撰中国文学史"第一部"之争及其学术史启示》,《中国文化》第 27 期,第 61 页。

人铃木虎雄《支那诗论史》的影响①,或许也是导致中国古代文学批评史观照的对象以诗歌批评为主的原因之一。尽管学界对于中国文学批评学科的创立时间仍未达成一致,原本隶属于诗文评的知识和理论问题由文学批评加以"接管"和统筹成为不争的事实:"大致上可以说,到40年代,对诗文评即文学批评的认识基本上趋于一致,中国文学批评的独立地位也得到了承认。"②与此同时,文学批评学科的成立也伴随着对传统诗文评与外来文学批评异同的深刻反思:"'文学批评'原是外来的意念,我们的诗文评虽与文学批评相当,却有它自己的发展。"③时至今日,这样的自省仍能起到一定的针砭作用。"现在学术界的趋势,往往以西方观念(如'文学批评')为范围去选择中国的问题;姑无论将来是好是坏,这已经是不可避免的事实。"④文学批评的内容理应涵盖诗论、文论、词论,甚至是赋论,但在实际的分析操作中却难以做到不偏不倚,逐渐形成了以诗论为主、文论为辅的学术脉络。

随着学科意识的加强和学科建制的成熟,文学批评学科重诗轻文的倾向越来越凸显,个中因由也得到了一定的梳理:"这不仅因为在中国古代文学批评中,诗歌批评最为丰富发达,所以,各种批评方法大多滥觞于诗歌批评,而且还因为中国古代文学理论是以诗歌为出发点,并且以此为基础构成了自身的体系和特色。所以,从精神实质上说,古代诗歌批评方法即可代表古代文学批评方法。"⑤在文史之学与诗文评确立为文学批评学科的过程中,难免经历一番削足适履。

"1913年《教育部公布大学规程》'文学门国文学类'下,相关科目列有文学研究法、词章学、中国文学史三种,约略等于今之文学理论、文学批评与文学史。"⑥这样的比附在今日看来几近于严丝合缝,但抑或有步入"倒

---

① 彭玉平:《诗文评的体性》,第65页。
② 张健:《借镜西方与本来面目——朱自清的中国文学批评研究》,《北京大学学报》(哲学社会科学版),2011年第48卷第1期,第61—70页。
③ 朱自清:《评郭绍虞〈中国文学批评史〉上卷》,《朱自清古典文学论文集》(下),第545页。
④ 同上书,第539—542页。
⑤ 张伯伟:《中国古代文学批评方法研究》,北京:中华书局,2002年,第7—8页。
⑥ 成玮:《论唐文治对文章选韵法的讲求及其教学背景》,收入王水照、侯体健主编:《中国古代文章学的衍化与异形》,第588页。

放电影"这一陷阱的危险。在这样的情境之下,重提文史之学和诗文评的传统,体味文章流别与文学史的细微歧异,对揭示和提纯民族本位的文学理论似乎不为无谓。

三、向死而生的文章学

与古已有之的"词章之学"不同,"文章学"一词的出现则是在相当晚近的时期。追溯"文章学"的词源,实是两方面因素共同作用的结果。一方面,它来自旧有的"词章之学"的提法;另一方面,它也是构词法在生产现代汉语词汇方面典型运用的结果。就笔者所及,最早在著述中使用"文章学"一词者为刘师培:"1905年刘师培作《周末学术史总序》,'采集诸家之言,依类排列',所依的是西学分类,包括心理学史、伦理学史、论理学史、社会学史、宗教学史、政法学史、计学(今日称经济学)史、兵学史、教育学史、理科学史、哲理学史、术数学史、文字学史、工艺学史、法律学史、文章学史等,俨然有一种新型的'六经皆史'的趋势。"①其中,他所撰《文章学史叙》一文限于春秋战国,故以墨家和纵横家两派统摄当时诸类文章体制,虽名之曰文章学史,实不过是上古时期的简明文学史,尤侧重于史脉而非文章,却也将文章学与心理学、伦理学、社会学等西学学科一视同仁,并尝试加以科学化、条理化梳理。而他之所以选择东周末年作为文章学史的起点,正是着眼于本土文学史所具备的杂文学特点:"中国文学,至周末而臻极盛。庄、列之深远,苏、张之纵横,韩非之排奡,荀、吕之平易,皆为后世文章之祖。而屈、宋楚词,忧深思远,上承《风》《雅》之遗,下启词章之体,亦中国文章之祖也。"②可见,刘师培的文章概念包孕甚广,涵盖诗词文赋诸体。

从学科建制的实践来看,现代学科意义上的文章学的出现仍然与晚清国粹派有着极为密切的关系:"(文章学)作为学科被确定下来,始见于1907年出版的《国粹学报》,该刊丁未年第二册刊登的《国粹学堂学科预

---

① 罗志田:《变动时代的文化履迹》,上海:复旦大学出版社,2010年,第70页。
② 刘师培:《论文杂记》,王水照编:《历代文话》第十册,第9484页。

算表》设有'文章学'一科。"①刘师培还曾主张以文章志(以人为纲)和文章流别(以文体为纲)作为文学史课本,文章学一科所授内容与之差似。稍后于其时,唐恩溥任职两广高级工业学堂时所撰国文讲义,即题为《文章学》,旨在向诸生传授古文源流和为文义法,也与刘师培对文章学学科的设想较为一致。类似这样将文章的基本内涵解读为诗古文辞的看法在20世纪20年代初仍余音袅袅:"吾国文章范围颇广,举凡政治、哲理、历史、舆地,苟藉文字以见者,悉包括于文章之中,所谓经史诸子皆文是也。"②论者胡朴安显是将上古以至清人的历代文章等同于"吾国二千余年之文学"。在此基础上提出的文章学,必然也是以诗古文辞的习得技法为中心的学问。

对文章的界定理应是诠释文章学定义的先导,但在文章和文章学来源不一的情形下,前现代的内容和现代的方法论之间不可避免地出现了脱节的现象。顾实《文章学纲要》(1923年出版)由作者于东南大学讲授同名课程的讲稿纂辑而成。该书对文章学作了界定:"文章学者,教为文章传达思想最有效力之学术也。"③全书一、二编已佚,仅余第三编诗文论。从现存目录来看,该书带有浓厚的现代修辞学著作色彩,同时又试图将古文、骈文、时文、小说、诗赋等文体尽皆纳入国民文学的范围④。由于该书在主题、结构上皆属首创,难免时人诸如态度浮夸、观念不清之讥⑤。他对文章的理解,也显示出过渡时代文学观念的普遍含混特征。其时,与之性质相近的尚有龚自知《文章学初编》(1925年⑥),由其在云南辗转任职各校文科教师时所撰国文讲义整理而成。知名教育家黄炎培为之作序云:"龚君为锐意革新之青年,此书用文言不用语体,固无成见存乎其间。"⑦该书使用浅近文言,明确提出文章学的概念并加以界定:"文章学者,研究文

---

① 庄涛、胡敦骅、梁冠群主编:《写作大辞典》,上海:汉语大词典出版社,1992年,第997—998页。
② 胡朴安:《历代文章论略》,王水照编:《历代文话》第九册,第9090页。
③ 顾实:《文章学纲要》,《国学丛刊》,1923年第1卷第3期,第85—106页。
④ 顾实:《文章学纲要》,1923年油印本。
⑤ 张俟明:《关于顾实"文章学纲要"》,《新学生》,1931年第1卷第3期,第221—225页。
⑥ 1922年,龚自知即在《云南教育杂志》上分两期连载《文章学》一文,出版日期后于此。
⑦ 黄炎培:《文章学初编序》,刘锡庆主编:《中国写作理论辑评 现代部分》,第341—342页。

章如何以其题材及体制适应其读者之科学也。"作者表示，文章学既是方法，也是科学，分别从格调和创作两方面展开对文章写作技巧的探讨，这也是将文章学学科化的一次鲜明尝试。

面对文章和文章学的分裂，曾辗转执教多所大学的戏曲史论家卢前在课堂讲义《何谓文学》(1925年)中，再次将文学与文章观念的辨析推到前景，通过对文章概念的置换弥缝文与学之间的隔阂："其近于今日所称为文学者，曰文章。然文章亦不能谓为文学也。真西山曰：'文章二字，非止言语词章而已。'以言文字，隘而不周。论文本义，《易》曰：'物相杂，故曰文。'《说文》曰：'文，错画也。'是文学显然须有声色界列者。"①他借助对古代经典断章取义式的解读，试图将古代的杂文学"文章"概念和审美性"纯文学"概念区分开来，旧式文章与新体文学之间的张力也随之凸显。

不过，从学科成立的标准和维度而言，清末民初直至20世纪中叶以前，各家著述对文章学的认知始终未能达到充分一致的程度。根据学术语境的分歧，文章学也有被阐释为篇章学②或修辞学者③。1943年，蒋祖怡编纂的《文章学纂要》作为国学汇纂丛书十种之一问世，与《文体论纂要》《文字学纂要》《校雠目录学纂要》《诗歌文学纂要》《小说纂要》《史学纂要》《经学纂要》《理学纂要》《诸子学纂要》等并行出版。这套丛书的书名本身也透露出其时学术分类混乱、概念错杂的讯息。在丛书编辑看来，文章学处理的内容应当包括："字句之推敲，章篇之组织，意境之描摹，胥有赖于文法之活用，修辞之技巧；至于骈散之源流，语文之沟通，亦为学文章者所应谙悉。"④已有研究者指出，这部颇为冷门的著作，"大体上注意到了词汇学、

---

① 卢前：《何谓文学》，钟英出版社，1925年铅印本。
② 刘咸炘《文学述林》将文之外形划分为文字学、文法学和文章学："专讲一字者谓之文字学，即旧所谓小学。专讲字群句群者谓之文法学，旧校勘家所谓词例也。其讲章篇者则为文章学。"即是将文章学解释为篇章学。参见刘咸炘：《文学述林》，王水照编：《历代文话》第十册，第9708页。
③ 1933年，胡朴安在《诗经学》中曾专门辟出"诗经之文章学"一节："文章学者，则据古人优美之文章，分析其思想，推寻其条理，用以为后人之法则。吾人以文章学之眼光研究《诗经》，则当据三百五篇之诗，分析而推寻之，合于文章学之范围。略分之有四：一托事，二遣辞，三造句，四用韵。"此处文章学概念，近于修辞方法。参见胡朴安：《诗经学》，长沙：岳麓书社，2010年，第121页。
④ 蒋祖怡：《国学汇纂编辑例言》，《文章学纂要》，上海：上海书店出版社，1942年，第1页。

文法学、修辞学、章法学等，以及写作准备和文章流变，内涵已经相当丰富"①。中华人民共和国成立以后，以文章学命名的著作激增，更有不少以文章学史为题的专著②，影响最大的是周振甫《中国文章学史》。该书以"文章"包括散文、骈文和赋三者，以"文章学"为"论文章之学"，并辩证地看待文章和文章论二者之间的关系："有了杰出的文章，才有好的文章论，这是一方面……但没有杰出的文章，也可以有好的文章论，这是又一方面。"他抽绎出古代文章的审美因素，以史的眼光来审视历代文章得失演变的规律，意味着以诗古文辞为观照对象的古代文章学自此也成为了历史。

20世纪80年代，从语文学学科分支的角度出发，剖析文章的原理、技法和应用的现代文章学的发展和在此背景下成立的中国文章学研究会，推动了文章学学科的繁荣。"新时期的文章学研究，与散文研究紧密相连，但具有'文章学'学科意味的研究是从狭义的文章学概念——实用文章学开始的。"③从经验的结果来看，仅只现代语文学分支下的文章学学科一脉存续，这与文章学学科的分梳与取向有着莫大的关联。过渡时代的学科建制仅仅是捉对配对已力不从心，古典知识形态的原生内容尤其与舶来的标签格格不入，两相龃龉。从辗转相承的词章之学，转变为文学学科意味深厚的词章学，在词章之学的文学化不断推进的同时，词章之学的去文学化也在新旧文学之争中尘埃落定。由文史之学演化而来的文学批评学科继承了更多诗学批评的因素，而对文章批评关注较少，从而使得文章进入文学史的标准成为问题。现代文章学虽为实用写作学宕开一条新的进路，反观文章学学科的成立背景和发展路径，也为古代文章学的重建提供了新的契机。

---

① 仇小屏：《吕祖谦〈古文关键〉文章论研究》，台北：万卷楼图书股份有限公司，2010年，第126页。
② 曾祥芹：《文章写作学自立的历史申辩书》，《曾祥芹序跋集》，郑州：大象出版社，2013年，第326—327页。
③ 曹辛华：《新时期文章学研究的历程、特点及展望》，《南京师范大学文学院学报》，2013年第3期，第139—144页。

第三节　近代文章学的修辞学转向

近代以降,随着西学东渐的传播和深入,外来的学科概念和研究方法不断被引介进入国内。20世纪初,国内开始出现第一批以修辞学命名的著作。国内最早的修辞学专著是同时出版于1905年的龙伯纯《文字发凡·修辞卷》和汤振常《修辞学教科书》。师承康有为、留学日本的龙伯纯在《文字发凡》中主要借鉴了日本学者岛村泷太郎《新美辞学》以及山岸辑光《汉文正典》等著作的架构和路数,吸收了当时日本近代修辞学的学术观点。汤振常的著作同样汲取了日本修辞学的前沿研究成果,取材于武岛又次郎《修辞学》一书。日本近代修辞学的源头可以追溯至西洋修辞学,但其对中国近代修辞学的影响较之后者深远得多①。

在新旧概念的对立、交融和并存之中,日本近代修辞学经历了一系列学科自觉、方法更新、范式转换的过程。对彼时向往"近取诸身"、希求终南捷径的中国学人而言,较之西洋修辞学,日本修辞学提供了更易对接和融入的学术话语体系,中日两国也共享不少传统的学术资源,从而成为更易亲近和借鉴效仿的对象。因此国内最初的几部修辞学专著都以日本修辞学著作为本,也是顺理成章。同时,修辞学这一外来新兴学科概念也引发了对传统学科分类的再思考,如何处理这一新概念与旧有学术体系之间的关系成为当时的学术热点。作为日本国学流文章学理论之母体而存在的中国古代传统文章学,在与西洋修辞学的概念碰撞中,形成了盘根错节、曲折繁复的共生样态。从文以载道的文章学本体论蜕变为伦理因素完全祛魅的修辞学方法论,客观上消解了民族文学特殊性与西学普适标准之间的对立。

---

① 参见本书第四章第二节。

一、概念的交互:文章学与修辞学

语言是文化的载体,语言的表述折射出文化思维的结构方式。在他者文化提供的参照系中,近代学人借由对修辞语法知识的规约、学科话语的争夺、研究范式的重建,开始了充斥反叛、怀疑、出走的文化自省,并反观传统文化的"异质性",进而表达了参与文化对话、辨明文化身份的迫切渴求。19世纪20年代开始,受域外修辞学引介的影响,国内开始涌现出一大批修辞学专著。最初介绍修辞学概念的本土专著,往往照搬域外修辞学尤其是东洋修辞学理论,但随着学术话题的深入和西学东渐意识的反动,越来越多的学人开始思考起修辞在本土语境中的所指,特别是其与传统文章学概念的联系和区别。

文字学、文法学(语法学)与修辞学的区别相对比较明显,但在追求美文目标方面,文章学与修辞学的界限就相对含混不清。例如,最早以文章学命名出版的专著之一——龚自知《文章学初编》(1926年),几乎是美国修辞学家约翰·弗兰克林·吉能(John Franklin Genung)《实用修辞学原理》的中文节译本①。部分修辞学专著敏锐地捕捉到了文章学与修辞学之间存在着的一种相似又有别的关系。比如,王易在《修辞学通诠》中指出了修辞学与文章论二者间存在的微妙区别:"若夫修辞学,则吾国曩无是名,往者但于文典中分词性论、文章论二部。文章论亦有称'修辞论'者,然仅属于文句组合之法则,而与文章之内美无与,故不足语于修辞。至修辞学者,应积极讲述表现文章内美之理法,以达修辞圆满之效果。盖文学之本基,而美学之邻疆也。"②为了凸显修辞学的崇高地位,他将传统文章论视作修辞学的一部却又不足以支撑起修辞学的全部内容。

作为文化现象的语言学现代化历程伴随学科知识型的转换而不断推进。在兼顾古代文章学传统的前提下,致力于引介修辞学的学人只能一

---

① 霍四通:《中国现代修辞学的建立——以陈望道〈修辞学发凡〉考释为中心》,上海:上海人民出版社,2012年,第11页。
② 王易:《修辞学通诠》,上海:神州国光社,1930年,第7页。

方面在传统文章学资源中寻找修辞学的对应之物,一方面又必须不断与传统文章学划清界限,这一吊诡现象恰恰反映了过渡时期语言文学概念粘连的复杂性,暗含了学科转化的可能性。相当一部分论者着力强调源发性文章学和外生性修辞学的区别,目的就是为了引介外来的修辞学概念。胡怀琛在《新文学浅说》(1921)中对传统的文论诗论与修辞学进行了明确的区分:"修词学,是教人如何将文字做得好,懂了文法,懂了论理学,做文字只会做得不错,不会做得好。要做得好,必须研究修词学,文法书,论理学书,目前都已有了,只是讲到修词学,还没有一部有统绪的书……旧时论文论诗的书,虽然不少;然都不能拿他当修词学的教本,一来因为他零零碎碎,没有统绪,二来因为那些著者对于文学的观念,和我们现在的观念,有多数的地方,根本不同。所以书虽多,却不适用。"①他从系统性和文学观念的角度,强调修辞学的概念乃是"古未有之",有别于传统的文论和诗论,这也是当时主张东西折衷学人群的共识。

类似观点还有如董鲁安《修辞学》(1925 年)所言:"宋王应麟作《辞学指南》,元王构便径取'修辞'二字作《修辞鉴衡》,都是论造辞法式的。此外,论造文的体制及工拙利病的,如晋挚虞的《文章流别》和梁刘勰的《文心雕龙》之类,要算更古。与此性质相近的,还有冯鉴的《修文要诀》二卷,宋以后著名的,如《浩然斋雅谈》《古文绪论》《谭艺录》《艺苑卮言》等类,其书尚多。可惜那些书只不过是概括的空话,或因袭的教训,都不能定出一些系统的法则来。"②作者或已经认可他所标举的这些古代文话、文论著作属于修辞学的范畴,但因着眼于学科的系统性,区其为二。陈介白《修辞学》(1931 年)提出的一个基本观点是中国古无修辞学,因而只能向西洋修辞学中搜求,郭绍虞为该书作序,并不完全同意这种观点,但他也认为旧有的修辞论存在天然的缺陷:"大抵以前之论修辞者,往往不免有二弊。其一在于泛,弊在不专从修辞本体立论;其又一在于狭,弊又在只从修辞的局部立论。由前者言,所以没有纯粹论修辞的书;由后者言,所以虽亦论到修辞的方面,而不能包括修辞的全部。这可举两部较为重要的书为

---

① 胡怀琛:《新文学浅说》,上海:泰东园书局,1921 年,第 14 页。
② 董鲁安:《修辞学》,北京:北平文化学社,1925 年,第 3 页。

例。一部是《文心雕龙》，又一部是《古书疑义举例》。"①认识到文章学与修辞学既有共性，也有殊相，但仍持二者存有优劣之见。

相较而言，当时从本土文章学和外来修辞学平分秋色的立场对二者加以阐发更为难得。金兆梓《实用国文修辞学》(1932 年)在对修辞学概念加以界定之后，强调应将其与传统的文评学区别开来："修辞学之艺术性为多，其目的教吾人如何作文；文评学则裨吾人以赏鉴评定已成之作品。依据上说，修辞学惟论形式，譬欲叙述一事不问其事有无可述之价值，只教人以如何说；文评学则偏重实质问题，辨别何者为吾人所应述，及此所述之事物对于读者能发生如何之效力。"②他认为，修辞学偏于创作论，文评学偏于批评论，这些都可以被看作是传统文章学之中的不同分支。

也有假借外来修辞学之名而行以文章学之实的修辞学作者，如赵景深《修辞讲话》(1934 年)在序言中声明此书与陈望道《修辞学发凡》异趣，聚焦传统修辞论："这本书名虽是修辞讲话，准确的说来，实在应该称为《修辞格探原》或《中国历代修辞论分类辑要》的。"③为此，作者前后查阅了大量古代文论诗论著作，包括"丁福保所刻的《历代诗话》《历代诗话续编》以及《清诗话》，约得论点百余条。后来又翻检涵芬楼排印的《说郛》、文明书局的《笔记小说大观》、赵翼的《陔余丛考》、顾亭林的《日知录》、有正书局的《文学津梁》、刘勰的《文心雕龙》、大东书局的《词话丛钞》、徐釚的《词苑丛谈》、陈廷焯的《白雨斋词话》、杭州铅印的《曲苑》、胡元任的《苕溪渔隐诗话》、《诗人玉屑》、《洪北江诗话》、《杜工部诗话》、《梵天庐丛录》、吴曾祺的《涵芬楼文谈》、刘大白的《白屋文话》等"。他所列举的种种著作都被划归到了修辞学的范畴，在他看来，这些旧有的文论资源正是中国历代修辞论的组成部分，但与其说这些内容构成了修辞学，毋宁说这是作者根据对域外修辞学概念的理解拟构出的独立自足的学术谱系。

无论是用国外现成的修辞学来解说中国语言的修辞现象，还是搜求旧有的修辞规律来规范既有的语言现象，都体现了时人试图弥缝传统文

---

① 陈介白：《修辞学》，上海：开明书店，1931 年，第 11 页。
② 金兆梓：《实用国文修辞学》，上海：上海中华书局，1932 年，第 4 页。
③ 赵景深：《修辞讲话序》，《修辞讲话》，北京：北新书局，1936 年，第 1 页。

章学和修辞学概念的尝试。从既有的结果来看,强调文章学与修辞学概念的区别虽然多半是为了较短絜长,却也符合学科分类的客观事实,而未作分辨直接将二者混为一谈则导致了观念的淆乱。对于修辞学这样的域外新概念,不得不立足于本土的语境和传统加以演绎和申说,是造成这一混乱驳杂局面出现的根本原因。

二、传统文体学的修辞学转向

古文文体的明晰化和条理化是古代文章学发展的重要标志。从《文选》的体制粗备、时有重出到《文心雕龙》的文笔兼备、分条缕析,文体一直是古文文章学理论的根本所系。清代桐城派姚鼐编选的《古文辞类纂》影响深远,私淑姚鼐的湘乡曾国藩继之而成《经史百家杂钞》,皆对文体作了分门别类的梳理,并汇集古今佳制,以为写作范本。其后,王先谦、黎庶昌皆编订《续古文辞类纂》。这些古文选本无一例外地都以分别部居的方式体现了编者的文体学思想。仅以《古文辞类纂》和《经史百家杂钞》为例,姚鼐将古文体制分为论辨、序跋、奏议、书说、赠序、诏令、传状、碑志、杂记、箴铭、颂赞、辞赋、哀祭等十三类,曾国藩分类类目与之略有差异,性质则同,总为十一类,影响深远。传统的文体分类方法在近代修辞学传入的语境中遭到挑战。在清末,不少人就已经开始提倡新的文体分类方法:"中学之国文科,略语言而详文字,少谈话而重文章。就其所经验范围,及所得德智之事项,稍加复杂,稍加密致,文体之中,则于叙述记事说明类之外,增入辩论一门,以养成讨论著作之才识,而立说仍须明了,理据仍须正确。至于优美深邃、出奇制胜,则文学专家之事,非普通教育之标准也。"[①]提出以文章的修辞方法作为文体名称,以收简明扼要之效。

新的文体分类标准和方法并非空穴来风。从国内最早的修辞学专著龙伯纯《文字发凡》开始,本土文体论大多参考和转引东洋修辞学理论:"当清之末季,西洋文化逐渐东来。日本吸取之,初已成功。当时俊杰之

---

① 吴德元:《论中小学堂程度之标准及其衔接办法》,《教育杂志》,1911年第3卷第7期,第36—42页。

士,莫不反顾自惭。而生产法之守旧,政治之腐败,制度之楛窳,学术思想之虚诞,社会上一切建设之疲惫,几处处使识者感到危殆。于是宗法西洋论,势若狂风暴雨,遂普遍的、勇往的,表彰于国内。无论为学术,为制度,为文,为武,大自经略国家,小至个人衣食玩好,莫不以能取法西洋为上乘……论文体者,焉能独逃于外,不为此种潮流所激荡哉?"[1]在当时流行于日本的西洋流修辞学专著中,文体论内容亦很特出,武岛又次郎《修辞学》把文章分为记事文、叙事文、解释文和议论文,佐佐政一《修辞法》则分为记述文、说话文、说明文和议论文,宫川铁次郎《通俗文章学》分文章为记事文、说明文和物语文三类,这些观点很快地为国内本土的修辞学及文章学著作所取法。王葆心《古文辞通义》也大体借鉴东洋修辞学的文体框架,同时考虑古代散文的创作实际,呈现了中西会通的文体论思想[2]。

尤其当白话文在文白之争逐渐胜出以后,对古文使用西洋修辞学的文体分类标准呼声高涨。高语罕《国文作法》(1922年)是根据作者在上海平民女校的讲演辑录而成,在当时流布甚广,此书在"文体论"部分,指摘姚鼐、曾国藩以至于吴曾祺《涵芬楼古今文钞》在文体分类上的不足:"他们对于古今文字的分类浩繁,不适于普通作文法的研究;止分文体,不说明文体的功用和他组织的方法,也不适于普通作文法的研究。"[3]而为着中等学校学生研究作文起见,作者主张将文体简化为四类:叙述文、描写文、疏解文和论辩文。

施畸《中国文体论》(1933年)堪称新旧文体论的集大成之作,列举了从汉代到民国一共二十八家的文体分类法,并将其分为旧说与新说两大类[4]。其中,旧说又三分为以孙梅、阮元为代表的本于《文选》的骈文派,以姚鼐、曾国藩为代表的散文派和以李兆洛、章炳麟为代表的本于《文心雕龙》的骈散混一派;新说则是以龙伯纯、蔡元培等为代表的东西洋之作文法。旧说之中,他以散文派的文体分类为正统:"散文派之分类,实大有造

---

[1] 施畸:《中国文体论》,北平:立达书局,1933年,第100页。
[2] 参见本书第三章第四节。
[3] 高语罕:《国文作法》,上海:亚东图书馆,1922年,第147页。
[4] 施畸:《中国文体论》,第13页。

于文体论。易言之,中国文体汇类之逐渐演进,实有赖散文派之努力而后成……是故若论中国文体汇类之谱系,应以散文派为正统。"①在宗法西洋文体分类方面,他选取了民国时期或"间接取法于日本"、或"直接取法于欧美"的五家说法,考其源流得失,并指出其缺点在于浅陋、偏固和忘己。

不过,施畸所言仍属一家之言,取法外来修辞学的以修辞手段为命名方式的文体分类方法逐渐占据上风。胡怀琛《作文门径》(1933年)曾提及传统分类的式微与新式分类的兴起:"'文'是一个总名次,如把他分一分类,那是有许多的种类,如旧式的古文中所谓'论''说''传''记''序''跋'等,都是文的种类。以前姚鼐选古文辞类纂,曾经把文分过类;后来曾国藩选经史百家杂钞,又曾把文分过类。他们的分类,在当时候,自然是算很好。不过,到现在看起来,已经是不适用了。所以我们这里不多说他。我们只说现在的分类法,有人把文分为五类。"②这五类文体分别是记实文、叙事文、抒情文、说明文和论辩文。据胡怀琛所述,五类分类法在当时很是流行。此外,他也介绍了同时并存的记叙文、抒情文、论说文或将论说文拆分为说明文与议论文的三类、四类分类法(民初教育部为初中国文课程拟定的标准是四类分类法)。不过,无论是采用三类、四类还是五类,有一点是毋庸置疑的,那就是文体分类的标准和方法已经从根本上发生了改变。

文体分类标准的转移与白话文的崭露头角及新文学的愈演愈烈有着千丝万缕的关系。以汪震《国语修辞学》(1935年)为例,该书乃是根据约翰・弗兰克林・吉能(John Franklin Genung)的《实用修辞学原理》(*Outlines of Rehtoric*)一书编成。在序言中,汪震自述曾在中学教治古文,"研究韩柳、曾巩",但偶然看过《新潮杂志》后,便显现出与古文决裂的倾向,迅速皈依新文学。在"后序"中,当代文体被分为文选派、古文派和新文体三类。他认为,无论是姚鼐的《古文辞类纂》,还是曾国藩的《经史百家杂钞》,都只是相对的分类标准,古文的文体分类标准始终悬而未决,时有争论。"今人呢,文章的体裁更多了,所以修辞学只有依文章的

---

① 施畸:《中国文体论》,第88页。
② 胡怀琛:《作文门径》,上海:中央书店,1933年,第17—18页。

性质分为记叙、描写、说明、论辩四类。"[1]他以一介普通中学教员的身份和经历,印证了传统文体学在新文学思潮中所受到的冲击及其发生的新变。

三、从修辞法到修辞学:方法论与本体论

"将修辞学当作一科之学来研究的祖师,是西洋。在中国,虽也很早已有关于修辞学的断片的思想发生,但没有产生有系统的一科之学。勉强找求,那末后世的文话文法等书籍,庶几近之。至于日本,是更缺少了。"[2]尽管中国传统文章学内容有望成为修辞学的对应之物,但就学科自树而言,全盘引入的另起炉灶较之藕断丝连的革故鼎新反而更有优势。日本近代林林总总的修辞专著,从名称和取法上大致可以分为两类,一者着眼于修辞法,一者落实在修辞学。"法"与"学"的一字之差,体现了对修辞概念的不同定位。例如,明治三十一年(1898年)武岛又次郎出版了《修辞学》一书,三年后,佐佐政一颇有些针锋相对地出版了自己的《修辞法》,旗帜鲜明地表明了将修辞仅视为方法的态度。从名称上看,近代国内的大部分修辞专著皆以"修辞学"命名,"修辞法"极为少见,这代表本土学界对域外修辞学最初采取的是全盘引进。但是,这些修辞论专著大多是为了学校国文写作教育的目的而编辑出版的,分科制度的不完善和法定教科书的缺乏,都导向了对修辞法的强调。

《修辞学》的作者曹冕曾先后在清华学校及中央政治学校教授国文,"深感国文之范围,广博无涯,难于施教,因将作文法及选文,融成一片,为有系统之研究,而成演绎的教授法,遂编成是书"。郑业建所撰《修辞学提要》是辑录其在上海交大、复旦、中公等学校的讲稿而成。王易《修辞学通诠》同样是根据著者在中央大学授课讲义编订而成。薛祥绥《修辞学》封面加题"中学师范教本"。而在传统文章学理论资源之中,具体而微的文

---

[1] 汪震:《国语修辞学》,北平:文化学社,1935年,第3页。
[2] 岛村抱月著、汪馥泉译:《修辞学底变迁》,《青年界》,1932年第2卷第4期,第67页。

章作法、读法是历代论者论述的主流,着眼于整体性的系统建构则少之又少。在这种情况下,用自成一体且具体而微的修辞法对修辞学进行概念置换,也在情理之中。唐钺《修辞格》(1923年)即是以西洋修辞学为架构,填充以传统修辞例,他不惮其烦地从古书之中找出许多例子来论证和说明外来的修辞方法。张文治《古书修辞例》(1937年)将之发扬光大,完全运用古书中的例文和论点来阐发修辞知识。无论是"格"也好,"例"也罢,其中一以贯之的都是对修辞方法的凸显。

因此,尽管不少学人只提"修辞学",其落脚点和思考点都在于"修辞法"。例如,施畸《中国文词学研究》曾标举"文词学"的新概念,从本体论和方法论的角度将文章学和修辞学加以区分,并将修辞学视为一种技艺性质的学科:"通常关于做文章的研究有文字学,文法学,修辞学,我这所谓的文词学,于修辞学为近似;但修辞学重在技术,我今却置重于原理的寻求。"①或是明确指出修辞学不过是一种科学的方法论,如郑业建《修辞学提要》(1933年)所云:"修辞学者,为研究语言文字的组织,使说者或作者知道运用语言文字的技巧,以期获得听者或读者的同情及美感的科学。质言之,即研究增美语言文字的方法论,所以又名美辞学。"②传统文章学包含了很多文章修辞论的内容,更趋近于修辞法,而作为学科的文章学逐渐为修辞学所蚕食和替代,其间大致经历了从方法论到本体论的过程,这与修辞概念传播的层层深入有着密不可分的关系。

引领修辞学出版热潮并使得修辞学作为独立学科真正得以确立的专著,当属在现代修辞学史上具有典范意义和地位的陈望道《修辞学发凡》(1932年)一书。刘大白在该书的初版序言中称其"实在是中国有系统的兼顾古话文今话文的修辞学书底第一部",虽难免过誉之词,但该书之所以享有如此之高的声誉并产生如此之大的影响,并不在于理论结构的系统性,而体现在对修辞学本体论的凸显上。陈望道强调修辞学"以语言为本位",借助现代语言学的理论优势,超越了让修辞学停留在技艺之学的从属地位。

---

① 施畸:《中国文词学研究》,上海:上海出版合作社,1925年,第2页。
② 郑业建:《修辞学提要》,北平:立达书局,1933年,第2页。

借由对本体论的凸显,修辞学论者逐渐摆脱了修辞法的暗影,修辞学从一门研究文辞美化的技艺性艺术上升成为科学的一部。比如,胡怀琛《修辞学发微》一书专门辟出"修辞学与修辞法"一节,澄清前者是原理、后者是方法,并且批评"今人往往不分,把'修辞法'代替'修辞学'",他认为固化的修辞法虽也有研习的必要,却终是落了下乘:"我们只照着固定的格式所'修'的'辞',久而久之,都要变了滥调。在文学上讲,滥调绝对要不得。所以照着固定的格式所'修'的'辞',也是要不得。最好的修辞的方法,都是作者自己创造出来的,不是因袭而来的。"[①]同时,修辞中的"辞"所指代的内容也彻底地被替换成了白话文,从而完成了对传统文章学理论的釜底抽薪。

---

① 胡怀琛:《修辞学发微》,上海:大华书局,1935年,第5页。

第六章
近代文章学的落幕

在近代西学东渐知识秩序重建的过程之中,传统的古文之学即古代文章学发生全面应激转型。近代文章学承续古代文章学学统而来,同时也明显具备有别于古代文章学的特征。由于近代文章学是在对分科治学思想有充分体认的前提之下的产物,其异变既有出于文化保守主义者传承出新的自省,也有文化激进主义者应激干预的外求。从历史的结局来看,尽管尝试在旧有的学术体系中更新理念和方法,近代文章学终是为文学史、文学批评、语法学、修辞学、语文学等分类学科所内化和吸收。近代文章学文本和理论的失效及其改良、更新、再造的过程,不仅需要在清末民初文学形态的剧烈变动中得到观照,也需要在"后五四时代"的整体文化语境中加以审视。

第一节　文章典范的重塑

语言是思想的载体,语言的新变往往兆示着思想文化领域的异动:"近代语文问题,原是启于近代思想醒觉之一枝方向。始于严肃之反省,源于正当之需要。惟经种种转折,产生多彩多姿之变化,早与思想根源脱离,而自成一项专门学术。"[1]文学语言是文章学的核心要素。自唐代古文运动发生以来,除了散行奇句这一古文区别于其他体式的特征外,主张"惟陈言之务去"的韩愈既有"文从字顺各识职"明白晓畅的行文要求,也有"不专一能、怪怪奇奇"的创作,为古文一体文学语言的变化留有较大余

---

[1] 王尔敏:《中国近代文运之升降》,北京:中华书局,2011年,第83页。

地。时愈近而法愈密,后世文家或能入而不能出,对古文语言的标准化限制越来越多。清代桐城派对古文语言的体式要求尤为严格,方苞谓"古文中不可入语录中语、魏、晋、六朝人藻丽俳语、汉赋中板重字法、诗歌中隽语、南北史佻巧语",其"雅洁说"遂成为桐城派古文创作的基本共识。另一方面,伴随清末西学东渐,来源各异的新名词大量涌入,晚清学部虽出台相关规定,对其加以限制,新名词在文章写作中已呈锐不可挡之势,同时也裹挟着文化思想的新变。不仅汉语言文字的词汇和语法迎来大规模更新,在语音方面,教育普及与拼音文字的关系也得到了凸显。"文学上的革命,起初总是要求'文的形式'的解放——语言文字或文体的解放……这次文学革命运动要求'国语的文学,文学的国语',更是如此。"①文学革命试图与国语运动偕行,而再造国语文学的倡议真正落实却耗时颇久,其典范确立远非一蹴而就。实用写作学和现代文章学参与语文教育的改良,为美文典范的重塑创造了现实条件。

一、"雅洁说"的瓦解

癸卯学制章程的制定者曾三令五申禁用新名词,这一规定对清末文话、国文讲义等文章学著述都产生过实际的制约作用:"文话中对于东瀛文体、新译语名曾出现较一致的排异倾向,这固然与因应西学的策略有关,但实际上也反映了章程的意见。"②然而,有学人已经注意到,癸卯学制本身掺入了不少新名词:"张百熙、荣庆、张之洞制定的《学务纲要》就是一个既反对新名词又不得不大量使用新名词的极有兴味的例证。作者首先在纲要的《学堂不得废弃中国文辞,以便读古来经籍》一节中主张:古文、骈文、古今体诗辞赋等'中国各种文体,历代相承,实为五大洲文化之精华',是'保存国粹之一大端';在'不妨碍他项科学'的情况下,'各省学堂

---

① 陈子展:《中国近代文学之变迁·最近三十年中国文学史》,上海:上海古籍出版社,2013年,第253页。
② 慈波:《学堂讲授与文话书写——晚清民初教育转型之际的文话考察》,《学术研究》,2011年第8期,第140—145页。

均不得抛荒此事'。进而,作者要求'凡教员科学讲义,学生科学问答,于文辞之间不得涉于鄙俚粗率'。紧接着这一条目之后的便是集中反映了作者们对中国语文以及新词语态度的《戒袭用外国无谓名词,以存国文瑞士风》一节。"①这一矛盾现象的产生充分反映出新名词已呈遮天盖地之势。

从清末各地教育实践来看,即便在教师教学中,新名词和外国文法亦屡禁不止:"京师督学局以文体为国粹所关,童年以先入为主,奏定学务纲要有曰学堂不得废弃中国文辞,又曰戒习外国无谓名词,所以存国文、端士风也。乃近闻各学堂中文教教员教授学生于国文一科见有羼入外国文法之处,既乖文体,又使学生难于索解,殊与奏章不合。特行传知各学堂嗣后教学生时除理化博物等各种科学专用一切新名词各从其本字外,凡日常通用文字,无论课本日记均宜留心检点,不得羼入外国文法,致令学生误于先入云。"②这显示出在新式学堂国文科的教学实际中,关于新名词、新文法的禁令面临失控,文体突变已成事实。

新名词的泛滥在国粹论者等文化保守主义群体间引发了普遍而强烈的反弹:"近世灭人之国,必先灭其语言文字,强以己国语文代之,则一国风俗人心,归于见灭之人而不觉。"③然而,也有论者一针见血地指出,对新名词的抵制主要是出自古文家的偏见,于文学本身实无妨害:"笃古之士,恶新名辞,以为害于文也。然新名辞,横溢一世,无能止遏其万分之一……夫新名辞,非有害于文也,有害于古文也。"④不得不说,这一观察切中要害,新名词和外国文法的反对者多是延续桐城文脉的作者。比如,林纾坚持使用是否雅驯的标准来衡量古文用语:"为文取材要高,用字要古,不可入新名词,为其有伤雅驯也。"⑤吴曾祺认为,专有名词虽则可以通融,但要以传统文语之优美而自豪:"但问其所用何如耳。假如论彼国之官制

---

① 沈国威:《近代中日词汇交流研究——汉字新词的创制、容受与共享》,北京:中华书局,2010年,第292页。
② 《各省教育汇志》,《东方杂志》,1907年第4卷,第53页。
③ 陈澹然:《晦堂文钥》,王水照编:《历代文话》第七册,第6782页。
④ 郭象升:《新名辞平议》,余祖坤编:《历代文话续编》(下),第2039页。
⑤ 林纾:《文微》,王水照编:《历代文话》第七册,第6538页。

地名、民风物理,断不能以吾中国之文言代之,所谓名从主人是也……乃若吾自读三古之书,讲六经之旨,则故训具存,文章甚美,更何用借材异邦,以自乱其例乎?"①这些观点总体上延续了古文雅洁说的逻辑要求,兼有文化本位主义的因素。

近代报章文体的兴起对晚清古文构成了严重的威胁。梁启超曾自述其广受欢迎、影响颇巨的"新文体"诞生自近代报刊的出版环境:"启超夙不喜桐城派古文,幼年为文,学晚汉魏晋,颇尚矜炼,至是自解放,务为平易畅达,时杂以俚语韵语及外国语法,纵笔所至不检束,学者竞效之,号新文体。老辈则痛恨,诋为野狐。然其文条理明晰,笔锋常带情感,对于读者,别有一种魔力焉。"②所谓外国语法,是引进自同时期日本文体改良实践、以德富苏峰文风为代表的"欧文直译体"③。俚语、韵语既早为桐城派文戒所禁绝,俗体欧化句式亦复为当时诸多古文家所不喜,却丝毫无损其成为近代"文界革命"的重要助推力和践行体。

报刊、报馆、报人多以政论文章鼓动人心,激起舆论,务求先声夺人、与时俱进,难免在文字上失于轻佻:"自近世报章论说文兴,古文几中绝。盖报章论说,语取烦复,绝不修辞,中惟以新名词联缀成文,或强嵌成语。后生小子所习只教科书,乃追声逐影,亦欲自命文人。读《饮冰室文集》及闽人某所为之《文谈》,即奋笔为散体文,引用之语,匪特不知其出处,并解释亦复茫然。"④王葆心在谈及议论文时,特别指出报章杂志等出版物追求即时性的特点,率意操觚,不足为惧:"今日学生往往手新出杂志及坊间类括译编之书,与报社急救之文,凑写剽剥,读之亦洋洋洒洒,细案则公共空套耳。"⑤但是,这些自我慰藉的理由实未能阻挡新媒介出版物的风行。戊戌变法后,科举制度也进行了相应调整,经义停用八股,另将中外政治、史事、艺学都纳入到策论的命题范围内。1901年,为因应科举改革,王葆心撰作《经义策论要法》,特别提及当时应试对策中已出现仿效报章文体的

---

① 吴曾祺:《涵芬楼文谈》,王水照编:《历代文话》第七册,第6585页。
② 梁启超:《清代学术概论》,第72页。
③ 夏晓虹:《觉世与传世——梁启超的文学道路》,北京:中华书局,2006年,第225—259页。
④ 孙学濂:《文章二论》,余祖坤编:《历代文话续编》(中),第827页。
⑤ 《古文辞通义》,第8023页。

现象:"近日文士好奇,辄拾东西译文中字眼入文,初发于报馆,浸且入之试卷,大伤文体。所谓西学者,岂系乎此? 自非叙述西书中名物等类,可不必涉此也。"①他向考生推荐的报纸则多限于《选报》《七日报》等立场相对温和的改良派出版物。

同时,翻译文学俨然成为新增文体之一:"自咸、同之间,创行译事,其时文人学士,寡通西籍。耶稣教会,以八股文译者也;制造局,以公牍文译者也;近世东译,以报章文译者也。侯官严氏云:'译书之道,贵信、达、雅。'以俗行文字译西书,较以古文字译,难易倍蓰,工拙悬殊,此非謷言也。"②为此,《古文辞通义》谓"近日译家袭彼都之称谓,动以废不适时用之古语目为死语,谓其用之往往难适合情理",并将"撷采新译字句"视作文病之一种:"须知中国文体具体谨严,有墙壁以为之坊。为中国文字,守中国法度,如衣服饮食之各适其宜。"③体现了文体突变背景之下文化保守主义者严守文体阵地的基本立场和态度。

新名词、外国文法和翻译文字被视为古文文体新的假想敌,对国语纯粹性的维护逐渐成为古文雅洁说的新内核。武岛又次郎在《修辞学》中提出,适用于文辞与不宜用文辞分别有三种语言,前者为见在语、国民语、著名语,后者是废弃语、外来语、新造语。章炳麟援引该观点并声称:"如外来语,破纯粹之国语而驳之,亦非尽人理解;有时势所逼迫,非他语可以佣代,则用之可也;若务为虚饰,适示其言语匮乏耳。新造语者,盖言语发达之端,新陈代谢之用也;今世纪为进步发见之时,代有新事物,诚非新造语不明。然其用此,或为华言虚饰,或为势不可已,是有辨矣。"④持论更为开明和公允。新名词对国语纯粹性的妨害,引发了一系列连锁反应,报章体和译述体又为之辅翼,加速消解了古文文体崇尚雅洁的自划疆域。

---

① 王葆心:《经义策论要法》,余祖坤编:《历代文话续编》(中),第1150—1151页。
② 马绍章:《效学楼述文内篇》,余祖坤编:《历代文话续编》(下),第1856页。
③ 《古文辞通义》,第7119页。
④ 章太炎:《正名杂议》,《訄书重订本》,《章太炎全集》(三),上海:上海人民出版社,1984年,第227页。

二、国语文学的再造

　　中华本土只有官话一说,而本无所谓国语的概念,国语同样是西学东渐的概念产物。与欧西国家在民族独立过程中自发产生的国语运动进程相仿,清末本土国语观念的认知和激发也孕育在保国保种、政教存续的历史契机之中。国文意识的萌发首先是受到日本以及欧西重视和规范本国语言文字的自然刺激。近代日本经历了日语自在起源的再发现、演说新媒体的诞生、自由民权运动及其结果、政府颁布敕令、速记体小说的流行等一系列复杂多元的文化和政治事件,伴随着民族国家观念的深入人心,现代日本标准语才得以确立,并最终实现了国文—国民—国家概念的"三位一体"①。清末中国本土国语运动的兴起和展开与之差似,在民族意识、教育制度、演说文体、政治宣传等各个节点上每有共通之处。

　　钦定学堂诸章程(壬寅学制)根据教育程度相应开设了文学科、文字科、作文科、词章科,初不重视语言和文字的分野,而奏定学堂章程(癸卯学制)对相关学科的规定更加细致。其中,《奏定高等小学堂章程》提出中国文学科"并使习通行之官话,期于全国语言统一,民志因之团结"②;《奏定初级师范学堂》提到要用《圣谕广训直解》作为官话讲习的宣传材料③,主要是用白话文来阐释雍正皇帝的圣谕;《学务纲要》规定小学堂勿习洋文,"均以汉文讲授","以养成国民忠国家、尊圣教之心为主",而中学堂以上必勤学洋文④。从上述这些看似细枝末节的规定中可以感受到,与西文、东文等外国文相对的本国文字的观念意识已经呼之欲出,"汉文"一词虽庶几近之却仍失之毫厘。

　　1904年,商务印书馆出版《最新国文教科书》系列教科书之际,已将

---

① 小森阳一著,陈多友译:《日本近代国语批判》,长春:吉林人民出版社,2011年。
② 《奏定高等小学堂章程》,璩鑫圭、唐良炎编:《中国近代教育史资料汇编 学制演变》,第310页。
③ 《奏定初等师范学堂章程》,璩鑫圭、唐良炎编:《中国近代教育史资料汇编 学制演变》,第403页。
④ 《学务纲要》,璩鑫圭、唐良炎编:《中国近代教育史资料汇编 学制演变》,第495页。

中国文学科等同于国文科。1906年,《学部奏请宣示教育宗旨折》强调要贯彻尚公、尚武、尚实的教育精神,"国文、历史、地理等科"和"修身、国文、算数等科"要贴近现实、以切实用①。可见,与外国文相对的国文概念逐渐进入近代学制的视野。1907年,"清政府颁发的《奏定女子小学校章程》《奏定女子师范学堂章程》中规定了语文学科名称为'国文',这是有史料记载的最早的正式使用的名称"②。民国成立后,中华民国政府教育部颁布了《教育系统令》(壬子学制),《教育部订定小学校教则及课程表》明确使用"国文"作为语文科目的名称③。1920年,《教育部令》第七号将《国民学校令》"国文"一律改作"国语"。这一学科名称上的变化背后是国语运动汹涌澎湃的缩影,如湖南省教育会曾经提案将"国文科"变更为"国语科":"莫如改国民学校之国文科为国语科,将国文程度改浅,国语程度提高。仿语录及说部书之形式,俾文与语之距离渐相接近,成一种普通国语。"④国文和国语虽不能对应文言文和语体文,却也彰显出教科侧重点的转移。将国文"改浅"和国语"提高",是尝试推动书面文字教育去往通俗化、普及化的方向,同时号召提升大众语水准。此后,科目名称在国语和国文间有反复,直到中华人民共和国成立前夕才改定为语文。

受外来修辞学译述的影响,针对东文掺入、欧西文体等引发的种种语言文体乱象,《古文辞通义》反复强调"纯粹之国文"的概念:"须知国文为本邦美富道德之所根,数千年蔚盛雅则之观。"王葆心使用的"国文"概念,偏指的无疑是以雅洁古文为代表的书面文字。当时诸多题为国文典和国文学著作大半是建立在规范、优美、典雅的文言写作前提上,与要求读音统一的普罗大众使用的国语标准截然不同,这也为破旧立新的文学革命与国语运动的合谋提供了历史机遇。

已有研究指出,文学革命与国语运动从毫无干系到休戚与共实际上经历了一个前者有意攀附后者的过程:"如果按照后来形成的小说、诗歌、

---

① 舒新城编:《中国近代教育史资料》(上册),北京:人民教育出版社,1981年,第220—221页。
② 李新宇主编:《语文教育学新论》,南京:南京师范大学出版社,2006年,第23页。
③ 舒新城编:《中国近代教育史资料》(中册),第451—458页。
④ 黎锦熙:《国语运动史纲》,上海:上海书店出版社,1990年,第108页。

戏剧、散文四大分类法来看,文学革命发难期的胡适,似乎独对于'文'没有投入足够的注意力。尽管抨击骈文、古文,但新的'文'应该是什么样的,他缺乏论述。而恰恰是'文'最缺乏白话的传统……《文学改良刍议》以施耐庵、曹雪芹为'文学正宗','八事'中有'不避俗语俗字',其所取用的外来资源,为但丁、路得以'俚语'著述,而成就意德之'国语'。"①文学革命对文的疏失导致国语文学或大众语文学的口号虽然响亮,其实际创作则迟迟没有跟进,此后,国语虽逐渐取代国文,确立了自身的合法性,但其在创作实绩上的不作为迫切呼唤着"国语文"的出现,这一空白在相当长的时间内只能继续由雅洁文言来填补:"'桐城谬种''选学妖孽',他们的古体文章,曾被国语运动的健将们打得落花流水,体无完肤,已经成为过去的陈迹,不值得再来注意了。但号为时代骄子的'新文学家'的文章,我们只能认它'文言的白话化',不能认为它为'国语文'。"②国语和国文概念暗含的对立,不仅包含了文体和语体形式层面的冲突,同时也指向概念背后文学主张的分歧。

三、美文标准的重塑

新名词、新文体的羼入扰乱了经典古文的正统性,然而其造成的结果充其量不过是削弱了古文的吸引力和影响力,并未颠覆古文的存在本身。文学革命以白话文相号召取代文言文才是对古文阵营的最致命一击:"'五四'文学革命的本质,在某种程度上,可以归结为语言革新,归结为语言形式上的'文白转换'。"③"言文合一"的倡议将文白之争推向风口浪尖:"以文言为书面语的古汉语不仅受到西学译语的冲击,在晚清也遭到了来自中文传统内部的挑战。一向被视为卑俗、地位低下的白话文,此时凭借'开通民智'的口号,声威大振,一时竟形成与文言文分庭抗礼之势。"④文

---

① 王风:《世运推移与文章兴替——中国近代文学论集》,北京:北京大学出版社,2015年,第219页。
② 杜子观:《国语》,《国语周刊》,1925年第8期,第5页。
③ 刘泉:《文学语言论争史论 1915—1949》,北京:中国社会科学出版社,2013年,第12页。
④ 夏晓虹:《中国现代文学语言形成说略》,夏晓虹、王风等著:《文学语言与文章体式》,第8页。

学史的宏观书写对文白之争多一笔带过,而还原到具体的历史场景诸如五四以后国文教育的课堂,文白之争才刚刚开始进入相持阶段,由文章学思想的演进可见一斑。

对于小学教育而言,国文教育家往往主张先教或多教白话体,再逐渐过渡到文言体:"欲论文字,先述两要点。一曰文法,即教授文字之组织法也。一曰文章,即教授文字之字、句、篇、段也。小学之教授文字,要以简浅为范围,而文章体裁,又有白话文言两种。教授小学生,当于语言与文字间施其作用。盖小学生虽不知文字,未尝不能语言。就其已能之事,导之以习未能之事。此乃教授法之定例,故小学校中之教授作文,当先教授白话体,而后教授文言体。揆之教授法,允宜如是……盖初学作文,只求词能达意,无庸于文字上多所苛求,倘于初学作文,即以文言束缚之,学生之思想,必生种种窒碍困难,甚且视作文为第一难事,见之生畏,即欲勉强成文。其用意之晦涩、用笔之枯窘,有断然者,是乃不知作文教授之大恶习也。"①从语言习得的一般经验来看,由易到难、循序渐进也较为合乎常理。然而,在实际情况中,小学校的国文教员也未必遵循从语体到文体的讲学逻辑。而在中学乃至更高级别的教育机构之中,国文写作教育仍然处于各自为政的状态,在当时的课堂实践之中,作文课的教授方法和使用教材皆五花八门,由此产生的教学效果也千差万别。

教科书和讲义既是知识精英表达先进学术思想和理念的具象载体,也是文化知识权力话语的作用对象。五四运动结束后相当长的一段历史内,各地学校国文教学和教材改革进程始终参差不齐。安之若素者有之:"五四运动以前,国文教材是经史古文,显然因为经史古文是文学。在有一些学校里,这种情形延续到如今,专读《经史百家杂钞》或者《古文辞类纂》便是证据。"②以讲义替代古文读本追求革新但效果有限者亦有之:"旧式中学校里面教授国文的实在情形,人人都知道的。一个教员拿了几张

---

① 庾冰:《言文教授论》,《教育杂志》,1912年第4期,第37—50页。
② 叶绍钧、朱自清著:《对于国文教学的两个基本观念》,《国文教学》,上海:开明书店,1945年,第7页。

油印的讲义(或现成的国文课本)在课堂上逐字逐句的讲解。下面听讲的学生真是七零八落。那种精神涣散的样子,实在叫人看了短气……教员勉勉强强敷衍完了一点钟,夹着讲义去了;学生也就一哄而散。试问这样研究国文,究竟有何结果?"①此外,以新文学为样本的作文教授法虽有相当的市场,却同样问题丛生:"旧的情形是如此的。再说新的罢。我曾经听见一位朋友说:有个旧制国民学校四年级,费了五星期的时候,教一篇胡适之的长文,还没有教完。而且这篇长文,是讨论某项问题的;白话固然是白话,然国民学校里的小孩子,懂的问题是什么?由选择教材,推到作文,学生的成绩,也可以知道了。"②国文教学的形式固然有所更新,所传递的内容要义却未必能够得到通盘理解和接纳。

对语文教育科学性的求索,推动语文学科朝向比附西学的方向发展。张志公《传统语文教育》指出:"清代末年兴办新学之后,陆续出了一些讲语法的书,大都是照《马氏文通》的系统讲的。"③以《马氏文通》为代表的文法学著作,虽在概念上格义比附西学,却对此后的国文教本产生了深远的影响。语法学和修辞学在语文教育中的位置得到重估,改变了写作训练样式。在文言文和语体文教学之间取折衷意见者,曾经主张借鉴欧洲国家的语文课程设置,将现代语文和古典文学的写作训练彻底分开:"这样可以使教师发挥特长,教本的内容纯粹,作文的训练一贯而有秩序,而且有分别练习语体文文言文两种作文的机会。"④此后的修辞学界也产生过类似讨论,如郭绍虞和张世禄主张用同一套语法修辞学解释古汉语和当代汉语。

在白话文学的推广和普及教育中取得突出成就的,仍然要数自20世纪20年代起,叶圣陶、夏丏尊以合著或独著的形式出版的一系列国文写作教科书,如《国文百八课》《开明国文讲义》《文章讲话》《文章例话》《文章作法》等,可谓奠定了现代国文教学的基础。上述著作有相当一部分是两

---

① 朱经农:《对于初中课程的讨论(五)》,《教育杂志》,1924年第16卷第4期,第1—6页。
② 胡怀琛:《作文研究》,上海:商务印书馆,1927年,第2—3页。
③ 张志公:《传统语文教育初探》,上海:上海教育出版社,1962年,第113页。
④ 浦江清著、浦汉明编:《浦江清文史杂文集》,北京:清华大学出版社,1993年,第230页。

人在学校传授作文课讲稿的基础上编订成书的。"两位老人家对当时的国文教学很不满意,认为'国文科至今还缺乏客观具体的科学性',教学目的'玄妙笼统',教育方法因循保守,'往往只把选文讲读,不问每小时、每周的教学目标何在。'"①对科学和系统的文章学的探求,使得文章作法成为1930年代中期初中国文教科书的主要内容②,也促进了现代实用文章学的产生和分化。

现代文章学学科的带头人张寿康、曾祥芹、曹辛华等曾开展学科自省,把五四运动至中华人民共和国成立的这段时期,视作"现代文章学的开创和曲折期":"20—40年代推出了一百多部现代文章学专著,如戴渭清等的《白话文做法》,陈望道的《作文法讲义》,顾实的《文章学纲要》,叶圣陶的《作文论》,夏丏尊、刘薰宇的《文章作法》,龚自知的《文章学初编》,周侯于的《作文述要》,陈子展的《应用文作法讲话》,施畸的《中国文体论》,胡怀琛的《作文概论》,杨杏佛的《文章构造法》,高语罕的《文章及其作法》,陈柱的《中国散文史》,沐绍良的《读和写》,汪馥泉的《文章概论》,唐弢的《文章修养》,谭正璧的《文章体裁》《文章法则》,蒋伯潜、蒋祖怡的《体裁与风格》《文体学纂要》《文章学纂要》,刘启瑞的《文章学十讲初稿》,郭绍虞的《学文示例》,宋文翰的《文章法则》等。"③可以看出,现代文章学草创时期的奠基性资料主要集中在近现代文章学著述,所论对象兼文白而有之,以白话文为主。如果说自20世纪20年代开始的国文教材多元化、语体化主要还是以中小学课程为主,20世纪20—40年代作为补充读物出现的语体文选和读本已经成为高中语文教育的重要组成部分④,语体文的全面浸染已是大势所趋。

与此同时,始于白马湖畔春晖中学,经过立达学园,终于开明书店的"白马湖作家群"⑤也成为白话美文典范的主要创作群体。这一作家群体

---

① 叶至善:《后记》,夏丏尊、叶圣陶著:《文话七十二讲》,北京:中华书局,2007年,第212页。
② 李斌:《民国时期中学国文教科书研究》,北京:北京大学出版社,2016年,第179页。
③ 曾祥芹:《文章学的复兴》,《曾祥芹序跋集》,第234页。
④ 郑国民:《从文言文到白话文》,洪宗礼、柳士镇、倪文锦主编:《母语教材研究1 中国百年语文课程教材的演进》,南京:江苏教育出版社,2007年,第116—117页。
⑤ 张堂锜:《春晖白马湖,立达开明路——"白马湖作家群"命题形成与发展的历史考察》,《现代中文学刊》,2010年第2期,第46—52页。

得名于夏丏尊《白马湖之冬》，其创作主张也尽显于该篇散文的风格之中。而包括叶圣陶、夏丏尊、朱自清、丰子恺、朱光潜等开明书店出版同仁在内的"白马湖作家群"在现代文章学及语文教育方面的实践活动，是促成文学语体权势转移的重要动因。朱自清在开明书店创办十周年纪念特刊上指出："开明出书，似乎从开始就特别注重中学生读物。中学生是文化界的基础。基础打得好，才可盼望轮奂之美。"[①]直至 1949 年以后，"白马湖作家群"及其创作对语文学科的示范性影响仍绵延不绝。

第二节　古文之学传习机制的转轨

19 世纪末，正值近代中国社会步入转型阶段，传统的学术体制、学科分类逐步走向解体，各种原生的知识、概念、话语、技艺等正在西学的主导影响下得到引介，新的知识分类体系对古文教育形式提出了严峻的挑战；而实用主义思潮的甚嚣尘上，不仅将国粹论者渐渐逼入绝境，也令处于危急存亡之秋的古文教育雪上加霜。将古文知识的习得置于近代知识结构转型的大背景下，考察晚清古文教育在与近代教学实践环境相磨合过程中产生的种种异变，分析学术生产机制转轨对知识传播与接收的影响，有助于揭示围绕古文之学的知识结构如何实现自身的现代转换以及由此带来的思维方式和治学方法的重大变革。

一、诵记与意义

张隆溪从中西语言文字的宏观比较出发，指出西方文字存在与西方哲学相一致的形上等级制，即西方学界普遍认可的语音中心主义，鲜活的口语被认为在有效性与可靠性上要胜过书面语言，同时，汉语言文学之中也有诸如"书不尽言，言不尽意"形上等级制的表述[②]。此中暗含的语言文

[①] 汤志辉：《朱自清相关资料三则》，《中国社会科学报》，2018 年 9 月 10 日。
[②] 张隆溪著，冯川译：《道与逻各斯》，南京：江苏教育出版社，2006 年。

字优劣之争姑且不论,语言的语音与符号形式之间存在普遍对立似乎是置之四海而皆准的现象。而清末民初围绕古文教育转型产生的种种议论,再次凸显了语言文字中音与义的矛盾。

有清一代,天下文章在桐城,桐城三祖中,刘大櫆以其"因声求气"说给予声音之道较多的体察和观照,曾国藩领衔的湘乡派延续这一理路,重又拾起对古文音响的重视。曾氏对方苞、姚鼐"不能成声"颇有微词,其弟子吴汝纶对古文声音研摩殊有心得,曾致信张裕钊指出文气充足是为声韵流转之关键:

> 承示姚氏于文未能究极声音之道。弟于此事,更未悟入。往时文正公言:"古人文皆可诵,近世作者,如方姚之徒,可谓能矣,顾诵之而不能成声。"盖与执事之说,若符契之合。近肯堂为一文,发明声音之故,推本韶夏,而究极言之,特为奇妙。窃尝以意求之,才无论刚柔,苟其气之既昌,则所为抗队、诎折、断续、敛侈、长短、申缩、抑扬、顿挫之节,一皆循乎机势之自然,非必有意于其间,而故无之而不合;其不合者,必其气之未充者也,执事以为然乎?①

张裕钊在答书中亦标举刘大櫆"因声求气"说,作为个人作文独到心得,文气无形而声音有律可循,故可由声入手以进于气,强调古文诵读的重要性:

> 古之论文者,曰:"文以意为主,而辞欲能副其意,气欲能举其辞。"譬之车然,意为之御,辞为之载,而气则所以行也。欲学古人之文,其识在因声以求气。得其气,则意与辞往往因之而并显。而法不外是矣。是故契其一,而其余可以绪引也。②

诵读本即是传统语文教育的主要训练方式,尤其在启蒙教育的阶段,借助整齐易记的韵语开展识字教育,是蒙学的重要基础。在明确文本意义之前先追求皆可成诵,是长期以来针对汉语言文字特点所作的经验总

---

① 吴汝纶撰,施培毅、徐寿凯点校:《吴汝纶全集》(三),第35页。
② 张裕钊撰,王达敏校点:《答吴至甫书》,《张裕钊诗文集》,上海:上海古籍出版社,2007年,第84页。

结。就古文而言,因其文势的曲折变化无法像韵文那样通过字词直接呈现,音节尤为重要:"古文家所谓文气,原是从汉语特征的音节方面来理会的。"①晚清湘乡派对声音之道的再度关注使得诵读成为古文写作的不二法门。张裕钊曾指出吴汝纶古文写作的瓶颈在于文气不足,并建议后者加强声调和熟读的训练:

> 窃以鄙意推测,阁下之文,往者抗意务为雄奇。顷果纳鄙说,乃抑而为平淡,而掺之未熟,故气不足以御其词而副其意。此亦自然之势。大抵雄奇、平淡,二者本自相和合。而骤为之,常若相反。凡为文最苦此关难过。以公之高才孤诣,终不难透过此一关。过此,则自尔从心所欲,从容中道。要而言之,曰声调而已矣,熟读而已矣。②

桐城古文殿军姚永朴,与吴汝纶交谊在师友之间。吴曾致信姚表彰其诵读古文之精进,并深入讨论诵读篇目的取舍问题:"执事已将汉书中佳篇成诵,进德之猛,洵可爱畏。班书自惜抱及曾文正所选诸篇外,似亦无取多读也。"③诵读是感受文气和加深记忆的有效方式,古文关键也尽在涵泳吐纳之间,作为基本训练和实际经验而得到传承的这一不言自明的诀窍,却在新的知识习得环境中面临着颠覆性的挑战。

其一是近代学堂教育体系为古文习得带来的限制条件。晚清学部规划新式学堂,设置并颁布了较为齐整划一的授课内容、入学年限与升学方式,虽有预备科和简易科等弹性学制,但同一级别的学员须接受同质课程,与传统的私塾或书院教育模式大相径庭。在私塾或书院中,学员人数相对较少且不固定,各自的学习进度有所参差,教学方案也更趋于个性化。古文教育一旦被纳入新式学堂,不仅存在教学进度无法同步的问题,而且使得诵读训练难以落实。吴汝纶在赴日考察学制时对此已有初步的预感:"西学但重讲说,不须记诵,吾学则必应倍诵温习,此不可并在一堂。

---

① 郭绍虞:《照隅室语言文字论集》,第292页。
② 张裕钊撰,王达敏校点:《附录一·张裕钊书札》,《张裕钊诗文集》,上海:上海古籍出版社,2007年,第484页。
③ 吴汝纶撰,施培毅、徐寿凯点校:《答姚仲实》,《吴汝纶全集》(三),第41页。

合四五十生徒而同受业,则不能与西学混同分科;若西学毕课再授吾学,则学徒脑力势不能胜。此鄙议所谓不能两存者也。"①为此,他多方寻求解决问题的方案,甚至求助于东游扶桑时进行笔谈的日本友人:

> 问:课程中半西半,仆以为甚难合并。西学不求能记诵,止是讲授而已。汉学则非倍诵温习,不能牢记,不牢记,则读如未读。今若使学徒倍诵温习,则一师不过能教五六学生,势不能如西学之一堂六七十人,同班共受一学,此其难合并者一也。西学门类已多,再加汉学,无此脑力,二也。②

其二是教学重点由诵读向解意的转移,动摇了声音之道在古文诵读的根基。对科学和系统教学方法的渴求,导致意义与语音的对立趋于尖锐,使作为传统古文训练方式之一的诵读技巧遭到了否定。鲁迅笔下三味书屋中拗来拗去摇头晃脑的教书先生,面对着的显然是一群对昆虫更感兴趣的毛孩子,古文义理的深奥难明与表现形式上的刻意渲染,将声音背后的意义推到了前景,客观上消解了声音之道的积极作用。

《教育杂志》曾载有一则读编往来。提问曰:"习俗初等一年生均读三字经百家姓,如照奏定章程讲授孝经、论语,该父兄即不令子弟入学堂,且有读毕四书或者诗经书经始入学堂者,若一律照章,鲜不复读,该父兄又将不以为然,有何善策以两全之?"编者答:"办学堂者,当以新章为准,至习俗尚承科举余焰,小学生以多读经书为能,然往往读毕数传,执笔仍不能写一字条,由于重诵读而不重讲解之弊也。读经虽多,等于无用。"③在新式教育家看来,大声诵读恰恰构成了对意义理解的妨害。这不仅是反对国粹论者的一面之辞,还夹杂了西学影响下的实证科学依据。如《教育杂志》刊登《教授诵读法》一文,作者杨恩湛翻译并解说英国教育家司密期关于诵读法的理论:"教授诵读法,世人皆以为教授学生能高声朗诵而已,殊不知于朗诵之外,尤应教学生默读之法,能默读敏捷,较之朗诵佳美,获

---

① 吴汝纶撰,施培毅、徐寿凯点校:《答贺松坡》,《吴汝纶全集》(三),第 407 页。
② 《长尾槙太郎笔谈》,同上书,第 764 页。
③ 质疑问答,《教育杂志》,1910 年第 2 卷第 7 期,第 9—12 页。

益尤多。"①该文具体而微,分别剖析了朗诵和默读具有的特点,通过对西学教授法的介绍而得出朗诵利于强记而默读更利于知义的结论。

学堂体制与意义凸显的合谋甚至还弱化了声音对记忆效果的有力支撑。《教育杂志》另有一则关于学堂教授与背诵效果的读编互动。读者来信问:"高初两等小学生近来不尚背诵,恐伤脑力,然多半不能记忆,有维持良策否?"编辑答曰:"曩者私塾读书,全尚背诵,所谓强记也,故能诵之而不能用之。今学堂所以资助记忆力之策,殊非私塾所可并论,若覆讲,若字句摘问,若意义摘问,若默讲,若默写,若默诵,若甲生诵读而令乙生静听,正其误处等,在于教员斟酌行之,要之学生于所授之课,既能了然于心目中,则记忆自易,其收敛亦迥异于强记矣。"②主张与其能诵而不能用,不若讲求意义,更利于暗记。同时,传统古文教育的卫道者也在发声。《教育杂志》"社说"栏目曾登出《论小学校以上教授国文》一文,指出现今学堂国文教员大多不胜其任,弊端之一即为重讲解而轻诵读:"又其竭力趋时者,则鉴于昔者学塾之背诵呆读,为世诟病,以为学堂中宜讲读不宜诵读。吾尝见某中学校教员,其讲国文,一星期多至十余篇,学生至有授课后,而篇中之字,尚多未识者,则亦置之而已矣。夫教授国文,读法讲法作法写法,缺一不可,且学生至成篇而后,再求进步,尤宜置重诵读,今乃忽之,必至毫无成效,此又一弊也。"③对重讲读而轻诵读的现象表示不满。这篇文章的作者后来将私淑门路和盘托出,原亦是远绍湘乡一瓣心香:"虽然,日执学生而聒之曰,汝为文宜行气,宜行气,则必茫然无措,莫所适从矣。是必有导之之蹊径。蹊径何在?是在讲求声调。曾文正为近世文章大家,其自道得力之处,则曰作诗文以声调为本。"为此,他反复申述"讲求声调,首在诵读",还将诵读法归结为机械读法、论理读法、审美读法三类,而主张"在中学生徒尤宜置重审美读法也",为诵读法营造了科学系统的分类标准,亦可谓苦心孤诣。关于声音、记忆与意义的讨论直到民国初年还在继续,传统古文教育的立足之基受到动摇。

---

① 司密期著,杨恩湛译:《教授诵读法》,《教育杂志》,1912年第4卷第1期,第1—5页。
② 质疑问答,《教育杂志》,1910年第2卷第4期。
③ 蒋维乔:《论小学校以上教授国文》,《教育杂志》,1909年第1卷第3期,第37—40页。

二、普通学与专门学

由张百熙、张之洞等人主持制订的壬寅、癸卯学制难以做到面面俱到，众口难调在所不免，而其中尤其受到诟病的一点是小学阶段即设读经课程："文襄不明教育原理者也，试观其癸卯所订学堂章程，小学教育读经讲经占学科之大部，国文则寥寥数小时，程度之高，科目之繁，时间之多，论之者刺刺……此文襄不知小学教育也，中学教育宜注重普通，以为下接高等小学，上入专门学堂之枢纽。"①当时论者纷纷主张取消小学和中学的读经规定，并将普通教育和专门学堂的功能分化作为一条有力的论据加以提出。其实不仅仅在经学一科有这样两难的问题，文学科也存在着类似困境。

陈国球指出，普通学和专门学的分野"早见于郑观应（1842—1921）的《盛世危言》的《学校》一章，当中介绍西方学制，就有'普通''专门'的先后阶次"②，普通教育与专门教育是受西方学制影响下产生的教育分级观念。随着晚清多种外国普通学教科书被译介到国内，加速了普通学教育观念的普及和传播："清末留日学生学习的对象，以'普通学'和'宪政'为主。"③清末各类普通学校和专门学校创办事业也层出不穷。1899 年，梁启超在《新民丛报》上连载《东籍月旦》，第一编即为"普通学"："凡求学者必须先治普通学，入学校受教育者固当如是，即独学自修者亦何莫不然。吾中国人畴昔既未一受普通教育，于彼中常见所通有之学识犹未能具，而欲骤求政治、经济、法律、哲学等专门之业，未有不劳而无功者也。"④前于此的戊戌变法时期，由梁启超草拟的《总理衙门奏拟京师大学堂章程》已按普通学与专门学划分课程："西国学堂所读之书皆分两类：一曰溥通学，二曰专门学。溥通学者，凡学生皆当通习者也。专门学者，

---

① 《张文襄公与教育之关系》，《教育杂志》，1909 年第 1 卷第 10 期，第 19—23 页。
② 陈国球：《文学如何成为知识》，第 42 页。
③ 实藤惠秀：《中国人留学日本史》，北京：北京大学出版社，2012 年，第 201 页。
④ 梁启超：《东籍月旦》，《梁启超全集》第一册，北京：北京出版社，1999 年，第 326 页。

每人各占一门者也。"①他所谓的普通学和专门学相当于大学中必修课和选修课的设置。文学和经学、理学一同被列入普通学之下,这样的处理带来了另一层含义:"这些'功课'一律不作专门进修学习,与政治学、地理学等的'初级'程度同列,可见其学术位置的高下。"②考虑到文学、经学、理学的传统地位,实际上是对这些学科进行了降等处理。

从学科性质上来说,文学作为基础学科,理应属于普通学的范畴:"普通学者,如经学、史学、文学、算学、格致之类。无论将来欲习何业,皆有用处。"③而在当时,文学科在普通学和专门学的归属往往要视文学科授课对象及内容而定。比如,《钦定京师大学堂章程》在大学分科的基础上细化文学科类目,"是'文学'不再被排除在'专门学'之外而获得自身命名并且有其学科内涵的一个标志性事件"④;而《奏定译学馆章程》则将中国文学立为普通学科目之一:"普通学之目九:曰人伦道德、曰中国文学、曰历史、曰地理、曰算学、曰博物、曰物理及化学、曰图画、曰体操;专门学之目三:曰交涉学、曰理财学、曰教育学。"⑤承认文学的基础性学科地位,也意味着对精英国文教育路线的舍弃。

不厌其烦详细引介西方教育制度的文章在当时屡见不鲜,而文学科在学制中应有的地位被作为问题提出:"西洋初等普通教育绝对的实业科为主,高等普通教育比较的实业科为主,而文学科者,仅沿古代教育之余,普通教育者,近世之新产物,决非古代教育之余,所能承乏者,是以今我中国人方犹以古来惟文学是务之士之途,当普通教育,囿于所习,至死不悟,而我安得不谓之误哉。"⑥从普及教育的立场,有识之士纷纷主张旨在粗通文字的文学课程应当被列入普通学:"应用之文字,所以代记忆、代语言,

---

① 梁启超:《总理衙门奏拟京师大学堂章程》,北京大学校史研究室编:《北京大学史料》(第 1 卷 1898—1911),北京:北京大学出版社,1993 年,第 82 页。
② 陈国球:《文学如何成为知识》,第 44 页。
③ 杜亚泉语,转引自汪家熔:《鞠躬尽瘁寻常事》——杜亚泉和商务印书馆与〈文学初阶〉》,《商务印书馆史及其他》,北京:中国书籍出版社,1998 年,第 194 页。
④ 黄念然:《中国文学理论近现代转型的现实语境》,《中国文学研究》第 13 辑,北京:中国文联出版社,2009 年,第 10 页。
⑤ 璩鑫圭、唐良炎编:《中国近代教育史资料汇编 学制演变》,第 431 页。
⑥ 顾实:《论普通教育与实业教育之分途》,《教育杂志》,1911 年第 3 卷第 3 期,第 33—46 页。

苟名为人者,无不当习知之,犹饥之需食,寒之需衣,不可一人不学,不能一日或缺也。美术之文字,则以典雅高古为贵,实为一科专门学,不特非人人所必学。"①与此同时,近代日本学制对文学学科的处置成为参考和借鉴的最佳对象:"考日本言文歧异……维新以后,参用口语文语两种,著成国语,为小学课本。其各处师范学校所授讲义,悉用东京官话,以归一律。而文学一科,又复列入专门,以保存国粹为主义。夫著国语以求适用,设文科以保国粹,所以无偏。有私虑古文词之废绝者,则正告之曰:语言文字贵乎由浅入深。"②用普通学应付日常生活所需,以专门学保存一国之粹,成为相当一部分论者的共识。

姚永朴《文学研究法》也赞成用普通学与专门学区分的方法,来解决古文高深无法人尽其学的问题:"何谓普通学? 但求其明白晓畅,足以作书疏应社会之用可矣。何谓专门学? 则韩退之《答李翊书》所谓'将蕲至于古之立言者'是也。大抵中小学校与夫习他种专科,能有普通文学,已为至善。若以中国文学为专科,岂可自画?"③他主张设立专门之学以延续古文文统,其《文学研究法》也正着眼于此专科古文之学。此外,姚氏另著有《史学研究法》,结论部分同样主张要对历史学科的普通学与专门学从研究范围上加以区分:"若夫入手,先宜知普通学。吾家惜抱先生(鼐)言初学最急莫如《史记》、两《汉书》、《三国志》,以后便习读《通鉴》,若《晋书》以下可从缓。此就尽人必致力者言之也。既知此矣,则进以专门学,即二十四史言之,精力有余者,或研究三四史,不足则一二史,其或用力于正续《通鉴》,或《九通》,或近世掌故,可任所好为之。"④结合他在《史评》部分的综述,该史学讲义的自身定位则当介于普通学与专门学之间。

王葆心曾诋日本近代修辞学著述"多普通急救应用之论",表明"若洪武学制及今日学堂之制,则皆学科之普通切近者,亦风气也",这些判断都是建立在他对普通学和专门学有所区分的认知上。《古文辞通义》对文学

---

① 高凤谦:《论偏重文字之害》,《东方杂志》,1908年第5卷第7期,第29—33页。
② 社说:《论教育普及宜注重初等小学及变通语言文字》,《东方杂志》,1905年第2卷第3期,第31—34页。
③ 姚永朴:《文学研究法·史学研究法》,长春:时代文艺出版社,2009年,第7页。
④ 同上书,第189页。

学科的定位显得有些摇摆不定,所论内容既有专精深入的一面,一面又多次表示所示对象为初学,希望实现文学水准的普遍提升,这一矛盾的表述也反映出文学科在当时所处的尴尬境地,即在普遍接受普通学的学科定位之中,潜藏着国粹论者将之升格至专门之学的热望:"学也者,有专家讲授之学焉,有一时应用之学焉。专门之学,无问其于世局之关系何如。苟其学能自成家而有合于真理,则其学必不可以磨灭。虽一时销歇,赓续而光大者,后世必有其人。"①古文之学谋求成为专家与专门之学,虽有助于撇清其与世局无关的责任,凸显传习价值之所在,却也损失了承传的广博性。

三、公共藏书楼与图书馆

对嗜书如命的读书人而言,藏书满室自是文人雅事,以排他的专属权来宣告对书籍的占有,同时带来物质和精神独享的快乐。伴随西学东渐吐故纳新,公共藏书楼和图书馆的出现打破了文人典籍专属专有的现状,间接影响了古文之学的传习形态,围绕图书馆存古或蓄新功能的争论也反映了文化取向上的分歧。

早在1891年,林乐知即在《中西教会新报》撰文介绍美国"建院藏书"的情形,《点石斋画报》等对"公家书房"做过普及性介绍②。吴汝纶《东游丛录》中《图书馆博物馆之益》一文详细介绍了作为新事物的图书馆制度。首先是设立图书馆的目的:"图书馆聚集本国外国古时今时各图书,以备博览参考,其益有二:一、供专门学之研究;一、广普通学之见闻。专门之书价甚贵,学者无力购买,则考定有缺憾,有图书馆足以济其用。"③从后文的介绍中可以推测出,他对图书馆原本知之甚少,故完全照搬日本所建图书馆的体制样式,介绍了图书馆的种类、建筑方法、房间设置等。在他看

---

① 蛤笑:《述学卮言》,《东方杂志》,1906年第3卷第11期,第209—212页。
② 林乐知:《建院藏书》,《中西教会新报》第1卷第11期,1891年;《公家书房》,《点石斋画报》第336号。皆转引自章清:《清季民国时期的思想界》,北京:社会科学文献出版社,2014年,第681页。
③ 吴汝纶撰,施培毅、徐寿凯点校:《东游丛录》卷一,《吴汝纶全集》(三),第688页。

来，博物馆与图书馆颇为类似，具有保存珍品和认知庶物的两大功能。他对图书馆的基本定位和认知较为准确，但其所言"凡聚书家往往藏自己应用之书，其不急用者便恝置不备，一时查检，无从所之，图书馆广收博辑，无所不备，足以待学者之考索。专门书不借出馆，普通书可听人借出"，更偏重图书馆的检索功能，认为图书馆之兼收并蓄适足以为藏书家之助，两者之间并无矛盾。同时，普通学书籍供人自由借出，与博物馆的庶物展览性质相同，体现的都是向大众普及知识的公益责任。当然，在吴汝纶生活的时代，国内尚无真正的公共图书馆，他对图书馆性质作用的理解存在偏差情有可原。

与新鲜的图书馆相比，藏书楼不仅传统悠久且意义昭然，公共藏书楼也由此成为钩连图书馆意象的中介物。如桐城殿军"二姚一马"马其昶、姚永朴、姚永概三人曾共商修建公共藏书楼事宜："里中旧籍散亡殆尽，乃者稍稍购蓄，经史之大且不能具，从人假乞，则面有难色，或迫相追索，不终卷取去，日与仲实、叔节言此，相约择城中高处建阁，各出所藏书充其中，而岁益所未备，恣好学者之婪嚽取阅，无得禁格。夫书者，圣人以诏世天下之公器也，私焉则失其所以为用矣。"①马其昶从典籍散落的现实和假借困难的需求出发，计划建立一所对外开放具有公共性质的藏书楼，并将书本所承载的知识视为天下之公器，非一人之私物。不过也可以看出，他所构想的藏书范围囿于文学典籍，尤其是经史一类，仍未跳脱私人藏书的惯性思维。若与同时代报刊出版家汪康年对建藏书楼用来销报的目的相较，则更容易见出二者异趣之处："建藏书楼。此事甚易，可以有钱即办，将来能推广，于销报最多处设之尤妙。"②

"二姚一马"诉求的根本出发点，实际上与《教育杂志》多次推广助销的《国朝文汇》趋同，都希望将典籍珍本以普及印本的方式实现资源共享："国朝文汇遍搜已刊未刊各文集及杭州丁氏湖州陆氏家藏各书，得文一万余首，旋又登报征集……往各大藏书家及日本大图书馆搜求得文数百

---

① 马其昶撰：《答萧敬孚丈书》，《抱润轩文集》，《续修四库全书》本。
② 《汪康年师友书札》，第509—511页。转引自章清：《清季民国时期的思想界》，第681页。

首。"①在清末古文家(基本上也是文化保守主义者)看来,藏书阁的设立乃至珍本丛刊的出版,大多导向或践行同一个结果和目的,即保存和发扬国粹。这里的"国粹"主要是指以传统诗文为载体的知识形态,与晚清国粹派中坚人物如章太炎、刘师培、黄节、邓实等所主张者有所区别,更接近于一个大而化之的文化符号。

《东方杂志》曾载蛤笑《论保存古学宜广厉藏书》一文,论藏书于官有不易得见、断以己意、学问日新、毁于兵火等诸种弊端,惟有建立藏书楼向公众开放才是保存古学的王道:"学术者,一国之公器也。书籍者,人类之历史也……今宜于通都大邑人文荟聚之所,各建藏书楼一区以储蓄古今典籍,无论旧椠新刊,通行秘本,苟属有用,即事收存,创造之初,不惟其精而惟其备,合官绅士庶之力,以共举之……严典守之章程,订取阅之时刻。吾知好古之儒,承学之士,必将接踵而来,喜寻绎之有资,得以扩见闻而药固陋。国学振兴,在斯举矣……其收敛之宏,必有远过于尊崇孔祀之徒托空文者矣。"②从进一步推动国粹教育、光大国粹精神的目的出发,指出私人藏书和官方藏书存在的局限性,号召建立公共藏书楼。而从公共藏书楼过渡到公共图书馆,也成为顺理成章之事。

设立公共图书馆的初衷,最初正是以保存国粹的名义为先导的。高凤谦为《教育杂志》撰写社说,在《论保存国粹》一文中开篇明义:"保存国粹之道奈何?曰建设图书馆为保存国粹之惟一主义是矣。"③《学部奏拟定京师及各省图书馆通行章程折》第一条声明:"图书馆之设,所以保存国粹,造就通才,以备硕学专家研究学艺,学生士人检阅考证之用,以广征博采供人浏览为宗旨。"④明确了图书馆与保存国粹之关系。在各省教育会筹建图书馆的呼声日益高涨、官方支持响应跟进之际,图书馆的性质和作用也从最初的保存国粹初衷转向更多元、更丰富的一面,藏书的品类也不再局限于古学旧籍。李廷翰《教师十要》指出教师守则的其中一条是要广

---

① 《国朝文汇》广告,《教育杂志》,1909 年第 1 卷第 10 期。
② 蛤笑:《论保存古学宜广厉藏书》,《东方杂志》,1907 年第 4 卷第 8 期,第 139—142 页。
③ 高凤谦:《论保存国粹》,《教育杂志》,1909 年第 1 卷第 7 期,第 79—82 页。
④ 《学部奏拟定京师及各省图书馆通行章程折》,《教育杂志》,1910 年第 2 卷第 2 期,第 13—15 页。

阅参考书:"斯时为吾国教师,其重大之困难问题,即参考书是也。无图书馆藏书楼,足以供我浏览。"①在他看来,教学参考书是图书馆藏书楼发挥作用的应有之义,从上下文来看,其所指参考书亦与古学无预。另一方面,对国粹存古思潮的反动引发了关于图书馆功能的再思考。庄俞《论预备立宪第二年之教育》力陈图书馆不当以存旧为本旨,应多蓄新学西学之书:"自京师有图书馆之设,各省踵起效之,补助教育,此为首务,惟图书馆之本旨,不贵保旧而贵启新,不贵美备而贵与民同利,若仅搜罗古籍,鄙弃今书,并不及外国书,何适于今日之应用。"②也反映了图书馆在蓄新存古之间的对立。王葆心曾与同窗三人联合署名发布《劝各州县乡镇建立藏书楼启》一文,明确区分私家藏书楼和公共图书馆,其对图书馆功能的认知也更接近学术普及的目的:"将欲甄明微尚,振起学流,以启新机,以崇旧学,当自藏书始……亦有皕宋之秘,其富但蓄私家;官本之输,其荟惟留讲院。各有专给,未遍群流,是藏书之要,尤以各州县、各乡镇为宜。夫其夥收逾广,博览相供,是有益于壮夫也;门类翩分,涂径日启,是有益于蒙学也;不待佣钞,无劳瓶假,是有益于寒儒也。"③兼有广益新旧学术之思。

将图书馆的今世前生、功能属性、布置格局、管理编目等事项条分缕析娓娓道来的全面文字当属始载于《教育杂志》第1卷第11期孙毓修所撰题为《图书馆》的长篇连载文章,全文分为建置、购书、收藏、分类、编目、管理、借阅等七篇,持论较为客观。如作者开门见山点明创设图书馆的宗旨是为着存旧启新的双重目的:"图书馆之意主于保旧而启新,固不当专收旧籍,亦不当屏弃外国文,示人以不广。"申明图书馆的服务对象广泛,不当限于专业人士:"欲保古籍之散亡,与策新学之进境,则莫如设地方图书馆,使一方之人皆得而阅之。著作之家,博览深思,以大其文。专家之士,假馆借阅,以蓄其德。即一艺一业之人,亦得于职务余闲,藉书籍以慰其劳苦,长其见识。"各省地方图书馆的勃兴、借阅制度的完善、机构管理

---

① 李廷翰:《教师十要》,《教育杂志》,1909年第1卷第11期,第45—47页。
② 庄俞:《论预备立宪第二年之教育》,《教育杂志》,1910年第2卷第1期,第1—8页。
③ 王葆心:《经义策论要法》,余祖坤编:《历代文话续编》(中),第1156—1157页。

办法的落实,逐渐还图书馆以原初的定位,也使得其突破了早期保存国粹的狭隘功能:"近代图书馆系统的建立和新型流通管理形式的实施,使有限的文化资源从少数人的私藏变为社会共享的精神财富,促使教育和文化由封闭逐步走向开放,对近代文化的普及和传播发挥了重要影响,对社会变革产生了催化作用。"①近代图书馆的文化史意义也折射出古文知识习得及传播形态的变迁。

每一科学术的发展固然有其内在的自生性,以及由此形成的一整套治学方法、思维方式、知识架构和生产机制。古文之学的传习作为传统学术训练的自在部分,在与近代学制的磨合中经历了次生性的转变。意义与语音的形上等级制颠覆了古文家因声求气的写作门径,近代教育体制和环境的更新,令原先以诵记为抓手、以评点为依托的古文教育面临难以为继的困顿。普通学与专门学的学科分类定位,迫使古文家在认可基础教育和孤悬世外绝学之间作出选择,并不得不从普及性的基础学科退守到少数专家之学的一隅。从私人藏书的垄断型知识摄取向公共藏书楼、图书馆的开放演进,乃至现代化科研机构的诞生,都体现了古文之学生产及传播机制的转轨,对学术内在结构的现代转换起到了不可逆转的催化作用。

第三节　夹缝之间:存古与趋新

如前所述,普通学和专门学的分而治之,为清末民初的古文教育提供了一条更为顺遂的发展路径。沿此理路,分别适用于日常生活与专门美术的文字也被一分为二,而以美术词章为旨归的古文之学与大众的距离进一步放大。以审美为核心标准的纯文学观逐渐削减了本土杂文学体系的价值,并为古代文章的评价体系带来新的难题。重估传统文章学的地位和作用并非执着"骸骨的迷恋",现今重谈古代文章学尤须避免立场错

---

① 关晓红:《晚清学部研究》,第476页。

置,现代文章学学科的建立和后续研究的开展不仅对古代文章学相关问题的深入有推进作用,也是在现代学术视野下重建传统文章学学统并使之不至退回到前现代洞穴的有效提醒物。

一、适用与美术

作为清末钦定的学制指导方针,张百熙等草拟《奏定章程》所附《奏定学务纲要》对词章之学的态度表现为体用兼顾的折衷意见:"各学堂不得废中国文词以为阐理纪事、撰述制诏、涵养性情之用。又谓中国各种文体实用五洲文化之精华,必能为各体文词,然后能通解经史古书,传述圣贤精理,应令诸生练习各体文词,惟所诵读者必有益德性风化之书,所撰述者不徒以雕琢丽藻为工。"①虽是一篇官样文字,强调要通解各体文辞学以致用,仍是表现出了凸显古文之用的务实倾向。而以中体西用为导向的旧学阵营大致经历了一个舍弃古文载道教化的功能完整性,借由其审美价值而求得传统之保全的曲折历程。

彼时,文字之升降虚实关乎国运盛衰的观点复又盛行一时:"今日之中国,一积弱之中国也,一尚虚而弃实之中国也。一文胜之敝至于极点之中国也。"②由于清末民初向慕实学的风气使然,字斟句酌的古文之学往往被时人视为徇虚之学。教育家和出版家高凤谦曾大声疾呼,力陈文字偏于美术之弊:"自文字偏于美术,苟非能文之士,举笔若有千钧之重,而偶或一为,文人辄从而批评之。章节字句之间,斤斤计较,甚者曰:不合古文义法也。曰新名词不可以入文也。夫果为美术之文,以此绳之犹可言也。若仅用以代语言而表明其心中之意,则又何可苛责也。"③论者否定过于追求形式之美的古文义法、赞成援引新名词入古文的观点,表明其更看重语言作为新思想之载体的容纳力与表现力。由于古文体制

---

① 《河南巡抚陈学政王会奏遵旨会议拟设尊经学堂及师范传习所以保国粹而广师资折》,《东方杂志》,1906年第3卷第1期,第8—14页。
② 社说:《论欲救中国当表章颜习斋学说》,《东方杂志》,1907年第4卷第12期,第225—229页。
③ 高凤谦:《论偏重文字之害》,《东方杂志》,1908年第5卷第7期,第29—33页。

保守性与新学内容日生龃龉,牺牲艺术性以求得思想力的意见一时间甚嚣尘上。

相较之下更为折衷的观点则是主张遵循文字之用途,将其区别为美术与适用两类。晚清教育家张謇即主张实用与美术文字持平之义:"文字派别,中国尤繁,求其实际,赅其义类,适用与美术二者而已。书之典谟训诰,今人以为古,当时之官府文书也。诗之风雅颂,今人以为经,当时之朝野歌谣也,并轸分涂,各施其当,则诗为美术,书为适用。适用之质,美术主文,然若质不被文,是游裸壤之国,文不被质,犹带面具之人,是则文质相资,理原一贯。"①与普通学和专门学的分殊逻辑一致,他主张治事之文只要能应付日常事务即可,而有心慕古者当以美术文字为最高标准。分别适用与美术文字概念,方能示不同学者以进学的通路:"窃以为教人作文,不能不取法乎上,美术文固其标准也。及其人以能文称也,则不必其美术也……今之所患,通常之文与美术之文不别也,非通常之文为文害、美术之文又为世害也。"②之所以辨析通常之文和美术之文,是站在教育普及的立场上。《教育杂志》曾载吴曾祺选编《中学国文教科书》,推介语有云:"沿流溯源,由近及远,选择精审,体格具备,不选美术之词赋,而存应用之韵文,不拘拘于文以载道之说,扩充采辑之范围,颇注重于经世文字。"③可以看出,其着眼点从文以载道的美术词章转向了经世致用的务实文字,古文之学不得不在形式与内容方面做出非此即彼的取舍。

与此同时,国粹论者为着保存和传承传统文化的目的,不遗余力弘扬古文的美学价值。无锡国学专修学校创始人唐文治编写《高等国文读本》一书,曾有杂志记者为之撰文推介:"本书为蔚芝侍郎在徐汇实业学堂教授学生之讲义也。首论文之根源,次论文之气、文之情、文之才、文之志意与理文之繁简、文之奇正变化、文之声、文之色、文之味、文之神,殿以文之戒律。每篇论文之后,附以古文数篇,以备举隅。古文义法,尽于斯矣。

---

① 张謇:《通州中学附设国文专修科述义》,《教育杂志》,1909年第1卷第8期,第50—51页。
② 郭象升:《文学研究法》,余祖坤编:《历代文话续编》(下),第2039—2040页。
③ 绍介批评:《中学国文教科书》,《教育杂志》,1909年第1卷第2期,第5页。

余尤爱声色味神诸篇,不传之秘,胥以诏人,而戒律所举失实铖伪及无序无物诸病,尤为救时良药。惟砭俗之说,与记者所持之主义,稍有牴牾。然美术之文,固应尔尔。"①以古文为美文的视点可见一斑。又如《学界刍言》曰:"今日学界除有用者皆宜屏斥是也。然词章之学,中国行之数千年,无论采兰赠芍,播诸风诗,彼楚泽之吟、文楼之选,皆足以哀感顽艳、嘘气荡胸。古人之精魂,文士所性命,一从废弃,遂失传人。若夫画画专家,虽古人已往而片缣尺楮香色盎然,即至辗转翻摹,尚觉神姿飞动,逮于琴弈,以及各艺风雅所尚,皆有深意存焉。"②也是从锦绣词章的角度抉发古文的价值。只是这样的陈述在摇摇欲坠的清末时局中多少显得有些苍白无力,东方杂志的社论主撰者之一蛤笑《劝学说》一语中的:"天下之事理,有最不可解者,文章美术,大率古胜于今,而学术事功,大率今胜于古。"③

    参与讨论的各方尽管得出的结论有所不同,持论的大前提却是一致的,即认可古文具有美术的性质,词章之学被视为专家美术的一种:"凡名士必有所以为名者,训诂、词章,其著者也。此则书画、金石,皆有美术之观,在近今学校内,有可用而实不可用者,何也。训诂须中学以上方可肄及,词章更为专家之学,书画虽亦普通学校所有,而非重要学科,且中学以下,意主适用,虽求优美,以名士之书画授之,转病其高,至于金石,更非专家不可。"④尽管"美术文章"的共识基本达成,这之中却也暗藏着与普罗大众保持疏离的潜台词。

    有识之士几乎都主张小学校的国文写作课以实用为主,不必求其斐然成章:"斯时学生心量未广,未可语以高深之学问,故其所授国文,亦宜以广用为归,而不必蹈词章之习,此教授国文所不可不知者其三也。"⑤而在当时东传的西方美学视域下,"美文"的概念开始凸显:"夫文章之体制,有知的文章、情的文章、美的文章。知的文章,所以表吾人之理性以交换思想,故以明晰为主。情的文章,所以表吾人之感情,使读者心中激昂而

---

① 绍介批评:《高等国文读本》,《教育杂志》,1909年第1卷第1期,第3页。
② 《学界刍言》,《东方杂志》,1906年第3卷第10期,第237—249页。
③ 蛤笑:《劝学说》,《东方杂志》,1907年第4卷第12期,第217—220页。
④ 缪文功:《论名士主持教育》,《教育杂志》,1910年第2卷第3期,第29—30页。
⑤ 沈颐:《论小学校之教授国文》,《教育杂志》,1909年第1卷第1期,第4—7页。

不能自已,故以势力为主。美的文章,所以表吾人之嗜好,本乎明晰势力而加以锻炼修饰,务使辞藻秀美,音响圆转,以取读者之娱乐,故以优丽为主,是以学文之道,其始则求明晰,以适日常之应用,小学校学生所有事也,而非人人所必需也。"①标举"美的文章",乍看之下与美术词章论如出一辙,实际上却成为侵蚀和消解杂文学体系的最后一根稻草。

二、渐行渐远的杂文学

西方文学观念逐渐传入之后,能够打动人心、激发情感共鸣、充满想象或虚构性的美术文字成为界定纯文学概念的重要标准②。以审美为导向的纯文学观从根本上动摇和颠覆了传统词章之学的标准体系,更新了文学内核:"以'美'为核心范畴的知识系统已经跟中国传统的'词章学'体系有了根本性的区别。其标志就是,在内涵上,'美感经验'成为'文学'的核心本质规定……而在外延上,这一新的知识系统又重新接续了传统学术关于'词章学'之'文体'、'藻饰'等研究的续脉,并以此构建起了'文学'之'形式'研究的知识序列。"③如何处置被纯文学定义筛选过后留下的古典文章体系遂成为始终悬而未决的一大棘手问题。

纯文学观念的引介使得文学应当具有美术性这一思想更加深入人心:"余尝以为世界之有文学,所以表人心之美术者也;而文学者之心,实有时含第二之美术性。"④所谓第二之美术性,除表其心之感以外,"以其感之美,将俪乎物之美以传"。王国维也多次阐发文学、哲学等学科的非功利性:"文学者,游戏的事业也……唯精神上之势力独优而又不必以生事为急者,然后终身得保其游戏之性质。"⑤鲁迅《摩罗诗力说》云:"由纯文学上言之,则以一切美术之本质,皆在使观听之人,为之兴感怡悦。文章为

---

① 蒋维乔:《论小学校以上教授国文》,《教育杂志》,1909年第1卷第3期,第37—40页。
② "关于'观念思维'与'形象思维','科学分析'与'艺术创作活动'的这种二元论的区分背后,正是科学分析思维的作用,这种二元的划分本身就是科学思维的产物的结果。"韩毓海主编:《20世纪的中国:学术与社会》(文学卷),山东:山东人民出版社,2001年,第364页。
③ 贺昌盛:《晚清民初文学学科的学术谱系》,北京:中国社会科学出版社,2012年,第90页。
④ 金松岑:《文学上之美术观》,《国粹学报》,1907年第3卷第3期,第62—66页。
⑤ 王国维:《文学小言》,《王国维全集》第14卷,杭州:浙江教育出版社,2010年,第92页。

美术之一,质当亦然,与个人暨邦国之存,无所系属,实利离尽,究理弗存。故其为效,益智不如史乘,诚人不如格言,致富不如工商,弋功名不如卒业之券。特世有文章,而人乃以几于具足。"①表彰纯文学的美术性质。然而,也正是在这样一种将古文归入美文、美术和美学领域的趋势之下,古典文学之中符合现代纯文学意义上的"文学性"的因素被片面放大,取代了以杂文学为基本特征的文章概念。

章太炎被视为传统杂文学体系的总结者,他的文学观在当时亦别具一格。他将文字区分为有句读者与无句读者,"无句读者,纯得文称,文字之不共性也。有句读者,文而兼得辞称,文字语言之共性也。论文学者,虽多就共性言,而必以不共性为其素质"②,强调无句读文方是"文之贵者",提出用雅俗而非体制作为界定文学的标准。胡适曾为之阐发:"(章氏)他承认文是起于应用的,是一种代言的工具;一切无句读的表谱簿录,和一切有句读的文辞,并无根本的区别。至于'有韵为文,无韵为笔',和'学说以启人思,文辞以增人感'的区别,更不能成立了。"③章氏对"文"的宽松定义,泛化了真实客观的文学概念,自然存在缺陷。细察其用意,似乎还存在另一种可能性,即通过考察文笔之分的历史性,纠偏其时凸显"文学性"的文学观念,故而反复申说无韵文的文学价值。"章太炎所论的'文学'与现代以来所说的狭义的文学或者所谓'纯文学'是不同的概念。后人所谓'纯文学'类作品只是广义的杂'文学'体系的组成部分。"④可以说,章太炎的杂文学观试图还原传统文学的原生态实存,虽有矫枉过正之嫌,但对文学概念的反观自省和文学史的标准提炼仍然具有启发意义。

另一方面,审美基础的分崩离析加速了杂文学体系的解体。就文章本身而言,骈文在阅读经验上造成的疏离远胜于古文:"即使在骈文比较

---

① 鲁迅:《摩罗诗力说》,《鲁迅全集》(编年版第 1 卷),北京:人民文学出版社,2014 年,第 79—115 页。
② 章太炎:《文学总略》,傅杰编校:《章太炎学术史论集》,第 45—46 页。
③ 胡适:《五十年来中国之文学》,《中国现代学术经典 胡适卷》,第 589—657 页。
④ 张炯、邓绍基、郎樱总主编:《中国文学通史第七卷 近代文学》,南京:江苏文艺出版社,2013 年,第 552 页。

擅长的抒情和描写的领域里,它面对的读者范围也相当狭隘。它所预期发生的接受效果,在很大程度上要依靠一个不复存在的知识储备和经验基础。当然,广义讲来,全部古典古文情况也都类似,但骈文体制上的特点使它在这方面更为突出。"①而包括制诰奏议、传状墓志等在内的传统应用类文章,多半仅被视作可资参考的史料凭据,作为篇章之林中的诸多文体之一备而存在于研究者的视野中。从宽泛类比的角度来说,在西方现代审美经验的观照下,六朝以降的文笔之别重新浮出水面,只是今日的"沉思翰藻之文"连诗歌也一并剔除,取范更为偏狭。《古文辞通义》虽然保留了以告语文为代表的古典应用文章,却也开始侧重从美术角度阐发应用文类的价值所在。王葆心对文章实用主义和美术主义之争也作出了多番回应,如他指出清人邹湘倜论文基于实用主义,因而受到纪昀、袁枚等的驳斥,后者则强调文学的独立价值:"邹氏用意谓论文宜衡之以正学,而作文必期于有关系也。此说纪文达于《四库提要》中屡驳之,而袁简斋亦反是说者。袁、纪两家之意,按以近世新学所谓美术家无与于政治之说亦合。"②他虽对袁枚文风颇有微词,但对文章必求实用的论调更为抵触,美术则是体现文章独立价值的重要方面。"近代作家在西方文学理论的影响下,对文学本体的认同、文学审美特性的论述,都有助于纯文学观念的确立。"③经过审美标准筛剔的纯文学观念确立之后,古典文学遗产遂得到重新处置,原初的杂文学特征逐渐淡化。

三、骸骨的迷恋

1921年11月,叶圣陶以笔名斯提在《时事新报》上发表了一篇题为《骸骨之迷恋》的短文,针对南京高等师范专科学校出版刊行的《诗学研究号》发起口诛笔伐。他认为旧诗仅有作为文学史素材的历史价值,旧诗的作法本身已不值得深究,并将其斥之为"骸骨的迷恋":"旧诗的生命,现在是消

---

① 吴兴华:《吴兴华诗文集》(文卷),上海:上海人民出版社,2005年,第155页。
② 《古文辞通义》,第7367页。
③ 郭延礼:《近代西学与中国文学》上册,南昌:百花洲文艺出版社,2010年,第65页。

灭了。旧诗的精神存留在以前许多诗家的集子里。我们研究文学史的时候，这是很重要的材料。或者开卷讽诵也可得到精神的快慰。刊《诗学研究号》的先生们，并不做这两种工夫，却在那里讨论作法，刊布诗篇，我不得不很抱歉地说他们是骸骨之迷恋。"①此后，"骸骨之迷恋"即成为攻击文化守旧者的流行用语，以至于"有人引用作新典"②。新文学阵营的另一健将钱玄同在20世纪20年代初重提汉字革命，也将"迷恋骸骨的"与"保存（或维持）国粹的，卫道的，和那些做'鸳鸯''蝴蝶''某生''某翁'的文章的'乞丐''文娼'们"相提并论。③ 直到1927年，郑振铎《文学大纲·序言》仍在借用"骸骨的迷恋"这一提法，表达了相对温和的类似见解："迷恋骸骨与迷恋现代，是要同样的受讥评的，本国主义与外国主义也同样的是一种痼癖。"④次年，郁达夫也写有《骸骨迷恋者的独语》一文，对重写旧诗不屑一顾。这"骸骨的迷恋"最初源起于格律诗的创作，泛指旧派文学创作，在相当长的一段时期里为新文学倡导者用作警示者和提醒物，体现了国故整理成为热潮之际后者对旧文学借尸还魂、卷土重来的戒惧心理。

褚斌杰先生曾指出，研究古典文学需要澄清对"骸骨的迷恋"⑤，不可忽略古典文学对现实的意义。现下重谈古代文章学的历史问题，也并非是要完全恢复到"不知有汉，无论魏晋"的状态，将现代学人已经取得的学科进展肆意抹杀，或是掩耳盗铃般地将部分"骸骨"重新聚拢来设供神龛，超拔与其实际地位本不相称的对象。纯文学观念的确立已然不容许"倒放电影"，即便"倒放"也免不了自说自话。今日重新梳理古代文章学的目的之一，是在纯文学观念已然在场的前提下对传统杂文学体系进行审慎而客观的体认。如果说传统的诗词歌赋、小说戏曲等文类优入文学之林尚属毋庸置疑，即便生出"骸骨的迷恋"也殊无可怪之处，古代文章（包括散文、骈文、时文等）的问题却要复杂得多，枝蔓也多。

---

① 叶圣陶（原作斯提）:《骸骨之迷恋》,《文学旬刊》, 第19期, 第2页。
② 叶圣陶著, 叶至善、叶至诚、叶至美编:《叶圣陶集》第25卷, 南京: 江苏教育出版社, 1994年, 第249页。
③ 钱玄同:《汉字革命》,《国语月刊》, 1922年第1卷第7期, 第5—25页。
④ 郑振铎:《文学大纲序言》,《文学大纲》, 北京: 东方出版社, 2013年, 第1页。
⑤ 褚斌杰:《古典新论》, 长沙: 湖南人民出版社, 2004年, 第704页。

早在20世纪40年代,时任清华大学教授的王瑶曾就大学教育中国文学系诗文课程的失衡问题,探究其背后的深层次原因。面对诗的受欢迎程度远胜于文的现象,他得出的结论是,传统文章的实用性和强动机与纯文学观念之间存在的龃龉不合极大地妨碍了学生对于古典文章的理解和欣赏:"中国传统的文的意义,和现在新文学所说的散文不同。这只要看看旧日文体的分类法,便可以知道。无论章表、书记或论辨、序跋,他开始属文时的目的都是实用的,是为了办一件事而作的。"①古典文章与人们思想和情感的隔阂较之诗歌等其他文学体式要深得多。吴兴华曾指出,骈文审美的预期效果要依靠的是一个现今多半已不复存在的基础,因为骈文的阅读需要读者极大的注意力,而这种注意力往往又会分散对意义的关注:"这种注意力的牵引是向横的方向发展的,它与思路逻辑、叙事层次等向纵的方向的运动势必有些抵触。因此用骈文就不易进行深刻的说理论辩,不能写作情节贯穿的小说。"②对文词本身注意力的付出构成了骈文赏析的重要组成,反复吞吐和印象滞后的过程曾是骈文审美的关键一环,而对缺乏文史基础的现代受众而言,古典文章审美过程的重构几无可能。

另一方面,相较于语言、文体、词汇等的时移俗易,敷于实用的文章写作的务实目的始终存在。在不同历史时期主导语体革新的意见领袖之中,这些写作实践往往还会产生先行后闻的附加意义。白话文取代文言文成为标准书写语的过程正合乎此:"只有经过大批文人的试写,被认为'俚俗'、供下层社会使用的白话文,才可能在'五四'时期独领风骚,迅速打倒古文的权威。"③白话文从语言形式和思想内容上对文言文的双重替代,催生了现代实用文章学的兴起。比如,张寿康认为,文章学作为学科而确立始于《国粹学堂学科预算表》(1907年)的刊载,他对文章学的定义是"文章学是怎样写文章的学问",并主张"文章学应当是语言学的一个分支"④。尽管现代文章学学科的成立时间仍有待商榷,但他将文章学与学

---

① 王瑶:《谈古文辞的研读》,《国文月刊》,1948年第68期,第4—6页。
② 吴兴华:《吴兴华诗文集》(文卷),上海:上海人民出版社,2005年,第157页。
③ 夏晓虹:《中国现代文学语言形成说略》,夏晓虹、王风等著:《文学语言与文章体式》,第16页。
④ 张寿康:《文章丛谈》,北京:知识出版社,1982年,第252页。

校写作教育紧密联系在一起,从语言学角度层层剖析文章的间架结构,实为以白话文为核心的现代实用文章学开风气之先。五四以降,以学校教育课程设置为契机的现代实用文章学得到了长足的发展。尤其是在20世纪20年代至40年代,"推出了一百多部现代文章学专著"。① 广义的现代实用文章学内涵大致包括三个部分,一是白话文修辞理论,二是语文教育研究,三是对中国文章学史的总结。其中,第三部分就涉及古代文章学理论的个案解析和脉络梳理。

实用文章学的倡导者虽然区分古代文章学、现代文章学和当代文章学,并以现当代文章学为主要研究对象,但在古代文章学的挖掘和整理方面做了不少早期文章学史的爬梳工作。比如,《文章学导论》(张寿康著)明确文章学的研究对象为文章本身、文章的阅读和文章的写作,在范围时限上横跨古今;《古代文章学概论》(王凯符、吴庚振、徐江编著)尝试建构古代文章理论的基本框架;《文章学与语文教育》(曾祥芹主编)简要梳理了古代文章教育史②;《古代阅读论》(曾祥芹、张维坤、黄果泉编著)"从'阅读学'的视角来系统整理中国古代的阅读理论遗产"③。另外,实用文章学还衍生出了诸如"文化文章学"的创新提法和理论④,切实推动了古代文章学的问题重提和文献清理。

站在现当代实用文章学的立场上审视古代文章学,有助于提醒我们牢记"现代的立场",并以此为出发点来诠释和把握古代文章学的内容。"新时期的文章学研究,与散文研究紧密相连,但具有'文章学'学科意味的研究是从狭义的文章学概念——实用文章学开始的。"⑤随着中国文章学研究会的成立和现代实用文章学的进展,其所取得的研究成果势必对古代文章学的爬梳和重建有所裨益。

---

① 曾祥芹:《曾祥芹序跋集》,第234页。
② 曾祥芹主编:《文章学与语文教育》,上海:上海教育出版社,1995年。
③ 曾祥芹、张维坤、黄果泉编著:《古代阅读论》,郑州:河南教育出版社,1992年,第525—526页。
④ 周楚汉:《唐宋八大家文化文章学》,成都:巴蜀书社,2004年。
⑤ 曹辛华:《新时期文章学研究的历程、特点及展望》,《南京师范大学文学院学报》,2013年第3期,第139—144页。

结语
被遮蔽的巨制

为文之难世所共知,知文之难殊甚之。吴子良云:"柳子厚云:'夫文为之难,知之愈难耳。'是知文之难甚于为文之难也。"①古文之学建基于为文与知文兼备的知识储备和学术视野,在清末民初这样一个知识结构和话语体系迎来全面转型的过渡阶段,涌现出的大量文章学著述,既受到传统文章学资源的丰沛滋养,又面临欧风美雨、东邻维新带来的学理挑战,《古文辞通义》即是其中的典型代表。这些近代文章学著述不仅上承千百年来文章命脉,同时也下启法门接引后学,在古文根基亦受动摇之际论列古文之学,其中的难处可想而知:"文之为学,难言矣。自今日学者言之,质学之科由算数入,文学之科由国文入。两者自有枝干,故能各成一学科。然而虚灵无薄,变化繁数,须先斟剂大体,而后附物,以显厥用,其用力最难。"②作为以成家著述统摄杂抄素材的丰富文本,《古文辞通义》体现了传统文章学在面对西学分科观念传入时的学科自觉和应变可能,可谓居功厥伟。然而,尽管这部文话在问世后的一段时间内得到古文圈子内部的高度评价,其在后世的总体反响也寥寥无几,与其学术地位殊不相称。

《古文辞通义》的前身《高等文学讲义》成书于1906年,次年3月,"蕲水同年陈仁先侍御曾寿于是岁之杪,为之赍呈学部审定,作为中学堂以上参考书,刊之《学部官报》及《审定书目》"③。经学部审定,《高等文学讲义》曾获评语"足以表明宗旨之正大","并由河南学务处为之付印,札行各学

---

① 吴子良:《荆溪林下偶谈》,王水照编:《历代文话》第一册,第550页。
② 王葆心:《古文辞通义原序》,《古文辞通义》,第7033页。
③ 王葆心:《古文辞通义例目按语》,《古文辞通义》,第7034页。

校采用为教材。广西学务处率先采用,风行一时"①。在《古文辞通义》的识语中,王葆心一一记载了该书问世之后各方人士给予的积极的和及时的反馈与建议,在清末京师的古文圈子中获得了一致好评:"洎官京师,石屏袁树五京卿嘉谷、桐城马通伯学部其昶、姚仲实明经永朴、陈剑潭知县澹然、侯官林琴南孝廉纾、闽县陈石遗学部衍、元和胡绥之学部玉缙、华阳顾印伯知县印愚、同年通州白振民学部作霖、浙西刘芷湘编修煜,美意冲襟,咸深印可。琴南孝廉称为百年无此作。"所举人物中,马其昶、姚永朴、陈澹然、林纾等皆属桐城殿军,陈衍、胡玉缙、顾印愚等俱游张之洞幕,多为时在京师大学堂文学科任教者,则《古文辞通义》用作文学科教本的质素也备受当时古文圈子的认可。

据识语所云,《古文辞通义》在当时学堂教学中的实际应用和推广形势也颇为喜人:"他如提学孔少沾师祥霖重印于河南学务处,札行各学校。香山李守一师翰芬、同年瞿君干琴为学务课长,采用于广西高等各学堂。张燮君侍郎亨嘉、严范孙侍郎修、瑞臣侍郎宝熙、乔茂谖左丞树枏、刘少岩左丞果、曹东寅参议广权诸公嘉赏者良伙。分科大学文科诸君多辗转购求以去。其辽东、沪上学校闻之函索者,不可枚数。"②通过河南、广西等地统辖学务、董理教务者,《古文辞通义》以印发讲义形式传至各地学校,除在京分科大学外,兼用函授教材渠道获得普及。从行文中,殊可见出王葆心本人也颇以此自矜。此外,北京《国民公报》(创刊于1909年)报社与上海商务印书馆都曾先后向其致意问询,有意刊行此书或求购版权,但皆因资金问题而终告搁浅。

可见,《古文辞通义》虽然也是一部宽泛意义上的学者成家著述,但由于其主要用于教学之需的编纂初衷和教科书体例,它对同时期及以后的文章学著述的影响多限于体例借鉴、观点征引和内容复述,以预流大学国文教本的形式实现了一定范围内的定向传播。比如,吴汝纶弟子高步瀛在任北京师范大学及河北莲池讲学院教师时(约1928—1937)所撰讲义汇

① 谈瀛:《王葆心先生遗著叙目》,《荆楚文史》,1991年第1期,第60页。
② 《古文辞通义》,第7034—7035页。

为《文章源流》一书,该书"学文之工夫"中曾征引《古文辞通义》卷九有关编书之法的论述,且《文章源流》一书在结构方式、行文逻辑、编纂体例等方面,甚至是居于全书核心的文体分类观点,也都留有借鉴《古文辞通义》的诸多痕迹。又如郭绍虞编撰《学文示例》(上册,1941年;下册,1944年;开明书店),作为燕京大学一年级学生的国文教本。该书分为评改例、拟袭例、变翻例、申驳例、镕裁例五大部分,他在编例中阐述撰著源起乃是探索高阶国文教育的适用教材:"本书主旨欲使大学国文教学有较异于中学之方法,故略本修辞条例,类聚性质相同之文,理论实例同时并顾,俾于讲授之外,兼有参考教材。"[①]在申驳例中,他引用了王葆心《古文辞通义》卷十八"墨守与异义"一节文字[②]。《文学示例》出版之后,广受好评,五年之间再版三次,流传颇广。

此外,《古文辞通义》的一家之言也受到部分学者的瞩目,并开拓了深入推进学术对话和观点交流的空间。例如,张文治所著《古书修辞例》(1937年,中华书局)阐述古典文学修辞法,按照改易之例、增加之例、删节之例、摹拟之例、繁简之例等大类将相关表述加以汇总,间下按语。其中,改易之例附录部分节取王葆心《古文辞通义》"宜虚心勇改以博进境"一节,因原书此章包含大量古文修改前后得失实证,有取于其论文有勇于不改者之义,张氏以为"言若奇而义甚正",故附录此节作为与流俗看法相对立的观点加以补充[③]。刘咸炘《文学述林》(1929年)"文变论"一段则颇不赞成《古文辞通义》所述历代文派论,并作专章以示回应:"王葆心作《古文辞通义》,论古今文派分为逆流、顺流。谓主秦汉者为逆流,主唐宋者为顺流。此说似是而实未通。主八家者上法先秦西汉,何尝不逆?主八代者取东京六朝,何尝不顺……吾谓古今文派之异,不可以顺逆该,而可以文质与正变该。"[④]虽持论有异,也是《古文辞通义》客观上激发和促进近代文章学学理研究得到深入和广泛探讨的明证之一。学人李肖聃在20世纪

---

① 郭绍虞:《学文示例》,上海:上海书店,1989年,第1页。
② 同上书,第423—429页。
③ 张文治:《古书修辞例》,北京:中华书局,1937年,第29页。
④ 刘咸炘:《文学述林》,王水照编:《历代文话》第十册,第9723页。

40年代曾购得《古文辞通义》,并与过世前的王葆心有过一面之缘:"予尝于长沙书肆中,得鄂中王季芗所为《古文词通义》,采摭博而文特曼衍,意颇轻之……季芗之为通义,泛取而无所裁,其博而寡要也固矣。"①略有菲薄之辞,所载王葆心晚年光景亦未可尽信,惟其亦言及"浏阳刘善泽腴深、湘阴周正权铁山,皆称季芗博览乙部,举世无匹",则王葆心治学根植于史学及学界声名可见一斑。

此外,王葆心《古文辞通义》二十卷也曾是著名文史专家王伯祥藏书中的一种。王伯祥在其藏书题识《庋椟偶识》中详细披露了他与该书之间一段萦绕半生的因缘际会:"罗田王葆心纂,晦堂此书,三十年前予主开明图书馆时,即为馆罗致之,旋为周君振甫假去,辗转数四,竟未璧返,当时颇感懊惜。然沪坊未得再遇,盖书虽近出,流传不多,又未为时人所重,以致淹没耳。丙午燕九前一日,偶与乃乾约晤于隆福寺街修绠堂,阅架得此,殊有旧雨重逢之乐。亟斥资购归私藏,亦所以了此一段香火缘也。翻阅一过,已历旬日,爰记于例目之后。书巢容翁,时年七十有七。"②这段材料蕴含了异常丰富的文化文学信息,并为揭示《古文辞通义》的普遍命运和最终结局提供了一幅影影绰绰而饶有意趣的微观图景。

20世纪30年代初,王伯祥在叶圣陶的介绍下进入开明书店工作,与叶圣陶、夏丏尊等商议进行国文教科书的编纂,并于1932年陆续出版了《开明国文读本》六册以及配套的《开明国文读本参考书》三册。自此,他以开明编译所为大本营开展工作。同时,为了影印编纂和组稿出版的方便,开明书店仿照商务印书馆的东方图书馆,在开明编译所下设立开明图书馆,由王伯祥主理其事,代为购书藏书,《古文辞通义》即约在此时通过王伯祥采入开明图书馆。周振甫自1932年起在开明书店担任校对、编辑,《古文辞通义》作为书店编辑部的流通参考书多番流转假借,不知下落,亦属平常之事,只是未料在当时上海的书店中,《古文辞通义》始终再寻不获。直到1966年年初,王伯祥与陈乃乾在北京修绠堂旧书店又购得

---

① 李肖聃:《星庐笔记》,《李肖聃集》,长沙:岳麓书社,2008年,第513页。
② 王伯祥:《庋椟偶识》,北京:中华书局,2008年,第49页。此条材料承蒙卢康华师兄提示,谨致谢忱。

一套私藏，他将这一部书稀缺难得的原因归咎于"盖书虽近出，流传不多，又未为时人所重，以致淹没耳"，为《古文辞通义》在20世纪30年代以后的流传情况和接受史提供了珍贵的一手材料和典型个案。值得一提的是，开明书店的创办者叶圣陶、夏丏尊在修辞学、文章学领域著述颇丰，并通过编撰大量中学语文教材，为现代中国语文教育的建构奠定了重要根基，而曾经寓目《古文辞通义》的周振甫也撰有《中国文章学史》《中国修辞学史》等现代文章学和修辞学开创性学术著作，可见开明书店诸位同人在近代文章学、语文学、修辞学学科的现代化发展过程中也曾机缘相感，分劳赴功，《古文辞通义》或亦有预焉。

1952年，王葆心在武昌所办湖北省国学馆时招收的学生徐复观在台湾购得《古文辞通义》。1965年，王葆心门人成惕吾据此在台湾中华书局重新影印出版《古文辞通义》，并亲自为之后序云："博极群书，踰陆氏汗牛之量；近取诸譬，妙庄生弹雀之言。细如竹屑而弗遗，巧借金针而度与。"[1]但在台湾学界也是反响寥寥，少人留意。其中，徐复观以《文心雕龙》研究为基础，将文体论视作古典文学的中心课题之一，发表过数篇关于古典文学批评赏鉴的论文，间或直接引述《古文辞通义》文字，被认为是"逐步回归学术之路，计划在中国古典文学方面写一系列的文章，因此对王葆心《古文辞通义》重新研究"的结果[2]。

2006年，由复旦大学王水照教授主编的《历代文话》（十册）问世，第八册整本收入《古文辞通义》。2008年，武汉大学熊礼汇教授标点出版了《古文辞通义》单行本。2012年起，湖北省博物馆牵头组织专家学者进行《王葆心全集》500万字的整理出版工作，作为其文学成就代表的《古文辞通义》也在收编之列。这些业已完成和正在开展的整理研究工作必将极大地推动对王葆心学术成就的整体梳理和客观评价，并给予《古文辞通义》这一皇皇巨著在中国古代文章学史上与之相称的位置，为重新审视如海

---

[1] 成惕轩：《古文辞通义后序》，《古文辞通义》，第8142页。
[2] 王守雪：《人心与文学：徐复观文学思想研究》，郑州：郑州大学出版社，2005年，第6页；徐复观在《中国文学论集》自序中也提到："原来我在二十一二岁以前，湖北的几位老先生，也是我的恩师——王季芗、刘凤章、黄翼生、李希如、孟晋祺诸位老先生，都认定我会成为此中的能手。"（徐复观：《中国文学论集》，北京：九州出版社，2014年，第1—2页）

浩瀚的近代文章学著述中不容忽视的遗珠创造条件。

清人王之绩《铁立文起》篇首叙语云"有体制以定其规模,有家数以辨其源流,有世次以叙其升降,有群书以著其博达,有意匠以尽其变化"①,以此数语来形容《古文辞通义》亦颇觉妥帖。作为总字数超过70万字的近代规模第一的文话,《古文辞通义》对处于"潜体系"知识形态的近代文章学加以整体性还原践行了义无反顾的尝试与探索。王葆心也曾在书中援引清人钟晋《答陆子白书》论学文之法,谓须学古人之所学,取古人性情之所至,方能为古人所为之文:"欲为昌黎之文者,必学昌黎之所学而后可;欲为柳州之文者,必学柳州之所学而后可;欲为欧、曾、苏、王之文者,必学欧、曾、苏、王之所学而后可……苟慕其文,亦必求其所由入而后可也。"②究极于中国古代文章学奥义的《古文辞通义》亦当作如是之观。王葆心手摹心追章学诚"性命之文,尽于《通义》一书"③之语,而这也正是他编著《古文辞通义》的真实写照。在这样一部框架宏阔、内容缜密、见解通达、学养笃厚且堪称中国古代文章学最后的巨著中,与古文之学的奥义一同被书写和留存下来的,无疑还有对古代文章学学统的传承愿景和对优秀传统文化的精神信仰。

---

① 王之绩:《铁立文起》叙,王水照编:《历代文话》第四册,第3622页。
② 朱壬林纂辑:《当湖文系初编》卷二十二,清光绪十五年刻本;《古文辞通义》,第7425页。
③ 《古文辞通义》,第7485页。

参 考 文 献

一、古籍文献(按照四部分类排序)

孔颖达.周易注疏[M].北京:北京大学出版社,1999.

郑玄注,孔颖达疏.礼记正义[M].北京:北京大学出版社,1999.

董仲舒著,苏舆撰,钟哲点校.春秋繁露义证[M].北京:中华书局,1992.

方苞撰,王同舟、李澜校注.钦定四书文校注[M].武汉:武汉大学出版社,2009.

焦循著.孟子正义[M].石家庄:河北人民出版社,1988.

卢以纬著,王克仲集注.助语辞集注[M].北京:中华书局,1988.

袁仁林著,解惠全注.虚字说[M].北京:中华书局,1989.

阮元.经传释词[M].长沙:岳麓书社,1985.

俞樾.春在堂全书[M].南京:凤凰出版社,2010.

皮锡瑞.经学历史[M].北京:中华书局,2008.

刘昫等.旧唐书[M].北京:中华书局,1975.

脱脱等.金史第8册[M].北京:中华书局,1975.

方东树.汉学商兑[M].上海:中西书局,2012.

刘知幾著,浦起龙通释.史通通释[M].上海:上海古籍出版社,2009.

章学诚著,仓修良编注.文史通义新编新注[M].杭州:浙江古籍出版社,2005.

章学诚著,叶瑛校注.文史通义校注[M].北京:中华书局,1985.

朱克敬著,周骏富辑.儒林琐记[M].清代传记丛刊学林类10.

四库全书研究所整理.钦定四库全书总目提要[M].北京:中华书局,1997.

张之洞撰,范希曾补正.书目答问补正[M].扬州:广陵书社,2007.

王通撰,张沛校注.中说校注[M].北京:中华书局,2013.

汪荣宝撰,陈仲夫点校.法言义疏[M].北京:中华书局,1987.

朱熹、吕祖谦著,陈荣捷评注.近思录详注集评[M].上海:华东师范大学出版社,2007.

孙星衍.孙吴司马法[M].平津馆丛书本.

黎翔凤校注.管子校注[M].北京:中华书局,2004.

吴曾.能改斋漫录[M].丛书集成初编本.

洪迈.容斋随笔[M].北京:中华书局,2007.

费衮.梁溪漫志[M].学海类编本.

罗大经.鹤林玉露[M].北京:中华书局,1983.

俞文豹.吹剑录外集[M].知不足斋丛书本.

冯时可.雨航杂录[M].文渊阁四库全书第867册.

祝允明.祝子罪知录[M].续修四库全书第1122册.

方东树.汉学师承记[M].上海:中西书局,2012.

刘义庆著,刘孝标注,余嘉锡笺疏.世说新语笺疏[M].北京:中华书局,2007.

吴处厚.青箱杂记[M].北京:中华书局,1985.

范公偁.过庭录[M].北京:中华书局,2002.

刘祁.归潜志[M].台北:华文书局,1969.

王应奎.柳南续笔[M].北京:中华书局,1983.

郭庆藩.庄子集释[M].北京:中华书局,2004.

柳宗元.柳宗元集[M].北京:中华书局,1979.

周敦颐.周敦颐集[M].北京:中华书局,1990.

陆游著,涂小马校注.陆游全集校注[M].杭州:浙江教育出版社,2011.

杨万里.诚斋集[M].四部丛刊本.

戴表元.剡源戴先生文集[M].四部丛刊本.

余阙.青阳集[M].文渊阁四库全书第1214册.

宋濂.宋文宪公全集[M].四部备要本.

戴良.九灵山房集[M].四部丛刊本.

孙绪.沙溪集[M].文渊阁四库全书第1264册.

归有光.震川先生集[M].四部丛刊本.

唐顺之.荆川先生文集[M].四部丛刊本.

张溥撰(题),张廷济续补.三元秘授[M].清光绪十五年刻本.

黄淳耀.陶庵全集[M].丛书集成续编本.

黄宗羲.黄梨洲文集[M].北京:中华书局,1959.

魏禧.魏叔子文集[M].北京:中华书局,2003.
汪琬.尧峰文钞[M].四部丛刊初编本.
方苞.方望溪遗集[M].合肥:黄山书社,1990.
方苞.望溪先生全集[M].四部备要本.
方苞著,刘季高校点.方苞集[M].上海:上海古籍出版社,2008.
李绂.穆堂别稿[M].清代诗文集汇编第233册.
吴敬梓著,李汉秋辑校.儒林外史汇校汇评[M].上海:上海古籍出版社,2010.
戴震.戴震文集[M].北京:中华书局,1980.
钱大昕.潜研堂文集[M].光绪十年长沙龙氏家塾刻本.
姚鼐、王先谦编.正续古文辞类纂[M].杭州:浙江古籍出版社,1998.
姚鼐.古文辞类纂[M].北京:中国书店,1986.
姚鼐.惜抱先生尺牍[M].江苏广陵古籍刻印社,1990.
姚鼐选纂,宋晶如、章荣注释.广注古文辞类纂[M].北京:中国书店,1986.
姚鼐撰,刘季高标校.惜抱轩诗文集[M].上海:上海古籍出版社,1992.
罗有高.尊闻居士集[M].清代诗文集汇编第379册.
李调元.童山文集[M].清代诗文集汇编第384册.
阮元.揅经室集[M].北京:中华书局,1993.
邵秉华.平津馆文稿[M].清代诗文集汇编第436册.
吴德旋.初月楼文钞[M].清代诗文集汇编第486册.
陈用光.太乙舟文集[M].清代诗文集汇编第489册.
李兆洛.养一斋文集[M].清代诗文集汇编第493册.
黄承吉.梦陔堂文集[M].清代诗文集汇编第502册.
严元照.悔庵学文[M].清代诗文集汇编第508册.
包世臣撰,李星点校.包世臣全集[M].合肥:黄山书社,1997.
姚莹.中复堂全集[M].台北:文海出版社,1974.
梅曾亮.柏枧山房文集[M].台北:华文书局,1969.
蒋湘南.七经楼文钞[M].郑州:中州古籍出版社,1991.
罗汝怀.绿漪草堂文集[M].清代诗文集汇编第617册.
吴敏树.柈湖文集[M].续修四库全书第1534册.
曾国藩.曾国藩全集[M].长沙:岳麓书社,1986.

曾国藩.足本曾文正公全集[M].长春:吉林人民出版社,1995.

曾国藩.曾国藩全集书札[M].光绪二年传忠书局刻本.

方宗诚.柏堂集前编[M].清代诗文集汇编第672册.

李元度.天岳山馆文钞[M].清代诗文集汇编第683册.

左宗棠著,许啸天句读.左宗棠家书[M].北京:知识产权出版社,2012.

张裕钊撰,王达敏校点.张裕钊诗文集[M].上海:上海古籍出版社,2007.

黎庶昌.续古文辞类纂[M].四部备要第92册.

沈祥龙.乐志簃笔记[M].清代诗文集汇编第731册.

邓绎.藻川堂文集[M].清光绪年间刻本.

邓绎.云山读书记[M].晚清四部丛刊第五编,子部64,台中:文听阁图书有限公司,2012.

张之洞著,苑书义、孙华峰、李秉新主编.张之洞全集[M].石家庄:河北人民出版社,1998.

吴汝纶撰,施培毅、徐寿凯点校.吴汝纶全集[M].合肥:黄山书社,2002.

周锡恩编定.黄州课士录[M].清光绪十七年刻本.

李慈铭.越缦堂读书记[M].上海:上海书店,2000.

刘将孙.全元文第20册[M].南京:江苏古籍出版社,2000.

郑玉.全元文第46册[M].南京:江苏古籍出版社,2000.

李继本.全元文第60册[M].南京:江苏古籍出版社,2000.

王昶辑.湖海文传[M].续修四库全书第1669册.

李祖陶辑.国朝文录[M].续修四库全书第1670册.

朱壬林纂辑.当湖文系初编[M].清光绪十五年刻本.

周亮工辑,米田点校.尺牍新钞[M].长沙:岳麓书社,1986.

刘熙载著,袁津琥校注.艺概注稿[M].北京:中华书局,2009.

刘勰著,詹锳义证.文心雕龙义证[M].上海:上海古籍出版社,1989.

王夫之著,戴鸿森笺注.姜斋诗话笺注[M].上海:上海古籍出版社,2012.

王世贞著,罗仲鼎校注.艺苑卮言校注[M].济南:齐鲁书社,1992.

二、近人今人论著(按作者拼音顺序)

Allen, Graham. *Intertextuality*[M].Routledge: London and NewYork, 2000.

Genette, Gérard. *Palimpsests: Literature in the Second Degree* [M]. Nebraska: University of Nebraska Press, 1997.

北村泽吉.儒学概论[M].上海:商务印书馆,1928.

北京大学校史研究室编.北京大学史料[M].北京:北京大学出版社,1993.

卞孝萱、唐文权编著.民国人物碑传集[M].江苏:凤凰出版社,2011.

曹虹.阳湖文派研究[M].北京:中华书局,1996.

曾祥芹、张维坤、黄果泉编著.古代阅读论[M].郑州:河南教育出版社,1992.

曾祥芹.曾祥芹序跋集[M].郑州:大象出版社,2013.

曾祥芹主编.文章学与语文教育[M].上海,上海教育出版社,1995.

曾枣庄.文化、文学与文体[M].上海:上海人民出版社,2011.

曾枣庄.中国古代文体学[M].上海:上海人民出版社,2012.

陈曾则.京师优级师范国文讲义[M].上海:商务印书馆,1913.

陈谷嘉、邓洪波主编.中国书院史资料[M].杭州:浙江教育出版社,1998.

陈国球.文学如何成为知识[M].北京:生活·读书·新知三联书店,2013.

陈介白.修辞学[M].上海:开明书店,1931.

陈居渊.汉学更新运动——清代学术新论[M].南京:凤凰出版社,2013.

陈嘉映.无法还原的象[M].北京:华夏出版社,2005.

陈平原.现代中国的文学、教育与都市想像[M].北京:北京师范大学出版社,2011.

陈平原.中国大学十讲[M].上海:复旦大学出版社,2002.

陈平原.中国散文小说史[M].上海:上海人民出版社,2004.

陈平原.作为学科的文学史[M].北京:北京大学出版社,2011.

陈其泰.清代公羊学[M].上海:上海人民出版社,2011.

陈望道.陈望道语言学论文集[M].北京:商务印书馆,2009.

陈望道.陈望道学术著作五种[M].上海:复旦大学出版社,2005.

陈寅恪.陈寅恪文集[M].上海:上海古籍出版社,1980.

陈柱.中国散文史[M].上海:商务印书馆,1998.

陈子展.中国近代文学之变迁·最近三十年中国文学史[M].上海:上海古籍出版社,2013.

仇小屏.吕祖谦《古文关键》文章论研究,[M].台北:万卷楼图书股份有限公司,2010.

岛村泷太郎.新美辞学[M].东京:天佑社,1919.

邓国光.文章体统 中国文体学的正变与流变[M].上海:上海古籍出版社,2013.

董鲁安.修辞学[M].北京:北平文化学社,1925.

儿岛献吉郎.汉文典[M].东京:富山房,1902.

儿岛献吉郎.汉文典续[M].东京:富山房,1903.

范宁.范宁古典文学研究文集[M].重庆:重庆出版社,2006.

甘鹏云.湖北文征[M].武汉:湖北人民出版社,2000.

高语罕.国文作法[M].上海:亚东图书馆,1922.

宫川铁次郎.通俗文章学[M].东京:博文馆,1900.

龚鹏程.中国文学史[M].北京:世界图书出版公司,2012.

龚千炎.中国语法学史稿[M].北京:语文出版社,1987.

关仪一郎、关义直编.近世汉学者传记著作大事典[M].东京:株式会社井田书店,1966.

郭绍虞、罗根泽编.中国近代文论选[M].北京:人民文学出版社,1959.

郭绍虞.大一国文教材之编纂经过与其旨趣[M].语文通论,上海:开明书店,1941.

郭绍虞.近代文编[M].沈阳:辽宁人民出版社,2012.

郭绍虞.学文示例[M].上海:上海书店,1989.

郭绍虞.照隅室古典文学论集[M].上海:上海古籍出版社,1983.

顾实.文章学纲要[M].1923年油印本.

郭延礼.近代西学与中国文学[M].南昌:百花洲文艺出版社,2010.

郭英德主编.中国古代文学与教育之关系研究[M].北京:北京大学出版社,2012.

郭预衡.中国散文史[M].上海:上海古籍出版社,2000.

韩毓海主编.20世纪的中国:学术与社会(文学卷)[M].济南:山东人民出版社,2001.

何九盈.中国古代语言学史[M].广州:广东教育出版社,2000.

何家昇.古文法纲要[M].澳门经香学舍刊本,1923.

贺昌盛.晚清民初文学学科的学术谱系[M].北京:中国社会科学出版社,2012.

洪宗礼、柳士镇、倪文锦主编.母语教材研究3 中国百年语文教材评介[M].南京:江苏教育出版社,2007.

胡怀琛.新文学浅说[M].上海:泰东园书局,1921.

胡怀琛.修辞学发微[M].上海:大华书局,1935.

胡怀琛.作文门径[M].上海:中央书店,1933.

胡怀琛.作文研究[M].上海:商务印书馆,1927.

胡朴安.清文观止[M].长沙:岳麓书社,1991.

胡朴安.诗经学[M].长沙:岳麓书社,2010.

胡适.中国现代学术经典 胡适卷[M].石家庄:河北教育出版社,1996.

黄德馨、傅登舟主编.中国方志学家研究[M].武汉:武汉出版社,1989.

黄霖主编,黄念然著.20世纪中国古代文学研究史(文论卷)[M].上海:东方出版中心,2006.

黄人.黄人集[M].上海:上海文化出版社,2001.

霍四通.中国现代修辞学的建立——以陈望道《修辞学发凡》考释为中心[M].上海:上海人民出版社,2012.

吉川幸次郎、小岛宪之、户川芳郎编.汉语文典丛书[M].东京:汲古书院,1979.

贾文昭著.桐城派文论选[M].北京:中华书局,2008.

蒋祖怡.文章学纂要[M].上海:上海书店出版社,1942.

金兆梓.实用国文修辞学[M].上海:上海中华书局,1932.

康有为编,楼宇烈整理.春秋董氏学[M].北京:中华书局,1990.

孔庆茂.八股文史[M].南京:凤凰出版社,2009.

来裕恂.汉文典[M].上海:商务印书馆,1932.

勒内·韦勒克、奥斯汀·沃伦著,刘象愚等译.文学理论[M].南京:江苏教育出版社,2005.

黎锦熙.国语运动史纲[M].上海:上海书店出版社,1990.

李斌.民国时期中学国文教科书研究[M].北京:北京大学出版社,2016.

李叔同.李叔同集[M].广州:花城出版社,2012.

李肖聃.李肖聃集[M].长沙:岳麓书社,2008.

李新宇主编.语文教育学新论[M].南京:南京师范大学出版社,2006.

梁启超.东籍月旦,梁启超全集第一册[M].北京:北京出版社,1999.

梁启超.梁启超家书[M].北京:中国文联出版社,2000.

梁启超.梁启超全集[M].北京:北京出版社,1999.

梁启超.清代学术概论[M].上海:上海古籍出版社,2005.

梁启超.新史学[M].北京:商务印书馆,2014.

梁启超.中国历史研究法[M].上海:上海古籍出版社,1998.

梁启超著,夏晓虹编校.中国现代学术经典　梁启超卷[M].石家庄:河北教育出版社,1996.

林传甲.中国文学史[M].长春:吉林人民出版社,2013.

林纾.畏庐文集[M].民国丛书第4编.

刘禾.语际书写——现代思想史写作批判纲要[M].上海:上海三联书店,1999.

刘泉.文学语言论争史论　1915—1949[M].北京:中国社会科学出版社,2013.

刘若愚.中国文学理论[M].南京:江苏教育出版社,2006.

刘声木.桐城文学渊源考[M].合肥:黄山书社,2012.

刘师培.刘师培全集　第二册[M].北京:中共中央党校出版社,1997.

刘师培.中国近三百年学术史论[M].上海:上海古籍出版社,2000.

刘师培.中国中古文学史讲义[M].上海:上海古籍出版社,2006.

刘师培.周末学术史序[J].国粹学报,1905(4—7).

刘师培著.刘申叔先生遗书[M].宁武南氏校印,1935.

刘锡庆主编.中国写作理论辑评(现代部分)[M].呼和浩特:内蒙古教育出版社,1992.

刘咸炘.推十书[M].上海:上海科学技术文献出版社,2009.

龙伯纯.文字发凡[M].晚清四部丛刊第七编,经部27,台中:文听阁图书有限公司,2012.

鲁迅.鲁迅全集(第1卷)[M].北京:人民文学出版社,2014.

陆尔奎.商务印书馆九十五年　我和商务印书馆1897—1992[M].北京:商务印书馆,1992.

陆胤.政教存续与文教转型——近代学术史上的张之洞学人圈[M].北京:北京大学出版社,2015.

罗志田.变动时代的文化履迹[M].上海:复旦大学出版社,2010.

罗志田.二十世纪的中国思想与学术掠影[M].广州:广东教育出版社,2001.

罗志田.近代读书人的思想世界与治学取向[M].北京:北京大学出版社,2009.

吕思勉.中国史[M].上海:上海古籍出版社,2006.

马其昶.抱润轩文集[M].清代诗文集汇编第781册.

马西尼著,黄河清译.现代汉语词汇的形成[M].上海:汉语大词典出版社,1997.

米歇尔·福柯著,谢强、马月译.知识考古学[M].北京:生活·读书·新知三联书店,2003.

潘懋元、刘海峰编.中国近代教育史资料汇编高等教育[M].上海:上海教育出版社,2007.

彭玉平.诗文评的体性[M].北京:北京大学出版社,2012.

浦江清著,浦汉明编.浦江清文史杂文集[M].北京:清华大学出版社,1993.

钱基博.国学要籍解题及其读法[M].上海:上海古籍出版社,2012.

钱基博.现代中国文学史[M].北京:中国人民大学出版社,2007.

钱穆.中国近三百年学术史(二),钱宾四先生全集(17)[M].台北:联经出版事业公司,1998.

钱穆.中国文学论丛,钱宾四先生全集(45)[M].台北:联经出版事业公司,1998.

钱锺书.管锥编[M].北京:生活·读书·新知三联书店,2001.

钱锺书.七缀集[M].北京:生活·读书·新知三联书店,2002.

钱锺书.谈艺录[M].北京:生活·读书·新知三联书店,2008.

钱仲联编.清文举要[M].合肥:安徽教育出版社,1989.

璩鑫圭、唐良炎编.中国近代教育史资料汇编 学制演变[M].上海:上海教育出版社,1991.

桑兵.晚清民国的学人与学术[M].北京:中华书局,2008.

桑兵、关晓红主编.先因后创与不破不立:近代中国学术流派研究[M].北京:生活·读书·新知三联书店,2007.

桑兵、赵立彬主编.转型中的近代中国:近代中国的知识与制度转型学术研讨会论文选[M].北京:社会科学文献出版社,2010.

山岸辑光.汉文正典[M].东京:爱善社,1903.

沈粹芬等辑.清文汇[M].北京:北京出版社,1995.

沈国威.近代中日词汇交流研究:汉字新词的创制、容受与共享[M].北京:中华书局,2010.

施畸.中国文词学研究[M].上海:上海出版合作社,1925.

施畸.中国文体论[M].北平:立达书局,1933.

申小龙.人文精神,还是科学主义[M].上海:学林出版社,1989.

实藤惠秀.中国人留学日本史[M].北京:北京大学出版社,2012.
舒新城编.中国近代教育史资料[M].北京:人民教育出版社,1981.
苏云峰.张之洞与湖北教育改革[M].台北:"中央研究院"近代史研究所,1983.
速水博司.近代日本修辞学史[M].东京:有朋堂,1988.
孙良明.中国古代语法学探究[M].北京:商务印书馆,2002.
陶东风.文学理论基本问题[M].北京:北京大学出版社,2012.
汪家熔.商务印书馆史及其他[M].北京:中国书籍出版社,1998.
汪涌豪.中国文学批评范畴及体系[M].上海:复旦大学出版社,2007.
汪震.国语修辞学[M].北平:文化学社,1935.
王葆心.晦堂文钞[M].湖北省博物馆馆藏稿本复印件.
王葆心.晦堂文稿[M].湖北省博物馆馆藏稿本复印件.
王葆心.汉黄德道师范学堂历史讲义[M].清末抄本.
王葆心.高等文学讲义[M].汉口:维新中西印书局,清光绪三十二年铅印本.
王葆心著,熊礼汇校点.古文辞通义[M].武汉:武汉大学出版社,2008.
王伯祥.庋椟偶识[M].北京:中华书局,2008.
王尔敏.中国近代文运之升降[M].北京:中华书局,2011.
王汎森.中国近代思想与学术的系谱[M].石家庄:河北教育出版社,2001.
王风.世运推移与文章兴替——中国近代文学论集[M].北京:北京大学出版社,2015.
王国维.论新学语之输入,王国维集(第2册)[M].北京:中国社会科学出版社,2008.
王国维.人间词话手稿[M].杭州:浙江教育出版社,2010.
王国维.王国维集[M].北京:中国社会科学出版社,2008.
王国维.文学小言,王国维全集14卷[M].杭州:浙江教育出版社,2010.
王瑾.互文性[M].桂林:广西师范大学出版社,2005.
王守雪.人心与文学:徐复观文学思想研究[M].郑州:郑州大学出版社,2005.
王水照、吴鸿春编选.日本学者中国文章学论著选[M].上海:上海古籍出版社,1994.
王水照.鳞爪文辑[M].西安:陕西人民出版社,2008.
王水照编.历代文话[M].上海:复旦大学出版社,2007.

王水照、朱刚主编.中国古代文章学的成立与展开——中国古代文章学论集[M].上海:复旦大学出版社,2011.

王水照、侯体健主编:中国古代文章学的衍化与异形——中国古代文章学二集[M].上海:复旦大学出版社,2014.

王易.修辞学通诠[M].上海:神州国光社,1930.

王运熙、顾易生主编.中国文学批评通史(近代卷)[M].上海:上海古籍出版社,1996.

魏继洲.丰富的偏激——论五四新文学运动中的钱玄同[M].北京:中国社会科学出版社,2013.

吴承学.中国古代文体学研究[M].北京:人民出版社,2011.

吴梅、柳存仁、柯敦伯等著.中国大文学史[M].上海:上海书店出版社,2010.

吴文治.韩愈资料汇编[M].北京:中华书局,1983.

吴文治.柳宗元资料汇编[M].北京:中华书局,1964.

吴小鸥.中国近代教科书的启蒙价值[M].福州:福建教育出版社,2011.

吴兴华.吴兴华诗文集[M].上海:上海人民出版社,2005.

夏丏尊、刘薰宇.文章作法[M].上海:开明书店,1926.

夏丏尊、叶圣陶.文心[M].北京:生活·读书·新知三联书店,2005.

夏丏尊、叶圣陶.文话七十二讲[M].北京:中华书局,2007.

夏晓虹、王风等.文学语言与文章体式[M].安徽:合肥教育出版社,2006.

夏晓虹.觉世与传世——梁启超的文学道路[M].北京:中华书局,2006.

夏晓虹.燕园学文录[M].上海:复旦大学出版社,2011.

小森阳一著,陈多友译.日本近代国语批判[M].长春:吉林人民出版社,2011.

徐复观.中国文学论集[M].北京:九州出版社,2014.

徐复观.中国文学论集续篇[M].北京:九州出版社,2014.

徐复观著,萧欣义编.徐复观文录选粹[M].台北:台湾学生书局有限公司,1980.

徐中玉主编.中国近代文学大系 1840—1919[M].上海:上海书店出版社,1994.

许纪霖、宋宏编.现代中国思想的核心观念[M].上海:上海人民出版社,2011.

许嘉璐.传统语言学辞典[M].石家庄:河北教育出版社,1990.

学部编订名词馆.中外名词对照表[M].民国图书电子版.

严复译.穆勒名学[M].北京:商务印书馆,1981.

严复著,王栻主编.严复集[M].北京:中华书局,1986.

杨端志.训诂学[M].济南:山东文艺出版社,1985.

杨国强.晚清的士人与世相[M].北京:生活·读书·新知三联书店,2008.

杨明.欣然斋笔记[M].上海:东方出版中心,2010.

杨乃乔主编.比较文学概论[M].北京:北京大学出版社,2014.

杨树达.积微居小学述林[M].北京:中华书局,1983.

杨树达.词诠[M].北京:中华书局,1954.

杨树达.汉文文言修辞学[M].北京:中华书局,1980.

姚永朴.文学研究法·史学研究法[M].长春:时代文艺出版社,2009.

姚永朴撰,许振轩校点.文学研究法[M].合肥:黄山书社,1989.

叶绍钧、朱自清.国文教学[M].上海:开明书店,1945.

叶圣陶著,叶至善、叶至诚、叶至美编.叶圣陶集第25卷[M].南京:江苏教育出版社,1994.

余祖坤编.历代文话续编[M].南京:凤凰出版社,2013.

恽敬.大云山房二集[M].上海:世界书局,1937.

张惠言著,黄立新校点.茗柯文编[M].上海:上海古籍出版社,1984.

张伯伟.全唐五代诗格汇考[M].南京:江苏古籍出版社,2002.

张伯伟.中国古代文学批评方法研究[M].北京:中华书局,2002.

张海明.经与纬的交结——中国古代文艺学范畴论要[M].西安:山西人民教育出版社,2006.

张炯、邓绍基、郎樱总主编.中国文学通史(第七卷)[M].南京:江苏文艺出版社,2013.

张立文主编,陈其泰、李廷勇著.中国学术通史·清代卷[M].北京:人民出版社,2004.

张隆溪著,冯川译.道与逻各斯[M].南京:江苏教育出版社,2006.

张寿康.文章丛谈[M].北京:知识出版社,1982.

张舜徽.清儒学记[M].济南:齐鲁书社,1991.

张文治.古书修辞例[M].北京:中华书局,1937.

张志公.传统语文教育初探[M].上海:上海教育出版社,1962.

朱莉娅·克里斯蒂娃著,祝克懿、黄蓓编.主体·互文·精神分析——克里斯蒂娃复旦大学演讲集[M].北京:生活·读书·新知三联书店,2016.

章炳麟著,汤志钧编.章太炎政论选集[M].北京:中华书局,1977.

章培恒、王靖宇主编.中国文学评点研究论集[M].上海:上海古籍出版社,2002.

章士钊.柳文指要[M].上海:文汇出版社,2000.

章清.清季民国时期的思想界[M].北京:社会科学文献出版社,2014.

章太炎.章太炎全集[M].上海:上海人民出版社,1984.

章太炎著,傅杰编校.章太炎学术史论集[M].北京:社会科学出版社,1997.

赵尔巽等.清史稿第44册[M].北京:中华书局,1977.

赵景深.修辞讲话[M].北京:北新书局,1936.

赵所生、薛正兴主编.中国历代书院志[M].南京:江苏教育出版社,1995.

赵毅衡.礼教下延之后:中国文化批判诸问题[M].上海:上海文艺出版社,2001.

郑业建.修辞学提要[M].北平:立达书局,1933.

郑振铎.文学大纲[M].北京:东方出版社,2013.

中共潜江市委宣传部编.潜江辛亥名人史话[M].武汉:九州传媒出版社,2011.

周楚汉.唐宋八大家文化文章学[M].成都:巴蜀书社,2004.

周裕锴.中国古代阐释学研究[M].上海:上海人民出版社,2003.

朱德发、赵佃强编.国语的文学与文学的国语 五四时期白话文学文献史料[M].北京:人民出版社,2013.

朱东润.中国文学批评史大纲[M].上海:上海古籍出版社,2005.

朱刚.唐宋"古文运动"与士大夫文学[M].上海:复旦大学出版社,2013.

朱维铮.求索真文明——晚清学术史论[M].上海:上海古籍出版社,1996.

朱有献主编.中国近代学制史料[M].上海:华东师范大学出版社,1983.

朱自清.朱自清古典文学论文集[M].上海:上海古籍出版社,2009.

祝尚书.宋元文章学[M].北京:中华书局,2013.

庄涛、胡敦骅、梁冠群主编.写作大辞典[M].上海:汉语大词典出版社,1992.

邹云湖.中国选本批评[M].上海:上海三联书店,2002.

佐佐政一.修辞法[M].东京:大日本图书株式会社,1901.

三、单篇文献和学术论文(按发表时间排序)

梁启超.清议报一百册祝辞并论报馆之责任及本馆之经历[J].清议报,1901(100):

1—8.

衮父.史学概论[J].译书汇编,1902(9):105—115.

社说:论教育普及宜注重初等小学及变通语言文字[J].东方杂志,1905,2(3):31—34.

河南巡抚陈学政王会奏遵旨会议拟设尊经学堂及师范传习所以保国粹而广师资折[J].东方杂志,1906,3(1):8—14.

学界刍言[J].东方杂志,1906,3(10):237—249.

蛤笑.述学卮言[J].东方杂志,1906,3(11):209—212.

金松岑.文学上之美术观[J].国粹学报,1907,3(3):62—66.

各省教育汇志.东方杂志[J].1907,4:53.

蛤笑.论保存古学宜广厉藏书[J].东方杂志,1907,4(8):139—142.

蛤笑.神州文学盛衰略论[J].东方杂志,1907,4(11):200—203.

蛤笑.劝学说[J].东方杂志,1907,4(12):217—220.

论欲救中国当表章颜习斋学说[J].东方杂志,1907,4(12):225—229.

汉文教授法[J].直隶教育杂志,1907(7):85—92.

李详.论桐城派[J].国粹学报,1908,4(12):63—65.

直隶全省中学堂现行详章[J].东方杂志,1908,5(3):63—80.

高凤谦.论偏重文字之害[J].东方杂志,1908,5(7):29—33.

绍介批评:高等国文读本[J].教育杂志,1909,1(1):3.

沈颐.论小学校之教授国文[J].教育杂志,1909,1(1):4—7.

绍介批评:中学国文教科书[J].教育杂志,1909,1(2):5.

名学浅说[J].教育杂志,1909,1(3):9—10.

蒋维乔.论小学校以上教授国文[J].教育杂志,1909,1(3):37—40.

《中学国文示范》推介[J].教育杂志,1909,1(6):17—18.

高凤谦.论保存国粹[J].教育杂志,1909,1(7):79—82.

张謇.通州中学附设国文专修科述义[J].教育杂志,1909,1(8):50—51.

《国朝文汇》广告[J].教育杂志,1909,1(10).

张文襄公与教育之关系[J].教育杂志,1909,1(10):19—23.

李廷翰.教师十要[J].教育杂志,1909,1(11):45—47.

名词馆编纂之纲领[J].教育杂志,1909,1(11):82—83.

庄俞.论预备立宪第二年之教育[J].教育杂志,1910,2(1):1—8.

陆费逵.论今日学堂之通弊[J].教育杂志,1910,2(1):8—15.

学部奏拟定京师及各省图书馆通行章程折[J].教育杂志,1910,2(2):13—15.

缪文功.论名士主持教育[J].教育杂志,1910,2(3):29—30.

质疑问答[J].教育杂志,1910,2(4).

质疑问答[J].教育杂志,1910,2(7):9—12.

学部第一次审定中学堂初级师范学堂暂用书目凡例[J].教育杂志,1910,2(9):
    25—30.

资政院奏准著作权律折[J].教育杂志,1911,3(1):2—8.

顾实.论普通教育与实业教育之分途[J].教育杂志,1911,3(3):33—46.

学部修订存古学堂章程[J].教育杂志,1911,3(5):53—66.

吴德元.论中小学堂程度之标准及其衔接办法[J].教育杂志,1911,3(7):36—42.

庾冰.言文教授论[J].教育杂志,1912(4):37—50.

司密期著、杨恩湛译.教授诵读法[J].教育杂志,1912,4(1):1—5.

李希如.发刊词[J].文史杂志,1913(1):7—11.

钱基博.国文教授私议[J].教育杂志,1914,6(4):64—76.

黄炎培.考察本国教育笔记(再续)[J].教育杂志,1915,7(5):1—5.

陈焕章.经世报发刊词[J].昌明孔教经世报,1922,1(1):1—6.

王葆心.小学读经宜用实地练习法以适合教育原则说[J].昌明孔教经世报,1922,
    1(5):1—8.

无虚生.说海披沙[J].星期,1922(39):1.

钱玄同.汉字革命[J].国语月刊,1922,1(7):5—25.

顾实.文章学纲要序[J].国学丛刊,1923,1(3):85—106.

朱经农.对于初中课程的讨论(五)[J].教育杂志,1924,16(4):1—6.

杜子观.国语文[J].国语周刊,1925(8):5.

王苏民.国文教授法之商榷[J].南洋旬刊,1926,1(10):13—14.

词章和文学[J].持志大学月刊,1929(5):78—83.

张俟明.关于顾实"文章学纲要"[J].新学生,1931,1(3):221—225.

王葆心.晦堂随笔[J].正中,1935,1(5):1—2.

王葆心.张文襄仿陶文毅法以课士[J].正中,1935,1(5):72—73.

朱东润.古文四象论述评[J].国立武汉大学(文哲季刊),1935(2):291—315.

王葆心.题邓云山先生遗札后[J].安雅,1936,1(12):60—61.

豸章.文章作法之类[J].礼拜六,1937(675):17.

钱锺书.中国固有的文学批评的一个特点[J].文学杂志,1937(4):1—37.

朱自清.书评:语文通论、学文示例[J].清华学报,1947,14(1):167—173.

王瑶.谈古文辞的研读[J].国文月刊,1948(68):4—6.

张长弓.读"学文示例"[J].教育函授,1948,1(1):18—19.

麦梅翘.《马氏文通》和旧有讲虚字的书[J].中国语文,1957(4):20—21.

刘梓钰.方苞抑柳谈[J].天津师范大学学报,1980(6):74—76.

张隆溪.应当开展比较诗学研究[J].中国比较文学,1984(1):17—19.

陈树棠.对老校长谈锡恩的点滴回忆[A].中国人民政治协商会议兴山县委员会文史资料研究委员会.兴山文史资料(谈锡恩先生专辑)[M].1987.

王延杰.我的叔父王葆心[A].中国人民政治协商会议罗田县委员会文史资料工作委员会.罗田文史资料[M].1987,第1辑.

闻惕生.王季芗先生生平学术及其遗著[A].中国人民政治协商会议罗田县委员会文史资料工作委员会:罗田文史资料[M].1988.

王醇.永恒的怀念[A].中国人民政治协商会议罗田县委员会文史资料委员会:罗田文史资料[M].1988,第2辑.

谈瀛.王葆心先生遗著叙目[J].荆楚文史,1991(1):51—62.

张海明.关于古代文论研究学科性质的思考[J].文学遗产,1997(5):15.

黄小燕.民国时期语文课程标准演变之管窥[J].中学语文教学参考,1998(C2):2—7.

陈志纯.罗田县季芗先生墓志铭[A].林声主编.中国百年历史名碑[M].沈阳:辽宁教育出版社,1999.

关晓红.晚清学部研究[J].广州:广东教育出版社,2000.

陈平原.现代中国的述学文体——以"引经据典"为中心[J].文学评论,2001(4):23—32.

陈平原.精心结构与"明白清楚"——胡适述学文体研究[J]."中央研究院"近代史研究所集刊,2002(38):153—184.

吴承学.现存评点第一书——论《古文关键》的编选、评点及其影响[A].章培恒、王靖宇主编.中国文学评点研究论集[M].上海:上海古籍出版社,2002.

周振甫.钱锺书的文学研究和方法论[A].陈平原主编.中国文学研究现代化进程二编[M].北京:北京大学出版社,2002.

陈平原."元气淋漓"与"绝大文字"——梁启超及"史界革命"的另一面[J].古今论衡,2003(9):3—22.

赵昌平.回归文章学——兼谈《文心雕龙》的文章学架构[J].文学遗产,2003(6):41—49.

郑国民.从文言文到白话文[A].洪宗礼、柳士镇、倪文锦主编.母语教材研究中国百年语文课程教材的演进[M].南京:江苏教育出版社,2007.

刘正伟、田良臣、俞晓娴.20世纪30—40年代的语文教育[A].洪宗礼、柳士镇、倪文锦主编.母语教材研究1中国百年语文课程教材的演进[M].南京:江苏教育出版社,2007.

焦亚东.互文性视野下的类书与中国古典诗歌——兼及钱锺书古典诗歌批评话语[J].文艺研究,2007(1):66—72.

张维.唯其理之是,唯其辞之是——从李绂、方苞评点柳文的异同再论"义法说"[J].广西民族大学学报,2007,29(1):166—170.

张克兰、叶箐.姚晋圻与晚近鄂学[J].近代中国与文物,2008(1):16—21.

刘斐.从互文性理论重新解读《宋诗选注》[J].十堰职业技术学院学报,2008(5):61—63.

聂安福.古文辞通义二十卷提要[A].傅璇琮主编.中国古代诗文名著提要(诗文评卷)[M].石家庄:河北教育出版社,2009.

黄念然.中国文学理论近现代转型的现实语境[A].中国文学研究第13辑[M].北京:中国文联出版社,2009.

何诗海.唐代经学与文章之学[J].浙江学刊,2009(1):90—96.

侯体健.资料汇编式文话的文献价值与理论意义——以《文章一贯》与《文通》为中心[J].复旦学报(社会科学版),2009(2):39—45.

曾枣庄.散文至宋人才是真文字[J].文学遗产,2009(3):60—68.

慈波.应激与自省:晚清民初文话发展的新路向[J].上海交通大学学报(哲学社会科学版),2009(4):83—89.

付建舟.中国现代纯文学观的发生[J].文学评论,2009(4):143—148.

副岛一郎.日本江户时代中国文章论的接受及其展开[J].中华文史论丛,2009(4):215—243.

吴伯雄.古文辞通义研究[D].复旦大学博士学位论文,2010.

张堂锜.春晖白马湖,立达开明路——"白马湖作家群"命题形成与发展的历史考察[J].现代中文学刊,2010(2):46—52.

熊礼汇.从《古文辞通义·总术篇》看前人治古文之学的方法和主要见解[A].陈庆元主编.中国散文研究——中国古代散文国际学术研讨会论文集[M].南京:凤凰出版社,2011.

慈波.学堂讲授与文话书写——晚清民初教育转型之际的文话考察[J].学术研究,2011(8):140—145.

王莹.古代修辞派与训诂派虚词词典释词方法研究[J].辞书研究,2011(6):134—145.

张健.借镜西方与本来面目——朱自清的中国文学批评研究[J].北京大学学报(哲学社会科学版),2011,48(1):61—70.

陈昊.王葆心的学术成就与学术思想研究[D].华中师范大学硕士学位论文,2012.

徐雁平.批点本的内部流通与桐城派的发展[J].文学遗产,2012(1):100—112.

陈广宏."古文辞"沿革的文化形态考察——以明嘉靖前唐宋文传统的建构及解构为中心[J].文学遗产,2012(4):98—111.

孙麒.新见方苞评点柳文辑略[A].古籍研究编辑委员会编.古籍研究(第57—58卷)[M].合肥:安徽大学出版社,2013.

常方舟.姚永朴文论思想的师法与新变[J].中国文学研究,2013(2):44—47.

曹辛华.新时期文章学研究的历程、特点及展望[J].南京师范大学文学院学报,2013(3):139—144.

常恒畅.储欣及其《唐宋八大家类选》[J].学术研究,2013(4):150—154.

漆永祥.乾嘉考据学家与桐城派关系考论[J].文学遗产,2014(1):94—115.

陆胤.清末西洋修辞学的引进与近代文章学的翻新[J].文学遗产,2015(3):170—181.

汤志辉.朱自清相关资料三则[N].中国社会科学报,2018-09-10.

倪春军.近百年以来"文章学"之概念变迁与学科建构[A].中国古代文章学学术研讨会论文集(未刊).

图书在版编目(CIP)数据

失落的文章学传统:古文辞通义/常方舟著. —上海:复旦大学出版社,2020.9
(复旦古代文章学研究书系/王水照主编)
ISBN 978-7-309-14881-7

Ⅰ.①失… Ⅱ.①常… Ⅲ.①古典散文-古典文学研究-中国 ②《古文辞通义》-研究 Ⅳ.①I207.62

中国版本图书馆 CIP 数据核字(2020)第 102336 号

失落的文章学传统:《古文辞通义》
常方舟　著
责任编辑/王汝娟

复旦大学出版社有限公司出版发行
上海市国权路 579 号　邮编: 200433
网址: fupnet@fudanpress.com　http://www.fudanpress.com
门市零售: 86-21-65102580　团体订购: 86-21-65104505
外埠邮购: 86-21-65642846　出版部电话: 86-21-65642845
常熟市华顺印刷有限公司

开本 787×960　1/16　印张 21.75　字数 313 千
2020 年 9 月第 1 版第 1 次印刷

ISBN 978-7-309-14881-7/I·1212
定价: 78.00 元

如有印装质量问题,请向复旦大学出版社有限公司出版部调换。
版权所有　侵权必究